내 아버지의
아들을 찾아서

내 아버지의 아들을 찾아서 4

안경원숭이 장편소설

초판 1쇄 찍은 날 | 2019년 11월 22일
초판 1쇄 펴낸 날 | 2019년 11월 29일

지은이 | 안경원숭이
펴낸이 | 권태완 우천제

편집책임 | 박은정
편집 | 박가연 유안진 손혜진

펴낸곳 | (주)케이더블유북스
등록번호 | 제25100-2015-43호
등록일자 | 2015. 5. 4
WFN | 제3-056호

주소 | 서울특별시 구로구 디지털로31길 38-9 에이스테크노타워 1차 401호
전화 | 02-867-4626 팩스 | 02-866-4627
E-mail | cl_production@kwbooks.co.kr

ⓒ안경원숭이, 2019

ISBN 979-11-293-4128-0 04810
      979-11-293-4124-2 (set)

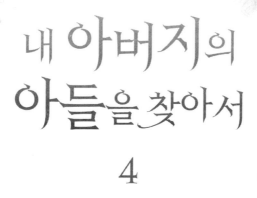

내 아버지의
아들을 찾아서

4

◆ 안경원숭이 장편소설 ◆

위즈덤북

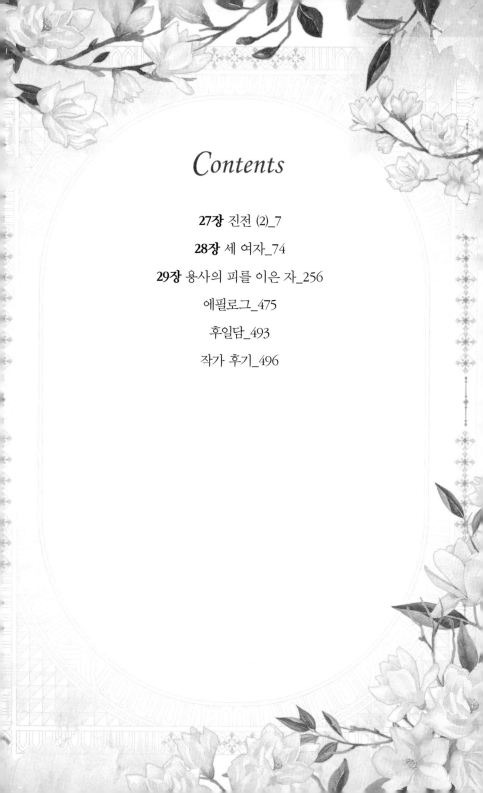

Contents

27장 진전 (2)_7

28장 세 여자_74

29장 용사의 피를 이은 자_256

에필로그_475

후일담_493

작가 후기_496

27장
진전 (2)

그날 저녁, 제리코는 마자리스가 해준 얘기를 샌시에게 그대로 읊어 주었다.

"참신한 얘기였어."

"소녀가 나빴잖아. 마녀랑 막상막하였어."

제 점수는요. 샌시가 0점에 가까운 점수를 매기고 제리코는 옛이야기를 꺼낸 본론을 밝혔다.

"그래서 말인데 주말에 시간 있어? 에라프 님 사당에 가볼까 하는데."

샌시의 일정에 빈틈이 없다 보니 주말도 격주로 어울리기로 했는데 마침 이번 주가 함께 있을 수 있는 주말이었다. 샌시는 단호하게 대답했다.

"내 24시간은 전부 네 거야."

"잠자는 시간이랑 화장실 가는 시간은 빼자."

"내 22시간은 모두 네 거야."

"샌시, 하루에 최소 4시간은 자기로 약속하는 거야."

"……."

"눈동자 흔들지 말고! 피부 관리 시작했다면서. 불면이 피부의 최대 적인 거 몰라?"

"그래, 그렇지. 알겠어."

"근데 우리 둘만 있진 못할 거야. 공작가에 연락해서 경호를 부탁해야 할 것 같은데 괜찮아?"

"당연히 괜찮지. 네 안전이 최우선이야."

샌시는 제리코가 주는 음식은 뭐든 잘 먹는다. 하지만 긴장한 탓일까. 오늘 저녁은 제대로 먹지 못했다. 제리코는 이쯤에서 샌시를 놔주기로 했다. 더 오래 잡아두면 샌시가 체할 것 같았기 때문이다.

제리코가 현관 밖으로 나가 샌시를 배웅하자 시선이 쏟아졌다. 막 연애를 시작한 커플에게 보내는 훈훈한 미소였다. 제리코는 미소 세계에 어깨를 으쓱였다. 제리코는 이런 걸 부끄러워하는 성격이 아니다. 그럼에도 공연히 부끄러워졌다. 제리코는 후다닥 계단으로 도망쳤다. 까르르 웃는 소리와 뛰어서 계단을 오르는 소리가 이중창을 이뤘다. 하녀들은 같이 웃으면서도 계단에서 뛰면 안 된다는 당부를 잊지 않았다.

제리코는 침실에 도착하자마자 침대 위에 뛰어올라 얼굴을 묻었다.

"크으, 엄마가 이걸 봤어야 하는데."

-그러게. 주인이 이걸 봤어야 하는데.

"엄마는 내가 남자 친구 데려오면 소고기 스튜를 끓여주겠다고 그랬는데."

소고기 스튜는 요나가 제일 잘하는 요리였다. 스튜의 맛을 떠올리니 자연스럽게 요나의 웃는 얼굴이 떠올랐다. 돌아가신 엄마 생각에 제리코는 찔끔 눈물을 흘렸다.

제리코는 동생들이 애인을 데려오면 꼭 소고기 스튜를 대접해야겠다고 다짐했다. 맛은 똑같지 않아도 애정은 듬뿍 담아줄 것이다. 이젠 부자니까 소고기도 듬뿍. 아주 듬뿍.

-주인은 어떤 반응을 보였을까…….

"이번에 사당 가서 생각해 봐."

-사당 하니 말인데, 제리. 왜 가묘가 아니라 사당으로 가자는 거야?

에라프의 시신을 태운 재는 반으로 나뉘어 사당과 미베어 공작가의 가묘에 안치되었다. 사당에 가면 에라프밖에 없지만 가묘엔 에라프와 요나가 나란히 안치되어 있으니 가묘에 가는 것이 더 이득이었다.

또한 사당엔 여러 사람이 드나들어 경호가 어려우나 미베어 공작가의 가묘는 사유지라 경호가 간편하고 수상한 사람을 색출하기 쉬웠다. 여러 이점이 있는데 제리코가 사당으로 정한 이유가 검은 궁금했다.

제리코는 침대에 드러누워 말끝을 늘여가며 대답했다.

"왜냐며언. 이제 막 사귀기 시작했는데, 엄마 보여준 좀 이른 것 같고. 원래 잘 모르는 사람한텐 애인 소개할 수 있지만 부모님에게 하는 건 제일 마지막이라잖아."

-주인은 남이라 괜찮다 이거냐!

"진짜 남이면 같이 가서 소개해 주지도 않거든! 그냥 기분상 에라프 님이 더 편하고, 나중에 데려오는 남자가 바뀌어도 좀 더 너그러운 마음으로 이해해 주지 않으실까 그런 마음인 거지."

트집 잡을 부분이 한두 군데가 아니라 검은 말문이 막혔다. 결국 검은 오랜만에 까마귀 모습으로 현신하여 주인 알기를 이웃집 아저씨보다 못하게 여기는 임시 주인을 응징했다.

"꺄아, 잘못했어요, 드래곤 슬레이어 소드 님. 앞으로 에, 아버지를 더욱 공경하겠습니다."

"진짜 너무하는 거 아니야? 주인이 널 얼마나 좋아했는데!"

"그치만, 에라프 님은 뭐라고 해야 하나? 아버지보단 잘 아는 친오빠 같은 느낌이야."

제리코는 까마귀가 쪼아 헝클어진 머리카락을 정돈한 후 양 갈래로 땋기 시작했다. 부쩍 더워진 날씨에 긴 머리가 피부에 달라붙어서였다.

드슬이는 분이 풀리지 않았는지 제리코가 땋은 한쪽 댕기를 엉성하게 만들었다가 잔소리를 들었다.

"있잖아, 에라프 님 얘기 나온 김에 하는 소린데."

"까악?"

"마자리스 씨가 한 얘기 어쩐지 에라프 님이랑 릴리에 공주님 얘기 같지 않아?"

"구근을 준 게 릴리에 공주라는 소리야?"

"물론 공주님이 에라프 님을 갖고 놀진 않으셨겠지만……. 겹치는 부분이 있잖아."

소년은 어째서 소녀가 준 씨앗을 볶은 씨로 생각했을까? 소년이 그리 생각할 만한 근거가 있을 것이다. 육안으로 보았을 때 씨앗의 상태가 좋지 않을 가능성이 높다. 그런 씨앗이 꽃을 피웠다는 것은 미지의 힘이 작용한 것은 아닐는지.

"솔직히 그 말라비틀어진 구근이 살아 있을 거라고 누가 생각했겠어. 그런데 그게 릴리에 공주님 손을 탄 거라면?"

"요정의 축복 말이지."

"그래. 뜨거운 물 속에서 생화가 피는데 바싹 마른 구근이 살아 있을 수도 있는 거 아닐까?"

"그럼 공주가 주인을 가지고 놀았다는 거야? 그 릴리에 공주가?"

제리코의 말문이 막혔다. 그녀는 머리를 쥐어 싸맸다.

"으으, 그러니까 그건 아닐 거라고 말했잖아. 근데 확신을 갖기엔 공주님에 대해 아는 게 너무 없다."

"네가 웬일로 머리를 굴리긴 했는데 우연의 일치로 생각하자. 주인이 사랑하는 사람에게 그런 마음을 품을 리 없지."

"아닌데."

에라프의 일기와 편지가 질척질척한 애증을 증명하고 있었다. 그러나 드래곤 슬레이어 소드는 역사적 사료로 가치가 높은 기록물의 존재를 부정했다.

"내용이 묘하게 맞아떨어지긴 했는데, 만약 그게 주인과 릴리에 공주 얘기라면 마자리스가 어떻게 알고 있는 거라고 생각해?"

"피에서 피로 이어진 기억이랬잖아. 화분을 준 것도 그렇고 혹시 에라프 님의 피를 이어받았다는 암시 아닐까?"

"그럴싸한 추측이긴 한데 문제가 있어, 제리."

마자리스는 로젠보다 연상이다. 그가 에라프의 아들이 되려면 그 시기에 에라프가 여행을 했어야 하는데, 당시 에라프는 루나 아카데미에 재학 중이었다.

"시기가 안 맞아. 주인이 해준 얘기 중에 일치하는 여자도 없고."

"마자리스 씨 어머니 되는 분이 여행 중에 에라프 님을 만났거나 루나 아카데미에 다니셨을 가능성은 없을까?"

"그렇다면 얘기가 다르지만…… 제리."

드슬이가 진지한 얘기를 할 기세였기 때문에 제리코는 검을 끌어안고 양반다리를 해서 앉았다.

"지금도 복잡한데 후보 더 늘리지 말고 있는 후보에만 집중하자."

"하지만 너도 말했잖아. 마자리스 씨 웃는 모습이 에라프 님 닮았다고."

"내가 언제 주인 닮았어? 주인 웃는 얼굴이 더 보기 좋았다는 거지. 그리고 웃는 얼굴이 아니라 세상을 보는 눈빛과 시선."

"나도 마자리스 씨가 괜히 남 같지 않고 자꾸 신경 쓰이고."

"그건 네가 얼굴을 밝혀서고."

"너도 마자리스 씨가 괜히 좋다고 했으면서."

"나도 얼굴을 밝히나 보지."

드슬이는 눈도 없는 주제에 당당히 사람 외모를 신경 쓴다고 주장했다. 제리코는 한마디도 안 져주는 검 때문에 입술을 삐죽였다.

"어쨌든 제리, 만약에 마자리스가 주인의 자식이라고 해도 그 사람은 외국인이야. 주인 아들인 걸 밝혀도 좋아하는 사람은 적을 거야."

"누가 다른 사람들 좋으라고 그래? 마자리스 씨가 좀 더 나은 환경에서 학업에 열중할 수 있지 않을까 싶은 거지."

"그런 건 네가 후원해 주거나 뒷배가 되어주면 충분히 해결될 문제야. 마그노 황자가 널 노리는 사람이 있다고 말했잖아. 그런 상황에서 괜히 널 대신할 수 있는 인물을 늘리는 건 현명하지 못한 짓이야."

"만약에 마자리스 씨가 진짜 에라프 님 아들이라면 그 사람도 내가 누리는 걸 동등하게 누릴 권리가 있는 건데 나 좋으라고 그걸 막을 수는 없잖아."

"제리."

새까만 눈동자에 제리코의 얼굴이 거울처럼 비쳤다. 억울하단 얼굴이었다.

"넌 주인이 아버지인 걸 알고 이 많은 걸 누리게 되어서 기뻤어?"

"……아니요."

"그러면서 왜 딴소리야. 네가 마자리스를 위해 나서는 건 그 사람이 내가 네 오빠요, 하고 찾아온 후에 해도 늦지 않아."

"뉘에."

제리코는 기가 죽어 드슬이의 눈치만 살피다 수첩에 조심스럽게 마자리스의 이름을 적었다. 검의 눈치를 보았기 때문에 글자 크기는 아주 작았다.

환자 취급을 받기 싫어 붕대를 풀었건만 로젠과 조교는 제리코의 수업 참여를 제지했다. 어설프게 나았을 때 자극을 줘 상태를 악화시키는 검술원 학생을 여럿 보았기 때문이다.

"나 다 나았는데."

-전문가 얘기니까 귀담아들어야지.

작은 불씨를 끄려고 부채질하다 큰불을 키울 수 있다는 게 전문가의 소견이었다. 제리코 입장에선 과보호의 연장으로 느껴졌으나 대리 강사와 조교가 그렇다는데 어쩔 도리가 없었다.

"감기 몸살에 걸렸을 때도 체육 수업은 빼먹은 적 없는데."

결국 제리코는 벤치에 앉아 남들 연습하는 걸 구경하는 신세가 되었다.

-엄밀히 말해서 구경은 아니지. 로젠이 중간고사 틀린 문제의 올바른 답을 알아두라고 공부할 걸 줬잖아.

"넌 다 알지?"

-당연하지!

"그럼 됐어."

-된 게 없잖아!

하라는 공부는 뒷전으로 미뤄놓고 바닥을 기어 다니는 개미를 헤아리던 제리코는 수업이 끝남과 동시에 벌떡 일어나 기지개를 켰다. 조교가 다음 주부터 수업 장소를 변경한다는 공지를 전했다.

"날이 점점 더워지니까 다음 주부턴 실내 운동장에서 수업할 거예요. 아직 쓸 수 있는 운동장을 못 구해서 그러니 정확한 위치는 다음 주에 일찍 와서 검술원 게시판을 확인해 줘요."

수업이 끝나자 체력을 소진한 학생 몇이 제자리에 주저앉아 휴식을 취했다. 몇은 쉴 겨를도 없이 다음 수업을 듣기 위해 사라졌다. 로젠은 바로 자리를 뜨지 않고 학생의 질문을 받거나 자세를 교정해 주었다.

"그나저나 운동장 자리 안 나서 큰일 났네요, 선배."

"그러게. 작년엔 여유로웠던 것 같은데."

"그땐 교수님이 미리 자리를 잡아두셨죠."

"아, 내 잘못인가."

나름 잘하겠다고 하는 것인데 미처 파악하지 못한 부분이 있었다. 로젠이 본인의 실수를 겸허히 받아들이자 조교가 함께 반성했다.

"선배가 무슨 잘못이겠습니까. 제가 까먹는 바람에……."

"아니야, 나도 같이 잊고 있었잖아."

-크으. 저 아름다운 인품. 역시 주인의 아들이다.

검의 편애는 여전했다. 조교와 대화를 나누던 로젠이 제리코에게 잠시 기다려 달란 눈짓을 보냈다. 제리코는 이틀 동안 훈련을 빼먹어 찌뿌둥한 몸을 획획 돌리며 로젠을 기다렸다.

"발목은 어때? 좀 괜찮아졌니?"

"진짜 안 아파. 정말루."

"반사 신경도 좋으면서 어쩌다가……."

로젠은 제 발목이 삐었을 때보다 더 슬퍼했다. 제리코는 17 대 1 농담을 재탕할까 잠시 고민했다. 아주 잠깐. 로젠이라면 잘 받아줄 것 같았기 때문이다.

하지만 실연당해 슬픈 로젠에게 흔한 농담을 건네 억지 반응을 끌어내는 건 너무한 일 같단 생각이 들어서 포기했다. 제리코는 솔직하게 사실대로 말했다.

"좀 단단한 거에 밀어차기를 날렸어."

"나무?"

"음…… 돌?"

"운동 신경에 자신이 있어도 조심하도록 해. 사람은 어떻게 다칠지 모르니까."

"응, 걱정해 줘서 고마워. 그런데 무슨 일이야?"

"저번에 말했던 파티에 갈 의향이 있나 확인하려고."

'파티? 무슨 파…… 아, 도네타 양.'

다른 가문에서 주최하는 파티였다면 제리코의 뇌리에 남지 않았을 것이다. 다행히 도네타는 이번 주에 제리코가 가장 많이 들은 모르는 사람의 이름이라 똑똑히 기억했다.

"도네타 가문에서 한다던 자선 파티랬나?"

"응. 주최자는 안나 양인데 그녀는 참석하지 않고 동생들이 대리로 참석해. 일단 젊은 층을 대상으로 한 파티라 참석이 자유로워서 초대받지 않은 사람도 환영해. 기부가 필수는 아니지만 자선 파티니까 도움을 주면 더 좋고."

평소의 제리코라면 넙죽 받아들일 제안인데 한 가지 문제가 있었다. 그녀는 정식으로 사교계에 진출하지 않았는데 마음대로 파티에 참석해도 되는 것일까?

'소설에서 보면 막 격조 있는 자리에서 정식으로 인사하고 그러던데.'

-네가 이제야 네 위치를 자각했구나.

로젠은 제리코의 걱정을 알아채고 바로 해소해 줬다.

"아직 데뷔하지 않아서 걱정되는 거라면 괜찮아. 이건 제도 사교계에 속하지 않은 진짜 자선 파티거든. 귀족이 아닌 사람들도 초대했고 정식 파티로 인정받지도 못했어. 어르신들이 보기엔 동네 친구들 모아서 집에서 여는 작은 홈 파티에 가깝다나 봐."

"오오."

"시작은 마물의 공격으로 후유증이 심한 장애를 입은 사람을 위한 재활 치료 기금을 조성하기 위한 파티였어."

"안나 양이 생각한 거야?"

"응. 안나 양이 자긴 귀족이라 손이 되어줄 하인과 하녀가 있어 불편한 걸 모르지만 돈이 없어 그러지 못하는 사람은 얼마나 힘들겠냐고 생각해서 시작되었지. 매해 꾸준히 열리고 있고 재작년부터 마물이 아닌 기타 사고로 인해 장애인이 된 사람도 후원 대상에 포함하고 있어. 이게 또 너무 자유분방한 분위기라 몇몇 분 눈에 안 차는 듯해서 기부금 액수가 영 지지부진하거든."

로젠 혼자서도 목표 기금을 충당할 수 있으나 로젠은 가능한 그러지 않도록 기부금 액수를 조절했다. 이런 일은 가능한 많은 사람이 소액으로 참여하는 데 의의가 있는 것이니까.

로젠이 다정한 미소를 흩뿌리며 제리코를 꼬시는 의도를 알렸다.

"미베어 소공작께서 관심을 보이시면 몇몇 분의 의향도 바뀌지 않을까 해서. 부담되면 안 가도 되지만 파티 분위기도 괜찮고 도네타 가문도 명예를 아는 훌륭한 집안이니 알고 지내도 해가 되진 않을 거야. 물론 귀족의 급을 따지자면 미베어 공작가에 못 미치지만 제리코 넌 그런 걸 신경 쓰지 않잖아."

옳으신 말씀이었다. 제리코는 로젠의 설득에 홀랑 넘어가 야무진 얼굴로 고개를 끄덕였다.

"갈래."

"그래. 날짜와 장소가 적힌 초대장은 내가 백합관으로 보내줄게. 그리고 네 경호 문제 말인데 괜찮다면 우리 가문에 맡겨주지 않을래? 매해 파티의 경호 비용은 내가 부담하고 있거든. 스타즈 가문과 전속 계약한 용병단인데 믿어도 좋아. 내가 태어나기 전부터 계약해서 매해 재계약을 맺고 있지."

"일단 아빠랑 소공작님이랑 공작님께 물어볼게. 그런데 허락하실 거 같아."

"나도 따로 연락을 드릴게. 공작가에서 추가 인력을 보내준다면 내가 조율을 해줘야 해서."

하루하루 성실하게 살아가는 로젠은 이렇게 새로운 일거리를 추가했다. 본인이 알아서 일을 찾아 하고 있으니 이 시대의 참된 일꾼이었다.

"의복은 너무 무례하지 않은 선이면 괜찮고 파트너 동반도 권장이지 필수는 아니야. 그래도 혹시 괜찮다면."

"샌시랑 가야겠다!"

제리코가 신이 나서 외쳤다. 로젠은 엉겁결에 긍정했다.

"그, 그렇지. 샌시라면 안나 양 일이 있고 후안과 교우가 깊은데 파티에 간 적이 한 번도 없거든. 아마 다…… 다들 좋아할 거야……."

"샌시한테 시간 낼 수 있는지 물어봐야겠다! 로젠, 권유해 줘서 고마워!"

"뭐 이런 걸로. 네가 좋다니 내 기쁨이지. 또 다른 일이 생기면 알려 줄게."

"응! 내가 시간 너무 뺏은 건 아니지? 로젠 수련해야 하는데 자꾸 시답잖은 일로 시간을 뺏는 것 같아서 너무 미안하다. 내가 혼자 할 수 있거나 도울 수 있는 일은 얼마든지 말해줘! 그럼 난 가볼게. 로젠은 수련 열심히 해! 아자아자!"

"아자아자!"

스물다섯에 가까운 나이의 청년이 외치기엔 지나치게 귀여운 구호였지만 로젠은 부끄러운 기색 하나 없이 우렁차게 외쳤다. 제리코는 우렁찬 답변에 까르르 웃고 사라졌다. 조교는 아자아자를 따라 하곤 부끄러워하며 로젠에게 말했다.

"우와, 그걸 하다니. 역시 동생 많은 집 장남은 뭔가 다르네요."

"……요즘 들어서."

"네?"

조교는 갑자기 아련한 시선으로 하늘을 올려다보는 로젠 때문에 깜짝 놀랐다. 원체 미남이라 우수에 찬 시선과 분위기가 어울려 보기엔 좋다. 하지만 불과 1분 전 힘차게 귀여운 구호를 외친 사람답진 않았다.

"선배 뭔가 고민이라도 있습니까?"

"나…… 검보다 더 중요한 걸 놓친 기분이……."

검과 사랑. 로젠이 수많은 사랑을 시작하고 끝내는 동안 검은 언제나 올곧이 중심을 지켰다. 사랑이 아무리 중요하다 한들 검의 자리를 침범하진 못했다. 그게 당연한데 오늘따라 유독 입맛이 썼다. 로젠은 제리코가 사라진 방향을 오래도록 응시하다 질끈 눈을 감았다.

"흑. 나란 사람. 사랑 때문에 사람을 울게 만든 사람. 나란 사람 그런 사람."

—로젠 안 울었어.

"슬퍼 보이지 않든?"

—하나도 안 슬퍼 보였거든! 네 착각이겠지.

"그런가."

제리코는 고개를 갸웃거렸다.

"샌시랑 같이 가겠다고 안 하면 함께 가지 않겠냐고 말할 분위기라 일단 말을 끊긴 했는데."

쉽게 포기할 줄 알았던 로젠이 의외로 끈질겼다. 제리코는 팔짱을 끼고 진지하게 이 문제에 대해 고민했다. 친동생일지도 모르는 여성에게 구애하는 것은 엄청난 흑역사감인데 그런 여성이 다른 남성과 교제하는 걸 알면서 주위를 서성이는 것은 더 슬픈 흑역사감이다.

"다른 사람도 아니고 로젠이 이럴 줄은 몰랐네. 평생 쌓을 흑역사 이참에 다 쌓으려고 그러나?"

—지금이 제일 중요한 시기인데 고작 연애 때문에 저렇게 심력을 소모하고 있다니. 쯧쯧.

괜히 제리코의 낯이 화끈해지지 뭔가. 제리코는 손부채로 달아오른 얼굴을 식혔다.

—얼른 씻고 샌시 보러 안 가?

"검술 수업 있는 날은 저녁 식사만 같이하기로 얘기 끝냈어."

—언제?

"네가 골렘 붙잡고 낑낑거리고 있을 때."

—언제는 하루라도 안 붙어 있으면 피부에 가시가 돋을 것처럼 굴더니.

제리코는 제자리에서 한 바퀴 빙그르 돌았다.

"오늘이야 발목 때문에 수업을 안 들었으니 목욕을 안 해도 되지만 다른 땐 목욕을 해야 하잖아. 내가 막 목욕을 끝내고 찾아가면 샌시가 기절하지 않겠어? 다 샌시를 배려하는 마음이지."

—하여간 말은 잘해.

여러모로 샌시가 제리코보다 부족하다고 생각하던 검은 제리코의 청산유수만 칭찬을 줄 뿐, 샌시가 기절한다는 대목은 트집 잡지 않았다. 솔직히 샌시라면 정말 기절할 것 같았기 때문이다.

제리코는 느긋하게 검술원을 어슬렁거리며 소문이 진짜냐 묻는 이들에게 그 소문이 진짜임을 확인시켜 줬다. 그러다 반가운 얼굴을 발견했다. 마그노 황자의 〈첫 번째 친구〉 오딜론이었다. 제리코는 반가운 마음에 다가갔다가 오딜론의 상태가 별로 좋지 않다는 사실을 알았다. 날도 더운데 운동을 했는지 전신이 땀투성이였다.

"오딜론 선배 어디 아파요? 여름 감기?"

"어어? 고마우신 후배님? 안녕?"

손 들 힘도 없는지 오딜론이 손을 허리춤까지만 올렸다가 내렸다. 그는 제리코의 양 발목을 흘끗 내려다보고는 붕대가 없음을 확인하고 웃었다.

"다쳤다더니 다 나았나 봐? 잘됐네, 잘됐어. 데이지 소공작이랑 교제하기 시작했다지? 잘됐네, 잘됐어."

"동네 할아버지 말투 같아요."

"젊은이들이 사귀는 건 좋은 일이지. 허허허."

"샌시가 선배보다 연상인 건 알죠?"

"허허허허."

오딜론이 더는 말할 기운이 없다는 듯 할아버지 목소리를 흉내 낸 웃음으로 대답을 대신했다. 제리코는 그에게 물병과 간식거리를 건넸다. 오딜론은 후배가 건네는 긴급 구호품을 두 손으로 공손히 받았다.

"감사! 압도적 감사!"

오딜론은 물병을 단번에 비웠다. 그는 그제야 살 것 같단 표정을 짓고 자신이 처한 상황을 설명했다.

"마그노가 아직도 검술원 실외 수련장에 다니고 있거든. 괜히 따라왔다가 개고생했지 뭐야."

"혹시 검술학부로 전과하실 생각이라거나……"

"그건 아닌데. 검술원 학생 중에 마음에 드는 사람이 있나 싶었는데 그것도 아니고. 사람이 아니라 하늘만 올려다보고 있더라니까."

'하늘?'

제리코는 하늘을 올려다보았다. 어디서 올려다보든 하늘은 똑같았다.

─잡념이 많아서 몸을 움직이는 걸 수도 있지.

'그럴 수도 있겠네.'

검은 그림자 하나가 빠른 속도로 하늘을 가로질렀다. 크기를 보건대 까마귀나 매일 것이다. 아카데미 건물과 공터를 제외하면 전부 숲이기 때문에 하늘을 나는 새는 다람쥐보다 쉽게 볼 수 있는 흔한 짐승이었다.

"후배님을 만나면 아무도 하지 못할 일을 해낸 업적을 칭송하고 싶었는데 지금은 내가 기운이 없어서 못 해주겠다. 미안해."

"제가 뭘 했다고요."

"엄청난 일을 해냈지. 정말 고마워, 후배님. 진짜 용사님의 피는 못 속인다고 해야 하나. 덕분에 마그노가 제대로 땅에 발을 붙이고 살기 시작했단 느낌이 들어."

"하하."

제리코는 웃음으로 얼버무렸다. 마그노 황자가 오빠일지 모르기 때문에 그렇게 끈질기게 도전했다고는 말할 수 없으니 그저 웃을 수밖에.

'남이면 못 하지.'

-너라면 할 것 같은데.

제리코의 오지랖을 지켜본 검이 너라면 가능하다고 인정했다. 오딜론은 자신이 용사의 피를 언급해 제리코가 어설프게 웃었다 여긴 듯했다.

"내가 너무 네 사정을 고려하지 않고 말했나 보다. 미안해. 네 용기와 인내는 용사님의 유산이 아닌 네가 일군 네 몫이야."

'음. 맞는 말이야. 에라프 님이 내게 해주신 건 태어나게 해준 거랑 돈이랑 쓸데없는 작위랑 말 많은 검이랑 검술 재능이랑……'

-해준 거 많네!

'농담이잖아.'

-할 농담이 따로 있지!

어쨌든 마그노 황자 일에 한해선 용사님의 피가 지대한 공헌을 했다. 피가 아니었다면 제리코가 네 번이나 도전하지 않았을 테니까. 제리코는 이 부분을 인정하고 다 존경하는 에라프 덕분이라고 내숭을 떨었다. 오딜론이 감탄했다.

"기회만 있다면 후배님은 용사님 못지않은 영웅이 될 거야."

"그럴 기회는 없는 게 좋아요."

"그야 그렇지."

큰 공을 세울 혼란이 생기느니 평생 무명 잡졸로 사는 게 낫다. 제리코의 말에 마그노 황자에 이어 오딜론이 존경의 눈빛을 보냈다. 제리코는 마을 아이들을 이끌던 본인의 카리스마가 녹슬지 않았음을 기뻐하며 오딜론이 알려준 수련장으로 이동했다. 또 그녀의 오지랖이 발동한 것이다.

'안 들었으면 모르겠는데 들었으니 가봐야 할 것 같잖아.'

-어째 오딜론이 네 이런 습성을 알고서 일부러 말을 흘린 기분이 든다만. 내 착각일까?

'아냐, 나도 같은 생각 하고 있어.'

알고 있지만 몸이 먼저 움직이는 것을 어찌하란 말입니까. 제리코는 에라프가 물려준 용사의 피가 자신을 조종하고 있다는 농담을 하며 수련장 번호를 확인하고 황자를 불렀다.

"마그노 황자 저하 계세요?"

"열려 있습니다."

제리코는 문을 열고 개인 실외 수련장으로 들어갔다. 마그노 황자는 챙이 넓은 모자와 양산으로 햇빛을 가린 차림새였다. 운동을 끝내고 돌아갈 채비를 마친 상태였는데 뜻밖에도 그는 바닥에 앉아 있다 일어섰다.

제리코는 황자가 흙바닥에 앉아 있단 사실보다 수련장 구석 볕 잘 드는 위치에서 반짝이는 무언가에 시선을 돌렸다.

'사금파리?'

-수련장에서 위험하게시리.

"안녕하십니까, 소공작님."

황자가 자리에서 일어나 정중하게 허리를 숙였다. 변함없이 지극히 공손한 마그노 황자의 인사는 제리코의 숨통을 조였다.

"오딜론 선배랑 마주쳤다 황자님 계시단 얘기를 듣고 와봤는데…… 쉬고 계셨나 봐요?"

"저는……."

마그노 황자가 말을 하다 말고 입술을 다물었다. 그는 미간을 좁히고 진지하게 고심하나 싶더니 제리코가 숨이 막혀 죽을 지경이 되어서야 입을 열었다.

"기다리고 있었습니다."

"저를요?"

"아닙니다."

당신이 왜 거기서 거론돼? 표정으로 한 문장을 말하는 황자의 특기는 건재했다. 제리코는 민망함에 몸을 비비 꼬았다.

"농담에 맞춰 드리지 못해 죄송합니다. 유머 감각이 부족한 저로선 소공작님의 고매한 농담은 이해하기에 시간이 걸립니다."

마그노 황자 딴엔 진지하게 하는 말이 싸늘한 비수가 되어 제리코의 가슴을 찔렀다. 제리코는 앞으로 황자에게 농담하지 않기로 했다. 생각보다 타격이 컸다.

"실은……."

"실은?"

"까마귀를 기다리고 있었습니다."

"네?"

─뭐라고?

제리코는 귀를 의심했다. 귀가 없는 드슬이에게 자신이 잘못 들은 게 아닌지 확인을 요청했다.

제리코는 귀를 의심한 나머지 눈으로 확인에 나섰다. 수련장에 들어설 때 그녀의 시선을 사로잡은 반짝이는 무언가. 가까이로 다가가 살펴보니 사금파리가 아니라 귀걸이와 반지 같은 귀금속이었다. 황가의 물건임을 증명하는 황실 장인의 직인이 찍혀 있었다.

"저어, 저하? 혹시 까마귀가 저하의 물건을 훔쳐 갔다면 로젠을 찾아가 보세요. 가끔 까마귀가 그의 근처에 물건을 떨어뜨리거든요."

"잃어버린 물건은 없습니다. 올 때마다 귀금속을 늘어놓아도 물어 가는 까마귀가 없었습니다."

"……그 말씀은 그러니까."

"까마귀가 반짝이는 물체를 좋아하는 습성을 지닌 것은 책으로 여러 차례 읽었으나 목도할 기회는 없었습니다. 그러던 차에 도서관에서 소공작께서 말씀하신 이후 계속 신경이 쓰여 수차례 검술원을 방문했습니다만, 아쉽게도 목격할 기회가 찾아오지 않고 있습니다. 혹 신경 쓰이게 했다면 죄송합니다."

설명을 마친 마그노 황자의 고개가 아래로 숙여졌다. 제리코는 내려가는 모자챙을 응시하며 따라서 고개를 숙였다.

그러니까 한마디로 마그노 황자는 까마귀 하나 보겠다고 검술원에 들락거렸다는 얘기다.

"까마귀 날아가는 건 본관 쪽에서도 얼마든지 보실 수 있을 텐데 굳이 여기까지……."

검술원에서 까마귀의 절도가 유난히 잦은 것은 까마귀 둥지가 근처에 있어서이기도 하지만 검술원 학생들이 수련 중 벗어둔 귀금속이 까마귀의 시선을 자극했기 때문이다.

날개가 달려 창공을 자유로이 활강하는 새이기에 까마귀는 본관에서도 쉽게 볼 수 있었다. 제리코가 아침마다 밥을 주는 새 무리에 당당히 낀 일원인 것이다.

"가능하면 근거리에서 직접 관찰하고 싶었습니다."

"전 아침마다 새에게 모이를 주거든요. 밥으로 꼬시는 건 어떨까요?"

"기숙사 다른 학생들에게 폐가 되는 데다 제가 기숙사장을 그만두게 되면 다음 기숙사장이 피해를 입을 수 있기에 먹이는 주지 않습니다."

아침마다 신나게 모이를 투척하는 제리코로선 무척 양심이 찔리는 답변이었다.

"물론 소공작께서 거주하시는 백합관은 소수의 인원이 거주하고 다른 기숙사 건물과 떨어져 있어 괜찮습니다. 소공작께서 졸업하신 후에 백합관을 사용할 학생 또한 아침에 찾아오는 깃털 달린 방문객을 반가이 맞이할 것입니다."

새벽에 벌떡 일어나 해가 뜸과 동시에 모이를 주는 제리코의 기상 시간을 알면 절대 하지 못할 소리였다. 제리코는 얼굴도 이름도 모르는 미래의 후배를 위해 모이 주기를 차차 줄이기로 다짐했다.

"또한 먹이를 주었다가 새들이 제게 익숙해져 친근감을 갖고 다가오면 곤란합니다. 아시다시피 샤를 형님은 생명에 위협이 되는 심각한 알레르기를 갖고 계시니까요. 형님은 절 친근히 여기시기 때문에 저 또한 형님의 알레르기를 유발할 수 있는 품목은 근처에 두지 않습니다."

제국의 2황자 샤를은 심각한 털 알레르기를 갖고 있다. 강아지 한 번 안으면 생명이 위태로울 정도다. 덕분에 황후는 제국의 또 다른 주인임에도 흔한 털목도리 하나 없었고 황실에는 털 제품이 자취를 감췄다. 심지어는 마구간마저 멀찍이 이사했으니 말 다한 수준. 황가의 말들이 갈기를 윤기 나게 빗고 곱게 땋거나 짧게 깎은 건 장식을 위해서가 아니라 2황자의 비강을 위해서였다.

"새는 털이 없고 깃털이 있잖아요?"

"새의 부드러운 솜털과 몇몇 깃에 예민한 반응을 보이십니다. 다행히 살아 있는 새가 깃털을 정돈하기 위해 내뿜는 가루에 반응하시는 것이라 세척한 깃으로 만든 깃펜은 사용하실 수 있죠."

─겨울엔 뭐 덮고 사는지 물어보자.

다행히 샤를의 알레르기는 자연 상태의 털에 반응하기 때문에 여러 화학 처리와 세척을 거친 모직물은 안전하다.

어쨌든 마그노 황자의 주장은 타당했다. 새에게 먹이를 주기 시작했다가 활동 반경이 넓은 새가 샤를 황자와 함께 있는 마그노 황자를 보고 다가오면 샤를 황자에게 비극이 벌어질 것이니.

"그렇다고 무작정 검술원에서 반짝이는 걸 늘어놓고 계시다니……."

"실은 그 부분에 대해 부탁드릴 것이 있습니다. 소공작께 많은 폐를 끼친 제가 부탁을 드리는 게 불쾌하실지 모르겠으나 저로선 꽤 진지한 문제라."

"아뇨, 아뇨! 부탁하세요! 마음껏 하세요!"

"하면 실례를 무릅쓰고 묻습니다만, 일전에 말씀하신 까마귀 둥지의 위치를 알고 싶습니다."

대도서관에서 제리코와 로젠의 대화를 들은 이후 마그노 황자는 검술원엘 가 수련장 근처에 있다는 까마귀 둥지를 찾았다.

목적은 분명했다. 그는 까마귀 새끼가 보고 싶었다. 참으로 단순 명쾌한 사유였다.

'오딜론 선배가 말한 숨겨둔 꿀이 까마귀였다니!'

"가능하면 새끼 까마귀를 보고 싶습니다. 새끼 까마귀는 도감에서만 보았지 실물을 본 적이 없고 앞으로도 볼 기회가 없을 것 같았기에 검술원 수련장을 뒤졌는데 아무리 찾아도 보이지 않아서……."

-다른 사람은 모르는 곳인데 찾을 리가 있나.

문제의 까마귀 둥지는 작은 오솔길을 걸어 숲속에 숨겨진 공터에 있다. 수련장을 순회하며 다른 새의 둥지라도 발견했으면 좋았으련만. 사람이 오가고 시끄러운 수련장 근처 나무에 둥지를 짓는 새는 없었고 마그노 황자는 그의 인생에서 극히 드문 시간 낭비란 것을 하고 있었다.

'아이구, 딱해라.'

"까마귀 새끼가 보고 싶으시면 잡아 오라고 하면 알아서 가져오지 않았을까요?"

"그럼 까마귀가 가엾습니다. 전 키우려는 게 아니고 먼발치에서 보고 싶을 뿐입니다."

이쯤 되면 슬슬 조각이 모여 하나의 그림이 완성된다. 따로따로 볼 땐 의미 없는 조각이었으나 잘 짜 맞추자 숨겨져 있던 진실이 드러났다.

"저하 혹시 동물 좋아하세요?"

"좋아합니다."

마그노 황자가 선뜻 동물에 대한 선호를 내비쳤다. 진실이든 거짓이든 입 꾹 다물고 감추려 하는 황자 성격에 이리 확실하게 답을 한다는 건 정말, 아주, 엄청나게 동물을 좋아한단 뜻이었다.

"그럼 도서관에서 늘 이상한 책을 읽으시던 건 대놓고 동물 좋아하는 걸 티 내기 부끄러워서인가요?"

"그렇진 않습니다. 동물이 언급되는 책을 선호해 즐겨 읽다 보니 그런 책만 남았을 뿐입니다."

-동물도감이나 사육법 같은 건 다 읽어버렸다는 거네.

"그렇게 좋아하시면 하나 키우시지…… 아, 샤를 황자님."

제국의 2황자로 태어났으나 털 알레르기가 있단 이유로 종종 가족들에게 눈총을 받는 2황자를 떠올린 제리코가 다르게 질문했다.

"2황자님은 저하가 동물 좋아하는 거 알고 계세요?"

"어릴 때부터 동물이 나오는 그림책을 즐겨 봤던지라 알고 계십니다."

가족이 슬퍼하겠다 싶은 게 있으면 무조건 감추고 보는 황자가 웬일로 대놓고 동물 선호를 내비치나 했다. 이미 들켜서 숨길 필요가 없는 거였다.

"그러지 않으셔도 되는데 제게 미안해하시고 애완동물을 길러도 괜찮다 하시지요. 전 정말 괜찮은데."

"그래도 황궁은 넓잖아요. 작고 털 덜 날리는 종으로 하나 키우시면 될 걸."

"형님이 제 거처에 방문하기 곤란해집니다. 또한 샤를 형님께선 특히나 절 스스럼없이 대해주시는 정다운 성품이십니다. 제가 동물을 만진 후 형님과 접촉하면 안 좋은 영향을 끼칠 수 있으니 아예 차단했습니다."

가족을 위해서라면 죽을 시늉도 하는 마그노 황자였다. 다른 것도 아니고 진짜 목숨이 달린 일이다 보니 황자는 어느 때보다 단호했다.

"그럼 파충류는 싫으세요?"

"어머니께서 털이 없는 동물을 꺼리십니다."

"저런."

마그노 황자는 털이 없는 동물 있는 동물 공평하게 사랑했으나 가족이 싫다 하면 키울 위인이 아니었다. 후에 황궁을 나가 살게 되더라도 샤를 황자나 황후의 방문을 염두에 두고 애완동물을 키우지 않을 게 분명했다.

　-이 황자 성격이면 그러고도 남지.

　사정이 이렇다 보니 제리코의 오지랖에 불이 붙었다. 근처에서 보는 걸로 만족하겠다는데 그것도 못 봐서야 쓰나.

　"부디 둥지 위치를 알려주셨으면 합니다."

　"실은 그게 제 마음대로 알려 드릴 장소가 아니라서요. 로젠이 개인 수련장 만든 건 알고 계시죠?"

　"과연 그런 거였군요. 검술원을 모두 돌아다녀도 보이지 않더니 로젠 선배의 개인 수련장에 있는 둥지였습니까. 로젠 선배의 개인 수련장 위치를 알고 계실 정도로 돈독한 친분을 쌓으셨다니 대단하십니다, 소공작."

　언제는 로젠이랑 친한 걸로 비꼬더니 지금은 감탄한다. 제리코는 다시 한번 그녀의 숨통을 조이는 정중한 언사에 심호흡을 하고 기다릴 것을 부탁했다.

　"로젠에게 물어보고 올게요!"

　"그런 폐를 끼칠 수 없습니다. 고작해야 새끼 까마귀인 것을요."

　"고작해야 새끼 까마귀가 보고 싶으셔서 열심히 출근 도장 찍은 분이 할 말은 아니네요! 그리고 황자님이 로젠에게 돈 빌려달라거나 투자처를 찍어달라고 조를 분은 아니시잖아요."

　여기저기 동네방네 소문을 내지 않는다면 로젠은 기꺼이 수련장 위치를 공유할 것이다.

　제리코의 예상대로 로젠은 흔쾌히 수락했다.

　"저하께서 동물을 좋아한단 얘기는 처음 듣는데."

　"딱히 비밀은 아니래."

　언제 그렇게 친해진 걸까. 로젠은 눈동자가 반짝반짝 빛나는 소녀를 응시하다 웃었다.

　"요즘 저하의 행보가 이전과 달라진 게 네 덕이란 생각이 들어."

"착각일 거야. 오딜론 선배의 공이지."

제리코는 하해와 같은 마음으로 오딜론에게 공을 양보했다. 사람 좋고 오지랖 넓은 로젠의 선량한 미소는 점차 쓴웃음으로 변했다.

"요 며칠 하는 생각인데."

"뭔데?"

"내가 너무 주변에만 신경 쓰고 나 자신을 살피지 못했나, 그런 생각이."

"어머나, 로젠. 사람은 나 먼저 살피고 다른 사람을 살펴야 두 다리 쭉 뻗고 잘 수 있다고 엄마가 그랬어. 그럼 난 저하가 기다리고 계셔서 가 볼게. 허락해 줘서 고마워! 이 빚은 황자님이 갚으실 거야!"

어쩐지 우울해 보이는 로젠을 위로해 주고 싶은 마음이 굴뚝같으나 제리코는 비정하게 마음을 다잡고 돌아섰다. 로젠이 앞으로 덮을 이불을 위해서 그의 흑역사는 깊고 어두워지기 전에 그쳐야 했다.

뒷덜미에 따라붙는 붉은 머리 미청년의 눈길을 떨쳐내고 제리코는 마그노 황자를 로젠 스타즈의 개인 수련장으로 안내했다.

"데이지 소공작이 오해하지 않을까 저어됩니다만."

"괜찮아요! 샌시는 절 믿거든요."

"그렇군요. 하기야, 소공작께선 믿음을 주시는 분이니까요. 발목은 괜찮으십니까? 부축해 드릴까요?"

"다 나았어요!"

'어으, 숨 막혀. 안 되겠어. 빨리 어떻게든 하지 않으면!'

-그러지 말고 진짜 숨 막히는 대화를 해보는 건 어때?

'야, 그런 말 하면 진짜 해버리는 수가 있어. 나 한다면 하는 사람이거든.'

-하자.

검은 사교 활동이 전무한 무생물이라 그런지 인간에게 원만한 인간관계가 얼마나 중요한지 모르고 있었다. 혹은 무시하거나.

'이 자식 겨우 사귄 친구를 며칠 만에 없앨 셈인가!'

-응? 뭐라고? 친구가 너밖에 없는 무생물이라 난 모르겠는데?

되로 주고 말로 받은 것과 별개로 제리코의 얇은 귀가 퍼덕였다. 실은 마그노 황자를 볼 때마다 묻고 싶은 게 한 가지 있었기 때문이다.

제리코는 전부터 궁금한 게 있었다. 릴리에 공주는 아이 아빠에 대해 입을 꾹 다물어 침묵했다. 개인사고 아이를 버리지 않고 양육한 이상 그녀에게 아이 아버지에 대해 추궁할 수 있는 사람이라고 해봐야 현 황제와 선황제 정도일 것이다. 그리고 그들은 추궁할 권리는 지녔으나 대답을 들을 권리는 지니지 못했다.

그렇게 마그노 황자의 친부 정체는 수수께끼가 되어 묻혔다.

하지만 세상에 딱 한 사람, 공주에게 친부가 누구인지 당당하게 묻고 대답을 요구할 권리를 지닌 이가 있다. 마그노 황자 본인이다.

아이가 친부의 정체를 궁금해하면 알려줘야 한다. 그래야 '어머니! 왜 저희 사이를 반대하시는 거죠?'에 뒤따라오는 명대사 '너희는 사실 남매다!'를 예방할 수 있기 때문이다.

'가끔 꼬이고 꼬여서 알고 있는데도 남매였다는 전개가 펼쳐질 때도 있지만.'

-재밌겠다. 책 구해다 줘.

'책 아니야. 마을에 왔던 유랑 극단이었어.'

검이 아쉬운 마음에 없는 혀를 찼다. 잠시 이야기가 옆길로 샜다. 제리코는 자기가 먼저 숨 막히는 얘기를 하자 해놓고 주제를 바꾼 검을 비난하고 목을 가다듬었다.

마그노 황자는 릴리에 공주에게 진실을 묻고 들을 권리를 지닌 유일한 인물이다. 그런 황자가 친부의 정체를 모르는 이유는 딱 두 가지였다. 그가 묻지 않았거나 공주가 대답하지 않았거나.

"저하, 조금 어려운 질문인데요."

"네, 말씀하십시오. 제가 대답해 드릴 수 있는 건 모두 답하겠습니다."

"정말정말 어려운 질문이니까 제가 물어본 다음 막 경멸하고 짜증 나는 표정 지으셔도 되거든요. 제가 질문하려고 하면서도 이걸 해도 되나 궁금할 정도거든요?"

-그럼 하지 마.

'네가 하랬잖아!'

"크흠. 아시다시피 제가 오지랖이 좀 넓고 다른 사람 사생활에 참견하는 걸 잘하고 그렇잖아요."

"덕분에 제 인생을 돌아볼 좋은 기회를 주셨습니다. 감사합니다."

"그래서, 그러니까 내내 궁금했던 건데요. 릴리에 공주님께 친부가 누군지 여쭤보신 적 있나요?"

제리코를 마주 보는 마그노 황자의 눈은 내내 차분했다. 화가 나면 조용히 상대방을 응시하는 마그노 황자의 감정 표현법 덕분에 제리코는 황자의 조용한 시선을 몇 번 맞봤는데 이번 시선은 이전과 달랐다.

이전 시선이 마냥 차갑고 어둡고 바닥 없는 우물에 두레박을 던진 기분이었다면 지금의 시선은 던진 두레박이 바닥에 닿은 기분이었다.

-물도 좀 덜 차갑지.

'미지근해.'

얼음장처럼 차갑던 온도가 미지근해졌다.

"소공작님은 정말 대단한 분이십니다. 저는 감히 하지 못할 질문을 할 용기의 소유자십니다."

비꼬는 말은 아니었다. 마그노 황자는 처연하게 눈을 내리깔았다. 제리코는 붉은 홍채를 절반쯤 덮는 하얗고 긴 속눈썹을 보며 전율했다. 소름이 끼칠 정도로 아름다운 모습이었다.

"없습니다."

-예상은 했지만 답답하네.

'어쩐지 알 것 같기도 하고.'

-어떻게 알아?

'마그노 황자님이 질문하려고 할 때마다 릴리에 공주님이 방금과 비슷한 표정을 지었다고 상상해 봐.'

검은 동의하지 않았다. 생물인 제리코 혼자 극심한 타격을 입고 샌시가 비슷하다 공언한 황자의 미간을 집중해서 응시했다.

"궁금해하셨잖아요."

"네."

"정말 한 번도 물어보신 적 없어요?"

"무섭습니다."

제리코는 더 묻지 않았다. 마그노 황자가 공포를 솔직하게 고백하는 것만으로도 가진 용기를 모두 소진했음을 알아서다.

마그노 황자가 힘겹게 심정을 고백하고 얼마 지나지 않아 둘은 로젠의 수련장에 도착했다.

"이런 곳이 있었군요."

마그노 황자는 소드마스터가 될지 모르는 이의 개인 수련장에 발을 들이게 되어 감탄한 눈치였으나 제리코는 다른 부분에서 깜짝 놀랐다.

"어머나, 나뭇가지 떨어진 것 봐. 요즘 자주 안 오나 보네요."

-쯧쯧. 제일 중요한 시기에 마음이 딴 데 흘려서.

제리코는 로젠을 위해 수련장에 떨어진 나뭇가지와 나뭇잎 등을 치웠다. 마그노 황자는 빗자루 없이 손으로 땅바닥을 휩쓰는 제리코의 행동에 놀라 말렸다.

"로젠도 손으로 하는걸요."

제리코는 손을 툭툭 턴 뒤 둥지가 있는 나무를 올려다보았다. 여러 번 보았기 때문에 금방 찾을 수 있었다. 그녀는 깜짝 선물을 내미는 기분으로 나무를 소개했다.

"짜잔, 저게 바로 까마귀 둥지입니다!"

"정말 수련장과 가까운 곳에 있군요. 수련하는 데 방해가 되었겠습니다."

"지금은 까마귀가 없지만 근처에서 노려보고 있을지도 몰라요. 그러니까 둥지 안을 살피려면 이쪽 나무를 타시면 돼요."

"이 나무를 말입니까?"

"네. 더 높은 곳에 가야 둥지 안쪽이 보이죠."

바닥에서 백날 올려다봐야 둥지 바닥만 보이니 안을 살피려면 올라가야지.

마그노 황자는 제리코가 안내한 나무 앞에 서서 나무를 물끄러미 보기만 했다. 그는 힘차게 나무 기둥을 잡는가 싶더니 끙 소리를 내고 손을 뗐다.

"⋯⋯."

"저하, 설마."

제리코가 의혹을 가득 담아 묻자 마그노 황자는 면목 없다는 듯 고개를 숙였다.

"저는 어른이 하지 말라는 놀이는 하지 않는 아이였기 때문에."

"아무리 그래도 그렇지. 진짜 나무를 한 번도 안 타보셨어요?"

"형님들이 권하시긴 했으나 그런 과격한 장난은 두 형님으로 충분하다는 얘기가 종종 나왔기 때문에 시도해 본 적은 없습니다."

"그래도 나무잖아요! 사람이 올라타라고 있는 거죠!"

―세상의 모든 나무에게 사과해.

존이 만들어준 그네를 탈 때 반드시 몇 바퀴씩 돌던 제리코로선 이해할 수 없는 유년기였다. 아이가 어른 눈치를 살펴 노는 걸 자제한다니. 그게 말이나 되는 소린가. 심지어 어른이 먼저 요구한 것도 아니고 아이가 혼자 눈치를 살폈다. 아이를 예뻐하는 제리코로선 눈물을 뚝뚝 흘리고 싶어질 만큼 슬픈 이야기였다.

"안 떨어지면 안 위험하거든요. 아니지, 이게 아니지."

제리코는 심호흡을 해서 흥분을 가라앉혔다. 중요한 건 따로 있었다. 그걸 잊어선 안 된다.

"저하는 다른 저하들이 권하실 때 나무 타고 싶으셨어요, 타기 싫으셨어요? 이것만 분명히 해주세요."

"한 번쯤 시도하는 건 나쁘지 않다고 생각했습니다."

"좋아요. 그럼 떨어져서 위험하다는 것 외에 어른들이 나무 타기를 꺼린 다른 이유가 있었나요?"

"나무껍질로 인해 손바닥에 생채기가⋯⋯."

"손바닥 까질 정도로 검술을 연습시키면서 손바닥이 까지니까 나무를 타면 안 된다는 건 논리가 안 맞거든요."

마그노 황자의 표정이 변했다. 그 생각은 못 해봤다는 얼굴이었다.

"과연! 소공작께선 혜안이 있으십니다!"

"이젠 떨어질 일도 없겠다, 옆에서 도와줄 숙련된 전문가도 있겠다. 나무를 타서 까마귀를 봐요!"

제리코는 등에 업고 있던 검을 바닥에 내려놓았다. 이런 큰 검을 등에 지고 디딤대를 자처할 순 없었기 때문이다. 실수로 마그노 황자가 검을 잡기라도 해봐라. 만에 하나 타면 곤란하고 안 타면 그 썰렁한 분위기를 어떻게 감당한단 말인가.

-맞아. 난 여기다 둬.

드슬이도 같은 생각이었다.

"초보자라 그냥 올라가는 건 힘들 테니까 제가 디딤대가 되어드릴게요. 제 무릎이랑 손, 어깨를 밟으신 다음에 여기 이 튀어나온 곳을 밟고 올라가세요."

동생들을 올려줄 때 많이 해봤기 때문에 제리코는 능숙하게 자세를 잡았다. 마그노 황자가 정색했다.

"감히 그런 짓을 할 수는 없습니다."

"그럼 직접 올라가 보십시다!"

제리코가 자리를 비켜주자 황자는 다시 나무를 끌어안았다. 전문가인 제리코가 봤을 때 앞으로 한 시간은 저러고 있을 것 같았다.

-어떻게 알아?

'애가 열 명이면 하나는 꼭 저래. 그냥 두면 한 시간이고 두 시간이고 끌어안기만 해. 많이 올라봐야 한 발짝 오른다니까.'

고기는 먹어본 놈이 뜯을 줄 알고 나무는 타본 놈이 잘 올려준다. 제리코는 황자를 비키게 한 후 다시 자세를 잡았다.

"자, 어서!"

"그럴 수는 없습니다. 그런 무례를 저지르느니 까마귀를 보지 않거나 후에 사다리를 가져와 살피겠습니다."

-까마귀 보고 싶어서 바쁜 시간 쪼개 검술원 찾아와 놓고 고작 나무 하나 때문에 이게 뭐냐. 쟤 지금 못 보면 평생 못 볼 것 같은데.

'나도 그렇게 생각해. 그러니까 내가 어떻게든 해야지.'

"무서우세요?"

"부상을 염려하는 것이 아닙니다. 제가 소공작께 그런 무례를 끼칠 이유가 없다는 것입니다."

"전 정말 괜찮아요."

"제 마음이 편치 않습니다."

"저하는 제가 마차에 타고 내릴 때 도와주셨죠. 그거랑 똑같아요. 정절 밟는 게 걱정되시면 신을 벗고 오르세요."

"그럴 수는 없습니다. 정말 감사합니다만 소공작님, 추후 사다리를 가져와 까마귀를 보겠습니다. 오늘 여러모로 감사합니다."

"정말 이러기예요? 저한테 약간 앙금 있으시잖아요. 당당하게 밟을 기횐데 그냥 보내려고요? 제가 아까 한 무례한 질문에 복수한다고 생각하시고 갑시다! 앙금 없어도 생각해 보세요. 다른 소공작도 아니고 무려 미베어 소공작을 당당히 밟을 기회라니까요? 캬아, 평생에 딱 한 번 이네요. 지금 미베어 소공작을 이용하시면 무릎에 손, 어깨가 무료! 무료! 나무를 타시면 제리코 미베어가 올라갈 때 한 번, 내려올 때 또 한 번 공짜로 도와드립니다! 한 번에 두 번 도움을 받을 수 있는 기회! 놓치지 마세요!"

약장수를 꿈꿨던 소녀가 연습했던 문구를 재활용했다. 약장수의 광고를 한 번도 보지 못한 황자님은 세상에 뭐 저리 해괴한 문장이 있냐는 표정을 지었다.

─넌 약장수로 대성했을 거야.

'고마워. 나도 그렇게 생각해.'

인류는 용사의 상속자를 얻는 대가로 걸출한 약장수의 재목을 잃은 것일지도 모른다.

마그노 황자는 입술을 꽉 깨물고 제리코와 나무를 노려보다 결국 신을 벗었다. 그의 손처럼 눈부시게 흰 발이 드러났다. 그는 양말까지 벗고 결연한 표정을 짓고서 제리코 앞에 섰다.

"잘 부탁드립니다!"

"저만 믿으세요!"

마그노 황자는 제리코가 인도하는 방향대로 발을 디디면서 제리코의 몸을 올라 나무 타기에 성공했다. 처음 나무를 잡고 끙끙거리던 어설픈 몸놀림을 버린 듯 동작이 크고 거침없었다. 아래에서 적절한 조언을 해주는 제리코의 지도와 타고난 운동 신경 덕분이었다.

마그노 황자가 먼저 올라 자리를 잡자 제리코가 이어 나무를 올랐다. 그녀는 숙련된 조교답게 빠른 속도로 나무에 오른 뒤 마그노 황자의 상태를 확인했다. 안 하던 일을 하느라 힘써서 그런지 황자의 얼굴과 목덜미가 붉었다.

"물 좀 드릴까요?"

"아뇨, 그런 것이 아니라."

마그노 황자가 가지에 앉는 바람에 아래에서 대롱거리는 두 발을 모았다.

"가족과 시종 외 이성에게 맨발을 보이는 게 처음이라 조금 부끄럽습니다."

오를 땐 잊고 있었는데 나무에 오른 뒤 상쾌한 바람에 맨발을 식히니 뒤늦게 부끄러워지기 시작한 듯했다.

얼굴을 붉히고 부끄러워하는 마그노 황자의 모습은 여간해선 보기 힘든 진풍경이었다. 제리코는 홀린 듯 그에게서 눈을 떼지 못하다가 이내 결심했다.

'다음에 만져볼 곳은 발이다!'

-엥? 견갑골은?

'아니다, 맨 뒤로 미룰까? 샌시가 저렇게 부끄러워하면 내 이성이 버텨 줄지 자신이 없어!'

귀족이라고 모두 이성에게 맨발을 보이는 걸 꺼리지는 않는다. 그렇게 치면 친구와 물놀이도 못 할 것이 아닌가. 다만 온실 속 화초로 곱게 큰 마그노 황자가 이런 반응을 보인다면 몸가짐 단정하기로 소문난 샌시도 필시 비슷한 반응을 보일 게 분명했다.

'마침 둘 다 같이 물놀이할 친구가 없다는 공통점이 있지.'

제리코는 음흉한 웃음을 흘리다가 황자의 싸늘한 시선을 의식하고 입술을 다물었다.

"죄송해요, 샌시 생각을 좀 하느라."

"사랑하는 마음이 깊으니 좋은 일입니다."

"어쨌든 전 황자님께 그런 마음 없으니까 안심하세요. 저하께서 저 꼬시던 게 갑자기 막 떠오르고 그러네요."

"그때 모습은 잊어주시길 청합니다."

"엄청 위험하고 치명적인 매력이 풀풀."

"잊어주시기 바랍니다."

로젠 흑역사 걱정만 해줬더니 이불을 차야 할 사람이 여기 또 있었지 뭔가. 제리코는 오늘 밤 마그노 황자의 이불이 무사할지 걱정했다.

'에라프 님, 죄 많은 분.'

-할 말이 없다.

에라프의 아이가 제리코 딱 한 명이었다면 이렇게 흑역사를 쌓는 남자가 생기지 않았을 것을.

마그노 황자가 업보란 무엇인가에 대해 진지하게 고민하는 동안 제리코는 둥지 위치를 포착했다.

"저쪽을 보시면 둥지 안 까마귀가 보…… 보여야 하는데 없네요?"

귀여운 새끼 까마귀가 기다리고 있어야 할 둥지 안이 텅 비어 있었다. 제리코가 당황한 나머지 말을 더듬었다.

"지, 진짜 까마귀 둥지 맞거든요? 있었거든요? 제가 봤거든요?"

"진정하십시오, 소공작. 의심하지 않습니다. 아마 새끼가 자라 둥지를 옮겼을 겁니다."

새끼가 자라면서 더 나은 환경을 위해 이사했을 뿐이라며 마그노 황자가 제리코를 위로했다. 그는 씁쓸하게 텅 빈 둥지를 응시했다.

"제가 늦었을 뿐입니다."

"그렇게 생각하지 마세요. 제가 조금 더 일찍 여쭤봤더라면."

"아니요, 제 잘못입니다. 소공작님 말씀대로 전 무서웠습니다."

마그노는 눈을 감고 불어오는 바람을 느꼈다. 나무 위에 오르지 않았으면 알지 못했을 낯선 감각이었다. 이리 쉽게 오를 수 있는 것을 왜 그간 해보지 않았을까?

"소공작께서 제 무게를 못 이겨 다치실까 봐 겁이 났습니다. 먼저 권하셨으나 해보니 힘들어 꺼리실까 겁이 났습니다. 그래서 절 좋지 않게 여기실까 겁이 났습니다. 하라 했다고 진짜 한 눈치 없는 자로 보실까 겁이 났습니다."

"제가 그럴 리 없잖아요!"

ㅡ누굴 인간 말종으로 아나!

"알고 있습니다. 그런데도 무서웠습니다."

마그노는 언제나 릴리에 공주에게 묻고 싶은 말이 있었다.

'절 사랑하세요, 어머니?'

사랑한다는 대답이 돌아올 것을 안다. '왜 그런 염려를 하니'란 질문이 되돌아올 것을 안다. 사랑한다는 말을 들으면 확신을 얻을 수 있을 것 같다. 그럼에도 그는 릴리에 공주에게 질문을 한 적이 없다.

마그노는 무서웠다. 두려웠다. 릴리에 공주는 아이의 아버지가 사랑하는 사람이었다고 말했다고 한다. 할아버지인 선황이 그리 말했다.

사랑하는 사람의 아이. 사랑하는 사람의 아이라 하여 무작정 낳고 싶다고 생각해선 안 된다. 상대를 사랑하는 마음과 아이를 낳는 일은 별개의 일 아닌가.

마그노를 사랑해서 낳은 게 아닐지도 모른다. 불쌍해서 낳았을지도 모른다. 결혼을 꺼리던 차에 좋은 핑계다 싶어 낳았을지도 모른다.

마그노는 릴리에 공주 앞에서 친부의 이야기를 꺼내는 게 무서웠다. 친부가 어떤 사람인지, 그를 정말 사랑했는지를 아는 게 무서운 것이 아니다. 릴리에 공주가 그 질문을 듣고 품게 될 생각이 무서웠다.

혹시나 사랑이 없는 관계였던 건 아닐까. 잊고 싶은 기억을 억지로 끄집어내게 되는 건 아닐까. 그리고 불쾌한 기억을 상기시킨 나를 싫어하게 되는 건 아닐까.

"무서워서 공주님께 친부에 대해 여쭤볼 수가 없었습니다. 대답을 듣는 게 무서워 절 사랑하느냐 묻지 못했습니다. 무서워서 왜 절 두 분 폐하의 양자로 보냈냐고 묻지 못했습니다."

엄마가 날 사랑하지 않는다.

아이에게 세상에서 그보다 무서운 일은 없다. 부모는 사람이 태어나 처음으로 접하는 타인이자 보호자다. 자립 생존이 불가능한 입장에서 보호자의 애정을 갈구하는 건 지극히 당연하고 마땅한 본능이었다.

마그노 황자는 어머니인 릴리에 공주가 자신을 사랑하지 않을 수 있음을 이해했다. 유독 철이 빨리 든 머리는 릴리에 공주의 사정을 이해했으나 미성숙한 마음은 깊은 상처를 입었다.

"전 공주님이 슬퍼하실 것이 두렵습니다. 화를 내신다는 상상만 해도 머릿속이 백지가 됩니다. 공주님의 눈짓, 손짓, 무언 모두 무서워 견딜 수가 없습니다."

"공주님을 싫어하시는 건 아니시죠?"

"그런 배은망덕한 마음을 품을 리가요. 언제나 공주님의 행복을 바랍니다. 그런데 제가 그분의 불행일지도 모른다고 생각하면 도무지 잠을 이룰 수가 없습니다."

릴리에 공주에 대한 죄책감만으로도 숨쉬기 어려울 지경인데 마그노 황자를 짓누르는 이는 공주 한 명이 아니었다.

"황후 폐하와 황제 폐하는 다정하게 절 받아주시고 기꺼이 막내로 삼아주셨습니다. 그런데도 두 분께 받은 은혜를 제대로 보답할 길 없이 공주님께 미련을 보이는 제가 싫습니다. 황후 폐하께 죄스러워 고개를 들지 못하겠습니다."

-환장하겠네.

마그노 황자의 예민한 성정에 복잡한 가정사가 얽히면서 전설의 검이 환장하는 사태가 벌어졌다.

-병이 깊다. 저걸 어쩌냐?

'말 걸지 마. 나 지금 바빠.'

-네가 뭘 바빠.

'눈물 참느라 바빠!'

제리코는 필사적으로 눈물샘을 막아보려 애썼지만 본래 웃음이 헤프고 눈물도 헤픈 것을 어쩌랴. 눈물을 참으니 콧물이 대신 흘러 제리코는 손수건에 코를 풀었다.

"사실은, 히끅, 양자로 가기, 흐윽, 싫으셨군요!"

"싫었습니다. 폐하가 싫은 것이 아닙니다!"

"당연하죠오. 끄윽, 누가 그런 걸 의심해요. 누가 그런 걸로 욕해요. 욕하는 사람 있으면 제가 다 때려줄게요오! 흐윽!"

가기 싫으면 싫다고 하면 되는데 엄마랑 어른 눈치 보느라 그걸 못 한다. 제리코는 어린 마그노 황자를 상상하고선 결국 울음을 터뜨렸다. 하얗고 뽀얀 어린아이가 밤에 몰래 울면 예민한 피부 때문에 다음 날 들킬까 봐 울지도 못하는 모습을 상상했더니 눈물을 참기 힘들었다.

"공주님과 폐하 모두 절 위해 그런 결정을 내리셨음을 알고 있습니다. 하지만 저는,"

"아이고오! 당연히 가기 싫죠! 그걸 말이라고 하세요!"

이놈의 황자는 왜 남들 다 하는 때 한 번 쓰지 않아 사람을 울리나 그래. 제리코는 바닥에 누워 환장하겠다고 연발하는 검을 불렀다.

'야. 빨리 까마귀로 현신해서 애교 좀 부려.'

―뭐?

'여기까지 오신 거 까마귀 날개깃 끄트머리라도 보셔야 할 것 아니야. 빨리 까마귀 모습으로 날아와서 서비스 좀 해드려.'

드슬이는 기가 차서 말했다.

―넌 내가 애완 검으로 보이냐?

'당연히 세상에서 제일 멋지고 아름답고 현명하고 날도 바짝 세운 드래곤 슬레이어 소드 님으로 보여.'

애완 검으로 보는 게 확실했으나 검은 한숨을 쉬고 이번만 봐주기로 했다. 주인 아들일 확률이 높은 마그노 황자가 검을 환장하게 만드는데 뭐라도 해줘야 환장한 마음이 풀릴 것 같았다.

-알고 있으면 됐어. 이번은 네 얼굴을 봐서 봐주도록 하지.

드슬이는 까마귀 모습으로 현신해 근처 나무에 올라 기품 있게 외쳤다.

"각!"

"저기 보세요! 까마귀예요!"

세상엔 짜고 치는 판이란 게 존재한다. 전설의 검과 용사의 딸이 짠 판에 하얀 황자는 홀라당 넘어갔다.

"정말 까마귀군요."

"제가 밥 주는 까마귀예요! 절 발견해서 찾아왔나 봐요! 우쭈쭈, 이리 와."

-누굴 개로 알아!

말로는 투덜거리면서 드슬이는 제리코와 마그노 황자가 있는 방향으로 날아 근처 가지에 착지했다.

까마귀의 등장이 지나치게 작위적이었기 때문에 제리코는 연기에 몰입해 마그노 황자의 의심을 누그러뜨리기로 했다. 마침 그녀의 주머니엔 먹거리가 넘쳐났다. 제리코는 개중 까마귀가 먹을 법한 걸 꺼내 손에 들고 흔들었다.

"까마귀야, 구구구구, 밥 먹자, 구구구구."

-이 자식이!

"까악!"

분노한 드슬이가 날개를 활짝 펼쳐 활강했다. 용사의 딸은 성난 까마귀의 공격이라는 시련 앞에서 연기에 몰입하는 투혼을 보였다.

"배은망덕한 새! 다시는 밥을 주지 않을 테다!"

"까악! 까악!"

발톱으로 설설 할퀴던 드슬이는 제리코의 연기 투혼에 더 격렬한 공격을 시행했다. 까마귀의 뾰족하고 튼튼한 부리가 제 손을 쪼기 시작하자 제리코는 새된 비명을 지르고 손을 주머니 속으로 감췄다.

"정말 이러기야!"

"까악! 까악!"

까마귀는 성을 내고 소녀는 까마귀에게 진심으로 화를 내며 잔소리를 퍼붓는다. 지켜보는 입장에선 어지간한 희극보다 재밌는 광경이었다.

갑자기 공격해 오는 까마귀에게서 제리코를 감싸려다 둘이 진지하게 싸우는 모습에 이러지도 저러지도 못하던 마그노 황자의 입가가 슬쩍 올라갔다.

까악깍깍깍!

드슬이와 싸우던 제리코는 낯선 까마귀 울음소리에 고개를 돌렸다. 갑자기 등장한 낯선 동족을 경계하는 날카로운 울음소리와 함께 숲속에서 까마귀 한 마리가 등장했다. 아니, 두 마리였다.

"오, 두 마리."

시끄럽게 우는 까마귀 뒤로 나뭇잎 사이에 숨은 다른 까마귀가 보였다. 앞에 있는 놈은 당장에라도 두 사람과 가짜 까마귀를 공격할 듯 성을 내는데 뒤에 있는 덩치 큰 놈은 얌전했다.

"저하, 저기 보세요. 까마귀가 더 있어요. 뒤에 숨은 놈은 덩치도 큰 게 얌전하네요."

"이 둥지에서 살던 새끼 까마귀 같습니다."

"덩치가 더 큰데요?"

"성체가 되기 전의 새끼 까마귀는 솜털과 깃털이 혼재해 어미보다 커 보일 때가 있습니다. 아마 그 시기가 아닌가 싶습니다."

덩치 차이를 빼면 새끼는 완전히 어른 까마귀와 동일한 생김새를 갖춘 상태였다.

목적이었던 새끼 까마귀를 발견했다는 기쁨도 잠시. 어미인지 아비인지 모를 까마귀가 제대로 대답해 주지 않는 동족에게 화가 나 공격을 감행했다. 자주 봐서 익숙한 빨간 머리는 공격 대상이 아니었다.

까악! 까악!

-으악! 뭐라는 거야? 화난 것 같은데.

'너 까마귀랑 얘기 못 해? 까마귀 울음소리는 흉내 내잖아.'

-그게 이거랑 같냐! 으악, 너 때문에 이게 뭐냐아!

드슬이는 마그노 황자의 시야를 벗어나 사라지기 위해 숲속으로 날아갔다. 그 뒤를 부모 까마귀가 쫓았다. 제리코는 서둘러 나무 아래로 내려갔다. 새로운 까마귀가 등장해 검을 건드리면 큰일이었다.

"까마귀 통구이를 만들기 전에 드슬이를 챙겨야겠어요."

검 자체가 반짝이는 데다 검집에도 보석이 박혀 있고 보석 장식술은 두 개나 달았으니 반짝이는 물건 그 자체였다. 혹여 빛에 홀린 까마귀가 장식술이라도 채 갔다간 화염에 휩싸여 통구이 신세를 면치 못할 것이다.

부모가 사라지자 새끼 까마귀는 나뭇잎 사이로 몸을 감췄다. 결국 새끼 까마귀를 보겠다는 목적은 달성했기에 제리코는 활짝 웃었다. 울다가 웃으면 엉덩이에 뭐 난다는 건 순 거짓말이다. 울고 싶을 땐 울고 웃고 싶을 땐 웃어야지.

"목적 달성했네요."

"덕분입니다."

"그래도 조금 아쉽네요. 새끼 까마귀 엄청 귀여웠거든요. 솜털이 보송보송해서 오골계 병아리 비슷하면서 다르게 생겼는데. 꺄아, 귀여웠어."

"쫓긴 까마귀는 괜찮을까요."

"괜찮을 거예요. 제가 아는 까마귀 중에 제일 잘났거든요."

현신한 몸이 본체에서 멀어질 수 있는 한계까지 도망쳤다 돌아온 검이 항의했다.

-나한테 하실 말은 없는지?

'아잉.'

-아잉이 나올 소리냐!

갑자기 표적을 놓쳐 원통했는지 분노한 까마귀 울음소리가 저편에서 울려 퍼졌다.

"저것 봐요. 놓쳐서 분한가 봐요. 잘 도망갔을 거예요."

"무사히 도망쳤다니 다행입니다."

동물을 사랑하는 마그노 황자는 진심으로 안도했다.

목적을 달성했으니 내려올 차례. 제리코는 마그노 황자를 유혹할 때 했던 말을 지키기 위해 나무를 붙잡고 자세를 잡았다.

"자, 절 믿고 내려오세요!"

"……."

"혼자 내려오신다는 얘긴 하지 마시고요! 원래 높은 곳은 내려가는 게 올라가는 것보다 위험한 거 아시죠? 내려오는 게 쉬우면 고양이들이 왜 내려달라고 울겠어요?"

혹시 무서워서 못 내려오는 건가 싶어 제리코는 황자에게 믿음을 주기로 했다.

"저만 믿으세요! 전 돼지도 번쩍번쩍 든다니까요? 여차하면 좋아하는 남자를 번쩍 들고 도망 다닐 수 있거든요!"

"풋."

마침내 마그노 황자가 작게 웃었다. 웃는 건 좋은 일이지만 믿음을 주기엔 부족하다 여겨 제리코는 부연했다.

"농담이 아니라 진짜예요. 제가 샌시를 몇 번 부축하면서 대충 무게를 재봤는데 그만하면 번쩍 들겠더라고요."

"돼지보다 쉬울 것 같습니까?"

"사람은 마주 안아주지만 돼지는 반항하니까요. 샌시 드는 게 더 쉬울 듯해요."

나 이런 사람이야. 너도 마주 안아줄 수 있어. 설득은 이만하면 되었단 생각에 제리코는 자세를 잡았다. 황자는 소녀에게 기대 내려오는 대신 처음 접한 높이의 세계를 두리번거렸다.

미베어 소공작은 참 신기한 인물이었다. 그가 살면서 마주할 사람 중 이처럼 대범하게 자신을 믿으라 말하는 사람은 없을 것이다.

'그리고 이처럼 무조건 신뢰하고 싶어지는 사람 또한 없겠지.'

마그노 황자는 고개를 숙여 제리코를 보았다. 야무진 표정을 지으며 제 몸을 밟으란 몸짓을 취하는 소녀가 마그노는 마냥 신기하고 경탄스러웠다.

마치 나무 위에 올라와 보게 된 새로운 세상처럼.

"소공작이 아니셨더라면 전 이런 세계를 평생 모르고 살았을 겁니다."

"아니죠. 사다리를 타고 오르셨을 수도 있죠."

"제가 좀 더 일찍 까마귀 얘기를 꺼냈다면 귀여운 새끼 까마귀의 모습을 놓치지 않았을 겁니다. 제가 형님들의 권유를 받아들였다면 소공작의 도움을 받지 않고 혼자 힘으로 나무에 오를 수 있었을 겁니다. 저는 줄곧 무섭다는 이유로 도망쳤습니다."

저 사람은 위험하게 왜 나무 위에서 진지한 얘기를 하는 걸까. 제리코는 진심으로 그런 생각을 했다.

"생각해 보면 전 늘 그랬습니다. 가족에게 폐가 되기 싫다는 핑계로 인생을 낭비했지만 실상은 그분들이 제게 실망하고 등 돌리는 게 무섭고 싫었을 뿐입니다. 두 분 폐하의 양자로 들어가길 바라지 않았으면서 누군가 해결해 주길 기다릴 뿐 제가 나서서 말하지 않았습니다. 돌이켜 생각하니 참 이상한 일인데 말이죠. 다섯 살 어린아이가 엄마와 같이 살고 싶다는 얘기를 하지 못하는 건 정말 이상한 일인데……."

'안 돼, 내 눈물샘.'

나무 위에서 굳이 저 얘기를 하고 있다니. 나무 위가 참 마음에 드시나 봐. 이런 생각을 하며 눈물을 참는 것도 한계가 있었다.

제리코는 어설프게 성숙한 나머지 떼를 쓰지 못하는 어린 황자를 상상하고서 다시 눈물을 철철 흘렸다.

"대단한 불행은 아닙니다. 사생아로 태어났지만 황족으로 인정받았고 학대나 부당한 처사에 운 적도 없습니다. 해가 떠서 질 때까지 고된 노동을 하지만 빈곤에서 벗어날 수 없는 삶을 산 적도 없고 앞으로도 없을 겁니다. 배부른 투정인 걸 알고 있으나 전 항상 제가 불행하고 불행해야 한다고 생각했습니다."

제대로 울어본 적 없는 황자는 자기 얘기를 듣고 엉엉 울어주는 소녀에게 감사의 마음을 표현할 길을 찾지 못해 속내를 털어놓는 것으로 대신했다.

"용기가 없다는 핑계로 도망치고 있었습니다. 실은 더 편한 길을 택해놓고 변명이 거창했습니다. 그런 주제에 소공작께 투정 부리고 폐를 끼치기나 하고."

"폐, 크흡, 끼쳐도 되거, 크흡끅, 든요."

습기 어린 뜨거운 것이 그의 목구멍을 타고 흘러 늘 고이던 곳에 머물렀다. 놀랍게도 이전처럼 괴롭지 않았다.

"저 새끼 까마귀는 곧 독립하겠죠. 저도 제 불행과 헤어질 때가 온 듯합니다."

평생의 동반자가 될 줄 알았던 불행이 어느새 저만치 멀어져 있었다. 평생 행복하게 살진 못하더라도 평생 불행하게 살지는 않을 것이다. 그리 생각하니 제리코에 대한 순수한 애정과 호의가 물밀 듯 밀려왔다.

마그노 황자는 제리코의 도움을 받지 않고 나무에서 내려왔다. 아프거나 불편한 곳 하나 없이 나무를 오를 생각만 하니 제자리에 달라붙어 진도가 나가지 않았던 것이다. 약간의 부상과 통증을 각오하니 나무를 오르내리는 건 그리 어려운 일이 아니었다.

마그노 황자는 저 대신 엉엉 울어주는 고마운 은인을 위해 무릎 꿇고 손수건을 바쳤다.

"모두 소공작님 덕분입니다. 이 은혜를 어찌 갚아야 할지."

"그러어, 흑흑, 그러면요오."

가뜩이나 큰형님 대접하듯 구는 마그노 황자 때문에 숨이 콱콱 막혀 오는데 무릎까지 꿇으니 진짜 기절할 노릇이었다. 제리코는 이것저것 깊게 생각하는 대신 눈앞의 위기에 대처했다.

"그럼 말투 좀 고쳐주세요. 저 진짜 기절할 것 같아요. 편하게 하세요, 편하게. 저도 편하게 할게요."

마그노 황자는 황제에게 반말 쓰라는 얘기를 들은 것처럼 깜짝 놀랐다.

"그럴 수는 없습니다!"

"은혜 갚으신다면서요. 저한텐 황자님이 편하게 대해주시는 게 은혜 갚는 거거든요? 진짜 절실하거든요?"

제리코로선 정말 절실했다. 마그노 황자의 친구가 되었는데 친구가 내내 큰형님 모시듯 극진한 대우를 한다고 상상해 보라. 그리고 마그노 황자는 지은 죄가 있음을 항시 상기하고 때때로 죄지은 사람처럼 구는데 보는 입장에선 죽을 맛이었다.

"다른 분도 아니고 감히 소공작께 그럴 수는 없습니다."

"맨발로 밟을 수는 있고 반말은 못 하고요?"

마그노 황자의 눈처럼 하얀 얼굴이 잘 익은 토마토로 변신했다. 제리코는 이참에 기세를 몰아 밀어붙였다.

"저 황자님보다 나이 많은 샌시랑 로젠이랑도 편하게 지내거든요? 우리 친구라면서 이렇게 굴 거예요? 오딜론 선배한텐 안 그러시잖아요."

"그야 오디와 소공작은 다른 분이니……."

"오딜론 선배는 제가 말 놓자 그러면 흔쾌히 허락하실걸요?"

─맞아. 갠 그럴 거야.

"저하께서 서로 존대하고 공경하는 친구 관계를 원하신다면 저도 그렇게 해드릴 의향이 있는데요, 저하는 지금 제게 상호 존중이 아니라 일방적인 존중을 보여주고 계세요. 이럼 우리 사이가 평등하지 않고 서열이 있는 관계 같잖아요. 제가 생각하는 친구는 그렇지 않거든요."

마그노 황자는 쉽게 굴복하지 않았다. 제리코의 약장사 기질이 나설 차례였다.

"지금 제게 말을 놓으시면 특별히 절 제리라 부를 수 있는 권리를 드리죠! 아무한테나 허락하지 않습니다! 오직 가족한테만! 가족 같은 사람한테만 허락하는 제 애칭!"

손해 보는 장사는 아니었다. 마그노 황자는 실제로 제리코와 혈연관계일 수도 있기 때문이다. 제리코가 파격 서비스를 제시했는데도 마그노 황자는 머뭇거렸다. 결국 제리코가 입에서 불을 뿜었다.

"선택하세요! 릴리에 공주님을 어머니라고 부를래요, 절 제리라고 부를래요!"

황자는 말문이 막힌 듯 헛기침을 하더니 잠시 후 순순히 입을 열었다.

"잘 부탁해, 제리."

"좋아! 앞으로 사이좋게 반말하기. 존댓말 쓰면 벌칙이야!"

제리코는 숨통이 탁 트이는 느낌에 호쾌하게 웃었다. 검은 마그노 황자가 호방하게 웃는 그녀를 또 형님 보듯 응시한 걸 비밀에 부치기로 했다.

돌아가는 오솔길. 한시름 던 제리코는 마그노 황자의 시름을 덜어줄 궁리를 하느라 머리를 쥐어짰다. 하지만 작은 마을에서 평화롭게 살아온 그녀가 복잡하고 환장할 마그노 황자의 비비 꼬인 사연을 풀어주기엔 무리가 있었다.

결국 제리코는 어른 찬스를 사용했다.

"내가 열심히 생각해 봤는데 마그노의 고민에 조언을 해줄 자격은 없는 것 같아. 경험도 부족하고 생각도 짧고."

"들어주신, 들어준 것만으로도 고마워."

"입 밖에 꺼내서 마음이 조금 편해지긴 했겠지만 그래도 기왕 말한 거 더 나아지면 좋잖아. 그러니까 말인데 현명한 어르신께 도와달라고 하자!"

마침 루나 아카데미엔 마그노 황자가 도움을 요청하기 딱 좋은 어르신이 한 분 계셨다. 똑같은 황족이기에 황실의 이야기를 잘 알고 있고 마그노 황자에 대한 애정도 깊은 사려 깊은 어르신이.

"메렐 교수님께 나한테 한 얘기를 해보자."

"그건……."

"메렐 교수님은 마그노가 투정 부리러 오는 걸 기다리고 계실 거라 생각해."

슬픈 과거를 이야기할 땐 울지 않던 마그노 황자가 그 얘기를 듣자마자 울 것 같은 표정을 지었다.

"시도해 보겠습, 볼게."

존댓말과 반말이 섞인 감사의 말을 듣고 제리코는 마그노 황자와 헤어졌다.

"메렐 교수님이랑 얘기 잘했으면 좋겠는데."

—근데 제리.

"응, 왜?"

—제리는 가족이랑 가족처럼 친한 친구한테만 허락하는 애칭이라고 했잖아. 나는? 나도 가족같이 친한 친구야?

'무슨 소릴 하는 거야.'

은근히 기대를 섞은 검의 질문에 제리코는 진심으로 의아한 듯 질문으로 받아쳤다. 검은 살짝 상심했다.

—그렇지?

애초에 검이 멋대로 제리라 부르기 시작했지 제리코에게 허락받은 호칭은 아니었다. 검이 앞으로 철이 주재료인 제 몸을 믿고 계속 제리라고 부를 것인가, 아니면 제리코라고 부를 것인가 고뇌했다.

제리코는 진짜 이 검이 무슨 생각을 하는지 알 수 없다고 생각했다.

'진짜 왜 그러니?'

어이가 없어도 너무 없었다.

'넌 내 가족이잖아.'

-무생물인데? 피도 안 섞였잖아.

'그렇다고 가족이 아니야?'

-그러게.

존과 제리코는 피가 안 섞였지만 가족이었다. 그러니 드슬이도 얼마든지 제리코의 가족이 될 수 있었다.

-그럼 우린 가족인 거네?

'당연하지. 넌 에라프 님 자식이면서 동시에 내 동생이지. 친구는 깔고 들어가는 거고. 원래 가족은 친구 관계가 기본으로 깔려 있거든.'

-왜 내가 동생이야! 내가 더 어른스러운데!

"왜냐하면."

제리코는 힘차게 검을 휘둘렀다.

"내가 너보다 며칠 더 일찍 태어났으니까!"

친구는 동등해야 한다면서 언니, 누나를 고집하는 임시 주인의 모순. 드래곤 슬레이어 소드는 그 모순이 싫지 않았다.

〈이만보〉 지하 2층. 샌시의 복귀 이후 교대로 불려가 마법진에 마력을 불어넣은 회원이 3층 계단을 기어올라 왔다.

"마력 부족해서 어지러워."

"죽을 것 같…… 우엑."

"야, 여기다 토하지 마. 지하라 환기하기 힘들단 말이야."

회원들이 이 부당한 마력 갈취를 참는 것은 샌시가 마력 회복 약을 제공하기 때문이다. 그들은 비싼 마법약을 턱턱 제공하는 회장의 배포에 놀랐다.

"부자 애인 생겼다고 돈을 막 쓰네."

"이걸 소공작한테 일러 말아."

"사, 사, 사, 사채 쓴 건 아, 아, 아, 니겠지?"

"사채를 썼어도 회장이 당하고 살 인간은 아니잖아."

샌시는 회원들에게 사과한 직후 마력 제공을 부탁했다. 개인 연구에 쓰기 위해서라는데 약을 먹여가며 회원들을 쥐어짠 덕분에 모은 마력의 양이 상당했다.

송사리를 제작할 때보다 더 많은 양의 마력이 모였는데 정작 제작하는 건 초기 형태의 호문쿨루스라니 배보다 배꼽이 컸다.

"마력의 양에 따라 호문쿨루스의 수명이 차이를 보이긴 하지만 그 외 차이는 없었던 걸로 아는데."

"뭐, 허접한 호문쿨루스 만들면서 이 정도 양의 마력을 사용한 연구는 없었으니까. 회장이 노리는 게 있나 보지."

시간 낭비에 마력 낭비, 돈 낭비, 재료 낭비가 될지라도 기록이 남으니 나름의 의의는 있다. 만약 최장수 기록을 갱신하면 그건 그것대로 좋은 일이고.

회원들이 샌시의 욕을 하며 그의 무병장수를 기원해 주는 그 시각, 샌시는 출입을 엄금한 지하 3층에서 후안이 창조한 호문쿨루스를 살펴보았다.

작은 빛을 내뿜는 구체가 플라스크 안을 둥둥 떠다녔다. 후안이 사흘치 안락한 수면을 포기해 제작한 가장 기본적인 형태의 호문쿨루스였다.

후안은 수조 안에 촉매를 붓는 샌시를 걱정스러운 눈빛으로 지켜보았다. 기초 형태의 호문쿨루스 창조는 플라스크 하나로도 충분하다. 그런데 샌시는 송사리를 제작할 때보다 더 많은 양의 마력을 모은 후 수조를 이용하고 있었다. 도대체 무엇을 하려는 속셈인지 걱정되는 건 어쩔 수 없었다.

샌시는 후안이 마련해 둔 촉매를 모조리 넣은 뒤 개인적으로 구비한 재료를 추가했다. 흔들면 방울 소리가 날 것 같은 작고 하얀 꽃이었다.

"마력 주입할게."

"진짜 회장 혼자 가능하겠어요? 기본형이라지만 마력 양이 이렇게 많은데."

"그래서 널 남겼잖아."

개인 연구랍시고 동아리 부원을 모두 쫓아낸 샌시가 후안이라도 남겨둔 건 만약의 사태에 대비하기 위해서였다.

샌시는 마법진에 손을 얹고 호문쿨루스 창조 마법 주문을 읊기 시작했다. 후안은 혹시 모를 마력의 폭주와 역주행이 발생했을 시 마법진을 끊기 위해 마법진 밖에서 대기했다.

모인 마력의 양이 많아 샌시 혼자 수조로 이끌기까지 소요되는 시간이 길었다. 일단 물에 마력이 스며들자 촉매가 빛을 내며 물과 마력에 섞이기 시작했다.

후안은 피곤한 눈가를 비비며 감탄했다. 그는 저렇게 방대한 양의 마력을 조절할 자신이 없었다. 말 그대로 마탑의 인증을 받은 마법사는 되어야 가능한 경지였다.

잠시 후, 샌시는 감고 있던 눈을 뜨고 수조 안을 살폈다. 플라스크에 든 호문쿨루스와 비슷하게 생긴 구체가 넓은 수조 안을 유영했다. 후안은 안도의 한숨을 내쉬었다.

"마력을 그렇게 쏟아부었으니 장수하겠네요."

별다를 것 없는 원시적인 호문쿨루스다. 벌레만도 못한 인공 영혼이 할 수 있는 건 광원으로도 못 써먹을 작은 빛을 내며 수조 안을 둥둥 떠다니는 게 전부였다. 하지만 샌시는 호문쿨루스에서 눈을 떼지 않았다.

—아아.

호문쿨루스가 그들에게 말을 걸었다. 후안은 제 귀를 의심했는데 그의 귀는 결백했다. 호문쿨루스는 음성이 아닌 사념으로 말을 걸었기 때문이다.

─나는 누구? 여긴 어디? 너희는 뭐야? 나는…… 나는…….

스스로의 존재는 물론이고 타자와 공간까지 자각하는 데 성공한 호문쿨루스가 눈부시게 밝은 빛을 발하더니 삽시간에 흩어져 무로 돌아갔다.

후안은 방금 보고 들은 것을 믿지 못해 눈을 비볐다. 거대한 수조 내부는 마력이 사라진 물이 찰랑일 뿐, 호문쿨루스와 마력은 완벽하게 자취를 감춘 상태였다.

"방금 뭐였죠?"

내가 지금 뭘 본 거지? 후안은 자신이 잠이 부족해 선 채로 졸았는지부터 의심했다. 하지만 꿈이 아니었다.

"제대로 된 자아와 이성과 지성을 지닌 영혼. 맞죠?"

질문하는 목소리가 불안하게 흔들렸다. 후안은 경악했다.

"회장, 한다 한다 하더니 진짜 해낸 겁니까? 정말로?"

후안은 샌시의 천재성에 전율했지만 샌시는 기뻐할 수 없었다. 그는 냉정하게 현실을 직시했다.

"아니. 처음부터 불가능했던 꿈임을 증명했어."

"그게 무슨 소리예요! 성공했잖아요! 방금, 방금 제가 똑똑히 보고 들었는데!"

"내가 유일하게 추가한 재료가 용의 피야. 창조 자체는 성공했지만 마력이 부족해서 유지되지 못하고 흩어졌지. 내가 원했던 호문쿨루스를 제작하기 위해선 말 그대로 용의 마력이 필요했던 거지."

샌시가 태어나 죽을 때까지 매일 마력을 모아도 용의 마력을 따라잡진 못할 것이다. 그러니 샌시의 꿈은 처음부터 이뤄질 수 없는 꿈이었단 사실이 증명된 것이다.

샌시는 바닥을 노려보다 이를 갈았다.

"망할 마녀. 알고 있었던 게 틀림없어."

필요한 촉매는 용의 피에 용의 마력. 그게 살아생전 가능할 리가 없다. 마녀가 대충 짐작은 하고 있었을 것이라 샌시는 확신했다.

이상형 제작을 포기했으나 막상 처음부터 불가능했다는 사실을 알게 되니 생각이 복잡했다. 샌시는 드물게 처연한 얼굴로 후안에게 감사인사를 했다.

"그동안 연구 도와줘서 고마워. 당분간 새 호문쿨루스 제작은 없을 거야."

"회장……"

일생을 걸었던 꿈이 사실은 실현 불가능했다는 사실을 알게 되면 누구라도 충격을 받을 것이다. 후안이 쉽게 샌시를 위로할 말을 찾지 못하고 '용의 피라니 무슨 말이냐', '단정 짓기는 이르다'부터 '조금 더 노력을 해보자'까지 여러 문장을 입안에서 굴리던 차에 3층 초인종이 울렸다.

"샌시! 나 제리콘데 들어가도 돼?"

그러자 샌시의 표정이 돌변했다. 언제 씁쓸한 미소를 지었냐는 듯 샌시의 입이 활짝 벌어졌다. 샌시는 귀가한 주인을 반기는 강아지처럼 한달음에 달려가 문을 열었다.

문이 열리고 제리코가 들어왔다. 샌시가 세상에서 제일 사랑하는 사람이었다.

"오늘은 안 만나는 날인 줄 알았는데 무슨 일이야, 제리코?"

"있지있지. 오늘 너무너무 슬픈 얘기를 듣고 또 내 나름대로 보람찬 일이 생겨서 그런가 샌시가 정말정말 보고 싶은 거야!"

"그렇구나, 그래서 왔구나."

"오늘은 저녁에만 보기로 약속해 놓고 내가 찾아와서 실망했을까?"

"그럴 리가 없잖아. 내 20시간은 모두 네 거라니까."

샌시의 입과 눈에서 꿀이 떨어졌다. 제리코는 샌시에게서 떨어지는 꿀을 하나라도 놓칠세라 그에게서 시선을 떼지 않았다.

"그래도 연구하는데 흐름 끊긴 거 아니야? 나 잠깐 얼굴 보고 포옹 한 번만 해주면 되는데."

"아니! 천만에! 일은 다 끝났어! 정리만 하면 돼."

"그럼 내가 도와줄게."

제리코는 소매를 걷는 시늉을 하다 씨익 웃었다.

"일단 포옹 먼저 할까?"

샌시는 숨이 막힐 정도로 강하게 제리코를 끌어안았다. 포옹은 진하면 진할수록 좋다는 제리코의 선호도가 반영된 결과였다.

후안은 활활 타오르는 커플을 멀뚱히 쳐다보다 내쫓는 게 낫다는 판단을 내렸다.

"뒤처리는 제가 할 테니 두 분은 그냥 나가주세요."

"후안 선배 주말에 데이트 있지 않아요? 혼자 하지 말고 같이해요."

제리코가 샌시의 품에 얼굴을 박은 채 웅얼거렸다. 샌시는 그녀의 눈꼬리만 보고서 귀신같이 울었던 흔적을 찾아냈다.

"제리코, 눈은 왜 그래? 울었어?"

"말했잖아. 슬픈 얘길 들었다고. 정말 눈물 없인 듣지 못할 슬픈 얘기였다니까."

"울고 싶어지면 바로 나에게 와. 네가 혼자 울었다고 생각하니 내 가슴이 미어져."

"지금이라도 안아줄래? 꽉 끌어안고 놓지 말아줘."

"죽는 순간까지 놓지 않을게."

'저 새끼가 원래 저렇게 입술에 버터를 칠한 놈이었나.'

후안이 이제까지 알고 있던 샌시란 인물에 대한 조형이 산산조각 나고 있었다.

"두 분 그냥 나가주세요."

후안은 사랑의 위대함을 다시금 곱씹으며 연인을 문밖으로 내몰았다. 서로를 끌어안고 좌우로 몸을 흔들며 오뚝이 놀이를 하던 커플은 순순히 후안이 내쫓는 대로 움직였다.

후안은 문을 닫고 한숨을 쉬었다. 샌시의 부탁 때문에 잠을 못 잔 것이 사흘. 여기에 오늘 제작을 돕느라 신경이 날카로워진 상태인데 데이트는 내일이다. 지금이라도 쉬어야 하지만 뒷정리는 모두 후안이 도맡겠다고 호언장담한 상황.

후안은 쓴웃음을 지었다. 깊은 절망에 빠지려던 샌시가 제리코의 등장에 돌변한 것이 웃겼기 때문이다.

"그래. 사람이 우울한 것보단 낫지."

사랑의 힘은 위대하니 경애하는 약혼자 안나 도네타가 보우하사 후안은 맡은 바 임무를 완수하고 사랑하는 그녀에게 향할 수 있으리라 믿어 의심치 않았다.

〈이만보〉는 커플이 시간을 보내기 부적절한 장소다. 보는 눈이 많아서는 아니다. 제리코는 불법이 아닌 영역에선 타인의 시선에 당당했고 샌시는 아예 신경을 쓰지 않았다.

다만 둘의 애정 행각에 영혼에 상처를 입는 이가 존재했다. 〈이만보〉 회원들의 정신적 안정을 위해 제리코와 샌시는 백합관으로 이동했다. 제리코는 샌시를 응접실 소파로 안내한 후 두 손을 가지런히 모았다.

"샌시, 있잖아."

"응."

"앉아도 돼?"

제리코가 수줍은 미소를 짓고 검지로 샌시를 가리켰다. 수줍은 미소와 어울리지 않는 장소 선정에 샌시는 당황하지 않고 침착하게 대응했다.

'이 자리에 앉고 싶다는 건 아닐 거야. 제리코가 안내해 준 자리잖아. 그렇다는 건 역시.'

"다리를 모을까, 펼칠까?"

어느 쪽이 앉기에 편하시겠어요? 샌시가 말을 끝내기 무섭게 제리코는 그의 무릎 위로 올라갔다.

샌시는 말보다 몸이 먼저인 제리코의 현명함에 감탄했다. 그렇지. 옷은 백날 보는 것보다 입어보는 편이 낫고 자세는 앉아봐야 어느 쪽이 편한지 아는 법이다.

샌시는 제리코가 편히 앉을 수 있도록 꿈지럭거리며 자세를 고쳤다. 그가 황송하다 못해 영광이라는 표정을 짓는 바람에 제리코는 저도 모르게 기쁨의 비명을 지르고 그의 목을 끌어안았다.

"꺄악, 정말 고마워. 난 이 자세가 좋더라."

샌시의 얼굴근육이 풀렸다. 그러곤 곧 제리코 앞에서 얼굴근육이 너무 방만하다는 사실을 깨달았는지 표정을 다잡기 위해 노력했다.

"좋은 습관이야. 생물을 의자로 두면 계속 움직여서 혈액 순환에 좋으니까."

-갑자기 무슨 헛소리야.

"어머나. 얼핏 들어도 논리가 이상한데 샌시가 말하니까 그럴듯하네. 그런데 그래서 무릎 위에 앉겠다고 한 거 아니야."

제리코는 비싼 소파 대신 샌시의 무릎을 선택한 이유를 밝혔다.

"이렇게 앉으면 서로 닿는 면적이 많잖아. 그리고 체온도 잘 느껴지고 무게도 안락하더라. 그게 참 좋아. 동생들 안아주면서 애인 생기면 꼭 이러고 있어야겠다고 생각했는데."

제리코는 샌시의 머리를 끌어안았다. 본의는 아니지만 가슴이 조금 닿았을 것이다.

샌시는 몽롱한 눈으로 교제 전보다 정확히 1,000배 아름다워진 세상을 찬양했다. 세상은 아름다웠다. 도대체 뭘 믿고 이리 아름다운지 의심이 갈 정도로 아름다웠다.

"응. 나도 아주 바람직한 자세라고 생각해."

아름다운 세상의 중심엔 제리코가 있었다. 샌시는 제리코에게 간택받은 행복을 만끽하는 한편 자신 혼자만 그녀가 주는 행복을 누려선 안 된다는 사실을 상기했다.

세상에 공짜는 없다. 행복하면 행복한 만큼 대가를 지불하는 것이 당연했다.

제리코? 물론 제리코는 아무것도 지불하지 않아도 된다. 왜냐하면 세상에 존재하는 걸로 정산을 끝냈으니까.

"많이 슬픈 얘기였어?"

"응. 근데 샌시가 안아주니까 괜찮아졌어."

자세한 얘기는 마그노 황자의 개인사를 풀어봐야 하기 때문에 할 수 없었다. 대신 제리코는 가정환경이 환장하도록 복잡한 어린아이에 대한 얘기를 들어 슬펐다고 둘러댔다.

"샌시의 유년기 못지않게 슬픈 얘기였어."

-복장이 터지는 얘기였지.

일반적인 사람들은 어린아이가 등장하는 슬픈 얘기라 했을 때 아동학대, 고아, 불치병, 마물의 습격 등을 떠올린다. 사고가 비범한 샌시는 보통의 범주에서 먼, 너무 먼 비범한 추리를 했다.

"그 아이도 부모가 많대?"

놀랍게도 이번 일은 샌시의 추리가 맞았다. 제리코는 정답이라는 의미에서 샌시의 이마에 입술을 맞췄다. 이러한 가벼운 뽀뽀는 제리코가 원하는 대로 해도 좋다고 논의를 끝낸 터다.

"응. 엄마가 둘이고 아빠도 둘?"

"슬픈 얘기구나."

사고방식이 비범한 샌시가 드물게 감정 이입할 수 있는 주제였다. 샌시는 이름 모를 아이의 비극을 진심으로 안쓰럽게 여기며 자신의 최신 근황을 제리코에게 보고했다.

"내가 저번에 부자 아빠는 괜찮다고 말했잖아."

"응, 그랬지."

"그거 정정할게. 부모는 역시 없는 편이 낫더라."

"무슨 일 있었어?"

"카모마가 말을 바꾸잖아. 언제는 마녀에게서 내 친권을 가져오겠다 더니 며칠 전엔 나한테 마녀랑 화해하라더군."

"카모마 씨가?"

제리코는 깜짝 놀랐다. 하여간 오빠 후보고 애인이고 가정들이 다 환장하도록 복잡해서 조용할 날 없다.

'가지 많은 나무에 바람 잘 날 없다더니.'

그렇다고 가지를 칠 수도 없는 노릇이다.

"카모마 씨가 정말 그렇게 말했어?"

"그래. 바쁜 사람 붙잡아놓고 쓸데없는 잔소리를 퍼붓는 거야. 조금 좋게 봤는데 내 착각이었어. 내 호감을 사기 위해 잠시 연기를 했던 게 분명해. 소름 돋아."

알뜰살뜰 모아온 재산으로 얻은 호감이 잔소리 한 번에 날아가는 순간이었다. 빠른 속도로 불만을 털어놓는 샌시의 모습에 제리코는 깜짝 놀라 눈을 동그랗게 뜨고 그의 얼굴을 살폈다. 눈빛이 이글거리고 입술이 툭 튀어나온 것이 두고두고 기억하며 잊지 않을 분위기였다.

"이상하다. 카모마 씨는 마탑주님에게서 샌시를 데려가려 하셨잖아. 그것 때문에 고소 준비하고 계시는 거 아니었어? 왜 갑자기 마음이 바뀌셨지?"

"마녀의 권력에 굴복한 거겠지."

이제 와 권력에 굴복할 사람이라면 마탑주를 고소할 마음도 품지 않았겠지. 모든 일엔 원인과 결과가 있다. 성실하게 샌시의 아버지 역할을 해내려는 카모마가 고작 권력 때문에 마음을 바꾸진 않았을 것이다.

제리코는 카모마가 변심한 원인이 궁금했지만 샌시는 결과에 충격을 받은 나머지 결과 외엔 아무것도 보지 않으려 했다.

"더러운 배신자."

-미리 당긴 재산은 돌려주고 욕을 해라.

"그건 법이 인정하는 내 돈이야."

배신자의 황금이라도 금은 금. 샌시는 금의 소중함을 아는 사람이었다. 샌시는 카모마에 대한 분노로 부들부들 떨다가 퍼뜩 좋은 생각을 떠올렸다.

"제리코! 내 상속인이 될래?"

"갑자기 무슨 소리?"

"내가 죽으면 내 재산은 모조리 마녀 수중에 떨어진다고! 마녀에겐 한 푼도 줄 수 없어. 그러느니 법적 상속인을 제리코로 미리 정해두면 내 재산이 모두 네 게 되는 거야!"

사귄 지 며칠 만에 전 재산 증여 얘기가 나오니 어떤 의미에선 성공한 인생이었다.

샌시가 독특한 노란 눈을 반짝였다. 칭찬을 바랄 때 으레 쏘아 보내는 눈빛이었다.

'이걸 칭찬을 해, 말아.'

제리코가 빼고 싶은 건 다른 쪽의 진도인데 재산 쪽으로만 진도가 쭉쭉 빠져 버렸다. 결국 제리코는 이 주제를 자연스럽게 빠져나가기로 했다.

"정말 고마워, 샌시. 마음만 받을게. 그래서 이제 어떻게 할 거야? 카모마 씨랑은 마탑주님에게 하듯이 데면데면하게 굴 거야?"

"그건 안 돼. 카모마에겐 받을 게 남았고 물어볼 것도 남았어."

"볼일 다 끝내면?"

"그때부터 얼굴 안 봐야지."

샌시가 본인이 이렇게 맺고 끊음이 확실한 인간임을 강조했다. 제리코는 활짝 웃고 샌시의 머리를 토닥이며 속으론 두 번째 오지랖을 펼쳤다.

'카모마 씨랑 얘기해 봐야겠네.'

그래도 이쪽은 샌시가 이기적이고 자기주장이 뚜렷하여 드슬이와 제리코의 복장이 터지지 않는다는 장점이 있다.

마그노 황자가 샌시의 이기심을 조금이라도 본받았으면 지금의 비극은 벌어지지 않았을 것을. 제리코는 진심으로 그리 생각했고 검도 동의했다.

ー너희 계속 그렇게 끌어안고 있을 거면 나 골렘 조종 연습하고 싶어.

벽에 걸려 닭살 커플의 닭살 짓을 구경하는 건 살육을 사랑하는 검에게 너무 견디기 힘든 일이었다. 마음 같아선 보고 싶지 않은데 제리코와 떨어질 수가 없어 응접실에 남은 게 화근이었다.

"드슬이가 심심하구나. 그럼 앞으로 우리 둘이 놀고 있을 때 드슬이는 조종 연습할래?"

ー……그래. 사랑은 중요하지.

평소라면 심심한 드슬이를 위해 셋이 함께 놀자고 말할 제리코가 검을 배신했다.

샌시는 냉큼 제리코의 말에 고개를 끄덕였다. 안 그래도 제리코와 함께 있을 때 감시당하는 기분이 들었기 때문이다.

제리코의 안전을 위해 지극히 당연한 일이다. 하지만 관계가 진전되면 지극히 개인적인 일이 벌어질 텐데 그럴 때도 검을 감시 검으로 붙여둘 수 없는 노릇이었다.

그리하여 연인과 검 한 자루는 실험실로 장소를 옮겼다. 제리코는 하얀 원피스 차림의 골렘 위에 검을 내려놓고 원피스 자락을 펴덕였다.

"어떠세요, 환자분. 바람이 느껴지나요?"

-가랑이 사이가 시원합니다.

"흐음."

제리코는 골렘의 몸 이곳저곳을 쿡쿡 찌르거나 간지럽혔다. 눈을 감고 만지면 감쪽같이 속을 만한 감촉이었다.

'눈을 뜨면 제일 중요한 게 빠져 있어서 사람이란 생각이 안 들지만.'

"샌시! 이 골렘 머리는 없어? 두개골 형태만 잡아둔 거라도 좋으니까 좀 달아두자. 머리 없이 몸만 움직이니까 보고 있기 좀 이상해."

몸을 이렇게 멋지게 완성해 두었다면 머리도 완성품이 있지 않을까? 제리코는 별생각 없이 물어봤을 뿐인데 옆에서 드슬이의 말을 받아 적던 샌시가 화들짝 놀랐다.

그는 어깨를 움찔거리다 못해 들고 있던 펜을 떨어뜨리더니 제리코의 눈치를 살폈다. 본인이 원할 땐 뻔뻔할 정도로 태연하게 거짓말을 하는 주제에 가끔 이렇게 어설픈 모습을 보이는데 제리코 눈엔 이게 참 귀여웠다.

'설마 일부러 저러나? 나 보기 좋으라고? 이런 요망한 것!'

샌시와 사귀는 사이가 되었지만 제리코는 요망함 대결에서 질 생각이 없었다. 제리코는 도발적인 빨간 머리를 흔들곤 눈을 초롱초롱 빛내며 샌시를 응시했다.

"만들어둔 거 있구나?"

"그으……."

"왜 말을 못 해. 있으면 얼른 붙여보자."

"저어……."

있어도 없다고 거짓말하면 될 것을. 샌시는 제리코에게 거짓말하면 죽는 병이라도 걸린 양 진땀을 빼다 냅다 도망쳤다.

-잡아랏!

샌시가 뛰어봤자 제리코 손바닥 안이었다. 한평생 운동을 등한시한 청년은 무릎 결림으로 갑자기 뛴 대가를 톡톡히 치렀다. 그와 반대로 한평생 공부를 멀리한 소녀는 손쉽게 청년을 붙잡고 까르르 웃었다.

"샌시도 참. 보여주기 싫으면 그냥 그렇다고 하면 되는데."

"……못 보여줄 건 아닌데."

"그럼?"

"……미리 사과할게."

샌시는 어깨를 축 늘어뜨리고 숨겨뒀던 골렘 머리를 꺼냈다. 가장 먼저 눈에 띄는 건 탐스러운 골렘의 머리채였다. 무엇으로 만들었는지 모르겠지만 윤기가 줄줄 흐르는 풍성한 머리채는 제리코의 눈에 익은 색상이었다.

-빨갛구먼.

'내 머리구먼.'

-혹은 로젠 머리거나.

새빨간 머리카락에서 이미 답이 나왔지만 제리코는 보다 확실히 하잔 생각에 골렘의 얼굴을 확인했다. 제리코랑 똑같이 생긴 얼굴이 거기에 있었다. 판으로 갖다 찍어도 이렇게 닮게 뽑진 못했을 거란 생각이 들었다.

혹시나 싶어 눈꺼풀을 들어 올려 안구 색을 확인해 보니 눈의 색도 제리코와 동일했다.

'좋아. 대충 예상한 대로야.'

샌시는 종종 제리코에 대한 애정을 표현하며 그녀의 외모를 이상형에 참조하고 싶다는 의사를 표출했다. 제리코는 점잖게 거부해 왔으나 뒤에서 몰래 제작하는 것까진 막을 수 없는 노릇이었다.

'그래서 얘는 언제 만들었을까.'

사귀기 시작한 후에 완성되었다면 기분 나쁘고, 사귀기 전에 만들어졌어도 기분 나쁘다. 제리코는 전자가 더 기분 나쁘다고 생각했다.

제리코는 샌시와 사귀기 전 드슬이와 농담 삼아 했던 대화를 떠올렸다. 샌시가 그녀와 비슷한 생김새의 여성을 옆에 끼고 나타나면 기분이 어떨 것 같느냐는 대화였다. 그때 제리코는 기분이 매우 나쁠 것이라 대답했다.

실제로 기분이 나빴다.

"샌시이."

제리코는 '시'를 길게 늘였다. 귀여운 척하거나 샌시가 귀엽다는 생각이 들 때 그녀가 보이는 말버릇이었지만 오늘만큼은 정반대의 의미를 지녔다.

"여기 왜 내 얼굴이 있는지 해명해 줄래?"

샌시가 바닥에 무릎을 꿇고 두 손을 공손히 포개 모았다.

"허락받으면 쓸 생각이었어. 허락 안 해주면 평생 안 꺼냈을 거야."

"이건 참조 수준이 아니라 표절이나 도용인데? 실존 인물이랑 똑같이 만들면 안 되잖아."

"변형을 하려고 했어. 하려고 했는데……."

바꾸면 바꿀수록 샌시의 이상과 멀어졌을 뿐이다. 하늘에 떠다니는 구름처럼 잡을 수 없고 닿을 수 없던 이상형이 특정 인물로 고정되던 그 과정을, 그 기이한 감각을 샌시는 설명할 자신이 없었다.

"예전부터 머리 색은 스텔라의 감청색이 특이하고 예쁘니까 좋다고 생각했어. 그래서 색은 그걸로 하려고 했는데 빨간색이 아니면 안 되겠는 거야. 이목구비를 바꿔야 하는 걸 아는데, 머리로는 아는데 도저히 그렇게 만들 수가 없었어. 제도의 미남 미녀 얼굴을 모두 모았지만 네 얼굴만 떠올랐어."

"이거 제작 시기는 언제야?"

샌시가 제작에 돌입한 첫날과 완성한 날짜를 고백했다. 하프 산맥에서 돌아온 이후였다.

"샌시도 참. 그럴 땐 '네 외모를 참조하고 싶다'가 아니라 '네가 좋아'를 말했어야지."

"제리코, 네가 좋아."

누가 천재 아니랄까 봐. 학습 능력은 뛰어났다. 제리코는 한숨과 함께

샌시를 용서했다. 그녀를 사랑하는 마음을 주체 못 해 저지른 일이니 참
작의 여지가 있었다.

'나는 참 죄 많은 사람이야.'

-그래서 그 머리는 어떻게 할 건데?

"그러게. 닮아도 너무 닮아서 폐기하자니 기분 나쁘고. 샌시, 다른 머
리는 없어?"

"완성한 머리는 그거 하나밖에 없어."

"그렇구나…… 어째 좀 가벼운데?"

제리코는 두 손으로 머리를 잡고 이리저리 돌려보며 입체적인 본인 얼
굴을 확인하다 머리가 상당히 가볍다는 사실을 알았다. 샌시는 무게가
가벼운 이유를 설명했다.

"속이 비었거든."

"아, 여기에 호문쿨루스를 넣어야 하니까."

"응, 두개골 안에 호문쿨루스를 넣을 계획이었어."

제리코는 콩콩 머리를 두들겨 두개골 강도를 확인했다. 어째 튼튼한
몸과 다르게 머리는 상대적으로 부실한 느낌이 들었다.

"이 머리도 몸처럼 단단한 재질이야?"

"재료가 부족해서 머리는 실제 인체와 비슷한 강도로 제작했어."

드슬이가 엉뚱한 부분에서 감탄했다.

-머리가 약점이구나.

"드슬아, 사람은 원래 머리가 약점이야."

사람을 떠나 거의 대부분의 생물은 머리가 약점이다. 제리코는 골렘
머리를 살폈다. 골렘 몸도 만질 곳이 많았지만 머리는 정말 무궁무진했
다. 제리코는 콧대를 슬쩍 눌러봤다가 귓불이 말랑말랑한지 확인해 봤
다가, 입술도 벌려봤다. 안엔 혀와 치아가 제대로 구현되어 있었다.

"그런데 샌시, 우리 드슬이는 투시 못 하거든. 호문쿨루스는 투시가

가능한 거야?"

두개골 안에서 골렘을 조종한다면 외부에서 주어지는 자극을 호문쿨루스가 인지할 수 있어야 한다. 다른 자극은 그렇다 쳐도 시각 정보는 필수였다.

"호문쿨루스가 투시를 하는 게 아니라 각 감각 기관이 입력된 정보를 호문쿨루스에게 전달하는 거야."

전공 얘기를 할 땐 언제나 말이 많아지는 샌시가 신이 나서 설명하기 시작했다. 당연히 제리코는 태반을 알아듣지 못했다. 열심히 들으려 해도 전문용어가 너무 많이 나오는 걸 어쩌란 말인가.

하지만 제리코는 열심히 노력하고 질문했다. 샌시는 같은 질문이 열번 돌아와도 지겨워하는 기색 하나 없이 똑같은 말을 되풀이했고 제리코는 각고의 노력 끝에 샌시가 하는 말의 절반의 절반의 절반 정도를 알아듣는 데 성공했다.

"그러니까 진짜 눈으로 보는 것처럼 보인다는 거네? 우리 드슬이처럼 그냥 막 느끼는 게 아니라?"

"이론으론 그래."

"와아. 샌시 정말 대단해."

알면 알수록 대단해지는 남자 친구가 눈빛을 빛냈다. 칭찬을 바라는 신호라서 제리코는 긴말하지 않고 행동으로 칭찬해 주기로 했다.

"왼쪽이 좋아, 오른쪽이 좋아?"

"외, 왼쪽?"

제리코가 자세한 설명을 하지 않았지만 샌시는 직감적으로 그녀가 무얼 하려는지 알았다. 샌시가 눈을 감자 제리코가 약속이라도 한 듯 그가 눈을 감는 시점에 맞춰 볼에 입술을 맞췄다.

샌시는 왼쪽 볼에 손을 가져가다가 입술이 닿았던 감각이 흩어질까 두려워 손을 내렸다. 제리코는 당당하게 그녀의 왼쪽 볼을 내밀고 눈을 감았다. 그녀가 기다린 입술 대신 보드라운 손가락이 닿았다.

"뽀뽀하기 부끄러워?"

"그게 아니라, 꿈을 꾸나 싶어서."

진심으로 황홀하여 그리 말하는데 당하는 사람 입장에선 환장할 노릇이었다.

"오 호 호 호!"

제리코가 사랑하는 남자는 사람 기분을 띄우는 재주가 있었다. 제리코는 하늘 높은 줄 모르고 치솟은 웃음소리를 진정시키기 위해 갖은 애를 썼다.

"어떡하지? 나 샌시가 너무 좋아서 기물을 파손하고 싶어! 나한테 이런 파괴 욕구가 숨어 있었다니!"

"다 부숴도 돼."

"안 돼! 그럴 수는 없어! 그러니까 샌시! 이 파괴 욕구를 억누르기 위해선 샌시의 도움이 필요해!"

"내가 할 수 있는 건 뭐든 할게!"

"응!"

제리코는 고개 각도를 비틀어 볼 대신 입술을 내밀었다. 뭐든 하겠다고 힘차게 외쳤던 샌시가 조용해졌다. 제리코는 감은 눈을 뜨지 않고 잠자코 기다렸다. 이번에도 도망가면 용서하지 않을 것이다.

허락을 받았는데도 죄를 짓는 듯한 이 마음은 무엇일까. 눈을 감으면서 샌시의 눈꺼풀이 파르르 떨렸다. 눈을 감아도 제리코의 얼굴이 눈 뜬 듯 그려졌다. 샌시는 세상에서 제일 이상적인 입술에 입술을 포개고 누르면서 숨 쉬는 법을 잊었다.

들숨 날숨이 느껴질 정도로 얼굴을 붙인 게 부끄러워 가능한 얌전히 숨을 쉬자, 대조적으로 심장박동이 거칠어졌다. 제리코는 쿵쿵 뛰는 심장에 부끄럽지 않도록 활짝 웃었다. 그러자 샌시가 참았던 숨을 몰아쉬었다.

"푸하."

"꺄하하하."

그를 끌어안자 마주 안아주는 손이 기뻤다. 스무 해도 살지 못한 주제에 이렇게 단정 내리기엔 성급한 면이 있으나 행복이란 이런 게 아닐까.

행복은 만끽하라고 있는 것이다. 제리코는 실험실이 떠나가라 외쳤다.

"샌시 너무 좋아! 정말 좋아!"

"나도 제리코가 좋아!"

"정말정말 좋아해!"

"이 마음을 어찌할 수 없을 만큼 좋아해!"

연인은 누구도 마음 상하지 않는 선의의 경쟁을 하며 서로에 대한 애정을 확인하고 자랑했다.

건전하게 파괴 욕구를 승화시킨 제리코가 이성을 되찾은 기미를 보이자 드슬이가 나직이 말했다.

─너희, 아무리 내가 눈이 없고 귀가 없다지만 꼭 나 있는 데서 그래야겠니.

"꺄륵, 미안."

─앞으로 그렇고 그런 분위기를 조성하고 싶을 땐 날 다른 곳에 옮겨 놓고 해줘. 부탁이다.

친구 둘이 데이트하는데 눈치 없이 따라온 사람이 이런 기분일까. 연애 자체는 흥미로운 분야지만 완벽히 망각되는 소외감은 어찌할 것인가.

검은 치를 떨며 둘이 깊은 감정의 교류를 나눌 땐 자신을 다른 공간에 놓아줄 것을 당부했다.

"그렇지만 이런 건 말이지. 갑자기 불이 확 붙는 거라서."

─불붙었을 때 날 뽑고 던져! 멀리멀리! 내가 아주 멀리멀리 가줄 데니까!

"그러다 사람이 다치면 어떡해."

─크악!

드슬이가 제리코에게 불을 뿜는 동안 샌시는 골렘에 머리를 연결했다. 제리코는 검을 집어 골렘 위에 놓았다.

"드래곤 슬레이어 소드가 골렘 내부가 아닌 외부에 있어서 연결이 안 될 수도 있어."

"응-응, 알겠어. 어때, 드슬아. 뭔가 들려?"

드래곤 슬레이어 소드가 골렘을 조종하려 하자 놀라운 일이 벌어졌다. 골렘의 붉은 머리칼이 검게 물든 것이다. 제리코가 깜짝 놀라 뒤로 물러났다.

"어떻게 된 거지?"

"마법으로 색을 냈더니 마력에 감응해 변화한 건가."

샌시는 예상한 바였기 때문에 태연하게 받아들였다. 제리코는 진리의 구도자답게 이유를 물어볼까 하다가 설명이 길어질 것 같아 다음 기회로 넘겼다. 대신 머리를 장착한 골렘에게 집중했다.

"드슬아, 뭔가 들려? 눈을 떠봐, 드슬아! 진짜 보이는지 얘기해 줘!"

-옆에 붙어서 말하지 마. 정신없어.

"아직 눈으로 보는 법을 모를 테니 이쪽을 확인하는 게 빠르겠지."

샌시가 골렘의 목에 손을 얹고 살짝 눌렀다.

"어때? 감각이 있어?"

-으음…… 느껴져. 눌리는 게 느껴져.

"이쪽에 발성기관이 있어. 입은 벌릴 수 있지? 숨을 마신 다음 내뱉으면서 아무 소리든 내봐."

말처럼 쉽지 않았다. 검에겐 모두 처음이었고 낯설기 그지없는 일의 연속이었다. 검은 어떻게든 소리를 내기 위해 애썼으나 영 신통치 않았다.

-이제 됐어. 그만하자.

"좀 더 해보자. 나 아직 생생해. 마력 다 쓸 때까지 연습하는 거야."

-오늘은 이만하자. 집중력도 떨어진 것 같고 나 힘들어.

"에헤이. 몸도 없는 주제에 체력 탓하기는. 내가 네 훈련에 맞춰주면서 힘들다고 할 때 네가 뭐라고 했더라?"

-근성이 부족하다고…… 알겠어, 하면 되잖아.

지성이면 감천이라던가. 검의 노력과 제리코의 성원이 대자연을 감동시킨 것일까.

"으가가가가가."

골렘의 목에서 기괴한 비명이 흘러나왔다. 제리코는 신명 나게 박수를 쳤다.

"꺄악! 우리 드슬이가 말을 했어요!"

드슬이는 골렘의 발성기관을 이용해 소리를 내는 데 성공했다. 아기 옹알이에 비교하기도 민망할 수준의 소리였으나 제리코는 감격해 옆에 있던 샌시를 얼싸안았다.

-아아아아아아아.

"아아아아아아아."

"세상에, 우리 드슬이에게 입이 달리다니! 이젠 입 없다고 놀리지도 못하겠네."

사랑하는 동생들의 말문이 트였을 때도 이렇게 울지는 않았다. 제리코는 감격에 겨워 눈물을 글썽였다. 검은 검대로 대충 감을 잡은 듯 발음을 조절했다.

-대충 감 잡히는 기분이 들고?

"가가가가가가."

"옳지. 나나나 해보자. 나나나."

"나나나나나나."

"오구오구, 잘했어요. 역시 우리 드슬이야. 천재 검다워. 에라프 님이 보셨으면 감동의 눈물을 흘리셨을 거야."

누가 보면 식물인간이었던 쌍둥이가 깨어나 기뻐하는 모습으로 여길

듯한 광경이 연출되었다.

태생이 마법 검이고 용의 피를 흡수해 자아를 자각한 에고 소드이기 때문일까. 드래곤 슬레이어 소드는 소리 내기에 이어 시각과 청각, 후각을 빠른 속도로 익혔다.

"오오오오오!"

—달라! 검이었을 때랑 보이는 게, 느껴지는 게 전혀 달라! 너희 이렇게 불편한 감각 기관으로 용케 이만큼 번성했구나! 장하다!

골렘은 오오오 하는 감탄사 하나만 뱉고 있었지만 검이 하는 말은 괘씸하기 짝이 없었다. 어찌나 오만 방자한 문장인지 용사의 검에 낭만을 품고 있는 이였다면 방금 대사 한 번으로 낭만이 산산이 부서질 판이었다.

다행히 샌시는 드래곤 슬레이어 소드에게 낭만을 품기보다 경계하고 있었고 제리코는 저런 검에 익숙해져 있었다. 오히려 좋아했다.

'우울 검보단 낫지.'

제리코가 보기에 마냥 우울해져서 축 처진 검보단 자존심이 하늘을 찌르고 주인 외 인간을 하찮게 보는 검이 나았다. 드슬이는 그녀와 처음 만났을 때부터 저런 상태였기에 그녀는 별 불만이 없었다. 그러나 샌시는 달랐다.

"용의 피를 흡수해서 저렇게 자존심이 강한 건가?"

"우와. 듣고 보니 그럴싸?"

세상에서 가장 강한 생물의 피를 흡수해 자아가 형성되었고 이후로는 용사의 검이라는 이유로 떠받들어진 것도 모자라 방에 갇혀 책이 친구인 세월이 약 20년이었다. 검이 오만해지는 것은 운명이었을지도 모른다.

'그러니까 우리 드슬이에겐 몸이 꼭 필요해!'

몸만 있다면 드슬이가 할 수 있는 일이 무궁무진했다. 새 친구를 사귀어 친구가 제리코 한 명밖에 없는 비극에서 벗어날 수 있고 제리코가 움직이는 걸 보고 답답해하는 대신 직접 본체를 휘둘러 원하는 대로 검의 궤적을 이끌 수도 있다. 발 닿는 곳이 곧 길이며 머리 누이는 곳이 곧 잠자리인 모험은 두말할 것도 없지.

앞으로 일이 어떻게 될지 모르나 제리코는 언제나 희망이 가득한 미래를 선호했다. 훨씬 더 나은 방향으로 진전된 검의 꿈이 꼭 이뤄지기를. 소녀는 대자연에게 간절히 빌었다.

28장
세 여자

아침 해가 밝았다. 기념비적인 첫 데이트 날이니만큼 제리코는 꼭두새벽에 기상했다.

-아직 해도 안 떴는데 일어나다니. 이러다 낮에 졸면 어쩌려고 그래.

본래 아침 일찍 일어나는 그녀였기에 평소보다 빨리 일어나니 한밤중이나 마찬가지였다. 심지어 밤새 뒤척이기까지 했다.

"정신력으로 극복해야지! 샌시랑 같이 있는데 잠이 오겠어?"

허언이 아닌 듯 제리코는 기운이 흘러넘쳤다. 눈빛은 생생하게 살아 있고 얼굴은 윤기가 흐르며 빛났다.

제리코는 전날 추려둔 옷가지 사이에서 뭘 입을까 고민했다. 에라프의 사당이 목적지이기 때문에 간추린 옷은 전부 색조가 어두운 단색 계통이었다. 제리코는 마음에 드는 원피스를 걸쳤다가 로브를 대본 다음 심각하게 고민했다.

"로브를 포기할까?"

-몇 번이나 얘기하지만 널 노리는 사람이 있다는 걸 잊지 마.

"나도 알아. 그런데 오늘은 공작가에서 호위를 보내주고 샌시도 있잖아. 너도 있으니까 로브는 포기해도 괜찮지 않아? 샌시랑 처음으로 같이 외출하는 건데 겉옷으로 로브를 입으면 너무 성의 없다고 생각하지 않을까?"

-샌시는 네가 일주일 동안 안 썻고 나가도 고맙다고 절한다에 내 검집을 걸 거야.

제리코는 자신의 원피스만큼 다양한 구성을 자랑하는 드래곤 슬레이어 소드의 검집 컬렉션을 보았다.

드슬이는 제리코가 검술원에서 수업을 받을 때마다 지나가는 학생들이 찬 검을 보더니 이거 사달라 저거 사달라 졸랐다. 조르는 대로 사줬더니 검은 한 자루인데 검집은 수십 개가 되어버렸다. 저 많은 검집 중에 도대체 어떤 걸 건다는 건지 알 수 없었다.

-그리고 샌시는 보나 마나 로브 걸치고 올 텐데. 그냥 커플로 입었다고 생각해.

"마탑의 마법사들과 함께 맞춘 단체복이라고 생각하면 별론데."

제리코는 꿍얼거리면서 결국 로브를 걸쳤다. 이른 아침이지만 움직이면 땀이 날 정도로 더웠는데 로브를 걸치자마자 더위가 날아갔다.

'그러고 보면 이 로브 원래는 샌시 거였지.'

받은 이후 제 것인 양 신나게 입고 다녔더니 원래 소유주가 샌시라는 사실을 까맣게 잊고 있었지 뭔가. 제리코는 새삼스레 로브를 쓰다듬었다. 로브로 몸을 감싸니 샌시의 품에 안긴 듯한 기분이 들었다.

-그렇게 치면 샌시는 카모마 품에 계속 안겨 있는 거야?

"윽."

샌시가 듣자마자 로브를 벗어 던질 충격 발언이었다. 제리코는 여러모로 심약한 애인을 위해 샌시 앞에선 절대 그 말을 하지 않도록 검에게 단단히 주의를 주었다.

"으음."

거울 앞에 선 소녀의 인상은 펴질 줄을 몰랐다. 제리코는 단정하게 땋은 붉은 머리카락과 어두운 단색조의 원피스, 금자수가 화려하지만 결국 검은색 일색인 로브를 걸친 뒤 한숨을 내쉬었다.

"그래도 데이튼데 너무 칙칙하잖아."

ㅡ걱정 마. 내가 화려하니까.

"어휴. 말은 잘해."

검의 말대로 오늘 제리코가 걸친 옷가지와 장신구 중에서 드래곤 슬레이어 소드가 제일 화려했다.

ㅡ이 화려한 장식과 세공은 네 머리털과 같은 거니까 어쩔 수 없지. 색이 좀 더 다양했으면 좋았을 텐데 검은색 일색이라 가끔 아쉽기도 해.

"그 아쉬움 알록달록한 검집으로 달래고 있잖아."

ㅡ그렇지. 그러니까 나 새 검집 사줘.

"지금까지 많이 사줬잖아."

ㅡ계절에 안 맞잖아. 여름에 어울리는 시원한 디자인의 검집이 좋겠어. 장식은 시원해 보이는 파란색 계열 어때?

흐음. 제리코는 팔짱을 끼고 욕심 많은 검에게 말했다.

"뭔가 주객전도 같은데. 너도 장식술 떼자."

ㅡ안 돼! 이건 로젠이 나에게 준 내 거야! 신경 쓰지 말고 대충 입어! 어차피 샌시도 로브 걸치고 올 텐데!

"그야 그렇겠지만."

제리코에게 로브를 대여해 준 이후 사복이나 교복을 걸치던 샌시였으나 카모마에게 로브를 강탈한 이후엔 아나나 다를까. 로브가 제 본체인 것처럼 언제 어느 때든 마탑의 로브를 걸치고 다녔다.

"샌시에게 카모마 씨 품 얘기는 절대 하지 말고."

다시 한번 신신당부한 뒤 제리코는 방문을 열고 1층으로 내려갔다. 결국 데이트보단 성묘에 더 중점을 둔 차림새가 되어버렸다.

제리코는 마자리스가 준 백합 화분을 챙겼다. 계단 모퉁이에서 제리코를 기다리고 있던 하녀가 화분을 받아 들었다.

"그냥 제가 들어도 되는데."

"데이지 소공작께서 도착하셔서 기다리고 계시답니다. 화분을 손에 들고 맞이하시면 안 되지요."

-일찍 왔네.

제리코는 고개를 돌려 현관 쪽을 보았다. 공작가에서 보내준 호위들이 호기심 가득한 표정으로 연두색 머리의 청년을 관찰하고 있었다.

숲 요정의 피가 섞인 증거인 연두색 머리칼은 곱게 빗어 평소와 다르게 깔끔했다. 머리 아래는 예상했던 대로 검은색이 차지했지만 늘 입고 다니던 마탑의 로브가 아니었다. 몸의 선을 살려주는 검은색 정장에 심지어 신고 있는 신발은 구두였다.

-야, 저거 설마 새 구두냐?

'광을 봐선 새 구두야.'

제리코는 할 말을 잃고 샌시에게서 눈을 떼지 못했다. 설마 다른 사람도 아닌 샌시가 이렇게 잘 차려입고 와줄 줄은 상상도 못 했다. 샌시에 대한 애정이 깊어짐과 동시에 그를 신뢰하지 못한 자신을 자책했다.

"세상에, 샌시! 몰라보겠어! 아니, 원래 잘생겼지만, 원래도 위생에 신경 쓰긴 했지만 샌시! 좀 편하게 입고 다니고 그랬잖아!"

제리코는 감탄사를 연발하며 샌시에게 다가갔다. 가까이에서 보니 변화가 더 눈부셨다. 제리코는 머리카락을 깔끔하게 넘긴 덕분에 훤히 드러난 고운 이마와 눈에 확 들어오는 노란색 눈동자에 푹 빠졌다.

"세상에 샌시! 정말 멋지다! 얼굴 내놓은 것 봐, 훤하기도 하지! 평소에도 이렇게 하고 다니지 그랬어!"

제리코의 감탄 세례에 볼을 붉힌 샌시가 대답했다.

"그랬다가 나한테 반하는 사람이 생기면 곤란하니까."

평소라면 재수 없다는 반응을 보일 검조차 말문이 막힐 변화였다. 제리코는 힘차게 고개를 끄덕여 동조했다.

"맞아, 맞아! 샌시는 정말 잘생겨서 미모를 봉인해야 했구나. 그랬구나! 세상에 어쩜!"

남자든 여자든 꾸미기 나름이다. 늘 샌시를 귀엽다고 생각하던 제리코이니 평소와 다른 단정한 차림새의 샌시를 보자 입이 헤벌쭉 벌어지는 건 숙명이나 마찬가지였다. 사랑하는 마음이 더욱 커졌다.

"제리코가 마음에 들면 앞으로도 이렇게 입고 다닐게."

샌시가 볼에 홍조를 띠고 조심스럽게 말했다.

"제리코가 반해줬으면 하니까."

"아이 참, 샌시도. 어쩜 말을 이렇게 예쁘게 할까."

"제리코야말로 언제나 예쁘구나."

에헤헤. 막 사귀기 시작한 커플은 상대방 칭찬은 아낌없이 하면서 본인에게 향하는 칭찬은 어색한 듯 몸을 비비 꼬았다. 지켜보던 이들의 입가가 실룩거렸다.

"샌시도 참. 안 할 것처럼 생겨선 은근히 그런 말 잘한단 말이야."

"평범한 인간은 오래 살아야 100년밖에 못 살아. 하루에 한 번 예쁘다는 말을 해도 1년이면 365번밖에 못 하고 10년이면 3,650번밖에 못 해. 100년을 꼬박 해도 36,500번 밖에 못 하는데 내가 왜 말을 아끼겠어."

순정과 동정을 이상형에게 바친다더니. 평소 자신만만하던 샌시의 태도가 용납되는 순간이었다. 남들 하는 건 다 해보겠다더니 남들보다 배는 더 잘해주고 있었다. 샌시는 손을 내밀고 살짝 고개 숙였다.

"사랑하는 아가씨, 부디 저와 함께 나가주시겠습니까?"

'와, 잠깐만.'

샌시가 이렇게까지 할 줄 몰랐던 제리코는 급성 호흡곤란 증세를 호소했다.

'너무 좋아서 기절할 것 같아.'

-얘 왜 이렇게 잘해?

정장은 어색해하면서 왜 달달한 언사는 어색해하지 않는가. 검이 샌시의 과거 기록 조작을 의심했으나 제리코는 쓸데없는 기우라고 일축했다. 제리코가 샌시의 손을 잡자 샌시가 전기라도 오른 듯 몸을 살짝 떨었다.

"이상하지 않았지?"

"무어가?"

"남들이 하는 거 보면서 머릿속으로만 연습했거든. 이상하지 않았지?"

"아주 좋았어."

방금 전 그가 선보인 매끄러운 언사는 주위의 커플을 질시에 찬 눈으로 노려보며 향학심을 불태운 결과였다. 주교재로는 로젠 스타즈 씨가 대활약했으며 부교재로는 후안이 활약했다.

제리코가 샌시에게 푹 빠져 헤어나지 못할 사랑의 바다에서 둥둥 떠다니는데 공작가에서 온 호위 중 한 명이 헛기침을 했다.

"크흠, 소공작님. 마차에 오르신 후에 이어 하시는 건 어떨지요."

"꺄악, 내 정신 좀 봐."

제리코는 샌시의 변신에 깜짝 놀라 여태 현관 앞에 서 있었단 사실을 깨달았다. 제리코는 발을 동동 구르며 덩달아 현관 앞을 지킨 하녀와 호위들에게 사과했다.

"현관 앞에서 이게 뭐래니. 정말 미안해요."

"천만의 말씀이십니다. 두 분 참 보기 좋아서서 저희가 말리는 걸 잊었지 뭡니까."

"정말 잘 어울리세요."

"소공작께서 이리 장성하셔서 교제하는 분과 함께 에라프 님을 뵈러 가다니. 에라프 님이 얼마나 좋아하실까요."

에라프를 사랑하는 모두가 감동해 말을 잇지 못했다. 내내 에라프의 사당에 갈 생각을 않던 불효녀 제리코로로선 양심이 난도질당하는 기분이었다.

"하하하, 칭찬 고마워요. 그럼 갈까, 샌시?"

"응."

제리코는 하녀가 들고 있던 백합 화분을 건네받았다. 샌시가 제리코의 손에 짐을 들릴 수 없다는 듯 조각 같은 손을 내밀었다. 제리코는 고개를 저었다.

"아니야, 괜찮아. 에…… 아버지 드릴 꽃이니까 내가 들게."

제리코는 역으로 샌시에게 손을 내밀었다. 샌시가 들고 있는 가방을 발견했기 때문이다. 손 관리에 철저한 마법사가 손에 짐을 드는 건 극히 드문 일이었다.

마법사가 손에 뭔가를 들고 있으면 어지간해선 들어주는 게 평범한 사람이 보이는 호의이고 배려였다. 혹은 마법사들에게 오랜 기간 시달려 혼에 학습된 기억이거나.

제리코가 가방을 들어주겠다고 하자 샌시가 고개를 저었다.

"나야말로 괜찮아. 이거 내 로브거든."

"로브를 챙겨 오긴 했구나."

"네 안전이 최우선이니까. 최악의 가능성을 염두에 두고 대비하는 건 좋은 습관이야."

제리코는 샌시의 도움을 받아 마차에 올라탔다. 본래는 하녀가 한 명 동승하기로 했으나 하녀가 마차 뒤에 앉겠다고 자처했다.

"전 뒤에 타겠습니다."

주인이 입을 열어 직접 명령하게 만들면 하수, 주인이 눈치만 줬을 때 움직이면 중수, 주인이 요구하기 전 미리 움직이는 게 고수라는 고용인의 세계. 오랫동안 용사를 모신 아리보 공작가의 하녀는 모두 고수였다.

제리코는 뭘 좀 아는 하녀에게 거듭 윙크를 날려 고마운 마음을 표현했다.

마차에 둘만 남게 되자 제리코는 한 자리를 차지한 검을 노려보았다.

'얘만 없으면 진짜 둘인데.'

-왜. 뭐. 왜. 날 보는 눈이 왜 이렇게 불손하지?

'그래, 좋게 생각하자. 드슬이가 없었으면 내가 샌시를 덮쳤을지도 몰라.'

제리코는 정장이 어색해 연신 꼼지락거리는 샌시를 훑듯이 바라보다 눈이 마주치자 생긋 웃었다. 어쩜 손도 예쁘고 얼굴도 예쁘고 귀도 예쁘고 안 예쁜 곳이 없었다.

'분명히 발도 예쁠 거야.'

샌시는 저리 예쁘게 하고 왔는데 그에 비해 자신은 어떤가. 제리코는 스스로를 돌아보고 로브를 매만졌다.

"샌시도 그냥 로브 입어. 덥잖아."

"난 괜찮아."

"이럴 줄 알았으면 나도 따로 겉옷 가져오는 건데."

"제리코는 뭘 입어도 예뻐."

"아잉, 아까도 예쁘다고 해놓고 이렇게 빨리 또 말해 버리면 사실이래도 부끄러워."

"우린 태어나자마자 만나지 못했으니까. 하루에 세 번씩 말해도 만 번을 못 채우는걸."

"만 번 채워주려고?"

"네가 원한다면 1억 번이라도. 10억 번이라도 얼마든지."

샌시라면 정말 횟수를 세어가며 1억 번을 채울 것 같았다. 그러고도 남을 이였다. 사랑에 빠진 이후 제리코의 세계는 나날이 아름답고 찬란해졌으나 그 아름다운 세상도 샌시보다 빛나진 못했다.

제리코는 샌시의 옆으로 자리를 옮겨 앉았다. 슬그머니 손을 잡고 눈을 감자 풀을 짓이긴 듯한 진한 풋내가 났다. 제리코가 샌시의 체취라 착각한 소독약 냄새였다.

"풀 냄새 좋다……."

정체를 알아버렸지만 좋은 걸 어찌하랴. 똑같은 향수도 뿌린 사람에 따라 향기가 달라지니 이 소독약도 샌시가 써서 지금의 냄새가 나는 것이라고 자위하는 수밖에.

그런 제리코의 노력에 힘입어 샌시가 오늘따라 진한 풀 향기의 원인을 고백했다.

"네가 마음에 들어 하는 듯해서 소독약을 좀 많이 썼어."

"샌시…… 어쩜 하는 말마다 그렇게 예쁠까. 뽀뽀해도 돼?"

"응."

제리코는 예쁜 말만 하는 예쁜 입술에 쪽 하고 입을 맞췄다. 모든 광경을 지켜본 검은 호기심과 공포가 뒤섞인 복합 감정을 호소하며 검신을 부르르 떨었다.

마차 안에서 무릎 위에 앉으면 위험하기 때문에 제리코는 대신 샌시의 손과 손목을 만지작거렸다. 검은 음흉한 수작 거는 주정뱅이 같다고 진절머리를 쳤다.

샌시는 제리코의 허락을 구한 후 조심스럽게 제리코의 손을 어루만지며 황송해했을 뿐이다.

"어제 카모마가 제리코에게 보내는 편지를 〈이만보〉로 보냈더라. 그래서 내가 챙겨 왔어."

바로 백합관으로 보내면 될 걸 부러 〈이만보〉로 보낸 편지엔 외출을 하지 않는 샌시가 조금이라도 바깥을 걷길 바라는 카모마의 간절한 마음이 담겨 있었다. 제리코는 카모마의 마음을 이해했는데 샌시는 엉뚱하게 해석했다.

"우푯값이 아까웠나 봐."

"음…… 그래, 그런 걸로 하자."

"그렇게 살뜰히 아꼈으니 그 재산을 모았겠지? 배신자이긴 해도 그런 점은 본받으려고."

이쯤 되면 도대체 얼마나 모아뒀기에 샌시가 후한 평가를 내리는지 궁금해질 정도였다. 제리코는 사귄 지 얼마 되지 않은 애인이 친부에게서 얼마를 당겨 왔는지 궁금해하는 자신을 억누르고 편지 봉투를 뜯었다.

"로젠에게 줄 검이 거의 다 완성되었대."

마음의 부채가 곧 덜어진다는 얘기니 반가운 소식이었다. 샌시는 한쪽 눈썹을 올렸다.

"빠르네."

"빠른 거야?"

목수의 딸인 제리코는 4인 가구의 집이 지어지는 기간과 농 하나를 짜는 데 필요한 시간은 알지만 검 한 자루가 완성되기 위해 걸리는 시간은 모른다.

마법사 또한 대장장이가 아니니 모르는 이가 대다수일 것이다. 마법사인 샌시가 대략적인 제작 시간을 알고 있는 건 이러한 검에 마법을 부여하는 것이 샌시의 주된 부업이었기 때문이다.

"꽤 빠른 거야."

"그런 거구나. 드슬이를 기반으로 만드는 거라 금방 완성된다고 듣긴 했어. 검은 마탑에 도착했고 아직 마법 부여는 하지 않았대. 그것 때문에 할 얘기가 있으니 마탑에 오거나 회신 부탁한대."

편지의 마지막엔 중간 정산을 마친 금액이 적혀 있었다. 제리코는 못 볼 것을 본 사람처럼 질겁하고 편지를 접어 숫자를 치웠다.

"편지만으로는 못 할 얘긴가?"

"어떤 마법을 부여하느냐를 물으려는 걸 거야. 드래곤 슬레이어 소드에 부여된 보호 마법은 현재 마탑에서 보유한 마법 중에 제일 강력한 마법이거든."

"그게 그렇게 강한 마법이었어?"

제리코는 마물의 공격 한 번에 흩어졌던 보호막을 떠올렸다. 어떤 공격이든 한 번만 막아주고 흩어지기에 썩 좋은 마법이라 생각하진 않았던 것이다. 샌시는 제리코가 미처 생각하지 못한 부분이 중점임을 밝혔다.

"어떤 공격이든 무조건 방어해 주는 거잖아. 마력을 엄청 잡아먹지. 단점은 약한 공격도 똑같이 1회만 방어해 준다는 거야. 그래서 요인 경호엔 쓰이지 않아."

평타든 필살기든 무조건 한 번은 방어에 성공하지만 평타 이후 필살기가 날아오거나 평타만 열 번 때리면 슬퍼지는 마법이었다. 샌시는 카모마에게 부탁해 받은 자료를 생각하며 말을 이었다.

"아니면 더 많은 마법을 부여하지 않겠냐고 물어볼 수도 있지. 사실 드래곤 슬레이어 소드는 마법 검이라기엔 비율이 이상하거든."

-내, 내가 왜?

일전에도 카모마에게 비슷한 소릴 들었던 드슬이가 지레 성질냈다. 샌시는 검을 짧은 순간 무미건조하게 보았다.

"기형적일 정도로 검의 마력 총량을 늘렸는데 정작 부여된 마법의 개수는 적어. 방어 마법 때문에 마력 총량을 늘렸다고 해도 그렇게 써먹을 거면 들어간 재료가 아까운 수준이지."

샌시는 드래곤 슬레이어 소드의 제작 기록을 본 순간 품었던 의혹을 그대로 입에 담았다.

"왜 이런 검을 만들었을까?"

"카모마 씨도 비슷한 얘기를 하긴 했어. 그런데 에라프 님을 위해 만든 검이니까 나름의 이유가 있지 않을까?"

"소드 마스터를 위해 제작한 검이라면 튼튼하고 날카로우며 마력에 예민하게 반응하기만 하면 돼. 물론 드래곤 슬레이어 소드는 충분히 튼튼하고 날카로워. 하지만 이 검이 현재 지니고 있는 절삭력은 용을 베어 후천적으로 얻은 것이지 제작 당시에 지금과 같은 절삭력을 지녔다고는 볼 수 없어. 게다가 부여된 마법 구성이 이상해. 내가 제작자라면 마법 검에 이딴 쓸데없는 잡다한 마법을 부여하느니 좀 더 용 살해에 도움이 되는 마법을 부여했을 거야. 불이니 물이니 추가 인원이 있으면 해결되는 문제잖아."

근래 샌시가 품은 가장 큰 의문이었기에 그는 구멍 뚫린 보처럼 말을 쏟아냈다. 말의 홍수에 밀린 제리코와 드슬이는 샌시를 말리지 못했고 마침내 샌시는 닿아선 안 되는 의문에 도달하고 말았다.

"애초에 용을 쓰러뜨리려는 계획 자체가 이상해. 어느 미친놈이 용을 상대하는데 검사 한 명만 달랑 보내?"

―그건 소드 마스터의 검기가 아니면 용을 상대할 수 없으니 희생자를 늘리지 않기 위해……!

"광룡을 쓰러뜨리는 게 수백, 수천의 희생자 목숨을 걱정할 정도로 여유가 넘치는 일이었어?"

샌시의 말이 옳았다. 폭주한 마물의 공격에 인간은 물론이고 지성을 지닌 다른 종족들의 명운까지 풍전등화인 상태였다. 광룡을 쓰러뜨리기 위해 수백, 수천, 수만 명의 목숨이 날아가도 쓰러뜨릴 수 있다는 확신만 있다면 그 희생이 아깝지 않은 상황이었던 것이다.

용이 미치고 마물이 날뛰었다. 홀연히 등장한 용사가 광룡을 쓰러뜨리고 대륙에 평화를 가져다주었다.

영웅의 위대한 업적이 거짓 없는 진실이기에 누구 하나 의아해하지 않았으나 실제론 참 이상한 일이 아닐 수 없었다. 미친 용을 상대하는 이는 검 한 자루를 지닌 청년 하나. 함께 싸울 동료 하나 없이 용이 사는 산맥을 홀로 오른 용사. 성공했기에 청년은 영웅이 되었고 성공했기에 누구 하나 의문을 품지 않았으나 사실은 시작부터 이상한 일이었다.

의문을 품은 시기는 늦었으나 일단 의문을 품은 시점부터 샌시는 그 사실을 누구보다 빨리 알아차렸다. 왜냐하면 그는 마법사이기 때문이다.

"내가 용을 상대한다면 그러지 않아. 소드 마스터 한 명만 믿고 달랑 혼자 올려 보내지 않을 거야. 싸운다면 마법을 쓰겠지. 그게 당연하잖아. 사냥꾼은 곰을 잡기 위해 화살촉을 들고 곰을 찾아가지 않아. 그 대신 함정을 파고 덫을 놓지."

에라프가 홀로 광룡을 상대한 것은 화살촉 하나 달랑 들고 곰을 상대하는 것보다 무모한 짓이었다. 에라프가 그럴 능력이 되어 홀로 광룡을 상대했다 쳐도 의문은 남는다.

더 쉬운, 더 나은, 더 피해를 줄일 방책이 있는데 어째서 귀중한 인재를 사지로 내몰았는가?

에라프가 광룡을 쓰러뜨린다는 확신이 없다면 쓰레기나 마찬가지인 계획이었다.

"나는 잘 모르지만, 용에게 평범한 마법은 듣지 않는다고 하잖아. 그러니까 에라프 님이 나선 게 아닐까? 에라프 님은 상냥하고 책임감이 강한 분이니까 다른 사람들의 희생을 견딜 수 없어서, 그래서 다른 사람들을 말리고 혼자 가신 걸지도 몰라."

"그러니까 이상하다는 거야, 제리코."

샌시가 인상을 썼다. 샌시는 제리코에게 마탑주가 골렘으로 드래곤 슬레이어 소드를 들려 했을 때 어떤 일이 벌어졌는지 기억하냐 물었다.

제리코는 일단 고개를 끄덕였다. 사람이 불에 휩싸여도 죽지 않는 모습이 신기해서 잊으려야 잊기 힘든 일이었다.

"마녀는 경지에 오른 마법사야. 마녀의 마법은 용에게 타격을 줄 수 있고 용을 죽일 수도 있어."

"어…… 그, 그러니까 경지에 오르신 게 최근이면…….."

"날 낳기 전에 경지에 올랐다고 입에 침이 마르도록 자랑했어."

샌시가 아는 마탑주는 지극히 이기적이면서 손해 보는 일은 절대 하지 않는 위인이었으나 적어도 대의와 정의가 무엇인지는 알았다. 그래서 샌시 또한 사람의 생명이 소중함을 아는 어른으로 자랐다.

"마녀가 검 한 자루 달랑 만들어서 에라프를 보낸 게 이상해. 만들 거면 잘 만들어주지 이렇게 만든 것도 이상해. 그 이상한 검에 자아가 깃든 건 더 이상하고 광룡이 죽었는데도 광룡의 마력을 갖고 있으니 미칠 노릇이지."

가능하면 제리코에게 이 불안한 마음을 숨기고 싶은 샌시였다. 하지만 사랑하는 사람을 걱정하는 마음을 어떻게 감춘단 말인가?

내일 당장 죽는다는 선언을 들어도 이토록 불안하고 걱정되진 않을 것이다. 샌시는 제리코의 주변이 마법 재료인 수정처럼 투명하고 수학 수식처럼 참과 거짓의 증명이 명확하기만을 바랐다.

사랑하는 사람의 주위 환경이 불안하니 샌시는 살아도 산 것 같지 않았다. 늘 긴장되고 걱정되었던 것이다.

"하지만 내가 제일 괴로운 건 이 이상한 일들이 모여 제리코 네게 위협이 될지도 모른다는 거야. 그 생각만 하면 나는…… 불안해서 견딜 수가 없어."

혼자 광룡과 대적한 용사에 대한 의문이야 과거에 벌어져 끝난 일이니 접어두도록 하자. 샌시는 제리코와 모든 시간을 공유하는 에고 소드가 혹시라도 그녀에게 위해를 끼칠까 두려웠다.

요정인가, 호문쿨루스인가, 그도 아니면 마물인가. 혹시 광룡이 죽기 직전 검에 무언가를 남겨둔 것은 아닌가. 그가 사랑하는 소녀는 저 정체불명의 검을 애착 인형처럼 업고 다니며 일상을 함께하는데 혹시 그게 제리코에게 악영향을 미치지는 않을까.

공포는 무지에서 찾아온다. 어둠이 두려운 것은 그 안에 무엇이 있을지 모르기 때문이다. 공포를 없애는 가장 확실한 방법은 그 대상에 대해 낱낱이 파헤치는 것인데 드래곤 슬레이어 소드는 그것이 불가능했다.

'손댈 수가 없으니.'

손이 닿기만 하면 사람이 죽을 때까지 꺼지지 않는 불을 붙이는데 무슨 수로 조사를 하겠냐 이 말이다. 그렇다고 의문을 그칠 수는 없었다. 사랑하는 이의 안위가 달린 문젠데 고작 이 정도에서 어렵다 돌아선다니. 샌시 사전에 포기란 없었다.

본래는 검을 따돌리고 제리코와 단둘이 있을 때 내비칠 의문이었으나 감정이 격해져 모두 털어놓고 말았다. 이렇게 된 이상, 샌시는 공포를 없애기 위한 차선책을 선택했다.

"넌 정체가 뭐지?"

공포의 대상에게 직접 정체를 물은 것이다. 대상의 정체를 규정하려는 마법사의 질문에 에고 소드는 명쾌히 대답하지 못하고 말을 더듬었다.

—나, 나는…… 나는…… 그러니까 나는 주인의…… 나는 주인의 검이야! 용사 에라프의 검!

"내가 묻는 건 네 몸의 정체가 아니야. 네 영혼, 네 자아가 무엇인지 묻고 있는 거야. 네가 마력을 써서 물리적으로 형상화할 때 네 의식은 어디에 있지? 검? 아니면 형상화한 형체?"

한 번도 신경 쓴 적 없는 문제였다. 말문이 막힌 검이 빠른 대답을 못하고 있을 때 제리코는 정답을 떠올렸다. 드슬이의 의식은 검이 아닌 현신한 쪽에 있었다. 드슬이가 까마귀에게 쫓길 때를 생각하면 확실했다.

당황한 검은 제리코보다 뒤늦게 답을 떠올렸다.

—형체 쪽이다!

"그래. 그게 너다. 내가 보았을 때 넌 검에 혼이 깃들었다기보다 검에 미지의 혼이 빙의한 쪽에 가까워. 그런 데다 광룡의 마력을 지니고 있지. 실은 네 정체가 광룡의 혼의 일부거나 피의 영향을 받은 마물이 아니라는 보장이 있나?"

—난…… 나는!

나 홀로 광룡을 쓰러뜨린 에라프는 드래곤 슬레이어 소드의 긍지이자 자랑이었다. 그런데 샌시는 에라프의 위대한 업적 자체를 이상한 일이라 평했다. 심지어 드슬이가 듣기에도 샌시의 주장은 논리적이고 이성적이었다. 때문에 드슬이는 혼란스러워졌다.

─나는······.

정신이 혼미한 와중 '넌 누구냐' 공격까지 받으니 드슬이는 쉽게 냉정을 되찾지 못했다. 드슬이가 품은 생각과 감정이 여과 없이 제리코에게 흘러 들어 왔다. 제리코는 그에 휩쓸려 표류하지 않도록 마음을 굳게 먹었다.

"이제 그만!"

제리코의 단호한 외침에 샌시와 드슬이 사이에 흐르던 팽팽한 기류가 사라졌다. 제리코는 자신을 보는 샌시와 제게 집중하는 검에게 단단히 일렀다.

"넌 누구냐 질문엔 이름으로 답하면 그만이야! 얘는 드래곤 슬레이어 소드, 다 말하면 너무 기니까 줄여서 드슬이! 얘는 샌시 데이지! 조금 더 귀엽게 부르고 싶으면 뒤에 시를 길게 늘여 부르면 돼. 그리고 난 제리코 미베어. 작년까진 제리코 한슨이었고 지금은 법적으로 제리코 미베어라 성이 갈려서 복잡하니까 그냥 제리코."

세상에 이보다 명쾌한 해답은 없다는 듯 호탕하게 말한 제리코 덕분에 무거운 공기가 싹 날아갔다.

─제리······.

"드슬이는 드슬이고 샌시는 샌시고 나는 제리코야! 내겐 그 정도면 충분해. 샌시가 날 걱정하니까 좀 더 말하자면 드슬이는 내 동생이야. 에라프 님이 마음으로 낳아 기른 영혼의 자식이지! 내 소중한 가족이고 친구야. 드슬이는 날 해치지 않아. 만약 해치게 된다 해도 그건 본의가 아닐 거야. 만약 그런 슬픈 일이 벌어질 수 있다고 해도 드슬이는 온 힘을 다해 그런 일이 발생하지 않도록 막을 거야. 난 그거면 충분해."

검에 눈이 있다면 눈물을 참지 못했을 것이다. 드슬이 본검도 제 정체를 모르는데 제리코가 됐다고 하니 정말 괜찮을 거란 근거 없는 확신이 생겼다.

"하지만 제리코."

"쉿."

제리코는 샌시의 입술에 검지를 붙였다. 제리코의 검지가 피부보다 색이 진한 입술 선을 따라 천천히 움직였다.

"여기 계신 샌시로 말하자면 아는 오빠에서 육촌 오빠, 사촌 오빠를 거쳐 자기로 승급한 내 애인이지. 걱정해 줘서 고마워, 샌시. 그런데 아직 아무 일도 벌어지지 않았잖아. 그러니까 너무 과한 걱정은 하지 말자. 그런 어려운 걱정보단……."

입술 선을 따라 그리던 검지가 입술 안을 침범했다. 제리코는 검지 끝에서 느껴지는 습기에 눈을 가늘게 뜨고 웃었다.

"우리의 혀가 언제쯤 만나게 될지 고민하는 게 더 건실하지 않아?"

제리코가 혀로 입술을 핥았다. 화장품에 들어간 꿀과 여러 재료 때문에 첫맛은 달고 끝 맛은 씁쓸했다. 제리코는 입술을 매만지던 검지를 회수해 제 입술에 슬쩍 붙였다.

"난 지금 당장도 좋은데."

생과 사. 우주의 진리. 대자연의 법칙. 그 어떤 철학적 고찰과 신비의 연구도 눈앞의 사랑만 못하나니. 뇌로 가야 할 혈액을 모조리 심장과 하체에 양보한 샌시는 마차 구석으로 도피해 벽에 머리를 박아 고정했다.

"쩝."

제리코는 아쉬운 마음에 입맛을 다시고 곱게 딿은 댕기를 괜히 흔들었다. 머리를 풀었어야 더 도발적이었을 것인데 아쉬움이 남았다.

─너…… 첫 연애 맞아? 거짓말 아냐? 도대체 그런 건 어디서 배운 거야?

검은 제가 본 것을 믿지 못하고 기함했다. 드슬이가 샌시에게 들리지 않도록 제리코에게만 말하자 제리코도 속으로 대답했다.

'웅? 원래 내 나이쯤 되면 거울 앞에서 어떤 모습이 더 섹시해 보일까 연구하잖아.'

-아니거든? 아닌 것 같거든? 내가 무생물이지만 그건 아닌 듯하거든?

'맞거든? 다 하거든? 샌시를 봐. 내가 거울 앞에서 열심히 연구한 보람이 있네. 너무 좋아서 죽으려고 하고 있잖아.'

아닌 게 아니라 샌시는 여러 의미에서 죽어가고 있었다. 드슬이는 샌시가 제게 던진 혼란과 질문을 잊고 그를 동정했다.

-저 순진한 놈이 어쩌다 이런 발랑 까진 애에게 넘어가서……!

'오, 칭찬 고마워.'

자칭 발랑 까진 편이었던 제리코는 타칭 발랑 까진 계집애를 인정받은 기쁨에 승리의 미소를 날렸다.

마차가 멈추고 마부가 에라프의 사당에 도착했음을 알렸다. 마차 구석에서 제 허벅지만 쥐어뜯던 샌시가 굴러떨어지듯 마차에서 내렸다. 제리코는 누구의 도움도 받지 않고 제 힘으로 검과 화분을 챙겨 내렸다.

"샌시도 참. 애꿎은 허벅지 괴롭히지 말고 좀 더 용기를 내면 좋을 텐데."

-어쩌다 이런 애한테 반해서!

'애인을 밝히는 게 뭐 어때서!'

애인을 사랑하는 걸 어째서 참고 억눌러야 한단 말인가! 또한 예의 차원에서 상대방에게 언제든 진도를 빼도 괜찮다는 의사를 내비칠 뿐 강요는 하지 않는다! 제리코는 당당했다.

'여러 사람에게 이러면 호색한에 변태! 애인에게만 이러면 순정!'

샌시는 멀찍이 도망쳐 심호흡을 하며 혈압과 욕망을 진정시키는 데 집중했다. 제리코는 샌시가 안정을 찾길 기다리며 에라프의 사당을 구경했다. 장례식 이후 처음으로 왔는데 장례식 땐 그녀의 얼이 빠진 상태였기에 기억나는 게 별로 없으니 처음 온 것이나 마찬가지였다.

'꼭 공원 같네.'

자신의 사당을 지을 거라면 괜히 제도의 비싼 땅 낭비하지 말고 다목적으로 이용할 수 있게끔 해달라던 용사의 생전 유지에 따라 용사 에라프의 사당은 시민의 휴식 공간을 겸했다. 중앙에 위치한 사당 건물이 아니라면 시설이 좋은 공원으로 착각할 법했다.

'오, 저기 놀이터도 있네?'

-몇몇 사람이 엄숙해야 할 사당에 무슨 놀이터냐고 반대했는데 주인이 괜찮다고 했어. 아이의 웃음소리가 최고의 보상이라고 말이지.

"크으."

너무나 올곧은 답변에 제리코는 감탄했다. 에라프 사후 그의 여러 가지 인간적 면모를 알게 되면서 친근감이 들긴 했는데 이런 얘길 들으니 영웅은 영웅이었다.

'나같이 평범한 사람은 감히 따라 할 수 없는 배포로구나.'

-오지랖은 너도 만만치 않잖아.

'그렇구나. 내 오지랖은 에라프 님급……..'

용사급 오지랖을 자랑하는 소녀 앞에 사당 관리자가 도달했다. 자식이 아버지 사당에 화분 하나 갖다 놓겠다는데 관리자까지 나와 야단법석을 떨었다. 제리코 입장에선 답답한 일이었지만 또 한편으론 그게 아니었다.

'그래. 내가 에라프 님 자식이니까 관계자를 만나 얘기를 들어야지. 내 의무니까.'

일 평균 방문자 수를 들은 제리코는 깜짝 놀랐다.

"그렇게 많이 와요?"

생각보다 에라프를 잊지 않고 꾸준히 찾아오는 추모객의 수가 많았다. 관리인은 1주기가 돌아오면 추모객이 급증할 것이라 알렸다. 그러면서 계획 중인 행사 일정표를 넘기는 것을 하녀가 대신 받았다.

제리코는 일 평균 방문자 수를 되새기며 사당 근처 정원을 둘러보았다. 그녀의 방문 때문에 전날 야간부터 외부인 출입을 엄금하여 사람 하나 없이 휑하지만 평소엔 사람이 많을 법했다.

놀이터와 산책로 모두 잘 꾸며져 있어서 가족 단위로 놀러 오거나 데이트하기에 좋았다. 지금은 장사를 금지해서 그렇지 평소엔 앞에 노점상도 많단다.

제리코는 샌시의 팔을 잡은 손에 좀 더 힘을 주고 속삭였다.

"나중에 몰래 오자. 노점상 많대."

"알겠어."

제리코를 노리는 나쁜 사람들이 모두 잡히고 진정한 평화가 찾아오면 그땐 사람을 방패로 세워놓지 않은 진짜 데이트를 할 수 있을 것이다. 제리코는 하루라도 빨리 그날이 찾아오길 빌었다.

'온 김에 에라프 님에게 빌고 가야겠다.'

에라프의 재가 안치된 사당 내부에 들어서자마자 제리코는 입부터 벌렸다. 광룡을 쓰러뜨린 에라프의 업적을 묘사한 대형 스테인드글라스가 그녀의 입을 벌린 일등 공신이었다.

제리코는 아무 말도 하지 못하고 손가락질하고 싶은 것을 꾹 참았다. 분명히 장례식 때 봤을 텐데 본 기억이 없었다.

-그때 네가 많이 힘들어하긴 했어.

'아니, 아무리 그래도 저걸 기억 못 하나?'

초대형 스테인드글라스를 타고 들어온 빛이 에라프의 재가 든 관 위로 내리쬐는데 성스러움이 이루 말할 수 없었다. 제리코의 피부에 미세한 닭살이 올라왔다. 감당하기 힘들 정도로 아름다운 광경을 보고 몸이 먼저 반응했다.

장엄하고 엄숙한 사당의 모습에 제리코는 자신이 한없이 초라하게 느껴졌다.

남들은 제단이 뭐냐, 사당 건물 밖에 공물을 바치는데 제리코는 딸이

랍시고 꽃 화분 하나 달랑 든 주제에 저 아름다운 색 그림자 한가운데 바칠 자격을 지닌 것이다.

솔직히 말해 현재 제리코가 지닌 물건 중 저 장소에 어울리는 물건은 드래곤 슬레이어 소드밖에 없었다. 그마저도 본 주인은 에라프이니 공물보단 원주인에게 돌려주는 쪽에 가까웠다.

제리코의 그런 마음도 모르고 관리인은 눈물을 훔쳤다.

"직접 키운 꽃이라니. 에라프 님이 정말 기뻐하실 겁니다."

'아니요, 그거 아닌데.'

직접 키우기라도 했으면 선물은 마음이라고 우길 수라도 있었을까?

제리코는 어설프게 화분이나 두고 겸사겸사 샌시랑 같이 바깥나들이나 해야겠다 생각한 자신을 용서할 수 없었다.

'나는 왜 에라프 님에게만 유독 박해지는 걸까!'

이 많은 사람이 에라프를 사랑하고 감사한 마음을 잃지 않는데!

정작 자신이 에라프의 딸이 아닌 남이었다면 지금보다 더 공경하는 마음으로 정성껏 공물을 준비했으리란 데에 한 달 용돈을 걸 수 있었다.

제리코는 팔짱을 풀고 조심스럽게 제단 쪽으로 다가갔다. 스테인드글라스를 투과한 오색빛이 그녀를 덮었다. 창을 지나 여름의 강한 열기를 잃은 빛은 온화하게 제리코의 얼굴을 쓰다듬었다. 그것이 꼭 요나의 손길, 아니지, 에라프의 손길 같았다.

제리코는 에라프에게 미안하고 자신이 한심해서 시큰거리는 코를 훌쩍였다. 그녀는 마자리스가 준 백합 화분을 제단 위에 올려둔 뒤 진심으로 사죄했다.

'죄송해요, 에라프 님. 앞으론 좀 더 자주 오고 다음에 올 땐 제가 직접 준비한 선물을 가져올게요. 에라프 님이 남기고 간 일기장이랑 수첩 전부 아무도 못 보게 할 거고요, 제가 좀 읽긴 했는데 그건 괜찮죠?'

─아냐, 안 괜찮아.

드래곤 슬레이어 소드가 주인을 대변했다.

'이 화분은 백합인데요, 마자리스 씨가 준 거예요. 마자리스 씨는 외국인인데 어째 에라프 님 아들 같기도 하고…… 눈매랑 성격이 좀 닮았는데 시기가 안 맞거든요. 어쩌면 조상이 같은 먼 친척일지도 몰라요. 어쨌든 그런 이름의 아름다운 사람이 에라프 님 드리라고 해서 제가 대신 가져왔어요. 이 백합 구근은 에라프 님 금고에 있던 걸 싹 틔운 거거든요. 20년이 넘게 금고 속에서 말라가던 게 이렇게 되살아나다니, 식물은 참 대단해요. 사람은 말라비틀어지면 그냥 죽는데.'

누군가의 죽음을 이야기하면 언제나 슬퍼진다. 제리코는 시큰거리는 코를 찡긋거렸다.

'저 뒤에 연두색 머리 남자 보이세요? 제 애인이에요. 가족 중엔 에라프 님에게 제일 먼저 선보여요. 잘생겼죠? 머리도 좋아요. 성격은 조금 안 좋지만 저한텐 잘해줘요. 제 말이라면 껌뻑 죽고, 아, 맞아. 마탑주님 아들이에요. 근데 너무 걱정하지 마세요. 금단의 사랑 그런 거 아니거든요. 마법으로 확인했어요.'

첫 사당 방문이라 그런지 계속 할 말이 생각났다. 제리코는 아예 본격적으로 수다를 떨었다.

'아리보 공작님은 조금 편찮으시지만 잘 계시고요, 소공작님도 잘 계세요. 소공작 부인이랑 그 외 식구들도 모두 건강히 다 잘 있어요. 다른 사람들이 어떻게 사는지 모르겠지만 어쨌든 제국은 평화롭고 서대륙도 평화로워요. 다 에라프 님 덕분이죠. 실은 제가 에라프 님이 아들 후보로 찍은 셋을 조사했는데요. 샌시는 저랑 사귀는 걸 보면 알듯이 에라프 님 아들이 아니었어요. 그리고 마그노 황자님이 거의 확실하고, 로젠이 크리스 씨 아들인지 에라프 님 아들인지 궁금하셨죠? 걱정 마세요! 제가 꼭 파헤쳐서 진실을 밝혀내겠어요!'

제리코가 수다를 떨면 무슨 말이 그렇게 많냐고 핀잔을 주던 검이 조용했다. 제리코가 일어서길 기다리는 사람 모두 그녀를 재촉하는 기색 없이 경건한 자세로 묵념했다. 심지어 호위 몇과 하녀는 눈물까지 보였다. 유일하게 묵념을 하지 않을 것 같았던 샌시마저 고개를 숙이고 진심 어린 감사 인사를 전했다.

이 상황을 한 문장으로 압축하자면 이러하다.

아무도 그녀의 수다를 막을 수 없었다.

'제가 진짜 마그노 황자님 때문에 속 터져 죽는 줄 알았다니까요! 아무리 생각해도 릴리에 공주님이 문제인 것 같거든요? 그런데 공주님을 어디서 만날 수도 없고, 그렇다고 찾아가기도 힘들고. 솔직히, 아주 솔직히 제 생각에 그 모자는 대화가 부족하거든요? 그런데 마그노 황자님은 너무 섬세하고 예민한 데다 용기가 부족해서 릴리에 공주님에게 먼저 말을 못 꺼내요. 정말로. 그러니까 에라프 님! 아들일 가능성이 높은 그 황자님에게 용기를! 용기를 주세요! 그리고 릴리에 공주님이랑 대화할 기회도 주시면 좋고요! 기회 안 주셔도 안 미워할게요! 이미 죽은 사람이 무슨 힘이 있겠어요. 그냥 이렇게 털어놓는 말 들어주기라도 하시니까 감사한 거죠. 이건 그냥 에라프 님은 용사님이니까, 용사님이시니까 제가 괜히 투덜거리는 거라고 관대하게 이해해 주시면 너무나 감사할 것 같아요.'

수다가 15분째 이어졌다. 슬슬 바닥에 꿇은 무릎이 저려왔다. 제리코는 뒤에서 기다려 주는 이를 떠올리고 수다를 접었다.

'어째 제 말만 했네요. 에라프 님이 살아 계실 적에도 저만 말했는데. 조금 지루하셨을까?'

—그렇지 않아. 주인은 네가 하는 말은 모두 즐겁게 들었으니까.

'그렇구나.'

제리코는 찡해오는 눈가를 꾹꾹 누른 다음 드래곤 슬레이어 소드를 내려놓았다.

'자, 드슬이도 에라프 님에게 하고 싶은 말 하자.'

-너 할 때 나도 했어.

'그래? 무슨 말 했어?'

-비밀.

'그게 뭐야. 내가 하는 말은 다 들어놓고.'

제리코가 자꾸 이러면 삐질 거라 으름장을 놓았다. 검은 협박에 굴하지 않았다. 없는 입이 찢어지면 찢어졌지 말하기 싫었다. 공부 머리는 나쁘지만 잔머리는 잘 돌아가는 제리코가 협박 방식을 달리했다.

'입이 없다고 배짱 장사하나 본데, 곧 있으면 없는 입 생길 예정인 거 잊으셨나?'

-너는 어떻게 협박을 해도 동네 양아치처럼. 어디 가서 주인 딸이라고 하지 마. 창피해.

떠돌이 약장수를 하기 위해선 동네 양아치에게 쫄지 않는 패기가 필요한 법이다. 드슬이는 제리코가 참된 약장수의 자질을 갖췄음을 또 한 번 깨달았다.

-주인 보고 싶다고 그랬어.

덤으로 소멸하는 한이 있어도 제리코는 지켜주겠다는 각오를 함께 전했다. 죽은 사람 보고 싶다는 얘기야 얼마든지 할 수 있지만 산 사람 지켜주겠다는 말은 부끄러웠다. 죽은 사람은 아무 말도 들을 수 없지만 산 사람은 듣고 감동할 수 있다는 점 때문에 더 부끄러웠다.

끙차 소리를 내며 일어난 제리코가 딱 한 번 물을 준 게 다인 화분 속 이파리를 살짝 건드렸다.

'다음에 올 땐 직접 심어 물 주고 키운 꽃을 가져와야지.'

-기특하다…… 가 아니라 당연한 거잖아! 주인은 네 아버지라고! 좀 더 잘해주고 정성을 보여!

'예이, 예이. 충분히 깨달았습니다.'

제리코는 드슬이의 따가운 잔소리를 견디다 못해 샌시를 찾았다. 마자리스에게 부탁받은 일을 끝냈으니 이젠 진짜 데이트를 할 차례였다.

사당을 방문한 뒤 적당히 좋은 장소를 찾아 도시락을 먹고 함께 노닐다 아카데미로 귀환하는 단순한 일정이었다.

제리코가 제단 앞에서 자리를 비키자 사전에 허락을 구했던 호위와 하녀가 지참했던 공물을 제단 아래에 바쳤다.

'그냥 제단에 올리지.'

제리코보다 더 오래 에라프와 알고 지냈고 더 많은 추억을 쌓으며 곁을 지켰을 그들이 피가 섞이지 않았단 이유로 제리코만 못한 대우를 받는 게 옳은 일일까?

특히 하녀는 자리보전한 에라프를 5년 넘게 시중든 사람이었다. 에라프에게 은혜를 갚을 수 있어 기쁜 마음으로 시중을 들었던 하녀다. 제리코에게도 친언니처럼 얼마나 잘해주는지 모른다. 그런 사람이 제단에 꽃을 바치지 못하는 이유가 고작 피 때문이라니. 제리코는 마음에 들지 않았다.

-무슨 미친 소릴 하는 거야? 피 섞인 게 최고지.

'넌 뭘 몰라. 혈연이 아니더라도 가족처럼 끈끈한 정이 생긴다고. 내가 너였다면 에라프 님의 후손이 아니라 에라프 님이 인정한 사람 정도로 조건을 걸었을 거야.'

-사기꾼이 얼마나 많았는지 알아?

'사기꾼이 많더라도 에라프 님은 모두 자식이라고 받아들이셨다며. 자식뻘 되는 어린 사기꾼이나 나쁜 사람에게 이용당하는 어린아이가 죽지 않길 바라신 거지.'

-애초에 그 배은망덕한 것들이 주인의 은혜를 저버린 게 문제잖아.

'널 탓하겠다는 게 아니야. 넌 내 가족이고 에라프 님의 자식이니까 에라프 님을 지키고 위하려는 마음에 그런 선택을 했으니까. 게다가 넌 검이잖아. 사람을 죽였다고 마냥 나쁘다곤 할 수 없지. 기준도 다르고.

내가 말하고 싶은 건 우리가 피는 안 섞였지만 가족인 것처럼 그 사기 꾼들도 기회가 있었다면 참회하거나 어쩌면 가족이 되었을지도 모른다는 거야. 네가 처음부터 날 마음에 들어 한 건 아니잖아.'

용사의 검이 처음부터 주인의 딸을 마음에 들어 하진 않았다. 사사건 건 못마땅한 티를 내며 주인의 딸이니 봐준다는 식으로 굴었다. 그러던 것이 함께 지내며 모난 부분이 둥글어지게 되었다.

제리코는 그렇게 죽은 사람 중에 알고 보면 좋은 사람이 있었을지도 모른다는 얘기를 하고 싶었다. 다만 그뿐이었다.

–하여간 오지랖은 넓어서 범죄자 사정까지 봐주기야? 네 기준을 내게 들이밀지 마. 난 주인을 모욕하는 자들은 절대 용서하지 않을 거야. 그런 것들에겐 자비도 아까워.

'응. 그래도 네가 나중에 몸이 생기면 말이야. 끝내주게 날이 잘 드는 네 몸을 휘두르기 전에 방금 내가 한 말을 생각해 줬으면 해.'

그러면 더 바랄 게 없다. 제리코는 삐진 검을 둥개둥개 얼러주며 샌시의 팔에 얼굴을 기댔다.

"미안, 샌시. 심심하지?"

"아니. 빛 아래에 선 제리코가 너무 눈부셔서 계속 잔상이 남아."

어찌나 감동이었는지 샌시는 웬일로 먼저 뽀뽀를 했다. 제리코는 샌시의 입술이 지나간 이마와 머리카락의 경계가 간지러워 키득키득 웃었다.

"정말 예쁘게 잘 지었다."

"내가 알기로 공사 기간만 10년이야."

샌시의 대답에 제리코는 멈칫했다. 에라프가 죽은 게 작년 일인데 공사 기간이 10년이라니. 에라프가 살아 있을 때부터 사당 및 정원 공사를 하고 있었다는 얘기가 된다.

'보통 죽기 전에 못자리 봐놓긴 하지만 기분이 묘하네.'

"그리고 저 스테인드글라스는 유리가 아니라 보석이지."

"헉."

"입구 쪽에 있는 석상은 100년쯤 전에 희귀한 재질의 바위가 황실에 진상되어 아껴둔 걸 꺼낸 거라고 들었어."

"허억."

"건설비와 사당 관리비, 유지비는 모두 황가에서 부담합니다. 괘념치 마십시오, 소공작님."

관리인이 이때다 싶어 설명했다. 에라프는 국가유공자를 넘어 대륙의 영웅이기 때문에 외국에서 기부도 많이 들어오지만 기부금은 한 치의 오차 없이 사당 관리를 위해 저축한다는 얘기도 함께 했다.

"앞으로 1,000년은 너끈히 운영할 돈을 모았는데 기부금이 계속 들어 와서 문제입니다. 원하신다면 기부금은 모두 미베어 공작가에 보낼 수 있도록 조치를……."

"아뇨, 아뇨, 아뇨, 아뇨, 아뇨."

제리코는 사색이 되어 고개를 저었다. 꽁꽁 땋은 머리가 채찍처럼 흔들렸다. 돈 문제다 보니 샌시가 참견했다.

"아냐, 제리코. 돈 문제는 지금 대에 확실하게 해두는 게 나아. 시간이 흘러 대가 지나면 기부금에 대한 권리를 주장하지 못할 수 있어. 아예 이참에 미베어 공작가 소유인 걸 확실히 해둬."

"아니, 아니, 아니, 아니, 아니, 내가 일해서 번 돈도 아니고! 에…… 아버지가 모두를 위해 하신 일에 사람들이 감사를 표한 걸 그렇게 금전적 으로 볼 수도 없고."

"금전으로 고마워하니까 금전적으로 봐야지."

-쟤 말이 맞다.

"아니, 아니, 그러니까요. 다들 순수한 감사와 호의를 표현할 방법이 달리 없어 금전으로 표현하는 거잖아요? 그러니까 그건 제 돈이 아니라 좀 더 좋은 일에 쓰는 게…… 그래! 기부금이니까 더 좋은 데 쓸 수 있도록 기부를 하면 되죠!"

"그러니까 그걸 명확히 해놓자는 거지. 여기서 2대만 넘어가 봐. 관리 잘 안 해두면 기부금이 중간에 증발해 버린다에 내 손을 걸겠어."

마법사가 손을 걸다니!

제리코를 포함한 모두가 경악했다. 제리코는 얼결에 샌시의 고운 손을 잡았다. 이 손은 샌시의 허락을 받은 제리코 소유이기 때문에 샌시 마음대로 담보 잡을 수 없는 신체였다.

'이 손은 내 거야! 아, 아니지. 우리 거야!'

"하면 기부금은 모두 미베어 공작가에서 회수해 현재 운용 중인 기부 재단에 쓰이는 걸로 괜찮겠습니까?"

"아니, 아니, 그건 에라프 님께 온 기부금이니까⋯⋯."

"에라프 님 딸인 제리코가 물려받는 게 맞네."

"캬, 논리 정연하십니다."

샌시의 참견에 관리인이 활짝 웃었다. 그는 관련 서류를 조만간 미베어 공작가와 아카데미에 보내겠다고 말했다. 제리코는 관리인의 미소에서 동병상련을 느꼈다.

'액수가 많이 컸구나.'

처치 곤란한 액수의 기부금이 계속 몰려와 곤란하던 차에 미베어 공작가의 주인이 납셨으니 얼른 떠넘기고 속 편해지고 싶었나 보다.

'사당 공사비랑 유지비 모두 황실에서 대고 있으니까 사당에 들어오는 기부금은 황실에서 먹어도 되는데.'

─무슨 욕을 먹으려고. 그리고 주인은 이 정도 대우받을 권리가 있어.

'그야 그렇지만 황가에서 좀 지나치게 잘해주는 느낌이라.'

나라 자체에서 잘해주는 건 그게 다 세금인 걸 알아서 기분이 묘해지고 황실에서 황가 재산으로 잘해주는 건 다른 집 사람이 우리 집에 막 퍼주는 기분이라 느낌이 묘하다. 드슬이가 투덜거렸다.

―그게 다 투자야. 넌 너랑 주인의 가치를 너무 몰라.

'물론 에라프 님은 대우받으셔야 마땅하지.'

아이의 미소가 최고의 보상이라던 용사의 말을 되새긴 제리코는 다음에 올 땐 동생들을 데리고 오는 것도 나쁘지 않겠다 생각했다.

"그럼 샌시, 나가서 같이 좀 걸을까?"

제리코가 샌시에게 느긋하게 산책을 하자 권유하는데 밖에서 호위를 서던 이가 들어왔다. 호위는 관리인을 살짝 흘겨보더니 제리코에게 다가왔다.

"송구합니다, 소공작님. 다른 방문객이 당도해 자리를 옮기셔야 할 것 같습니다."

"다른 사람이 왔어요? 저 볼일 다 봤으니까 이제 나갈 거예요."

"잠깐, 자네. 방문객에게 기다리라고 하면 되지 어찌 소공작께 그런 말을 하는가. 관리인, 오늘은 소공작님의 방문으로 외부인 출입을 금하지 않았소?"

호위 책임자의 질책에 관리인이 허둥지둥 변명했다.

"죄송합니다. 소공작님의 안위를 해하려는 것이 아닙니다. 본래 공주님께서 한 달에 한 번 정기적으로 방문하십니다. 미리 서신을 보냈는데 괜찮다는 답문이 와서 그만……."

밖에서 들어온 호위와 관리인을 책망하던 호위 책임자는 방문객의 정체를 듣고 깜짝 놀랐다.

"잠깐, 방문객이 릴리에 공주님이시오?"

"네, 그렇습니다."

제리코도 덩달아 깜짝 놀랐다. 아주 깜짝.

'에라프 님 영험해!'

제리코는 눈이 휘둥그레져 에라프의 재가 담긴 관과 문 쪽을 번갈아 보았다. 에라프 앞에서 릴리에 공주를 만날 기회가 없다고 한탄한 게 방금 전인데 이렇게 빨리 기회가 찾아오다니! 실제로 에라프가 무언가를 해준 것은 아니고 우연의 일치인 건 알지만 그래도 이렇게 딱딱 맞아떨어지면 놀랍지 않은가!

'역시 영웅은 죽어서도 영웅! 영험하구나!'

에라프와 엮인 세 명의 여인 중에서 가장 만나기 힘들고 대화 한 번 못 해본 이가 릴리에 공주다. 황궁보다 보는 눈이 적은 사당에서 만난 게 천우신조였다. 제리코는 황급히 말을 꺼냈다.

"릴리에 공주님이 정기적으로 와주신다니 정말 감사한 일이네요! 꼭 인사를 드려야겠어요!"

"아…… 그럼 그렇게 전하겠습니다."

"공주님이 밖에서 기다리고 계세요?"

'설마 내가 나가길 기다리시는 건가?'

제리코는 순간적으로 든 생각에 겁을 먹었으나 다행히 그건 아니었다.

"입구에 당도하셨고 근위병이 앞서 달려와 부탁했습니다. 아시다시피 공주님께서 사교 활동에 적극적이지 않으시니 몰래 부탁드린다고……."

혹시 제리코와 마주치길 꺼린 릴리에 공주의 요구인가 싶었는데 공주를 염려한 근위병의 사적인 부탁이었다. 제리코는 깊게 안도하고 릴리에 공주를 만나고 싶단 의사를 확실히 표현했다.

"그럼 공주님이 오시면 알려주세요! 꼭 감사 인사를 드리고 싶어요! 샌시, 미안한데 조금만 더 기다려 줄래?"

"미안해할 필요 없어, 제리코. 내 주말 48시간은 모두 네 거니까. 네 마음대로 써."

제리코는 떨리는 마음으로 릴리에 공주를 기다렸다. 하프 산맥에서 로젠을 마물로 오해하고 공격할 때보다 더 떨렸다.

'으아아아아악! 무슨 말을 하지!'

–일단 감사 인사부터 하고, 공주가 왜 정기적으로 주인 사당에 왔는

지 캐보자.

'그리고? 그리고?'

-대화가 끊기면 네가 가져온 화분을 소재로 삼아. 저거 릴리에 공주가 줬냐고 물어보고 왜 줬냐고 물어보는 거야!

'역시 우리 만능 검! 똑똑하기도 하지!'

문이 열렸다. 제리코는 터질 듯한 심장을 진정시키며 긴장 완화를 위해 샌시의 손을 살포시 움켜쥐었다.

릴리에 공주가 에라프의 사당에 들어섰다.

공주는 여름꽃을 한 아름 안고 있었다. 꽃잎이 크고 화려하며 색이 선명한 여름꽃은 공주의 손에 들리자 뿌리 박고 자랄 때 못지않은 생기를 뿜냈다.

릴리에 공주의 뒤를 따르는 시녀 또한 꽃다발에 파묻혀 있었다. 몇 사람 들어오지 않았는데 사당 안에 달콤한 꽃향기가 꽉 찼다.

시녀는 가져온 꽃을 사당 곳곳에 장식했다. 정기적으로 방문한다던 관리인 말대로 익숙해 보였다.

릴리에 공주가 제리코에게 살짝 눈인사를 보냈다. 이곳은 고인이 주인인 장소라 산 사람들끼리 먼저 인사하는 건 예의에 어긋났기 때문이다. 제리코를 포함한 사람들은 공주를 위해 벽 쪽으로 물러났다.

릴리에 공주는 말없이 제단에 직접 들고 온 꽃을 바쳤다.

꽃밭이 되어버린 사당과 그 가운데에 선 릴리에 공주.

제리코에게 자격지심을 안겨주었던 스테인드글라스의 색 그림자가 릴리에 공주를 비추자 이루 말할 수 없을 만큼 아름다웠다.

제리코는 저도 모르게 탄식했다. 이 아름다운 사당에 어울리는 사람이 있다면 분명 저분일 것이다.

사당 안에 있던 모두의 이목이 릴리에 공주에게 향했다. 귀와 눈도 없으면서 모두에 해당되고 만 검이 나지막하게 말했다.

-마그노가 이해가 되네. 뭔 말을 하고 싶어도 엄마가 저런 분위기면 기세에 밀려 말을 못 꺼낼 것 같아.

검의 말대로다. 릴리에 공주는 얼굴에 감정을 드러내지 않았다. 하지만 보통 미모가 아니여서일까. 그녀는 감정을 드러내지 않으나 그러하기에 더욱 보는 사람의 마음이 요동쳤다.

활기차게 흐르는 개울이 튀기는 물방울엔 깊은 의미를 부여하지 않으나 고요한 호수 위 떨어진 나뭇잎이 만들어낸 파동이 사람을 시인으로 만드는 것처럼 말이다.

공주의 작은 행동에 일희일비하게 된다. 릴리에 공주는 한 명의 살아 숨 쉬는 사람이라기보단 장인이 공들여 만든 예술품처럼 느껴졌다.

공주는 지독하게 아름다웠다. 저 일방적인 아름다움 앞에서 어떻게 입을 열겠는가?

'이상하다? 전에 뵈었을 땐 이 정도는 아니었는데?'

-주위에 꽃이 있어서 그런 걸지도 몰라. 릴리에 공주는 꽃 관련 요정의 축복을 받았다고 했으니까.

'샌시가 주위에 나무와 풀이 많으면 이동 속도에 보정을 받듯이 공주님은 미모에 보정을 받는 거야?'

-미모보단 매력? 카리스마? 뭐 그런 쪽이겠지.

제리코는 위대한 대자연의 불공평한 처사에 진심으로 화를 냈다. 저 미모에 보정할 데가 어디 있다고 거기에 더 매력을 얹어준단 말인가! 누구 좋으라고? 내 눈? 내 눈 보기 좋으라고?

제단에 꽃을 올리고 묵념을 끝낸 릴리에 공주가 제리코가 있는 방향으로 돌아섰다. 미모에 홀려 공주가 일어나자마자 인사하는 걸 까먹은 제리코는 찔끔 놀랐다.

"여유 있게 있을 예정이었을 텐데 방해해서 미안해요, 미베어 소공작."

"아니에요, 공주님. 괜찮아요!"

"재무부 일이 바빠 오늘이 아니면 내가 시간이 나지 않아 방해했어요. 이만 가볼 테니 느긋하게 있다 가세요."

"그러시구나. 재무부 일 때문에 바쁘시구나."

바쁜데 와주셔서 감사하다는 인사말이 나오려는 찰나, 제리코는 릴리에 공주의 미모에 놀라서 까맣게 잊고 있던 계획을 떠올렸다.

지금 여기서 릴리에 공주를 놓치면 다음번엔 언제 만날 수 있을지 요원하다. 에라프가 영험함을 발휘한 이때, 이 기회를 놓칠 수 없었다.

'바쁜 사람 붙잡기 미안하지만 저도 할 얘기가 많으니 어쩔 수가 없어요!'

"많이 바쁘신데 정기적으로 와주시고 꽃도 이렇게 가져다주시다니. 정말 성은이 망극해요!"

"달리 인사받을 일은 아니에요. 황가에서 귀빈에게 보내는 꽃은 모두 내가 담당하고 있으니까요."

릴리에 공주는 식물 계열 요정의 축복 보유자이니 적절한 인선이었다. 그렇다고 아는 척을 할 수는 없었다. 제리코는 과장되게 입을 벌렸다.

"그래도요, 이렇게 예쁜 꽃을 이렇게 많이 가져와 주시니까 제가 이렇게 입이 쩍 벌어지네요."

─이렇게를 몇 번 연발하는 거야!

'머리가 안 돌아가는 걸 어떡해!'

붙잡고 얘기를 해야 하는데 막상 말을 하려니 입에 풀이라도 칠한 듯 입술이 떨어지지 않았다.

릴리에 공주는 마그노 황자보다 난도가 높았다. 마그노 황자 앞에선 뇌가 텅 비어도 아무 말이나 뱉었는데 릴리에 공주에겐 그 짓이 불가능했다.

'게다가 진짜 하고 싶은 말을 꺼내기엔 사람이 너무 많아!'

에라프가 영험함을 발휘한 건 좋은데 하필 주위에 사람이 너무 많았다. 제리코는 어떤 핑계를 대어야 사람을 물릴 수 있을지 고심했다.

절반은 릴리에 공주의 시녀와 호위요, 나머지 절반은 제리코의 호위다. 제리코가 말하면 공작 측 호위는 물릴 수 있겠지만 문제는 공주를 호위하는 황실 근위병이었다. 만약 제리코가 경호원이라면 날이 바짝 선 검을 애지중지 업고 다니는 소녀와는 절대 단둘이 두지 않을 테니까.

그렇다고 드래곤 슬레이어 소드를 밖으로 내보내자니 뭐 얼마나 대단한 얘기를 하려고 그렇게까지 하나, 이런 식으로 의심할 것 같았다.

머리는 새하얗게 비어가는데 생각할 것은 많다 보니 제리코는 끙끙 앓기 시작했다. 겉으로 티 낼 수 없으니 생글생글 웃었는데 검이 그걸 보고 한 소리 했다.

-너 지금 엄청 멍청해 보여.

멍청해 보여도 좋다. 웃는 얼굴에 침 못 뱉는다더라. 제리코가 어떻게든 웃는 얼굴을 유지하면서 공주를 붙잡을 말을 쥐어짜 내는 동안 릴리에 공주는 제단 위의 화분에 눈길을 보냈다.

릴리에 공주는 잎사귀 모양만으로 꽃의 정체를 알아냈다.

"저건 백합이군요. 소공작이 가져왔나요?"

"네, 네!"

제리코는 우렁차게 대답했다. 어떻게 말을 꺼내나 고민하던 차에 공주가 백합 화분에 관심을 보인 게 고마웠다. 적당히 공주의 속내를 떠볼 기회가 생긴 것이다.

"에라프 님이 아카데미 재학 시절에 쓰시던 금고 안에 백합 구근이 있었거든요! 너무 오랫동안 방치되어서 죽었나 했는데 심으니까 저렇게 싹이 텄지 뭐예요!"

사당 관리인과 하녀, 공작가에서 보낸 호위는 화분에 얽힌 사연을 듣고 다시 감탄했다. 그들은 눈시울을 적셨지만 제리코는 릴리에 공주의 표정 변화에 집중하느라 보지 못했다.

릴리에 공주의 얼굴은 평온했다. 사실 공주는 항상 무표정이었기 때문에 평온해 보인다는 건 제리코의 착각일지도 모른다.

'넌 어떻게 생각해?'

–같은 인간인 네가 못 읽는 분위기를 내가 어떻게 파악하겠냐.

다시 말하지만 마그노 황자보다 릴리에 공주가 한술 더 떴다. 마그노 황자는 얼음장처럼 차가운 거부로 쳐내니 반응이 확실한데 릴리에 공주는 눈썹 한 번 올리지 않았다.

호선을 그리면 세상에서 제일 아름다울 입매는 말을 할 때가 아니면 움직이지 않았고 눈꺼풀은 눈을 떴다 감기 위해서만 존재하는 듯했다.

꽃은 말하지 않는다. 그냥 피어 있을 뿐이다. 릴리에 공주는 자신이 사람이 아닌 꽃이라 주장하는 사람 같았다. 어떻게든 반응을 이끌어내려면 포기하지 않고 계속 자극을 줘야 했다.

'막막하지만 힘내자!'

제리코는 의지를 북돋웠다.

"생명력이 참 대단한 것 같아요! 그나저나 에라프 님은 왜 금고에 백합 구근을 넣으셨을까요? 사실은 귀한 종자인 걸까요? 저는 감자 품종은 구별할 줄 알아도 꽃은 아는 게 없어서 어렵네요!"

잘 아는 사람이 가르쳐 주면 좋을 텐데. 누가 들어도 제리코의 의도가 드러났다. 물론 제리코의 의도가 뻔한 말에 대답하는 이는 없었다. 릴리에 공주와 미베어 소공작이 나누는 대화에 끼어들 수 없었기 때문이다. 결국 제리코에게 대답해 줄 사람은 릴리에 공주밖에 없었다. 공주가 당연히 무시할 거라 생각했기 때문에 제리코는 얼른 다음 문장을 구상해야 했다.

'다음엔 대놓고 가져오신 꽃에 대해 물어봐야겠어!'

"소공작, 잠시 시간을 내주겠어요?"

제리코는 기껏 구상한 문장을 써먹을 기회를 놓쳤다. 어떻게 돌아가는 영문인지 모르겠지만 릴리에 공주가 제리코가 하고 싶은 말을 대신한 것이다.

"소공작이 괜찮다면 잠시 둘이서만 대화하고 싶군요."

"저는 괜찮아요! 할래요! 하게 해주세요!"

둘이서만 하는 대화라니! 바라던 바였다. 내내 무심한 얼굴이었던 릴리에 공주가 어째서 대화를 청하는지 모를 일이나 다가온 기회를 놓치는 건 생글생글 웃기만 하는 것보다 더 멍청한 짓이었다.

제리코는 호위와 하녀에게 잠시 나가줄 것을 요청했다. 릴리에 공주도 시녀와 근위병에게 잠시 사당 밖에 나가 있을 것을 명했다.

목숨을 위협받는 소공작과 귀하디귀한 황실의 공주님이 둘만 남겠다고 하니 호위 입장에선 반대부터 튀어나왔다.

"두 분만 두고 나갈 수는 없습니다."

"이 사당 건물 밖에 계시면 되잖아요."

"송구합니다, 소공작님. 또한 무례를 용서하십시오, 공주 저하. 소공작의 목숨을 노리는 악적이 있습니다. 저희가 경호를 소홀히 했다가 자칫 소공작을 노린 수에 저하께서 말려들 가능성이 있습니다."

"저들의 말이 맞습니다, 저하. 최소 둘은 남겨두셔야 합니다."

사람이 둘이서만 오붓하게 얘기하겠다는데 장애물이 참 많았다. 제리코는 어떻게든 이 기회를 잡고 싶었으나 두 호위 세력의 입장은 단호했다. 게다가 논리적이었다. 제리코가 저들의 의견을 꺾으려면 생떼를 써야 하는데 그게 통할 것 같지 않았다. 저들 입장에선 제리코의 목숨이 걸린 일이니까.

"설마 에라프 님 사당에까지 흉악한 무리가 수를 썼겠어요?"

"그 일이 아카데미 한복판에서 벌어졌던 걸 잊으셨습니까?"

"으으."

바로 옆에 있는 사당 관리인이 자존심 상할 만한 말이었으나 관리인은 지극히 지당하다는 듯 고개를 끄덕였다.

궁지에 몰린 제리코는 릴리에 공주를 흘깃 보았다. 릴리에 공주는 도와줄 생각이 없는 듯했다.

'먼저 말 꺼내고 이러시깁니까? 아니면 내가 또 생각을 잘못 읽은 건가?'

제대로 읽은 게 맞았다.

"아쉽지만 오늘은 대화를 이어가기 어려울 것 같군요, 소공작."

재무부 일이 바쁘다는 게 사실인지 릴리에 공주는 시간을 확인했다. 공주가 이대로 떠날 것 같아 제리코는 저도 모르게 손을 뻗었다.

"가지 마세요!"

아차 했으나 이미 늦었다. 말보다 행동이 빠른 소녀는 릴리에 공주의 팔목을 잡아버렸다. 릴리에 공주는 늘 그렇듯 무표정했다. 대신 시녀와 근위병이 기함했다. 제리코는 얼른 잡은 팔목을 놓고 두 손을 벌려 자신의 무해함을 피력했다.

"일부러 그런 게 아니고요! 놀라서! 잘못했어요! 죄송해요! 근데 공주님, 가지 마세요! 대화를 해요! 저 공주님이랑 꼭 하고 싶은 얘기가 있어요!"

제리코는 쫙 펼친 손을 한데 모아 간절히 빌었다.

"제발요."

릴리에 공주 입장에선 황당할지도 모른다. 과거에 며칠 사귀었다 헤어진 남자의 딸. 생판 남인 소녀가 자신과 할 얘기가 있다고 이렇게 간절히 매달린다니.

릴리에 공주는 자연스럽게 고개를 돌려 제리코의 시선을 외면했다. 이렇게 끝인가 싶은 그때, 릴리에 공주가 근위병과 시녀에게 명령했다.

"모두 나가다오. 소공작과 긴히 나눌 얘기가 있다."

공주가 이렇게 나오니 근위병들은 어쩔 수 없이 물러났다. 문제는 아리보 공작가와 미베어 공작가에서 보낸 제리코의 호위였다.

제리코는 릴리에 공주에게 쏘아 보내던 간절한 눈빛을 고스란히 호위에게 보냈다.

"죄송합니다, 소공작님."

효과는 미미했다. 몇 번 암살 시도가 있었던 사람과 암살 시도를 받은 적 없는 사람의 차이였다.

'마차엔 둘이서만 타게 해줬으면서!'

―공작가에서 준비한 물건이니 안심하는 거겠지.

'여긴 에라프 님 사당이잖아!'

―많은 사람이 들어오는 공간이니 걱정하는 거지. 어쩔 수 없다. 릴리에 공주랑 약속이나 잡아.

'히잉.'

제리코는 투덜거렸으나 릴리에 공주가 대화를 나눌 의지를 보였다는 점을 위안 삼았다.

"수상한 마력은 없으니 밖에서 호위 서는 걸로 괜찮지 않겠어?"

제리코의 뒤에서 내내 조용히 침묵을 지키고 있던 샌시가 불쑥 입을 열었다. 샌시는 들고 있던 가방에서 로브를 꺼내 입은 뒤 주머니에 손을 넣어 마법진을 그리는 데 필요한 재료들을 꺼냈다.

"정 걱정되면 사당 주변에 결계를 칠게. 이동 마법이나 외부 간섭을 방해하는 결계야."

"어머, 샌시."

제리코의 안전이 최우선이라던 마법사가 뜻밖에 도움의 손길을 내밀었다.

"아까부터 계속 살펴봤는데 사당 내부에 보호 마법이 많아. 주요 뼈대는 카모마 솜씨니까 믿을 만하지. 내부의 적만 아니면 안전해."

탑의 인정을 받은 마법사가 보증하고 호위 대상인 미베어 소공작이 두 손 모아 간절히 빌었다. 결국 공작가에서 보내준 호위가 물러났다.

제리코와 릴리에 공주를 제외한 사람들이 모두 사당을 나갔다. 문이 닫히고 얼마 지나지 않아 공기의 흐름이 변했다.

미세한 변화라 둔감한 사람은 알아채지 못할 것 같았지만 마법 검은 바로 샌시가 결계를 발동했음을 알렸다.

-마법 썼다. 감지했어?

'아니. 긴장해서 못 느꼈어.'

제리코는 마른침을 삼켰다. 릴리에 공주와 둘만 남았다. 공주 한 사람에게 집중하니 공주 외에 다른 건 신경 쓸 겨를이 없었다.

동요하고 긴장한 건 제리코 혼자인 듯했다. 릴리에 공주는 표정 변화 없이 문 쪽을 흘깃 보더니 작게 중얼거렸다.

"데이지 소공작이 있었군요."

"네? 계속 제 뒤에 있었는데요. 제가 인사드릴 때 같이 묻어서 인사했는데요."

"미처 보지 못했어요."

제리코의 눈이 조금 커졌다. 샌시가 마탑의 로브를 벗고 있어 알아보지 못했다고 생각할 수 있으나 그 해석엔 중대한 결함이 있었다. 샌시는 보는 순간 누구나 깜짝 놀랄 신기한 머리카락을 보유했다.

세상에 머리가 연두색인 사람을 보았는가? 제리코는 파란 머리는 여럿 보았으나 초록 머리와 연두 머리는 보지 못했다. 제리코가 이제껏 본 사람 중에 머리카락이 연두색인 사람은 마탑주와 샌시 둘이 전부였다. 스치듯 지나간 군중 속에도 연두색 머리는 없었다.

-그 특이한 연두색 머리를 놓쳤다고?

혹 무언가를 돌려 말한 건 아닐까. 드슬이가 진지하게 릴리에 공주의 얘기를 분석했다. 제리코는 머리 쓰는 일은 곧 머리가 생길 검에게 맡겼다. 대신 머리 있는 그녀는 릴리에 공주 그 자체에 집중했다.

'어쩌면.'

어쩌면 릴리에 공주도 제리코처럼 긴장해서 제리코 외 다른 사람은 눈에 들어오지 않은 게 아닐까? 어쩌면 릴리에 공주도 제리코처럼 긴장하고 동요한 것은 아닐까?

제리코는 릴리에 공주의 무표정이 자신의 웃는 얼굴과 비슷한 게 아닐지 생각했다. 제리코가 자신의 감정을 감추기 위해 웃듯이 공주도 그런 게 아닐까 하고.

"데이지 소공작과 같이 왔나요?"

"네, 화분을 갖다 놓을 겸 겸사겸사. 저희 사귀거든요."

"데이지 공작이 두렵지 않은가요?"

"아직까진 조용해요."

"놀랍네요."

공주가 처음으로 얼굴에 감정을 드러냈다. 놀라긴 제리코도 마찬가지였다. 소식이 닿자마자 뭔가 벌어질 줄 알았는데 아직까진 조용했다. 어쩌면 샌시가 기적처럼 연애를 시작한 걸 보고 주위에서 마탑주의 귀를 막고 있는지도 모르겠다.

"네, 저도 깜짝 놀랐어요. 그런데요, 공주님. 제게 하시려던 말씀이 궁금해요."

고작 연애나 근황 얘기를 하려고 사람을 내보낸 게 아니었다. 제리코는 릴리에 공주가 먼저 말하면 자기가 하고 싶은 말을 하겠다고 운을 뗐다.

릴리에 공주의 시선이 제단 위쪽에 닿았다가 제리코에게 향했다.

"소공작은 혹시 아버지를 원망하고 있나요?"

'뭔 소리야.'

"아니요, 그럴 리가요."

질문의 의도를 모르겠으나 일단 부정했다. 솔직히 에라프를 원망하는 마음이 없던 건 아니지만 지금은 앙금 하나 남지 않았다.

사실 그녀가 에라프를 원망한 주된 원인은 쓸데없는 작위 및 재산 상속이었는데, 이 부분은 에라프의 의지가 관여할 틈이 없었으니 진짜 원망해야 할 대상은 아리보 공작과 소공작이었다.

제리코는 세상에 태어나서 기쁘고 행복했다. 이 행복한 삶이 존재할 수 있게 해준 고마운 친부를 원망할 리가 있나.

게다가 에라프는 제리코를 태어나게 해줘서 한 번, 광룡을 무찔러 줘서 또 한 번 그녀가 행복을 영위할 수 있게 한 공이 있었다.

"그렇군요. 소공작이 미베어 공작을 부르는 호칭 때문에 잠시 그런 생각을 했어요."

제리코가 릴리에 공주를 신경 쓰느라 에라프를 아버지라 부르지 않은 것 때문에 원망하는지 의심했다는 것이다.

"아니요. 그건 그냥 입에 익지 않아서 그런 거예요. 에, 아버지를 원망할 리가 있나요."

그런 식으로 치면 마그노 황자는 릴리에 공주를 어마어마하게 원망하는 중이다. 다른 사람이면 모를까 릴리에 공주가 할 얘기가 아니었다. 제리코는 딴지 걸고 싶은 걸 꾹 참았다.

"원래 친아버지가 따로 계신 건 알고 있었고요. 아마 용사님이 아니었다면 더 빨리 아버지란 호칭이 입에 붙었을 거예요. 그런데 아시다시피 에라프 님은 어릴 때부터 그냥 에라프 님으로 부르다 보니까요."

단순히 호칭만 갖고 원망한다 보기엔 너무 확대해석 아닌가. 릴리에 공주는 한 달에 한 번 정기적으로 사당에 방문했다 했으니 그간 사당을 찾지 않은 제리코 때문에 오해한 건 아니냐는 생각이 스쳤다. 제리코는 이 부분을 황급히 변명했다.

"혹시 제가 사당에 온 게 이번이 처음이라 그러세요? 그건 제가 제도에 적응하느라 정신이 없었고, 또 적응할 때쯤 여러 사건이 터져서 외출이 힘들어서 그랬어요. 진짜입니다. 엄마 묘에도 몇 번 못 가봤어요."

릴리에 공주는 말없이 제리코를 응시했다. 답답해 죽을 것 같으니 제발 아무 말이나 해줬으면 좋겠다 싶은 그때, 릴리에 공주가 말했다.

"바로 그 점 때문에요."

"그 점이라면……."

"고인께서 중병을 앓다 돌아가셨다고 들었어요."

"네. 워낙 외진 곳이라 초기에 발견하지 못해서 병을 키우고 말았습니다."

제리코의 어머니 요나는 건강 체질보단 병약 체질에 가까웠다. 그런 것을 골골 100년이라면서 도시 병원에 가보자는 존의 말을 묵살했다. 그저 늘 있는 가벼운 감기나 체기라고 넘긴 것이 실은 목숨을 앗아 가는 중병이었다.

'염병할 잡병.'

돌아가신 어머니를 생각하면 눈에 눈물이 절로 고였다. 제리코는 얼른 눈물을 훔쳤다.

"미베어 공작이 광룡을 쓰러뜨린 후 소공작과 어머니를 찾았다면 병을 조기에 발견하지 않았을까. 그런 생각은 해본 적 없나요?"

눈물을 훔치던 제리코의 손이 멈췄다. 제리코는 손등으로 얼굴을 가리고 곰곰이 생각했다. 기시감이 드는 발언, 과거 들어본 적 있는 대사였다. 어디서 누구에게 들었는가 하니 백합관에서 마그노 황자에게 들었던 말이다.

'어쩜 모자가 똑같은 얘기를!'

설마 이번엔 릴리에 공주에게 불행을 강요당하게 되는 것인가! 릴리에 공주는 멱살도 못 잡는데!

제리코가 경악하여 어떻게든 얼굴을 가리며 우는 척을 하는데 검이 용기를 내라 외쳤다.

─너 아까 팔목 잡았잖아! 멱살 까짓것, 확 잡아버려! 가라, 마을의 소녀 장사!

멱살을 잡았다간 마을의 소녀 장사에서 마을에서 가장 유명한 범죄자가 되게 생겼다. 하여간 지는 감방 안 간다고 툭하면 폭력 사태를 부추기는 나쁜 검이었다.

제리코가 노기로 인해 붉게 변한 얼굴을 들었다. 릴리에 공주는 도대체 무슨 생각을 하는지 무표정을 고수했다.

"생각해 본 적 없습니다. 에라프 님을 찾지 않은 건 어머니의 선택이니까요."

릴리에 공주가 이렇게 선빵을 날렸으니 이젠 제리코가 사람 심기 거슬리게 하는 말을 할 차례다.

싸움의 규칙은 언제나 너 한 대, 나 한 대. 정정당당을 사랑하는 마을의 소녀 장사는 회피 따윈 모르는 삶을 살았다.

"메렐 교수님께 듣고 공주님께 꼭 여쭤보고 싶은 일이 있었는데 지금 여쭤보려 해요. 아카데미 재학 시절 아버지와 공주님이 이성 교제를 하셨다는 게 사실인가요?"

릴리에 공주의 얼굴이 미세하게 굳었다. 언제나 무표정인 미녀라 분간이 힘들 줄 알았는데 예민한 질문을 날리니 확실히 반응이 있긴 있었다.

이어 속 터지는 말이 나오지 않았다면 참 좋았을 텐데.

"그 점은 염려하지 말아요, 소공작. 미베어 공작은 소공작의 모친을 진심으로 사랑했으니까요."

'아아악!'

제리코는 곱게 땋은 머리를 두 손으로 헤집고 싶은 것을 간신히 참았다.

'아니, 왜 저 말이 튀어나와!'

도대체가. 높으신 분들은 전부 온실에서 순수하게 자란 화초인 걸까? 어떻게 같은 주제로 물어보면 대답이 한결같이 다 똑같을 수가 있지?

진심으로 제리코를 위하는 마음에서 같은 대답을 한다는 게 더 제리코의 속을 뒤집었다.

"넵. 어머니를 사랑하셨고말고요."

"그래요. 미베어 공작이 많은 이성과 교제를 했지만 그가 진심으로 사랑한 이는 미베어 소공작의 모친 단 한 분뿐이에요. 그러니 염려하지 말아요."

'내가 그렇게 엄마 아빠가 진실한 사랑이 아니면 가출할 애로 보여?'

엄마 아빠가 정략결혼을 했어도 부부 싸움과 맞바람, 가정 폭력, 아동 학대 등의 나쁜 일만 하지 않으면 제리코는 괜찮았다. 정작 그런 불우한 가정에서 살아본 적 없고 화기애애한 가정에서 자라서 하는 건방진 생각이긴 해도 어쨌든 부모는 부모 인생, 자식은 자식 인생 별개이니 괜찮다 이 말이다.

그런데 만나는 어른마다 에라프는 요나를 진심으로 사랑했다고 말하니 제리코는 팔짝 뛸 노릇이었다.

'내가 열 살 꼬맹이면 이해를 해! 우리 엄만 내 나이에 날 임신했는데!'

그 말에 검이 충격받았다. 드슬이는 낮잠 자다 돌 맞은 개처럼 처절하게 외쳤다.

—주인이 미성년자를 건드렸단 말이야?

'원래 우리 마을에선 결혼 일찍 해. 우리 마을처럼 궁벽한 시골은 다 비슷할걸?'

—주인이, 주인이 미성년자를!

'에라프 님이랑 나이 차도 얼마 안 나니까 괜찮아. 지금 나랑 로젠 정도 차이 나.'

좋아하는 로젠 얘기가 나오자 혼란스러워하던 검이 정신을 차렸다.

갑자기 대화에 끼어든 검 때문에 제리코는 공주에게 바로 대답하지 못했다. 요나와 에라프의 나이 차를 계산하느라 제리코가 살짝 인상을 찌푸린 것을 릴리에 공주는 불신으로 받아들였다.

"진심으로 사랑했으면서 광룡 토벌 이후 어째서 찾아오지 않았나 의심스러울 겁니다. 이해해요."

'아 씨, 그거 아닌데.'

광룡을 쓰러뜨린 후 에라프가 요나를 찾아왔다 치자. 목숨을 걸고 광룡과 싸운 용사를 기다리는 건 알콩달콩 신혼을 즐기고 있는 젊은 부부였을 것이다. 만약에 그랬으면 그 뻘쭘함을 어떻게 한담?

'우리 엄만 천하에 둘도 없는 배신자가 되는 거고 아빠는 용사의 애인을 유혹한 은혜도 모르는 나쁜 놈이 되는 거잖아.'

제리코가 태어나고 며칠 후 광룡이 죽어 마물의 광폭화가 멈췄다. 그 기쁜 소식을 한시라도 빨리 알리기 위해 영주의 파발이 제리코가 사는 후미진 동네까지 찾아왔다고 한다. 하지만 한 치 앞도 모르는 게 우리네 인생사. 요나가 잠시 만난 자유 기사가 용사일 줄 누가 알았겠는가. 이름 박힌 신분 패를 줬으면 뭐 하나. 귀족 문자라 읽지를 못하는데.

요나는 혼자 사는 임부였다. 마물이 날뛰지만 다행히 풍작이 이어져 마을 인심이 좋을 때였다. 여자 혼자 아이를 키워도 굶어 죽을 걱정은 안 해도 되었으나 그래도 혼자보단 둘이 나은 게 당연지사. 네 아이는 곧 내 아이라며 청혼하는 근육 탄탄한 남자를 거절할 이유가 없었다.

'애초에 시골에 잠깐 들른 자유 기사를 믿고 기다리는 사람이 어딨어! 다 알면서 같이 어울리는 거지!'

평민은 평민대로 귀하신 분과 좋은 추억을 남겨서 좋고 귀하신 분은 귀하신 분대로 좋은 추억을 남겨서 좋은 거 아니냐 이 말이다. 귀하신 분이 다시 찾아오는 게 반칙이었다.

'할머니, 할아버지 때만 해도 사생아랍시고 찾아가면 때려서 쫓아냈다고!'

귀족이 평민 목숨 귀한 줄 알게 된 건 어디까지나 마물의 광폭화로 인적 자원이 귀해진 이후다. 마물의 습격으로 방계 핏줄까지 씨가 마른 귀족가가 속출하자 사생아를 챙기기 시작했다.

작년의 제리코는 그 사실을 모르고 벌벌 떨었으나 지금의 제리코는 그 사실을 안다. 수업 시간에 광룡의 등장으로 멸문한 가문에 대해 배웠기 때문이다.

-그래서 하고 싶은 말이 뭔데.

'우리 엄만 절대 양다리 걸치는 사람이 아니란 거지! 좀 놀긴 했지만!'

좀 놀았다니. 드슬이는 잠시 고민 끝에 질문을 하나 던졌다.

-너희 어머니 성격이 어떠셨어?

'나랑 비슷했는데? 마을 어른들이 전부 나더러 너는 튼튼한 건 존을 닮고 성격은 요나를 쏙 빼닮았구나, 이랬지.'

-……

요나가 에라프를 먼저 덮쳤을지도 모른다는 가능성이 열렸다. 드슬이는 주인이 미성년자와 성관계를 맺었단 얘기를 들었을 때보다 더 큰 혼란에 빠졌다. 병사했다는 얘기를 들어 가련한 미인을 생각하고 있었는데 현실은 병약한 제리코였다.

'자꾸 말 시키지 마. 이제부터 네가 하는 말에 대답 안 해줄 거야.'

중요한 대화를 나누고 있을 때 끼어드는 건 검의 나쁜 버릇이다. 제리코는 눈에 힘을 주고 스스로에게 기합을 불어넣었다. 이제부터 순진한 공주님께 진짜 사랑의 결실 소리를 들을 사람이 누구인지 알려드려야 하니까.

"광룡의 독 때문에 많이 아프셨죠. 다 이해하고 있습니다."

"그래도 사람을 보내는 건 가능했을 텐데 그러지 않았던 것 때문에 신경이 쓰이겠군요. 사실은 사람을 보낸 적이 있어요."

-이럴 수가! 난 몰랐어!

검이 모르는 게 한둘이겠는가. 제리코는 앞서 말한 대로 드슬이의 말을 무시했다. 에라프가 사람을 보냈다니. 금시초문이었다.

'엄마가 아빠랑 결혼한 걸 보고 일부러 연락하지 않은 걸까?'

마음씨 고운 에라프는 핏줄에 집착하여 행복하게 살고 있는 가정을 파괴하고 싶지 않았을 것이다. 제리코가 알고 있는 에라프라면 신빙성 높은 가정이었다.

"당시 미베어 공작은 거동이 불편해 소공작의 고향까지 여행이 불가능했어요. 몰래 근황을 살피고 싶어도 당장 부릴 수 있는 이는 아리보 공작가의 사람뿐이었죠. 그래서 바로 보내지 못했고 지인을 통해 사람을 보냈을 땐 이미 소공작의 모친은 훌륭한 남편을 만나 행복한 가정을 꾸리고 있었다 하더군요."

제리코는 아리보 공작가의 사람을 쓰지 않은 이유를 짐작해 보았다. 아마 에라프의 아이가 있다는 걸 알면 아이를 뺏을 가능성이 농후했기 때문일 것이다.

"물론 행복은 작은 비극으로 쉽게 깨질 수 있는 걸 알고 있었죠. 미베어 공작은 소공작의 가정에 불행이 찾아오면 금방 알 수 있으리라 여겼어요."

"어떻게……."

"소공작의 모친에게 공작의 신분 패를 주었으니까요. 현대의 불행은 대부분 금전으로 해결 가능하니 시중에 신분 패가 풀리면 금방 소식을 알게 되리라 여겼어요. 설마 고인이 마지막까지 신분 패를 간직할 거라곤 상상하지 못했죠."

에라프는 무관심이 배려가 될 수도 있음을 아는 사람이었다. 평생 흙을 일구며 사는 농민에게 말 위의 기사가 관심을 보이는 게 독일 수 있음을 알았다.

"미베어 공작은 소공작의 모친을 진심으로 사랑했어요. 죽는 날까지 한시도 고인을 잊은 적이 없을 거예요."

그리 말한 뒤 릴리에 공주는 에라프의 재가 안치된 석관을 돌아보았다. 조각 같은 옆얼굴은 물에 젖은 수선화처럼 처연했다.

제리코는 저도 모르게 주머니에 손을 넣어 차갑고 딱딱한 직사각형 물체를 매만졌다.

이제까지 에라프가 요나를 진심으로 사랑했노라 말한 어르신 중 물증을 제시한 어르신은 릴리에 공주가 처음이었다. 황금이라 제리코가 비상금으로 여기던 에라프의 신분 패엔 정말 그의 사랑이 담겨 있었을까?

차가운 금속이 제리코의 체온을 전달받아 미지근한 온기를 머금은 것도 잠시.

'아차, 이게 중요한 게 아니지.'

하마터면 홀딱 넘어갈 뻔했다. 제리코는 진짜 중한 것을 잊고 감성에 젖으려는 정신을 다잡았다.

"잘 알고 계시네…… 요?"

'물어볼 건 이게 아닌데!'

말해놓고 아차 싶었지만 궁금한 것을 어쩌랴. 학창 시절 며칠 사귀었다 헤어진 사이치고 릴리에 공주는 에라프의 사정을 지나치게 자세히 알고 있었다.

릴리에 공주는 석관을 보느라 돌린 고개를 느릿하게 정면으로 돌렸다. 눈은 턱보다 느리게 움직였다. 꼭 관에서 눈을 떼는 게 아쉽다는 듯이.

"미베어 공작 대신 사람을 보낸 지인이 나였으니까요."

'도대체 무슨 관계야!'

학창 시절 며칠 사귀다 헤어졌으며 심지어 남자 쪽은 손목을 거칠게 잡는 등의 난폭한 행위를 해서 아카데미를 뛰쳐나갔다.

에라프 성격상 친구는 수두룩하고 지인은 발에 챌 정도로 많을 것인데 왜 하고많은 사람 중 릴리에 공주였을까?

"두 분 친하셨군요?"

"친하지 않아요."

물어본 제리코가 민망할 수준의 단호한 대답이 돌아왔다. 릴리에 공주의 눈은 제리코를 지나 석관에 닿았다.

"단 한 번도, 친한 적이 없었죠."

'그렇게 아련한 눈빛을 하시고 그런 말씀 하셔봐야……'

내내 사람을 혼란스럽게 한 릴리에 공주의 무표정이 무너졌다. 너무 타이밍이 절묘해 일부러 노린 게 아닌지 의심이 들 정도였다.

릴리에 공주가 눈을 감았다 뜨자 무방비했던 눈빛이 이전의 무심을 되찾았다. 공주는 시계를 봐 시간을 확인한 뒤 제리코에게 말했다.

"너무 내 얘기만 했군요. 소공작이 하려던 얘기를 말해주세요."

"어…… 그러니까."

'야, 내가 무슨 말 하려고 그랬지?'

-끼지 말라며.

검은 툴툴거리고 소녀는 당황했다. 제리코는 간신히 대화의 시작을 어떻게 할까 고민했던 기억을 떠올려 냈다.

'시작은 자주 찾아와 주셔서 감사하다부터.'

"먼저 제 어, 아버지의 사당에 자주 찾아와 주셔서 감사해요! 감사 인사부터 드리고 싶어요!"

"마땅히 해야 할 의무예요. 괘념치 말아요."

"그리고 금고에서 발견한 저 백합 말인데요! 공주님께서 선물로 주셨던 건가요?"

"왜 그렇게 생각하죠?"

"제가 마그노 황자님께 까만 나무 상자에 든 꽃차를 선물받았는데요. 뜨거운 물을 부으니까 생화가 되어서 정말 깜짝 놀랐어요. 나중에 물어보니까 그…… 황가에도 스타즈 가문처럼 축복이 내려온다고……."

"맞아요."

"그때 마른 꽃이 물을 부으니까 활짝 피어서 깜짝 놀랐는데 저 백합도 처음 발견했을 땐 그냥 쓰레기 같아서 버릴 상태였거든요. 근데 그걸 땅에 심으니까 저렇게 되살아나서, 혹시 저것도 릴리에 공주님 손을 탔나 하고……."

꽤 그럴싸한 조각 모음이었다. 릴리에 공주와 백합 구근의 연관 관계를 추리하게 된 건 마자리스가 한 옛이야기 때문이었지만 말해놓고 보니 논리적으로 얼추 꿰맞추기가 성공한 기분이 들었다.

제리코는 릴리에 공주가 수상한 점을 알아채기 전에 얼른 입을 열었다.

"혹시 비밀로 해야 하고 그런 건가요……?"

"그렇지 않아요. 제국의 주요 가문은 알고 있는 사실이니까. 미베어 소공작도 성인이 되어 정식으로 작위를 이어받으면 알게 될 일이에요."

"그렇구나…… 다행이다……."

제리코가 안도하며 가슴을 쓸어내렸다. 릴리에 공주는 제단 쪽으로 걸어가 화분을 들었다.

"살아 있는 식물을 금고에 방치해 잊었다고 죽은 미베어 공작을 박정하다 여기진 말아요. 이 구근은 금고에 들어갈 당시에도 쓰레기 같은 몰골이었으니."

"어째서 그런 구근을 에라프 님께……."

"미베어 공작도 몰랐으니까요."

릴리에 공주는 화분 속 잎사귀를 가볍게 쓰다듬었다. 잎사귀는 물이 올라 더욱 생생해졌다.

"모르셨다니……."

"내가 축복의 보유자인 걸 미베어 공작이 알고 있다 생각했어요. 한데 아니었죠. 당연히 버렸을 거라 여겼는데 금고에 넣어뒀다니 고마운 일이군요."

릴리에 공주는 화분에서 눈을 떼지 못하다가 결국 화분을 들고 몸을 돌렸다.

"미안하지만 이 화분은 다시 가져가 주겠어요?"

황당한 부탁이었다. 릴리에 공주가 백합을 피운 사람이 제리코라고 생각하고 있다면 더더욱 할 수 없는 부탁이기도 했다.

제리코는 백합을 맡긴 이의 부탁과 상반되는 공주의 부탁에 당황했다.

"어…… 그러니까……."

"무례한 부탁인 건 알아요. 하지만 미베어 공작은 시기를 놓쳐 피는 꽃 따위 보고 싶어 하지 않을 거예요."

"그, 그러니까."

'어떡하지? 내가 심은 거면 몰라도 마자리스 씨가 심어서 살린 거잖아. 그렇다고 그냥 가져가기엔 백합 구근을 에라프 님께 준 건 릴리에 공주님인 데다 뭔가 사연이 있다는 건 분명하고……'

이만하면 끼어들 만한데 검은 정말 끼어들지 않았다. 제리코는 혼자 치열하게 고민한 끝에 결론을 내렸다.

"에라프 님이 싫어하실 리가 없다고 생각해요! 왜냐하면 꽃은 꽃이잖아요! 그냥 보면 예쁘고, 세상에 시기를 놓쳐 피는 꽃은 없다고 봐요! 다 필 만해서 핀, 그런 거겠죠! 저희 마을에 사는 자목련도 개가 매일 둥치에 오줌을 싸서 봄, 여름, 가을, 겨울 멋대로 피지만 그걸 보고 계절을 잊었다 해서 나쁘다 하는 사람은 없는걸요! 다들 예쁘다 예쁘다 하니까요!"

산은 산이요, 물은 물이요, 꽃은 꽃이로다. 덤으로 드슬이는 드슬이요, 샌시는 샌시요, 제리코는 제리코이니. 마차 안에서 써먹은 논리를 이렇게 빨리 재활용하게 될 줄은 몰랐다.

제리코는 긴장한 기색이 역력한 자세로 릴리에 공주를 응시했다. 공주가 납득하지 않으면 또 어떤 논리를 내세워야 할지 막막했다. 다행히 릴리에 공주는 화분을 본래 있던 자리에 돌려두었다. 제리코의 개똥철학에 납득했든 무례하고 과한 부탁임을 깨달았든 간에 다행스러운 일이었다.

"소공작의 말이 옳군요. 그래요. 시기를 놓친 건 꽃이 아니었네요."

그렇다면 진짜 시기를 놓친 건 무엇일까? 제리코는 답을 알고 있었다. 마자리스가 꽃에겐 죄가 없다 한 것처럼 이번에도 꽃은 결백했다. 시기를 놓친 건 아마 사람, 릴리에 공주일 것이다.

'좋아. 이제 용을 죽이는 마법이랑 제물에 대해 진짜냐고 물어볼 차례인가?'

"근데요, 공주님."

"이런. 시간이 벌써 이렇게."

릴리에 공주가 시계를 보고 작게 혀를 찼다. 제리코는 주먹을 불끈 쥐고 울분을 삭였다. 결국 릴리에 공주 하고 싶은 말만 다 하고 시간이 끝나 버렸다! 공주님 나빠요!

"시간 내주어서 고마워요, 소공작. 난 이만 가봐야겠어요."

"마지막으로요! 마지막으로 하나만요!"

제리코는 릴리에 공주에게 하고 싶은 말이 정말 많았다. 많아도 너무 많은 의문과 의혹 속에서 소녀가 건진 건.

"마그노 황자님 일로 드리고 싶은 말이 있어요!"

자신이 아닌 타인을 위한 질문이었다.

"공주님, 마그노 황자 저하를 사랑하세요?"

그럴 일은 없겠지만 만에 하나 공주가 부정적 반응을 보일 경우, 제리코는 마그노 황자에게 마음의 준비를 시킬 수 있게 된다. 그러니 제리코는 이 질문이 최선이라 믿었다.

"그게 무슨."

갑자기 들어온 돌직구에 릴리에 공주가 눈을 깜빡였다. 제리코는 사람을 홀리는 속눈썹을 애써 외면하고 똑같은 말을 반복했다.

"마그노 황자 저하를 사랑하세요?"

"당연한 것을요."

"진심으로요? 부모 자식 간의 의무라 사랑한다고 마음 없이 대답하시는 게 아니라 정말 진심으로 사랑하세요?"

"대체 왜 이런 질문을 받아야 하는지 모르겠군요. 그걸 말해야 아나요?"

─응. 댁이랑 댁 아들은 대화가 필요해.

이것만은 드슬이도 참고 넘길 수 없었나 보다. 제리코가 하고 싶은 말이 바로 그거였다. 제리코는 자기 대신 말해줘서 반절이나마 속 시원하게 해준 검에게 칭찬을 아끼지 않았다.

"말해서 나쁠 것 없잖아요. 사랑한다는 말 자주 하면 좋잖아요."

말하지 않아도 아는 게 사람끼리의 정이라지만 이 모자는 말해야 했다. 말해도 안 믿을 판이니 멱살 잡고 의자에 끌어 앉혀 똑똑히 말해야 했다.

"샌시는요, 앞으로 매일 하루 세 번 저한테 예쁘다고 해주기로 했어요. 물론 전 누가 말해주지 않아도 제가 예쁜 걸 알지만 들으면 기분이 좋잖아요. 공주님은 안 그러세요?"

"내가 왜 소공작에게 이런 얘기를 해야 하는지 알 수 없군요. 질문이니 대답은 하겠어요. 난 그 아이를 사랑해요."

그 마음 티를 내주면 참 좋을 텐데. 적반하장이란 말이 이럴 때 쓰는 건지 모르겠으나 릴리에 공주는 이번 질문에 불쾌해진 심기를 감추지 않았다. 그 모습이 마그노 황자를 닮아 제리코는 심히 흡족했다.

"마그노 황자님에게 꼭 말해주세요. 제가 하려던 말은 그게 다예요!"

아까운 기회를 놓쳤지만 오해를 풀고 어머니의 사랑을 확인할 마그노 황자를 생각하면 남는 장사다. 제리코는 그렇게 생각하기로 했다.

릴리에 공주는 아들보다 어린 사람에게 그런 말을 들을 줄 몰랐던지 제리코를 훑어보았다. 그녀는 사당 문을 열기 전 마지막으로 말했다.

"마그노와 많이 친한 것 같군요."

"친구예요!"

"잘된 일이네요. 만약 불편하거나 어려운 일이 있다면 고민 말고 마그노에게 말하도록 해요. 언제든 소공작을 도와줄 거예요."

"마그노 저하에게 절 잘 챙겨주라고 당부하셨다는 얘긴 들었어요."

"그 아이는 타인을 잘 배려해 주니 모범이 되는 선배의 모습을 보여줄 거예요."

'넵. 혼자 삐져서 제게 화풀이를 했습죠.'

"그…… 다른 사람도 있을 텐데 왜 마그노 황자님에게 절 부탁하신 거예요?"

릴리에 공주는 이상한 질문이라는 듯 고개를 갸웃거렸다.

"그 아이는 혼자서도 잘하니까요. 여유가 있으니 소공작을 보살펴 달라 부탁한 것이지 강요한 건 아니에요. 그리고 마그노는 배려심이 깊어요. 천성이 착하고 순한 아이라 한 번도 말썽을 부린 적이 없죠."

이번이 정말 마지막이었다. 릴리에 공주가 문을 열자 밖에서 노심초사 둘이 나오기만을, 정확하겐 릴리에 공주가 나오기만을 기다리던 근위병들의 얼굴이 환해졌다.

제리코는 제리코대로 자신을 반겨주는 이들에게 발걸음을 옮겼다. 제리코가 두 팔을 벌리자 샌시가 쪼르르 걸어와 제리코를 안았다. 제리코는 향기로운 꽃 냄새 대신 코를 찌르는 소독약 냄새를 폐부에 밀어 넣었다. 이제야 안심이 되었다.

'이걸로 증명되었어.'

-뭐가?

'릴리에 공주님은 마그노 황자님에 대해 아는 게 하나도 없어.'

제리코는 마그노 황자가 불쌍해서 깊게 탄식했다. 어쩜 부모가 자식에 대해 그렇게 무지할 수가 있을까? 그나마 다행인 점은 릴리에 공주가 마그노 황자를 신뢰하고 있다는 부분이다. 마그노 황자의 필사적인 연기를 릴리에 공주는 모두 믿고 있었다.

-사촌 형제들도 다 아는 연기를…….

'1황자랑 2황자 저하 말씀대로 어른 눈이랑 또래 눈에 보이는 게 다른가 봐.'

어느 모자는 숨기는 게 너무 많아서 탈. 또 어느 모자는 서로 숨기는 게 없어서 탈. 제리코는 샌시와 마그노 황자가 섞여서 반반이 되면 바람직하지 않을까 생각했다.

-어쩜 다 똑같은 인간인데 이렇게 다른지 몰라.

'그러게.'

어쩜 다 똑같은 인간인데 샌시는 이렇게 사랑스러운 걸까. 제리코는 샌시의 곧은 척추를 확인하고 만족스러운 미소를 지었다.

-곧아?

'곧아.'

-다행이네. 쟤 하도 자세가 구부정해서 어디 휜 줄 알았다.

'그럼 다음 목표는 어디로 해야 하나.'

머리카락을 뒤로 넘겨 깔끔하게 드러난 이마가 눈부시기에 제리코는 눈썹과 이마로 다음 목표를 지정했다. 샌시는 제리코의 속내도 모르고 벌벌 떨며 이마에 뽀뽀해도 되냐고 허락을 구했다.

'갈 길이 머네.'

소녀의 머릿속에서 초고속으로 지나가는 진도의 일부를 읽어낸 검은 두려움에 검신을 떨었다. 주인과 임시 주인의 어머니의 관계는 통속극의 뻔하고 뻔한 내용일 거라 여겼다. 그런데 아닐 수도 있겠단 생각이 들지 뭔가.

'주인이 손댄 게 아니라 주인이 당한 게 아닐까.'

건강 빼면 시체인 제리코인데 병약한 제리코라니. 상상되지 않는데 주인이 했던 말이 드슬이의 마음에 걸렸다. 자타 공인 에라프랑 똑같이 생긴 제리코를 보고 에라프는 이렇게 말했다.

"네 어머니를 닮았구나."

당시엔 오랜만에 등장한 사기꾼을 죽이기 싫어서 하는 거짓말이라 생각했으나 요나를 향한 에라프의 마음이 진심이었음을 강조하는 사람을 셋이나 만났다. 제리코의 주장에 따르면 셋 모두 순진한(?) 귀족이고 공주님이라 그렇다는데 어쩌면 모를 일이다.

'주인은 한 번도 요나라는 여자에 대해 말한 적이 없었어.'

한때 줄기차게 고백하고 따라다녔던 릴리에 공주와의 하룻밤마저 소설을 표절해 풀어놓았으면서 신분 패를 준 여인을 감춘 이유는 어째서일까. 지금 이 의문을 말해보아야 제리코에게 순진한 검 소리 들을 게 뻔했다. 드래곤 슬레이어 소드는 의문을 아껴놓고 생물의 연애에 참견했다.

-야, 척추만 확인하면 안 돼. 골반이랑 어깨도 기울었나 확인해 봐.

제리코는 걷는 걸 좋아한다. 샌시는 제리코와 어울려 손을 잡고 어슬렁어슬렁 걷다가 적당한 장소를 찾아 앉았다. 하녀가 준비해 온 도시락을 펼쳐놓고 둘이 오붓이 대화를 나눌 수 있도록 수행원에게 멀찍이 떨어져 달라 부탁했다.

"나 때문에 기다리느라 배고팠지? 미안해."

"널 기다리는 거니까. 네가 온다는 확신만 있다면 일주일을 굶어도 황홀할 거야."

밥을 남들 밥 먹듯 굶는 샌시라 그런지 감동보단 걱정이 앞섰다. 제리코는 샌시를 볼 때마다 밥 먹었냐고 물어볼 것을 다짐했다. 마탑주가 하는 잔소리를 닮아 샌시가 질색할 것 같긴 하지만 샌시는 너무 자주 굶었다.

'용케 위장에 탈이 안 났다니까.'

그나마 젊어서 버티는 거지 나이 들어서도 지금과 동일한 식습관을 유지하면 골병들어 골로 갈 게 뻔하다. 어머니를 병으로 잃었는데 사서 병을 키우는 사람을 두고 볼 순 없었다.

"맛있어?"

"응."

"많이 있으니까 많이 먹어."

언제나 그렇듯 샌시는 먹이는 보람이 넘쳤다.

샌시는 제리코의 응원에 힘입어 부지런히 음식을 씹고 삼켰다. 제리코는 모르는 눈치이나 그녀는 샌시가 먹는 모습을 지켜볼 때 만족스러운 미소를 지었다. 샌시는 그게 보기 좋아 제리코 앞에선 일부러 과식할 때도 있었다.

그런데 오늘은 어째 제리코가 흡족한 미소를 짓지 않았다. 제리코는 연신 눈동자를 굴리다 샌시와 눈이 마주치면 살짝 웃기만 했다.

제리코는 밥 먹는 모습도 예쁜 애인을 보며 릴리에 공주를 허망하게 보낸 실의를 달랬다.

"있잖아, 샌시. 마법 쪽으로 궁금한 게 있는데."

"응, 물어봐."

"아까 마차에서 샌시가 용을 상대하려면 마법을 쓰는 게 낫다고 했잖아. 샌시는 혹시 용을 죽이는 마법에 대해 알고 있어?"

"그런 마법이 있다는 얘긴 처음 들어."

제리코는 마자리스가 해줬던 옛날이야기를 간략하게 전달했다. 샌시는 진지하게 그가 알고 있는 지식을 검토해 본 후 다시 대답했다.

"내가 아는 한 용을 죽인 마법사는 등장한 적 없어."

"하지만 샌시는 광룡을 죽이려면 마탑주님이 나서야 한다고 말했잖아. 그건 마탑주님이 용을 죽이는 마법을 쓸 수 있어서 그런 게 아니야?"

샌시는 고개를 저었다. 마법에 문외한인 애인에게 설명을 해주려니 시작부터 막막했다.

"내가 마법을 써야 한다고 말한 건 비용과 가능성의 차이야. 앞서 곰 사냥을 예시로 들었지?"

"응. 곰은 단검이 아니라 덫으로 잡는 거랬지."

"곰은 좀 약하니까 거대한…… 산을 예로 들게. 하프 산맥을 없애려면 삽을 든 사람 100명과 마법사 100명 중 어느 쪽이 효율적일까?"

"마법사…… 겠지? 하지만 에라프 님은 그냥 사람이 아니라 소드 마스터셨는걸."

"그래도 한 사람이 할 수 있는 일엔 한계가 있어. 마법사는 다르지. 많으면 많을수록 강해지거든. 마녀가 중심이 되어 다른 마법사들이 보조하면 혼자일 때보다 배는 강한 마법을 쓸 수 있어. 그럼 마녀의 마법으로 용을 죽이는 게 가능할지도 몰라. 적어도 소드 마스터 한 명보단 가능성이 높아."

거기까지 말한 샌시는 입가를 매만졌다. 그는 고뇌에 빠졌다.

"하지만 기록상 용을 죽이는 데 성공한 마법사는 없지……. 만약 성공한 선배가 있다면 그렇게 위대한 업적을 감출 리 없는데……. 역시 마법은 용에게 쓸 수 없는 건가……. 하지만 마녀가 분명히 자기 수준이면 용을 해칠 수 있다고……."

검사보다 마법사가 용을 죽일 가능성이 높으나 정작 알려진 마법사는 없다. 샌시는 제리코가 해준 옛이야기의 정확한 출처를 궁금해했다. 제리코는 솔직하게 대답했다.

"마자리스 씨가 해준 얘기야."

"그 사람 고향이 어딘지 알아?"

샌시는 마법을 쓸 수 없게 된 마법사가 업적을 알리고 명예를 얻는 대신 후손에게만 용살의 업적을 전했을 가능성을 염두에 뒀다. 마자리스에게 의심을 품지 않는 마법사의 기행에 검이 항의했다.

—마자리스를 의심하고 경계하진 않는 거냐?

"그는 용의 선상에서 제외야."

"그러고 보니 신기하네. 피 검사를 한 후로 마자리스 씨 얘기를 한 번도 안 했잖아."

마자리스를 보고 제리코의 오빠 후보냐고 묻거나 다짜고짜 피를 달라고 한 샌시답지 않았다. 제리코가 드슬이의 의견에 동조하자 샌시가 마자리스를 의심하지 않는 이유를 알렸다.

"일단 하프 산맥에 있는 경보 마법은 신용할 수 있어. 그 마법이 작동하지 않았다는 게 첫 번째."

샌시가 길고 아름다운 검지를 들었다. 제리코는 그 검지가 자신의 공동 소유임에 뿌듯해했다.

"그렇다면 용은 아니야. 다음으로 의심한 건 마물이었지."

"마물?"

먼 외국에서 제국으로 유학 온 죄가 참 컸다. 멀쩡한 사람이 마물로 오해를 받다니.

'이래서 사람이 집 떠나면 서럽나 봐.'

제리코가 경악하든 말든 샌시는 설명을 이으며 중지를 들었다.

"제도엔 마물의 침입을 막는 결계가 있어. 결계를 속이고 제도에 침입이 가능한 수준의 마물이라면 마녀가 눈치채겠지. 물어봤는데 마녀는 제도에 침입한 마물이 없다고 했어. 이게 두 번째 이유."

―믿을 만한 거야?

"난 마녀가 싫지만 실력은 인정해."

세상에서 제일 마탑주를 싫어하는 샌시가 인정한단다. 드슬이는 두말하지 않았다. 샌시는 약지를 펼쳤다.

"마지막으로 검증받은 기관에서 인간임을 입증했어. 혈액 검사니까 확실한 증거가 돼."

―결론은 피 검사 결과 하나만 믿고 안심한단 소리구먼.

"피엔 영혼이 녹아 있지. 피 검사는 속일 수 없어."

마자리스는 인간이고, 인간인 이상 수상쩍어 봐야 인간이었다. 그런 점에서 정체가 불분명한 에고 소드보다 나았다. 샌시가 드슬이와 2차전을 벌일 낌새를 알아챈 제리코는 재빠르게 말을 돌렸다.

"흠흠, 그렇구나. 그런데 샌시, 마자리스 씨를 인간이 아니라고 의심한 이유가 뭐야? 예전에 물었을 땐 제대로 대답 안 해줬잖아. 이젠 해줄 거지?"

"닮았으니까."

"나랑 마자리스 씨 눈이?"

샌시는 로브 주머니를 뒤져 종이 뭉치를 꺼냈다. 그가 목격한 미남, 미녀의 초상화였다.

샌시는 뭉치에서 종이 두 장을 빼 제리코 앞에 내밀었다. 하프 산맥에 다녀온 후 그가 보여줬던 마자리스의 초상화였다.

"마자리스 씨 초상화네. 그런데 왜 색칠을 다르게 했어?"

"……."

같이 본 사람이 셋, 아니지. 검까지 더해서 같이 본 사람이 넷인데 한 명만 다른 것을 보았다 하는 꼴이었다.

샌시는 제 눈이 잘못되었나 의심하는 한편 자신의 의견을 소신껏 밝혔다.

"이건 그 사람, 이건 용이야."

제리코는 눈만 껌뻑였다.

그림 속 두 남자는 머리카락과 눈 색만 다르다 뿐이지 그냥 마자리스로 보였기 때문이다. 또한 제리코가 보았던 용은 중년 여성의 외형을 갖췄지 이렇게 잘생긴 남자의 모습은 하지 않았었다.

"그렇지만 우리가 만난 그 용님은."

"그 용 말고 용이 보여준 기억 속 용."

요정을 사랑해 요정이 죽자 미쳐 버린 광룡이 마자리스와 똑같이 생기지 않았느냐. 샌시는 그 얘기를 하고 있었다.

제리코는 황급히 기억을 더듬었으나 아무리 생각해도 기억 속 얼굴과 마자리스의 얼굴을 매치할 수 없었다. 어느 한쪽의 얼굴이 안개 속에 감춰진 듯 흐릿했다.

"그러니까 좀 다르게 생기지 않았어? 분위기나 느낌이 달랐는데…….
용님은 용님이란 느낌이고 마자리스 씨는 마자리스 씨고……."

머리를 쥐어짜던 용사의 딸은 둘이 닮지 않았다는 데 또다시 한 표를 던졌다. 듣고 보니 미인인 점이 닮긴 했는데 원래 궁극의 미를 표현하다 보면 눈은 크고 콧대는 오똑하다는 공통점이 생기니까 그래서 비슷하게 느껴지는 걸지도 모른다.

샌시는 드슬이에게 시선을 던졌다. 드슬이도 임시 주인과 마찬가지로 진지하게 기억을 더듬었으나 뇌가 없어서 그런지 둘 중 하나의 얼굴이 뿌옇게 흐려 잘 떠오르지 않았다. 검의 반응이 시원치 않자 샌시는 묵묵히 초상화를 집어넣었다.

"너무 떠올리려 애쓸 것 없어. 용이 보여준 환각이 다 똑같으리란 법이 없으니. 그보다 아까 전 얘기로 돌아가서, 용을 죽이는 마법 말인데. 개념이 명확하지 않아."

샌시의 손이 드래곤 슬레이어 소드를 가리켰다.

"드래곤 슬레이어 소드를 봐. 저건 용을 죽인 검이지 용을 죽이는 검이 아니야. 용을 벨 수 있다고 해서 용을 반드시 살해할 수 있는 건 아니지. 그러니까 그 마법도 용을 죽이는 용살 마법이라기보단 용에게 치명타를 가할 정도로 강한 공격 마법이라는 게 맞아. 중요한 건 그런 마법을 구사할 수 있을 정도의 경지에 오른 마법사와 제물이지."

모든 마법에 제물이 필요하진 않다. 하지만 제물이 마법의 위력을 배가시키고 시전을 돕는 건 이론적으로 증명된 사실이다.

"똑같이 사람을 제물로 바쳐도 1명이 100명보다 효율이 뛰어날 때가 있고 반대의 경우도 있어. 학계에선 제물의 질이 중요하다고 하지만 이 질을 무엇으로 판단하느냐로 많은 이견이 있는데 의외로 대자연은 인간의 판단 기준에 맞춰줘."

마법은 대자연의 힘을 빌려 쓰는 것. 마법을 시전하기 위해 바친 제물은 대자연에게 돌아간다. 위대한 대자연 앞에서 인간이 세운 기준이 무슨 소용이겠냐는 의견이 있었으나 대자연의 기준은 꽤 인간 눈높이에 맞춰져 있었다.

"노인보다 아이. 남자보다 여자. 평민보다 귀족. 빈자보다 부자. 악인보다 선인. 심지어 시대에 따른 인식의 차이도 반영돼. 학계에선 이러한 일이 벌어지는 이유를 결국 인간이 대자연의 일부이기 때문이라고 해석하고 있어. 이것도 사람마다 의견이 다르지만 난 이쪽이 옳다는 견해야."

마법사가 처음부터 사람을 제물로 쓸 마법을 만들지는 않았을 것이다. 샌시의 생각에 따르면 그 이야기는 선후가 바뀌었다.

마법사가 용살 마법을 만들고 사람들이 그에게 용 살해를 요청한 것이 아니다. 사람들이 마법사에게 용살을 간청했고 마법사는 용을 죽일 수 있는 마법을 시전하기 위해 제물을 요구했다.

고귀하고 아름다우며 타인으로 대체 불가능한 인간.

"지금을 기준으로 치면."

"릴리에 공주님?"

샌시를 고개를 젓고 제리코를 바라보았다. 손끝만 스쳐도 심장이 벌렁거리는 시기에 저렇게 그윽한 눈빛을 보내면 한여름에 춘심이 불쑥불쑥 일어났다. 제리코는 샌시와 눈을 맞추며 생긋 웃었지만 드슬이는 웃지 못했다.

-제리란 얘기야?

"용사 에라프가 남긴 유일무이한 후계자지. 서대륙과 동대륙을 이 잡듯 털어도 제리코보다 고귀하고 아름다우며 중요한 사람은 없어."

"어머."

제리코는 입을 가렸다. 객관적으로 너보다 예쁜 사람이 존재하지만 내 눈엔 네가 제일 예쁘다는 샌시의 콩깍지 얘기인 줄 알았는데 분위기를 보니 그게 아니었다.

"또 용이 날뛰면 내가 제물이 되는 거야?"

"그런 일은 벌어지지 않아. 어디까지나 그 이야기가 실화라는 가정하에 나온 얘기고 만약 용을 죽일 만큼 강력하고 위대한 마법이 있다 한들 도대체 어느 시대의 마법인지도 모르겠으니까. 마법의 발전은 눈부시고 인간을 제물로 쓸 필요 없을 만큼 효율이 높아졌어. 만에 하나 미친 용이 하나 더 늘어도 제리코가 걱정할 필요는 없어. 난 언제든 널 위해 죽을 거니까."

제리코가 감동이 지나쳐 눈물을 흘리려는데 샌시가 감동을 깨뜨렸다.

"내가 죽겠다고 하면 마녀가 어떻게든 할 거야."

"음…… 음…… 응, 정말 고마워, 샌시. 마음만 받을게."

샌시는 칭찬을 바랐지만 제리코는 칭찬해 주지 않고 먼 산을 보았다. 드슬이는 공연히 열을 냈다.

─네가 제물이라니! 주인의 공을 생각해서라도 그런 일은 벌어져선 안 돼! 있을 수 없어! 내가 다 죽여 버릴 거야!

"워워, 진정해."

벌어지지 않을 일 가지고 검과 마법사의 흥분이 지나쳤다. 제리코가 드슬이를 안고 둥개둥개 얼렀다. 샌시는 좋은 머리를 벌어지지 않을 일에 대비하는 데 사용했다.

"어쩌면 지금의 내 수준으로도 용에게 피해를 입히는 게 가능할지도 몰라. 용에게 공격 마법이 닿진 않겠지만 용이 아닌 주위의 환경을 이용해 피해를 주는……."

용이 산소 호흡을 하는지, 영양 공급은 무엇으로 하는지. 밝혀진 것 없는 용의 생태에 대해 용의 심장에 관광 다녀온 적 있는 검에게 질문해 봤자 검은 하나도 대답해 주지 못했다. 샌시가 드슬이의 별명 '무능검'을 작게 읊조리자 검은 발끈했다.

"제리코 널 위해서라면 수단과 방법을 가리지 않고 용을 죽이겠다……. 피 냄새."

─뚫린 입이라고 불가능한 걸 말하면 거짓말인 거 알지? 그리고 갑자

기 왜 피 냄새 타령이야. 피는커녕 소독약 냄새만 진동하는 게 아니네.
진짜 피 냄새가 나잖아?

샌시에 이어 드슬이까지 피 냄새가 난다고 하자 제리코는 코를 킁킁
거려 냄새를 맡았다. 피 냄새는커녕 맛있는 음식 냄새만 났다.

"피 냄새 안 나는데?"

－아냐, 피 냄새 나.

제리코는 작게 생채기라도 났나 싶어 자신의 몸을 살폈다. 생리는 일
정이 안 맞고 피가 나오는 게 느껴지지도 않았으니 아니었다. 풀에 베
였나 싶어 손가락과 종아리를 보았는데 멀쩡했다. 그런 제리코의 눈에
샌시가 돗자리 위에 앉느라 벗어둔 새 구두가 들어왔다.

제리코는 혹시나 싶어 구두를 들고 발뒤꿈치가 닿는 부분을 만졌다.
새 구두답게 딱딱했다.

"샌시, 혹시 발이 아프지 않아?"

그 말에 샌시가 양말을 까서 발을 확인했다. 제리코의 예상대로 발뒤
꿈치가 야무지게 까져 있었다.

"끼아악!"

제리코는 제 피부가 까진 것처럼 비명을 지르며 손수건에 물을 적셨
다. 제리코의 비명을 듣고 하녀와 호위가 달려왔다. 하녀는 샌시의 처참
한 발 상태를 보더니 제리코와 비슷하게 비명을 지르고선 붕대와 약을
가져오겠다며 마차로 달려갔다.

"헉, 언니…… 나 다 있는데……."

말해 무엇 하리. 하녀는 이미 저만치 사라져 버린 것을. 제리코는 돌
아올 하녀 언니가 무안하지 않도록 주머니에서 손수건만 꺼냈다.

손수건을 물에 적신 제리코가 상처를 닦아주기 위해 양말을 벗기려
들자 샌시는 화들짝 놀라 발을 감췄다.

그걸 본 제리코의 표정이 묘해졌다.

'오호라.'

정정당당히 샌시의 맨발을 보고 만질 기회가 찾아오다니. 이 또한 에라프 님의 영험함은 아닐는지?

"조금 까졌다고 얕보면 안 돼. 계속 따갑고 재수 없으면 흉이 지잖아."

"내가 할게."

"에이, 남이 해주는 게 편하잖아. 나랑 같이 걷느라 많이 까진 거니까 내가 해줄게."

제리코는 손에 소독약을 뿌린 다음 제 손이 청결함을 강조했다. 샌시가 쓰는 독한 소독약이 아니라 냄새는 없었다.

"아냐, 괜찮아. 내가 할게."

샌시는 고개를 저어가며 양말을 올려 환부를 감췄다. 약과 붕대를 가지러 간 하녀에겐 안된 일이지만 샌시 또한 제리코와 마찬가지로 소독약과 붕대, 상처에 바르는 약 정도는 상시 지참하고 다녔다. 덕분에 하프 산맥에서 제리코가 신세 지지 않았던가.

샌시가 주섬주섬 약을 꺼내기에 제리코는 붕대는 꺼내지 말아달라 부탁했다. 바람과 같이 달려갔던 하녀가 금방 돌아왔다. 제리코는 진솔한 감사 인사를 전하고 약과 붕대를 받았다.

샌시는 신발도 안 신고 멀찍이 도망가 직접 제 상처를 돌봤다. 제리코는 조금 서운하다 여기며 샌시가 버리고 간 새 구두의 뒤꿈치 부분을 힘껏 주물렀다. 샌시가 다시 신을 때 조금이라도 부드러워졌으면 하는 마음이었다.

'그렇게 보여주기 싫었나. 뒤꿈치도 동그랗고 뽀얘서 보기 좋던데.'

손이 예쁜 샌시는 발도 예쁘더라. 손과 발은 그 사람이 어떤 사람인지 알려주는 훌륭한 정보원이다. 샌시는 마법사답게 손이 예뻤고 움직이기 싫어하는 사람답게 발도 예뻤다. 튼실한 굳은살이 박인 제리코의 발과는 달랐다.

꼼지락꼼지락 발에 붕대를 감던 샌시의 손이 갑자기 입가로 이동했다. 제리코가 설마 발 냄새를 확인하는가 의심하던 차에 드슬이가 외쳤다.

-피 냄새!

'응. 아까부터 계속 까져 있었으니까 피 냄새 나지.'

-아냐, 그거 말고 다시 피 냄새가 나. 아까보다 짙어!

또다시 피 냄새 타령을 하는 검 때문에 제리코는 주위를 둘러보았다. 도대체 어디서 피 냄새가 난다는 건지.

그러다 제리코는 설마 하는 마음으로 샌시를 재확인했다. 갑자기 입가를 틀어막나 싶더니 발 냄새를 맡는 게 아니라 코피가 나서 코를 막고 있는 게 아닌가.

"샌시!"

제리코는 한달음에 달려가 피가 철철 흐르는 샌시의 코를 쥐었다. 보통 코피란 고여 있던 핏덩이가 터져 흘러내리거나 코 내부의 작은 실핏줄이 터져 피가 흐르는데 샌시의 코피는 유독 색이 선명하고 맑았다. 누가 보면 코피가 아니라 동맥이라도 잘린 줄 착각할 정도였다.

"샌시, 어디 아파? 몸이 안 좋은 거야?"

"괜찮아, 그냥 코피야."

모시는 주인은 아니지만 제국의 또 다른 소공작이 피를 줄줄 흘린다. 호위 대장은 다급히 사당 관리인을 찾아 의약품을 가져오게 하고 하려는 한걸음에 달려왔으며 그 외 사람들은 샌시를 들것에 실어 병원으로 이동할 수 있도록 동선을 짰다.

"데이지 공작가에 사람을 보내겠습니다!"

"다른 사람에게 알릴 필요 없어. 난 독립한 성인이니까."

마녀에게 코피 흘렸다는 말을 해봐야 돌아올 반응은 뻔하다. 삼시 세끼 잘 챙겨 먹고 밤에는 푹 자란 모범 답안이 튀어나올 것이다.

덤으로 어린놈이 벌써부터 기가 쇠해 귀한 피를 질질 흘리고 있으니 더 쇠하기 전 빨리 자식을 보라는 얘기가 3시간 넘게 쏟아질 것이다.

"안 되겠다, 샌시. 병원 가보자."

"난 괜찮아. 아프지도 않고 그냥 코피가 좀 날 뿐이야."

"그래도…… 난 다른 말은 다 믿지만 아픈 사람이 안 아프다고 하는 말은 못 믿겠어."

어머니를 그렇게 잃었다. 로젠이나 자신이 코피를 흘리는 건 대수롭지 않은 일이지만 샌시이다 보니 걱정이 컸다. 제리코가 이렇게 말하니 샌시로선 어쩔 도리가 없었다. 즐거웠던 데이트는 결국 병원행으로 마무리되었다.

"오, 여기는!"

마차에서 내리니 본 적 있는 건물이 눈에 들어왔다. 드슬이 또한 기억에 있는 건물이었는지 이렇게 말했다.

-네가 도망친 그곳이네. 문 대신 화장실 창문을 이용한 게 감명 깊었어.

'그렇게 말하면 이상하게 들리잖아!'

사랑하는 어머니 요나와 아버지 존, 존경하는 친아버지 에라프의 명예를 걸고 맹세하건대 제리코는 탈옥수가 아니다. 탈주를 하긴 했다.

병원에서.

그 당시엔 제도에 있는 병원이라 크고 의사가 상시 대기 중인 줄 알았는데 알고 보니 이 병원이 제도에서 손꼽히는 종합병원이었다.

제리코는 혹시 자신을 알아보는 사람이 있을까 봐 고개를 숙였다.

미베어 소공작인 건 들켜도 괜찮다. 탈주 환자인 걸 들키면 안 된다.

응급실은 만원이었고 샌시는 여전히 자신이 문제없음을 피력했다. 하지만 의사는 갑자기 코피를 철철 쏟았다는 증언을 들은 데다, 쏟은 피의 양이 심상치 않다 여겼는지 샌시를 다른 환자보다 우선시했다.

검사가 진행되는 동안 제리코는 귀빈용 병실로 안내받았다. 병실이면서 응접실에 간병인과 하녀의 침실까지 구비된 호화스럽고 넓은 공간이었다.

제리코는 자신이 병실을 쓰면 또 청소해야 한다는 생각에 거절했지만 안내하던 간호사가 고개를 저었다.

"미베어 공작가 전용 병실이 따로 있습니다. 걱정하지 않으셔도 됩니다."

"그거 병실 낭비 아닐까요."

병원이 커도 응급실을 꽉 채운 환자를 보니 병실은 늘 모자라지 않을까 생각됐다. 게다가 제도는 땅값이 비싸 병원을 늘리기도 여의치 않다.

"세계를 구한 용사님께 감사하는 마음을 담은 저희 병원의 선물입니다. 그리고 소공작님, 다음부턴 신분을 숨기고 싶으시면 저희에게라도 몰래 알려주세요."

어째 안내하는 간호사의 얼굴이 눈에 익다 싶더니 제리코가 병원을 탈출한 날 만난 적 있는 간호사였다. 제리코는 활짝 웃었지만 평소보다 좀 어색했다.

"아하하. 꽤 지난 일인데 용케 기억하시네요. 기억력 좋으시다."

"본래는 탈출하는 환자가 많아서 모두 기억하진 않습니다. 다만 소공작님께선 홀몸으로 한밤중에 갑자기 사라지시는 바람에 범죄에 휘말린 건 아닌지 다들 걱정했거든요."

홀로 화장실 간 십 대 소녀가 돌아오지 않으면 누구라도 걱정한다. 심지어 그 소녀가 범죄가 명백한 마차 사고에 휘말린 환자라면 더더욱. 아리보 공작가에서 사람을 보내 해명했기에 망정이지 하마터면 제리코의 얼굴을 그린 전단지가 제도 벽이란 벽에 다 붙을 뻔했다.

"단순한 마차 강도 사건에서 납치가 목적이었나까지 저희끼리 말이 많이 오갔죠."

"하기야, 저도 그렇고 같이 탔던 마자리스 씨도 범상치 않은 미모이니 납치 가능성도 높게 쳤겠어요."

"마자리스 씨?"

간호사가 의문을 표했다. 제리코는 서둘러 덧붙였다.

"저랑 같이 왔던 외국인 환자요. 갈비뼈가 부러져서 입원한 그 잘생긴 마자리스 씨."

"그런 사람이 있었나…… 죄송해요, 오래전 일이라 기억나지 않습니다."

10년이 지나도 잘생긴 사람이 있었다며 두고두고 되새길 마자리스의 미모다. 제리코는 간호사의 편중된 기억력에 혼란스러워졌다.

'내가 없어진 것 때문에 신경 쓰느라 마자리스 씨를 못 봤나?'

세상엔 인상에 깊이 남는 존재감을 가진 사람이 있다. 제리코는 릴리에 공주나 마자리스가 그런 사람이라 생각했다. 물론 사람이 다른 데에 신경을 쓰다 보면 시야가 좁아져 쉽게 발견할 수 있는 걸 놓칠 때가 있었다. 이 또한 그런 경우이리라.

제리코는 대수롭지 않게 여겼다. 제리코보다 경계심이 강한 검 또한 마찬가지였다. 특정 인물에 한하여 한없이 내려가는 경계와 주의력으로는 알아채기 힘들었다. 둘은 이미 특정 인물의 수에 완벽하게 말려든 상태였다.

길다면 길고 짧다면 짧은 시간의 기다림 끝에 검사 결과가 나왔다.

제리코는 조마조마한 심정으로 두 손을 꽉 쥐고 의사의 입에 집중했다. 의사는 검사 결과가 적힌 종이를 살펴보더니 엄숙하게 선언했다.

"검사 결과 모두 이상 없습니다. 데이지 소공작의 신체엔 특별한 문제가 없는 것으로 사료됩니다."

"그것 봐. 난 괜찮다고 그랬잖아."

샌시가 심드렁하게 말했다. 샌시가 심드렁하든 말든 제리코는 과장돼 보일 정도로 거칠게 가슴을 쓸어내리고 안도의 한숨을 내쉬었다.

"정말 건강한 거죠?"

"네, 건강합니다."

"우리 샌시가 종종 이유 없이 코피를 막 쏟고 그러거든요."

의사는 검사 용지를 들여다보며 샌시의 불규칙한 생활 습관을 지적했다. 젊음을 연료로 인생을 불태우는 짓이야 개인의 자유. 요절은 자유에 따라오는 친구다.

"그냥 피곤해서 그런 걸 거야."

"연구가 그렇게 바빠? 설마 나 때문에 시간이 부족해져서 잠을 줄인 건 아니지?"

"그건 아니야."

샌시는 곁눈질로 제리코를 보고는 은은하게 볼을 붉혔다.

"긴장해서 어제 잠을 못 잤거든. 너랑 같이 외출하는 게 너무 좋아서 잠들었다가 깨어났는데 전부 꿈이면 어쩌나 해서……."

사귄다고 소문난 소공작 둘이 같이 올 때 알아봤어야 했는데. 의사가 회한이 담긴 표정을 짓고 눈을 꿈뻑였다.

제리코는 대놓고 좋아했다.

"샌시도 참. 꿈 아닌 거 확인시켜 줄까?"

원한다면 진하게 확인시켜 줄 의향이 있었다. 의사는 표정 관리에 힘쓰고 검은 질색했다.

—그만해. 네 호위랑 하녀야 공작가 사람이니 그렇다 치고 의사 표정 안 보여? 동네방네 자랑할 일 있냐?

'자랑하면 안 돼?'

우리 둘이 사귑니다. 우리 둘이 사랑하고 있습니다. 우리 둘이 이렇게 사이가 좋습니다. 제리코는 만나는 사람 모두에게 샌시와 사귀고 있음을 자랑하고 싶었다.

—다른 사람들은 너희 연애하는 거 하등 관심 없거든!

인사성이 지나치게 밝고 오지랖 넓은 것만 빼면 눈치껏 타인을 배려해 주는 임시 주인이었다. 그런데 연애를 시작하더니 진상도 이런 진상이 없었다.

드슬이는 주인의 이야기 속에서 등장하는 정석적인 악당과 진상만 알다가 신개념 진상을 접해 정신이 혼미해졌다. 심지어 그 신개념 진상이 검의 임시 주인이었다.

검의 잔소리가 궁수 100명이 손가락이 부르터라 쏟아내는 화살 비처럼 쏟아졌다. 제리코는 골이 띵해지자 건성으로 반성했다.

"피를 많이 흘리셨으니 영양 보충에 주의를 기울여 주십시오. 그리고 체중이 키에 비해 약간 부족한 편이신데……."

"걱정 마세요. 당분간 삼시 세끼 모두 챙길 테니까."

샌시의 연구를 방해하지 않도록 두 끼는 도시락을 챙겨주면 된다. 의사는 그 외에 문제가 되는 생활 습관을 지적하고 고치도록 조언했다.

당사자인 샌시는 건성인데 제리코는 진지한 자세로 경청했다. 혹 까먹을까 봐 수첩에 모두 받아 적었다.

"근데 정말 코피의 원인은 모르는 건가요?"

"그게…… 이렇게 원인 불명의 증상이 있는 경우 낮은 확률이긴 하지만…… 저주일 가능성도 염두에 두셔야 합니다."

저주라는 얘기에 제리코는 마른침을 삼켰다. 생각해 보니 그럴싸했다. 갑자기 쏟아지는 많은 양의 코피. 원인은 불명. 게다가 샌시는 미움을 많이 샀다. 살해 위협을 받을 정도는 아니지만 루나 아카데미의 마법부 학생 대다수는 샌시라면 이를 갈았다. 제리코는 샌시의 연구실 문에 붙은 대자보와 낙서를 떠올렸다. 샌시를 원망하는 마법사가 그렇게 많았다.

'그렇다면!'

"샌시!"

제리코가 벌떡 일어나 제 애인을 돌아보았다. 엄마는 병으로 잃고 아빠는 저주로 잃은 소녀에게 병과 저주처럼 민감한 단어는 없었다. 제리코의 등에 업힌 검 또한 웅웅 검신을 떨었다.

마탑주의 논리는 이러했다. 내가 이렇게 천재이니 내 피를 이어받은 샌시도 천재일 것이다. 그러니 샌시가 죽을 때까지 이 악물고 노력하면 살아생전 위대한 마법사의 반열에 오를 가능성이 높다. 그러면 인간 평균 수명보다 장수할 테니 오래오래 마탑주와 함께 살 수 있다.

그런데 이 망할 아들이 불가능한 꿈에 매달려 아까운 시간을 낭비하고 있다. 마탑주 입장에선 속 터질 일이 아닐 수 없었다.

'망할 마녀. 분명히 알면서 일부러 얘기 안 했어.'

샌시가 꿈꾼 수준의 호문쿨루스를 제작하기 위해선 용에 필적하는 마력이 필요했다. 평범한 생물이 그렇게 방대한 양의 마력을 모을 리 없으니 처음부터 불가능한 일이었다.

샌시는 시도해 보지 않고 불가능을 단정 짓는 마탑주의 언사에 불만을 품었으나 이제 와 생각하면 마탑주는 알고 있었던 게 틀림없었다.

알고 있었다면 말을 하라고! 그리 외치고 싶었으나 이걸 어쩌나. 마탑주가 샌시에게 맨날 하던 말이 그거였는데. 마탑주는 진실을 말했고 샌시는 귀를 막고 듣지 않았다. 샌시는 싫어하는 사람이 하는 말도 논리가 그럴싸하면 들어야 한다는 삶의 진리를 다시금 되새겼다. 이 삶의 진리 또한 마탑주의 가르침이라 입안이 썼다.

'안 돼. 제리코랑 같이 있는데 좋은 생각만 하기도 모자라.'

좋은 생각, 아름다운 생각을 위해 노력한 끝에 샌시는 이전에 했던 제안과 현 상황을 결부시켰다.

"역시 제리코가 내 상속인이 되는 게 좋겠어."

"샌시…… 병원에선 그런 얘기 하는 거 아니야."

특히 환자복 입고서 그런 얘기 하는 게 아니었다. 의사에게 건강하다는 이야기를 들었어도 사람이 불안해지기 때문이다. 하지만 샌시는 얼른 칭찬해 달라는 듯 눈을 초롱초롱 빛냈다.

"지금은 너와 내가 아무 관계도 아니라서 망할 마녀가 보낼 사람을 기다리고 있지만 말이지. 제리코 네가 내 상속인이 되고 후에 성인이 되면 이런 일이 또 발생할 때 제리코 네가 내 보호자가 되어줄 수 있어."

제리코는 멍한 눈으로 사랑스러운 샌시를 바라보았다. 법적 보호자가 필요하다면 상속인 지정 말고 더 쉬운 방법이 있는데 샌시는 일부러 먼 길로 돌아가고 있었다. 일부러 그러는 걸까, 아니면 몰라서 지리는 걸까?

선뜻 지름길을 알려주지 못하는 것은 사안이 사안인지라 제리코 또한 대뜸 얘기하기 곤란하기 때문이다. 그런 얘기를 하려면 앞으로 최소 한 달은 더 사귀어야 하지 않겠는가.

제리코가 답지 않게 우물쭈물하자 검이 답답해하며 대신 말했다.

―그냥 청혼을 해. 그럼 해결이네.

샌시가 제자리에서 펄쩍 뛰어올랐다. 그의 전신이 피보다 붉게 물들었다.

"청혼은 최소 1년간 교제한 후 약혼을 거친 다음에 하는 거야!"

정숙을 자랑하는 샌시다운 답변이었다. 샌시는 붉게 물든 눈가를 감추려 애쓰며 손가락 틈으론 제리코를 힐끔 보았다.

"약혼식 전엔 청혼을 해야 해. 그게 순서야. 수, 순서라고 읽었나? 들었나? 하여튼 그게 순서야! 이 도시에서 제일 비싼 레스토랑이나 야경이 아름다운 장소에서 1년 동안 모은 돈으로 예물을 사서 무릎을 꿇고 의사를 물어봐야 해. 남들은 다 반지를 쓰지만 난 목걸이로 청혼할 거라고 옛날부터 다짐했고!"

드슬이의 쓸데없는 참견으로 제리코는 앞으로의 2년에서 제일 알짜배기 부분을 스포일러당했다. 스포일러라고 하기엔 너무 정석적인 코스였기 때문에 제리코는 관대하게 검을 용서했다.

제가 말해놓고 제가 흥분한 샌시는 1년이 되려면 아직 멀었는데 미리 무릎부터 꿇었다. 환자복 입은 사람이 무릎 꿇으니 가슴이 찢어질 듯했다.

"샌시, 얼른 일어나자."

"제리코! 난 너랑 결혼하고 싶지만 강요하는 건 아니야! 넌 아직 마음의 준비가 되지 않았을 수도 있는데 이런 무거운 마음을 알게 해서 미안해!"

눈치 없는 샌시는 어디 가고 눈치 빠른 샌시가 새로 태어났다. 샌시는 제리코의 마음을 귀신같이 알아채고 바닥에 붙인 무릎을 떼지 않았다. 제리코는 그런 샌시를 일으키기 위해 고군분투했다.

"샌시, 제발 일어나! 네가 자꾸 이러면!"

'너랑 결혼할 생각보다 잘 생각부터 한 내가 쓰레기 같잖아!'

이에 검이 쏘아붙였다.

─쓰레기야.

'으앙.'

한창 피가 끓는 나이에 애인이랑 자고 싶다는 게 어떻단 말인가. 혈기 왕성한 십 대가 성욕 또한 왕성한 게 뭐 어떠냐 이 말이다.

감정이 격해진 제리코가 눈물을 흩뿌리며 샌시에게 제 죄를 고백하고 사죄하려 하는데 문이 열렸다.

"샌시! 아프다고 들었다! 괜찮니!"

샌시가 병원 응급실에 방문했다는 얘기를 듣자마자 헐레벌떡 달려온 카모마는 내부의 상황에 눈을 동그랗게 떴다.

아프다는 샌시는 환자복을 입고서 무릎을 꿇은 채 잘못을 빌고 있고 미베어 소공작은 울상을 짓고서 손으로 입가를 가리고 있었다.

카모마의 눈동자가 샌시의 친부를 확인했을 때보다 격렬하게 흔들렸다.

"우, 우리 애가 무슨 잘못이라도……?"

죄의 질에 따라 샌시 옆에 함께 무릎 꿇을 각오가 되어 있는 카모마의 질문에 제리코는 더욱 부끄러워져 얼굴을 가리고 도리질 쳤다.

카모마에게 사건의 전말을 설명하는 일은 꽤 어려웠다. 아무리 뚫린 입이라지만 어떻게 '댁의 아들이 내게 청혼할 마음을 먹어 미안하다고 사죄하는 것이다'란 말을 할 수 있겠는가.

저 말이 논리적으로 이치에 맞는지는 둘째 치고 감정적으로도 문제가 될 소지가 컸다. 청혼할 마음을 먹어 미안하다니. 자칫 잘못 들으면 '우리 애가 뭐 어때서' 소리가 나오기 딱 좋았다.

제리코는 카모마와 샌시가 대화할 수 있도록 자리를 비켜준 후 벽에 등과 머리를 기대고 섰다. 한숨이 절로 나왔다.

"휴우."

-뜻밖이네.

'뭐가?'

-너라면 사귀는 사람이랑 무조건 결혼부터 생각할 줄 알았어.

'그러게.'

제리코가 생각해도 자기라면 그러고 남을 인간이었다. 그런 자신이 어째서 샌시의 결혼 얘기엔 바로 반응하지 못했을까.

'그러게. 잘 생각 말고도 결혼하고 나서 알콩달콩 살 것도 같이 생각했을 텐데 샌시한텐 안 그랬네. 내가 왜 그랬을까?'

제리코가 독신주의거나 자유연애 신봉자라면 모를까. 제리코는 일찌감치 결혼해서 다복한 가정을 꾸리는 게 인생 목표 중 하나였다.

그런데 어째서 샌시에겐 흑심만 품고 함께하는 미래를 생각하지 않았느냐. 샌시가 결혼 상대로 부족하거나 마음에 안 들어서 그랬던 것일까?

'그건 아닌데.'

제리코는 안 돌아가는 머리를 열심히 굴린 끝에 답을 찾았다.

'애들 때문이다.'

-아이들? 네 동생?

'내 동생이 왜 튀어나와. 지금 있는 애들 말고 미래의 애들. 내가 낳을 내 자식.'

누굴 만나든 밝은 미래, 희망찬 내일을 구상할 자신이 가득한 제리코가 어째서 샌시와의 결혼을 생각하지 못했느냐 하니, 이유가 여기에 있었다.

제리코는 자식은 많으면 많을수록 좋다는 주의였다. 굶기지 않을 여력만 있으면 생기는 대로 낳고 싶었다. 하지만 샌시는 어떤가? 샌시에게 가족이란 존재는 적을수록 좋고 없으면 더 좋은 꺼림칙한 존재다. 샌시가 꿈꾸는 사랑하는 '그녀'와의 미래에 자식은 없었다.

'그래서였어.'

-흐음. 생물에게 있어 중요한 부분에서 가치관이 정반대구나.

'그렇지. 어떻게 보면 결혼에서 핵심인 부분인데 그에 대한 의견이 반대니까.'

-그래도 샌시는 네 말이 진리고 법이라고 하지 않았어? 네가 낳자고 하면 반대하진 않을 것 같은데. 낳고 보니 좋아서 잘 키울 수도 있잖아.

'좋아질 수 있지. 하지만 안 좋아질 수도 있어. 부부는 함께 행복해야 하는데 나 하나 좋자고 샌시에게 강요할 순 없잖아.'

부부의 행복뿐인가? 자식의 행복까지 달려 있었다. 가족은 모두가 행복해야 가족이다. 한 명이나 소수의 희생으로 남은 인원의 행복을 사겠다는 얘기는 행복을 위해 노력하기 싫은 게으름뱅이의 주장이라고 제리코는 생각했다.

'내가 먹을 끼니를 위해선 내가 일하는 게 당연하잖아. 행복도 마찬가지야. 내 행복, 내가 사랑하는 사람의 행복, 내가 행복했으면 하는 사람의 행복을 위해선 내가 노력해야 해.'

이것만은 제리코가 꼭 지키고자 하는 인생의 신념이었다. 어떤 폭력과 협박, 회유에도 잃어선 안 되는 사람의 긍지다.

'결혼은 이혼으로 끝낼 수 있지. 하지만 아이는 낳는 순간 시작이야.

돌이킬 수 없는걸. 아이처럼 중요한 일을 낳으면 좋아질 거란 안일한 생각으로 시작할 순 없어.'

제리코가 이대로 샌시와의 관계를 유지하면 결국 결정의 날이 올 것이다. 저울의 양팔에 자식이 있는 미래와 샌시와의 미래를 올려놓고 저울질하게 되는 심판의 날이.

늘 낙관적인 생각만 하는 낙관주의자 같지만 나름의 가치관이 있어 그를 어기지 않도록 힘쓴다. 드슬이가 생각하는 제리코의 장점 중 하나였다.

대화를 마친 샌시와 카모마가 나왔다. 카모마는 제리코에게 마탑에 가지 않겠느냔 제안을 했다.

"마스터께서 소공작을 초대하셨습니다."

"거절해."

"마스터의 초대 의도야 뻔하니 무시하셔도 됩니다. 하지만 기왕 이렇게 된 것, 마탑에 가서서 주문하신 물품에 대한 이야기를 나누시지 않겠습니까? 괜찮으시다면 저녁 식사도 함께하시는 건 어떻겠습니까? 아카데미로 돌아가시는 길 안전은 제가 책임지겠습니다."

샌시에게 제리코와 사귄다는 얘기를 들은 카모마의 눈이 반짝반짝 빛났다. 제리코는 속으로 경박한 휘파람을 불었다. 친부자란 사실을 알고 있어서 그런지 둘의 눈이 닮아 보였다.

샌시의 눈이 고양이를 떠올리게 한다면 카모마는 강아지 눈빛을 떠올리게 하지만 말이다. 그래도 비슷한 느낌이 들었다.

─눈빛으로 호소하는 부분이 비슷한가?

'그런가?'

제리코는 드슬이의 예리한 분석에 고개를 끄덕였다. 카모마와 호위 및 하녀는 제리코의 주억거림을 초대에 동의한 걸로 해석하고 준비했다. 샌시는 제리코의 옆에 서서 작게 말했다.

"배신자의 초대에 응할 필요는 없는데. 내 생물학적 아버지라고 해서 신경 쓸 것 없어, 제리코. 타인으로 대해."

"음…… 가족 할인을 받았으니까 가족처럼 대하면 안 될까?"

"배신자에겐 너무 과분한 처사야."

샌시는 그렇게 말한 뒤에 더 작은 목소리로 소곤거렸다.

"일단은 삐져서 할인을 거부할 수 있으니 완납 전까진 친한 척해."

사람이 이렇게 한결같을 수가. 제리코는 피식 웃고 아까 전의 생각에 이번에 느낀 것을 더했다.

좋은 오빠, 좋은 삼촌, 좋은 형인 샌시는 상상할 수 있는데 좋은 아들, 좋은 아빠인 샌시는 상상하기 힘들었다.

병원에 있는 마법진을 통해 마탑에 도착한 셋, 정확하게 세 명과 검한 자루는 곧장 카모마의 연구실로 직행했다.

카모마는 샌시에게 마탑주의 연구실에 들를 것을 권유했지만 샌시는 대꾸 한 번 하지 않았다. 보는 제리코가 민망했다.

뿐이랴. 소녀의 등에 매달린 검은 연신 몸을 떨었다. 제 요구가 받아들여지지 않았을 최악의 상황을 자꾸 가정한 탓이다.

–알았지, 제리? 검이 나보다 예쁘면 바로 퇴짜야. 나보다 멋있어 보여도 퇴짜고 나보다 비싸 보여도 퇴짜야.

'비싸 보이는 건 봐줘. 그건 내가 요구한 거잖아.'

–알겠어. 그럼 나보다 고급스러우면 퇴짜.

무작정 비싸 보이기만 하면 너무 졸부스럽지 않을까. 금수저를 물고 태어난 황금 제조기 로젠과 졸부는 어울리지 않았다.

제리코는 어쩔 수 없이 검을 치켜세워 디자인이 잘 나왔을 경우 떨어질 불똥을 줄여보고자 노력했다.

–나보다 예쁘면 뒤집어야 해. 알지?

'응, 알지. 우리 드슬이보다 잘난 검은 세상에 없지.'

-앞으로도 없어야 해.

'가능성은 후손을 위해 열어두자.'

-난 검이라 후손이 없거든.

이래서 무생물이란. 제리코는 검에게 들키지 않도록 몰래 혀를 찼다.

그렇게 보게 된 검은 아직 미완성이었다. 기본적인 골조는 드래곤 슬레이어 소드와 동일하기 때문에 장식과 세공을 뺀 드래곤 슬레이어 소드처럼 보였다.

카모마가 디자인 시안이라며 그림이 그려진 종이 몇 장을 건넸다. 제리코는 종이를 드슬이가 보기 좋도록 쫙 펼쳤다. 제리코의 등에 업힌 드슬이가 왼쪽에 있는 디자인을 콕 찍었다.

-저거! 저걸로 하라 그래! 딴 건 다 마음에 안 들어!

'저건 너무 장미장미하지 않아?'

제리코의 요구는 분명 이러했다. 더 이상의 피해자가 나오지 않도록 누가 봐도 비싸 보이면서 예쁘고 멋있지만 드래곤 슬레이어 소드보단 못생긴 검.

로젠 스타즈에게 선물할 검이라는 걸 알렸기 때문에 대부분의 후보가 밋밋하면서 단조로운 멋이나 중후한 멋을 강조했다.

그런데 드슬이가 콕 찍은 종이는 정반대였다. 디자인한 사람이 로젠에게 억하심정이라도 있는지 검 손잡이는 물론이요, 검 면까지 장미 세공이 빼곡했다. 본명에 깊은 유감을 품은 로젠에게 선물했다간 자칫 시비를 거는 걸로 느껴질 수준의 집요함이었다.

'이건 아무리 봐도 로젠이랑 뭔가 있다.'

물론 카모마가 선발한 최종 후보군에 남을 만큼 아름다운 검이었다. 장미가 가득해서 그렇지.

'인간적으로 이건 안 돼, 드슬아. 로젠이 이걸 들고 다녔다간 장미 칼을 든 장미의 기사님 소릴 듣게 될 거야.'

-하지만 잘 봐. 다른 디자인은 모두 너와 같은 피해자를 양산하게 생겼잖아.

'적당히 비싸 보이는데?'

-그건 지금 네 안목이 적당히 높아졌으니까 그렇지. 그냥 과거의 너라 생각하고 잘 봐봐. 저게 비싸 보이나 이게 비싸 보이나.

그렇게 말하면 당연히 장식이 많은 이쪽 장미 칼이 비싸 보였다. 제리코는 단호하게 고개를 저었다.

'어쨌든 이건 안 돼. 로젠이 안 들고 다닐 거야.'

-그래서 그걸 고른 거야.

'이런 질투 검.'

제리코는 장미 칼이 그려진 종이를 접어 구석으로 치웠다. 이런 걸 선물했다간 친구끼리 마음 상하기 딱 좋았다. 제리코는 남은 후보군을 살펴보았다. 다 좋아 보여서 어떤 걸 선택해야 할지 난감했다.

"빨리 정해야 해요?"

"느긋하게 정하셔도 됩니다."

"그럼 로젠이 쓸 검이니까 로젠 의견도 들어볼게요."

디자인 결정은 이렇게 미뤄지고 카모마는 빠르게 다음 안건을 꺼냈다. 그는 제리코와 샌시가 사귄다는 얘기를 듣고 한시라도 빨리 그에 대한 자세한 사연을 묻고 싶어 안달 난 상태였다.

"그럼 다음으로, 이게 제일 중요한 부분입니다."

"넵."

카모마는 제리코에게 도표가 가득한 종이를 내밀었다. 까만 건 선이랑 숫자요, 하얀 건 종이이니 제리코는 도표 해석을 시작하기 전에 포기했다.

"보시면 알겠지만."

'아뇨, 모릅니다.'

"드래곤 슬레이어 소드는 꽤 기형적으로 설계된 마법 검입니다."

도표는 못 읽지만 카모마가 앞으로 어떤 말을 할 것인지 대충 짐작이 갔다.

"배정된 마력과 부여된 마법의 조형이 일그러져 있습니다. 사실 드래곤 슬레이어 소드는 당시 마탑과 제국의 총력을 기울여 제작한 검이고 그렇기 때문에 설계도 중 기밀에 해당하는 부분이 있어 이런 불균형한 부분을 제작자인 저희도 무시하고 레플리카를 제작해 왔습니다. 하지만 미베어 소공작께서 주문하시고 스타즈 공자가 주인이 될 거라 하니 장인 몇으로부터 불균형을 보완하는 게 낫지 않겠느냐는 의견이 있었습니다."

검사의 염원이 소드 마스터이듯 대장장이의 염원은 뛰어난 검사가 자신이 제작한 검을 들고 명성을 드높이는 것이다. 제리코의 주문을 받은 대장장이는 불완전한 검이 로젠 손에 들어가는 것을 꺼렸다.

'장인 정신이란 거구나.'

"검의 질이 하락하는 건 아닙니다. 드래곤 슬레이어 소드가 지닌 기형과 불균형은 지나치게 많은 마력의 보유량과 그에 비해 적은 부여 마법에서 기인합니다. 그래서 이런 점을 보완하고 수정해 제작하려 합니다. 마력이 많으면 좋은 건데 군이 바꿀 필요가 있겠느냐, 이미 뼈대가 완성되었는데 또 새로 제작하면 추가금이 더 드는 게 아니냐, 의심하시겠지만 그렇지 않습니다. 일단 드래곤 슬레이어 소드는 이 기형적인 마력량을 유지하기 위해 고가의 재료가 들어가는데 이런 부분을 수정하면⋯⋯."

"잠시만요."

"네, 말씀하십시오."

"저희 드슬이가요, 섬세한 검이거든요. 단어를 조금만 예쁘게 해주실래요? 부탁드려요."

-제리야⋯⋯.

하루에 두 번이나 '너 이상해' 소릴 들어 자신감을 잃은 검이 감동해 울먹였다.

제리코는 카모마 눈앞에서 보란 듯이 드슬이를 안고 좌우로 흔들었다. 제작에 얽힌 비화가 어떻든 드슬이는 세상에서 제일 잘난 검이었다.

"확실히. 자아를 지닌 검 앞에서 기형이니 불균형이니, 말을 고르지 않았습니다. 사과드리겠습니다, 드래곤 슬레이어 소드."

—흠흠. 괜찮다고 전해 드려.

"드슬이가 괜찮다고 하네요."

카모마가 정중하게 고개를 숙였다. 샌시에 한해선 팔불출이 되긴 하지만 어디까지나 멋스럽고 기품 있는 중년 신사인 그였기에 제리코는 곁눈질로 샌시와 카모마를 번갈아 보고 비교했다.

다시 일 얘기로 돌아와 제리코는 검의 주인이 될 로젠의 의향을 짐작했다.

"그런데 로젠은 이전에 쓰던 검도 그렇고, 이 검도 일부러 드슬이의 레플리카로 제작하는 거라서요. 다른 검을 쓸 수 있는데도 일부러 레플리카를 쓰는 건데 이 부분도 로젠에게 물어보고 진행하는 게 좋을 것 같아요."

"그것에 대해선 저희 측에서도 드릴 말이 있습니다."

이어지는 카모마의 말이 이러했다.

"언제까지 우상을 우러러보기만 할 것인가?"

직후 카모마가 겸연쩍은 얼굴로 손을 내저었다.

"제가 한 말은 아니고 대장장이가…… 아마 이름을 들으면 아실 겁니다. 드래곤 슬레이어 소드 제작에도 주축으로 참여한 분입니다. 본래는 나이 때문에 은퇴했는데 미베어 소공작께서 주문하시고 로젠 스타즈가 검 주인이 될 거란 얘기에 중간에 갑자기 끼어들어 제자들을 설득하지 뭡니까."

이름난 검사들이 무조건 드래곤 슬레이어 소드의 레플리카를 고집하는 상황.

검이 필요 없는 사람도 레플리카 하나씩은 장만하는 바람에 사업 자체는 호황이지만 장인들은 씁쓸했다.

분명 드래곤 슬레이어 소드는 명검이다. 하지만 모든 사람에게 맞는 검은 아니다. 진정 검의 길을 걷겠다면 영웅이 쓰던 검보단 자신에게 맞는 검을 찾고 제작해 드는 게 옳지 않은가. 이것이 검장이 품고 있는 속내였다.

물론 에라프가 작년에 사망한 지금 그런 얘길 꺼냈다간 은혜도 모르는 나쁜 놈 소리 듣기 십상이라 입 밖에 내는 이는 없었다.

"드래곤 슬레이어 소드의 검신과 무게중심은 고인의 의견을 바탕으로 제작했습니다. 한 명에게 맞춰 제작된 검을 모두가 들고 다니니 진전이 없는 거라는 의견이 있었는데 하필 검 주인이 스타즈 공자라고 하니 다들 속이 탔던 모양입니다. 제게 어떻게든 주문을 바꿔 오라는 부탁이 들어왔지 뭡니까."

제리코는 감격해 두 손을 모았다.

"장인 정신 멋있어요."

"그럼……."

"네! 원하시는 대로 로젠에게 맞춰 제작해 주세요! 혹시 로젠이 대장간을 방문해야 할까요?"

"그 점은 염려하지 않으셔도 됩니다. 알아서 진행하도록 하겠습니다."

일 얘기가 일단락되었다. 내내 조마조마한 심정으로 제리코에게서 눈을 떼지 못하던 카모마가 서둘러 질문했다.

"한데 샌시가 소공작과 이성 교제를 시작했다는 이야기를 했습니다. 거기다 며칠 전에 다른 사람에게도 동일한 소리를 듣긴 했는데 사실입니까?"

"넵. 저희 사귀어요. 샌시, 우리 뽀뽀도 한 사이지?"

"응. 손도 잡았어."

"사실 오늘 에라, 아버지 사당에 들르는 김에 데이트했어요. 제가 외출할 기회가 잘 없잖아요. 그런데 샌시가 사당에서 갑자기 코피를 흘리는 바람에 병원에 가고, 카모마 씨에게 연락이 가고, 그렇게 된 거죠. 아,

아니지."

친구 엄마는 어머님 또는 아줌마. 친구 아빠는 아버님 또는 아저씨. 그렇다면 애인의 아빠는 뭐라고 불러야 할까? 제리코의 사교 논리에 따르면 적절한 호칭은 바로.

"아버님이라고 불러 드릴까요?"

"으허허허허."

진중한 신사가 팔불출 아저씨로 변신했다. 무턱대고 좋아하는 카모마에게 샌시가 찬물을 끼얹었다.

"제리코, 아까 내가 말했잖아. 고작 생물학적 친부일 뿐이야. 그렇게 대우해 줄 필요 없어. 그럴 자격도 없고."

"그치만 카모마 씨라고만 부르면 너무 딱딱하잖아. 그럼 카모마 아저씨는 어때요?"

"이런 배신자에겐 카모마 씨면 충분해."

심지어 배신자와 저녁 식사까지 함께한다니. 분에 넘치는 행복이라며 샌시가 고개를 설레설레 저었다.

저녁 식사를 할 때까진 아직 시간이 남았기 때문에 카모마가 둘의 교제에 대해 자세히 캐물으려 할 때 종이 울렸다.

"누가 왔나 봐요."

"잠시만요."

카모마는 외부 영상을 송출하는 수정구를 들여다보더니 바로 샌시에게 말했다.

"마스터가 오셨구나, 샌시."

샌시는 즉시 썩은 귤 씹은 얼굴이 되었다.

"꺼지라고 해."

"아무리 마스터가 싫어도 어머니께 그런 말 하면 안 된다. 마스터가 어머니로서는 빵점이라도 스승으로선 네게 잘해주셨잖니."

"잔소리, 잔소리, 잔소리, 곧 죽어도 잔소리."

샌시는 듣기 싫은지 귀를 막고 머리를 뱅뱅 돌리다가 아까 한 말을 정정했다.

"보기 싫으니까 돌아가시라고 해."

다시 종이 울렸다. 제리코는 문밖에 사람을 세워두고 티격태격 다투기 시작한 부자를 보다가 슬그머니 자리에서 일어나 문을 살짝 열었다. 문틈으로 빼꼼 고개를 내민 제리코를 보고 마탑주가 가볍게 손을 흔들었다.

"안녕."

"안녕하세요. 지금 샌시랑 카모마 아저씨랑 다투고 있는데 들어오실래요?"

"아니, 괜찮아. 난 샌시 보러 온 거 아니거든."

마탑주가 활짝 웃더니 손을 내밀었다. 악수하자는 건가 싶어서 제리코가 손을 내밀자 마탑주가 제리코의 손을 단단히 붙잡았다.

둘의 주변에 마력이 몰려들었다. 인위적인 마력의 흐름을 느낀 부자가 고개를 돌렸을 때는 이미 늦었다.

문가엔 아무도 없었다.

놀란 샌시가 마탑주 욕을 늘어놓으려는 찰나, 그보다 더 비통한 울부짖음이 카모마와 샌시의 정신을 뒤흔들었다.

-으아아악! 제리이이!

한시도 제 몸에서 떼놓지 않던 검을 달랜답시고 인형처럼 안고 있던 게 화근이었다. 제리코는 안고 있던 검을 의자에 두고 문으로 향한 것이다.

나 홀로 떨어진 드래곤 슬레이어 소드가 처절하게 임시 주인의 이름을 울부짖었다.

-제리이이이이!

눈을 뜨니 당도한 곳은 마탑주의 집이었다. 거대한 나무가 자연스럽게 속이 비어 생긴 공간에 꾸린 마탑주의 집은 여전히 아기자기하고 예뻤다. 소녀 감성과 식물 애호가의 감성을 동시에 충족시키는 공간이었다.

짓이긴 풀이 아니라 자라나는 식물의 싱싱한 향기가 제리코의 코를 관통했다. 제리코는 삼림욕하는 기분으로 심호흡했다.

멋대로 제리코를 자신의 집에 데려온 마탑주는 올바른 납치범의 도리로서 먹을 걸 가져왔다. 제리코는 꿀과자가 든 단지를 보고 반색했다.

"좋아한다고 들었어. 많이 먹어."

"와아, 고맙습니다!"

샌시가 준 과자는 아까운 마음에 먹지 않고 곱게 보관해 둔 상태였다. 그래서 꿀과자는 오랜만이었다.

제리코가 사양 않고 양손에 과자를 가득 쥐자 마탑주가 대자연의 이치를 목격한 듯 진지하게 고개를 끄덕였다.

"저만 데려오셔서 다들 놀랐을 것 같은데."

특히 드슬이를 데려오지 않아 검이 태산 같은 걱정을 안고 끙끙거릴 것이다.

"할 말만 하고 돌려보내 줄게."

"샌시 성격에 바로 여기로 쳐들어올 것 같거든요."

"걘 내 마법 못 뚫어. 하라는 공부는 안 하고 딴짓을 했거든."

"그럼 드슬이라도 다시 데려오면 안 될까요? 저희 드슬이가 거동이 불편해서 저랑 떨어지는 걸 싫어하거든요."

마탑주는 대답하는 대신 꿀과자에 잘 어울린다는 차를 내왔다. 제리코는 공손히 차를 받아 마셨다. 갑자기 납치당한 상황이지만 그리 걱정되거나 무섭진 않았다. 마탑주가 자신에게 할 말이 불 보듯 뻔했기 때문이다.

"그래서, 결혼은 언제 할 거니?"

이것 보라지. 제리코는 댁의 아드님과는 당분간 연애만 하고 싶다는 말을 할까 말까 망설였다. 그 말을 꺼내는 순간 결혼은 하지 않아도 좋으니 애부터 낳으란 말이 나올 것 같았다.

그래서 제리코는 다른 질문을 했다. 마탑주의 혈통과 관련된 순수한 의문이었다.

"숲 요정에겐 결혼 제도가 없다고 들어서 아이 얘기부터 하실 줄 알았는데 결혼 먼저 하라고 하시네요?"

마탑주는 진지한 얼굴로 대꾸했다.

"샌시가 딸이었으면 결혼 얘기 안 했지. 그런데 샌시는 남자아이라 손자가 태어나도 결혼하지 않으면 친권을 주장하기 힘들어. 내 추측인데 넌 아이를 좋아해. 맞지?"

"엄청 좋아하죠."

"그러니까 아이는 네가 키우려고 할 거야."

"당연한 말씀을!"

"그러니 너희 사이에서 태어난 아이에게 내 권리를 주장하기 위해선 샌시가 너랑 결혼해서 법적인 관계가 성립되어야 하지."

세간의 상식과 이치를 파괴했지만 마탑주 본인에 한해선 더없이 논리적인 이유였다. 제리코는 속으로 작게 구시렁거렸다.

'이러니까 샌시가 아이라면 학을 떼지.'

덕분에 제리코는 샌시와의 결혼에 대해 상상할 수 없게 되었고 말이다. 그리 생각하니 샌시에게 품은 죄책감을 모든 일의 근원인 마탑주에게 미뤄 버리고 싶단 나쁜 마음이 들었다. 제리코는 슬쩍 운을 뗐다.

"사실 샌시를 많이 좋아하지만 결혼은 아직 생각해 본 적이 없어요."

보통 이럴 때 돌아오는 대답은 '연애 초기라?'라든지 '결혼은 진지하게 고려해야 하긴 하지' 뭐 이런 문장이다. 물론 마탑주는 보통에서 먼 비범한 인물이기 때문에 돌아오는 대답 또한 비범했다.

"나랑 에라프가 자서?"

"엄…… 아뇨, 그건 괜찮아요. 어차피 저랑 샌시 태어나기 전의 일이고 관계에 책임질 수 있으면 자는 건 개인의 자유니까요."

사람에 따라 기분이 나쁠 수 있는 과거사지만 제리코는 괜찮았다. 원체 고인 물처럼 정체된 작은 마을에서 살다 보니 A와 B가 사귀었다가 헤어지고 그 자식들끼리 연애했다는 이야기를 종종 들었기 때문이다.

친부의 존재만으로도 이미 충분히 하늘에 뜬 구름처럼 멀고 흐릿했는데 친부와 좋은 관계를 맺은 이성의 존재까지 감당하기엔 너무 부담스러웠다. 그냥 에라프는 에라프, 나는 나로 적당히 분리하는 게 편했다.

"인간은 그런 걸 신경 쓰니까 말해주는 건데 난 에라프랑 잔 적 없어."

"네?"

제리코는 환청을 들었나 싶어 새끼손가락으로 귀를 후볐다.

앞서 드슬이가 말해준 에라프의 화려한 밤 생활 목록엔 마탑주가 당당히 등재되어 있었다. 마탑주 또한 본인 입으로 에라프 및 여러 남자와 즐겨 샌시의 친부를 모른다고 말하지 않았던가.

"어…… 분명히 에라프 님이랑 즐거운 시간 보내셨다고……."

"에라프랑 잤다고 한 적은 없는데?"

"아니, 근육 빵빵한 땀에 젖은 남자랑 좋은 시간 보내셨다고 말씀하셨던 걸로 제가 기억하거든요?"

굉장히 부러웠기 때문에 똑똑히 기억하고 있었다.

"응. 섹시한 연하와 즐겼지. 그런데 에라프는 꼬셔도 안 넘어왔거든."

용사와 대마법사의 뜨거운 하룻밤이 거짓으로 판명되는 순간이었다. 하지만 제리코는 납득할 수 없었다. 마탑주의 말이 진실이라면 에라프가 아들 후보에 샌시를 올릴 이유가 없었다.

"그, 그렇지만요. 에라, 에라프 님이 유언으로 아들일지 모르는 사람을 알려주셨는데 그중에 샌시가 있었거든요!"

"응, 그거. 에라프가 이상한 데서 순진했지."

마탑주는 안타깝게 죽어버린 고인을 떠올리며 고인과 얽힌 추억을 이야기했다.

"함 잘까? 했더니 안 잔대, 싫대. 그래서 피랑 정액이라도 달라고 했더니 그건 준다고 하더라고."

마탑주는 어디까지나 실용과 취미를 겸해 피와 정액을 수집하고 있지만 순진한 에라프는 그 사실을 몰랐다. 에라프는 마탑주가 정액과 피를 생산적인 일에 쓸 것이라 믿었다. 특히 마법사는 뭐든 할 수 있어서 정액만 있으면 아이를 만들 수 있다고 믿었던 것이다.

"에라프가 순진하게 묻더라. 우와, 대마법사는 성교가 아니라 정액만 있어도 아이를 만들 수 있군요!"

정액 채취는 어디까지나 취미이자 수집벽의 일환이며, 너의 정액은 이대로 보관고에 들어가 아이가 되지 못할 것이다.

마탑주는 그런 진실을 알려주는 대신 순진한 청년을 놀려먹었다.

"그래서 그럴 거라고 했지. 그걸 진짜 믿었나 본데?"

탑의 마녀는 대면한 이성의 정액을 9할 8푼의 확률로 수집했다. 정액 주인 모두와 잤다고 생각하면 오산이다. 마녀에겐 취향이 있었고 대면한 이성에게도 여러 사정이 있다. 도색 소설이나 도화, 정액을 담을 용기만 던져 주고 끝내는 경우도 상당했다.

'드슬이가 없어서 다행이야.'

제리코는 진심으로 검의 부재에 안도했다. 에라프가 재미를 위해 자신의 과거사를 날조, 확대한 건 검도 인정한 바이나 용사와 마탑주의 하룻밤은 날조치고 꽤 묘사가 자세하고 스토리가 있었다.

'표절이네.'

에라프가 읽은 소설의 표절이 확실했다. 엄연히 실존하는 이성을 소재로 성관계 같은 예민한 주제의 거짓말을 늘어놓는 용사라니. 제리코는 진지하게 에라프의 인품을 의심했다가 그가 처했던 상황과 유일한 청자를 떠올리고 납득했다.

몸은 산 채로 썩어가 못 움직이지, 대화 상대는 때 묻지 않은 검 하나뿐이지. 그런 상황에서 유일하게 24시간 함께 있는 검을 즐겁게 해주기 위해 허풍을 떨다 보니 걷잡을 수 없이 거짓말이 불어났을 것이다.

세상에 딱 하나뿐인 청자를 위한 용사님의 구연동화였다. 제리코는 드슬이를 졸라 구연동화의 미성년자 청취 불가 부분만 골라 들은 자신을 반성했다.

"그렇구나…… 그런 일이 있었군요. 저는 영락없이 두 분이 즐거운 쾌락의 시간을 보내셨다고…… 크흠흠, 그렇게 생각했어요."

"그것 봐. 신경 쓰네. 안 잤으니까 신경 쓰지 마."

대화는 원점으로 돌아왔다.

"그래서 결혼은 언제 할 거야?"

마탑주가 제일 바라는 대답은 내일일 것이다. 제리코는 마탑주의 재촉에 숨이 턱턱 막혀오는 압박감을 느끼며 진실을 고백했다. 그녀는 샌시를 사랑하지만 결혼 생각은 미지수였다.

"실은 제가 귀댁 아드님과 연애는 하고 있사오나, 결혼은 좀……."

"에라프랑 안 잤다니까?"

"그것 때문이 아니고요! 저는 아이를 많이 낳고 싶거든요. 그런데 샌시는 아이 없는 생활을 꿈꾸는 것 같아요. 아직 제대로 이야기를 나누진 않았지만 낌새가 그렇거든요. 샌시는 좋은 남편이 되어줄 것 같지만 좋은 아빠가 되어줄지는 모르겠고, 제가 낳자고 하면 샌시는 좋다고 할 거지만 그렇다고 마냥 샌시더러 희생하라고 할 수는 없잖아요. 그래서 저희 둘의 결혼 생활이 감이 안 잡혀요. 감자 태운 연기처럼 매캐하고 뿌옇기만 해요."

동대륙에서 지낸 세월보다 서대륙에서 보낸 세월이 더 길지만 숲 요정의 사고방식을 고수하는 마탑주가 보기엔 이해하기 힘든 고민일 것이다. 마탑주는 말없이 제리코의 빈 잔을 채워주고는 고개를 갸웃거렸다.

"낳고 싶으면 낳아. 샌시가 안 돌봐줄 것 같아서 걱정돼? 내가 키워줄게."

마탑주가 자랑하듯 두 팔을 벌렸다.

"아이 양육은 걱정하지 마. 여기 키워줄 사람 많아."

아들에 이어 손주까지 마탑에 방목하겠단 얘기에 제리코는 기함했다. 마탑주가 바라는 대로 샌시의 아이를 낳아도 아이 양육을 마탑주에게 맡기는 일은 없을 것이다. 제리코가 죽는 한이 있어도 절대로.

"샌시 아이를 낳을 생각이 없다면 빨리 헤어져."

"샌시는 성인이고 저도 곧 어른이 될 거고요. 성인이 아니더라도 연애는 저희 자유니까 너무 그렇게 말씀하지 않으셨으면 좋겠어요. 제 생각에 마탑주님이랑 샌시는 서로를 아끼고 사랑하는데 방식이 잘못되어서 엇갈리는 것 같거든요. 마탑주님이 방식을 바꾸시면 샌시와의 관계도 지금보다 더 나아질 거라고 봐요."

"연애는 자유이기 때문에 샌시 의사를 고려해서 결혼하라고 한 거야. 샌시에겐 너랑 빨리 결혼하라고 했지만 사실 난 너랑 샌시가 아이를 낳는 건 위험하다고 생각해. 낳으면 어쩔 수 없지만."

제리코는 적반하장격인 이야기에 귀를 의심했다. 샌시 아이 타령을 할 때는 언제고 제리코와 샌시 사이의 아이는 위험하다니. 태어난 아이가 위험할 게 어딨단 말인가? 제리코는 세상에 뭐 이런 엉뚱한 얘기가 있나 싶었다.

"저랑 샌시가 어때서요?"

"둘이 섞이면 조금 위험해."

"그러니까 위험하다뇨? 왜 위험한데요?"

제리코는 설마설마하며 온 상상력을 동원했다. 피가 섞이면 위험해질 일이라는 게 제리코의 빈약한 상상력으론 가까운 친척지간밖에 없었다.

하지만 샌시의 친부는 카모마로 밝혀졌다. 혹 친자 감별 마법에 오류가 있었던 것일까?

마법에 문외한인 소녀는 마법의 검증력부터 의심했지만 그 마법을 발명한 사람 앞에서 그런 얘기는 할 수 없었다. 대신 제리코는 대놓고 물었다.

"저랑 샌시랑 핏줄이 가깝나요?"

"가까울 리가."

"그럼 왜 위험한데요?"

"샌시가 내 아들이고 넌 에라프의 딸이니까."

제리코의 머릿속에서 물음표의 비가 내렸다. 제리코는 무수히 떨어지는 물음표를 고스란히 맞아가며 지식의 구도자다운 자세를 보였다.

"그러니까 왜?"

"위험은 피하는 게 좋지."

"그러니까 제가 에라프 님 딸인 것과 샌시가 마탑주님 아들인 게 어째서 위험한 거죠?"

"너희 둘은 위험하지 않아. 위험한 건 둘 사이에서 태어난 아이지."

제국의 소공작 사이에서 태어난 아이가 도대체 왜 위험하다는 건가. 제리코는 머리를 쥐어 싸고 고민한 끝에 발상을 달리했다. 아이가 위험한 게 아니라 아이가 다른 사람에게 위험하다는 건 아닐까?

"혹시 저랑 샌시 사이에서 태어난 아이가 검은 물론이고 마법의 천재라서 한 손으론 검기를 두른 검을 휘두르고 다른 손으론 마법을 쓰는."

"꿈도 야무져."

그건 아니었나 보다. 은근슬쩍 기대했던 제리코는 미약하게 실망했다. 마탑주는 제리코의 질문에 대답해 줄 생각은 않고 하고 싶은 말만 계속했다.

"아이 낳을 생각 없으면 빨리 헤어져. 샌시는 내 자식으로서 남은 천

년을 보장할 의무가 있어. 그러니까 지금부터 아이를 팍팍 낳아 후손이 끊기지 않도록 노력해야 해. 걘 앞으로 길어봐야 80년밖에 못 살아. 그 아이의 아까운 시간을 낭비하게 하지 마."

제리코는 볼에 공기를 집어넣어 부풀렸다. 계속 하고 싶은 말만 하는 마탑주를 상대하다 보니 부아가 났다. 사람을 갑자기 납치해선 영문 모를 자기 하고 싶은 말만 하다니. 릴리에 공주 못지않게 답답했다.

릴리에 공주 또한 자기 하고 싶은 말만 했지만 마탑주처럼 안하무인 이진 않았다. 샌시를 사랑하면 뭐 하나. 상대를 배려해 주는 마음이 눈 곱만치도 없는데.

샌시의 유년기는 제리코의 눈물샘을 자극하는 일들로 점철되었다. 만악의 근원인 마탑주가 이렇게 당당한 것을 제리코는 이해하기 힘들었다.

"그렇게 후손이 필요하시면 샌시 말고 또 낳으시면 되잖아요! 아직 아름다우시겠다, 젊으시겠다, 찾으면 남자도 있으시겠다!"

"못 해."

마탑주는 딱 잘라 대답했다. 아이 낳기 좋다, 싫다가 아니라 불가능이 튀어나오자 제리코는 제 입술을 때렸다. 숲 요정의 생태를 모르면서 겉으로 젊어 보인다고 너무 생각 없이 말한 듯했다.

생각해 보면 그랬다. 겉으로 보기엔 건강하고 아무 문제 없어도 생식 기능에 문제가 있는 경우가 있었다. 마탑주가 샌시를 낳았지만 이후에 문제가 생겼을 가능성을 염두에 둬야 했다.

"그으…… 생리를 이제 안 하시는 건가요?"

"나는 이제 아이를 가질 수 없어. 그러니까 샌시는 유일한 내 핏줄로서 그 피를 널리 퍼뜨릴 의무를 지닌 거지."

"으으…… 죄송해요. 제가 사정도 모르고 함부로 말했어요."

"내가 자처한 일이니 어쩔 수 없지. 이래서 밑천이 중요한 거야. 비장의 한 수 같은 걸 숨겨두지 않으니 밑천 탈탈 털려 이 꼴 났잖아?"

"샌시는 모르는 거죠?"

"일부러 말 안 했어. 걔가 알면 얼마나 으스대겠니? 지금도 저렇게 뻗대는데 내가 동생 못 낳는 걸 알면 지금보다 더 뻗댈걸?"

혈혈단신으로 서대륙에 건너온 마탑주에게 있어 피를 이은 가족은 샌시가 유일했다. 샌시가 자손을 남기지 않고 죽으면 세상엔 그녀 혼자 남는다.

그렇게 홀로 살 천 년을 생각하면 마탑주는 밀려오는 고독을 참기 어려웠다.

"난 외로움을 많이 타. 엄마는 나만 두고 조금씩 사라지다 죽어버렸고 이쪽에서 말하는 아빠라고 하는 인간은 내가 태어나기 전에 죽었어. 엄마가 워낙 오래 살아서 이모랑 삼촌들도 모두 죽었고, 난 아빠 쪽 친척을 만나고 싶어 서대륙으로 왔지만 성과는 없었어."

마탑주에게서 듣게 될 줄 몰랐던 슬픈 과거였다. 제리코의 눈은 첫 대목에서 눈물을 글썽이기 시작했고 이어지는 말에 눈물방울을 또르르 떨궜다.

"난 경지에 올라 천 년을 살 테고, 누구랑 자식을 보든 나보다 먼저 죽는 게 확실하지. 그래서 아예 아이를 낳을 생각이 없었어. 그런데 에라프를 보고 찰나처럼 짧은 순간이지만 선명하게 세상에 자취를 남기는 것도 가능하다는 걸 알게 되었어. 그래서 피임을 그만뒀지. 아이는 사랑스럽고 피를 이은 아이는 더욱 사랑스러워. 몰랐으면 모를까, 알아버린 이상 샌시가 죽은 이후의 상실을 내가 버틸 수 있을까?"

없다. 불가능하다. 제리코는 대답 대신 눈물을 글썽이며 고개를 저었다. 드슬이가 있었으면 눈물 헤프다고 잔소리를 퍼부었을 것이다.

"그러니까 샌시는 아이를 가져야 해. 가능한 많은 아이를 낳아서 내 남은 천 년 동안 핏줄이 끊기지 않도록 노력할 의무가 있어."

듣는 제리코는 눈물 콧물을 줄줄 흘리는데 말하는 마탑주의 얼굴은 건조했다. 물기 한 점 찾아볼 수 없었다. 그렇다고 하여 마탑주의 말이 뻔뻔한 거짓말인 것은 아니다. 제리코는 사막의 모래알보다 건조한 마탑주의 말에서 사무치는 고독을 느꼈다. 그러니 울지 않고 배기겠나.

"그흐냥, 그냥 평범하게 키우셨으면 샌시는 알아서 잘했을 거라고요. 왜 그렇게 닦달을 하셔서."

"밥상을 차려줬는데 안 먹는 샌시가 나빠."

"나쁜 건 마탑주님이시거든요! 훌쩍!"

"어쨌든 너희 둘 사이에서 아이가 태어나면 위험해. 아이 팍팍 낳아주면 감수해 보겠지만 아이 낳을 생각이 없다면 시간 낭비하지 말고 헤어져. 이 말을 하고 싶었어."

"그러니까 왜 위험한 건데요! 설명을 해달라고요! 전 머리가 나빠서 자세한 설명이 없으면 이해를 못 한단 말이에요!"

제리코가 본인의 지적 수준을 폭로하자 마탑주는 종이에 뭔가를 끼적였다. 지금부터 하는 말을 다른 사람에게 발설하지 않겠다는 비밀 유지 서약서였다.

"서명."

"어기면 어떻게 되는 건데요? 머리가 터져 죽나요?"

"미베어 공작가의 자산을 몰수할 거야."

"입도 뻥긋 안 하겠습니다."

검이 있었다면 이런 불공정 계약에 서명하지 않았을 것이다. 하지만 호기심은 고양이를 죽이고 제리코를 잡는다. 제리코는 날림으로 제 이름을 적었다. 마탑주는 제리코의 이름 아래에 제 이름을 적고는 서약서를 챙겼다.

비밀 유지를 요하는 내용이다. 제리코는 마음의 준비를 하고 남은 눈물을 닦았다. 그리고 튀어나온 말에 제리코의 심장이 멋을 뻔했다.

"우리 엄마는 꽤 잘난 마법사였어. 그래서 용을 죽였는데."

"잠시만요."

제리코는 마탑주의 말을 멈춘 후 심호흡했다. 시작부터 너무 엄청난 문장이 튀어나와서 그녀의 뇌가 받아들이길 거부했다. 제리코는 복식호흡으로 심신을 안정시킨 후 고개를 끄덕였다.

"넵, 이제 괜찮아요."

"별것도 아닌 얘긴데. 어쨌든 우리 엄마가 용을 죽였는데 저주를 받았어. 용 죽이면 저주받는 건 알지? 에라프도 받았잖아."

"잠시만요. 용을 죽이면 무조건 저주받나요?"

제리코가 알고 있는 용살자는 에라프와 마자리스가 해준 이야기 속 마법사가 전부였다. 둘 다 용에게 저주를 받았다는 공통점이 있으나 둘이 저주받았다고 무조건을 붙이기엔 표본이 너무 적었다.

마탑주는 심드렁하게 대꾸했다. 표정이 샌시랑 똑같았다.

"용을 죽이면 무조건 저주받아. 용은 아주 치졸한 종족이거든. 동족이 다른 종족에게 살해당했을 경우 반드시 범인을 추적해서 저주해."

"그렇지만 하프 산맥에서 만났던 용님이 에라프 님이 저주에 걸리신 건 광룡이 제정신이 아니었기 때문이라고 했어요!"

"보통은 죽어가는 용이나 다른 용이 저주를 걸지. 그 용이 하려던 말은 그렇게 강력한 저주를 걸 의도는 아니었다 쪽일걸."

일개 인간과 숲 요정이 용을 죽일 생각을 하려면 어마어마한 비극이 앞섰을 것이다. 그러면서 용을 죽이면 무조건 저주를 건다니. 너무 부당하고 폭력적인 처사였다. 하지만 그보다 부당한 일이 또 있었다.

"저주의 목적은 경고야. 감히 용을 건드리다니 자자손손 대대로 땅을 치고 후회하고 잊지 말라는 경고지."

제리코는 자자손손 대대로라는 대목에서 괜히 예민해졌다. 산 채로 몸이 썩는 저주는 분명 잔인하지만 시간이 지나면 잊는다. 제아무리 비참하고 끔찍한 일도 시간이 지나고 대가 내려가면 흩어지고 퇴색되게 마련이다. 그러니까 이 말은.

"설마 대물림되는 건가요?"

"맞아. 용을 죽여 얻은 저주는 후손에게 대물림돼."

"그건 너무 부당해요! 용을 죽인 건 후손이 아니잖아요!"

"요정의 축복도 대물림되잖아. 저주라고 안 될 건 없지."

"그럴, 그럴, 그럴 수가……!"

마탑주는 덤덤했지만 제리코는 평정을 유지할 수 없었다. 그 끔찍한 저주가 대물림된다니!

에라프는 죽어 재가 되어 이 자리에 없건만 산 채로 썩어가는 살점의 악취가 풍겼다. 제리코는 저도 모르게 제 손과 발이 멀쩡한지 확인했다.

"그럼 저는요? 저도 썩는 거예요? 저도 에라프 님처럼 그렇게 되는 거예요?"

"태어날 때부터 멀쩡한 걸 보면 아니야. 너 생일이 언제야?"

너무 놀라 생일도 기억나지 않았다. 제리코는 정확한 날짜 대신 광룡 토벌이 있기 전에 태어났다고 대답했다.

"제가 태어나고 얼마 안, 얼마 안 있어서 용이 죽었다고. 그래서 잔치를, 마을에서 크게 잔치를 했거든요."

"그럼 괜찮아. 용의 저주는 용을 죽인 이후부터 작용하니까. 넌 에라프가 용을 죽이기 전에 태어난 자식이지. 그러니까 너와 네 후손은 저주를 받지 않아."

"그 말씀은 제가 광룡이 죽은 후에 태어났다면……."

"썩었겠지."

제리코는 입가를 가렸다. 아까와는 다른 감정의 눈물이 구슬프게 떨어졌다.

마탑주는 공포에 질려 흐느끼는 소녀를 보면서 아무 위로도 하지 않았다. 그저 지켜보기만 했다.

고작 며칠 사이로 명운이 갈렸다. 이렇게 무사히 살았으니 다행이고, 자식 또한 안전할 거라니 또 다행인데 도무지 진정되지 않았다.

제리코가 진정되길 기다리던 마탑주는 시간이 부족할 것 같자 입을 열었다.

"우리 엄마는 용을 죽였고 저주를 받았어. 사실 그때까지 엄마는 용을 죽여서 받는 저주가 대물림되는지 몰랐어. 그래서 쉽게 생각했대. 엄마가 받은 저주는 마법을 쓰면 신체 일부가 사라지는 마법이었는데 마법이야 안 쓰면 그만이니까. 그리고 내가 태어났지."

마탑주가 처음으로 마법 시전에 성공한 날, 그녀의 왼쪽 새끼손톱이 사라졌다. 마법을 성공시켜 흥분한 마가렛은 손톱이 사라져 드러난 맨살에서 피를 본 후에야 그 사실을 알았다.

마탑주는 저주를 심각하게 여기지 않았다. 마법이야 안 쓰면 그만이었다. 하지만 마탑주의 어머니는 달랐다.

용 살해의 업적을 달성한 위대한 마법사는 제 인생에서 마법이 사라진 것은 인내했으나 피를 물려받은 모든 후손의 삶에서 마법이 배제된다는 사실은 참지 못했다. 그녀는 경지에 올라 얻은 천 년의 생을 딸과 후손을 위해 바치기로 결심했다.

축복이 그러하듯 저주 또한 대를 거듭하며 약화된다. 위대한 마법사는 몇 없는 기록을 긁어모아 확신을 얻고 마가렛을 가사 상태로 만들었다.

짧으면 몇 년, 길면 수십 년에 달하는 잠에 빠졌다가 깨어났다. 눈을 뜨면 몸의 일부가 사라진 어머니가 마가렛을 반겼다.

함께 놀던 친구는 어른이 된 지 오래. 경지에 오르지 못한 이모와 삼촌은 눈을 뜰 때마다 한 명씩 사라졌다. 어머니는 죽지 않았으나 눈을 뜰 때마다 조금씩 사라져 있었다. 마가렛은 어머니가 사라지는 게 싫었지만 어머니는 완강했다.

"마가렛, 너는 마법을 사랑하지. 게다가 내 딸답게 재능이 있어. 너만이 아니야. 우리 후손 중에 위대한 경지에 오를 아이가 또 나타난다면? 그런데 이 저주 때문에 포기해야 한다면 너무 아깝지 않니? 이 엄마는 용을 죽였단다. 용이 내린 저주 따위에 굴복하지 않아."

그래서 마가렛은 반항하지 않았다. 묵묵히 세상에서 사라지는, 앞으로 계속 사라질 어머니를 눈에 담고 기억했다.

마침내 저주가 풀리고 마가렛이 긴 잠에서 깨어났을 때 그녀 곁에 어머니는 없었다. 어머니의 부탁을 받은 먼 친척이 깨어난 마가렛을 반겼다.

"나무는요?"

숲 요정이 죽으면 그 시신은 나무가 된다. 마가렛은 어머니의 죽음을 직감하고 나무의 위치를 물었으나 친척은 고개를 저었다.

세상 어디에도 어머니의 나무는 없었다. 그 사실을 알자 마가렛의 뼈에 고독이 스며들었다.

용 살해의 업적을 달성한 위대한 마법사는 또 하나의 위대한 업적을 이룩했다. 용이 내린 저주를 푸는 데 성공한 것이다. 마가렛이 마법을 시전했는데도 이번엔 아무것도 사라지지 않았다.

마가렛은 어머니를 닮아 마법에 재능이 있었으나 어느 마법도 그녀의 고독을 채워주진 못했다. 마가렛은 너무 외로워 피를 이은 가족을 찾기로 했다.

아이를 낳는 게 가장 쉬운 방법이었으나 낳고 싶지 않았다. 만약 저주가 풀린 게 마가렛 혼자라면? 저주가 대물림되어 아이가 저주를 갖고 태어난다면? 마가렛은 어머니의 길을 고스란히 뒤따를 것이다.

마가렛이 쉼 없이 이어진 수면으로 보낸 세월은 숲 요정에게도 녹록

지 않은 시간이었다. 몇 없던 이모와 삼촌도 어머니를 도왔기에 후손이
없었다.

마가렛은 동대륙에서 가족 찾기를 포기하고 서대륙으로 넘어갔다.
숲 요정보다 핏줄에 집착하는 인간이라면 흐리게나마 피가 이어진 가
족이 남아 있을지 모른다는 생각 때문이었다.

훌쩍. 마가렛이 말을 멈추자 콧물 훔치는 소리가 작은 집 안을 채웠
다. 마가렛의 얼굴은 여전히 건조하니 모두 제리코의 콧물이었다.

공포에 질렸다가 감동받아 눈물을 흘렸다가. 감정이 하루에도 몇 번씩
널뛰는 소녀는 감동으로 공포를 극복하고 손수건을 꺼내 코를 풀었다.

"정말, 훌쩍, 위대한 분이세요. 크흥."

용의 저주 얘기는 무서웠지만 헌신적인 모성애 얘기가 제리코의 떨리
는 마음을 온화하게 감싸 안았다. 제리코는 다 식은 차를 홀짝여 수분
을 보충했다.

"결국 저주를 푸는 데 성공한 거네요? 샌시는 마음껏 마법을 쓰잖아요."

"응. 문제는 따로 있지."

어떻게 여기서 문제가 또 생기지? 제리코는 어안이 벙벙했다. 마탑주
가 하는 말은 규모가 너무 커서 그녀로선 따라가기 버겁기만 했다. 마자
리스가 해준 옛이야기의 마법사가 마탑주의 어머니라는 사실을 안 것만
으로도 그녀의 작은 머리가 핑핑 돌았다.

"동대륙에서 서대륙으로 이동할 때 하프 산맥 정상에서 용과 마주쳤
어. 그 용은 내가 경지에 오를 가능성이 있는 마법사라고 했지. 그리고
내게 맹세를 요구했어."

"어떤 맹세를……."

"용과 대적할 힘을 지닌 자여. 용을 해치지 않겠다는 맹세를 하지
않겠나."

당시 마탑주는 용이라면 치를 떨었다. 어머니가 용을 죽이는 바람에

그 난리가 났는데 용을 죽이지 않겠다고 맹세하라니. 강요는 아니었지만 못 할 것 없는 맹세였다. 마탑주는 대수롭지 않게 용을 통해 대자연에게 맹세했다.

"설마 용이 미쳐 날뛸 줄은 몰랐지."

대수롭지 않았던 그 맹세가 두고두고 한이 될 줄 누가 알았겠나. 마탑주의 눈이 분노로 번뜩였다.

"그 맹세 때문에 광룡이 날뛸 때 나서지 못하신 거군요. 그런 사연이!"

제리코와 드슬이는 그런 것도 모르고 마탑주가 에라프를 돕지 않았다고 원망했다. 하지만 마탑주는 고개를 저었다.

"아니, 나섰어. 내가 아니면 누가 나서. 다 죽게 생겼는데 할 수 있는 내가 해결해야지. 나서는 바람에 저주가 일부분 돌아와 장기 몇 개가 사라진 거야."

마탑주가 마탑에서 두문불출하는 건 그때의 일로 건강이 많이 상했기 때문이다. 불임이 된 이유도 동일했다.

마탑주가 오만상을 찡그렸다.

"그러니까 이게 문제야. 샌시를 임신하기 전에 용을 해칠 준비를 해서 그런지 샌시에게도 작게나마 저주와 맹세의 여파가 미쳤어. 엄마의 일이 있어서 용들이 날 주시하고 있을 텐데 맹세는 어겨 버렸고 내 아들은 나를 닮아 잘났고. 그런 상황에서 에라프의 딸인 네가 샌시랑 아이를 가지면 용이 어떻게 생각하겠니? 저것들이 경고를 무시하고 용 살해자의 핏줄을 교배하나, 뭐 이런 생각을 할 거 아니니?"

"그럼 샌시는……."

"용을 해치거나 해칠 생각을 않으면 괜찮아."

"샌시가 아직은 무리라고 했어요. 그럼 괜찮…… 잠깐만요. 설마 오늘 샌시가 코피가 난 게 그것 때문은 아니겠죠?"

코피가 터졌을 때 샌시는 용을 죽일 방법을 궁리하고 있었다. 고작 그것 때문에 코피를 철철 흘리냐 묻자 마탑주가 고개를 끄덕였다.

"경고네. 앞으로 그런 쓸데없는 생각 하지 말라고 말해야겠다."

'오, 맙소사.'

제리코는 머리를 싸맸다. 갑작스러운 코피의 원인을 알게 된 건 좋지만 모르는 게 더 나을 뻔했다.

'저주라니! 이건 너무해! 억울해! 부당해!'

저주의 끔찍함은 에라프의 마지막을 지켜 뼈저리게 알고 있었다. 이제 막 연애를 시작한 애인도 저주에 걸렸다니 현실이 너무 잔인했다.

"새, 샌시는 아직 경지에 오르지 못했잖아요! 샌시 마법은 용에게 피해를 못 주는데 생각만 했다고 그렇게 피를 막 쏟고 그러는 건 너무해요!"

"그게 또."

마탑주의 말에 제리코는 다시 불안해졌다. 놀란 일의 연속이었는데 아직도 놀랄 일이 남아 있다니!

"용이 용 살해자에게 자자손손 대대로 전해지는 저주를 거는 건 용 살해의 업적이 자손에게도 이어지기 때문이야."

"그게 무슨 말씀이죠?"

"드래곤 슬레이어 소드는 용을 죽이는 데 쓰여 용을 벨 수 있게 되었지. 도구에게 그런 능력이 붙었는데 용을 죽인 당사자에게 아무것도 안 생길 리 없잖니? 용을 죽인 자가 업적 달성 후에 얻은 자손은 용에게 피해를 입힐 수 있어."

만약 제리코가 광룡이 죽은 이후 태어났다면 그녀는 에라프와 동일한 저주에 시달렸을 것이다. 동시에 부엌칼로 용을 벨 수 있었을 것이다. 그런 얘기였다.

제리코는 용들이 용 살해자의 후손에게 자자손손 대대로 전해지는 저주를 내리는 이유를 알 것 같았다. 후손에게 용을 해칠 수 있는 능력이 전해진다면 용들 입장에선 초기에 대를 끊어버리고 싶을 것이다. 용이 봤을 때 인간과 그 외 아인종은 순식간에 불어나니까.

"너는 광룡 사망 전에 태어났으니 능력이 없겠지만 보는 용은 기분이 더럽겠지. 걔네 진짜 옹졸하거든."

광룡을 무찌른 용사의 딸과 마법으로 용을 죽이는 데 성공한 위대한 마법사의 손자. 둘의 결합이 용에게 곱게 비추지 않으리란 것. 이것이 마탑주가 서약서를 작성하면서까지 알리고 싶었던 경고였다.

"공작가 재산 몰수는 농담이지만 샌시에겐 말하지 마. 걔 성격에 내가 지 아끼는 걸 알면 지금보다 더 나댈 거야."

"잠시만요. 새로 알게 된 얘기가 너무 많아서 정리가 잘 안 돼요."

"머리가 안 돌아갈 땐 단것을 먹어야지."

마탑주가 꿀과자를 집어 제리코의 입에 욱여넣었다. 제리코는 입이 터지도록 과자를 씹어 먹고 꿀꺽 삼켰다. 이해한 건 하나도 없는데 어쩐지 속이 좀 시원해졌다.

"그럼 광룡은 마탑주님과 에라프 님이 함께 쓰러뜨린 건가요?"

"광룡 살해는 오롯이 에라프의 업적이야. 난 용사의 공을 뺏을 생각 없어."

"하지만 마탑주님께서 나섰다고 하셨잖아요."

"엄마가 어떻게 되었는지 봤고 대자연에게 맹세도 했으니 광룡을 죽일 순 없었어. 그래서 엄마가 남긴 마법을 조금 손봤지. 미친 건 용인데 내가 죽으면 억울하잖니. 안 그래?"

며칠 차이로 끔찍한 저주를 벗어난 제리코가 이렇게 억울한데 저주의 당사자인 마탑주는 어떻겠나. 제리코는 어금니를 뿌득 갈았다.

"무지하게 억울하죠."

"이미 용을 해치지 않겠다는 맹세를 했기 때문에 죽일 순 없어. 그래서 광룡을 잠재우려 했어. 영원한 잠에 빠지는 건데 대자연이 판단하기엔 해를 끼치는 거로 여겼나 봐. 이 꼴 났지."

마탑주는 자리에 없는 검의 이름을 불렀다.

드래곤 슬레이어 소드. 그녀가 만들 땐 그렇게 거창한 이름이 없었다. 몇 년 동안 매달려 완성한 걸작품이지만 이름을 붙이진 않았다. 왜냐하면 그 검은 그저.

"검에 개량한 마법을 부여했어."

마법진을 담은 도구에 불과했다.

"광룡의 몸 어디든 검을 찔러 제물의 이름을 읊으면 완성되는 마법이었거든. 설마 에라프가 단신으로 용과 싸울 줄 몰랐어. 대단하지. 에라프는 내가 진심으로 존경하는 영웅이야."

처음부터 광룡을 상대하기로 약정된 인물은 마탑주였다. 황실은 오래도록 이어온 제물의 핏줄을 다시금 증명하기로 약속했으며 마가렛은 어머니가 발명한 마법을 개조했다.

용을 살해했을 때 받는 저주를 분산하기 위해 검이라는 매개체를 사용했다.

드래곤 슬레이어 소드는 시제품이요, 에라프는 첫 도전자에 지나지 않았다.

많은 사람이 한 번에 광룡의 위치를 찾으면 광룡이 도망치거나 다른 용이 방해하리라 생각했기 때문에 에라프가 맡은 임무는 광룡의 위치 확인이 전부였다. 그의 사망으로 위치를 확인하고 비슷한 무위의 검사를 다수 보내는 게 본래 작전이었다. 희생이 크다는 생각은 하지 않았다. 그러기엔 이미 너무 많은 피가 대륙에 흘렀다.

제리코는 마른침을 삼켰다. 꿀과자가 녹아 달달해야 할 입안이 소태처럼 썼다.

"그럼 드슬이에게 부여된 다른 마법은……."

"방어 마법 빼곤 모두 속임수야. 검을 제작할 때부터 대자연에게 맹세를 어겼다는 경고를 받으면 안 되니까."

"그럼 에라프 님은."

"첫 번째 버림 패였지."

"에라프 님은 그 사실을."

"당연히 알지. 에라프는 자원했어."

진실을 아는 자는 선황과 현 황제 부처, 제물이 될 예정이었던 릴리에 공주, 마탑의 극소수와 다음 버림 패였던 검사 몇, 현 아리보 공작이 전부다.

진실을 아는 자는 모두 용사의 위대한 업적을 기려 함묵했다.

"용의 눈을 속이기 위해 1년 동안 유랑해서 하프 산맥으로 이동했어. 잠시 연락이 끊겼던 시기가 있어서 도망쳤나 했더니 자손 번식에 힘썼지. 좋은 자세야. 샌시도 에라프를 본받았으면 좋겠는데."

어쩌면 좋을까. 제리코의 눈에서 속절없이 눈물이 떨어졌다. 뜨거운 것이 목구멍을 막아 말은커녕 소리 내 우는 일조차 버거웠다.

너무 큰 은혜를 입었는데 은혜를 갚을 사람이 세상에 없었다.

"에라프 님이, 에라프 님이 너무 불쌍해요. 안됐어요."

"자원했다니까?"

제리코가 공포에 떨 때나 감동에 겨워 울 때나 움직이지 않던 마탑주가 처음으로 움직였다. 마탑주는 소독약 냄새 나는 손수건으로 제리코의 얼굴을 닦아주며 밝은 어조로 말했다.

"웃지 그래? 에라프는 여자와 아이가 웃어주면 그걸로 충분하다고 말했거든."

이 부분은 제리코가 아는 용사와 일치했다. 이룩한 업적에 비해 하반신이 너무나도 가벼우셨던 용사님은 아이의 웃음소리가 최고의 노래요, 여인의 미소가 생의 보람이었다.

죽은 자는 말이 없다. 죽은 자는 귀가 없다. 죽은 자는 눈이 없다. 하지만 오늘 하루 에라프는 영험한 힘을 많이도 보여줬다. 그러니 분명히 제리코가 웃는 얼굴도 보고 있을 것이다.

제리코는 있는 힘껏 환히 웃었다.

"이 망할 마녀!"

샌시와 카모마, 도움을 요청받은 기타 마법사가 매달린 끝에 마탑주가 친 결계가 파괴되었다.

샌시는 목에 핏대를 세워 마녀를 저주했다. 마탑주는 자신을 욕하는 아들을 보고 구시렁거렸다.

"저렇게 욕 안 해줘도 난 지보다 오래 사는데."

언제부터 욕이 무병장수를 기원하는 축원이 되었는지 모르겠다. 마탑주는 자신을 보자마자 한 손으론 삿대질을, 다른 손으론 제리코의 안위를 확인하는 아들을 멍한 눈으로 지켜보았다. 저렇게 좋아하니 둘이 얼른 결혼해서 아이를 낳았으면 좋겠는데, 괜히 시간만 낭비하고 결실이 없다면 얼른 헤어졌으면 하는 것이 그녀의 바람이었다.

'좀 아깝긴 해.'

제리코는 건강하고 자식 계획이 마탑주의 의향과 통했다. 샌시가 헛된 꿈을 포기하고 잡은 인연이니 둘이 헤어지면 아쉬운 점이 많았다.

미베어 소공작 납치라는 대형 사고를 처놓고서 당당한 마탑주의 먹살을 카모마가 잡고 흔들었다.

"마스터! 제가 공작가에 소공작의 안전을 책임진다고 했는데 이런 사고를 치면 어떡하십니까! 도대체 정신이 있습니까, 없습니까!"

"시끄러."

"이 일로 아리보와 미베어 공작가에서 항의하면 어쩌려고요! 샌시가 밉보여 가문에서 둘 사이를 반대하면 어쩔 겁니까! 샌시 인생에 이런 인연이 또 올 줄 아세요? 왜 자꾸 샌시 앞길을 막아요! 이러니까 샌시가 질색하지!"

"아아아, 안 들려, 안 들려."

카모마는 품위와 체통을 잃고 폭주했다. 쏟아지는 잔소리가 귀를 막은 손을 뚫고 마탑주의 고막을 흔들었다. 마탑주가 진저리 치는 사이 샌시는 제리코의 손을 잡고 밖으로 끌어당겼다.

"제리코, 괜찮아? 마녀가 뭐 이상한 짓 하진 않았어?"

"난 괜찮아. 그냥 대화만 나눴는걸. 우리 결혼은 언제 하냐, 뭐 그런 얘기만."

카모마에게 붙들려 앞뒤로 흔들리는 마탑주와 제리코의 시선이 교차했다. 제리코는 서약서를 떠올리고 마른침을 삼켰다. 비밀 유지 서약서가 아니었어도 다른 사람에게 말할 만한 사항이 아니었다.

"눈가는 왜 이래? 울었어?"

"마탑주님 얘기가 너무 재밌어서 웃다가 울었다고 해야 하나. 난 정말 괜찮아, 샌시. 아무 일도 없었어. 샌시야말로 내가 갑자기 사라져서 놀랐겠네."

제리코는 발갛게 달아오른 눈가를 감추기 위해 일부러 샌시를 끌어안았다. 샌시의 놀란 가슴을 진정시켜 주기 위해 가슴을 밀착하자 샌시의 가슴이 다른 의미에서 깜짝 놀랐다.

"진짜 별일 없었어. 샌시가 예상한 대화가 오갔어."

"마녀가 하는 말은 다 무시해."

무시할 수 있는 대화가 아니었다. 제리코는 허허 웃었다. 표정 관리에 능숙해지는 자신이 신기했다.

"드슬이도 놀랐겠다. 드슬이는 아직 카모마 아저씨 연구실에 있지?"

"진동으로 항의하고 있어. 아직도 떨고 있을 거야."

까마귀든 고양이든 헌신해서 제리코를 찾으러 나서려는 것을 샌시가 간신히 말린 상황이었다.

"에구, 우리 불쌍한 드슬이가 비 맞은 병아리처럼 떨고 있겠구나. 얼른 가서 안아줘야겠네."

제리코는 카모마와 마탑주, 둘을 도운 마법사에게 인사했다. 제리코가 사랑하는 무생물 가족을 챙기기 위해 사라지고 4분 뒤. 카모마의 잔소리 지옥에서 허우적거리던 마탑주는 깜빡 잊고 있던 걸 떠올렸다.

"아, 맞다."

"그러니까 샌시랑 미베어 소공작이랑 잘되어가고 있는데 마스터가 끼어들면 발효 중인 빵 반죽에 재 뿌리는 격이라는 겁니다. 그냥 따뜻한 눈으로 지켜보시고 물적으로 도움을 주면 둘이 여차여차 잘 이어지지 않겠습니까."

"말하는 걸 까먹었네."

마탑주는 카모마의 잔소리를 한 귀로 듣고 한 귀로 흘렸다. 말하려던 것을 까먹다니. 이럴 땐 숲 요정의 평균 수명보다 오래 살았다는 실감이 났다.

'어쩔 수 없지.'

마탑주는 어깨를 으쓱였다. 샌시 성격에 이미 마탑을 떴을 테고 다시 데려오자니 귀찮았다. 애초에 그녀가 제리코에게 하려던 말은 가벼운 경고였다.

용사가 죽어 나라 전체가 들썩이던 그때, 수상한 것이 제도에 숨어들었다. 그것은 용이 아니요, 마물도 아니요, 인간도 아니며, 마탑주가 아는 어느 것에도 속하지 않았다. 목적과 정체가 불명이나 마탑주는 미베어 소공작에게 닥친 불행에 그것이 영향을 미치지 않았을까 의심스러웠다.

수사관에게 이야기하지 않은 건 증거가 없기 때문이다. 공연히 정체 모를 것을 들쑤셔 자극했다 피해자가 생기지 않을까 염려한 점도 있고.

어쨌든 주위에 수상한 인물이나 사물, 동물이 있으면 조심하라 경고할 생각이었는데 까먹었지 뭔가. 나이 탓을 하기엔 주름 하나 없이 팽팽한 얼굴이 아까웠기 때문에 마탑주는 자신의 특기를 살렸다.

"이게 다 너 때문이야."

남 탓하기다. 난데없는 비방에 카모마가 뒷목을 잡든 말든 마탑주는 꿋꿋이 본인 의견을 고수했다.

"카모마가 나빴네."

마탑주는 경지에 올라 숲 요정의 수명에 천 년의 세월을 추가로 얻었다. 하지만 그녀의 장수엔 이 무분별한 남 탓이 일정 지분 차지하고 있으리라.

카모마는 실시간으로 줄어드는 수명을 실감하며 뻐근한 목덜미를 주물렀다.

드래곤 슬레이어 소드는 제리코를 보자마자 안위부터 확인했다. 제리코가 무사한 걸 알고 난 다음엔 약속이라도 한 듯 잔소리가 쏟아졌다. 제리코는 드슬이의 걱정과 염려를 한 귀로 듣고 흘리기 싫었지만 마탑주에게 들은 얘기가 너무 충격적이라 검이 하는 잔소리를 성의 있게 들을 여유가 부족했다. 결국 제리코는 표정을 감추기 위해 검을 품에 꼬옥 끌어안았다.

-날 떼놓지 말란 말이야!

"그럼그럼. 내가 멍청했지. 우리 드슬이를 놓고 가는 실수를 해버렸지 뭐야."

-너는 도대체가 위기의식이 부족해! 좀 더 경각심을 갖고 살란 말이야! 만약 네게 무슨 일이라도 생겼으면!

옆에서 듣고 있던 샌시가 심드렁하게 말했다.

"카모마의 연구실이 드래곤 슬레이어 소드 전시장이 되었겠지."

-그래! 그것도 방석 위가 아니라 그냥 맨바닥에서!

"그러고 보니 너 바닥에 떨어져 있었지. 난 널 의자 위에 올려뒀는데?"

혼자선 거동 불가능한 검이 어떻게 위에서 아래로 움직였단 말인가. 여기엔 중력의 법칙이 작용했다고 샌시가 말했다.

"너무 떨어서 바닥으로 떨어졌어."

"아이구, 드슬아."

엄마랑 떨어진 병아리도 이리 애타게 몸을 떨진 않았을 텐데. 제리코는 짠한 마음에 검을 안은 팔에 힘을 넣었다.

드슬이가 진정되자 샌시와 제리코는 마탑에서 아카데미로 곧장 이동했다. 샌시는 이동 마법진 사용료를 카모마 앞으로 달았다.

둘은 저녁 식사를 거르기로 했다. 샌시는 너무 놀라 밥맛이 없었고 제리코는 제리코대로 꿀과자를 너무 많이 먹어서 입맛이 없었다.

"이렇게 된 이상 마녀와 부모 자식 간 연을 끊어야겠어."

"그러지 마, 샌시. 마탑주님은 사랑의 표현 방식이 잘못되셨을 뿐 널 진심으로 아끼셔."

"방식이 잘못됐으면 고쳐야지. 안 고치잖아. 그럼 관계의 단절도 각오한 거 아니야?"

"진짜 아무 일도 없었다니까. 앞으로 안 그러실 거니까 너무 그러지 마."

평소라면 지금의 열 배는 되는 문장을 주절주절 말했을 것이다. 하지만 오늘은 너무 피곤했다. 정장에 새 구두까지 멋있게 차려입은 샌시를 보고 설렜던 아침이 작년이라도 되는 양 아득했다. 많은 일이 벌어진 하루였다.

"피 흘리고 병원 다녀오느라 피곤했을 텐데 얼른 가봐, 샌시. 내일 보자."

"무슨 일 있으면 바로 연락해."

제리코는 피곤한 기색을 감추지 않고 샌시를 배웅했다. 그걸 보고 샌시는 마녀가 쓸데없는 짓을 한 게 틀림없다고 이를 갈았다.

"하아."

제리코는 뜨거운 물이 가득 찬 욕조에 몸을 담갔다. 손을 뻗으면 닿을 거리에 세워둔 검이 그녀의 복잡한 심경을 뒤늦게 알았다.

-마탑주랑 무슨 일 있었어?

"그런 게 아니야. 그냥…… 마탑주님이 샌시랑 결혼해서 애 낳을 생각 아니면 빨리 헤어지라고 해서서."

-웃기는 여자네. 다 큰 아들이 연애하는데 무슨 상관이람? 제리, 그런 말에 흔들리지 마.

"당연하지. 난 도박장에 남자 친구를 담보로 맡길 권리를 포기할 생각 없거든."

억지 농담을 하고서 제리코는 헤실 웃었다. 뜨거운 물에 혈색은 좋아졌건만 그녀는 기운이 없어 보였다. 다른 사람은 모르겠지만 매일 붙어다니는 검은 차이를 알았다.

제리코는 말없이 수면을 응시했다. 잔잔하게 흔들리는 물 위로 붉은 머리 소녀가 얼굴을 드러냈다. 이 예쁜 얼굴을 물려준 친부의 얼굴을 제리코는 본 적이 없다. 썩은 진물이 흐르는 하얀 뼈를 보았을 뿐이다.

용사는 용을 잠재우는 마법의 주문을 읊지 않았다. 언제든 말할 수 있는데 그러지 않은 이유는 역시 사랑 때문이겠지.

제리코는 멍한 눈으로 용사의 얼굴을 그렸다.

"있잖아."

제리코는 힘겹게 입을 열었다. 수면에 비친 그녀의 얼굴이 소리 없이 입술을 달싹였다.

"나 사실은 원망했어."

-알아. 공작 하기 싫다고 매일 침대에 엎드려 울었잖아.

"에라프 님을 원망한 게 아니야. 사실은 엄마를 원망했어."

-어머니를?

갑작스러운 고백에 검이 깜짝 놀라 되물었다. 제리코는 무릎을 모아 끌어안고 턱을 괴었다.

"엄마가 아픈데 괜찮다고 해서 병을 키웠잖아. 돈이 아깝다고 병원에 안 갔어. 사실은 돈 없는 것도 아니었는데. 에라프 님이 주신 신분 패가 있었는걸. 그거 금이니까, 금덩이니까 돈은 충분했을 거야. 엄마가 그건 내 몫이라 생각해서 안 팔았다는 걸 알아. 하지만 나는 그깟 금덩이보다 엄마가 더 좋아."

끄윽. 제리코는 터져 나오려는 울음을 삼켰다.

"그깟 금, 창고 하나로 줘도 필요 없는데. 엄마가 더 좋은데 왜 엄마는 그 생각을 안 했을까. 남겨질 아빠랑 우리 생각은 안 한 걸까. 그래서 매일매일 원망했거든."

하지만 원망할 수 없었다. 사랑하는 엄마니까. 제리코를 생각해서 그런 거니까. 그렇게 마음을 다잡았는데 오늘 사랑하는 어머니를 탓할 거리가 하나 늘었다.

요나가 일찌감치 신분 패를 팔아버렸다면 요나는 죽지 않았을지도 모른다. 용사는 제리코의 수다를 더 오래 들을 좋은 기회를 놓치지 않았을지도 모른다.

병마에 패배해 하루하루 죽음에 가까워지는 환자를 돌보는 것만으로도 숨이 턱턱 막힌다. 그런데 죽을 걸 알면서 제 발로 사지에 들어가는 이의 마음은 어떠했을까? 사랑하는 여자를 살리기 위해 광룡과 홀로 대적한 마음은 어떠했을까? 산 채로 썩어가며 사기꾼이 데려오는 아이를 제 자식이라고 인정해 주는 그 속은 어떠했을까?

에라프는 죽기 며칠 전에 만난 계집아이의 수다에 마지막까지 귀를 기울여 주고 걱정해 주던 상냥한 사람이었다. 광룡을 살해한 위대한 업적이 없더라도 행복해질 자격이 넘치는 다정한 이였다.

이 헤픈 미소 얼마든지 보여줄 수 있었는데 너무 늦어버렸다. 그게 너무 안타까워 제리코는 어머니를 원망해 버렸다. 그렇게 1년간 쌓아온 원망을 분출했다.

"엄마가 미워. 너무 미워. 나 진짜 나쁜 년이야. 넌 모르지? 속았지? 내가 계속 감췄거든. 사실 난 나쁜 년이거든. 스튜가 짜면 엄마가 소금을 너무 많이 넣어서 그렇다고 투덜거렸거든. 수건이 바람에 날아가면 엄마가 꽉 집어놓지 않아서 그랬다고 잔소리했거든. 엄마가 아프기 전엔 별거 아닌 일도 전부 엄마 때문이라고 했거든. 전부 엄마가, 엄마가, 엄마가야."

눈에서 시작해 여러 갈래로 갈라진 물줄기가 아래로 흘러 떨어졌다. 또렷했던 제리코의 얼굴이 떨어진 방울에 일그러지고 흩어져 형체를 잃었다.

"난 진짜 나쁜 애야. 엄마를 원망하면 안 되는데 잘못한 건 나인데 엄마 탓부터 해버린 거 있지. 샌시한테 뭐라고 할 자격이 없어. 나도 무슨 일이 있으면 엄마 탓으로 돌리는 게 똑같은걸."

─제리.

"엄마가 보고 싶어! 근데 엄마가 죽었잖아! 그러니까 이것도 모두 엄마가 잘못한 거잖아! 엄마가 나빠!"

─제리야.

드슬이가 그녀와 만난 후, 제리코가 이렇게까지 슬퍼하고 화를 내는 건 처음이었다. 검은 이러지도 저러지도 못하고 검신만 벌벌 떨었다. 우는 그녀를 위로하고 싶으나 검은 방법을 몰랐다.

어머니가 보고 싶다니 요나의 모습으로 현신하면 좋을 텐데 요나를 본 적 없기에 불가능했다. 제리코의 손아래 동생인 캐리의 모습을 취할까 했으나 동생 얼굴을 보면 제리코는 감정을 억누르고 참을 것 같았다.

결국 드슬이는 너무나도 친숙한 소녀의 모습으로 현신했다. 이젠 주인보다 더 가까워진 소녀가 되어 욕조 안의 제리코를 품으로 끌어당겼다. 드슬이가 울면 제리코가 언제나 그러하던 것처럼 팔에 힘주어 안았다.

"주인이 말했잖아. 제리 넌 엄마를 닮았다고. 어머니가 그리우면 거울을 보자."

그 말에 제리코의 눈물 젖은 눈동자가 휘었다. 제리코는 요나를 닮은 구석이 하나도 없었는데 어찌 된 일인지 에라프는 제리코더러 요나를 닮았다고 했다. 제리코는 그때부터 에라프가 좋았다.

그 좋은 사람에게 더 많은 행복을 선사하지 못했다는 죄책감에 애꿎은 어머니 탓을 하고 말았다.

마지막 눈물이 드슬이의 팔목에 떨어졌다. 욕조 속 물 못지않게 뜨거운 한 방울에 드슬이는 자신과 제리코의 체온 차이를 깨달았다. 옷을 입었으면 모를까 다 벗은 상태에서 안고 있자니 조금 오싹할 것이다.

"차가워서 미안."

"아니. 내가 따뜻하니까 괜찮아."

살에 닿는 온도는 차가울지라도 자신을 위로하는 검의 마음은 어머니 품처럼 따뜻했다.

제리코는 날이 밝자마자 샌시에게 아침과 점심 도시락을 전해주었다. 샌시는 몹시 황송해하며 두 손으로 도시락을 받았다.

아침부터 애인 얼굴을 봐 기분이 좋아진 그녀의 다음 목적지는 식물원이었다. 마자리스에게 할 말이 많았다.

-식물원은 왜? 화분 갖다 준 거 보고하러?

'그것도 있고.'

단순히 에라프의 또 다른 사생아라고 생각하기에 마자리스는 아는 게 너무 많았다. 마자리스의 고향에서 전승된다는 위대한 마법사와 제물 이야기에 아름다운 소녀와 볶은 씨앗 이야기까지.

따로따로 놓고 보면 그러려니 하지만 우연이 겹치면 운명이라 하지 않았나. 작은 퍼즐 조각이 모이면 큰 그림이 완성되는 법이다. 이쯤 되면 제리코가 무시하는 게 예의에 어긋나는 수준이었다.

-일요일인데 출근했을까?

'저번에 근무표 봤는데 이번 주 일요일 담당에 마자리스 씨 이름이 있더라고.'

소가 주말에도 여물을 먹듯 식물 또한 평일과 주말을 가리지 않는다. 농사에는 휴경이 있을 뿐 휴일은 없을지니! 마자리스 말고 다른 직원의 이름도 적혀 있었으니 외국인 차별은 아니었다.

식물원 직원에게 마자리스 위치를 묻자 직원은 식물원 뒤뜰에 있을 거라 답했다.

"날이 더워져서 요즘은 눈 뜨기도 힘든데 마자리스 씨는 멀쩡해요. 다른 직원이 힘겨워하니까 담당을 바꿔주질 않나. 살면서 그렇게 비위 강한 사람은 처음 봅니다."

제리코는 이전 마자리스와 만났던 식물원 뒤뜰로 이동했다. 뒤뜰엔 여전히 불쾌한 악취가 보이지 않는 안개처럼 자욱하게 깔려 있었다.

"윽, 썩은 내."

직원의 말대로 마자리스는 뒤뜰에 있었다. 그는 피를 양분 삼아 자라는 식물 위에 피 섞은 물을 뿌렸다. 피를 마시고 자라는 식물이라니. 약제사나 마법사가 아니라면 기분 나빠할 법하건만 물을 주는 마자리스의 얼굴엔 자애가 가득 담겨 있었다. 제리코가 사랑하는 동생들을 볼 때의 표정과 비슷했다.

제리코는 그의 얼굴에 넋을 놓는 대신 침을 꿀꺽 삼켰다. 용을 닮았다는 얼굴을 샅샅이 살폈지만 여전히 알기 힘들었다.

다만 한 가지는 알 수 있었다.

"안녕하세요."

제리코를 돌아보는 남자의 눈은 유일하게 썩지 않고 남아 있던 용사의 눈과 똑같았다. 생기 있게 반짝이는 눈동자는 눈의 주인이 세상을 어떻게 보는지 알려주는 지표였다. 그의 눈에 보이는 세상이 얼마나 아름다운지, 사랑스러운지 알려주고 있었다. 속사정이 어떻든 그 눈엔 무조건 신뢰하고 싶게 만드는 힘이 있었다.

제리코는 일단 임무 완수를 보고했다.

"에라프 님 사당에 마자리스 씨가 준 화분을 두고 왔어요."

"감사합니다."

마자리스가 미소를 지었다. 지극히 선량했다. 동시에 악취가 밀려왔다. 제리코는 더 말하지 못하고 코를 잡았다. 날이 무더워져 그런지 악취가 이전보다 심했다. 눈 뜨고 있기 힘겨울 정도인데 마자리스의 미소는 사라지지 않았다.

"사당이 참 멋지던데 화분을 좀 좋은 걸 쓸 걸 그랬네요."

"사당에 가본 적 있으세요?"

"제도에 오자마자 들렀습니다. 참 멋진 곳이었어요."

ㅡ너보다 낫다.

드슬이의 말대로다. 장례식 이후 사당에 얼씬도 안 한 제리코보다 나았다. 드슬이야 별생각 없이 한 말이겠지만 제리코는 그 말에 질문할 용기를 얻었다.

제리코는 드슬이에게 주위에 사람이 있는지 확인하게 한 후 없다는 답변을 받자마자 질문했다.

"마자리스 씨는 에라프 님과 어떤 사이인 거죠?"

ㅡ뭐? 무슨 소리야?

"평범한 유학생이 아니죠? 목적이 있어서 제도에 온 거잖아요. 제게도 일부러…… 접근하고……."

이건 지나친 비약인가 싶어 제리코가 말끝을 흐렸다. 마자리스는 미소를 지우지 않은 채 대답했다.

"일부러 접근하다니요. 소공작님과 만나게 된 건 대자연이 이끄신 우연입니다. 다만 말씀대로 제도에 온 건 다른 목적이 있어서가 맞습니다."

마자리스는 에라프와 어떤 관계냐는 제리코의 질문엔 대답하지 않았다. 그녀가 예상하는 관계가 맞다는 듯 모호한 태도를 취했다.

"제가 제도에 온 건 어른이 되기 위해서입니다."

"어른이요?"

마자리스는 외형만 놓고 보았을 때 제리코보다 연상이었다. 아카데미에 입학할 때 서류를 제출했을 테니 입학 최저 연령인 15세를 넘겼을 터.

"어른의 기준은 문화와 관습에 따라 다르니까요. 쓸데없는 피와 부족한 피가 흐르는 전 시간이 지나도 어른이 되지 못합니다. 어른이 되지 않으면 전 계속 불완전한 존재일 뿐입니다. 고향에 머무르면 몇 년이 지나도 어른이 되지 못한 채 대자연이 허락한 생을 끝낼 게 분명했습니다. 그래서 제도행을 결정했죠."

제국은 스무 살이 되면 한 명의 성인으로 인정했다. 하지만 지역에 따라 특정 의식을 거쳐야 성인으로 인정하는 문화권이 존재한다. 마자리스는 성인식을 위해 제도에 왔노라 말하고 있었다.

"공작위엔 관심 없으니 안심하시길."

"경계해서 그런 게 아니고요!"

─이럴 수가……!

드슬이는 자신이 모르는 주인의 아들이 등장하자 넋을 놓았다. 제리코는 마자리스에게 공작위나 재산을 뺏기기 싫은 게 아님을 피력했다.

"공작 되고 싶으시면 그냥 하셔도 되고! 재산도 필요하면……!"

"필요하지 않습니다."

제리코라면 이해할 것이라는 듯 마자리스가 눈꼬리를 접었다. 그 심정 마음 깊이 이해하기 때문에 제리코는 코맹맹이 소리로 답했다.

"그럼 제게 이것저것 얘기해 주신 건 어째서인가요?"

"성인식에 소공작의 도움이 필요하거든요."

"제 도움이요?"

"네. 소공작의 도움이 반드시 필요합니다."

"제가 도와드릴 수 있는 거면 당연히 도와드려야죠. 뭘 해드려야 하나요?"

"준비는 거의 끝났습니다. 때가 되면 알려 드릴게요."

남매는 서로를 마주 보고 방긋 웃었다. 오가는 대화에 넋 놓고 있던 드슬이가 간섭했다.

-잠깐! 잠깐만! 무슨 일인지도 모르고 무턱대고 도와준다고 약속하면 어떡해! 보증이라도 서달라고 하면 어쩔 거야!

'마자리스 씨는 그럴 사람 아니다 뭐. 에라프 님 아들이잖아.'

-그걸 어떻게 확신해! 나! 날 잡아보라고 해! 안 그럼 안 도와준다고!

드슬이는 마자리스의 존재에 대해 확신이 부족했다. 주인이 검에게 해준 숱한 일화 중 자식 얘기만 쏙 빠졌다니. 한 명이면 모를까 둘은 용납할 수 없었다.

'어허, 버릇없이 무슨 짓이야.'

제리코가 못난 검의 손잡이를 찰싹찰싹 때렸지만 검은 진정하지 않았다. 거센 진동으로 강하게 자기주장하는 검 때문에 마자리스의 시선이 검에 머물렀다.

"그으, 드슬이가 정말 에라프 님 아들인지 확인해 보고 싶다고 떼를 쓰네요. 하하하."

"지금은 좀 곤란하네요."

마자리스는 피에 젖은 양손을 들어 올렸다. 장갑을 끼긴 했지만 물만 주는 것이 아니라 밭의 흙을 만졌는지 장갑 안까지 썩은 내가 진동했다.

"부탁받았을 때 잡아서 증명하면 될까요?"

"그럼요! 가능하면 증명 안 하는 게 좋지만요."

-누구 멋대로!

주인은 제 새끼 아닌 아이를 제 아이라 믿어주더니 임시 주인은 오빠인지 확실하지 않은 사람을 오빠로 땅땅 못 박고 있었다.

-야, 제리! 시기가 안 맞는다니까! 마자리스 나이랑 주인 여행 간 동선이 안 맞는다고!

'에이, 마자리스 씨 어머님이 이쪽으로 와서 만난 걸 수도 있지.'

잘생기고 착하고 똑똑한 오빠는 언제든 환영이었다.

"그럼 준비 다 되시면 알려주세요. 제가 도울 수 있는 건 다 할게요."

"하하하, 어렵거나 힘든 일은 아니니 안심하세요."

"제국에선 그냥 스무 살이 되면 성인이 되는데 그 성인식 꼭 해야 해요?"

"실은 이대로 제국에서 사는 것도 나쁘지 않다 생각했습니다."

마자리스가 눈을 감았다. 피와 섞여 부패하는 흙의 악취가 가득한 곳에서 그는 꽃밭에 선 사람처럼 온화하게 웃었다.

"이 눈으로 보는 세상은 이토록 아름다우니 이대로 사는 것도 나쁘지 않다 여겼지만, 사정이 있어 제국에서 살아도 성인식은 반드시 해야 해서요."

99% 확신하나 1% 부족한 오빠 후보만 보다가 이렇게 본인이 오빠라 주장하고 검 잡기를 두려워하지 않는 마자리스를 보니 기분이 조금 나아졌다.

제리코는 흥거운 마음을 살리고자 심호흡했다가 잊고 있던 악취에 코가 찡해졌다. 그녀는 찔끔 새어 나오는 눈물을 쥐어짰다.

"냄새 진짜 심하네요. 이건 피만 썩는 게 아니라 살도 같이 썩는 냄샌데."

지독한 악취가 제리코의 기억을 자극했다. 분명 이 악취를 다른 데서 맡아본 기억이 있었다.

'그때도 분명.'

마자리스와 눈이 마주치자 제리코는 그때가 언제인지 기억해 냈다. 그때나 지금이나 악취가 그녀를 감싸고 하늘처럼 파란 눈동자가 그녀를 보고 있었다.

그땐 눈을 덮은 피부와 근육이 없어 표정은 알 수 없었지만 눈빛 하나만으로 웃고 있단 착각을 일으켰다.

그리고 지금 빛과 색조 모두 고스란히 닮은 마자리스의 눈동자는 웃고 있지 않았다.

'웃지 않아?'

세상을 마냥 사랑스럽게 바라보던 눈빛이 제리코를 보자 사라졌다. 하지만 마자리스가 다시 눈꼬리를 접고 웃기에 제리코는 본인의 착각으로 돌렸다.

—도대체 무슨 생각이야? 마자리스가 주인 아들이란 생각이 들었으면 나한테 먼저 귀띔이라도 해주든가!

'넌 귀가 없는데 어떻게 귀띔을 해.'

—시답잖은 농담 하지 말고! 주인 아들이 아니면 어떡하려고 냅다 지른 거야?

'그냥 느낌이 왔는걸.'

—그렇다고 직설적으로 물어보면 어쩌자는 거냐고!

검은 백합관으로 돌아가는 길 내내 소녀를 구박했다.

—게다가 멋대로 도와주겠다는 약속까지 하고! 네 코가 석 자야!

드슬이는 걱정하고 근심하기 위해 자아를 자각한 존재 같았다. 쉬지 않고 걱정하며 의심을 키웠다. 평소의 소녀라면 천하 태평한 얼굴로 검의 속을 박박 긁었을 테지만 오늘의 소녀는 조금 달랐다.

어제는 욕실에서 펑펑 울더니 눈의 붓기가 가시기도 전에 배다른 오빠의 정체를 묻는다. 말보다 몸이 빨라 뭔가 계획하면 실행에 옮기는 속도가 빠르다는 건 알고 있었지만 이건 좀 심하게 빨랐다.

-이상한데. 너 뭔 일 있었지. 그렇지?

'에이. 뭔 일이 뭐가 있겠어. 이렇게 평화로운데.'

제리코는 하늘을 올려다보고 기지개를 켰다. 여름 땡볕 때문에 눈이 부셨다. 이 평화를 선사해 준 에라프를 위해 활짝 웃자 검이 타박했다.

-너 그렇게 웃으면 멍청해 보이니까 그러지 말랬지!

'아, 진짜 너무하네.'

-너무하긴 뭘 너무해. 잔소리하니까 듣기 싫어서 웃는 속내 뻔하구먼.

웃음으로 때우는 소녀의 행태가 검은 마음에 들지 않았다. 마탑주와 어떤 일이 있었던 게 분명한데 제리코는 어떤 협박과 잔소리, 회유에도 넘어오지 않았다.

그렇게 구렁이 담 넘어가듯 한 주가 지났다. 일주일 동안 드슬이는 골렘 조종에 힘썼고 제리코는 샌시와 아이에 대한 이야기를 몇 번 나눴다.

그 결과 검은 골렘 조종에 조금 더 숙달되었으며 제리코는 샌시가 자식엔 관심이 없지만 자식을 만드는 과정엔 남들 못지않은 호기심과 흥미가 있음을 알아냈다. 자칭, 타칭 발랑 까진 제리코에게 있어 뜻깊은 성과였다.

금요일 밤, 제리코는 아리보 공작가행 마차에 올라탔다. 도네타 가문에 가는 도중 아리보 공작가가 있으니 아예 그곳에서 주말을 보내는 게 경호가 수월하단 이야기가 나왔기 때문이다.

아리보 공작가에선 존과 동생들이 제리코를 기다리고 있었다. 제리코는 사랑하는 동생들을 있는 힘껏 끌어안고 존의 볼엔 가볍게 뽀뽀했다. 이어 아리보 소공작 내외와 기타 친인척에게 인사하자 아리보 공작한 명만 남았다.

안타깝게도 아리보 공작은 몸이 좋지 않아 인사를 나눌 수 없었다. 공작은 저녁 만찬에도 참석하지 못해 제리코를 걱정시켰지만 만찬이 끝난 후 제리코에게 잠시 시간을 내주었다.

제리코는 죽음의 그림자가 드리워진 삼촌의 모습에 코끝이 찡해져 콧물을 훌쩍였다.

"늙은이 아픈 게 별일이라고 울고 그러느냐."

"많이 편찮으세요?"

"네 얼굴을 보니 아픈 게 싹 나았다."

아리보 공작의 손짓에 제리코는 냉큼 가까이 다가갔다. 공작은 노회한 눈으로 제리코를 이모저모 살피다 설핏 웃었다.

"건강해 보이니 마음이 놓이는구나."

"저야 언제든 건강하죠."

"그래. 건강이 최고지. 요즘 어울린다는 데이지 소공작은 어떻든?"

"샌시는요."

지병은 없지만 건강하다고 확답하기 어려운 묘한 상태의 애인 때문에 제리코는 바로 대답하지 못했다. 대답을 망설이는 것이 충분한 대답이 되었기에 아리보 공작은 다른 걸 물었다.

"잘해주니?"

"잘해주죠. 엄청 잘해줘요. 매일 세 번씩 저더러 예쁘다고 해주고 사랑한다고 해주는걸요."

"네 미모가 출중한 건 눈 있는 사람 모두 알고 있는 것 아니냐. 당연한 걸 잘해준다 여기지 마려무나."

은근슬쩍 남자 친구 자랑을 했더니 돌아오는 대답이 지극히 당연하다라니. 이대로 두면 샌시에게 미안해서 제리코는 다른 부분을 자랑했다.

"저한테 잘해주고요. 제가 최우선이고요."

"모두 당연한 거란다. 기본도 못 지키는 놈과는 만나지 마라."

─들었냐?

자기 부인에겐 얼마나 잘해줬을지 의심이 들 정도로 단호한 반응이었다. 제리코는 샌시가 주는 선물과 저에 대한 찬미 등을 열심히 떠벌렸으나 노공작은 또래 친구들과 반응이 확연히 달랐다.

"당연히 그래야지."

샌시의 애정이 담뿍 담긴 배려와 헌신이 모두 당연한 것이 되어버렸다. 제리코는 할 말을 잃고 어물거리다 솔직하게 말했다.

"그래도 당연한 걸 다 지키려면 힘들잖아요."

"사랑하는구나."

"사랑하죠."

노공작은 제리코의 미소에 눈을 감았다.

"그게 다 사랑 때문이야. 사랑에 눈이 멀어 봉사가 되니 당연한 게 특별하게 느껴지는 법이지. 마땅한 일이 헌신이나 희생으로 과대평가되니 이 어찌 무서운 일이냐. 사랑만큼 무서운 게 어딨을까."

사랑의 위력에 두려움을 느끼기에는 제리코가 너무 어렸다. 제리코의 공감을 바란 것이 아니기에 아리보 노공작은 천천히 그녀의 머리를 쓰다듬었다.

"공연히 늙은이 가기 전에 결혼식 보여주겠다 속단하지 말고 네 원하는 사람을 찾으려무나."

물론 제리코는 그럴 생각이 전혀 없었기에 역으로 죄책감이 생겼다. 제리코가 식은땀을 뻘뻘 흘리며 활짝 웃는 동안 아리보 공작은 과거를 회상했다.

"에라프의 결혼식을 보고 싶었는데……."

자식처럼 키운 이복동생은 저주에 걸렸어도 얼마든지 가정을 꾸릴 수 있었다. 끝끝내 거부하고 먼저 죽었으니 제리코가 없었다면 참 아쉬웠을 것이다.

아리보 공작은 홀로 용과 대적한 용사의 진실을 알고 있다. 사지로 걸어간 동생이 생환해 기쁘고, 죽는 것만 못한 꼴에 슬퍼했을 것이다.

용의 저주에 대해 몰랐다면 누구보다 에라프의 결혼과 후사를 원했을 사람이었다.

아리보 공작은 결혼하거나 후사를 남기지 않는 동생을 야속하게 생각했다. 형의 소박한 소원을 들어주지 못하는 에라프는 어떤 심정이었을까?

'아, 안 돼.'

혼자 싸우고 혼자 죽은 용사를 생각하면 언제나 눈물이 샘솟았다. 진실을 알고 난 후 더 심해졌다.

제리코는 눈물을 참기 위해 즐겁고 웃긴 생각을 했다. 샌시를 떠올리니 마탑주가 생각나서 실패. 동생과 아빠를 떠올리니 엄마에 이어 덩달아 에라프가 끌려와서 실패.

─너 뭐 하냐?

제리코의 생각을 읽은 검이 황당해했다. 강아지와 고양이, 돼지를 떠올리는 건 상관없긴 한데 대화 도중에 떠올릴 사안이 아니었다.

필사적으로 눈물을 참는 제리코를 보던 노공작이 불쑥 말했다.

"원 녀석도. '아빠 미워!'같이 유치한 말이나 외치고 뛰쳐나갔으면 돌아오지나 말든지……."

뒤에 이어지지 못한 말은 '어째서 돌아와 제명을 단축했냐'일 것이다.

어쨌든 아리보 공작이 노린 바는 제리코의 기분 전환이었기 때문에 뒷말은 중요하지 않았다. 실제로 공작의 수는 유효했다. 제리코는 노공작이 어리광 부리듯 말한 '아빠 미워!'에 귀가 번쩍했다.

"풉. 아빠 미워요?"

"그래, 아빠 미워. 아빠는 딴 사람 말만 믿고, 내 말만 안 듣고! 이렇게 외치고선 나가 버렸지."

드슬이는 에라프가 가출한 나이를 떠올리고 현실 부정을 시도했다.

─아냐, 주인이 그 나이에 그렇게 유치한 말을 할 리 없어.

"성격이 활달하고 남들 앞에 서는 걸 좋아하고 책임감이 강해서 밖에 나가면 대장 노릇 하려고 했지만 집에선 막내였지. 늦둥이에 막내다 보니 다들 오냐오냐 예뻐했고. 그리 외치고서 나가는데 기가 막혀 잡으러 가지 않았더니……. 짐을 싸서 담을 넘었단다."

그래 봐야 곱게 자란 공작가 막내 도련님. 제도 밖은 마물이 있어 위험하니 멀리 가지 못하고 제도 안에서 어슬렁거리다 며칠 내로 울며 돌아오리라 예상했다. 설마 안전한 제도를 벗어나 용병으로 활약할 것이라곤 상상하지 못했다.

그렇게 마냥 어리게만 보였던 막냇동생은 검기 생성이 가능한 검사를 뽑는다는 황실의 공문을 보고 돌아왔다.

"제가 갈게요."

"네가 처음부터 나설 필요는 없다. 조금 더 기다려, 에라프. 넌 더 많은 일을 할 수 있어."

"많은 일을 할 수 있다는 건, 더 큰 사람이 될 거란 말은 내게만 해당되는 말이 아니야. 형, 사람은 준비를 갖추면 누구나 지금보다 더 많은 일을 할 수 있어. 그리고 준비하기 위해선 지금 당장 코앞에 닥친 일을 막을 사람이 필요해."

"그게 너여야 할 의무는 없다."

"다른 사람들도 마찬가지야."

에라프는 책상을 뒤덮은 지원서를 가리켰다. 일평생 하나의 경지에 도달하기 위해 육신과 혼을 갈고닦은 사람들이 미래의 가능성을 버리고 지원했다. 에라프도 그들과 다를 게 없었다.

"난 두 번이나 도망쳤어. 사랑 앞에서 한 번, 우정 앞에서 한 번. 용기를 두고 도망가고 싶지 않아."

"그건 용기가 아니라 만용이야."

"친구가 산처럼 많으니 두렵지 않네."

에라프는 지원서의 산꼭대기에 자신의 지원서를 얹고 웃었다.

죽은 동생을 떠올린 노공작의 기력이 급격하게 쇠했다. 더 이상 대화를 나누는 건 무리였다. 제리코는 아리보 공작에게 안녕히 주무시란 인사를 하고 노공작의 침실을 나왔다.

"음, 아빠 미워라. 얼마 전에 엄마 미워를 외친 나로선 너무나 공감되는 말이야."

-아빠 미워가 아니었겠지! 좀 더 고상하게, 아버지 너무하십니다라거나!

"응. 길게 늘여도 뜻은 아빠 미워."

-크윽.

공작의 침실을 나온 제리코는 이번엔 소공작의 서재로 안내되었다. 동생들이 자기 전에 함께 시간을 보내고 싶었던 제리코가 울상을 짓자 아리보 소공작은 미안하단 사죄의 말을 남겼다.

"크흠, 집안일이다 보니 직접 보고 말하는 게 낫다 싶었다. 삼촌의 일주기가 끝나면 아버지가 물러나고 내가 작위를 승계할 예정이다."

본래는 에라프의 사망과 함께 작위 승계를 진행하려 했던 것이 제리코의 등장으로 늦춰진 것이다. 에라프가 마지막을 편히 가지 못하게 한 아들을 못마땅해한 노공작이 죽을 때까지 작위를 물려주지 않겠다고 말했지만 공작은 슬슬 한계였다.

제리코를 불러 세울 만한 중대사였다. 친척으로서 참석해야 할 행사가 많기 때문에 제리코는 수첩을 펼쳐 달력에 줄을 쫙 그었다. 에라프의 일주기 추모식에 아리보 공작 승계식까지, 일정이 순식간에 꽉 찼다.

그날은 오랜만에 동생들과 한 침대에 누웠다. 에릭은 혀를 낼름 내밀고서 도망갔지만 캐리는 얌전히 침대 가장자리에 누워 제리코의 양옆을 동생들에게 양보했다. 그런 캐리가 안쓰러워 제리코가 손을 꽉 잡자 캐리는 배시시 웃었다. 드슬이는 엄마가 보고 싶을 땐 거울을 보라고 했지만 정작 거울을 봐야 할 사람은 여기 있었다.

"연애하면 어떤 기분이야?"

"그냥 계속 좋고, 웃기고, 흥이 나고."

"결혼할 거야?"

"아직 잘 모르겠어."

"언니라면 바로 결혼한다고 말할 줄 알았는데."

"나도 그렇게 생각했는데 결혼은 나 혼자 하는 게 아니니까."

곤히 잠든 어린 동생을 깨우지 않기 위해 자매는 목소리를 죽였다.

"잘생겼어?"

"잘생겼어. 내일 오면 잘 봐둬."

"머리 색이 연두색이랬지?"

"응, 연두색. 아주 예뻐."

"사람 머리가 연두색이라니까 이상하다."

"아냐, 직접 보면 예뻐."

동생과 이런 시답잖은 이야기를 나누며 잠드는 게 얼마 만인지. 더없이 평온한 기분으로 눈을 감았다 뜨니 아침이었다.

치장을 마친 제리코는 소공작 부인에게 파티에서의 예의를 속성으로 교육받았다.

"본래 소공작께서 행차하실 만한 파티라면 미리 초대한 이의 명부를 건네받아 수행인이 숙지하게 합니다만 이번에 참석하는 파티는 격식 없는 자리라 확정된 명부가 없다더군요."

"넵. 젊은 사람들끼리 좀 느슨하게 하는 그런 파티랬어요."

"솔직히 첫 파티로선 주최자와 격의 차이가 심해서 반대하고 싶지만 주인 대신 초대한 분이 스타즈 공자라고 하셨죠?"

"네, 로젠이 제가 참석하면 기부 규모가 늘 거라고 해서요."

"도네타 양을 만나본 적은 없지만 훌륭한 아가씨란 평판이 자자하죠. 근래 조금 구설수에 휘말린 듯하지만."

그 구설수란 보나마나 후안과의 파혼설일 것이다. 제리코는 고개를 저었다.

"제가 조금 아는데 그냥 뜬소문이에요."

"그렇다면 다행이에요."

시종이 마차와 호위가 도착했음을 알렸다. 제리코가 일어나자 소공작 부인은 아쉬운 마음에 고개를 저었다.

"설마 스타즈 공자가 아니라 데이지 소공작과 교제할 줄은 몰랐네요. 그런 신사분이 취향이었다면 우리 가문에서 찾아보셔도 되었을 텐데."

"아하하."

소공작 부인은 아쉬운 마음을 감추지 않았다. 제리코는 그저 웃었다.

현관에선 샌시가 제리코를 기다렸다. 샌시는 혼자가 아니었다. 밝은 연두색 머리 옆에서 선명한 붉은 머리가 존재감을 뽐냈다.

빨간색은 강렬하다. 심지어 로젠은 성격이며 외모도 머리에 짓눌리지 않게 화려해 사람의 시선은 샌시보다 로젠에게 쏠렸다. 만 명을 놓고 어느 쪽이 더 좋으냐 물으면 압도적으로 많은 사람이 로젠을 선택할 것이다.

제리코는 로젠과 나란히 선 샌시가 못나 보일까 전전긍긍했으나 다행히 캐리는 샌시를 보더니 함박웃음을 머금었다.

제리코는 안도의 한숨을 내쉬었다.

'괜찮다.'

사랑하는 동생은 제리코와 눈이 마주치자 소리 내지 않고 입술만 달싹였다. 아직 존의 반응은 보지 못했지만 캐리의 반응이 온건하니 그로 족했다.

아나나 다를까, 존 또한 제리코와 눈이 마주치자 작게 미소 지으며 이렇게 말하는 게 아닌가.

"착해 보이는구나."

'응, 아빠. 그거 아니야.'

어른이 되면 사람 보는 눈이 생긴다는 건 다 거짓말이었다. 딸이 데려온 첫 남자 친구라는 콩깍지는 샌시의 삐죽삐죽한 성품을 덮어주었다.

물론 샌시가 착해 보인다는 존의 첫인상을 모두 콩깍지 때문이라 덮어씌우기엔 무리가 있었다. 샌시가, 다른 사람도 아니고 무려 샌시가 존에게 꾸벅 인사했기 때문이다.

"처음 뵙겠습니다. 마가렛의 아들 샌시 데이지입니다. 황송하게도 제리코와 정식으로 교제하고 있습니다."

이어 나이와 현재 거주하는 곳, 직업, 연평균 수익을 비롯한 신상 명세를 줄줄 읊고 있으니 오죽 선량해 보이겠는가. 선량을 넘어서 좀 모자라 보일 정도였다.

얼굴이 하얗게 질려 식은땀을 줄줄 흘리며 존과 기타 어른들에게 인사하는 모습은 여유롭고 자신만만하게 사람을 상대하는 로젠과 비교되어 보였으나 제리코는 샌시의 노력을 사랑했다.

-부인이 예쁘면 집 말뚝에도 절을 한다더니.

여자를 보면 도망가고 남자는 아예 안중에 두지 않는 샌시가 억지 미소를 지어가며 아리보 소공작을 상대하자 로젠이 눈을 비볐다. 마그노 황자가 있을 때도 짓지 않은 접대용 미소에 로젠은 창가를 보고 해의 위치를 확인했다. 해는 동쪽에서 떴다. 혹 모르는 일이다. 내일은 서쪽에서 뜰지도.

"샌시!"

"제리코!"

검을 등에 업은 제리코가 여름용 드레스를 펄럭이며 등장하자 샌시가 울먹였다. 마탑의 로브는 둘둘 말아 드슬이에 묶었으니 샌시로선 오랜만에 보는 사복일 것이다.

대자연이 선사한 기적을 본 사람처럼 샌시가 감동해 외쳤다.

"오늘도 정말 예뻐!"

"샌시도 예뻐!"

새끼 자랑하는 고슴도치처럼 서로를 함함하다 하니 지켜보는 집안 어른들은 빙그레 미소를 짓고 뭘 모르는 어린 동생은 따라 웃었다.

슬슬 머리에 피가 말라가는 에릭 혼자 훈훈한 분위기를 견디지 못했다.

"저 빨간 형이 누나 남자 친구가 아니고 연두색이 애인이란 말야? 누나 취향은 빨강인데?"

"헛, 취향을 뛰어넘는 사랑 몰라?"

캐리의 말대로다. 취향을 넘어 샌시이기에 좋은 것이다. 언제 봐도 멋진 로젠이 옆에 있지만 샌시가 제리코의 눈에 꽉 찼다. 대신 검이 반응했다.

─난 역시 로젠이 좋다.

누가 뭐랬나. 좋아하는 마음은 검이든 사람이든 자유인 것을.

로젠이 제리코를 이끌고 오늘 호위를 맡게 된 용병 단원을 소개했다.

"제리코, 이쪽은 스타즈 상회 및 스타즈 가문과 경비 계약을 맺은 빨간 머리 용병단. 다들 알겠지만 이분이 미베어 소공작이십니다."

"모시게 되어 영광입니다."

"오늘 소공작님의 안전을 책임지겠습니다."

"뵙게 되어 일생의 광영이옵니다!"

용사의 딸을 만났다는 영광에 용병들이 앞다투어 인사했다. 뵙는 것만으로 영광이라는 듯 위아래로 조아리는 머리에 빨간 털은 한 오라기도 비치지 않았다.

제리코는 자기도 모르게 손가락으로 그들을 가리키고 말했다.

"빨간 머리?"

빨간 머리가 한 명도 없는데 빨간 머리 용병단이라니. 로젠은 땅이 꺼져라 한숨을 쉬더니 애잔한 미소를 지었다.

"원래는 빨간 머리만 받는 용병단이었는데."

"응."

"우리 상회랑 정식으로 계약하고 난 이후 어머니가……."

"근접 호위를 맡긴 초기 몇 명은 결혼 퇴직하고 이후엔 노리고서 입단하려는 자가 생겨서 아예 빨간 머리는 안 받기로 했습니다."

말을 잇지 못하는 스타즈 가문의 장남 대신 용병단 대표가 설명을 끝냈다. 빨간 머리 페티시가 있는 플라티나가 자신을 호위하는 빨간 머리 용병을 가만 놔둘 리 없었다. 그렇게 두 명이 결혼 퇴직하고 그 외에도 플라티나와 깊은 관계를 맺는 용병이 늘자 용병단에선 플라티나의 호위에서 빨간 머리를 제외했다.

"그런 연애가 괜찮은 사람도 있지만 괜찮지 않은 사람에겐 충격이 크니까."

그렇게 친한 용병 형, 아저씨 등을 잃은 로젠이 한숨을 푹푹 쉬었다.

제리코는 눈물 없인 들을 수 없는 사연에 콧물과 눈물을 참느라 혼났다. 출발 직전에 이렇게 슬픈 얘기를 듣게 될 줄이야. 하마터면 몇 시간 공들인 치장이 수포로 돌아갈 뻔했지 뭔가.

플라티나 스타즈의 치우친 남성 편력 덕분에 빨간 머리 없는 빨간 머리 용병단이 탄생했다.

샌시는 이 모순이 웃긴지 배를 잡고 큭큭 웃었다. 로젠의 볼이 미미하게 달아올랐다.

"자, 얼른 가자."

로젠이 부끄러웠는지 제리코에게 마차에 탈 것을 재촉했다.

제리코는 얼떨결에 샌시가 아닌 로젠의 손을 잡고 마차에 올랐다. 샌시는 뒤늦게 로젠이 선수 친 걸 알고 노려보았지만 로젠은 태연하게 웃었다. 분해하는 샌시와 다르게 먼저 손을 내미는 여유까지 보였다.

"샌시도 도와줄까?"

"됐어."

샌시는 새침하게 로젠의 손을 거절하고 마차에 올라 제리코의 옆에 앉았다.

얼떨결이라곤 하지만 샌시가 아닌 로젠의 손을 잡은 게 미안해 제리 코는 옆에 앉은 샌시의 손을 꼭 잡았다.

샌시의 다친 마음과 미련을 못 버린 로젠을 위해 대놓고 잡은 손을 흔들어주니 겸 보시기에 좋았다더라.

-샌시가 야비하게 웃는다.

'내비 둬. 귀엽잖아.'

"근데 정말 빨간 머리는 안 받아?"

"그건 농담이고 어머니 근접 호위 담당만 빨간 머리를 제외해. 오늘은 우연히 빨간 머리가 없는 거야."

"그렇구나. 그럼 옛날에 빨간 머리만 받았다는 것도?"

"응. 그것도 과장. 지금은 은퇴한 단장님이 붉은 머리라 빨간 머리 용병단이라고 이름을 붙였대. 빨간 머리가 오면 우대하긴 했다는데 다 옛날이야기지."

로젠은 빨간 머리 용병단에 대한 각별한 애정을 서슴없이 드러냈다.

"어릴 때 내게 검술을 가르쳐 준 건 용병단 형, 누나들이야."

"의외다. 유명한 기사님이나 가문에서 배웠을 거라고 생각했어."

"빨간 머리 용병단은 신의 있고 실력 있는 용병단이야. 원래 스타즈 가문과 계약한 용병단은 따로 있었어. 하지만 마물이 폭주하면서 계약을 파기하고 상행 호위 의뢰를 거절했지. 위기에 처한 스타즈 가문이 용병을 구했을 때 의뢰를 받아들인 용병단은 빨간 머리가 유일했대."

"그런 사연이 있었구나."

-제리.

'응, 알아.'

에라프가 가출하고 몸을 의탁했던 용병단이 빨간 머리 용병단일 가능성이 높았다.

'어쩌면 크리스 씨에 대해 알 수 있을지도!'

-덤으로 주인의 용병 시절 얘기를 들을 수 있을 거야!

제리코가 드슬이와 의기투합하여 눈을 빛내자 샌시는 로젠의 얘기가 재밌어 그러는 것으로 오해했다. 샌시는 어떻게든 대화에 끼어보고자 입을 열었다.

"제리코."

"응!"

"그러니까 저기……."

"동생들이 귀엽더라."

힘겹게 제리코의 주의를 자신 쪽으로 돌렸건만 로젠은 순식간에 낚아챘다.

"그치, 그치. 귀엽지. 순서대로 캐리, 에릭, 메이, 오리온이야. 난 걔들 없으면 못 살아."

"우리 집이야 각자 보모와 유모가 있으니 괜찮은데 어릴 때 힘들지 않았어?"

"나는 원체 힘이 좋아서. 동생 많은 다른 친구들은 힘들다고 했지만 난 괜찮았어."

제리코가 활짝 웃었다. 로젠이 비열한 미소를 샌시에게 돌려줄 차례였다.

드슬이가 로젠의 비열한 미소를 볼 수 있을까 없는 가슴을 졸여가며 기대했으나 그런 일은 벌어지지 않았다. 제리코는 손을 꼭 잡은 애인을 잊지 않았다.

"샌시는 아빠한테 무슨 말을 그렇게 열심히 했어? 나 정말 깜짝 놀랐다니까."

"그게 예의라고 들었으니까."

오늘 하루 댁의 귀중한 따님을 에스코트하게 되었습니다. 허락해 주셔서 감사합니다. 세련되진 않았지만 정중한 감사 인사에 존은 너털웃음을 지었더랬다.

"안 이상했지?"

"응!"

"연습했거든."

샌시가 고개 숙이고 부끄러워하자 맞은편에서 그 모습을 지켜본 로젠은 쓴웃음을 지었다. 이러니저러니 해도 제리코가 선택한 이는 샌시였다.

"오늘 마주치자마자 샌시가 인사말이 적당한지 묻더라니까. 깜짝 놀랐어. 내가 살아생전 샌시의 인사말 교정을 봐주는 날이 오다니."

"정말?"

자존심 강한 샌시가 다른 사람도 아니고 로젠에게 교정을 요청하다니. 사람이 싫어도 배울 점은 배우라던 마탑주의 가르침은 샌시의 안에 생생히 살아 있었다.

어른이나 예의를 지켜야 하는 낯선 사람이면 모를까. 함께 있는 게 공통된 친구인 로젠뿐이다 보니 닭살 커플은 애정 행각을 숨기지 않았다.

로젠이 옆구리에서 도는 썰렁한 바람을 참지 못해 엉덩이를 들썩였다.

"로젠은 파트너 없어?"

"파트너 동반이 필수가 아닌 파티는 드무니까 즐기려고."

-즐기는 얼굴이 아닌데.

혹시 제리코에게 제 마음이 들통날까 곤란했는지 로젠은 설명을 더했다.

"한동안 연애 안 하겠다고 다짐했는데 반년은 넘겨야지. 내가 파트너 동반으로 파티에 참석했다간 다음 날 사귄다고 소문나. 인기인의 비애지."

변명이 길면 사람이 구차해 보인다. 다만 스스럼없이 본인 입으로 인기인 소리를 하는 배짱은 영웅의 기상에 필적했다.

격식 없는 파티라더니 정말 그랬다. 제리코가 마차에서 내렸는데 미베어 소공작의 당도를 아무도 알리지 않았다. 로젠이 장담한 대로 경비는 삼엄했고 무장한 호위가 요주의 호위 대상을 발견하고 고개만 까딱여 인사하고는 본 업무에 집중했다.

먼저 와서 파티를 즐기고 있던 사람들은 제리코에게 선뜻 접근하지 않았다. 관심은 있었다. 다만 미베어 소공작이 제도에서 처음으로 접한 파티를 인사만 하다 끝내기를 바라지는 않는 듯했다. 제리코를 보는 모두의 시선이 반짝였지만 눈이 마주치면 웃으며 인사할 뿐 나서는 이는 없었다.

로젠을 보고는 아는 체하는 사람이 많았다. 과장 조금 더해 파티 홀의 전원이 로젠을 보고 반갑게 인사했다. 로젠은 일일이 인사를 받아주다간 끝이 없다 생각했는지 둘을 돌아보고 말했다.

"내가 먼저 아는 사람들에게 인사하고 소개해 줄게. 일단 너희 둘이서 즐기고 있어. 루나 아카데미 학생도 몇 있으니까 아는 사람을 찾아봐도 되고. 혹시 휴게실 가고 싶으면 하인이나 하녀가 아니라 경호원에게 부탁해 줘. 그러면 호위해 줄 거야."

"그…… 파티의 주인이랑 인사하고 그래야 하는 거 아니야?"

제리코가 메렐 교수의 수업에서 들은 예의범절을 떠올리자 로젠은 고개를 저었다.

"격식 없는 자유로운 파티라고 했잖아. 만나면 인사해도 되지만 부러 찾아서 인사할 필요는 없어. 그리고 안나는."

"파티에 참석 안 한다는 얘기는 들었어. 그런데 오늘은 혹시 모르니까."

제리코는 내심 안나 도네타와의 만남을 기대하고 있었다. 그녀가 파티를 주최할 뿐 참석하지 않는다는 얘기는 누차 들었지만 이번엔 참석할 가능성이 높았다.

제도 사교계에 암암리에 퍼진 후안과의 파혼설을 부정할 수 있고 샌시가 준 골렘 의수를 끼고 약혼자와 춤출 수 있으니까 말이다.

본인이 주최한 격식 없는 기부 파티는 의수를 공개하기에 여러모로 적절한 장소였다.

"후안에게 물어볼게. 너무 기대하지는 마. 안나는 거의 참석 안 하거든."

후안은 주최자의 약혼자답게 파티 홀 구석에 마련된 기부금 모금함 앞을 지키고 있었다. 기부금을 내고 명단에 이름을 적는 후원자를 향한 후안의 미소가 눈부셨다. 파티 홀의 천장을 장식한 샹들리에보다 번쩍였다.

"샌시, 후안에게 인사하러 갈까?"

"눈 마주쳤으면 됐지. 기부도 할 거잖아. 눈 마주치고 기부금 명단에 이름 적었으면 따로 인사할 필요 없어."

장례식장이나 결혼식장에서나 성립될 주장이었다. 제리코는 작게 웃은 다음 어깨춤을 추게 하는 흥겨운 노래에 이끌려 손을 내밀었다.

"그럼 일단 한 곡 추실까요?"

"뜻대로."

곡이 끝나길 기다렸다가 새 곡이 시작함과 동시에 춤을 추자 둘을 위해 사람들이 중앙을 양보했다.

양보했다는 건 어디까지나 제리코의 관점에서고 검의 입장에서 보면 또 다르다.

―나 무서워서 다 도망가는 것 봐라.

애인 손을 잡고 빙그르르 도는 소녀 등에 업힌 검이 우쭐거렸다. 피와 폭력 좋아하는 검답게 속이 옹졸했다. 사람의 호의를 좋게 해석해주는 법이 없었다.

기실 드슬이 입장에선 제리코의 반론이나 폭소를 이끌어낼 농담이었지만 제리코는 샌시와 추는 춤에 집중하느라 검을 무시했다. 드슬이는 풀이 죽어 빙글빙글 도는 세계를 구경했다.

평민과 귀족이 공평하게 초대된 파티라서 그럴까. 악단이 연주하는 곡은 하나인데 춤추는 모양새는 제각각이었다. 덕분에 제리코도 긴장하지 않고 당당히 춤판에 끼어들 수 있었다.

제리코고 샌시고 처음으로 합을 맞추지만 둘은 매일 연습한 듯 합이 척척 맞았다. 춤을 추지 않고 둘의 춤을 구경하던 이들이 두 소공작의 사이가 좋아 보인다며 감탄했다.

"어쩜 보기 좋아라."

"애정이 느껴지네요."

제리코야 본래 운동신경이 좋아 몸으로 배운 건 곧잘 한다지만 샌시가 제리코에게 맞춰주는 건 의외였다.

"샌시 춤도 잘 춘다. 연습한 거야?"

"남들 하는 건 다 해보고 싶었으니까."

다른 사람과 추지 않고 혼자 연습했는지 약간 삐걱거리는 부분이 있었지만 소소한 실수와 엇박자는 제리코가 챙길 수 있었다.

곡이 끝나자 샌시의 볼에 홍조가 맴돌았다. 인색이 워낙 창백하다 보니 이쪽이 더 생기 있어 보였다. 제리코는 이제 몸이 풀렸다 싶은데 샌시는 체력이 동난 사람처럼 호흡이 거칠었다.

"하아하아."

코만으론 몸이 요구하는 산소를 제공하지 못해 입을 살짝 벌리고 숨 쉬는 샌시는 너무나 매혹적이었다. 제리코는 콧김을 강하게 내뿜었다.

'침대에서도 이러면 곤란한데.'

-야, 무슨 소리야.

'있어봐. 나 진지해. 침대 주변에 화분을 많이 갖다 두면 괜찮으려나? 어떻게 생각해, 드슬아?'

초목의 은혜는 잠자리에서도 발휘될 것인가. 제리코는 진지하게 고민하며 샌시와 함께 음료수가 있는 테이블로 이동했다. 샌시는 제리코가 권하는 음료수를 얌전히 받아 마셨다.

"샌시, 많이 힘들어? 어디 앉아서 쉴까?"

"히, 힘든 게 아니라."

샌시가 이마를 짚더니 시선을 돌렸다. 시원한 음료수를 마셨음에도 샌시의 얼굴은 여전히 발그레했다.

"그 옷 가까이서 보니 가슴이 너무 파였어."

"쯧쯧. 이건 파인 옷이 아니야. 내 가슴이 커서 파여 보이는 거야."

샌시가 순진해서 그렇지 이만하면 평범한 수준이었다. 여름이라 날이 무덥다 보니 제리코보다 과하게 노출한 드레스가 파티 홀에 수두룩했다. 하지만 샌시는 낯선 여인의 노출보단 제리코의 슬쩍 보이는 가슴골에 번뇌했다.

샌시는 감히 제리코 쪽으로 고개를 돌릴 엄두를 못 냈다. 제리코는 섭섭해하는 대신 긍정적으로 생각했다. 저만치 부끄러워하는 걸 보면 그만큼 좋아한다는 뜻이다!

"만져볼래?"

"히익!"

샌시가 뒷다리 붙잡힌 풀무치처럼 퍼덕였다. 제리코는 샌시가 도망가지 않도록 팔짱을 꼈다.

"만지는 게 부담되면 안는 건 어때? 나는 매일 샌시 가슴에 안기는데 샌시는 안 그러니까 공평치 않은 듯해. 샌시도 내 가슴에 안기면 되겠다. 좋은 생각이지?"

제리코는 생글생글 웃으며 샌시에게 눈빛을 쏘아 보냈다. 칭찬을 바랄 때 샌시가 짓는 표정을 흉내 낸 것이다.

샌시는 제리코가 가까워지면서 그녀의 호흡과 자신의 호흡이 섞이는 것조차 의식하는 바람에 정신이 아찔해졌다.

"만지고싶지만만질수없어너무부끄러워."

"숨은 쉬고 말하자."

몰래 읽은 도색 소설에선 파티 중에 몰래 빠져나가는 남녀가 거사를

치르는 장면이 꼭 등장하기에 조금 당겨봤더니 샌시가 기절하기 일보직
전이었다.

제리코가 팔짱을 풀자 샌시가 숨을 몰아쉬었다. 제리코는 주위 사람
들이 둘의 대화를 듣지 못했길 바랐다.

"샌시, 혹시나 해서 하는 말인데 샌시가 생각하는 이상의 첫날밤은 멋
진 별장이나 휴양지의 여관에서 장미를 잔뜩 뿌린 침대 위에서 하는 쪽?"

"어떻게 알았어?"

제리코는 고개를 설레설레 저었다. 남들 하는 거 다 하고 싶어 하는
샌시지만 이 경우는 실제로 그렇게 하는 사람을 찾는 게 더 어렵지 않
을까 싶었다.

"갈대밭이나 방앗간 근처에서 시시덕거리면서 서로 어깨 밀치다가 한
쪽이 불타올라 쓰러뜨리는 쪽. 인구수로 봤을 땐 이쪽이 '남들 하는 거'
에 더 가깝다고 봐."

─가능하면 귀족의 평균에 맞춰주지 않을래?

그렇다면 할 말이 없었다. 귀족의 생리에 대해 무지한 제리코로선 소
설이나 연극, 인형극에서 본 게 전부였다.

참고로 그녀가 본 귀족의 밤 생활 8할은 파티나 무도회 중간 슬쩍 사
라져 거사를 치르는 쪽이다. 정숙한 샌시가 그럴 리 없기 때문에 제리코
는 냉수나 들이켰다.

우물물을 마시려면 공들여 삽질하는 게 우선이었다. 삽질만 해서 끝
나냐고? 우물 파는 걸 만만하게 보지 마라. 진흙이 섞이지 않도록 돌을
넣고 벽도 쌓아야 한다. 시간과 품을 많이 들여야 시원하고 맑은 우물
물을 마실 수 있었다. 제리코는 언제쯤 샌시를 벌컥벌컥 마실 수 있을
까 궁리하다 갈증이 나 마른침만 꿀꺽 삼켰다.

"로젠의 장미 농장에 저택이 딸려 있는데 로젠은 들르지 않으니 지
인에게 대여해. 농장의 장미가 일시에 핀 5월이 되면 줄 서서 빌리려

고 난리가 나."

스타즈 가문과 친분이 돈독한 귀족이나 즐길 수 있는 최고의 데이트 장소였다. 그곳으로 신혼여행을 간 커플도 여럿이다.

그런 사정을 모르는 드슬이는 기함했다. 집주인은 생각도 않는데 남의 집을 첫날밤 장소로 정해두다니. 애인과의 첫날밤을 남의 집에서 치르겠단 심보에 드슬이가 발끈했다.

-감히 제리랑 사귀면서 남의 집에서 첫날밤을 보낼 참이야?

"가능하면 저택을 구입하고 싶지만 로젠이 주인이 아니게 되면 장미가 지금처럼 잘 핀다는 보장이 없으니까."

-쓸데없이 논리적이야!

드슬이는 제리코에게 뭐라 말 좀 해보라며 애원했지만 제리코는 샌시의 의견에 호의적이었다.

'집 주변이 모두 장미밭이라니. 그거 숲이랑 비슷한 환경 맞지? 좋네.'

로젠의 장미 농장이라면 샌시가 체력 보정을 받기 충분한 환경이었다. 제리코는 터지는 흥을 감추지 못하고 실실 웃었다. 순진의 대척점에 이른 미소에 드슬이는 금방 샌시 편으로 돌아섰다.

'잠깐. 장미철은 이미 지났는데.'

제리코는 내년까지 남은 개월 수를 따져보곤 입장을 바꿨다.

"샌시, 난 국화 농장도 좋아."

샌시 성격상 올여름은 글렀으니 그나마 빠른 계절이 가을이었다. 샌시는 그것도 모르고 순진하게 고개를 갸웃거렸다.

"저번에도 국화를 달라더니 제리코는 국화를 좋아하는구나. 국화 농장은 아는 곳이 없지만 제리코가 좋아하니까 하나 만들게. 3년만 기다려 줘."

'그거 아냐!'

-꼴 좋다.

3개월을 노리고 던진 말에 돌아오는 대답이 3년이라니. 제리코는 화장한 것도 잊고 손바닥에 얼굴을 묻었다.

샌시는 갑자기 기세가 꺾인 제리코가 걱정되어 말을 걸었다.

"제리코 괜찮아? 추우면 로브 걸칠래?"

"아냐. 국화가 필 때까지 기다릴 생각을 하니 너무 좋아서."

너무 좋아서 현기증이 나려 한다. 샌시는 제리코의 말을 곧이곧대로 알아듣고 볼을 붉혔다.

"그때까지 기다려 준다니…… 나도 좋아……."

마녀는 샌시에게 인내를 가르치지 않았으나 샌시는 사회의 구성원이 되기 위해 어쩔 수 없이 인내를 체득했다.

몸에 익지 않아 인내란 참 성가시다 여겼으나 제리코에 한해서만큼 은 인내조차 달았다.

"지금 당장 네게 입 맞추고 싶어. 널 꽉 안고 싶어. 하지만 네가 허락 할 때까지 기다릴 거야. 그 순간순간이 너무 행복해."

제리코의 허락은 사귄 순간 떨어진 것이나 마찬가지였다. 제리코는 샌시의 사랑스러움에 몸부림치며 속으로 눈물을 삼켰다. 홍조 띤 볼에 가늘어진 노란 눈이 눈부시게 사랑스러웠다.

"마음에 드는 음료라도 발견하셨습니까?"

춤 한 번 추고 음료 테이블에서 움직이지 않는 커플이 걱정되었을까. 얼굴 근육이 경련할 정도로 똑같은 표정을 유지하고 있던 후안이 둘에 게 다가왔다.

"안녕하세요. 초대해 줘서 고마워요. 정말 멋진 파티예요."

"일 안 해?"

이렇게 성격 다른 두 사람이 사귀게 되다니. 후안은 눈을 깜빡인 다 음 둘에게 와줘서 고맙다는 인사를 전했다. 예절 교본이나 사교계 잡지 에 나올 법한 훌륭한 인사였다.

"스타즈 공자가 사람을 소개해 드리지 않나 보군요."

"음, 아뇨. 소개해 주겠다고 갔는데 붙잡혔어요."

인기가 너무 좋아도 탈이었다. 둘에게 아는 사람 소개해 주겠다고 떠난 로젠은 사람들에게 붙잡혀 아직도 인사하고 다녔다.

후안은 로젠을 붙잡은 사람의 면면을 확인하고 고개를 저었다.

"주요 후원자에 발이 넓어서 빠져나오기 어려운 듯합니다. 미베어 소공작께 인사드릴 순번을 정하고 있는 듯하네요."

"격식 없는 자리잖아요. 순서는 상관없는데."

"저분들은 격식 있는 분들이라."

후안은 주변을 살피더니 샌시에게 작게 말했다.

"실례지만 회장, 잠시 시간 좀 내줘요."

"실례야."

"무슨 일인데요?"

"안나가 오늘 저와 춤을 추기로 했는데 너무 긴장했는지 의수 조작이 평소처럼 되지 않는 모양입니다. 회장이 조금 도와줬으면 하네요."

"어머나."

제리코는 박수를 치며 반색했다. 혹시나 해서 기대했더니 역시나였다. 눈을 부릅뜨고 제리코의 곁을 지키려던 샌시는 애인의 반응에 태도를 바꿨다.

"도와줄게."

"하아. 정말 고맙습니다. 절 따라와 주세요."

사랑하는 약혼자를 위해서라면 마법사의 소중한 손이 부르틀 정도로 악수를 하는 남자가 진심으로 안도했다.

후안이 앞서고 샌시와 제리코가 뒤따랐다. 후안은 따라오는 제리코를 보고 난색을 표했다.

"그…… 실례지만 미베어 소공작은 홀에 남아주시면 안 되겠습니까?"

"저도 도네타 양과 인사하고 싶어요."

"안나가 많이 긴장한 상태라 고귀한 분을 뵈면 실례할까 염려됩니다."

후안의 완곡하게 거절했다. 제리코는 안나의 입장에서 생각해 봤다. 그녀는 꽤 대범한 듯하지만 처음 보는 사람 앞에서 골렘 조작에 미숙한 모습을 보이기 꺼려질 것이다. 제리코는 한발 물러났다.

"춤춘 다음 제일 먼저 소개해 주기예요. 약속."

"당연한 말씀입니다. 이 자리에 소공작보다 귀한 분이 안 계시니 가장 먼저 소공작께 인사 올려야지요."

후안은 제리코의 사려 깊은 배려심에 감사를 표하고 파트너 없이 홀로 남을 제리코를 걱정해 호위를 부르려 했다.

제리코는 손을 저어 거절했다. 아는 사람을 발견했기 때문이다. 밤하늘처럼 고운 감청색 머리카락이 인파 사이에서 빛을 발했다.

"괜찮아요. 저기 스텔라가 있으니까 스텔라랑 같이 있을게요."

자선 파티의 고정 멤버인 스텔라와 같이 있겠다고 하니 후안은 눈에 띄게 안심했다. 샌시도 제리코가 낯선 남자가 아닌 아는 얼굴과 같이 있겠다고 하자 긴장을 풀었다.

제리코는 둘이 사라지는 걸 지켜본 뒤 스텔라에게 다가갔다.

"마물의 희생자뿐만 아니라 낙후된 지역의 의료에도 도움의 손길이 필요합니다. 제국의 의료 기술은 서대륙에서 제일 앞섰지만 지방에 사는 사람은 그 혜택을 못 받고 있어요."

스텔라는 사람들에게 열변을 토하고 있었다.

"같은 제국민인데 사는 지역에 따라 받는 의료 수준이 천차만별입니다. 소득에 따른 차이도 심각해요. 도시엔 의료 시설이 충분한데 돈이 없어 혜택을 받지 못하고 있습니다. 심각한 질병과 외상엔 마법약과 마법 치료가 필수적인데 지나치게 비싸 귀족과 소수의 부자 외엔 혜택을 받지 못합니다. 그러니까 더 많은 사람이 마법약의 혜택을 누릴 수 있도록 보급형 마법약과 치료 마법을 개발해야……."

"옳은 말이긴 하지만 재화가 너무 많이 들어요, 스텔라."

"마물의 희생자를 돕는 일은 언젠가 끝이 나겠지만 스텔라 씨가 하려는 사업은 끝이 없습니다. 귀족들은 돈을 풀지 않을 겁니다."

"도네타 씨의 파티가 이만큼이나마 성장한 건 마물이 귀족과 평민을 가리지 않아 귀족 중에 동병상련을 느끼는 이가 많기 때문이에요. 낙후된 지역과 도시 빈민을 위한 마법약 개발은 그들의 흥미를 붙들 수 없어요."

"자본을 끌어모은다 해도 참가하려는 마법사의 수가 적은 것도 문제지. 그 정도 숙련된 마법사가 자선사업을 할 리 없으니."

"돈에 눈먼 수전노라 욕하기도 어렵죠. 마법을 쓸 때마다 수수료가 나가는데 약 하나 개발하려면 필요 자금이 어마어마하니까."

"마탑에 인가받은 수준의 연구소가 아니면 개발도 어려울 겁니다."

자선 파티에 모인 이들이다 보니 스텔라의 의견에 동조하면서도 현실의 한계에 부딪혀 어쩔 수 없다 말하는 이가 대부분이었다.

다 알고 있는 얘기지만 남의 입으로 들으니 현실의 벽이 너무 높고 단단했다. 스텔라는 상심하는 대신 의지를 불태웠다.

"아예 안 하는 것보단 낫습니다. 소액이라도 정기 후원을 해주는 분이 계속 늘어난다면 할 수 있어요. 티끌 모아 태산이라는 말도 있잖아요."

"소액 기부자야 모으기 쉽겠지만 많이 모여도 문제예요. 관리할 인원을 뽑고 기부금을 일일이 정리하자면 끝이 없어요. 솔직히 백 명, 천 명의 기부보다 귀족 한 명의 기부가 더 도움이 되는 게 사실이잖아요. 스텔라, 지금 규모로는 무리예요. 사람을 좀 더 모으거나 귀족들이 좋아할 만한 사업으로 전환해야 해요."

"가문의 도움을 받으면 좋겠소만, 백작님은 여전히 반대하시오?"

"기둥뿌리 뽑는 자식은 필요 없다 하셨죠."

스텔라는 자학에 가까운 농담을 하고 피식 웃었다. 솔라 아카데미 입학을 거부하고 루나 아카데미에 입학한 일 때문에 그녀는 부모 눈 밖에 난 자식이 되었다. 그나마 교류를 유지하고 있는 친척이 에밀리였고 에밀리 또한 캐리와 친해지기 전까진 스텔라를 설득하는 편지만 주야장천 보냈다.

"어쨌든 시간 내주셔서 감사합니다."

"주위에 말은 해볼게요, 스텔라 양."

"정말 감사합니다."

어찌나 대화에 집중했는지 그들은 제리코가 지척에 다가온 것도 알지 못했다. 진지한 주제가 끝나자 스텔라가 한결 가벼워진 태도로 말했다.

"어디 귀 얇고 돈 많은 대귀족 없나 모르겠어요."

"저 귀 얇아요."

제리코는 자신의 얇은 귓불을 가리키며 불쑥 끼어들었다. 제리코의 접근을 눈치채지 못했던 스텔라는 깜짝 놀랐다.

"안녕, 스텔라."

"아이, 깜짝이야!"

소스라치게 놀랐던 스텔라는 보는 이의 시선이 많음을 알고 자세를 정돈했다. 그녀는 금방 타의 모범이 되는 인사를 선보였다.

"안녕하십니까, 미베어 소공작."

"격식 없는 파티라고 했잖아. 편하게 해, 편하게."

스텔라를 허물없이 대하는 제리코의 태도에 사람들의 눈이 이채를 띠었다.

제리코는 스텔라가 부담스럽다 싶을 정도로 가까이 다가갔다.

"전부터 스텔라가 하는 사업에 관심 있었어."

장차 미베어 공작이 되실 대귀족이 관심을 가져주는 건 고마운 일이지만 평범한 관심으로 뛰어들기엔 사업 내용이 너무 거창했다. 스텔라는 상냥하게 웃으며 제리코에게 설명했다.

"단순히 관심만으로 후원하기엔 금액이 만만치 않아."

"마법약 개발은 모르겠지만 병원 많이 세우는 건 관심 있어. 병원이 안 되면 약국이라도 좋은데."

"음…… 사실 난 지금보다 저렴한 마법약 개발이 더 현실성 있다고 보고 있어. 지역 의료 시설 확충은 자본만으로 추진하기엔 현실적으로 힘들어. 병원을 세우는 건 돈이면 되지만 그곳에서 근무할 의사를 고용하는 게 어렵거든. 기반이 잘 닦인 도시를 떠나 벽지의 시골로 가고 싶은 사람은 없을 테니까. 돈을 모으기 위해 단기간 근무하는 의사는 있겠지만 장기간 머물 사람을 찾는 게 만만치 않아. 차라리 그 돈으로 마법사를 고용하고 연구비를 지원해 보급형 마법약을 개발하는 편이……."

"순회 병원 같은 건 안 될까?"

"순회 병원?"

"응! 어차피 시골구석에 병원 세워봐야 땅만 넓고 사람 수 적으니까 낭비 맞거든. 게다가 근처에 병원이 있어도 다들 고집이 세서 죽기 직전 아니면 안 찾아가. 어떻게든 마을 내에서 해결하려고 한다니까. 그래놓고 여행자나 행상인이라도 오면 상비약을 탈탈 털어 가지."

어디서 많이 들어본 말이었다. 드슬이가 설마 하며 말을 삼켰다.

-너 설마.

제리코의 눈이 초롱초롱 빛났다. 장미 농장에서 샌시의 체력과 정력이 보정을 받느냐 마느냐로 고심하던 때에 필적했다.

"나 관심 많아. 지나가는 관심이 아니라 옛날부터 관심 많았어. 시장조사도 열심히 했는걸. 현지인의 시점에서 구상한 사업 계획 들어보지 않을래?"

제리코는 두 주먹을 들어 보이며 메렐 교수만 알고 있는 비밀을 공개했다.

"내 꿈이 약장수였거든!"

미베어 소공작이 품었던 원대한 꿈에 모두 말을 잃었다.

스텔라는 흥분한 제리코를 진정시키기 위해 그녀를 데리고 기부금 모금함 쪽으로 이동했다.

제리코는 모금함에 아껴온 용돈을 넣은 후 명단에 이름을 적었다. 도네타 양의 동생은 과한 아부 대신 감사하다는 말 하나로 마음을 전했다. 제리코로선 이쪽이 더 편했다.

"진짜 괜찮겠어?"

"진짜 관심 있다니까."

"금액이 만만치 않아서……. 네가 주축이 되어준다면 관심 갖는 사람이 많아져서 나야 좋지만."

"스텔라."

제리코는 눈을 빛내며 말했다.

"실은 내가 실수로 비싼 물건을 파손해서 그걸 보상해 줬어. 액수가 너무 커서 보상해 준 후로도 그게 와닿지 않았거든. 그런데 방금 스텔라에게 들은 인건비를 계산해 보니까, 그 돈이면 의사 선생님 오십 명은 출장 보낼 수 있는 거야."

비싼 물건 파손의 진범인 드슬이가 사죄했다.

-죄송합니다. 잘못했습니다.

"그때도 주위에선 나는 그런 돈 펑펑 쓸 수 있는 부자니까 눈치 보지 말고 쓰라고 했거든. 그러니까 내가 진짜 관심 있는 일에 돈을 쓰는 건 괜찮지 않을까?"

"관심 있는 일?"

"병원은 지어주지 못해도 의사와 약사 선생님 출장비랑 약값은 댈 수 있다고 생각해."

약을 팔지 못한다면 약이라도 뿌리겠다. 제리코의 의지는 확고했지만 스텔라는 진지하게 생각하란 말을 되풀이했다.

"어쨌든 네 독단으로 결정할 규모가 아니니까 자산 관리인과 꼭 상담해 봐. 알겠지?"

"응."

약장수의 꿈은 이루지 못해도 변방 마을에 약을 보급하고 싶다는 꿈은 이룰 수 있을지도? 꿈을 이룰 수 있단 사실에 제리코가 기뻐하는데 갑자기 입구 쪽이 떠들썩해졌다. 제리코는 무슨 일인가 싶어 고개를 돌렸다가 눈이 휘둥그레졌다.

색조가 다른 빨간 머리가 넷이나 모여 있었다. 누가 저렇게 모으라고 해도 모이기 쉽지 않겠다 싶어 열심히 구경하는데 불쑥 솟은 빨간 머리가 어째 눈에 익었다.

─로젠이네.

'그러게. 주위는 동생들인가?'

루비를 녹여낸 듯 색이 진한 로젠의 빨간 머리부터 잘 익은 사과가 생각나는 빛깔 좋은 빨간 머리, 빨갛기보단 주황색에 가까워 당근이 생각나는 빨간 머리, 색이 짙고 어두운 빨간 머리 등등. 플라타나의 머리는 밝은 갈색인데 자식들은 모두 빨간 머리이니 아버지의 머리 색이 어땠을지 짐작이 갔다.

로젠은 동생들에게 둘러싸여 도망가지 못하고 있었다.

"웬일이야. 저렇게 모여 있는 모습은 보기 드문데."

"남매끼리 같이 안 다녀? 사이가 안 좋은가?"

"사이야 좋지. 빨간 머리가 종류별로 모여 있으니까 구경거리가 되는 기분이라고 애플과 캐럿을 제외하면 같이 안 다녀."

─캐럿 소유로 당근 농장이 있다는 데 저번에 산 검집을 걸겠어.

내기의 결과가 명백하기 때문에 제리코는 검이 건 내기에 응하지 않았다.

나이순으로 장미, 사과, 당근, 부싯돌이다. 제리코와 비슷한 나이대로 보이는 소녀의 이름이 부싯돌이라는 데 의아해하자 스텔라가 진상을 밝혔다.

"로젠 선배가 식물은 이제 그만이라고 엉엉 울었대."

큰오빠가 엉엉 운 결과 소녀는 부싯돌에서 튕겨져 나오는 불똥을 닮았다 하여 부싯돌이 되었다. 사과나 당근보단 나았기 때문에 틴더는 본인 이름에 만족한단다.

제리코는 빨간 머리 클럽에 접근했다. 같은 빨간 머리로서 동질감을 느껴서는 아니고 로젠의 동생에게 인사하고 싶었다.

사람의 이목을 집중시키며 등장한 빨간 머리 클럽은 타인의 시선을 신경 쓰지 않고 큰소리로 클럽의 맏이를 비난했다.

"내가 왜! 왜 형 때문에 데이트 신청을 거절당해야 하는 거야! 이번이 대체 몇 번째야!"

"넌 데이트 신청이라도 했지! 난 데이트인 줄 알고 나갔다가 형 소개해 달란 얘기를 들었어!"

"하하, 얘들아? 남들이 들으니까 좀 조용히⋯⋯."

"매일 호인인 척 웃기나 하고. 제대로 오빠 노릇 하고 싶으면 집에나 들어오고서 그런 얘기 해!"

틴더가 웃는 로젠에게 날카롭게 쏘아붙였다. 제리코는 동생의 공세에 쩔쩔매는 로젠을 보고 발걸음을 멈췄다. 이대로 가서 인사하면 로젠이 굉장히 민망해할 것 같았다. 사태가 진정된 후에 인사해도 늦지 않았다.

쩔쩔매는 로젠을 보다 못한 누군가가 끼어들어 인사하자 남매는 입을 모아 외쳤다.

"안녕하세요, 언제 어디서나 여러분의 생활 속 편의를 책임지는 스타즈입니다!"

로젠도 덩달아 외치는 바람에 사람들이 웃었다. 함께 웃던 제리코는 자신을 부르는 소리에 고개를 돌렸다. 오늘 호위를 책임지게 된 빨간 머리 용병단의 대장이 제리코를 부른 장본인이었다.

"무슨 일이에요?"

"실례지만 잠시 시간을 내주시겠습니까? 고용주께서 소공작님을 뵙고 싶어 하십니다."

고용주 얘기에 제리코는 로젠을 잠시 쳐다보았다가 곧 빨간 머리 용병단과 계약한 사람은 플라티나 스타즈임을 떠올렸다.

"플라티나 님도 오셨어요?"

"공식적인 방문은 아닙니다. 잠시 시간을 내주시겠습니까?"

플라티나가 보고 싶다니 제리코로서야 쌍수 들고 환영이었다. 만나기 어렵던 세 여자를 일주일 만에 전부 만나게 되다니. 방문하고 일주일이 지났지만 에라프의 영험함이 아직 머무르고 있는 게 아닌가 착각이 들 정도였다.

"비밀리에 방문하신 것이라 휴게실에 가시는 척 빠져나오셔야 합니다. 이쪽으로."

─믿을 수 있겠어?

용병은 제리코를 인적이 드문 방으로 안내했다. 아무에게도 말하지 않고 몰래 자리를 뜬다니. 제리코의 안전불감증을 지적하는 드슬이의 얘기에 잠깐 겁이 난 것도 사실이다. 하지만 제리코는 신의 있는 용병단이란 로젠의 호언장담을 떠올리고 용병을 믿기로 했다.

"여쭤볼 게 있는데요."

"네, 말씀하십시오."

"혹시 크리스라는 분 아세요? 나이는 최소 삼십 대 후반이고 남성분인데요."

대장은 겉으로 보기에 사십 대 초반의 나이였다. 혹시나 싶어 물어본 것이라 별 기대는 하지 않았기 때문에 모르겠다는 답변이 돌아왔을 때 제리코는 실망하지 않았다.

"너무 흔한 이름이라 모르겠습니다. 혹 사람을 찾으신다면 사람 찾기 전문인 용병단을 소개해 드릴까요?"

"아뇨아뇨, 찾는 건 아니고요. 그냥 아는 사람의 아는 사람이고 용병인데 혹시 아시나 싶어서. 제가 듣기로 20여 년 전에 빨간 머리 용병단

소속이었던 것 같은데 아닐 수도 있고."

꽤 불친절한 질문이었음에도 용병은 진지하게 기억을 더듬었다. 하지만 크리스란 이름이 원체 흔하다 보니 빨간 머리 용병단을 스치고 지나간 크리스만 해도 열이 넘었다. 연령대로 좁혀보고자 해도 쉽지 않았다.

용병이 대놓고 끙끙거리자 제리코는 아차 싶었다.

"헉, 중요한 거 아니니까 너무 신경 쓰지 마세요. 그냥 생각나서 여쭤본 거예요."

"아뇨, 아닙니다. 원래 이 일 하면 사람 얼굴과 이름 기억하는 것도 임무에 포함됩니다."

파티 때문에 밝기를 키운 조명이 제리코의 머리를 비췄다. 용병은 피처럼 선명한 붉은 머리를 보더니 잠시 멍해졌다.

"소공작님처럼 훌륭한 붉은 머리 용병을 본 적이 있습니다. 제가 초짜, 아, 이런 저럼한 말을. 죄송합니다. 제가 막 입단한 신입 용병 시절 저희 용병단엔 이름에 걸맞게 빨간 머리가 많았는데 개중 두 선배의 붉은 머리가 특히 훌륭했습니다."

제리코의 귀가 쫑긋해졌다.

"이목구비는 다른데 워낙 머리 색이 똑같아서 형제인 줄 아는 사람도 많았습니다. 형제 아니란 얘기를 듣고 많이 놀랐는데…… 둘 다 실력이 뛰어나고 인품도 훌륭했습니다. 한 분은 은퇴하고 고향에 돌아갔다 들었는데…… 잘살길 바랐는데……."

용병이 힐끗 제리코의 얼굴을 응시했다. 이제까지 용사를 닮았다 생각했던 선배의 정체를 알아차린 모양이었다. 동상이나 초상화만 보고 대충 닮았다 여겼는데 기억 속 얼굴과 일치하는 딸을 보니 확실했다.

용병은 신분을 속인 에라프와 형제처럼 절친했던 또 다른 선배를 떠올렸다.

"다른 선배의 이름이 크리스였습니다. 그런데 소공작님께서 찾으시는 인물은 아닐 겁니다."

"네? 왜 그런가요?"

용병은 지옥 같았던 신입 시절을 씁쓸하게 회상했다. 제리코가 찾는 크리스가 에라프의 지인이라면 그 크리스일 리 없었다. 왜냐하면 에라프는, 모두의 지옥을 끝내준 불세출의 용사는 형제와 같았던 크리스의 사망을 계기로 용병단을 탈퇴했기 때문이다.

"선배가 은퇴한 계기가 크리스 선배의 전사입니다. 고인이 된 지 오래니 소공작께서 찾는 인물은 다른 크리스일 겁니다."

제리코는 말문이 막혔다. 마른침을 삼키고 가까스로 사과했다.

"죄송해요."

"그런 말을 들으면 제가 더 송구합니다. 사과하실 필요 없습니다. 당시엔 흔한 일이었습니다."

마물이 날뛰던 10년간 군인과 더불어 일선에서 가장 활약한 직종이 용병이었다. 그만큼 사상자가 많았다. 제도와 같은 대도시에 기반을 둔 용병의 피해는 그나마 약소한 편이나 당시 빨간 머리 용병단은 제도에 기반을 두지 않은 중소 도시의 용병단이었다.

"선배의 희생을 기려 스타즈 상단에서 감사패도 나왔고, 유족에겐 파격적인 액수의 보상금이 전달되었습니다. 그 의뢰를 계기로 스타즈 상단과 정기 계약을 하게 되었으니 용병으로서 최고의 죽음이죠."

단순한 심부름꾼에서부터 칼잡이까지. 세간의 인식이 그리 좋지 않던 용병에 대한 인식이 좋아진 건 광룡 덕분이라는 모순.

평화가 이어지면 용병에 대한 인식은 믿음직스러운 무장 집단에서 다시 돈 받고 청부 폭행, 살인을 일삼는 폭력배로 변질되겠으나 그는 그래도 상관없다 여겼다.

사회 전반에 깔려 있던 공포가 사라지고 밤이 되면 불을 밝힌다. 눈을 감으면 들려오는 노랫소리와 맛있는 음식 냄새는 사람들이 지옥에서 벗어났다는 증거였다.

"이렇게 파티의 경호를 담당할 수 있게 되다니. 과거의 제게 말했으면 믿지 않았을 겁니다."

용병은 은퇴가 빠르다. 십 대 후반부터 일을 시작해 사십 대에 이른 지금까지 은퇴하지 않은 그는 본래 이렇게 현장에 뛸 짬밥이 아니었다.

그런 것을 경호 대상이 용사의 딸이라는 이야기에 후배를 밀어내고 끼어들었다. 그는 끼어들길 잘했다고 생각했다. 설마 그 선배의 정체가 용사였을 줄은 꿈에도 몰랐지.

"정말 감사합니다."

평소라면 제게 감사할 일이 아니라고 사양했을 것이다. 하지만 제리코는 은혜 갚을 사람이 세상에 존재하지 않는 서러움을 알아버렸다. 은인의 핏줄은 대신 감사 인사하기에 가장 적절한 상대였다. 때문에 제리코는 공손하게 고개를 꾸벅여 용병의 인사를 받았다.

목적지에 도착했기 때문에 대화는 더 이어지지 않았다. 제리코로선 다행이었다.

"안녕하세요! 언제 어디서나 여러분의 생활을 책임지는 스타즈입니다!"

무거운 공기를 한 번에 날리는 쾌활한 인사가 날아왔다. 시원시원한 미소를 보니 제리코의 입가도 절로 올라갔다.

"와아! 플라티나 님 오랜만이에요!"

"어머, 나 보고 싶었어요?"

"당연하죠! 바쁘신 것 같아서 연락은 못 드렸지만."

"만나고 싶으면 언제든 얘기해. 시간 낼 테니까요."

오랜만에 만났지만 꼭 어제 만난 사람처럼 친근했다. 제리코가 한 붙임성 한다면 플라티나는 한술 더 뜨는 느낌이다. 그런 둘이 만났으니 한 마을에서 사이좋은 이웃처럼 정다운 인사가 오갔다.

플라티나는 못 보던 사이 머리를 잘라 목덜미가 시원했다. 짧은 연갈색 머리와 세월의 흐름에 적극적으로 저항하는 외모가 잘 어울렸다.

날렵한 몸매를 받쳐주는 바지도 참 잘 어울린다는 생각이 드는 것도 잠깐, 플라티나에게 불린 용건도 잊고 근황 보고에 푹 빠졌던 제리코는 약간 부푼 플라티나의 배를 보고 사담 지옥에서 벗어났다.

"플라티나 님, 혹시."

"맞아요! 지금 5개월!"

"와아! 축하드려요!"

"고마워요. 진심으로 축하해 주는 건 소공작이 처음이야."

여전히 반말과 존대를 오가는 플라티나의 화법이 누군가에겐 무례하게 느껴지고 누군가에겐 친근하게 들릴 것이다. 드슬이는 단연코 전자이지만 제리코에겐 단연코 후자였다. 평소 접하지 못한 화법에 구사하는 자가 플라티나다 보니 무례하단 생각이 들지 않았던 것이다.

"진심으로 축하해 주는 사람이 없다니…… 너무 슬픈 얘기예요."

"어휴, 말도 마요. 티오 빼고 모두 잔소리했다니까. 배 아파 낳아놨더니 다들 제 잇속만 챙기려 들고."

"플라티나 님을 걱정해서 그러는 걸 거예요."

"내 건강이야 내가 챙기죠. 뭐, 나도 나이가 있으니 이 애가 마지막이겠지만."

7번 이혼하고 8번 결혼한 플라티나는 자식이 7명 있다. 지금 배 속에 있는 태아까지 치면 자식이 8명이나 된다. 이만하면 제국을 대표하는 다산의 상징이었다.

광룡이 토벌된 이후 대륙적으로 베이비붐이 일었지만 플라티나처럼 힘쓰는 사람은 극히 드물었다. 부와 권력, 남자까지 모두 손에 쥐고 마음껏 흔드는 플라티나가 출산처럼 힘든 일을 여러 번 반복하는 것에 많은 유부녀가 의문을 표했지만 플라티나는 싱긋 웃을 뿐 제대로 된 이유를 말해주진 않았다.

그저 애인이 많은 그녀가 아이가 생기면 아이를 사생아로 두지 않기 위해 애인을 정리하고 아이 아버지와 결혼 계약서를 작성한다는 점에서 피임 마법이나 피임약이 통하지 않는 특이체질이 아니냐는 소문이 돌았을 뿐이다. 좋지 않은 내용이라 제리코의 귀에 들어갈 리 없는 소문이었다.

"혹시 좋은 이름 생각나는 거 없어요? 이젠 슬슬 생각나는 게 없네."

여기서 잠깐 플라티나의 아이들을 소개한다. 순서대로 장미, 사과, 당근, 부싯돌, 노을, 석류, 불꽃이다. 머리 색이 모두 붉으니 기초 학교에서 놀림받고 울기 딱 좋았다.

"루비는 어때요?"

"예쁘긴 한데 너무 귀하지 않아? 사실 노을도 마음에 안 들었어. 아이 아빠가 우겨서 어쩔 수 없이 붙인 거예요."

아이의 이름은 단순할수록 좋다. 플라티나의 확고한 지론엔 이유가 있었다. 플라티나는 검지로 자신을 가리켰다.

"날 봐요. 내가 산증인이니까."

플라티나의 머리는 연갈색이지만 태어난 직후엔 색이 연해 백금과 비슷했다. 더는 거창하고 긴 이름이 떠오르지 않던 그녀의 부모는 금보다 귀한 금속의 이름을 막내딸에게 붙였다.

어릴 땐 이름이 길고 거창한 언니 오빠들이 부러웠지만 어른이 되고 나선 적극적으로 아이들의 이름을 간소하게 지었다. 스타즈 가문의 막내딸에서 지금의 플라티나 스타즈가 된 것이 꼭 이름 때문인 것 같아서.

"그나저나 데이지 소공작과 교제한다고 들었어요. 축하해."

"감사합니다."

"우리 로즈는 취향이 아니었을까?"

플라티나는 힘겹게 키워냈더니 저 혼자 컸다고 주장하는 맏아들을 떠올렸다.

"그 애가 어디 가서 빠지는 아이는 아닌데. 그만하면 인물 좋지, 성격

좋지, 능력 있지. 뭣보다 부양 능력 확실하지."

인류가 금에 연연하는 한 로젠의 부양 능력은 타의 추종을 불허한다. 연애를 단기로 끝내서 그렇지 제도 내에선 첫손가락에 꼽히는 최고의 신랑감이었다. 플라티나의 자부심은 타당했다.

놀랍게도, 플라티나를 아는 사람이든 모르는 사람이든 모두에게 놀랍게도 플라티나가 제리코를 따로 청한 것은 아들인 로젠의 연애 문제 때문이었다.

플라티나는 로젠이 시도도 못 해보고 차였다는 얘기를 듣자마자 책상을 치고 일어났다.

걔가 뭐가 부족해서?

가문이야 공후백자남의 위계를 따르자면 부족한 게 맞지만 어디 귀족의 권력이란 것이 그렇게 계단처럼 위아래가 확실하던가? 스타즈 가문이라 하면 제국이 생기기 전부터 막대한 자금을 휘두르던 상인 가문이요, 나라가 망하든 말든 국가의 반석보다 탄탄한 전통과 재력으로 언제든 국적을 갈아치울 수 있는 대륙의 권세가였다.

연애에 권력을 들이밀면 치졸해지니 권력과 재력을 뺀 순수한 인간 자체로만 따져보자.

로젠이 샌시에게 밀린다는 게 이성과 감성을 모두 따져 말이 되냐 이 말이다. 이 부분에서 플라티나는 살짝 자존심 상한 상태였다.

"혹시 로즈가 고백하지 않고 간만 보는 게 싫어서 데이지 소공작을 택했다면 기회를 주지 않겠어요? 걔가 소공작을 진심으로 좋아하는 것 같아서 그래요."

로젠이 에라프의 아들이라면 나올 수 없는 대사였다. 제리코는 눈을 데굴데굴 굴리다가 이때다 싶어 솔직하게 말했다.

"사실은 저기, 제가 음, 아버지의 일기를 읽었거든요. 그런데 일기에 로젠이 아들일지도 모른다는 내용이 적혀 있는 거예요. 그래서 그걸 읽은 후부터 로젠이 이성으로 느껴지지 않는다고 해야 하나."

"풉."

플라티나는 폭소를 참기 위해 입을 막았지만 별 소용 없었다. 임부가 배와 입을 잡고 풉풉거리는 건 정신 건강에 안 좋아 보였기 때문에 제리코는 편히 웃으시라 말했다.

그러자 플라티나는 배를 잡고 깔깔깔 웃었다.

"아이고, 배야. 그것, 그게 마음에 걸렸구나. 아이고. 그건 어쩔 수 없네."

"넵. 걸리죠. 엄청 걸리죠. 안 걸리면 큰일 나죠."

"로, 로즈, 우리 아들. 불, 불쌍해서 어쩌나. 큭, 크큭."

하프 산맥에서 귀환한 후 로젠은 가문의 저택에서 한동안 머물렀다. 동생들의 잔소리를 참아가며 집에서 머문 데엔 이유가 있었다.

"난 정말 에라프 님 아들이 아닌 거야?"

"풉, 또 뭐니."

"어머니, 전 진지해요. 솔직하게 대답해 주세요."

그 말에 플라티나는 이렇게 대답했다.

"로젠의 아버지는 로젠처럼 선명하고 예쁜 빨간 머리를 지닌 영웅이죠."

―주인이잖아.

드슬이가 곧바로 떠올린 사람을 말했다. 제리코도 마찬가지였다.

'역시 로젠이 내 오빠⋯⋯.'

철벽을 쳐 로젠의 흑역사를 막은 것은 잘한 일이었다. 그러나 안도하기엔 플라티나의 표정이 마음에 걸렸다.

플라티나는 제리코를 호기심 가득한 눈으로 응시하고 있었다. 제리코의 입에서 나올 이름에 따라 제리코를 시험해 보려는 것처럼.

제리코는 에라프의 이름을 말하려던 입술을 다물고 자신의 머리카락을 만지작거렸다. 제도 인근에서 흔하다는 빨간 머리. 하지만 이렇게 색이 곱고 선명한 빨간 머리는 드물다. 빨간 머리를 지닌 영웅이라면 마땅히 에라프가 떠오르는 게 정상이다.

동시에 제리코는 마을 어른들이 했던 이야기를 상기했다. 그땐 마을을 지켜준 자유 기사가 에라프라는 사실을 알지 못했다. 제리코가 친부가 어떤 사람인지 물었을 때 어른들은 대답했다. 광룡을 물리쳐 주신 에라프 님은 훌륭한 용사지만 마을을 지켜주신 자유 기사님 같은 분이야말로 우리 같은 사람들의 영웅 아니겠냐고.

힌트는 이미 나왔다. 에라프는 크리스와 종종 형제 사이로 오해받았다고 일기에 적었다. 이목구비는 닮지 않았지만 머리카락 색이 똑같기 때문이다. 크리스는 에라프처럼 선명하고 고운 빨간 머리의 소유자였다.

"크리스 씨인가요?"

"이름을 아네? 그것도 일기장에 적혀 있었어요?"

오랜만에 듣는 반가운 이름이지만 플라티나는 웃지 못했다. 그녀는 순순히 고개를 끄덕였다.

"맞아요. 로젠의 친부는 크리스. 나의 빨간 머리 영웅이었죠. 일찍 죽은 걸 빼면 좋은 남자였어요. 죽는 바람에 벌어놓은 점수 다 깎아먹었지만."

플라티나가 고개를 설레설레 저었다.

"딱히 숨긴 적은 없어요. 아빠가 누구냐고 물어보면 항상 빨간 머리 영웅이라고 대답해 줬거든요. 로젠이 멋대로 에라프 님이라 단정해서 그렇지 어릴 때 검술 가르쳐 준 스승들에게 물어보면 바로 알게 되었을 거예요. 그런데 그 애는 앞뒤가 꽉 막혔다고 해야 하나, 집중하면 주변을 못 봐서 그런가, 용사 외에 수많은 영웅이 있다는 걸 생각하지 못했나 봐."

광룡이 날뛴 기간은 10년. 광룡을 죽여 지옥 같은 사태를 멈춘 용사의 공을 폄하하고자 하는 것은 아니다. 하지만 그 지옥 같았던 10년 동안 인류가 버틴 건 죽음을 무릅쓰고 일선에서 활약한 영웅들 덕분이었다.

플라티나는 영웅을 목도했고 잊지 않았다. 그러나 아들의 오해를 직접 바로잡아 주지는 않았다. 아들은 아직 보지 못해 모를 뿐, 봐도 못 알아채는 멍청이가 아니기 때문이다.

"어쨌든 그래서! 로젠이 내심 마음에 걸렸을까? 나한테 진짜 친아버지가 에라프 님이 아닌지 묻더라니까? 솔직히 그때 제대로 얘기해 주면 친아버지가 누군지 궁금해할 줄 알았어! 그런데 이놈의 자식이 에라프 님은 아니라고 말했더니 친아버지 이름은 묻지도 않고 다행이라고 안도하는 거야!"

생각하니 열불이 뻗쳐 플라티나가 언성을 높였다. 친부의 이름을 묻기보다 에라프와 혈연인지 궁금해한 이유는 명확했다.

로젠은 제리코에게 반했다.

'하프 산맥 다녀오고 난 다음 적극적이다 싶더라니. 확신이 있었구나.'

하프 산맥에 다녀온 이후 제리코에게 마음을 내비치더라니. 플라티나에게 물어보고 확신을 얻은 것이었다.

"괘씸한 건 괘씸한 거고 자존심 상하는 건 자존심 상하는 거죠. 로즈가 이렇게 소공작을 좋아한답니다."

아들이 말하지 않은 고백을 선수 치고 방긋 웃는데 신상품을 팔아치우기 위해 애쓰는 상인 같았다.

물론 로젠은 상품으로 치면 최상품이요, 구매해서 손해 볼 건 없었지만 문제가 있었다. 제리코는 애인 슬롯이 하나라 로젠을 사려면 샌시를 반품해야 했다.

ㅡ아니. 너 말고 다른 사람들도 애인 슬롯은 하나야.

'플라티나 님은 여러 개래.'

ㅡ비정상이잖아! 으으…… 로젠이 주인 아들이 아니었다니. 다 끝났어. 나에겐 희망이 없어. 로젠 손에 들릴 날만 손꼽아 기다렸는데…….

장미를 닮은 검사와 함께하는 장밋빛 꿈이 깨졌다. 드슬이는 플라티나의 확답이 의심스러웠는지 제리코를 졸랐다.

-야야, 어떻게 확신하냐고 물어봐. 주인 일기장에도 아들이었으면 좋겠다고 적혀 있었잖아. 이거 보나마나 양다리 걸친 거라니까?

세상엔 양다리 외에 아이 아빠를 헷갈릴 수 있는 관계가 존재한다. 제리코는 침대 위에 누울 수 있는 인원엔 한계가 없다는 사실을 알려줄까 하다 그만뒀다. 자칭 발랑 까진 자신이지만 막상 정확하게 생각하거나 입에 담으려니 부끄러웠다.

-빨리 물어봐, 물어봐, 물어봐.

'야, 실례거든?'

-물어봐! 빼액! 물어봐아아아아!

로젠을 잃은 드슬이 눈엔 뵈는 게 없었다. 임시에 불과하지만 주인인데 주인 체면이 바닥에 처박히든 말든 신경 쓰지 않는 마음 씀씀이가 어찌나 괘씸한지. 제리코는 드슬이의 요청을 무시했다.

"그…… 일단 로젠의 마음은 아는데 제가 애인이 있어서."

"소공작처럼 잘난 여자는 남자 두서넛은 거느려야죠. 영웅은 호색! 에라프 님이 못 이루신 호색의 꿈 물려받아 키우죠!"

"아뇨, 하나면 됩니다."

제리코는 정색했고 플라티나는 태연했다. 잘난 장남이 차여서 자존심 상한달 땐 언제고, 이제는 아예 과수원 낙과 팔듯 해치우려 들고 있었다.

"먼저 반한 사람이 지는 거라니까. 로즈는 내 애인들 보고 자라서 괜찮다고 생각할지 몰라요."

'그건 아닌 듯.'

평소 로젠의 태도를 보면 동생들의 친부는 어떻게든 좋게 생각하고 가족으로 받아들이려는 것 같지만 나머지 애인에겐 얄짤없었다.

지나가는 말로 플라티나가 남자를 볼 때 얼굴과 몸매만 본다고 투덜거렸으니 말 다 했지.

"로젠이 괜찮아도 저랑 샌시가 괜찮지 않아요."

"1 더하기 1은 2지만 10이나 100이 된다고 주장하는 로맨티시스트들이 있어요. 1 더하기 1 더하기 1은 어떨지 확인하고 싶지 않아요?"

플라티나의 눈꼬리가 요염하게 휘었다. 제리코의 심장이 벌렁거렸다.

"죄송해요. 일기장을 읽은 후로 로젠은 쭈욱 제 마음속의 오빠가 되어서 그런 식으로 발전하고 싶지 않아요."

"아이, 아쉬워라. 하긴, 걔가 조금 융통성이 없는 구석이 있긴 해요. 쓸데없이 정의롭죠."

-물어봐 줘, 빼애애액!

검은 변함없이 자신의 요구를 관철했고 플라티나는 떨이 상품 팔 듯 떠넘기려던 장남 판매를 포기했다.

"하는 말이 다 맞아서 내 자식이지만 재수 없다 싶을 때도 있고, 마물도 생명이 있다니, 웃기지도 않아. 마물에게 가족을 잃어본 적도 없는 주제에."

대신 신랄하게 비꼬았다. 팔지 못한 상품에게 매정한 태도를 보인다기보단 상품 자체가 마음에 들지 않았단 태도였다.

침대 위의 1+1+1을 상상하고 얼굴을 붉히던 제리코는 플라티나의 투덜거림에 심장이 덜컥 멎는 기분이 들었다. 입술은 매끄럽게 올라갔는데 눈은 웃지 않았다. 말 안 듣는 자식 푸념이야 흔한 일인데 어쩐지 듣는 제리코의 심장이 서늘해졌다.

찰나 제리코는 어떤 말을 해야 할지 고민했다. 그녀가 고민한 시간은 정말 찰나와 같았다. 플라티나가 언제 푸념했냐는 듯 활짝 웃었기 때문이다.

"둘 사이에서 아이가 태어나면 둘을 꼭 닮은 빨간 머리일 텐데. 아쉬워라."

플라티나가 과장되게, 동시에 진심으로 아쉬워했다.

제리코는 동경하던 어른의 일면에 놀라 두근거리는 심장을 진정시켰다.

-뭐 그리 놀라? 저 여자 특기가 웃는 얼굴로 독설 날리는 거야. 신문에서 봤어.

플라티나에게 독설 들을 입장이 아닌 제리코야 평생 모르고 지나갈 부분이었다.

'그래도.'

-그래도가 아니고. 저렇게 말하는 플라티나도 마물에게 당한 가족은 한 명밖에 없어. 몰살당한 가문도 많은데 그 정도면 온건하지. 로젠이 상인 안 하고 검의 길을 걸으려는 게 마음에 안 들어서 꼬투리잡는 거라니까.

귀족의 가정사에 무지한 제리코도 스타즈 가문의 다른 사람들이 어떻게 죽었는지는 알고 있었다. 언제 어디서나 고객의 편의를 봐주는 스타즈답게 벽지 마을에도 스타즈에 관한 소문이 돌았으니까.

플라티나는 막내로 태어나 언니 오빠를 넘어서 스타즈의 주인이 되었다. 오는 데 순서 있고 가는 데 순서 없다 외치는 플라티나는 본인이 먼저 왔던 언니, 오빠를 넘어섰기 때문인지 능력지상주의의 신봉자였다. 그렇기 때문에 능력을 지녔으면서 그걸 써먹지 않으려는 아들이 마음에 들지 않을지도 모른다.

'그게 아니었나?'

제리코는 플라티나가 로젠의 꿈을 방해하는 이유를 여태껏 그렇게 생각했다. 하지만 플라티나는 제리코와 로젠이 잘되길 바란다고 말했다. 제리코와 로젠이 잘되면 로젠은 미베어 공작 부군이 된다. 스타즈 상회는 이끌 수 없다.

'로젠 얘기랑 다르네.'

플라티나는 제국 최고의 상인이다. 고작 태어날 아이의 머리 색깔 때문에 황금의 요정에게 축복을 받은 아들을 포기하진 않을 것이다.

"플라티나 님은 로젠이 상인이 안 되어도 괜찮으셨던 건가요?"

자기가 생각해 냈지만 참 좋은 질문이라 생각하며 제리코는 스스로 머리를 쓰다듬었다. 그 모습이 귀여웠는지 플라티나의 손도 제리코의 머리 위로 올라왔다. 제리코는 피하지 않고 얌전히 머리를 맡겼다.

"맞아요. 사실 난 그 애가 상단을 물려받길 원하는 게 아니에요. 화가를 하고 싶다면 화가를 하고, 배우를 하고 싶다면 배우를 하고, 교사가 되고 싶다면 교사가 되어도 괜찮아요. 그 애 인생이잖아요. 축복 덕분에 먹고살 걱정 안 해도 되니까 하고 싶은 게 있으면 하면 돼요."

플라티나가 어깨를 으쓱였다. 혹시나 했더니 정말 그간 믿고 있던 얘기와 달라서 제리코의 표정이 멍해졌다.

"뭘 하든 좋아요. 다만 장미면 장미답게 화원을 나가지 말라는 거예요. 모험만 안 하면 누가 뭐래?"

대륙 최고의 상단을 이끄는 자답게 사람들은 플라티나가 자식 교육에 엄격하리라 예상하지만 실제론 그렇지 않았다.

건강 제일. 플라티나의 양육관은 제리코의 모친과 비슷했다.

아이는 건강하면 좋고 건강하게 오래 사는 것이 최고의 효도다.

그런 의미에서 사서 위험을 자처하는 모험 따윌 하겠다는 로젠은 최고의 불효자였다.

"난 내 아이들이 가능한 안전한 곳에서 평생 마물과 마주치는 일 없이 안전하게 살길 원해요. 큰 욕심 아니잖아요?"

-모험의 미학을 모르는 당신이 불쌍해! 라고 말해줘. 빨리!

"하루라도, 한 시간이라도, 1초라도 부모보다 늦게 죽는 게 자식의 도리라고 생각해요. 위험을 자처하는 걸 두고 볼 수 없죠."

"그래도 로젠은 실력이 있으니까 괜찮을 거예요. 이제 마물이 날뛰지도 않잖아요."

"크리스도 실력이 있었어요."

"윽."

"편드는 게 아니라 정말. 당시 에라프 님은 크리스와 대련해서 한 번도 이긴 적이 없거든."

로젠의 재능이 부친에게 물려받은 것이라면 플라티나의 호언장담도 납득이 되었다.

"크리스는 정말 좋은 남자였어요. 그에 비하면 에라프 님은 좋은 남자라기보다 좋은 남자가 되기 직전의…… 그런 미묘한 단계에 머물러 있었어요. 잠자리에선 둘 다 좋은 남자였지만."

말해놓고 이건 아니다 싶었는지 플라티나가 입을 합 다물었다. 주워 담을 수 없으니 수습이라도 하는 수밖에.

"너무 이상하게 생각하진 마요? 지금 보면 왜 그러나 싶겠지만 그땐 그러지 않으면 버틸 수 없었어요. 언제 시체가 되어 썩을지 모르는 몸뚱이인데 아끼면 아깝잖아요? 언제 죽을지 모르는데 쾌락을 외면해서 되겠어요? 살아 있을 때 조금이라도 더 즐겨야죠."

성욕과 쾌락으로 공포를 짓누르지 않고선 잠을 이룰 수 없는 나날이었다. 앞날을 걱정하기보다 눈앞의 쾌감에 집중하는 편이 이득이던 시절이었다. 본래 유혹이 잦았던 위치니만큼 상대를 찾기 쉬웠다. 평소라면 넘어오지 않을 상대도 죽음의 공포 앞에서 쉽게 유혹에 넘어왔다.

플라티나만 그런 것이 아니다. 그땐 모두 그랬다. 소리 없이 다가오는 공포 앞에서 옆에 있는 사람의 온기는 어둠을 밝히는 촛불보다 달콤했다.

"덤으로 내가 로즈를 크리스의 아이라 확신하는 건 크리스랑 잘 때 피임약이 다 떨어져서 못 먹었기 때문이에요. 그 이후론 임신 사실을 알게 되기 전까지 누구랑 잘 만한 상황이 아니었어요. 도망다니느라 바빴죠. 임신 사실을 알고서 에프, 아, 이건 에라프 님이 당시 쓰던 가명이에요. 어쨌든 에라프 님이 신분을 밝히고 결혼하자고 했지만 거절했어요. 그때 에라프 님은 좋은 남자가 되기 일보 직전이었거든. 발목 잡기 싫다는 마음? 거기에 누군가 곁에 계속 있으면 기대 버릴 것 같아서 보내 버렸죠. 지금 생각해도 좋은 판단이었어요. 잘했다, 플라티나."

플라티나는 제리코가 한 것처럼 자신의 머리를 쓱쓱 쓰다듬더니 제리코의 손도 머리 위에 얹었다. 제리코는 황송한 마음으로 플라티나의 머리를 쓰다듬었다.

"그러니까 로즈를 예쁘게 봐줘요. 소공작이 받아주면 그 애가 소공작 옆에 붙어 다닐 것 같아서 그래."

장남을 데릴사위로 넘기는 격이지만 모험 타령을 안 하게 된다면 이득이었다.

제리코가 정색하고 고개를 젓자 플라티나가 작게 감탄했다.

"에프도 셋에서는 죽어도 하기 싫다고 했는데."

"으악! 악악!"

순진한 검을 위해 제리코는 혼신의 힘으로 플라티나의 말을 막았다. 다행히 드슬이는 로젠의 친부가 확정된 충격으로 플라티나의 말을 듣지 못했다. 오히려 애쓴 제리코를 타박했다.

-시끄럽게 뭐 하나?

'갑자기 외치고 싶었어.'

플라티나는 바쁜 몸이었고 제리코는 파티 중 잠시 빠져나온 상황이다. 제리코가 샌시를 반품하거나 애인 슬롯을 늘릴 의사가 없음을 확고히 밝혔으니 플라티나는 더 권하지 않았다.

대화가 끝나고 둘은 방을 나왔다. 제리코는 플라티나 주위에서 두 팔을 어정쩡하게 벌리고 서성였다. 입구까지 부축할 심사였다.

"아직 부축받을 단계는 아닌데."

"저도 아는데 혹 모르니까."

플라티나는 몸이 열 개라도 모자란 바쁜 사람이니까 대비해서 나쁠 건 없었다. 플라티나는 거부하지 않고 제리코와 팔짱을 꼈다. 호위가 둘을 뒤따랐다.

-애가 일곱에 곧 여덟 되는데 뭘 그러냐. 너보다 플라티나가 더 잘 알아.

'여덟은 좀 많은데.'

다자녀 가구를 꿈꾸는 제리코에게도 아이 여덟은 벅찼다. 제리코는 순수한 의문이 들어 그대로 질문했다.

"플라티나 님은 왜 아이를 많이 낳기로 결심하셨어요?"

평민들은 피임약과 마법의 혜택을 받지 못해 생기는 대로 낳거나 자연 피임법에 의존해 아이가 늘어난다. 하지만 귀족은 다르다. 불임은 극복하지 못했으나 피임의 경지엔 올랐고, 플라티나에겐 그 의술을 누릴 재력이 있었다.

플라티나처럼 몸이 열 개라도 모자란 사람이 임신과 출산을 반복하는 건 제 살 깎아먹기에 가깝다. 그걸 모를 플라티나가 아닌데 어째서 반복하는 것일까.

플라티나는 조명에 비친 본인의 갈색 머리와 제리코의 붉은 머리를 비교했다.

"내 머리만 봐선 모르겠지만 본래 스타즈 가문은 붉은 머리가 많은 가계예요. 큰오빠부터 작은오빠, 큰언니에서 막내 언니까지 모두 빨간 머리였죠. 소공작처럼 근사하진 않지만 누가 봐도 멋지다고 말하는 선명한 빨간색이었어요. 지금도 눈을 감으면 그 붉은색이 떠올라요."

갓 태어난 플라티나의 머리 색은 지금보다 연해 백금발에 가까웠다. 집안에서 흔치 않은 머리 색을 보고 그녀의 부모는 거창한 이름 대신 단순한 이름을 지어주었다. 위로 자식이 다섯이나 되니 이름 짓기도 슬슬 힘겨웠던 것이다.

그 단순한 이름에 힘입어, 모두 죽고 플라티나 혼자 남았다.

"마지막으로 남았던 가족의 부고를 듣고 맹세했어요. 텅 빈 저택에 다시 빨간 머리가 뛰놀게 하겠다고."

여길 보고 저길 봐도 빨간 머리가 넘실거렸는데 이젠 아무도 없었다. 지금도 눈을 감으면 붉은 색채가 선명한데 눈을 뜨면 아무도 없었다. 빨간 머리가 가득했던 집 안에 다시 빨간 머리를 가득 채울 것이다. 홀로 남은 플라티나는 텅 빈 저택을 보며 그렇게 맹세했다.

플라티나의 집요한 빨간 머리 페티시엔 그녀의 상실이 반영되어 있었다.

제리코의 눈물샘이 폭발하려 했으나 검은 임시 주인이 헤픈 눈물을 쏟게 놔두지 않았다.

-잠깐 기다려 봐. 스타즈 가문의 3남은 주인이 광룡을 쓰러뜨린 이후에 병사했어. 시기가 안 맞아.

플라티나는 금방 들킬 거짓말을 하는 사람이 아니었다. 그녀는 호위에게 시선을 보내 주위에 다른 사람이 없는 걸 확인하고 혼잣말하듯 정면을 보고 말했다.

"발표한 사망 소식은 모두 거짓말. 다들 광룡이 날뛰던 초기에 죽었어요. 가장 먼저 아버지와 큰언니가 함께 죽고, 이후에 남은 식구들 부고도 천천히 들어왔죠."

모두 공식적으로 밝혀진 사망 시기와 불일치했다. 제리코의 눈이 커지자 플라티나가 작게 웃었다.

"언제 어디서나 여러분의 생활 속 편의를 돌봐 드리는 스타즈잖아요. 단기간에 모두 죽어버렸다는 사실이 알려지면 사람들이 겁을 먹겠죠."

제국은 물론이고 서대륙 전역에 퍼진 스타즈의 유통망은 타의 추종을 불허한다. 마물이 날뛰던 10년 동안 물자를 이동시키기 위해 노력하고 그걸 해냈던 상단은 스타즈가 유일했다. 스타즈가 무너지면 사람들의 의지가 꺾였다.

사랑하는 고객님을 위해 스타즈 가문은 최고의 허세를 부렸다.

"지휘 체계가 붕괴하면 말단도 함께 붕괴해요. 경호 인력이 부족한데도 약탈이 적었던 건 스타즈가 건재하고 언젠가 이 사태가 끝나리란 믿음이 있었기 때문이죠. 나라가 망해도 스타즈는 망하지 않아. 인류가 망해도 스타즈는 끝까지 버티다 죽겠지. 마물에게 장사를 시작할지도 몰라. 그런 얘기가 도는데 다 죽어버렸다고, 나 혼자 남았다고 어떻게 말해."

플라티나가 싱긋 웃었다.

"미인에 뛰어난 막내가 언니, 오빠들을 누르고 가문의 후계자가 되었다는 쪽이 듣기에 좋잖아요?"

평범한 귀족가라면 단기간에 그렇게 허망하게 죽진 않았을 것이다. 전역에 뻗은 유통망이 치명적인 약점이 되었다.

대부분의 귀족은 방어막이 있어 마물이 습격하지 못하는 도시에 머물렀으나 전 상단주와 장녀는 사건 당시 작은 마을에 있었다.

대부분의 사람은 존재조차 모르는 작은 마을이었다. 이성과 지식을 획득한 마물이 작은 마을을 꾸려 극소수의 사람과 거래했다.

대를 이어가는 거래에 신의가 싹텄다. 정이 들었다. 마물이어도 대화가 가능하다면 사람과 다르지 않으니 차별해선 안 된다는 말이 플라티나의 아버지가 남긴 마지막 편지였다.

경호는 삼엄했으나 함께 술을 마시며 어울리던 벗이 갑자기 목을 물어뜯으리란 생각은 하지 못했을 것이다. 스타즈 상회의 전주인은 광룡이 날뛴 당일 맏딸과 함께 명을 달리했다.

주인을 잃어 혼란스러운 중심을 다잡은 건 제도에 남아 있던 어머니와 큰오빠였다. 나머지 가족은 서대륙 전역에 흩어져 있었다.

오는 데 순서 있지만 가는 데 순서 없다는 말대로 부고엔 순서가 없었다. 사촌의 부고와 친척들의 부고는 그들이 세상에 눈뜬 순서와 반대였으니까.

모든 성곽 도시가 성문을 굳게 잠그고 숨죽여 사태 파악에 나섰다. 각지에서 날아오는 부고는 민생 안전을 위해 숨겨야 했다. 장례식은 없었다. 가족 모두를 그린 초상화 앞에서 고인을 위해 기도한 것이 의식의 전부였다.

그래도 살아남은 가족이 있었다. 워낙 부유하고 역사가 깊은 가문이다 보니 친척도 많았으니까. 큰언니는 아버지와 함께 명을 달리했지만 나머지 형제들은 살아 있었다.

가만히 숨죽이고 사태가 끝나길 기다렸다면 살았을지도 모른다. 물자를 보급하는 것으로 책임을 다했다고 우기는 일도 가능했을 것이다.

그놈의 스타즈가 무언지.

스타즈의 유통망은 대륙 제일이었다. 그렇기 때문에 어디가 고립되었는지, 어디의 물자가 부족한지, 어느 도시의 식량이 언제쯤 바닥을 드러낼지 누구보다 잘 알고 있었다. 남들에게 맡기기만 해선 스타즈라 할 수 없지. 그 말과 함께 저택의 붉은 머리가 하나씩 자취를 감췄다.

플라티나만 남겨놓고.

공식적으로 아무도 죽지 않았다. 3년 뒤 남편과 자식들이 기다리는 곳으로 간 스타즈 부인부터 더는 의뢰 수행이 버겁단 이유로 계약을 파기한 용병단까지.

그런 상태에서 스타즈 가문의 막내딸이 용병을 구하니 구해질 리가 있나.

자의로 계약 해지의 오명과 불명예를 뒤집어쓴 용병단은 마지막까지 계약을 이행하겠다고 말했다. 고마운 얘기였지만 식량을 실은 마차를 호위하기엔 살아남은 인원이 턱없이 부족했다. 모두 스타즈의 빨간 머리와 함께 떠나 돌아오지 못했다.

마법 주머니에 식량을 담아 이동 마법으로 이동하는 대안이 제시되었으나 그건 대도시에나 가능했다.

플라티나가 목적한 장소는 도시보다 마을에 가까운 규모였고 연락이 두절되어 생존자의 유무조차 불투명한 상태였다. 마탑은 그런 곳에 마력을 사용할 여력이 없음을 알렸다.

실제로 마탑의 판단이 옳았다. 플라티나가 붉은 머리 용병단을 고용해 도착했을 때 마을은 전멸한 지 오래였고 생존자는 없었다.

플라티나가 스타즈 가문에 남아 있던 마지막 빨간 머리의 사망을 확인한 순간이었다.

참으로 괜한 고집이었다. 연락이 끊긴 순간부터 순순히 인정하면 좋았을 것을, 식량 보급을 핑계로 억지 부린 끝에 애꿎은 사람이 죽었다.

"사랑하는 여자와 친구를 지키고 죽을 수 있다니. 이보다 멋진 죽음이 어딨어?"

플라타나는 크리스의 유언을 떠올리고 피식 웃었다.

죽음은 적자요, 생존은 흑자다.

세상이 어떻게 돌아가든, 그 죽음의 과정이 어떠하든, 멋진 죽음은 없었다.

흑자는 하나의 죽음으로 다수가 생존했으니 흑자가 아니겠냐 하겠으나 이런 건 고인의 시선에서 봐야 한다는 게 플라타나의 지론이었다. 망해가는 상회의 장부 맨 마지막 페이지처럼 완벽한 적자였다.

이런 얘기를 구구절절 늘어놓아 보아야 뭐 하겠나. 자식뻘 소녀에게 털어놓을 얘기는 아니었기에 플라타나는 쓸데없는 얘기는 하지 않았다. 대신 홀로 생존해 체득한 바를 전수했다.

"내 인생에서 제일 괜찮다 싶었던 남자 둘이 적자를 봐서 하는 얘긴데, 소공작도 적자는 내지 말아요. 주변에서 그렇게 두지 않겠지만. 그리고 이건 본론인데."

뒷문을 코앞에 두고 본론을 꺼내는 플라타나 덕분에 소녀와 검이 동시에 기함했다. 플라타나는 비서에게서 서류를 받아 제리코에게 넘겼다.

"이쪽에서 독자적으로 조사한 거니까 받아요. 감히 스타즈 가문의 사람을 건드린 대가를 치르게 해주려 했는데."

플라타나가 이를 갈았다. 그녀의 눈이 사납게 번뜩였다.

"염소 똥만 잔뜩 쓸어 담고 정작 염소는 못 잡았어. 피해자라면 뭔가 다른 점을 느낄 수 있을지도 모르니 읽어보고 뭔가 알게 되면 알려줘요."

플라타나가 왼쪽 눈을 찡긋거렸다.

"합법과 불법 모두 만족할 만한 수준에서 단죄할 테니."

언제 어디서나 여러분의 생활 속 편의를 책임지는 스타즈가 그렇게 떠났다.

제리코는 멍한 눈으로 플라티나가 떠난 자리를 응시하다 서류 뭉치를 로브 주머니 속에 욱여넣었다.

플라티나가 바람과 같이 사라지는 바람에 고여 있던 눈물이 쏙 들어가 버렸다.

호위해 주는 용병과 함께 파티장으로 돌아가려는데 저만치서 빨간 머리 청년이 달려왔다. 로젠이었다. 제리코는 화장한 것도 잊고 얼굴을 마구 문대 웃는 낯을 만들었다.

"어머니가 오셨단 얘길 들었는데!"

"방금 가셨어."

"아깝다! 파티장으로 어떻게든 모시고 갔으면 홍보 끝난 건데."

로젠이 땅을 치고 후회했다. 웬일로 뭉치기 싫어하는 동생들이 자선 파티에 함께 행차하더라니. 동생은 미끼고 플라티나가 진짜였다.

제리코는 로젠이 아쉬워하는 틈을 타 표정 관리에 힘썼다.

"파티장은 어때? 좀 오래 자리 비운 것 같아서 걱정된다."

"안나랑 후안이 나와서 인사하고 있어. 지금 가면 만날 수 있을 거야."

"샌시는?"

"샌시는 너 찾으러 나서는 거 붙잡아뒀어. 그때 어머니가 너와 있다는 얘기를 들었고."

사랑하는 애인과 궁금했던 새 친구가 반짝이는 파티장에서 제리코를 기다리고 있다.

반가운 이야기인데 제리코는 자신이 생각하고 있는 만큼 웃는 얼굴일지 자신이 없었다. 제리코의 느린 발걸음과 굳은 얼굴에서 무언가를 알아챘을까?

로젠이 발걸음을 늦췄다. 혹 모른다. 고백하려는 걸지도.

로젠이 헛기침을 해 목을 가다듬었다.

"어머니와 어떤 얘기를 했는지 물어도 될까?"

"별 얘기 안 했어. 그냥, 음…… 로젠의 친아버지에 대한 이야기."

"에라프 님이 내 아버지가 아니신 거 제대로 들었겠네."

"응. 그래서 안타깝다고 생각했어. 로젠이 오빠였으면 좋았을 텐데."

제리코가 배시시 웃자 로젠이 난색을 표했다. 남매는 연심을 품은 사람과 가장 되고 싶지 않은 관계가 아닐까 싶다. 비슷한 관계로는 친구가 있고.

"제리코, 샌시와 잘 지내는 것 같아 말하지 않으려 했지만 사실 나는."

"에이, 로젠. 그만하자. 우리 오빠 동생 같은 사이잖아."

이 이상 이야기가 진행되면 앞으로 로젠과 서먹한 사이가 될 것 같아 제리코는 말을 끊었다.

로젠은 억울한 듯 중얼거렸다.

"동생은 지금도 충분해. 여섯 명이나 있어."

-많지.

그런 로젠에게 제리코는 쐐기를 박았다.

"축하해. 한 명 더 늘었어."

"뭐?"

처음 듣는 얘기인지 로젠이 어안이 벙벙한 표정을 지었다. 동생이 여섯 명 있다고 얘기해서 혹시나 했는데 역시나였다. 로젠은 플라티나의 임신 사실을 모르고 있었다.

"플라티나 님 임신하셨던데. 5개월째래."

"정말?"

로젠이 눈을 크게 뜨고 용병을 응시했다. 용병은 제리코의 말이 사실이기에 고개를 끄덕였다.

"처음 들어!"

"그러게 집에 좀 들어오랬잖아, 로즈."

"삼촌! 저 그렇게 부르지 말라니까. 아니, 엄마가 또? 또? 동생이 또? 지금도 많은데 또? 지금도 내가 티오 업고 다니면 내 애냐고 물어봐요!"

지금 로젠에겐 고백이 문제가 아니었다. 로젠은 허둥지둥 동생들을 찾았지만 진짜인 플라티나가 사라지자 역할을 다한 미끼들도 집으로 돌아간 상황이었다.

로젠은 당황한 기색이 역력해 정신을 못 차리다 버럭 외쳤다.

"새아빠가 또 생기는 거야?"

동생은 많아도 괜찮았다. 동생과 함께 늘어나는 새아빠가 문제였다. 로젠은 손을 덜덜 떨며 짚이는 인물을 말했다. 그 수가 꽤 많아서 제리코는 자리를 피하고 싶어졌다.

"아직 이혼도 안 했잖아요. 연애할 땐 여러 사람과 동시에 사귀어도 결혼하면 바람은 안 피웠는데."

"아이 아버지 말인데, 플라티나 님이 너보다 10살 연상에 괜찮은 미혼 남자 구하는 게 갈수록 힘들어진다고 그냥 정착하신단다."

"그럼!"

"그래! 아이 아빠는 랄프 씨다!"

남의 집안 사정을 모르는 제리코를 위해 용병이 랄프는 현재 플라티나의 남편이며 티오의 아버지임을 알렸다.

"아싸아아아이아!"

로젠이 두 주먹을 불끈 쥐고 기쁨의 함성을 질렀다. 어쩜 모자가 똑같이 제리코가 분위기 잡을 틈을 내주지 않았다.

로젠이 있는 힘껏 내지른 함성은 안나의 의수에 묻혀 화제가 되지 않았다.

사람 손과 분간이 안 가는 아름다운 골렘 손은 인사를 받기 시작한 미베어 소공작보다 이목을 끌었다.

안나와 후안이 추는 춤은 아름다웠고 안나는 생각한 것보다 더 멋진 사람이었다. 제리코는 안나와 편지 교류를 약속했다. 새 친구가 생겨 기분이 좋은데 샌시와 몇 번 더 춤을 췄더니 흥겨운 나머지 콧노래가 절로 나왔다.

기금 모금은 성공리에 끝났다. 부유한 몇몇은 더 많은 후원을 약속하며 발 넓은 몇몇은 미베어 소공작의 방문을 퍼뜨리겠다고 말했다.

로젠은 아빠가 더 늘어나지 않는다는 사실에 아이처럼 기뻐했다. 새 동생의 탄생과 늘어나지 않는 아빠 덕분에 실연의 상처를 완벽하게 극복했다. 좋은 일이었다.

덤으로 로젠이 에라프의 아들이 아니라는 사실을 알았다. 이건 뜻밖의 일이었다. 플라티나 스타즈가 10년의 상처와 상실을 고스란히 짊어지고 있다는 사실에 필적할 만큼 뜻밖이었다.

-그 시기에 가족을 잃은 사람은 플라티나 말고도 많아.

"야박하긴."

-플라티나는 좀 과해. 18년이나 지났어. 곧 있으면 20년이야. 로젠은 성인이고 확고한 꿈이 있지. 옛날 기억 때문에 자식의 꿈을 막는 건 너무하잖아.

"그거 말이야."

-응.

"생각해 봤는데 플라티나 님이 용납하지 못하는 건 모험이 아닐 거야."

플라티나가 정말 로젠이 걱정된다면 제리코와 사귀는 걸 적극적으로 응원하지 않았을 것이다. 아직 암수를 쓴 자가 누구인지 정체가 밝혀지지 않았지 않은가.

마탑주를 보라. 샌시의 안위를 걱정해 결혼하지 않는다면 헤어지길 종용했다.

로젠이 제리코와 함께 실종되었을 때의 태도도 그렇다. 플라티나는 로젠의 실력을 믿었고 하프 산맥에서 돌아온 후에도 잔소리를 퍼부었을 뿐 별다른 반응을 보이지 않았다.

"너 그때 빽빽거리느라 못 들었나 본데 플라티나 님이 직접 말했잖아. 재수 없다고."

-그런 말을 했어?

"했어. 옛날에 나랑 로젠이랑 이것저것 대화 나눴던 거 기억해?"

-기억하지.

"그때 로젠이 말했잖아. 이성과 문화를 지닌 마물들이 광폭화의 여파로 쫓겨 다닌다고. 생태계에 영향을 주는 마물과 그런 마물들을 지키고 싶다고 했잖아. 플라티나 님은 그게 마음에 안 드시는 걸 거야."

스타즈 가문의 저택에서 빨간 머리가 자취를 감췄다. 모두 마물 때문이었다. 플라티나의 머리는 로젠의 말이 옳다는 사실을 이해하고 있으나 마음으론 받아들이기 힘들 것이다. 그녀가 사랑한 빨간 머리는 모두 마물에게 살해당했으니까.

로젠은 상냥하니 솔직하게 말하면 제 의지를 꺾을지도 모른다. 하지만 말하는 순간 상처가 낫지 않았음을 인정하는 꼴이다.

자식이 부모에게라면 모를까 부모가 자식에게 고백하려면 너무 난도가 높았다.

제리코는 플라티나를 이해할 수 있었다. 동생과 가족이 모두 죽었다는 상상을 하니 눈물이 왈칵 쏟아졌다.

더 생각하면 마탑주와 나눈 얘기까지 들킬 것 같아 제리코는 눈물을 닦고 수첩을 꺼냈다. 로젠의 옆엔 엑스 자를 그리고 또 다른 영웅인 크리스의 이름을 크게 적었다.

이것으로 세 후보 중 오빠가 가려졌다.

-마그노만 남았네.

"마자리스 씨도 잊지 말아줘."

에라프가 거론한 후보는 아니었으나 어쨌든 용사의 피가 흐르는 용사의 아들.

제리코는 새 페이지를 펼쳐 그곳에 마그노 황자의 이름과 마자리스의 이름을 적었다. 드슬이는 여전히 불만을 표했다.

-마자리스는 날 잡기 전까진 인정 못 해.

그 검 참 까탈스러웠다. 제리코는 두 남자의 이름 옆에 괄호 치고 미정이란 단어를 덧붙였다.

영험하신 에라프 님의 가호에 힘입어 단기간에 세 여자를 만났다. 두 여자에겐 용사와 얽힌 사연을 들었고 한 여자에겐 듣지 못했다.

그 한 여자가 제일 중요한 인물이었음을 생각하니 성과 없이 보낸 기회가 아까웠다.

"다짜고짜 물어볼 걸 그랬나."

-마탑주랑 샌시 얘기만 했다더니 주인 얘기도 했어?

'아이쿠.'

실수로 생각을 읽혀 버렸다. 이젠 검에게 원하는 생각만 전달할 수 있게 되었는데 너무 고심했던 모양이다.

"별거 아니야. 들으면 네가 슬퍼할 것 같아서 말 안 했는데."

순진한 에라프의 일화를 들려주니 예상대로 드슬이는 슬퍼했다. 다른 얘기는 이것보다 슬프다 으름장을 놓으니 검은 지레 겁먹고 더는 묻지 않았다.

거짓말은 아니었다. 진짜 더 슬픈 얘기였으니까.

"마자리스 씨는 부탁한 걸 들어주고 결혼하면 아이나 잔뜩 낳아달라고 부탁하면 될 테고, 문제는 마그노 황자님인가. 황자님은 폐하께서 명령하면 결혼하실 것 같긴 한데 자식 계획은 무자식 쪽에 가깝다는 인상이라."

작위를 떠넘기고 싶어서 시작했던 아버지의 아들 찾기가 끝났다. 최소 한 명은 아들일 거라더니 정말 한 명만 아들이었다. 오빠 로젠이 조금 아깝다는 생각이 들었다.

작위의 무게를 얌전히 받아들이기로 결심한 이후 아버지의 아들 찾기는 목적이 바뀌어 검의 다음 주인 찾아주기가 되었는데 드슬이는 마그노 황자와 마자리스 둘 다 주인으로 탐탁지 않아 했다.

-로젠이 아니면 다 똑같아. 그냥 네 자식에게 걸래. 많이 낳아줘. 여덟까진 안 바라.

진짜 실연당한 로젠은 새아빠가 늘지 않는 기쁨에 환호하고 있을 텐데 무생물이 실연당한 사람처럼 난리였다.

제리코는 불평불만이 많은 검을 끌어안고 옆으로 누워 눈을 감았다.

릴리에 공주와 제대로 대화를 나누었다면 마그노 황자의 옆에 오빠 확정을 적을 수 있었을 텐데 말이다. 그 점이 아쉬움과 동시에 듣지 않길 잘했다는 생각이 들었다.

공주님과 용사가 나오지만 그 이야기의 결말은 해피 엔딩이 아니다. 아름다운 소녀와 용감한 소년이 나오지만 그 이야기의 마지막은 행복하지 않다. 여느 이야기가 그렇듯 사랑과 소녀와 소년이 나오지만 그 이야기의 끝은 사랑이 이루어지지 않는다.

이야기를 듣지 못했으면서 이야기의 결말을 알고 있다는 사실이 참 우습지 않은가.

제리코는 용사와 관련된 세 여자의 이야기가 해피 엔딩이길 소망했다.

둘은 어찌어찌 해피 엔딩이 될 성싶은데 제일 예쁜 공주님이 문제였다.

용사가 광룡을 앞에 두고 끝끝내 이름을 말하지 못한 그 사람이. 금고에 넣어두고 전하지 못한 연애편지의 주인이. 일부러 붉은 잉크로 감정을 담아 꾹꾹 눌러 쓴 연애시의 주인공이.

아이와 미인은 웃는 게 제일이라던 용사님은 공주님의 미소를 간절히 바라고 있을 것이다.

제리코는 고인을 위해 펼친 오지랖을 끝까지 책임질 것을 굳게 다짐했다.

29장
용사의 피를 이은 자

그간 제리코는 꾸준히 수사관의 보고를 받았다. 조사는 지지부진했다.

플라티나가 넘긴 보고서엔 결정적인 무언가가 담겨 있으리라 기대했지만 거기엔 용의자가 아닌 용의자의 재산에 대한 내용만 담겨 있었다.

건진 건 딱 하나였다. 마차 사건 때 말의 다리를 자른 금속 실의 원소유주다. 플라티나가 준 보고서엔 증거품 보관실에서 사라진 금속 실이 원소유주에게 돌아갔다고 적혀 있었다.

제리코는 원소유주의 이름을 노려봤지만 모르는 사람이었다.

"작위만 보면 높으신 분인데."

—분인데가 아니라 진짜 높은 사람. 공작가에 맞먹는 대귀족가야.

"그럼 이 사람이 범인인 걸까?"

—진짜 범인이라면 증거품 보관실에서 범죄에 사용한 흉기를 가져갈 리 없잖아!

"여기 그게 가보라고 적혀 있는걸. 가보니까 되찾고 싶었던 거지."

—가보를 암살에 쓰면 안 되지!

물정 모르는 검과 아는 게 없는 소녀가 봐야 뭐 하겠는가. 유랑 극단 광대처럼 농담이나 따먹지. 부엌칼은 주방장의 손에 들리고 물지게는 물장수의 등에 얹혀야 하는 법. 제리코는 정기 보고를 하러 온 수사관에게 보고서를 넘겼다.

수사관은 보고서를 읽고 이마를 짚었다.

"왜 그러세요? 머리 아프세요?"

"하하, 별일 아닙니다. 유력한 용의자가 결백해져서 현기증이……."

플라티나가 준 보고서는 용의자를 좁히는 단서가 아니라 용의자의 결백을 증명하는 단서가 되어준 모양이다.

수사관은 도무지 정체를 알 수 없는 범인 때문에 고개를 저었다.

"솔직하게 말씀드리겠습니다. 집요한 추궁 끝에 저흰 소공작 음해 계획을 세웠거나 욕심냈던 용의자를 추리는 데 성공했습니다. 다만."

"다만?"

"용의자 전원 그럴 마음만 있었습니다."

아무개가 식칼로 모모를 죽일 생각을 품었다고 하자. 계획도 짰다 치자. 하지만 실행에 옮기지는 않았다 치자.

그런데 어느 날 모모가 정말 식칼에 찔려 버렸다. 사람들은 아무개를 범인으로 의심했으나 아무개는 억울했다.

그럴 마음만 품었지 실천에 옮기지는 않았다. 계획은 세웠지만 얼개만 엮은 초기안에 불과했다. 수사관이 어떻게든 추려낸 용의자는 모두 똑같은 주장을 펼쳤다.

생각만 했다. 억울하다.

"그럼 금속 실의 원소유주는……."

"처음부터 제1용의자로서 황실의 모든 눈이 달라붙었습니다. 증거품 보관실에서 금속 실을 빼낸 것과 돌려보낸 일 모두 결백하죠. 그러니까 다른 범인이 있는 겁니다. 소공작을 음해하려는 사람들의 마음을 알아내 그들이 할 법한 수단으로 소공작을 해하려 한 진짜 범인이! 황실과 스타즈의 눈을 속이고 이용당한 사람들조차 정체를 짐작하지 못하는 수수께끼의 인물이!"

흥분한 수사관이 외쳤다.

"하프 산맥 건만 해도 그렇습니다! 간신히 의심 가는 마법사를 찾았나 했더니 피 검사 결과 검에 남은 혈액과 일치하지 않고 심지어 완벽한 알리바이까지 있었죠! 마법사도 검에 쓰인 마법진이 자신의 수법임을 인정했고 에라프 님에 대한 원한을 인정했지만(치정이었다) 결국 범인이 아니었습니다!"

오리무중인 범인의 정체와 극심한 과로, 아직도 범인을 못 잡았냐는 윗분들의 쪼임까지. 한계에 몰린 수사관이 폭발했다.

"도대체 범인은 누구인 겁니까! 이 고생을 시켜놓고 마물이니, 이종족이니, 용이라는 결과가 나오면 용서하지 않을 거다! 추리물의 암묵적 룰을 준수하라고, 이 망할 범인아!"

"세상에, 진정하세요."

제리코는 안쓰러운 마음에 수사관을 다독였다. 샌시가 주는 바람에 아까워 못 먹는 꿀과자를 내주는 친절까지 베풀자 수사관은 조금씩 안정을 되찾았다.

"이런 말씀 드리기 면구하지만 범인은 인간을 초월한 괴물 같단 생각이 듭니다. 실제로 그렇게 강한 마물이라면 마탑에서 알아채겠지만 말입니다. 하아."

수사관이 땅이 꺼져라 한숨을 뱉었다.

"마물이 인간의 방식을 따라 할 리가 없죠. 정말 죄송합니다, 소공작님. 꼴사나운 모습을 보였습니다."

수사관이 나가고 제리코는 드슬이와 그가 한 말을 되짚었다.

"내게 악의를 품은 사람이 있고 범인은 그 사람이 취할 법한 수단으로 날 노렸다는 거잖아. 역시 용일까?"

하프 산맥에서 만났던 용은 제리코를 노리는 용이 없다고 말했다. 용이 한 말이니까 곧이곧대로 믿은 게 잘못이었다.

거짓말은 보통 약자의 수단으로 인식된다. 용처럼 강하고 위대한 생물이 거짓말을 할 필요가 없단 선입견으로 인해, 그리고 어지간해선 진실만을 말하는 용에 대한 기록 때문에 용의 말을 믿었다. 하지만 다시 생각해 보면 용은 대자연에게 파괴를 허락받았다. 마음이 내키면 얼마든지 거짓으로 진실을 파괴할 수 있었다. 제리코가 만난 용만 해도 저주의 진실을 감추지 않았나.

-용이 범인이어도 이상해. 왜 이런 식으로 구는 거지?

정말 용이라면 대자연에게 파괴를 허락받은 힘으로 제리코를 깔아뭉개면 그만이다. 날아가면 되는 길을 걸어서 돌아갈 필요는 없었다.

"골치 아프네. 아카데미에 있으면 범인이 나설 거라고 생각했는데 또 오지는 않고."

-그건 네 주위 경호가 철통같아서 사전에 예방되었다고 봐. 남들이 할 법한 계책이라면 예방도 가능하니까.

제리코보다 읽은 책이 많은 드슬이가 말했다.

-범인은 정체를 숨기고 싶은 거야.

"그건 당연하지."

-내 말은 그게 아니야. 범인은 널 죽이고 난 뒤에도 계속 정체를 알리고 싶지 않은 거야. 네게 악의를 품은 다른 사람의 짓으로 위장하고 네가 그들 손에 죽었다고 사람들에게 인식시키고 싶은 거지. 만약 범인이 용이거나 용의 명령을 받은 마물이라면 주인의 딸인 네가 인간의 악의에 의해 죽었다고 위장하고 싶은 거야.

용사의 딸이 용이나 마물에게 살해당하면 남은 인류는 분노하고 슬퍼할 것이다. 부녀의 죽음을 안타까워하게 된다.

하지만 제리코가 같은 인간에게 죽는다면? 은혜를 원수로 갚는 행위는 당장엔 분노를 불러올지 몰라도 불은 금방 꺼진다. 사람들은 제리코의 사망을 외면하고 변명하고 포장하려 들 것이다. 제리코가 죽어야만 했던, 제리코를 죽여야만 했던 이유를 논리적으로 따지려 들 것이다.

용사의 딸을 죽이면 이런 이득이 있었다. 용사의 딸을 죽이지 않으면 이런 불이익이 있었다. 그렇게 분석하고 파헤치는 사이에 제리코의 죽음은 흔한 왕이나 장군, 위인의 죽음으로 치부되어 버릴 것이다.

-조금 더 극단적으로 추리하자면 목숨을 바쳐 인류를 구한 주인의 딸을 인간 손에 죽게 해서 이후로 주인 같은 영웅이 다시 나타날 가능성을 막으려는 걸지도 모르지.

"오."

-왜? 이 몸의 추리가 그럴듯해?

"응. 엄청 그럴듯해."

특히 영웅의 재발 방지라는 구절이 확 와닿았다. 용 살해자의 후손은 평범한 무기나 마법으로 용에게 상해를 입히는 일이 가능하다. 그래서 용은 용을 죽인 자를 용서하지 않았고 가능한 씨를 말리려 들었다.

마탑주에게 그 얘기를 듣지 못했으면서 그럴듯한 추리를 해내다니. 제리코는 드슬이를 쓰다듬었다.

"장하다, 드슬아. 역시 내 외장 두뇌다워."

-좀 더 칭찬해.

"최고야, 똑똑해, 이 시대에 제일 지능 높은 검!"

검의 검날이 하늘 높은 줄 모르고 치솟을 때 제리코는 책상 위에 펼쳐둔 교재를 가져왔다.

"그런 의미에서 나 대신 이것 좀 외워줘."

-공부해!

기말고사가 다가오고 있었다.

믿었던 로젠에게 배신 아닌 배신을 당한 뒤로 드슬이는 골렘 조종에
열과 성을 다 바쳤다. 제리코가 자손을 많이 낳아도 개중 마음에 차는
인물이 있으리란 보장이 없다는 게 첫째요, 자립의 가능성이 생긴 이상
노력해 보고 싶다는 게 둘째 이유였다.

검은 온갖 신음을 흉내 내며 노력했지만 조종 실력은 제자리걸음이었다.

-왜! 왜 안 되는 거야!

책 대신 사지를 퍼덕이는 골렘을 구경하던 제리코가 한 소리 했다.

"얘, 사람도 걸으려면 3년은 걸려."

"음아아아마아."

골렘이 목청껏 외쳤다. 발음이 이상해서 제리코가 다시 물었다.

"뭐라고?"

-넌 공부나 해!

잔소리를 하면 뭐 하나. 제리코의 마음은 콩밭에 가서 헤매는 것을.
더딘 발전 과정을 대조해 보던 샌시가 고개를 들어 한마디 했다.

"행복은 성적순이 아니야."

"들었지?"

-샌시는 그런 말 해도 되지만 제리 넌 자격 없어!

"일개 교육기관의 시험 때문에 제리코의 소중한 시간을 낭비하라니.
이해할 수 없는 사고방식이군."

"샌시가 최고야."

원래 제리코가 하는 말은 다 옳다던 샌시였으나 최근엔 정도가 심했
다. 그 이유를 알고 있는 드슬이는 과장되게 제리코를 구박했다. 제리코

가 귀를 막고 샌시에게 엉겨 붙었다. 샌시는 제리코를 꼭 끌어안았다. 드슬이는 약속이라도 한 것처럼 연애는 나가서 하라고 외쳤다.

에라프의 사당에 다녀온 후 제리코가 계속 우울해했다. 눈치 없는 샌시가 알아챌 정도니 증세가 심각했다. 다른 사람에게 걱정을 끼치고 싶지 않은지 보는 눈이 있을 땐 평소보다 유난을 떨었지만 주위에 사람이 없을 땐 시무룩한 얼굴로 뭔가를 생각했다. 심지어 검까지 속이려 드는 통에 자세히 캐물어도 딴청 부리기 일쑤였다.

허구한 날 대화가 중요하다 외치니 기다리다 보면 언젠가 말해주겠지. 드슬이와 샌시는 제리코의 연기에 장단을 맞췄다. 그녀를 사랑하는 검과 사람으로선 이게 최선이었다.

"매일 연습하는데 왜 늘지가 않을까. 내가 이렇게 공부했으면 전교에서…… 200등에 들었을 거야."

드슬이는 중간에 낀 침묵이 진심으로 두려워 떨었다. 진지하게 생각해서 200등이라니, 제발 농담이길 바랄 뿐이다.

"느아아마아아."

"무슨 말인지 모르겠다니까. 나나나 가가가는 잘하면서 왜 말은 못하는 거지?"

제리코는 재미없는 시험공부보다 드슬이 놀리기에 재미를 붙였다. 제리코 생각에 골렘 조종은 공부보단 몸 쓰는 일에 가까웠다. 몸으로 하는 일에 금방 익숙해지는 그녀는 조작에 발전이 없는 드슬이가 이해되지 않았다. 실제로 드슬이가 쏟은 시간과 열정만큼 마리오네트 조작을 익히라 하면 금방 익힐 자신이 있었다.

'좀 더 노력과 근성을 보여봐, 드슬아. 로젠이 오빠가 아니니까 네가 좀 더 힘내야지.'

―이게 말처럼 쉽지 않은 걸 어쩌라는 거야.

"으음."

제리코는 골렘 손에 붙들린 검을 회수했다. 그녀는 가볍게 검을 휘두른 다음 골렘 머리 쪽으로 이동했다.

"샌시, 이거 머리 열리지?"

"응, 열어줄게."

"드슬아, 작아져 봐. 머리 안으로 들어가서 조종해 보자."

-그럼 밖이 안 보이잖아.

"무슨 소리야. 골렘 조종할 땐 골렘 눈으로 보면서."

"마력 회로 설계는 수정했기 때문에 위치와는 관계없어."

"그래도 느낌이란 게 중요한 것 같아서."

드슬이와 샌시가 제각각 말했다가 제리코의 항변에 묻혔다.

제리코는 자신과 똑같이 생긴 골렘 뒤통수를 조작해 열었다. 그러곤 텅 빈 공간에 작아진 드슬이를 집어넣었다. 드슬이는 뒤통수가 닫히자 투덜거렸다.

-안 보이잖아.

"눈을 뜨세요, 드슬 씨."

골렘은 눈을 뜨지 않고 사지를 휘저었다. 제 눈에 안경이겠지만 제리코 눈엔 이전보다 동작이 매끄러워 보였다. 착각이 아니었는지 샌시가 몇 발자국 떨어져 골렘의 움직임을 유심히 살폈다.

"눈 못 뜨겠어? 내가 눈꺼풀 올려줄까?"

"이어바아."

"어머. 발음 좋고. 있어봐라고 한 거 맞지?"

변화는 기대 이상이었다. 눈꺼풀을 들어 올린 골렘의 안구가 상하좌우로 움직였다. 샌시는 펜을 하나 들어서 천천히 움직였다.

"펜을 따라 움직여 봐."

펜이 원을 그리자 골렘의 눈이 찌그러진 원을 그렸다. 확연히 나아진 모습에 샌시가 입술을 깨물었다.

이론대로라면 검이 손에 있든 머리에 있든 차이가 없어야 하는데 현실은 이론을 배신했다. 샌시의 손에 땀이 배어났다. 샌시는 이 기현상에 당황하지 않고 침착하게 대처했다. 관련 논문을 다시 읽기 시작한 것이다.

제대로 읽는지 의심스러운 속도로 종이를 넘기던 샌시가 머리를 싸맸다.

"왜 되는 거지?"

"좋은 거 아니야?"

이유야 어찌 됐든 결과가 좋으면 좋은 거 아닌가. 제리코가 자신의 고민을 알아주지 못하자 샌시가 설명을 곁들여 하소연했다.

"마법적 조치나 연금술적 조치를 하지 않은 장작과 부싯돌을 들고 물속에 잠수해 장작에 불을 붙이니 불이 붙었다고 상상해 봐."

"대박. 연못에 불 지르면 바로 고기 건져 먹을 수 있겠네."

-포기해라. 쟨 너랑 사고방식이 달라.

드슬이의 말이 맞기 때문에 샌시는 설명을 포기했다.

제리코는 애인의 고민에 동조하길 원했고 노력했지만 드물게 성실한 노력으로도 불가능한 경우가 발생했다. 지금처럼.

샌시의 두통과 별개로 드슬이는 골렘을 일으켜 걷는 데 성공했다. 의자에 앉아 사지를 퍼덕이던 때와 비교하면 대단한 발전이었지만 그 발전 과정에 노력과 근성이 빠져 있어서 문제다.

-나도 찝찝하긴 하다.

샌시가 저 난리를 피울 정도면 드슬이가 손에 있든 머리에 있든 조작이 동일해야 한다.

머리로 이동했을 때 조작 기술의 발전이 눈부시단 얘기는 샌시의 설계와 이론에 결함이 있다는 뜻이었다.

결국 샌시는 양팔을 들어 항복을 선언했다. 평소보다 이르게 골렘 조종 연습이 끝났다.

제리코는 샌시에게 들러붙는 대신 볼일이 있다는 핑계를 대고 연구실을 나왔다.

-너 할 일 없잖아.

'샌시는 할 일이 생겼으니까 배려해 줘야지.'

관련 논문을 뒤집을 기세인 애인을 위해 제리코는 저녁 식사를 하러 백합관에 오지 않아도 된다는 말까지 남겼다. 하루에 한 번이라도 제리코를 보지 않으면 입안에 가시가 돋는다던 샌시는 섭섭하게도 제리코의 배려에 반색했다.

'이제 뭐 하나.'

제리코는 붕 떠버린 시간에 고민하는 성격이 아니었다. 아카데미는 넓고 학생은 많으니 아무나 붙잡아 어울리다 보면 시간이 금방 지나갔기 때문이다.

하지만 지금은 시험 기간이다. 자기 공부하기 싫다고 남 공부하는 걸 방해하면 나쁜 사람이었다.

게다가 루나 아카데미 학생들은 하나같이 그런 듯한 모범생이라 똑똑해서 공부하지 않는 사람은 이해하지만 공부가 싫어서 공부하지 않는 학생은 이해하지 못한다.

그들에게 공부란 세끼 밥을 챙겨 먹는 일만큼 일상에 녹아 있는 풍경이었다. 에라프의 명예를 위해 시험 기간에 공부하지 않는 미베어 소공작의 나태한 모습을 보여줄 수 없었다.

-그럼 그냥 공부를 하면 되겠네.

'싫어, 싫어.'

일과표에 공부라고 정해두었으면 모를까 샌시와 함께 있는 즐거운 여가 시간이 비어버렸다고 공부를 할 순 없는 노릇이었다.

제리코는 시간 많고 돈 많은 상속인답게 콧노래를 흥얼거렸다. 공부하는 사람 귀에 거슬리니까 그만두라고 잔소리하기 직전, 제리코의 콧노래가 뚝 끊겼다.

'또야?'

드슬이는 없는 혀를 찼다. 길을 걷다 멈춰 선 제리코가 흐릿한 시선으로 허공을 응시했다.

또렷하지 않은 눈빛에서 그녀가 상념에 잠겨 있다는 사실을 알 수 있었다. 요즘 들어 자주 보이는 행동이었다.

드슬이는 임시 주인이 걱정되었다. 조용하고 풀이 죽은 제리코는 낯설고 적응되지 않았다. 엉엉 울면서 침대를 구르는 제리코, 베개에 얼굴을 파묻고 다리를 퍼덕이는 제리코가 나았다. 제리코가 검이 우울해하는 것보단 자만심에 차 있는 걸 좋아하듯 검 또한 제리코가 상념에 젖은 것보단 활기차게 뛰어다니는 편이 좋았다.

-제리, 고민이 있으면 털어봐. 다 들어줄게.

'으으.'

-그래, 옳지. 말해봐. 나한테 말하면 다른 사람 귀에도 안 들어가. 비밀 보장은 확실해.

'으으으.'

제리코는 검의 유혹에 고뇌하는 샌시처럼 머리를 쥐어 싸매더니 솔직하게 털어놓았다.

"혼자 있고 싶어."

-뭐?

'혼자 있고 싶어! 한 시간이라도 좋으니까 혼자서 편하게 생각을 정리하고 싶어!'

마탑주의 얘기를 들은 이후 제리코는 24시간 내내 긴장 상태였다. 눈물과 미소가 헤픈 자신이 생각도 헤프게 흘려 버리는 바람에 드슬이가 에라프에 대한 진실을 알게 되면 어쩌나.

그렇다고 에라프 생각을 머리에서 지워 버릴 수도 없었다. 제리코는 고인의 후계자로서, 상속인으로서, 임종을 지켜본 이로서 마땅히 고인을 추억하고 고인에 대해 진지하게 생각할 의무와 권리가 있었다.

그런데 제리코는 혼자가 아니었다. 그녀 곁엔 하루 24시간 함께하는 에고 소드가 한 자루 따라붙었다. 차라리 사람이나 동물이면 잠이라도 자지. 이놈의 날 선 쇠몽둥이는 뇌가 없으니 잠을 자지 않아 한밤중에도 제리코는 혼자가 아니었다.

인간은 사회적인 동물이다. 동시에 고독을 추구하는 양면성을 지닌 동물이다.

동생이 넷이나 되는 다복한 집안의 장녀로 태어나 고독하지 않아도 사는 데 문제없다고 생각했던 제리코였지만 현실은 아니었다.

지금 제리코는 절실하게 혼자이고 싶었다.

-안 돼. 위험해.

'으아앙.'

-네가 왜 혼자 있고 싶다는 건진 알겠어. 사람은 가끔 그런 기분이 들 때가 있다고 책에서 읽었으니까. 하지만 지금은 그럴 때가 아니야.

'그럴 때니까 혼자 있고 싶은 거야!'

마탑주의 이야기를 들었기 때문에. 플라타나의 이야기를 들었기 때문에. 마자리스, 노공작, 수사관의 이야기를 들었기 때문에 제리코는 혼자 있고 싶었다. 혼자서 그간 들은 이야기를 정리하고 싶었다. 누가 곁에 있어도 좋으니 생각이 읽힐 걱정 없이 마음껏 에라프 생각을 하고 싶었다.

조금이라도 편해지고 싶어 본심을 털어놓았다. 속이 시원해지는 건 잠시였다. 탈수 상태에서 바닷물을 들이켠 듯 목이 탔다.

제리코는 혀로 입술을 핥았다. 문제의 원흉이 털어놓으라 요구하니 적반하장이 따로 없었다.

드슬이에게 솔직히 털어놓는단 선택지는 처음부터 존재하지 않았다. 드슬이가 들어서 좋을 일 하나 없는 얘기였으니까.

제리코의 고향 마을 이웃들이 그녀와 가족을 존중해 자유 기사 얘기를 입도 벙긋하지 않았듯이 세상엔 몰라도 좋을 일이 즐비하다. 일부러 입 밖에 꺼내 슬픔을 배로 늘릴 필요는 없었다. 상대가 알고 있는 얘기 면 모를까, 제리코가 입 다물고 있는 이상 평생 모를 얘기라면 더더욱.

답답한 소녀의 감정이 검에게 흘러들어 왔다. 밤고구마를 한입에 욱여넣고 그 위에 찐 밤을 열 개쯤 쑤셔 넣은 듯 목이 턱턱 막히는 답답함이었다.

질식사하기 일보 직전인 절박함에 드슬이는 저도 모르게 말했다.

-주인이랑 관련된 거야?

'어떻게 알았어?'

설마 헤프게 생각을 흘렸나 싶어 제리코가 사색이 되었다. 드슬이는 본신을 울려 그게 아님을 전했다. 조금 생각해 보면 금방 답이 나오는 문제였다.

-넌 사람 좋아하고 치대는 거 좋아하잖아. 그런데 갑자기 혼자 있고 싶다면 혼자서 할 일이 생겼다는 거겠네. 그런데 네가 혼자서 할 일이 뭐가 있을까? 솔직히 없잖아. 이런 상황에서 혼자 있고 싶다는 얘긴 진짜 혼자가 되어 하고 싶은 일이 있다기보단 내가 네 곁에 없었으면 좋겠다는 얘기가 되겠지.

근래 들어 부쩍 지능지수가 떨어진 듯해 에고 소드의 지능이 주인 따라가는 건 아닌가 걱정하게 만들더니 오랜만에 논리 정연한 이야기가 튀어나왔다.

-그렇다고 네가 내 눈치를 보았느냐. 아니거든! 넌 나랑 신나게 대화하면서 내가 무생물인 건 잊은 적 없는 아이니까! 심지어 당당하게 샌시랑 잘 때 입을 속옷 색깔은 어떤 게 좋겠냐 묻기까지 하니까! 그런 네가 내 눈치를 살핀다, 내가 곁에 없었으면 좋겠다는 건 내게는 알리고 싶지 않은 고민이 생겼다는 뜻이겠지. 그리고 세상천지에 가족이나 연고 자 하나 없는 내가 신경 쓸 만한 주제는 주인과 관련된 것밖에 없어.

제리코는 멍한 눈으로 검을 보다가 박수를 쳤다. 이로써 에고 소드의 지능은 주인과 연관되지 않는다는 사실이 밝혀졌다!

-마지막으로 네가 내게 숨기려 드는 걸 보면 들어서 좋은 얘긴 아니겠지.

'......맞아.'

검이 이렇게 빼어난 지능을 뽐내는데 제리코는 더 버틸 여력이 없었다. 제리코는 힘없이 수긍했다.

-그러니까 안 물을게.

제리코는 깜짝 놀라 드슬이를 보았다. 드슬이는 개미처럼 작아 집중하지 않으면 바로 흩어질 상념을 보냈다.

-네가 알려주지 않는 덴 이유가 있을 거 아냐. 기다릴게. 그러니까 알려주고 싶어지면 알려줘.

'묻지 않아?'

에라프의 얘기이니 며칠 굶은 개처럼 달려들 줄 알았는데 드슬이는 깔끔하게 떨어져 나갔다. 제리코는 그런 드슬이의 배려가 고마웠지만 일이 해결된 건 하나도 없음을 깨닫고 다시 슬퍼졌다.

'그래 봐야 내가 혼자 있지 못하는 건 여전하잖아.'

-생각이 읽힐까 봐 걱정하는 거라면 방법이 있어.

"뭔데?"

반가운 얘기에 제리코는 입을 열어 직접 물었다.

-네가 내 임시 주인이 아니었을 때 네 생각을 읽는 게 가능했던 건 우리 권력의 무게 추는 내가 우위고 네 정신 방비가 허술했기 때문이야. 하지만 지금은 네 정신력이 꽤 탄탄해졌고 저울도 수평에 가까워졌으니 이전처럼 쉽게 읽히진 않을 거야. 그러니까.

진지할 얘기가 아닌데 어쩐지 말을 잇기 힘들어졌다. 드슬이는 말을 끊은 뒤 한 호흡 쉬고 이어 말했다.

-우리가 주종 계약을 해지하면 생각이 읽히지 않을 거야.

복잡하거나 진지한 일이 아니었다. 제리코가 생각을 정리할 동안 드래곤 슬레이어 소드와 계약을 해지하고 마음 정리가 끝나면 재계약을 맺으면 된다. 영원히 계약을 해지하겠다는 것도 아닌데 이상하게 말을 꺼내기가 힘들었다. 드슬이는 저도 모르게 침울해져 더는 말하지 않고 제리코의 대답을 기다렸다.

눈을 휘둥그레 뜨고 있던 제리코는 볼을 긁었다.

"그건 좀 별로다."

-어려운 일이 아니니까.

"어려운 일이 아니긴. 피 같은 피를 보고 맺은 관계인데 고작 이런 일로 깰 리 없잖아. 아니면 내 피 맛이 그리웠던 거야? 해지하고 다시 관계를 이으면 피를 또 먹을 수 있으니까? 어머나, 무서워라. 흡혈 검이야. 흡혈 검이 사람 잡네."

제리코는 주위에 들리지 않을 정도로 작은 소리로 비명을 지르고선 검을 통통 두드렸다.

"그러니 그냥 내가 생각 흘리지 않도록 노력할게. 노오오오력과 그 으으은성을 보일게!"

아무렴. 피를 흘리느니 생각을 흘리는 게 나았다. 피엔 영혼과 기억이 녹아 있다지 않은가. 그렇게 귀한 피를 흘리느니 제리코가 의지와 근성을 보이는 편이 생산적이었다.

"나만 믿어!"

언제 침울했냐는 듯 방긋 웃는 소녀를 보고 드슬이는 깨달았다. 주인의 앞에 전이 붙고 임시 주인의 앞에 붙은 임시가 떨어질 날이 머지않아 도래할 것이다.

또 다른 '임시'인 강사 로젠이 허탈하게 웃으며 훈련장 벽에 머리를 박았다. 학생들은 언제나 열정적이었던 임시 강사의 타락에 의문을 표했다.

"선생님이 오늘 왜 저러시지?"

무기를 다루는 수업이니 늘 정신을 바짝 차려야 한다고 주장하던 사람이 혼을 어디다 두고 왔는지 제정신이 아니었다.

학생들과 조교의 인사는 받는 둥 마는 둥 하고선 수업을 모조리 조교에게 일임하고 가까운 벽에 가서 머리를 쾅쾅 박는데 누가 봐도 제정신이 아니었다.

"시험문제 출제하시느라 힘드신가?"

"기말은 실기 시험 아니었어?"

"그럼 왜 저러시지?"

플라티나의 임신 소식은 측근에게만 알려지고 아직 공표되지 않았다. 제리코는 로젠을 위해 입을 꾹 다물었다. 동생이 태어나는 건 기쁜 일이지만 그 동생들이 모두 아버지가 다르면 마음이 복잡할 것이다.

임시 강사는 넋을 놓고 있지만 수업은 별다른 문제 없이 진행되었다. 기말을 앞두고 학생들은 검술을 모두 암기한 상태였고 자세를 교정해 주는 일은 조교 혼자서도 충분했다.

제리코는 연강 사이에 있는 쉬는 시간에 로젠에게 다가가 안부를 물었다.

"괜찮으세요?"

"제리코 학생은 딸기랑 체리 중에 어느 쪽이 좋아요?"

음울한 어조를 보건대 과일의 선호를 묻는 질문이 아니었다. 제리코는 몇 개월 뒤 태어날 아이에게 깊은 애도를 표했다. 플라티나가 딸기와 체리 사이에서 진지하게 고민하는 모양이었다.

"도대체 사람 이름은 장난이 아닌데 우리 이름을 그딴 식으로!"

"너무 그러지 마세요. 플라티나 님께 확고한 이유가 있으시잖아요."

본인이 단순한 이름 덕에 장수했으니 자식들도 장수하길 기원하는 마음에 그런 이름을 붙인다는데 어찌 말리겠는가. 특히 로젠이 모르는 사정까지 들어버린 제리코로선 로젠의 하소연에 동조해 줄 수 없었다.

"엄마…… 정말……."

동갑 친구들이 결혼해서 자식을 본 나이에 동생을 보게 생긴 로젠은 절망하고 또 절망했다. 동생 생겼단 사실이 얼마나 기쁜지 제리코에게 고백해서 차였단 사실은 까맣게 잊을 정도였다. 어색한 사이가 될 뻔했으나 새 생명이 둘의 어색함을 가져갔다.

"음……."

제리코는 뭐라 위로할 말이 없어 고민하다 간신히 입을 열었다.

"그래도 새아버지는 더 안 늘리신다니까요."

"그것도 문제입니다. 랄프 씨는……."

로젠은 티오와 태어나지 않은 동생의 친부에 대한 한탄을 늘어놓으려다 입술을 다물었다. 학생에게 새아빠 험담을 할 뻔했다는 사실을 깨달은 것이다. 심지어 고백까지 했던 상대에게!

로젠은 자신이 보인 추태를 깨닫고 열정적인 임시 강사로 돌아왔다. 한 사람 한 사람 놓치지 않고 자세를 봐주는 로젠의 몸이 땀으로 얼룩졌다.

햇살 없는 실내에서 자신이 해인 양 강렬하게 빛나는 남자의 모습을 지켜보던 제리코는 얼굴도 모르는 고인을 생각했다. 로젠이 크리스를 닮았다면 플라티나 말대로 참 좋은 남자였던 모양이다. 로젠을 편애하는 드슬이 또한 크리스가 좋은 남자였단 사실을 부정하지 못했다. 주인 못지않은 좋은 남자였다.

─크리스가 너무 좋은 남자라 플라티나가 다른 남자에게 정착하지 못하는 걸까?

'그보단 플라티나 님의 그릇이 너무 크신 거야. 영웅은 호색이잖아.'

수업이 끝나고 뒷정리를 마친 제리코에게 로젠이 손짓했다. 혹시 아까 하려던 새아빠 욕을 마저 하려는 건가 싶어 다가갔더니 로젠은 다른 얘기를 꺼냈다.

"미안하지만 부탁 좀 들어줄래? 다른 사람에게 부탁하느니 네가 나을 것 같아서."

"미베어 소공작에게 심부름을 시키겠다니, 대가는 각오하고 있겠지?"

제리코가 오만하게 대답하자 로젠이 작게 웃었다.

"정말 미안해. 너도 알다시피 어머니가."

"새 생명을."

"그래. 그래서 파티가 끝나고 계속 집에 있었어. 어머니 체력도 걱정되고 동생들이 일을 나눠 하고 있는데 맏이가 빠지면 안 되니까. 게다가 랄프 씨는 못 미덥고……. 오늘은 수업 때문에 잠깐 돌아온 거야. 그런데 내가 마그노 황자 저하와 대련 약속을 잡았거든."

"진짜?"

에라프보다 좋은 남자였다던 크리스와 에라프의 아들인 마그노 황자의 대련이라니.

자기도 모르는 새 놓칠 뻔했던 세기의 대련 소식에 검이 흥분해 몸을 부르르 떨었다.

"응. 알고 있는지 모르겠지만 마그노 황자 저하는 상당한 실력자셔. 이전부터 대련해 볼 기회만 엿보고 있었는데 저번에 수련장 위치를 알려줘서 고맙다고 인사를 하시더라고. 그래서 간신히 약속을 잡았는데 어머니가……."

로젠이 이마를 짚었다. 플라티나와 그녀 태내의 동생만 생각해도 혈압이 치솟았다. 이렇게 잡생각이 가득한데 마그노 황자와 대련하는 건 실례되는 일이었다. 가능하면 최선을 다해 검을 맞대고 싶었다.

"날짜를 미루자고 서신을 보낸다는 게 너무 정신이 없어서 깜빡했어. 원래는 수업을 끝낸 다음 수련장으로 가 곧장 검을 맞댈 계획이었거든. 내가 직접 가는 게 맞는데 틴더가 멋대로 약속을 잡아서 시간이 아슬아슬해."

대련하기로 한 장소가 로젠의 비밀 수련장에 약속한 사람이 마그노 황자이니 제리코 말곤 달리 부탁할 만한 사람이 없었을 것이다.

제리코는 아이 생긴 새신랑처럼 정신없어 보이는 로젠의 어깨를 두드려 위로했다.

"내가 전해 드릴게. 플라티나 님 임신 소식 말해도 돼?"

"이미 알고 계실 거야. 정말 미안하지만 부탁해."

"친구끼리 돕고 사는 거지!"

모든 정신이 동생에게 쏠린 덕분에 로젠은 흑역사와 완벽하게 결별했다. 검술 수련에만 매진해도 모자랄 판에 쓸데없이 연애에 정신 팔렸다 채근하던 검도 새 생명의 탄생 앞에선 입을 다물 수밖에 없었다.

제리코는 마그노 황자와 릴리에 공주의 관계 진전을 위해 오지랖을 펼치기로 했다. 하지만 결심한 후 접점이 없어서 결심만 했다.

제리코에겐 변명 거리가 많았다. 릴리에 공주는 찾아가지 않는 이상 만날 일이 없고, 마그노 황자도 일부러 찾지 않는 이상 만나기 힘들었다. 심지어 최근엔 에라프 일로 마음이 뒤숭숭해 넋을 빼놓고 다녔다.

제리코는 참 오랜만에 오빠를 보러 간다고 생각하며 기지개를 켰다.

"황자님 요즘 뭐 하시려나. 메렐 교수님이랑 이야기는 나눠봤을까?"

-넌 어떻게 생각해?

"해봤을 거야."

-대답이 단호한데 근거는?

'메렐 교수님이 수업 시간에 날 보고 웃으시거든.'

교수의 개인적인 부탁을 들어줬으니 예절 수업은 A+를 따놓은 당상 아닐까. 메렐 교수는 모든 학생에게 미소를 선사하는 좋은 교수님이고 제리코는 신나게 헛물 들이켜는 제자였다.

'마그노 황자님. 릴리에 공주님.'

제리코는 드슬이에게 생각이 흘러가지 않도록 주의하며 복잡한 모자에 대해 생각했다.

릴리에 공주와 에라프 사이에 무슨 일이 있었는지는 당사자가 아니면 모를 일이다. 짐작은 자유이니 멋대로 짐작해 보자면 둘은 분명 사랑했을 것이다. 사랑했지만 시기가 좋지 않았다.

마물은 릴리에 공주가 아카데미에 입학하기 이전부터 날뛰었다. 마물의 폭주가 광룡이 원인이라는 사실이 밝혀지기까지 시간이 조금 걸렸지만 이 또한 릴리에 공주의 입학 전이었다.

릴리에 공주는 본인이 제물이라는 사실을 알고 있었을 가능성이 높았다.

언제든 마법이 완성되고 제물 외의 희생양이 준비되면 끝날 목숨. 본인의 생이 시한부임을 알고 애인을 만들 사람이 몇이나 될까? 개중엔 죽기 전에 끝장 보겠다며 애인을 만드는 사람도 있겠지만 보통은 남겨질 사람을 배려해 특별한 관계를 맺지 않으려 할 것이다.

릴리에 공주처럼.

에라프가 좋아 어쩔 수 없다며 메렐 교수에게 안겨 엉엉 울었다던 학생의 정체가 짐작 가는 순간이었다.

그때의 릴리에 공주는 에라프를 밀어내는 것 말곤 할 수 없었을 것이다. 에라프의 고백을 받아들였다가 사흘 만에 차버린 것 또한 커져가는 사랑을 감당하기 힘들어선 아니었을까?

소녀가 준 씨앗을 볶은 씨라 믿었던 소년은 어떠한가. 사랑하는 소녀의 이름을 말하는 대신 죽음에 뛰어든 소년은.

많은 사람이 제리코더러 넌 사랑의 결실이라 말하지만 진짜 사랑의 결실은 따로 있었다.

"로젠 선배십니까?"

사랑하는 두 사람 사이에 태어났으나 의심과 자책부터 배운 아이가 고개를 돌렸다.

마그노 황자는 제리코를 보자 정중히 인사했다. 제리코는 쓰린 속을 감추기 위해 쾌활하게 인사했다.

"안녕, 마그노!"

"안녕하십, 안녕, 미베어."

"이름으로 부르라니까. 제리, 제리, 제리. 쉽잖아."

"안녕, 제리."

제리코는 로젠 대신 찾아온 이유를 밝혔다. 로젠의 예상대로 마그노 황자는 플라티나의 임신 사실을 알고 있었다. 심지어 알게 된 시기도 로젠보다 일렀다.

'가족보다 먼저 알다니. 황실은 소식이 빨리 들어가는구나.'

그보단 집 나간 자식이 너무 집안에 무관심했다 쪽이 정답에 가까웠다.

"조금 아쉽군."

마그노 황자가 미약하게 아쉬움을 표현했다.

"이길 생각이었어?"

"지고 싶지 않으니까."

–좋은 마음가짐이다.

검술 자체는 좋아하지도 싫어하지도 않지만 호승심은 존재했다.

마그노 황자는 아쉬워했지만 역으로 드슬이는 안도했다. 로젠이 약속을 지켰다면 주인 아들이었으면 좋겠는 남자와 주인의 아들이 검을 맞대는 세기의 대련을 모르고 지나갔을 것 아닌가.

–다음 대련에 너도 부르라고 해. 꼭 부르라고.

'진지한 대련인데 구경거리 취급하는 것 같아서 싫어하지 않을까?'

–진지하게 구경하면 돼!

솔직히 제리코도 보고 싶었기 때문에 참관 의사를 밝혔다. 마그노 황자는 다른 사람에게 비밀로 한다는 조건하에 허락했다.

제리코는 비치된 상자를 뒤져 간식거리를 꺼낸 다음 그늘에 앉았다. 일부러 비워둔 옆자리를 두들기자 마그노 황자가 조용히 응시했다.

"간만에 만났는데 시간 좀 내줘! 혹시 바빠?"

"벗의 요청을 거절할 정돈 아니야."

제리코는 마그노 황자가 앉기 전에 손수건을 펼쳐 깔았다. 마그노 황자는 한숨을 쉬더니 제리코에게 손을 내밀었다.

"손수건을 깔고 앉아야 할 사람은 너야. 몸을 소중히 여겨."

"이건 체육복이라 괜찮거든."

"널 소중히 여기는 사람들이 보면 마음이 아파. 날 포함해서."

원한다면 언제든 달콤한 말을 속삭여 주겠다던 언젠가의 모습이 떠오르는 말이었다.

마그노 황자가 손수건을 꺼내기에 제리코는 결국 엉덩이를 털고 일어났다가 다시 앉았다.

"요즘 뭐 하고 지냈어? 난 저번 주말에 도네타 가문의 자선 파티에 다녀왔어. 저저번엔 에라프 님 사당도 다녀왔고. 계속 외출 못 하다가 연달아 나가니까 콧바람 좀 쐰 거 같아서 기분이 좋아."

사실은 기분이 저조했었지만 이럴 땐 무조건 밝게 얘기하는 게 중요하다.

제리코가 웃으며 먼저 근황을 보고하니 마그노 황자는 지난날을 되돌아보았다.

"난 평소와 비슷했다. 시험 기간이 시작되어 기숙사 점호 시간이 늦춰졌고 도서관도 연장 개방하게 되었다. 기숙사장 정례 회의도 미뤄졌다."

학교 얘기.

"오디는 더위를 타기 시작했다. 알고 지내는 동안 계절에 흔들리는 걸

본 적이 없는데 신경 쓰이는 일이 있었던 모양이야."

친구 얘기.

"네롤 형님은 폐하의 일을 돕기 시작했다. 샤를 형님은 교제하던 분과 약혼을 준비하고 있다. 내년쯤 공식 발표가 있을 예정이다. 어머니는 인조 모피 시제품을 받으셨는데 탐탁지 않으신 듯하다. 지원한 연구비가 아깝다는 편지를 보내셨다."

가족 얘기까지. 하라는 본인 얘기는 안 하고 남의 얘기만 줄줄이 늘어놓는 마그노 황자에게 제리코는 별다른 말을 하지 않았다. 대신 지긋이 웃는 얼굴로 바라봐 줬다. 지긋이. 계속. 빤히.

마그노 황자는 결국 사죄했다.

"미안하다. 근황을 보고하라 해도 부모님과 형님들께 포장된 말을 하던 버릇이 붙어 제대로 얘기할 자신이 없어."

"그렇게 긴장할 필요 없어. 사실대로 말할 필요도 없고. 그냥 하고 싶은 말만 하면 돼."

"나는…… 그간 몇 번이나 고모님을 찾아뵈었지만 조언을 구하지 못했어."

"그랬구나."

"실망시켜서 미안하다."

말을 끝낸 마그노 황자가 입술을 깨물었다. 얼마나 세게 씹었는지 살이 파여 피가 났다.

제리코는 새 손수건을 꺼내 마그노 황자에게 내밀었다. 입술을 닦아 주는 짓은 하지 않았다. 남매가 그런 짓을 하면 전신에 닭살이 돋도록 대자연이 설계했기 때문이다.

"실망하지 않았어. 사람이 갑자기 바뀌긴 힘드니까. 마그노가 힘들면 안 해도 돼. 정 힘들면 포기해도 돼. 중요한 건 마그노가 행복해지는 거니까."

반성문을 수백 장 써올 만큼 성실한 마그노 황자다 보니 메렐 교수와 얘기를 나누지 않았을까 내심 기대했는데 아직은 버거웠던 모양이다.

마그노 황자는 제리코의 위로에 더 풀이 죽었다. 황자는 제리코가 어떤 말을 꺼내도 계속 시무룩해했다. 결국 제리코는 비장의 무기를 꺼냈다.

"근데 마그노는 목련이 싫다고 했잖아."

"그래."

"나한테 목련차를 준 건 싫어하는 꽃차라 떠넘긴 거야?"

"그렇지 않아! 그 꽃차는 릴리에 공주님이 직접 꽃을 따서 말린 귀물이다! 내가 네게 꽃차를 선물한 건 그게 내가 가진 물건 중 가장 소중하기 때문이야! 네게 진심으로 사죄하기 위해서 사죄 선물도 제일 소중한 걸 골라야 한다고 생각했다."

언젠가 한 번 놀려먹을 계획이었는데 효과가 굉장했다. 마그노 황자의 하얀 얼굴이 붉게 달아올랐다.

"혹시 너도 목련을 저어해 내키지 않는 선물이었다면 다른 차를 선물할게! 좋아하는 꽃이 뭐지? 직접 잼을 만들 정도이니 장미인가?"

"꽃은 어지간해선 다 좋아해! 제일 좋아하는 꽃은 사랑하는 사람이 주는 꽃! 미래에 태어날 아이가 주는 꽃! 친한 친구들이 축하하면서 주는 꽃! 내가 죽으면 내 관을 장식할 꽃! 이상!"

릴리에 공주가 직접 꽃을 따서 만든 꽃차 선물은 한 번으로 족했다.

제리코는 일부러 더 흥분해서 좋아하는 꽃을 열거했다. 반면교사가 되어 마그노 황자의 흥분을 가라앉힐 속셈이었는데 황자는 존경의 눈빛을 보냈다.

"꽃의 종류보다 주는 사람의 마음을 먼저 생각하다니. 역시 넌 인품이 훌륭해."

"왜 본인은 아닌 척 얘기하는 건데. 마그노도 꽃보단 준 사람이 더 중요하잖아."

"공주님의 목련꽃차는 대체품이 없는 귀물이다."

"요정의 축복이 없어 꽃잎을 잘못 말려 곰팡이가 피었어도 너한텐 보물이잖아."

마그노 황자는 부정하지 않았다. 제리코는 내친김에 다시 물었다.

"목련 싫어하는 건 진짜야?"

"정말 좋아하지 않아."

"왜 싫어하는데? 목련 예쁘잖아."

물어보긴 했지만 제리코는 돌아올 대답을 대충 짐작하고 있었다. 목련은 꽃잎이 크고 잎보다 꽃이 먼저 만개해 참 예쁜 꽃이지만 딱 한 가지 단점이 있었다. 목련을 싫어하는 사람은 대부분 그 단점에 집중했다.

"더럽혀지기 위해 피는 꽃 같아서."

하얗고 보드랍고 면적이 넓은 꽃잎은 시들기 전에 한 잎씩 떨어진다. 사람이나 짐승이 밟으면 그대로 자국이 남았다.

유난히 크고 순결해 보이는 하얀 꽃잎은 오염과 상처에 예민했다. 그것이 꼭 상처를 보여주기 위해서인 듯해 마그노는 목련이 싫었다. 보란 듯이 상처를 내보이고 과장해 상처를 준 사람을 탓하는 것처럼 보였다. 꽃은 죄가 없으며 나쁜 건 꽃에 자신을 투영하는 본인인 걸 알지만 어쩔 수 없었다.

"공주님은 아셔?"

"말씀드린 적 없다."

-하긴. 싫어하는 꽃을 일부러 차로 만들어 줄 리가 없지.

"다른 꽃차는 안 만드셔?"

"두 분 폐하껜 두 분이 선호하는 꽃으로, 네롤 형님과 샤를 형님껜 그해 가장 곱게 핀 꽃으로 차를 만들어 선물하신다."

"마그노는?"

"나는 항상 목련이었다."

챙겨주는 것만도 죄스러워 몸 둘 바를 모르겠는데 그 꽃을 싫어한다는 이야기를 할 수 있을 리가.

매해 싫어하는 꽃이 사랑하는 사람의 손을 거쳐 선물로 들어온다. 버리고 싶지만 버릴 수 없고 보기 싫어 쌓아둔다. 그대로 잊히면 좋을 텐데, 선물을 준 사람이 그 사람이라 잊지 못해 몇 번이고 잘 보관되고 있는지 확인하다 보면 이렇게까지 목련을 싫어하는 자신이 이상하고 못난 사람이란 자책감이 심해졌다.

'잊지 않고 챙겨주시는 것만으로도 감사한데 꽃의 종류에 토 달지도 못하는 주제에 혼자 끙끙거리는 일이 매해 목련이 피는 계절마다 반복되었다.

안색이 어두워진 마그노 황자의 옆얼굴을 보고 제리코는 턱을 괴었다. 한없이 부정적으로만 사고하는 황자님은 이번에도 평범한 사람이 밟지 않을 법한 불행의 길을 성실하게 밟고 있었다.

'보통은 자기가 좋아하는 사람에게 자기가 좋아하는 꽃을 선물하잖아. 왜 그 생각을 못 하지?'

―마그노에게 좋아하는 꽃이 뭐냐고 물어보지 않는 릴리에도 문제야.

'진짜 이 모자는 대화가 너무 부족하고 정보도 부족하고, 다른 가정보다 풍부한 건 뭐가 있을까?'

―아들의 의심과 자책. 모친의 비밀과 은폐.

'그런 슬픈 얘기는 하지 말아줘.'

제리코는 작게 한숨을 내쉬었다. 마그노 황자는 여전히 금고에 쌓아둔 차 상자의 탑에 사로잡혀 있었다. 제리코는 얼음성에 이어 상자탑에 갇힌 황자님의 정신을 빼내기로 했다.

"있잖아. 릴리에 공주님이 왜 목련만 선물하신다고 생각해?"

"공주님이 가장 좋아하시는 꽃이기에 꽃잎을 따고 건조하는 작업이 즐겁고 수월하시기 때문이라 여긴다."

"보통은 그렇게 생각 안 해. 알잖아. 내가 좋아하는 꽃을 다른 사람에게 선물하는 이유는 딱 하나야. 그 사람이 좋으니까. 날 좋아해 줬으면 좋겠으니까. 내가 좋아하는 걸 상대에게 선물하는 건 날 좋아해 달라는 가장 직접적인 의사 표현이라고 생각해."

제리코는 마그노의 부정적 사고 확장을 막기 위해 쉴 틈 없이 재잘거렸다.

"마그노가 어떤 꽃을 좋아하는지 물어보지 않는 건 공주님이 너무했어. 그렇지만 황궁에 있는 마그노 서재 창가엔 목련이 있잖아. 마그노가 꼭 그 장소를 고집하니까 공주님은 자연스럽게 마그노도 목련을 좋아한다고 생각하신 거 아닐까?"

과연. 그 생각은 못 해봤는지 마그노의 붉은 눈에 당혹이 스며들었다. 하여간 좋은 머리를 자기에게 안 좋은 쪽으로만 써먹는 황자님다웠다.

"그리고 이건 마그노 이름을 처음 들었을 때부터 생각한 건데, 이름 지어주신 거 릴리에 공주님 맞지?"

"그렇다고 알고 있다."

"마그노 이름은 목련에서 따왔고, 싫어하는 아이에게 자기가 좋아하는 꽃 이름을 따서 붙이는 부모를 상상해 봐. 이상하지? 어색하지? 사랑하는 아이에게 자기가 좋아하는 꽃 이름을 붙이는 게 백배는 더 잘 어울려!"

제리코는 힘차게 들어 올린 오른팔을 그대로 아래에 꽂았다. 강하게 등을 맞은 마그노 황자가 공기를 뱉으며 기침했다.

"겁은 먹어도 돼! 대신 기죽지 마! 내가 예쁜 드슬이를 걸고 장담하는데 마그노는 사랑의 결실이니까! 릴리에 공주님은 분명히 마그노를 사랑하셔!"

제리코는 옆자리에 풀어뒀던 검을 집고 몇 번 흔든 다음 이를 드러내고 웃었다.

미베어 소공작의 체면을 땅바닥에 집어던진 웃음에 마그노 황자는 진심이 담긴 미소로 보답했다.

"정말 이상해. 믿기지 않을 정도야. 넌 왜 이렇게 내게 잘해주는 거지?"

"자꾸 눈에 밟혀서. 신경 쓰여서. 내버려 둘 수 없으니까."

마그노 황자가 오빠라는 사실을 알고 있는 제리코는 사심 없이 담백하게 대꾸했지만 지켜보는 드슬이 입장에선 조마조마했다. 애인 있는 사람이 이성에게 할 만한 말이 아니었다.

로젠이 흑역사를 벗어났더니 이젠 마그노 황자에게 흑역사를 선사할 건가 싶어 드슬이가 말했다.

－야, 그러다 마그노가 오해하면 어쩌려고.

'괜찮아.'

－괜찮긴 뭐가 괜찮아.

잊을 만하면 튀어나오는 제리코의 근거 없는 낙관주의를 드슬이가 지적했다. 그렇지만 제리코는 단호하게 본인의 낙관주의를 유지했다. 누나가 연애를 시작하자 곱은 손을 펴지 못하던 에릭을 보라. 그것이 위대한 대자연의 섭리일지니.

－너 전에 마그노 황자에게 두근거렸잖아.

'에헤이.'

그건 갑자기 가까워지는 바람에 예쁜 걸 보고 놀란 쪽에 가깝다.

마그노는 기침이 잦아들자 작게 미소 지었다.

"이상해."

"뭐가?"

"이성에게 이런 얘기를 들으면 가슴이 두근거릴 법한데 두근거리지 않아."

제리코의 낙관주의가 승리했다. 드슬이가 기막혀했다.

"그리고 네가 내게 이성적 호감이 있으리란 생각도 들지 않아."

"그야 난 애인이 있으니까."

그 때문은 아니다. 마그노는 입꼬리를 살짝 올리고 웃었다. 서대륙에서 제일 아름다운 공주라는 릴리에 공주를 닮은 외모 덕분에 그는 사람들이 자신에게 보내는 욕망에 익숙했다. 마그노에게 구애하는 사람 또한 많았으나 그중 제리코만큼 헌신적인 이는 없었다. 그런데 제리코에 겐 그런 욕망이 없었다.

이만큼 받은 게 있으니 마그노 쪽에서 연심이 싹틀 만한데 마그노 또한 그런 마음이 들지 않았다. 이런 게 친구인 걸까.

"이성을 넘어 사람 자체에 반했다는 게 어떤 느낌인지 알 것 같다."

"으하하하, 너무 거창하다."

"아니, 진심이다. 난 네게 추태만 보였는데 너는 이렇게 은혜를 베푸니 죽기 전에 은혜를 갚을 날이 올지 모르겠어."

"행복하게 마음 내키는 대로 살아. 그거면 돼."

"꼭 누나 같은 말을 하네."

"나이는 내가 어린 거 알지, 오빠?"

농담 삼아 오빠라 불렀더니 마그노 황자의 눈이 커졌다. 혹시 불쾌했나 싶어 사과하려는데 마그노 황자는 불쾌해하는 대신 활짝 웃었다.

장갑을 벗은 섬섬옥수가 제리코의 머리카락을 쓰다듬었다. 금방 거둬들이려는 기색이 보여 손을 떼지 말라는 의미에서 눈을 감고 머리를 기댔다. 온화하고 다정한 손길이 제리코의 머리 위에 머물렀다.

드슬이의 독립을 위한 골렘 조작 연습은 잠시 쉬기로 했다. 이론으로 설명 불가능한 현상이 눈앞에서 벌어지는 일에 샌시가 극심한 거부반 응을 보였기 때문이다. 마법사가 신비와 이적을 좋아하는 것은 그에 대 해 논하고 파헤치기 위해서지 보고 즐기기 위해서가 아니다.

드슬이는 불만을 품었으나 골렘 주인이 거부하는데 강행할 순 없는 노릇이라 꾹 참았다.

골렘 조종은 주말부터 재개되었다. 일주일의 휴식기 동안 드슬이는 골렘을 조종하던 감각을 잊을까 봐 조바심 냈고, 제리코는 샌시와 같이 있는 시간이 줄어 입맛만 다셨다.

본격적인 골렘 조종에 앞서 샌시는 드슬이와 문답 시간을 가졌다.

"다시 묻겠어. 드래곤 슬레이어 소드가 실체화하여 본신인 검과 물리적으로 떨어져 있을 때 검이 받아들이는 정보는 실체화한 쪽에 따른다. 맞지?"

-그래.

진짜인지 확인해 보기 위해 검은 까마귀 모양으로 현신했다. 본체인 검은 제리코가 붙잡았다. 혹시 제리코가 드슬이에게 무의식적으로 정보를 전달하는 일을 차단하기 위해 제리코는 귀마개를 꽂고 안대를 찼다.

샌시는 단어가 적힌 카드를 두 세트 준비했다. 하나는 방 밖에, 다른 하나는 샌시가 든다. 까마귀가 된 드슬이가 방 밖으로 나가면 샌시가 단어를 적은 카드를 검에게 들이댄다. 이후 드슬이가 돌아와 자신이 본 단어를 말하는 실험이다.

"본 실험의 목적은."

샌시가 습관대로 날짜와 시간을 읊은 다음 실험의 목적과 실험 과정에 대해 설명했다.

제리코는 일찌감치 귀마개를 꽂고서 안대를 내린 다음 '꺄, 아무것도 안 보여요, 안 들려요'를 가성으로 외치며 혼자 놀았다. 드슬이는 쓸데없는 설명 집어치우고 빨리 실험이나 하라고 깍깍 울었다.

다음은 청각 실험이었다. 드슬이가 밖에 나가 있는 동안 샌시가 작게 단어를 말했다.

그다음은 촉각. 드슬이가 밖에 나가 있는 동안 샌시가 검에 특정 물체를 갖다 대었다.

시각, 청각, 촉각, 후각. 미각은 통과하고 마력까지. 각 감각에 대한 실험을 5회씩 반복한 끝에 샌시는 실험을 종료했다.

실험 내내 아무것도 하지 않고 있으니 저도 모르게 꾸벅꾸벅 졸고 있던 제리코가 안대를 벗었다. 쏟아져 들어오는 인공적인 빛에 눈물이 찔끔 났지만 반가운 마음이 더 컸다.

"이제 끝이야?"

"감각별로 500회는 반복해야 보고서에 쓸 수 있는 자료를 수집했다고 볼 수 있지만 일단 여기서 끝내기로 했어."

"똑같은 일을 500번이나 반복한다고?"

"만 번 반복하는 실험도 있어."

제리코는 혀를 내둘렀다. 샌시는 어딘가에 내놓기 턱없이 부족한 실험 횟수에 불만을 표하며 결과를 정리했다.

실험 결과 드슬이가 실체화해 본체와 격리된 장소에 있을 경우, 본체는 평범한 검처럼 아무 정보도 수집하지 못한다는 사실이 밝혀졌다. 실험 결과를 들은 제리코와 드슬이가 동시에 말했다.

"그게 중요해?"

-그게 중요해?

"중요해."

실험은 끝나지 않았다. 샌시는 제리코에게 드래곤 슬레이어 소드를 단검 형태로 변환할 것을 요청했다.

"크기는 줄이는 것만 가능하댔어. 무게는 못 바꾸고."

"형태 변환을 실험하려는 게 아니야. 드래곤 슬레이어 소드의 자아가 어디에 있는지 알고 싶은 거야."

뜬금없는 얘기에 제리코는 단검이 된 드슬이를 가리켰다. 드슬이의 자아는 검에 있다. 실체화한 것을 풀고 본체로 돌아갔으니까. 눈빛으로 제리코가 하고 싶은 말을 읽은 샌시가 고개를 저었다.

"검은 손잡이와 분리되잖아. 마녀가 설계한 드래곤 슬레이어 소드는 이중 구조로 되어 있어. 마법진을 세공한 검신과 마력을 공급하는 손잡이. 이 둘을 분리하면 드래곤 슬레이어 소드의 자아는 어디에 있는 건지 알고 싶어."

"어?"

생각지 못한 말에 제리코의 표정이 멍해졌다. 드슬이 또한 깜짝 놀라 샌시가 한 말을 되짚었다.

검을 비롯한 날붙이를 만들 땐 날과 손잡이를 따로 만들어 조립한다. 검의 생명은 검날이니 검신 쪽에 자아가 속해 있을 가능성이 높지만 손잡이에 있는 마력 저장소를 간과할 수 없었다. 드래곤 슬레이어 소드가 광룡의 피에서 막대한 마력을 흡수해 자아를 얻었으니 마력이 없으면 자아를 유지할 수 없게 되기 때문이다.

샌시는 카모마에게 뜯어낸 드래곤 슬레이어 소드의 설계도를 토대로 제리코에게 손잡이와 검신을 분리할 것을 요청했다.

드슬이는 제 몸 꾸미길 좋아하는 검이라 여벌의 손잡이가 많았지만 뿌리 부분까지 들어내는 것은 처음이었기에 제리코는 당황했다.

제리코는 설계도를 보며 드슬이를 분리했다. 분해당하는 드슬이는 샌시의 말에 자신의 자아가 어느 쪽에 속해 있는지 고민하기 시작했다.

"드래곤 슬레이어 소드는 광룡의 피를 흡수해 자아를 획득했다고 추정돼. 그렇다면 자아는 마력 저장소가 위치한 손잡이 쪽에 있을 확률이 높아. 하지만 드래곤 슬레이어 소드는 최초의 자각 때 자신을 에고 소드라고 주장했지. 에고 소드는 자아가 있는 검이야. 주장대로라면 검 손잡이가 아닌 검날에 자아가 깃들어 있어야 해."

"있잖아. 혹시 분리했다가 드슬이가 죽, 죽는 건 아니지? 나 조금 무서운데."

샌시의 얘기를 듣는 제리코의 머릿속에 뇌와 심장이 떠올랐다. 손잡이와 검날 중 어느 쪽이 뇌와 심장인지는 중요하지 않다. 중요한 건 사람은 뇌와 심장이 분리되면 죽는다는 것이다. 만에 하나 검날과 손잡이가 뇌와 심장의 역할을 해서 분리했다가 드슬이의 자아가 위험해진다면 제리코는 실험을 중단하고 싶었다.

"가능성이 없지는 않아."

"그럼 그만둘래!"

제리코가 미적거리던 작업을 멈추자 샌시는 다른 가능성을 연달아 제시했다.

"두 곳 모두 자아가 있어 양립이 가능하다면 재밌겠지만 자아는 양분이 불가능해. 만약 쪼개진다면 인간의 정신병과 비슷한 상태가 되겠지."

달그락달그락.

제리코는 분해하던 검을 다시 조립하기 시작했다. 무생물이니까 별생각 없이 분해한 것인데 생물로 비유하면 해부였다.

별생각 없이 동생을 해부하려 했단 사실에 제리코는 드슬이를 끌어안았다.

"으앙, 드슬아. 언니가 미안해. 언니가 에라프 님 몫까지 아껴줘야 하는데."

"너무 걱정하지 마, 제리코. 제일 가능성이 낮은 가설이야. 내 생각엔 검날이나 손잡이, 둘 중 한 곳이 드슬이의 자아가 깃들어 있는 장소일 거야. 난 그걸 확인하고 싶어."

"안 할래! 드슬이가 잘못되면 어떡해!"

제리코는 그새 조립을 마치고 검집에 끼워 넣기까지 마쳤다. 제리코는 무생물 동생을 혼신의 힘을 다해 끌어안았다.

"우리 드슬이는 서대륙과 동대륙을 모두 탐험할 대모험가가 될 아이라고! 이런 연구실에서 생을 마감해선 안 돼!"

실험체의 보호자가 실험 중단을 선언했다. 제리코가 쥐어짠 눈물에 샌시가 당황해서 안절부절못하는데 드슬이가 몸을 떨었다.

-아냐. 나 할래. 하고 싶어. 둘을 나눴을 때 내가 어디에 있는지 알고 싶어.

"드슬아."

-이렇게 연구하면 골렘 조종에 도움이 될지도 모르잖아! 그리고…… 널 지키는 데도!

"으앙, 드슬아! 그런 기특한 말은 이런 상황에서 하는 거 아니야!"

제리코는 콧물을 들이마시며 조립한 검을 재분해했다.

"흑, 우리 드슬이가 무생물이라 고향으로 돌아가면 결혼할 약혼검이 없어서 다행이야."

제리코는 그 밖의 유명한 대사들을 노동요 대신 읊조리며 손을 놀렸다. 드슬이는 부모님 대신 이을 가업도, 객지에 나와 있는 동안 태어난 자식도 없었다. 무생물이라 다행이었다.

몸으로 하는 건 곧잘 따라 하는 제리코지만 검날과 손잡이를 분해하는 일엔 힘과 기술이 모두 필요해 실수가 잦았다.

한 시간 가까이 지난 뒤에 제리코는 침을 꿀꺽 삼켰다. 드래곤 슬레이어 소드는 검날과 마력 저장소가 붙은 손잡이만 남겨둔 모습이었다.

"이제 검날을 뽑으면 분리돼."

-알겠어.

샌시가 조용해서 고개를 들어보니 샌시는 신중한 얼굴로 가장 기초적인 형태의 검을 종이에 옮겨 그리고 있었다. 다 그린 다음엔 설계도와 비교하는 일도 잊지 않았다. 제리코는 샌시와 눈을 마주친 후 샌시가 고개를 끄덕이자 검날과 손잡이를 분리했다.

"뽑았다!"

긴장된 나머지 눈이 절로 감겼다. 제리코는 마른 입술을 핥았다. 누구든 결과를 알려주길 바랐지만 무거운 침묵이 끝나지를 않았다.

결국 제리코는 조심스럽게 눈을 뜨고 나뉜 드슬이에게 말을 걸었다.

"드슬아?"

-어, 어째서!

드슬이의 말은 소리가 아니기 때문에 귀로는 왼손인지 오른손인지 파악하기 어려웠다. 하지만 당황한 검의 감정을 통해 제리코는 드슬이의 자아가 깃든 방향을 보았다. 마력 저장소가 있는 왼쪽이었다.

제리코는 혹시나 싶어 검날을 살짝 들어 보였다.

-어째서!

검날 대신 마력 저장소가 부르르 떨렸다. 제리코도 드슬이 못지않게 당황했다.

솔직히 검의 본질은 검날 아닌가. 그런데 검의 자아가 손잡이에 있다면 이건 드래곤 슬레이어 소드가 아니라 드래곤 슬레이어 그립이어야 하는 것 아닌가?

지식의 구도자 제리코는 오랜만에 목격한 신지식에 놀라 외쳤다.

"우리 드슬이 검이 아니었구나?"

-나, 나는 검이야! 검이라고!

"역시 에고 소드가 아니었어!"

샌시가 확신에 차 외쳤다. 자아 정체성을 부정하는 통쾌한 외침에 드슬이가 몸을 부르르 떨었다.

-나는 검이야!

"우리 드슬이가 드래곤 슬레이어 그립이었다니. 어차피 드슬이니까 이름은 안 바꿔도 되네. 좋지, 드슬아."

-나는 검이야아아아아! 도대체 이 실험 왜 한 거야!

현실이 자신에게 불리해지자 드슬이는 했던 말을 번복했다. 검, 아니, 자아가 있는 손잡이는 격렬하게 현실을 부정했다.

샌시는 이 실험을 통해 도출한 결론을 실험체와 보호자에게 알렸다.

"넌 에고 소드가 아니야."

-난 검이야!

"넌 자연적으로 생성된 호문쿨루스다."

-난 검이야! 검이다!

"우리 드슬이가 송사리 같은 거라고?"

"이 마력 저장소가 수조를 대신하는 거지."

-난 세상에 유일무이한 에고 소드 드래곤 슬레이어 소드다!

"내 관심사는 이상형 제작이라 자아가 있는 무기엔 흥미가 없어 자세히 알아보지 않았는데 역시 예상대로였어. 검이 용의 심장을 찌르면서 심장과 피에 흐르는 마력이 마력 저장소에 응집되고 방대한 마력이 몰리면서 호문쿨루스가 생성된 거야. 용의 마력과 함께 기억을 흡수하면서 어설프게 지식이 생겨 자신이 검이라고 믿게 된 거겠지."

-나는 검이야, 이 미친 마법사야!

드슬이의 간절한 호소는 앓던 이가 빠진 샌시의 기쁨과 흥분에 묻혔다. 제리코는 천국과 지옥에서 각자 자기편을 들어달라 외치는 둘 때문에 혼란스러워하다 자포자기하여 웃었다.

새로운 진실이 복이 될지 흉이 될진 모르겠고 마냥 얼떨떨하기만 했다.

-혼자 있고 싶어.

이번엔 검이 고독을 씹을 차례였다. 무생물은 자력 이동이 불가능하니 무생물을 위해 거동 가능한 직립보행 생물 제리코와 샌시가 자리를 비켜줬다.

제리코는 샌시를 데리고 방을 나가 문을 닫았다. 샌시는 여전히 들떠 있었다.

"역시 저건 호문쿨루스였어!"

"저거라니. 드슬이!"

"그래, 드슬이."

드슬이의 정체를 밝혀 신난 사람은 샌시 혼자였다. 자신이 검이라고 철석같이 믿고 있던 드슬이는 당연히 혼란에 빠졌고 제리코도 덩달아 기분이 저조했다.

"진짜 검이 아닌 걸까."

"아니야."

"그렇지만 드슬이 검날에 닿으면 사람이든 동물이든 다 타버리고."

"검날까지 자기 본체로 의식하고 있어서 그런 거겠지. 물리적으로 분리되어 자신이 무엇인지 확인했으니 분리된 상태에서 검날만 건드리면 불에 타지 않을 확률이 높아."

'검집에 들어가 있는 상태에선 건드리면 불이 붙지만 검집과 분리된 상태에서 검집을 건드리면 불이 안 붙었지.'

아직은 인식이 부족해 검날을 건드리면 불이 붙겠지만 분리되어 있는 시간이 길어지면 검날을 만져도 불이 붙지 않을 거란 설명이 이어졌다. 제리코는 검날 없는 드슬이를 상상했다가 인상을 찌푸렸다. 무엇이든 슥슥 삭삭 베어버리는 능력을 지녔으면서 검날이 없다니. 모순 그 자체였다.

'설마 검 손잡이에 닿는 물체를 전부 베어버리는 건 아니겠지.'

제리코가 그 얘기를 했더니 샌시는 충격적인 이야기를 했다.

"드래곤 슬레이어 소드가 광룡의 심장을 베어 얻은 절삭력은 검날에 부여된 능력이야. 드슬이의 능력이 아니야."

제리코의 머리 위로 번개가 내리쳤다. 눈앞이 번쩍번쩍해서 눈을 감았지만 번개는 눈꺼풀을 뚫고 제리코의 머릿속을 들쑤셨다. 극심한 현기증으로 인해 제리코는 앉은 상태에서 비틀거렸다.

무엇이든 슥슥 삭삭 베어버리는 무적의 절삭력은 드슬이가 제일 자랑스러워하는 능력이었다. 그런데 그 능력이 드슬이 게 아니라니? 드슬이가 아니라 검날에 부여된 능력이라니?

"확실해? 확실한 거 아니지? 그치?"

"드슬이는 용의 심장을 찌른 순간 태어났다고 했지. 그러니까 드슬이가 태어났을 때 검날은 이미 심장을 가른 상태였고 결국 검날이 심장을 가른 건 검과 용사의 업적이지 이후에 태어난 호문쿨루스의 업적이 아니야."

용사는 용을 죽인 업적을 인정받아 용을 죽인 이후 얻는 자손에게 용에게 상해를 입힐 수 있는 능력을 물려줄 수 있게 되었다.

용사가 사용한 검도 업적을 인정받아 무엇이든 벨 수 있는 절삭력을 획득했는데 드슬이는 검이 아니다.

샌시는 용사의 후예에게 업적 보상이 이어지는 사실 자체는 몰랐다. 하지만 대자연이 위대한 업적에 걸맞은 보상을 준다는 사실은 알고 있었다. 그렇기에 확신했다.

"그러니까 용의 심장을 베어 얻은 절삭력은 검날에 부여된 능력이야."

제리코는 충격을 이기지 못하고 쓰러졌다. 샌시는 예고 없이 쓰러지는 제리코를 붙잡아 등받이에 기댈 수 있도록 자세를 바꿨다.

제리코는 빙글빙글 돌아가는 눈으로 천장을 바라보다 눈을 감았다.

"우리 드슬이가 무능한 손잡이에 불과했다니."

드래곤 슬레이어 소드가 세계 최강의 검으로 칭송받는 이유는 무엇이든 벨 수 있는 절삭력 때문이다. 그런데 그 중요한 절삭력은 검날에 부여된 힘이라 하질 않나, 심지어 그 검날은 드슬이와 분리되어 다른 사람이 만져도 괜찮다고 하질 않나. 이래서야 세간에 알려진 드래곤 슬레이어 소드의 위명은 모두 허상이고 환상에 불과했다.

제리코야 드슬이가 어떤 존재든 실망하지 않을 자신이 있지만 당사자인 드슬이가 문제였다. 자존심이 높은 듯하면서 자존감은 낮고 의리 하나는 끝내주면서 폭력과 유혈 사태를 즐기는 드슬이가 이 사실을 알면 어떻게 받아들일까?

제리코의 등골을 따라 오소소 한기가 밀려들었다. 얼마나 서러워하고 우울해할지 상상하기 힘들 정도였다.

'글렀어. 내가 무슨 말을 하든 하나도 안 먹힐 거야.'

이 사실을 알았다간 우울의 바다에 빠져 제리코가 건져 오기 힘들 만큼 수심 깊숙한 곳에 가라앉아 버릴지도 모른다.

드슬이를 소중한 벗이자 동생이자, 에라프에게 받은 가장 훌륭한 유산으로 여기는 제리코 입장에선 절대 있어선 안 될 일이었다.

생각을 끝낸 제리코가 목에 힘을 주고 고개를 바로 했다.

"샌시."

"응."

"비밀로 해줘."

"당연히 비밀로 할 거야. 드래곤 슬레이어 소드의 위엄은 네 안전에 직결되니까."

당대에는 괜찮으나 후대로 이어져 검을 만질 수 있는 사람이 늘어나면 검날을 노린 세력이 미베어 가문과 드슬이를 위협할지 모른다. 샌시야말로 이 일을 엄중히 묻고 둘만의 비밀로 감출 생각이었다.

"드슬이에게도 비밀로 해줘."

"걘 알아둬야 할 텐데."

"안 돼."

제리코는 단호하게 고개를 저었다. 드슬이가 세상에서 제일 잘난 검이라는 사실에 집착하는 것은 사실 무생물인 스스로에 대한 자존감이 부족하기 때문이다.

알고 보니 검이 아니었다는 사실 정도야 검보다 위대하고 뛰어나다고 치켜세워 무마가 가능하지만 제일 자랑스러워하는 능력이 자기 것이 아니라는 사실을 알았다간 수습이 불가능한 상황에 처할 것이다.

"드슬이가 검날을 한 몸이라 생각했다면 한 몸이고 검이라고 생각하면 검인 거야. 호문쿨루스인 걸 알았으니까 이만하면 충분해. 만약에 알려줘도 지금은 아니야. 시간을 들여서 천천히 알려줘야지. 한 번에 잔뜩 알려주면 충격받는단 말이야. 우리 드슬이는 섬세한 아이라고. 나랑 동갑이지만 실제 정신연령은 어린애란 말이야."

주인인 제리코가 이렇게 주장한다면 샌시는 할 말이 없었다. 자아 정체성으로 고민 중이니 실제로 정신연령이 어린 듯싶기도 했고.

샌시는 가까운 친인과 지인에게도 검날에 대한 비밀을 말하지 않을 것을 당부했다. 제리코는 열심히 고개를 끄덕였다.

"그나저나 드슬이가 에고 소드가 아니었다니. 이상하다. 우리 드슬이는 파괴와 살육을 좋아하는 검다운 아이였는데. 샌시 너도 검답다고 감탄했었잖아."

"천성이 더럽네."

"윽."

천성보단 후천적인 환경의 영향일 것이라 주장하려던 제리코는 입을 다물었다. 드슬이가 보고 들은 것이야 에라프의 모험담과 책이 전부이다. 그런 환경이 피를 사랑하는 드슬이의 현재 성격을 구성했다면 에라프의 모험담이 지나치게 자극적이었다는 얘기가 되어버린다. 잊을 만하면 찾아오는 사기꾼도 괴팍한 성격 형성에 혁혁한 공을 세웠을 테고.

또한 드슬이가 직접 말했듯 검은 광룡의 피를 흡수해 지식과 기억의 일부를 갖고 있다. 드슬이의 더러운 성격이 광룡에게서 기인했다면 그건 천성이 맞았다.

"진짜 이상하네. 우리 드슬이는 자기가 검이라는 데 한 치의 의심도 없었는데."

"그건 나도 이상하다고 생각해. 일반적으로 호문쿨루스는 탄생 직후 자신이 무엇인지 의문을 갖거든. 호문쿨루스는 다른 영혼과 다르게 생성된 순간부터 일정 지식을 지니고 있어. 그런 상태에서 최초로 '나란 무엇인가'란 의문을 품고 지식과 외부 정보를 받아들여 성장하는 거야."

자아 탐구가 곤충 수준을 벗어나지 못하지만 말이다.

"송사리도?"

제 이름이 불린 걸 알았는지 어항 속 송사리가 포르르 수면 위로 뛰어올랐다가 잠수했다. 샌시가 사과할 적에 〈이만보〉로 가져갔었지만 송사리의 거처는 여전히 연구동 실험실이었다. 새로 호문쿨루스를 제작하는 과정에서 영향을 받을 수 있기 때문에 계속 연구실 신세를 지는 것이다.

"송사리만 그런 게 아니라 벌레처럼 열등한 지능을 가진 모든 호문쿨루스가 똑같은 과정을 거쳐. 그런 의미에서 드슬이가 보이는 반응은 이상해. 어쩌면 의문을 품기 전 주변 상황에 휩쓸린 영향이 크기 때문일지도 몰라. 깨어나자마자 자각한 것이 용의 심장에 박혀 있는 자신의 몸이라면 스스로를 검이라고 착각할 만도 하지. 보통 호문쿨루스는 마법사의 연구실 수조에서 눈을 뜨니까."

새로운 사실의 발견은 새로운 연구 과제로 이어진다. 인간 수준의 지성과 이성을 갖춘 호문쿨루스 제작이 불가능하단 사실을 알았지만 그렇다고 호문쿨루스 연구를 그만둘 생각은 없었다. 명령을 듣고 수행할 수 있는 수준의 지능만 갖추더라도 활용도가 무궁무진했기 때문이다.

샌시의 눈이 제리코를 비껴가더니 그가 작은 목소리로 웅얼거렸다.

"주위 환경이 호문쿨루스의 자아 인지에 영향을 미치는 게 사실이라면 다음 호문쿨루스 제작 땐 수조가 아니라 다른 물체에 마력을……."

샌시는 새 연구 주제가 마음에 드는지 깊은 생각에 잠겼고 드슬이는 아직도 혼란스럽고 억울한 감정만 전해온다.

제리코는 이 기회에 에라프 생각을 하고자 했다. 혹시 상념을 흘려도 지금 상태의 드슬이는 읽어내지 못할 테니까.

눈앞에서 어슬렁거리는 연두색 머리 미남이 눈에 자꾸 잡히니까 집중을 위해 눈을 감고, 아니지, 제리코에겐 안대가 있었다. 제리코는 주머니에 넣어둔 안대를 꺼냈다.

샌시가 실험을 하라고 준 것인데 어디서 샀는지 착용감이 꽤 좋았다. 제리코는 부들부들한 안대를 손가락으로 비비다가 애인을 보았다.

'나만 안대 쓴 모습을 보여준 건 불공평한데?'

몸은 언제나 마음보다 빠르다. 욕망에 충실한 제리코의 손이 샌시의 뒤로 이동해 그의 눈가에 안대를 씌웠다. 샌시가 놀라기 전에 제리코는 그의 등에 달라붙어 귓가에 대고 말했다.

"의자에 앉아."

"제리코!"

"나한테 안대 씌우고 귀마개까지 하라고 하고선 무슨 생각 했어? 드슬이 생각만 한 건 아니지?"

어떻게 안대에 귀마개를 한 애인을 앉혀놓고 연구 생각만 할 수 있단 말인가. 만약 그렇다면 벌을 받아 마땅하다.

제리코는 샌시를 밀쳐 의자에 앉혀놓고 샌시의 무릎 위에 앉았다. 샌시는 움찔움찔 몸을 떨었지만 제리코를 밀어내진 않았다. 손이 자유로우니 스스로 안대를 벗으면 될 텐데 자유로운 손으론 제리코의 허리를 감쌌다.

겁먹은 듯했지만 아주 싫은 건 아닌 눈치에 제리코는 샌시의 이마와 안대 위에 슬며시 입술 도장을 찍었다. 입술이 닿을 때마다 샌시가 퍼드득 몸을 떨었다.

"드슬이 생각만 했구나아. 애인을 앞에 두고 다른 여자 생각을 하다니 나빴네."

"그렇지 않아! 난 언제나 너만!"

"변명하는 입을 확 막아버려야지!"

제리코가 입술을 겹치자 샌시의 숨이 멎었다. 숨 쉬라는 의미에서 목덜미를 간질이자 샌시가 입을 벌렸다. 사람은 입이 아니라 코로 숨을 쉬기 때문에 제리코는 벌린 입을 확 막아버렸다. 무엇으로 막았는지는 다들 잘 알기 때문에 자세한 서술은 생략한다.

잠시 뒤, 귀 끝까지 빨개진 샌시는 거칠게 숨을 헐떡였다. 안대를 벗기자 숨이 차서인지 부끄러워서인지 눈가가 벌겋고 눈물이 홍건했다. 땀이 배어난 얼굴 위에 가벼운 뽀뽀 세례를 퍼붓자 기분 좋았는지 샌시가 목을 울렀다.

나직한 저음과 닿아 있는 피부에서 느껴지는 떨림이 기분 좋아 좀 더 달라붙었더니 샌시가 사색이 되어 제리코의 상체를 밀었다.

그러더니 하는 말이 사과였다.

"미안해, 제리코."

"응? 뭔가 잘못한 게 있어?"

"남자니까 내가 먼, 먼저 진도를 나가야 하는데 늘 제리코에게만 의지하니까. 그렇지만 제리코가 싫어서 그런 건 아니야! 제리코가 좋은데, 너무 좋아서, 정신을 놓으면 제리코를 아껴주지 못할 것 같아서. 진도를 어떻게 나가야 할지 모르니까 무조건 제리코에게 맞춰주자고 생각해서, 그래서!"

"알아. 샌시 머릿속에선 나랑 진도 끝까지 다 나갔지?"

그러지 않고서야 소소한 뽀뽀나 입맞춤에 저렇게 열을 낼 리 없다. 상상을 하기 때문에 앞으로 나갈 진도에 대해 부끄러워할 수 있는 것이다.

상상을 마친 건 제리코도 마찬가지였지만 부끄러워하는 건 개개인의 특성이다. 제리코야말로 가능하면 샌시의 진도에 맞춰주고 싶은데 너무 잡아당기는 것 같아 미안해질 때가 있었다.

정곡을 찔린 샌시가 고개를 숙였다. 부끄러움에 파르르 떨리는 속눈썹이 사랑스러웠다.

"남들 다 하는 거에 연연할 필요 없다고 생각해. 손을 잡은 다음엔 안고, 안은 다음엔 뽀뽀하고, 뭐 이런 순서도 중요하지 않아. 지금 샌시가 나랑 하고 싶은 게 있다면 솔직하게 말해도 괜찮아. 나도 솔직하게 말하잖아."

절대 3년을 기다리기 싫어서 이러는 게 아니다. 제리코는 국화가 필 때까지 기다릴 수 있었다. 사랑하는데 3년을 못 기다릴까. 제리코가 샌시에게 원하는 것은 애정 표현에 자신감을 가지라는 것이다. 공식적으로 교제하는 사이임에도 남이 맡긴 가보 모시듯 하니 복장이 터질 노릇이다.

"너무 저자세로 굴지 마. 우린 사귀고 있잖아. 샌시만 내 행복을 바라는 게 아니야. 나도 샌시가 행복하길 원하는걸."

"솔직히 지금도 이 상황이 믿기지 않아."

주저하던 샌시가 솔직한 심정을 밝혔다. 제리코가 그에 대해 한마디 할 줄 알았는데 아무 말도 하지 않자 샌시가 재차 물었다.

"화 안 내?"

"믿기지 않지만 깨지지 않았으면 하지?"

"응."

"그럼 됐어. 믿도록 내가 좀 더 힘내야지."

그런 의미에서 제리코는 근래의 고민 하나를 끄집어냈다.

"우리 조금 현실적인 얘기를 나눠볼까?"

샌시의 얼굴을 붉게 물들이는 상상 속 행위의 결과물에 대해서 말이다.

"조금 진정됐어?"

─응.

목소리가 없는데도 대답에서 기운 없다는 사실을 알 수 있었다. 제리코는 드슬이가 검날이 자기 몸이라고 평생 인식하길 바라는 마음에 서둘러 조립했다.

'아예 틈새에 쇳물을 넣어 굳힐까?'

앞으로 검이 무슨 말을 해도 칼날과 손잡이가 분리되는 일은 없을 것이다. 소녀의 입술이 고집스럽게 굳었다.

-결정했어.

"뭘?"

-샌시가 뭐라 하든 난 검이야.

"훌륭해."

제리코는 드슬이의 결심에 제 일처럼 기뻐했다. 제리코는 드슬이를 검집에 끼운 후 등에 업었다. 오늘 하루 많이 상심했을 드슬이를 위해 잔뜩 휘둘러 줄 요량이었다.

"샌시, 나 갈게."

"……"

제리코의 인사를 씹는 것도 모자라 반응이 없는 샌시를 보고 드슬이가 의아해했다. 자아 정체성에 충격을 받은 건 이쪽인데 왜 네가 얼이 빠져 있어?

-쟤 왜 저래?

"자식 계획에 대해 진지하게 얘기했거든."

-네 자식이면 그냥 좋다고 하지 않든?

"그래서 바로 화냈지. 깊게 생각해 보지 않고 무작정 좋다고 한 거잖아."

제리코는 어깨를 으쓱였다.

"진짜 결혼하게 될진 모르지만 난 너랑 자식 계획에 대해 얘기할 만큼 널 진지하게 생각하고 있으니 너도 자식에 대해 진지하게 생각해 보라고 했어."

그랬더니 얼이 빠져서 서 모양이란다. 패기 없는 모습에 드슬이는 적잖이 실망했다.

-제리를 위해 죽을 수 있다면서 애는 안 된다는 거야?

"날 위해 죽는 건 상상이 되지만 아이는 상상이 안 된다는 거지. 오늘부터 상상하기로 했어. 지금도 상상 중일 거야."

표정만 보면 한 번에 열 쌍둥이가 생겨 똥 기저귀 지옥에 내몰린 사람 같았다. 제리코는 샌시의 볼에 입을 맞추고 연구실을 나갔다.

-네가 계속 자식 얘기 하니까 내 고민은 별거 아닌 것처럼 느껴진다.

'뜬금없이 무슨 소리야.'

스트레스 풀라는 의미에서 검술 수련에 매진했더니 갑자기 하는 말이 저러했다.

-내가 검이든 호문쿨루스든 정체가 밝혀진다고 해서 생명이 죽거나 탄생하진 않잖아. 그렇게 생각하니까 갑자기 시답잖은 문제로 충격받았나 싶어.

자아 정체성 고민은 중요한 화두가 맞지만 제리코는 드슬이에게 동조했다. 자존감이 낮은 드슬이에겐 옳든 그르든 간에 적극적인 지지가 필수였으니까.

'맞아. 별로 중요한 문제 아니야. 드슬이는 뭐가 됐든 우리 드슬이니까.'

밤바람이 땀에 젖은 몸을 스치고 지나갔다. 여름이지만 땀에 젖은 몸에 밤바람이 지나가니 약간 서늘했다.

제리코는 하루 종일 태양 볕을 쬔 옥상에 누웠다. 낮의 열기를 간직한 옥상 바닥은 따뜻했다. 바람이 불 때마다 식으려는 몸을 적절하게 데웠다. 눈을 뜨면 그대로 쏟아질 듯 눈부신 별이 보인다. 별처럼 많은 사람이 죽고 태어났어도 밤하늘은 변함없이 아름다웠다.

제리코는 살아서 지금 이 순간을 누릴 수 있다는 사실에 만족했다.

-자지 마. 땀 식혔으니까 내려가서 공부해.

"윽."

-시험이 코앞이야. 지금 네가 잠이 오냐?

"위대한 대자연 앞에서 기말고사란 한 포기 감자만도 못한……."

-공부해! 공부! 학생의 본분을 지켜라!

까악! 까악!

까마귀가 된 드슬이가 거칠게 제리코의 머리를 쪼았다. 제리코는 무거운 팔다리를 휘둘러 드슬이의 폭거에 저항했다.

하지만 까마귀에겐 제리코의 저항이 통하지 않았다. 제리코는 물리적 공세와 함께하는 구박을 견디기 힘들었다.

"이 나쁜 검! 옥상에서 이슬이나 맞아라!"

까마귀 부리와 발톱에 당해 산발이 된 제리코가 보란 듯이 드슬이를 두고 옥상을 내려갔다.

드슬이는 콧방귀 대신 까악 소리를 한 번 내주고 본체 위에 앉았다. 까마귀는 윤기가 나는 깃을 다듬다가 까마귀 깃처럼 까맣고 반질반질한 눈동자와 머리칼을 가진 청년으로 변화했다.

드슬이가 주인의 형태를 취한 건 참으로 오랜만이었다. 드슬이는 주먹을 쥐었다 펴길 반복했다. 소녀의 몸에 너무 익숙해진 나머지 이젠 주인의 몸이 낯설었다.

옥상은 제리코의 수련 공간이기 때문에 연습용 검과 목검이 즐비했다. 로젠이 보통의 검에 익숙해지란 조언을 남긴 후 드슬이가 질투를 억누른 덕에 날 선 평범한 검도 있었다. 드슬이는 개중 제일 가까이 있는 검에 손을 뻗었다.

"못 잡잖아."

검은 드슬이의 손을 빠져나왔다. 몇 번이고 손잡이를 움켜쥐려 했지만 몇 번을 반복해도 똑같았다. 드슬이는 자신의 본체를 집어 들려 했다. 본체는 제리코가 놓아둔 바닥에서 미동도 하지 않았다.

"못 잡잖아. 검이 아니라면 왜 못 잡는 건데."

옥상엔 검 혼자 남아 푸념을 들어줄 이 없건만 드슬이는 몇 번이고 동일한 푸념을 반복했다.

"샌시는 제리와 관련된 일이면 정신을 못 차리니까 잘못 판단한 거겠지. 난 검인데."

그렇다고 샌시를 탓하자니 사랑하는 사람 곁에 정체가 불분명한 무언가가 있으면 정체를 파헤치고 싶은 게 정상이라 탓할 수 없었다. 제리코의 안전을 위해서라도 그편이 나았다.

"난 제리에게 짐인 걸까."

베개에 얼굴을 파묻고 징징거리던 소녀는 눈 깜빡하는 사이에 성장해 어른이 되어간다. 처음 만났을 때와 비교해 보면 그 성장세가 대단했다. 그에 비해 드슬이 자신은 변한 게 없었다. 여전히 무력하고 여전히 무능하다.

드슬이는 제리코가 감탄한 밤하늘을 올려다보았다. 주인 또한 몸이 썩어가는 와중에도 세상이 참으로 아름답다며 감탄했다. 드슬이는 주인 말이 옳다 수없이 말했지만 한 번도 진심으로 동의하지 않았다. 주인이 썩고 있는데 멀리 있는 별이 반짝이는 게 무슨 소용이란 말인가.

주인이 죽었는데 별은 여전히 반짝였다. 어쩌면 광룡은 그것이 마음에 들지 않았을지도 모른다. 사랑하는 요정이 죽었는데 요정이 사랑한 호수는 여전히 아름다워서, 별은 반짝이고 바람은 시원해서.

그래서 모두 없애 버리자고 생각했을지도 모른다.

드슬이는 제 것이 아닌 분노와 지독한 상실감에 눈살을 찌푸렸다. 드슬이는 밀려오는 광기를 떨쳐내고자 즐거운 생각을 했다. 예를 들자면 책을 펼친 지 30분도 되지 않아 의자에서 엉덩이를 떼고 옥상으로 올라오는 임시 주인의 경쾌한 발소리라든가.

"충분히 반성했겠지!"

1년 남짓한 시간 동안 소녀는 검의 안에서 주인과 위상이 비슷해졌다. 제리코가 너무 좋아 울어버리는 샌시가 이해될 정도다.

소녀가 어른이 되고 노인이 되어 자신만 남겨두고 떠나 버리는 날에서 도망칠 수 없을지라도.

상상만 해도 너무 슬퍼 볼품없이 울어버릴 것 같지만 오늘 같은 날을 추억하며 견딜 수 있으리라.

"반성은 네가 해야지. 공부해!"

"에라프 님 얼굴로 잔소리하는 건 반칙이야!"

똑같이 공부하라는 잔소리라도 까마귀 부리에서 나오는 잔소리와 돌아가신 아버지 얼굴로 하는 잔소리는 무게가 달랐다.

"확실히 주인이라면 공부하라고 다그치지 않고 네가 좋아하는 걸 하라고 하겠지."

제리코의 얼굴이 화색이 되었다.

"그렇지? 에라프 님은 그러셨겠지?"

"하지만 난 주인이 아니라 피도 눈물도 없는 검이다!"

에라프 모습이 반칙이라는 건 인정하기 때문에 드슬이는 다시 까마귀가 되어 양 날개를 펼쳤다.

깍(퍼뜩 내려가서 공부하지 못할까)!

"까아!"

소녀는 드슬이를 챙겨 구르듯 계단을 내려갔다. 그 뒤를 까마귀가 노성을 지르며 쫓았다.

제리코와 똑같이 생긴 흑발의 소녀가 제자리에서 앉았다 일어서길 반복했다. 위치를 바꾼 이후 일취월장하는 골렘 조종 실력에 제리코는 몇 번 박수를 쳤다.

샌시는 엄격한 시선으로 심판처럼 골렘의 동작을 살폈다.

한동안 샌시는 제리코가 내준 숙제 때문에 얼이 빠져 있었다. 제리코가 일주일 내로 제출할 과제가 아니고 몇 년에 걸쳐 장기적으로 연구할 주제임을 밝히고서야 가출했던 혼을 반절 정도 붙잡았다.

그래도 가끔 눈빛이 멍해지는 것이 자식 계획을 진지하게 생각하는 것 같아 제리코 보시기에 좋더라.

제리코는 저도 모르게 올라간 입꼬리를 눌러서 내리고 어항으로 시선을 돌렸다. 마음 같아선 드슬이를 지켜봐 주고 싶은데 어항 속 호문쿨루스 상태가 영 안 좋았다.

"송사리야, 어디 아프니?"

이름이 불린 송사리가 꼬리를 치며 제리코 쪽으로 선회했다. 물장구에 힘이 빠진 게 확 눈에 띄었다. 샌시는 송사리 귀에 닿지 않도록 제리코의 귓가에 대고 작게 말했다.

"수명이 다해가."

제리코도 샌시를 따라 입가를 가리고 작게 물었다.

"더 못 늘려?"

"현재로선 불가능해."

"〈이만보〉에 있을 때보다 더 기운 없어 보여."

며칠 전 〈이만보〉에 있을 때도 송사리의 수명이 막바지에 도달한 상태였으나 지금보단 활기찼다.

'영 맥을 못 추네.'

고민하던 제리코는 그때와의 차이를 깨달았다. 〈이만보〉엔 회원이 수두룩하게 상주했는데 샌시의 연구실에 사람이라곤 샌시와 정기적으로 방문하는 그녀가 전부였다.

송사리는 이름을 부르면 헤엄쳐 다가온다. 낯선 이를 경계하지만 자주 얼굴을 들이밀어 눈에 익으면 곧잘 따랐다. 붙임성이 좋다는 건 그만큼 사람을 좋아한다는 의미다.

'혹시 사람이 그리운 것은 아닐까?'

"샌시, 새로 호문쿨루스 제작할 거 아니면 송사리를 〈이만보〉에 가져다 두는 건 어때? 송사리가 후안 선배도 그렇고 다른 사람들도 보고 싶어 할 거야. 회원들도 송사리를 보고 싶을 거고."

샌시가 떨떠름한 표정을 지었다. 그는 회원들에게 사과하면서 송사리를 가져갔으나 〈이만보〉에 두지 않은 건 일부러 그런 거였다. 호문쿨루스 제작 과정에 악영향을 받을 가능성은 사실 핑계였다. 송사리를 보여주지 않는 건 일종의 징계였다. 울면서 송사리가 든 어항을 들고 〈이만보〉를 뛰쳐나온 기억이 생생했기 때문이다.

화해했지만 앙금은 남았고 샌시는 뒤끝이 길었다. 송사리를 외면한 배신자에게 송사리를 보여주고 싶지 않았다. 그렇다고 솔직하게 말하자니 제리코가 옹졸한 사람이라 생각할까 두려웠다. 거짓말은 할 수 없기에 샌시는 사실에 근거한 변명거릴 찾았다.

"다들 바빠서 그리워하지 않을 거야."

"시험공부 하느라?"

"아니. 골렘 때문에. 제작 주문이랑 설계도 문의, 기타 문의가 빗발쳐서 하루에도 편지가 수백 통씩 온다던데."

－넌 왜 남의 일처럼 말하냐. 네 일이야.

듣다 못한 드슬이가 참견하자 샌시는 어깨를 으쓱였다. 그는 개발 및 제작으로 소임을 다했으니 남은 뒤처리는 후안 몫이었다.

"어쩐지. 내가 동아리실에 안 들른다지만 후안 선배 얼굴 보기 힘들더라니."

자선 파티 이후 아카데미에서 후안을 보지 못했던 이유가 밝혀졌다. 제리코는 에라프 일과 연애에 정신 팔려 〈이만보〉에 소홀했던 자신을 반성했다. 한때는 창고에 드나드는 쥐새끼처럼 열심히 출석 도장 찍어놓고 샌시와 사귀자마자 발길을 끊은 게 스스로가 생각해도 너무한다 싶었다.

우정은 사랑 못지않게 소중하다. 소중한 벗이 격무에 시달리고 있는

데 애인과 노닥거리고 있었으니 양심이 찔렸다.

'내가 사랑에 눈이 멀긴 멀었었구나. 오늘은 구호물자라도 주고 와야겠다.'

무언가 결심하고 실천에 옮기는 간격이 짧은 건 제리코의 장점 또는 단점이다. 제리코는 양손 가득 먹거리가 든 봉투를 들고 수국관 지하로 향했다.

한동안 끊겼다 재개된 구호품 전달에 〈이만보〉 지박령들이 슬금슬금 기어 나와 미베어 소공작의 자비를 칭송했다.

"소공작이 보인 미덕은 우리 동아리에 길이길이 전승될 거야."

"감사합니다, 감사합니다. 잘 먹을게요."

제리코는 지박령들의 과한 반응에 고개를 갸웃거렸다. 제리코가 알기로 〈이만보〉의 회원 대다수는 시험을 위해 공부하지 않는 모범생이다. 학업이 일상인 학생 중에서도 시험을 위한 공부보단 스스로의 목표를 위한 연구와 탐구가 일상이 된 상위 계급이었다.

그런데 제리코가 준 보급품을 받아가는 회원은 하나같이 공부를 하고 있었다. 심지어 샌시처럼 졸업에 필요한 학점을 모두 채웠으면서 졸업을 미루고 있는 회원까지 책을 들여다보고 있었다.

"갑자기 왜들 이래요? 〈이만보〉만 따로 다른 시험 봐요?"

"하하하, 오해입니다."

샌시를 대신해 쏟아지는 문의 편지에 답장하느라 소중한 오른팔에 경련이 난 후안이 수척한 얼굴을 들이밀었다.

"실은 저희 〈이만보〉가 아카데미 동아리를 졸업해 정식 연구소를 설립하게 되었습니다. 하하하, 자선 파티 때 플라티나 스타즈 님이 방문하셔서 골렘의 사업성을 눈여겨보시고 적극적인 투자를 약속하셨죠. 으하하하하."

호박이 넝쿨째 굴러오니 잠을 못 자도 웃음이 절로 터진다. 후안은 물론이고 다른 회원도 다 함께 웃었다.

제리코는 엉겁결에 따라 웃었다. 좋은 일이라 웃긴 웃었는데 회원들이 갑자기 공부하는 것과 무슨 관계가 있담?

"연구소에 들어가려면 졸업을 해야 하지 않겠습니까. 발등에 불이 떨어진 겁니다."

"졸업 시험이 보고 싶으면 바로 볼 수 있는 거예요?"

"보통은 아닌데 저희 동아리는 한두 해 졸업을 미룬 게 아니어서요. 언제든 졸업하겠단 말만 하면 학사 일정이고 뭐고 바로 시험 보게 해주겠다는 교수님들의 말씀이 있었습니다. 졸업은 학사 일정에 맞춰야 하지만 시험은 바로 볼 수 있습니다."

다들 한가락씩 했기에 졸업 시험에서 떨어질까 걱정하진 않지만 계속 졸업을 미루는 바람에 전공 교수의 눈 밖에 난 것이 문제였다. 담당 교수의 졸업 인가가 떨어지지 않으면 졸업은 물 건너간다. 괜한 트집 잡기를 피하려면 완벽한 답안지 작성이 필수였다.

덕분에 〈이만보〉엔 졸업 시험 공부 열풍이 불었다. 후안도 당당히 바람에 몸을 맡긴 사람 중 하나였다.

"전부 졸업하면 빈자리가 크겠어요."

"아직 졸업하지 않는 학년도 있습니다, 하하하."

"그런데."

제리코는 눈살을 찌푸리고 후안의 해명을 들을 때부터 품은 의문을 말했다.

"연구소 소장은 누가 되는데요?"

"회장입니다."

"어…… 샌시도 졸업하나요?"

후안의 입에서 그렇다는 답이 나왔다간 당장에 달려가 샌시의 멱살을 잡을 생각이었다. 다행히 후안은 고개를 저었다.

"하하하, 소공작이 재학 중이신데 졸업이라뇨. 두 분이서 4년 오손도손 즐기셔야 하지 않겠습니까. 일단은 제가 임시 소장으로 있으면서 회장이 졸업하길 기다릴 예정입니다."

"샌시가 졸업하지 않을 수도 있잖아요."

"하하하, 소공작께서도 졸업하실 텐데 지가 뭐라고 애인 없는 학교에 남겠습니까."

"선배, 방금 본심을 말했어요."

"하하하, 일주일 동안 밤을 새웠더니 이런 초보적인 실수를."

졸업 시험을 준비하는 회원이 모두 연구소 취직을 염두에 둔 건 아니다. 이만하면 훌륭히 청춘을 구가했다며 졸업을 준비하는 자, 샌시가 연애하는 걸 보고 자극을 받아 아카데미를 졸업해 이성과의 접점을 늘리려는 자, 더는 아카데미에 남아 있기 벅차던 차에 좋은 기회라 여기는 자, 다른 방면을 연구하고 싶으니 다른 마법사의 제자로 들어가겠다는 자 등등. 사람이 가지각색이니 이유도 가지각색이었다.

어쨌든 졸업해서 루나 아카데미를 떠난다는 사실은 같기에 제리코는 쓸쓸한 미소를 지었다. 졸업을 미루고 뭉그적거리던 이들이 몸을 일으키겠다니 기뻐하고 축하해야 할 일인데 조금 아쉬웠다. 인연이 짧은 제리코가 이런데 샌시는 얼마나 아쉽겠는가.

"샌시가 알면 많이 아쉬워하겠다."

그 말에 가지각색의 졸업 사유를 들던 회원들이 일제히 정색하고 고개를 저었다. 제리코는 터지는 웃음을 참지 못했다.

'송사리가 죽기 전에 데려와야겠다.'

졸업을 위해 노력하는 회원들에게 송사리를 보여주면 많은 위안이 될 것이다.

'샌시도 졸업 얘기가 나오면 너그러워질 거야.'

배신자에겐 국물도 없다고 열을 내는 샌시지만 몇몇 회원 입장에선 연애를 시작한 샌시 또한 배신자 아니겠나.

시험이 하루 앞으로 다가왔다. 중간고사 땐 하프 산맥이란 변명거리
가 있었지만 기말고사엔 그럴싸한 변명거리가 부재했다.

제리코는 화산 폭발에 버금가는 드슬이의 잔소리를 견디다 못해 공
부를 하기로 마음먹었으나 연애를 시작한 청춘인 고로, 자꾸 샌시 얼굴
이 아른거려 학업에 집중하기 어려웠다.

-변명은 청산유수야.

"드슬이는 무생물이라 내 마음 몰라."

-모르긴 뭘 몰라. 자꾸 보고 싶고 생각나는 거잖아. 나도 알거든? 나
도 로젠 보고 싶고 자꾸 생각나거든!

"그러고 보니 로젠, 아카데미엔 언제 오려나. 실기 시험이니까 그때
올까?"

-구실만 생기면 딴소리하려 들지! 내일이 시험 시작이야! 오늘은 밤
을 새워서라도!

드슬이의 잔소리가 제리코의 머릿속을 터뜨리려 하는데 하녀가 문을
두드렸다. 제리코는 반색해서 문으로 달려갔다.

-아주 날아가는구나!

드슬이가 없는 혀를 끌끌 찼다. 소공작의 대답을 기다리던 하녀는 만
면에 미소를 머금고 문을 여는 제리코 때문에 깜짝 놀랐다.

"무슨 일이에요? 간식? 손님? 청소?"

-샌시면 거절해!

샌시는 저녁을 먹고 돌아갔다. 정식으로 교제하는 사이지만 저녁 식
사가 끝난 후 재방문하는 건 예의에 어긋난 짓이다. 제리코에겐 천만다

행히도 방문객은 샌시가 아니었다.

"마그노 황자 저하께서 방문하셨습니다."

-마그노가?

방문객 이름을 듣고 의문을 표할 때 드슬이는 이미 하녀를 지나쳐 계단을 내려가고 있었다. 드슬이에겐 계단을 디딜 발이 없으니 모두 드슬이를 등에 업은 제리코의 짓이었다.

책에서 눈을 뗄 수 있게 해준 손님이 그저 반가울 뿐인 제리코는 마그노 황자를 보자마자 있는 힘껏 손을 흔들었다.

"어서 오세요, 황자 저하! 환영합니다!"

황가의 직할령에 가도 이렇게 진심 어린 미소와 환영 인사를 받진 못할 것이다.

어딘지 모르게 흥분한 기색이 역력한 마그노 황자는 자신보다 더 흥분한 제리코를 보고 자신의 흥분을 가라앉혔다.

"이런 시간에 찾아뵈어 미안합니다, 소공작. 잠시 드릴 말이 있는데 시간이 시간이고 보는 눈이 있으니 이곳에서 대화를 청해도 되겠습니까?"

마그노 황자는 경비원과 하녀의 안내에 따라 백합관에 들어가지 않고 자리를 지키고 있던 현관을 가리켰다. 이 시간에 미혼 여성 혼자 사는(고용인이 있지만) 건물 문지방을 밟는 것은 그의 상식 내에서 있을 수 없는 일이었다. 날이 밝을 때 방문하면 해결되는 일이지만 마그노에게도 사정이 있었다.

제리코야 어디서 얘기하든 책에서 벗어날 수 있으면 환영이었다. 제리코는 경비원과 하녀에게 자리를 비켜줄 것을 부탁했다.

-다들 자리를 피했어. 작게 말하면 안 들릴 거야.

"무슨 일이야?"

"이런 시간에 갑자기 찾아와서 면목 없다."

"사과는 아까 보자마자 했잖아. 그래서 무슨 일인데?"

제리코의 박력에 밀려 사그라들었던 흥분의 불꽃이 불길을 되찾았다. 마그노의 하얀 얼굴에 홍조가 돌았다. 그는 익숙한 무표정을 고수했지만 제리코는 마그노 황자가 현재 기분이 아주 좋다는 사실을 알아챘다.

"정말 이렇게 늦게 찾아올 생각은 없었어. 그런데 할머님과 대화를 나누다 보니 시간이 이렇게 되어버리는 바람에……. 할머님과 대화를 나누면 반드시 네게 보고해야겠다고 생각해서 찾아왔다. 다시 한번 사과한다."

–사과를 몇 번이나 하는 거냐.

시답잖은 일이면 쫓아내라고 불호령을 내릴 생각이었던 검은 마그노 황자가 메렐 교수와 대화했다는 얘기에 꿍얼거리기만 했다. 마그노 황자의 인생이 걸린 일이니 제리코의 기말고사보다 중요도가 높았다. 마그노 황자는 주인의 또 다른 핏줄이니까.

"메렐 교수님을 찾아뵌 거야?"

"네게 말했듯 모두 털어놓진 못했다. 하지만 날 괴롭히던 의심들은 모두 고했어."

마그노 황자의 말은 듣는 이가 답답할 정도로 느릿했지만 제리코는 빨리 말하라 채근하지 않았다. 대신 눈을 초롱초롱 빛내며 기다렸다. 보고하러 왔으니 있었던 일을 끝까지 말해주리라 믿었기 때문이다.

"할머님은 내가 괴로워하는 걸 짐작하고 계셨지만 언급하시면 내가 속내를 더 감출까 염려되어 걱정하셨다고 말씀하셨다. 그리고 내 의심이 쓸데없는 기우에 불과하지만 그렇게 걱정하게 된 이유도 이해해 준다고 하셨다. 자리를 마련해 줄 테니 공주님과 꼭 대화를 나누라고, 당신께선 언제나 나의 편이니까."

그 말이 감격스러웠는지 마그노 황자가 한 번 더 중얼거렸다.

"내 편이니까."

'히잉.'

제리코의 코끝이 찡해졌다. 울고 싶은데 울어버리면 마그노 황자가 당황해 본인의 감정보다 자신을 달래는 데 집중할 것 같아 참았다.

마그노 황자는 태어나서 처음으로 자기편을 만난 아이처럼 웃었다. 자해와 자학으로 얼룩졌던 그의 고행이 마침내 종착지에 도달한 것이다.

"할머님께 솔직히 고하지 않았더라면 이런 위로와 지지를 받지 못했겠지. 모두 네 덕분이야, 제리. 그래서 가능한 빨리 네게 알리고 싶었어."

마그노 황자가 제리코 앞에 무릎 꿇었다. 제리코의 눈물이 홀라당 증발했다. 제리코는 누가 볼까 무서워 황자의 겨드랑이에 손을 끼워 넣고 황자를 들어 올렸다. 얼결에 일어난 마그노 황자는 입을 벌리고 웃었다.

"이렇게, 네가 날 지지해 주고 용기를 북돋아주지 않았다면 난 여전히 불행을 자처하는 광대였겠지. 감사 인사를 한없이 반복해도 무의미해. 저는, 그러니까, 제리, 나는."

마그노 황자는 그답지 않게 횡설수설했다. 그러다 이내 결심한 듯 입술을 깨물었다.

"언제나 네 편이 되겠어. 무슨 일이 있더라도, 설령 내 공주님을 배신하는 일이 있더라도 네 편을 들 거야."

목이 멨다. 제리코는 눈가를 비볐다. 미리 비비지 않으면 마른 눈가가 금방 젖어 눈물이 왈칵 쏟아질 것 같은 기분이 들었다. 말 한마디로 천 골드 빚을 갚는다 했던가. 제리코가 자처했던 고난과 역경은 실은 이 순간을 위해 존재했는지도 모른다.

완벽한 황자님을 연기하고 있지만 감정 표현엔 서투르다. 평정을 유지하는 가면은 산산조각 난 것을 어설프게 이어 붙인 듯 위태롭기만 했다. 보고 있으면 안쓰러워 내버려 둘 수 없었다. 그렇게 내내 마음 졸이게 만들더니 오빠는 오빠였나 보다. 편을 들어주겠단 얘기를 들었을 뿐인데 천군만마를 얻은 듯 믿음직스러웠다. 제리코는 다소 우악스럽게 얼굴을 비볐다.

"나도 항상 마그노 편이야."

제리코는 편들어주는 조건을 달았다.

"아니다 싶으면 아니라고 할 거지만."

"바라는 바다."

―불우한 가정환경 때문에 감춰져 있었지만 결국엔 주인 아들이었군! 저 용기, 의리! 고결한 품성! 주인의 아들다워!

중요한 대화를 할 땐 늘 중간에 끼어들어 초를 치는 검이 내내 조용하다 싶더니 쓸데없는 생각을 하고 있었다.

마그노 황자는 뒷덜미에 손을 얹고 달아오른 피를 식혔다.

"그럼 이만. 시험 잘 봐라."

표정으로 말보다 더 많은 의사를 전달하는 마그노 황자의 특기가 이번에도 발휘되었다. 마그노 황자는 제리코가 당연히 시험을 잘 보고 우수한 성적을 거두리라 철석같이 믿고 있었다.

시험 전날 방문해 사적인 얘기를 보고하는 행동에서 알 수 있듯, 황자 사전에 벼락치기란 없었다.

드슬이는 하늘을 우러러보고 한탄했다.

제리코는 황자가 만류하는데도 억지를 써서 마그노 황자를 길목까지 배웅했다. 공부하기 싫어서 그러는 거라곤 꿈에도 생각하지 못한 마그노 황자는 제리코를 더욱 우러러보았다.

"이렇게 폐를 끼칠 생각은 없었는데."

"괜찮아, 드슬이가 날 지켜줄 거야. 그리고 뛰어가면 되니까."

여름의 밤은 풀벌레 울음소리로 시끄러워야 마땅한데 오늘은 어쩐 일인지 여치 한 마리 울지 않고 조용했다. 마그노 황자는 새삼 밤의 침묵이 낯선 듯 눈살을 찌푸렸다. 적막을 깨고 인기척이 느껴지자 사람 둘과 검 한 자루는 소리가 들린 방향을 살폈다.

가로등 불빛에 길게 늘어진 그림자가 가까워졌다. 마그노 황자는 저도 모르게 긴장해 제리코의 앞에 섰다.

어두운 밤에 갑자기 정체 모를 사람과 마주치면 깜짝 놀라겠지만 제리코는 놀라지 않았다.

-피 냄새와 악취가 난다.

어둠에 구애받지 않고 피 냄새에 예민한 드슬이가 그녀에게 상대의 정체를 알렸기 때문이다. 제리코가 잘 알고 있는 사람이었다.

"안녕하세요, 마자리스 씨!"

마그노 황자와 함께 걷고 있던 중 마자리스와 마주치다니. 이건 어쩌면 운명일지도! 제리코는 피의 끌림이나 에라프 님의 가호가 아니겠냐며 혼자 웃었다.

낯선 상대를 경계하던 마그노 황자 또한 불빛 아래 드러난 마자리스의 눈을 보고 경계를 풀었다. 마자리스의 선량한 푸른 눈엔 그런 힘이 있었다.

제리코는 반갑게 인사했지만 마자리스는 둘에게 아는 척하고 싶지 않았던 모양이다. 그의 얼굴에 난처함이 묻어났다. 제리코는 그의 반응을 야속하다 생각하지 않았다. 밤길을 걷다 마주친 사람이 어디 공작가의 소공작에 황실의 3황자라면 제리코 또한 뒤돌아서서 도망치고 싶을 테니까.

"마그노 황자 저하, 이 사람은 유학생인 마자리스입니다. 지금은 식물원에서 근무하고 있어요."

마자리스야 둘이 이대로 지나쳐 가길 원했겠지만 제리코는 삼 남매가 모두 모인 이 기회를 놓치고 싶지 않았다. 최소한 인사를 해 얼굴과 이름을 마그노 황자의 뇌리에 새겨두고 싶었다.

"타국까지 와 고생이 많구나."

"고생이라니 그렇지 않습니다. 어릴 적부터 제국에 와보고 싶었습니다. 이렇게 꿈을 이룰 수 있게 되어 기쁠 따름입니다."

"고충이 있다면 개의치 말고 알리길 바란다."

"외국인인 소인까지 헤아려 주시니 황송합니다."

마그노 황자는 기분이 좋은지 유학생인 마자리스에게 계속 말을 붙이는데 마자리스 입장에선 고역일 터였다.

-야, 네가 물에 빠뜨렸으면 건져줘야지.

황족 앞에서 쩔쩔매는 마자리스는 피도 눈물도 없는 검이 보아도 안 쓰러웠다. 제리코는 드슬이의 의견을 즉각 수용했다. 그렇지 않아도 마자리스가 쩔쩔매는 걸 보기 싫었던 차다.

"마자리스 씨는 뭐 하고 계셨어요? 산책?"

"아닙니다. 시험지가 제대로 인쇄되었는지 확인하다 보니 해가 떨어졌네요."

"헉, 주말인데 일했어요?"

"시험 기간에 별수 있나요."

"피곤하겠다. 얼른 들어가서 쉬어요."

지나가는 사람 붙잡아 황자에게 소개해 놓고는 얼른 들어가서 쉬라니. 제리코 자신이 생각하기에도 높으신 분의 변덕이었지만 어쩔 수 없었다. 에라프의 자식들이 처음으로 마주쳤으니 기회를 놓치고 싶지 않았다.

'마자리스 씨는 황자님이 동생인 걸 알고 있을까?'

-글쎄다. 마자리스가 한 얘기만 들어보면 모를 가능성이 높지. 주인과 릴리에 공주가 파탄 났었단 사실만 알고 있잖아. 마그노가 생길 때 주인은 마자리스의 모친과 헤어졌을 테니 이후의 정보도 얻지 못했을 거고.

결국 이 셋의 진정한 관계를 아는 사람은 제리코 하나밖에 없었다. 검이 알아주는 걸론 부족했기 때문에 제리코는 마자리스에게 눈빛을 쏘아 보냈다.

마자리스는 제리코의 시선을 알아챘는지 알아채지 못했는지 모호한 미소만 짓고 작별 인사했다.

마자리스가 마주쳤을 때처럼 긴 그림자를 늘어뜨리며 멀어졌다. 그의 인기척이 완전히 멀어지자 마그노 황자가 말했다.

"인상이 굉장히 좋은 자로군."

"마자리스 씨는 좋은 사람이야! 상냥하고 다정하고 아는 것도 많고 잘생겼고 눈이 엄청 예쁘지! 꼭 에라프 님 눈 같아!"

마그노 황자가 마자리스에게 호감을 표했으니 제리코는 아예 밀어붙었다.

그녀가 마자리스의 장점을 늘어놓는데 마그노 황자는 미심쩍단 표정을 지었다. 첫인상이 좋다는 말과 표정이 따로 놀았다.

"왜 그래?"

"아니……. 이상할 정도로 호감이 들어서. 처음 만난 이에게 이렇게 친근감을 느끼다니 낯선 기분이야. 꼭 무언가에 홀린 것 같아."

제리코는 마그노 황자의 평에 십분 공감했다. 그녀는 주억주억 고개를 끄덕였다.

"그래. 마자리스 씨는 엄청 아름다워서 나도 첫눈에 홀려 버렸지."

제리코는 마그노 황자가 느낀 친근감의 정체를 피의 끌림으로 해석했다. 그게 아니고서야 저 까칠하고 담 높은 마그노 황자가 첫눈에 호감을 느낄 리 없었다.

"그럼 갈게. 여기까지 배웅해 줘서 고마워."

"잘 들어가. 시험도 잘 봐!"

"응, 너도."

마그노 황자에게 손을 흔들며 제리코는 아련한 표정을 지었다. 용사에라프가 보우하사, 용사의 핏줄들은 서로 원수가 되는 비극적 엇갈림없이 평탄한 삶을 살리라.

"언젠가 진실을 말할 날이 오겠지."

그날이 빨리 왔으면 좋겠다.

제리코는 언제가 될지 모르는 미래를 그렸다. 드슬이는 몇 시간 뒤인 내일을 보라 요구했다.

-가까운 미래를 보지 않고 먼 미래를 보는 것도 현실도피지. 얼른 들어가서 공부해!

"히잉."

백합관으로 돌아가는 길은 풀벌레 소리가 함께여서 외롭지 않았다.

사랑하는 애인의 말을 세상의 진리이자 법률로 모시는 샌시는 결국 송사리를 〈이만보〉로 옮겼다. 송사리를 옮기는 과정에서 샌시 대신 어항을 들러 온 후안이 연구실 문턱을 넘으면서 감동의 눈물을 흘렸다는 건 비밀로 하자.

사실 샌시는 회원들과 화해한 이후에도 개인 연구실에서 숙식을 해결하고 있었다. 그랬던 것이 송사리가 이사하면서 샌시도 함께 거처를 옮겼다.

회장이 싸우기 전처럼 수국관 지하 4층에 터를 잡자 〈이만보〉 지박령들은 기뻐하고 수국관의 다른 동아리 사람들은 절망했다. 4년만 기다리면 샌시가 나간다는 소문이 돌지만 그래 봐야 무슨 소용인가. 4년 후엔 자신들도 졸업해서 나가는데.

샌시는 제리코가 스텔라에게 부탁해 얻은 졸업 시험 족보를 보고 모범 답안과 참고 문헌 목록을 작성해 동아리에 뿌렸다. 대대로 기숙사장에게만 전해진다는 족보는 질이 남달라 회원들은 회장과 회장 애인의 은혜에 머리를 조아렸다.

남들 다 공부하는데 후안은 공부 대신 답장 작성하느라 바빴다. 샌시는 마법진도 아니고 고작 편지를 쓰기 위해 손을 혹사하는 후안에게 말했다.

"넌 공부 안 해?"

"이거 원래 회장 일인 건 알고 있죠?"

"사람을 고용하면 되잖아."

"쏟아지는 문의 사항에 답변 가능한 수준의 마법사를 어디서 구해요!"

"예전부터 생각하는 건데 넌 항상 고생을 자처한다니까."

오른손은 경련이 일지만 왼손은 멀쩡하다. 후안이 이를 갈며 잠시 잊고 있던 샌시의 싸가지를 곱씹는데 샌시가 편지의 일부를 자기 쪽으로 가져갔다.

"회장?"

"소를 오래 부리려면 너무 고삐를 조여 매면 안 된대. 제리코가 그랬어."

그러더니 쌓인 편지 겉봉을 확인하는 게 아닌가. 후안은 물론이고 모두가 눈과 귀를 의심하는데 샌시가 편지를 분류했다.

"탑의 로브 걸칠 자격 없는 마법사가 보낸 편지는 다 무시해. 뭘 일일이 답장을 써. 투자랑 후원 문의도 스타즈로 보내라 그래. 우린 연구만 할 거라고."

샌시는 본인 기준에 미달되는 마법사, 귀족이 보낸 편지를 모두 쓰레기통에 부어버렸다. 본인 기준에 충족한 자가 보낸 편지는 뜯어서 읽어 보고 시답잖은 내용이면 쓰레기통으로, 학구적 질의면 답장을 썼다.

후안은 자신이 본 것을 믿지 못해 혀를 깨물었다. 침에 피가 섞이며 찝찌름한 맛이 나고 혀가 매우 아프니 꿈이 아니고 현실이었다. 낭만주의자인 그는 샌시의 변모가 모두 사랑이 내린 기적임을 믿어 의심치 않았다. 사랑하는 안나의 이름을 걸고 단언하되, 사랑은 무엇보다 위대하더라.

샌시는 키리케가 이름을 부르기 전까지 성실히 일해 소의 고삐를 느슨하게 했다.

"회장! 송사리가 심각해요!"

그 말에 동아리실에 있던 회원 전원이 송사리가 있는 어항 앞으로 몰려들었다.

샌시는 송사리의 상태를 신중히 관찰한 뒤 고개를 저었다. 할 만큼 했지만 결국 수명이 다한 것이다.

송사리는 자신을 만들어준 이들이 지켜보는 가운데 숨을 거뒀다. 죽어가며 입을 뻐끔거린 것을 보고 감수성 예민한 몇몇은 작별 인사를 한 거라며 흐느꼈다.

물고기 형체였던 몸이 흩어지고 어항엔 물만 남아 찰랑였다. 샌시는 눈을 감고 죽은 혼의 명복을 빌었다.

"제리코가 슬퍼하겠네."

"으아아, 기말고사 첫날인데 송사리가 죽다니. 이번 시험을 망칠 것 같단 불길한 예감이 들어."

"우리 동아리에 성적 나쁜 놈은 필요 없으니까 나가."

"맞아! 우리 동아리에 불길하단 핑계로 형편없는 성적을 받는 놈은 필요 없어!"

살아 있던 영혼이 소멸하는 건 슬픈 일이나 〈이만보〉 회원이라면 비슷한 광경을 수차례 목격했다. 송사리는 말을 할 줄 알고 오래 살았기에 더욱 각별했지만 진짜 사람이나 동물이 죽은 것처럼 슬퍼할 순 없는 노릇이다.

샌시는 작은 수정을 어항에 넣어 남은 마력을 응집한 뒤 꺼냈다. 〈이만보〉에선 사망한 호문쿨루스의 마력을 수정에 모아 수국관 뒤뜰에 묻어 장례를 치렀다.

"회장, 바로 묻을 거예요?"

"제리코가 참석하고 싶어 할 거야. 장례식은 저녁에."

샌시는 송사리의 사망 시각을 기억해 뒀다. 묘비에 적어야 하기 때문이다.

샌시는 손수건에 젖은 손을 닦다 인상을 찌푸렸다. 미간을 좁힌 건 샌시 혼자가 아니었다. 〈이만보〉의 마법사들은 수상한 마력의 흐름에 일제히 고개를 젖혔다.

시간을 조금 앞당긴 이른 아침. 제리코는 백합관을 나서다 뜻밖의 인물과 마주쳤다.

"마자리스 씨?"

곧 지면을 달구기 시작할 화창한 햇살과 이른 아침의 상쾌한 공기가 어우러진 좋은 날이었다.

시험만 잘 보면 일기장 맨 마지막을 '오늘도 참 좋은 하루였다'로 끝낼 법한 하루의 시작에 절세가인과 마주치다니. 코앞에 닥친 시험만 아니라면 하루의 시작이 좋았다.

제리코는 아침 산책을 하던 마자리스와 마주친 건가 생각했다가 곧 고개를 저었다. 백합관으로 오는 길은 외길이니 산책로로는 적당하지 않았다. 여학생 기숙사 근처라 인적이 드문 시간대에 남자 혼자 어슬렁거리면 경비원과 사감의 관심을 한 몸에 받을 수 있으니까.

'나한테 볼일이 있나? 어쩌면 어제 마주친 것도 우연이 아니라 백합관에 오려던 건……'

제리코의 예상대로 마자리스는 방긋 웃으며 제리코에게 다가와 인사했다.

낯선 이가 소공작에게 접근하자 백합관 현관 앞을 경비하던 경비원이 다가오려 했다. 제리코는 손짓으로 경비원을 안심시켰다.

"좋은 아침이에요!"

"안녕하십니까, 소공작님. 말씀대로 좋은 아침입니다."

"무슨 일이에요? 여기까지 오시고."

마자리스가 공손히 허리를 숙였다.

"이전에 말씀드렸던 대로 도움을 청하러 찾아왔습니다."

"어…… 꼭 지금 해야 하나요? 저 일찍 자리 잡고 앉아서 벼락치기할 생각인데."

돕겠다는 약속을 했지만 오늘은 날이 아니었다. 보름 정도만 기다리면 모든 시험이 끝나 1학기가 끝나고 방학이 시작될 텐데 일부러 시험 첫날 찾아오다니. 혹시 한시가 급한 일인가 싶었지만 마자리스의 웃는 얼굴에선 긴장을 찾아볼 수 없었다. 눈 씻고 찾아봐도 긴장의 기억도 없었다.

"그러게요. 시험 첫날 이른 아침 찾아뵈어 죄송합니다. 시험이 끝날 때까지 기다려 드리려 했으나 상황이 여의치 않아서요. 금방 끝나는 간단한 일이라 시간을 오래 잡아먹진 않을 거예요."

'이래서 공부 잘하는 사람들은.'

마그노 황자는 시험 전날 찾아오고 마자리스는 시험 보는 당일 아침에 방문한다. 사전에 '벼락치기'를 등재하지 않은 사람과는 가끔 이렇게 어긋나는 일이 생겼다.

시험 시간까진 여유로웠기 때문에 제리코는 마자리스의 부탁을 들어주기로 마음먹었다.

"그럼 들어오세요."

"정말 금방 끝납니다."

길에 세워두기 뭣해 백합관을 가리키자 마자리스가 상냥히 거절했다. 제리코는 볼을 긁었다.

'얼마나 간단한 거길래? 성인식이랑 관련된 부탁이 아닌가?'

하다못해 종이 한 장 내밀고 어디에 이름 한 자 적어달라 부탁할 때도 길에서 부탁하진 않는 게 인생사 섭리였다.

제리코가 의아함을 가득 담아 마자리스를 응시하자 마자리스가 방긋 웃었다. 변함없이 사람의 경계를 녹이는 무적의 미소였다.

"용 살해자의 피를 물려받은 자로서 청합니다. 용을 베는 검을 주십시오."

"네?"

제리코는 저도 모르게 한 발짝 물러났다. 대단한 부탁이 아닐 것처럼 굴더니 이른 아침부터 가족을 내놓으라 하고 있었다. 드래곤 슬레이어 소드가 지닌 가치를 감안하면 웃으면서 할 부탁이 아니었다. 절대 그럴 수 없었다.

제리코는 당황하고 드슬이는 발끈했다.

-뭐야?

"마자리스 씨? 마자리스 씨도 에라프 님 자식이니까 드슬이 지분이 있는 건 알고 있지만요, 공작위엔 관심 없으시다고."

"네, 인세의 지위엔 관심 없습니다."

"그리고 금방 끝날 일이라면서요."

"지금 등에 매고 계신 드래곤 슬레이어 소드를 풀어 제게 주시면 되는 일이니까요. 오래 걸리지 않고 금방 끝날 일이죠."

하는 말은 거침없고 미소 지은 얼굴은 여전히 온화했다. 제리코를 보는 파란 눈은 어쩌면 저리도 투명하게 세상을 비추는가. 그 눈으로 보는 세상은 얼마나 아름다울 것이며 설령 세상이 아름답지 않더라도 저 눈에 담긴 애정은 시들지 않을 게 분명한데.

제리코는 검 띠를 돌려 드슬이의 위치를 등에서 가슴 쪽으로 변경했다. 두 손으로 검을 잡고 끌어안자 검이 검집 안에서 달그락거렸다.

-너 무슨 소릴 하는 거냐! 날 달라고?

참다못한 검이 마자리스에게 직접 말을 걸었다. 마자리스는 고개를 갸웃거렸다.

"검 주제에 말을 할 줄 알았군요."

-질문에 대답해!

드슬이가 직접 말을 걸었으나 마자리스는 드슬이를 보지 않았다. 제리코의 품에 안긴 검을 고집스럽게 외면하고 제리코를 응시했다.

"애석하지만 피와 기억의 일부를 이어받았으니 소유권을 주장할 자격이 충분합니다."

용사가 남긴 가장 큰 유산을 원하면서 피를 이어받은 게 애석하다 말한다. 게다가 검을 달라고 하면서 검의 말을 무시했다. 제리코는 썰물처럼 밀려오는 위화감에 검을 더욱 세게 끌어안았다.

눈앞의 남자에게서 눈을 뗄 수 없었다. 그가 지나치게 아름다워서가 아니다. 그의 눈이 세상을 사랑하기 때문이 아니다.

하프 산맥에서 마물과 마주쳤을 때처럼 눈을 떼면 시야를 벗어난 마물이 다가와 자신을 해할까 두려워 눈을 뗄 수 없었다.

뱀을 보아 얼어붙은 개구리처럼 제리코는 숨이 막혔다. 그러다 갑자기 숨이 트였다. 마자리스의 푸른 눈동자는 변함없이 사랑스러웠으나 무언가가 변했다.

제리코는 마법에 걸린 것처럼, 아니, 쓸모를 다해 약해진 마법에서 벗어났다. 그리고 내내 눈에 담았으나 보지 않고 귀에 담았으나 듣지 않았던 의심과 마주했다.

수상쩍던 마자리스의 언행이 기억의 수면 위로 부상했다. 대놓고 제 존재를 뽐냈던 그를 어째서 믿을 수 있었을까? 어째서 그에 대한 의심을 접어두었을까?

마법에 걸렸다. 그 한 문장으로 넘기기엔 드슬이의 존재가 걸렸다. 평범한 소녀인 제리코라면 모를까 드슬이는 용사의 검이었다. 용의 피와 마력을 지녔고 제리코보다 마법 저항력이 강했다.

드슬이가 자신이 아는 가장 강한 인간의 모습으로 현신해 제리코와 마자리스 사이에 섰다. 이번에도 마자리스는 고개를 갸웃거려 자신이 놀랐음을 밝혔다.

"이런 것도 할 줄 아는군요."

"무슨 수로 날 속인 거지?"

마자리스는 이번에도 드슬이를 무시하려 했다. 뒤에 감춘 제리코를 보려는 것을 드슬이가 움직여 시선을 가리자 그제야 검의 질문에 답했다.

"인상을 흐릿하게 하고 일정 기간 마주치지 않으면 기억에서 지우는 간단한 마법이지. 대단치 않은 잔재주야."

"그런 간단한 마법을 아무도 눈치채지 못했다고?"

"용 살해는 위대한 대자연이 친히 업적 보상을 하사하는 과업이지. 심지어 마법사가 아닌 검사가 용을 살해했으니 이전의 용살자보다 높이 평가받을 수밖에. 더 어려운 일을 해냈으니 기존의 용살자가 받은 것 이상의 보상이 주어지는 게 마땅하지 않아?"

용살자의 후손은 평범한 마법이나 무기로 용을 해하는 것이 가능하다. 마자리스는 그 외에 다른 보상이 주어졌다고 말했다. 그가 어깨를 으쓱였다.

"용이 죽어 가장 많은 이득을 본 인간종에게 무조건적인 호의를 이끌어낸다. 자칫 멸종할 뻔한 인류를 구한 자에게 어울리는 보상이지."

간단한 정신계 마법에 대자연이 내린 보상. 둘의 조합이면 마주치는 이 모두를 미혹시키기에 충분했다. 하지만 그것은 제리코가 홀라당 넘어간 것에 대한 대답은 될 수 있어도 드슬이가 속아 넘어간 것의 답변은 될 수 없었다.

드슬이가 마자리스의 멱살을 잡기 위해 손을 뻗었다. 마자리스는 피하지 않았다. 티 없이 맑은 파란 눈동자와 마주친 드슬이의 얼굴이 일그러졌다. 드슬이는 이러한 눈을 지닌 자를 알았다.

"주인?"

"내 몸엔 용살자의 피가 흐르지. 양은 적으나 순수하기에 자손인 소공작보다 내가 용살자와 혈연적으로 더 가까울 거다."

드슬이가 혼란스러워하는 사이 마자리스가 손을 뻗었다. 제리코는 뒤로 물러나 피했지만 마자리스의 손끝이 검에 스쳤다.

마자리스는 검을 가져가려는 의도로 손을 뻗었다. 검에 닿아도 불이 붙지 않았고 그것으로 자신의 정당성을 입증했다. 하지만 드슬이의 얼굴은 더욱 일그러졌다.

"제리! 도망쳐! 사람을 불러!"

말하지 않아도 분위기가 수상해 도망칠 셈이었다. 제리코는 냉큼 돌아서 백합관을 향해 발을 굴렀다. 그런 제리코를 방해하듯 땅이 흔들렸다.

"꺄악!"

제리코는 검을 끌어안고 바닥에 엎드렸다. 그녀는 느끼지 못했지만 대지와 함께 대기에 흐르는 마력 또한 요동쳤다.

격렬하게 흔들리는 지진에서 데굴데굴 구르는 것만으로도 혼이 쏙 빠질 노릇인데 귀가 찢어져라 종소리가 들렸다. 처음 종소리를 들었을 때 제리코는 땅바닥에 머리가 부딪쳐 이명이 들리는 것이라 여겼다. 흙먼지 사이에서 고개를 들고 나니 이명이 아니라 진짜 종소리라는 걸 깨달았다.

백합관, 루나 아카데미를 넘어, 제도 전체에 종소리가 울려 퍼졌다. 제리코는 이게 대체 무슨 소리인가 의아해하기 전에 자신의 앞에 드리운 그늘의 정체부터 파헤쳐야 했다.

제리코는 그녀의 앞을 가로막은 기둥을 발견하고 천천히 몸을 일으켰다. 사람 키보다 크고 황소 몸통처럼 두꺼운 기둥 여러 개가 벽처럼 꼬여 제리코의 앞을 가로막았다. 몸을 일으켜 기둥 사이로 백합관을 본 제리코는 입을 악물었다.

제리코의 앞만이 아니다. 바닥에서 솟아난 기둥이 백합관 외벽을 틀어막았다. 기둥은 백합관 뒤에서도 하늘 높이 솟아올라 위용을 뽐냈다.

가까이에선 돌벽처럼 느껴지지만 멀리 있는 기둥을 보니 기둥보단 식물의 줄기나 뿌리처럼 보였다. 솟아오른 넝쿨이 그물처럼 얽혀 아카데미 주위는 물론이고 하늘까지 에워쌌다.

제리코는 말을 잃고 사방을 둘러보았다. 기둥은 루나 아카데미 부지 전체를 에워싸고 살아 있는 동물처럼 꿈틀거렸다.

멀리서 사람의 비명이 들렸고 그보다 큰 종소리가 쉬지 않고 울렸다. 제리코는 그제야 태어나 처음 듣는 종소리의 정체를 알아차렸다.

"경보……."

규모가 큰 도시엔 마물의 침입을 막고 알리는 마법진이 설치된다. 제리코가 이명으로 착각한 종소리는 마물이 침입했음을 알리는 경보음이었다.

제리코가 가까운 기둥에 손을 얹자 기둥이 꿈틀거렸다. 질감은 나무와 비슷했다. 제리코는 질겁해 손을 떼어냈다. 바닥에서 갑자기 솟아오른 이것이 마물이라면.

제리코는 고갤 돌렸다. 마자리스는 처음 만났을 때처럼 사람 좋게 웃고 있었다. 지진의 한가운데에서 웃고 있는 저 남자는 무엇인가.

지진이 멎고 마물의 움직임이 멎었다. 드슬이는 제리코보다 더 큰 혼란에 빠져 있었다.

용을 벤 검은 대자연에게 맹세해 에라프의 혈육을 분간할 수 있는 능력을 얻었다. 그 외의 피는 구별하지 못한다. 피만 놓고 보면 이게 사람의 피인지 동물의 피인지 분간할 수 없다. 그런 드슬이가 에라프의 피와 함께 분간 가능한 피가 딱 하나 있었다.

용의 피다.

용을 벨 수 있는 검은 용의 피가 흐르지만 용이 아닌 것에게 물었다.

"넌…… 무엇이냐?"

"이제 와 내 정체가 중요할까 싶지만, 그래. 네가 누구냐 물으면 대답함이 마땅하지. 마땅한데, 그러지 못해 아쉽구나. 나는 무엇일까."

광대도 하지 않을 법한 시시껄렁한 말장난처럼 들렸으나 말하는 마자리스는 한없이 진지했다. 드슬이가 노성을 토하려는데 마자리스는 드슬이에게 시선을 두지 않고 제리코를 보았다.

"대답하기 위해서라도 그 검이 필요합니다. 도와주신다고 약조하셨죠?"

"제리! 뭘 가만히 서 있어! 이따위 마물 다 베어버리고 사람을 불러!"

"선택이 어려우실 듯해 준비해 둔 게 마음에 들지 않으시나 보군요."

누가 보아도 이 상황을 조장한 이는 마자리스였다. 제리코는 드슬이를 검집과 검 띠에 단단히 고정하고 품에서 등으로 위치를 변경했다.

"준비라뇨?"

"순순히 드래곤 슬레이어 소드의 소유권을 넘긴다면 살려 드리겠습니다."

마자리스의 말이 떨어지기 무섭게 건물 부서지는 소리와 비명이 천지에서 들렸다.

백합관을 감싼 마물이 백합관을 쥔 것이다. 마물이 이대로 백합관을 쥔다면 건물 안에 있는 사람들의 생명이 위태로워진다.

제리코가 아닌 타인의 목숨을 쥐고 협박한다는 점에서 제리코의 성격을 잘 파악하고 한 준비였다. 드슬이는 멱살이 잡힌 주제에 협박하는 마자리스의 배짱을 높이 사 그대로 가느다란 목을 졸랐다.

"드슬아!"

"이놈만 죽이면 끝나잖아!"

마자리스의 손끝이 본체를 스치고 지나간 후부터 마자리스를 향한 분노와 살의가 들끓었다. 마자리스를 죽여야 한다. 용의 피를 지닌 이것은 적이다. 드슬이는 오래 고민하지 않고 마자리스의 목뼈를 분질렀다. 막 알을 깨고 나온 병아리를 짓밟아 죽이는 것보다 쉬운 일이었다.

마자리스의 눈에서 빛이 사라지고 그의 사지가 축 늘어졌다. 드슬이는 마자리스의 목을 한 번 더 세게 졸라 위치를 이탈하고 부러진 뼈가 바스슥거리는 감각을 느낀 뒤에야 손을 뗐다.

"맙소사."

연쇄 방화 살인 검이 기어이 또 사람을 죽였다. 마자리스는 협박했지만 어쩌면 대화로 잘 풀어나갈 수 있었을지도 모른다.

제리코는 제 생각이 지나치게 낙관적임을 알고 있지만 눈앞에서 같은 피가 흐르는 자가 죽는 걸 보았으니 어쩔 수 없는 노릇이었다.

'아니…… 시기가 안 맞아.'

마자리스는 사람의 호감을 이끌어내는 능력이 대자연이 준 보상이라고 말했다. 마탑주의 얘기대로라면 대자연의 보상은 업적을 끝마친 후에 얻은 자식에게 이어진다. 마자리스는 제리코보다 나이가 많았다.

'외견상 보이는 나이가 진짜가 아니란 걸까.'

마자리스가 죽었지만 마물은 사라지지 않았다. 충분히 알렸다고 생각했는지 시끄러운 종소리는 그쳤지만 이번엔 이명이 제리코의 뇌를 흔들었다. 제리코는 마자리스의 시체를 보고 드슬이를 보았다가 이를 악물었다.

드슬이의 상태가 이상했다. 제정신이 아닌 듯 마자리스의 시체에서 눈을 떼지 않고 있었다.

'일단 백합관에 갇힌 사람부터 구해야.'

드래곤 슬레이어 소드라면 이따위 마물은 치즈 덩이보다 쉽게 베어 낼 수 있을 것이다.

제리코가 일단 인명부터 구할 생각에 무거운 발걸음을 떼려는데 바닥에 쓰러진 마자리스의 시체가 몸을 일으켰다. 부러진 목이 위태롭게 덜렁거리더니 이내 중심을 잡고 고정되었다. 누구라도 비명을 지를 법한 광경이었지만 골렘 덕에 관절이 기괴하게 움직이는 데 익숙해진 제리코는 비명을 안으로 삼켰다.

드슬이는 미친 사람처럼 마자리스의 목을 조르기 위해 손을 뻗었다. 마자리스는 처음이라 잡혀줬다는 듯 이번엔 잡혀주지 않았다.

"날 죽이려면 허상이 아니라 네 몸을 써야지."

"윽!"

마자리스는 가벼운 손짓으로 드슬이를 없앴다. 강제로 현신이 흩어지고 본체인 검으로 돌아간 검이 원통하다는 듯 부르르 검신을 떨었다.

마자리스는 약간 어긋난 목뼈의 위치를 제 손으로 수정하고 제리코를 보았다. 드슬이를 없애는 순간 마자리스의 눈이 붉은 기가 비치는 금빛으로 빛났다.

제리코는 샌시가 내내 주장하던 바를 이해했다.

금빛 눈을 한 마자리스는 용이 보여준 환각 속의 광룡과 외모가 똑같았다. 고작 눈 하나 바뀌었다고 다른 사람으로 생각한 것이 이상할 지경이었다. 어쩌면 이것도 마법과 대자연이 준 보상의 영향일지도 모르지만.

'난 정말 바보야.'

정체불명의 위험을 지척에 두고 실실 웃기만 했다. 마자리스가 직접 마법의 힘과 대자연이 내린 보상이라 실토했으나 이렇게 될 때까지 눈치채지 못한 건 드슬이가 경고한 대로 지나치게 낙관적이었기 때문이다.

제리코는 눈물을 닦고 마자리스를 마주했다. 눈물을 쥐어짤 때가 아니었다. 한시라도 빨리 저자의 목적을 알아내고 이 상황을 벗어나야 했다.

"용님이신가요?"

죽은 광룡과 똑같은 생김새의 남자에게 이런 질문을 하는 게 새삼스러웠지만 제리코로선 질문을 할 수밖에 없었다.

제리코는 분명 하프 산맥에서 용을 보았다. 그 용은 아름다운 마자리스와 달리 한가로운 산촌 아낙네의 외양이었지만 제리코는 보는 순간 용임을 알았다.

오감이 용에게 집중되었다. 아무도 그 존재를 의심하거나 무시할 수 없었다. 장님이어도 용을 볼 수 있고 귀머거리여도 용의 소리를 들을 수 있을 것이다. 용이란 그렇게 인간의 상식을 뛰어넘은 생명체이기 때문에.

그런데 마자리스에게선 용의 기척이 느껴지지 않았다. 마자리스가 기척을 숨겼다면 이해할 수 있지만 보란 듯이 제도에 마물을 불러내고 불가사의한 힘으로 드슬이의 현신체를 없앤 마자리스가 기척을 숨길 필요가 있을까?

제도 전역에 울린 종소리 또한 제리코가 질문하게 된 이유였다.

제도에 설치된 마법진은 마물의 존재를 알자마자 경보음을 날려 마물의 침입을 경고했다.

용 살해가 가능한 마법사가 하프 산맥에 설치한 경보 마법은 신뢰할 수 있었다. 그러니 용은 움직이지 않은 것이다. 거대한 몸뚱이를 하프 산맥

어딘가에 누이고 대자연에게 허락받은 나태를 맘껏 누리고 있을 터였다.

제리코의 질문이 마음에 들었는지, 혹은 마음에 들지 않았는지 마자리스가 웃었다. 제리코는 자신만큼이나 미소가 헤프던 남자가 실상은 자신을 비웃고 있었음을 깨달았다. 깨닫는 게 많은 날이었다. 모두 뒷북이 심해서 문제지.

"용이고 싶지."

용은 아니지만 용에 준하는 무엇인가는 된단 뜻이다.

"사실 용이 아니어도 좋습니다. 인간은 질색이었지만 살다 보니 인간도 괜찮더군요. 하지만 용이 아니면 안 되는 이유가 있어요."

빈말이 아니라 정말 인간으로 사는 것도 썩 나쁘지 않단 생각을 했다. 마냥 아름다운 세상에 익숙해졌기 때문이다. 좋은 꿈을 꾸듯 즐거웠기 때문이다. 다만 마자리스에게도 그럴 수 없는 이유가 있었다.

"마물은 용의 피에서 태어나죠. 그렇다면 용은 어떻게 태어날까요? 답은 심장입니다. 죽은 용의 심장에서 다음 용이 태어납니다. 죽은 용의 피를 흡수해 기억을 전승받고 다음 용이 되는 겁니다. 하지만 나는."

오색으로 빛나던 산성 호수를 물들인 광룡의 검고 붉은 피. 그 피와 같이 쏟아진 용사의 선홍색 피. 반으로 갈린 심장에서 태어난 마자리스가 흡수한 피엔 인간의 피가 섞여 있었다.

광룡과 에라프가 흘린 피만큼의 기억이 마자리스에게 스며들었다. 드래곤 슬레이어 소드가 흡수한 피만큼의 기억이 부족해졌다.

완벽한 용이 되기엔 피가 부족하고 불순물이 섞여 버렸다. 마자리스는 다른 용과 다르게 대자연에게 제 존재를 증명해야 했다.

"용도 아니고 마물도 아닙니다. 하물며 선택하기 전엔 인간일 수도 없죠. 위대한 대자연에게 한 맹세를 지키면 용이 될 수 있습니다."

불순물이 없었다면 기억의 공백이 있어도 용으로 인정받을 수 있었을지도 모른다. 하지만 에라프는 너무 많은 피를 흘렸다. 광룡이 흘린 막대한 양의 피와 비교하면 조족지혈에 불과했으나 인간 입장에선 실혈사하기 충분한 양이었다.

그래서 대자연은 용의 피와 인간의 피를 동일한 양으로 보았고 마자리스에게 선택할 수 있는 기회를 주었다. 의미 없는 선택지였지만.

"내 몸엔 용살자의 피가 흐릅니다. 그러니 내게도 드래곤 슬레이어 소드의 주인이 될 자격이 있습니다."

마자리스가 상냥하게 웃었다.

"대가 없이 달라고 조르는 건 아니에요. 인간 사회의 논리는 알고 있습니다. 인간들은 용을 벨 수 있는 검을 소공작보다 중히 여기죠. 내게 드래곤 슬레이어 소드를 넘기면 소공작의 지위가 위태로운 걸 알고 있습니다. 그러니 이건 어때요. 용 못지않게 강한 마물이 아카데미를 습격하고 용살자의 후예가 그 마물을 물리치는 겁니다. 그 와중 드래곤 슬레이어 소드가 소실되겠지만 소공작의 가치는 변하지 않을 겁니다."

발밑이 울렸다. 제리코의 뒤에서, 먼 곳에서 비명이 빗발쳤다. 백합관처럼 기둥에 죄인 건물이 한둘이 아닌 것이다.

마자리스가 인질로 잡은 인원은 루나 아카데미에 거주하는 전원이었다. 그는 제리코의 선택을 돕겠다고 말했지만 선택지에 드래곤 슬레이어 소드를 넘기지 않는다는 존재하지 않았다.

친구를 판 영웅이 되느냐, 인질이 모두 죽느냐의 선택지만 있었을 뿐이다.

"드슬이를."

제리코는 힘겹게 입술을 떼었다. 너는 너무 좋은 일만 있을 거라 생각한다며 구박하는 드슬이의 잔소리가 귓가에 울렸지만 환청이었다. 드슬이는 아직까지 정신을 차리지 못한 상태였으니까.

어쨌든 제리코는 제 버릇 못 버리고 낙관적인 생각을 해보았다. 만약에 마자리스가 드슬이를 가져가 함께 모험을 한다면, 하다못해 어디 바위에 박아놓더라도 말벗이라도 되어준다면 드슬이에게 미안하지만 검을 건넬 생각이었다.

"드슬이를 넘기면 어떻게 할 건가요?"

그런 희망을 품고 질문했건만 돌아오는 대답이 야멸찼다.

"용을 베는 검이라니 괘씸하기 짝이 없지 않습니까. 부술 겁니다. 산산조각 내 가루로 만들어 버려야죠."

"용을 베지 않을 거예요, 검집에서 꺼내지 않을게요. 아예 쇳물을 부어 검집에서 빠지지 않도록 할 테니까, 이름도! 이름도 바꿀게요!"

"안 됩니다. 드래곤 슬레이어 소드의 파괴가 내가 용이 되기 위해 위대한 대자연께 한 맹세니까요."

이것이 마자리스가 말한 성인식의 정체였다. 타협이 불가능함을 알게 된 제리코의 얼굴이 하얗게 질렸다.

"맹세는 지켜져야 합니다."

마자리스가 제리코에게 손을 내밀었다.

"건방진 이름의 검을 넘겨요. 그럼 아무도 죽이지 않겠습니다."

"거짓말! 날 죽이려고 했잖아요! 내가 어떻게 믿죠?"

제리코는 수사관을 울부짖게 만든 범인에게 외쳤다. 용 비슷한 게 범인이라니. 추리의 상도덕은 마자리스를 믿은 제리코의 마음처럼 짓밟혔다. 처참하게.

"드래곤 슬레이어 소드의 소유권을 얻는 가장 간편한 방법은 소공작의 사망입니다. 소공작을 죽이려 했던 건 인정합니다. 당신을 죽이고 싶어 하는 자들의 바람을 들어주려 한 건 부정하지 않겠습니다. 하지만 지금은 당신을 죽일 마음이 없어요. 용살자와 소공작이 세상을 보는 눈이 기분 나쁠 정도로 유사해 경의를 표하고 싶을 정도니까요."

마자리스는 제리코를 죽일 생각이 없다며 자비로운 미소를 짓다가 입꼬리를 내렸다.

"그렇다고 제가 당신을 죽이지 않을 거라 확신해선 안 됩니다."

그가 솔직하게 속내를 밝혔다고 제리코가 무엇을 할 수 있단 말인가. 아카데미에 있던 사람 모두를 인질로 잡혔는데.

공연히 화를 내고 따져서 용도 마물도 인간도 아닌 것의 심기를 거슬러 희생자가 생긴다면? 두 다리를 잃은 말의 죽음 앞에서 눈물을 뚝뚝 흘렸던 제리코가 버틸 수 있을까?

-제리. 날 넘겨.

'드슬아.'

사람으로 치면 기절 상태였던 드슬이가 깨어나자마자 말했다. 제리코는 고개부터 저었다.

마자리스는 드래곤 슬레이어 소드를 부순다고 했다. 그 존재가 꽤씸해 먼지로 만들어 버린다고 했다. 그건 단순히 검 한 자루가 부러지는 것이 아니라 엄연히 살아 있는 한 존재의 죽음을 의미했다. 제리코가 사랑하고 가족으로 받아들인 드슬이의 죽음이었다.

-무슨 생각을 하는 거야. 조금 비싼 검이랑 저 많은 인명을 비교하는 거야? 너 그런 사람이었어?

드슬이는 조금 비싼 검이 아니었다. 죽기 싫다고 말할 줄 아는 살아 있는 생명이었다.

제리코는 말의 죽음에 솔직하게 울 줄 알지만 말과 사람 중에 고르라면 울면서 사람을 고를 이였다. 그런 본인을 잘 알고 있음에도 제리코가 망설이는 이유는, 드슬이라면 수천, 수만의 생명보다 제리코 하나의 편을 들어줄 것을 알아서였다.

누군가 죽어야 한다면 그건 자신이 될 것이다. 제리코는 희생의 솔선수범을 알고 실천할 자신이 있었다. 그런 마음가짐으로 삶을 명쾌하게 살았다.

그러나 막상 희생이 필요한 상황이 닥쳐오니, 희생을 자처할 수 없게 된 스스로의 무력함이 한스러워 견딜 수가 없었다. 이것이 드슬이가 에라프를 잃을 때의 심정이었다 생각하니 더더욱 가슴이 죄었다.

드슬이를 건네는 순간 마자리스의 목을 베거나 심장에 드슬이를 찔러 넣을까 했으나 실패했을 때의 결과를 견딜 수 있을 것인가?

제리코가 책임지겠다고, 버티겠다고 말해도 드슬이 입장에서 사양이었다.

-날 건네. 그럼 끝나.

"그럴 수는……."

이대로 드슬이를 넘길 수 없었다. 드슬이는 살아 있었다. 죽일 걸 알면서 넘기라니. 드슬이는 그냥 검이 아니다. 어머니와 아버지를 연달아 잃은 제리코에게 든든한 버팀목이 되어준 가족이고 친구였다.

용사가 남긴 가장 멋진 것이었으며 제리코의 소중한 동생이었다. 제리코는 머리를 굴렸다. 어떻게 해서든 드슬이를 구하고 싶었다. 희생 없이 소중한 이를 구하고 싶다. 이게 그렇게 어려운 일일까?

"드슬이는! 분리가 돼요! 드래곤 슬레이어 소드는 검이니까 검날을 분리해서 검날만 파괴하면……!"

"드래곤 슬레이어 소드는 검날과 손잡이의 마력 저장소 둘 다를 의미합니다."

마자리스가 가차 없이 희망을 짓밟았다. 제리코의 얼굴이 절망으로 물들었다. 작은 희망을 품자마자 꺾여 그늘의 어둠이 더욱 짙었다. 제리코는 무릎 꿇고 머리를 조아렸다.

"제발 드슬이를 살려주세요. 드슬이는 살아 있어요. 단순한 검이 아니에요. 제 친구이고 가족이에요."

저항의 싹을 짓밟은 힘 앞에서 제리코는 강자의 자비를 구걸했다.

"평생 검집에서 꺼내지 않을게요. 이름도 바꿀 테니까, 사람들에겐 드슬이가 부러졌다고 말할 테니까요, 제발요."

-제리! 그냥 날 넘겨! 난 괜찮아!

"드슬이는 죄가 없어요! 이 애는 그냥 검에 불과해요! 에라프 님이 애를 휘둘렀을 뿐이에요! 휘둘러 줄 사람이 없으면 혼자선 아무것도 못 하는 검일 뿐이에요! 누가 칼로 사람을 죽이면 칼 든 사람을 탓하지 칼을 부수지 않잖아요!"

제리코가 이렇게 절실하게 애걸한 적이 있던가. 드슬이는 소녀의 낯선 모습에 놀라는 한편 소녀가 이런 모습을 보여주는 원인이 자기라는 사실에 절망했다.

일말의 저항조차 허락하지 않는 압도적인 힘에 대처하는 방법은 사람마다 다르다. 혹자는 그런 상황에 처한 현실을 저주할 것이며 혹자는 체념하여 받아들이고 혹자는 무의미한 저항을 이어갈 것이다.

제리코는 자비를 구걸했다. 본인의 목숨 하나만 걸렸다면 끝까지 저항했을지도 모른다. 오지랖 넓고 상냥한 소녀는 인질로 잡힌 사람들의 목숨과 친구의 목숨 앞에서 저항의 싹조차 품지 못하고 꺾였다.

"제발 부탁드려요!"

"태풍, 지진, 홍수, 가뭄 등의 천재지변과 대화가 가능하다고 해서 재해에게 자비를 구걸하진 않잖아요? 그와 마찬가지라고 여기세요."

제리코는 보는 사람마다 연민을 느낄 정도로 절실했으나 마자리스에겐 통하지 않았다. 마자리스가 드래곤 슬레이어 소드를 뺏기 위해 천천히 다가왔다.

"검을 위해 목숨을 버리겠다는 어리석은 짓은 하지 않길 바랍니다. 내게 방해가 되지 않는다면 소공작이 행복하게 장수하길 바라거든요. 이건 그간 소공작을 지켜보며 품은 내 진심입니다."

거리가 줄어들었다. 제리코는 등에 짊어진 검의 무게가 곧 떠날지 모른다는 사실에 절망했다.

'도망가야 했을까? 하지만 잡힌 사람들이.'

마자리스는 용이 되기 위해 드래곤 슬레이어 소드를 부숴야 한다고 말했다. 처음부터 설득이나 타협의 여지가 없었으니 도망가는 게 현명한 판단이었을지도 모른다.

하지만 만약 도망갔다가 마자리스가 붙잡은 인질을 죽이기 시작한다면?

-날 넘겨! 난 그냥 검이야! 도구에 불과하다고!

"그렇지만!"

제리코의 인생은 대체로 무난한 역경과 위기로 채워졌다. 저항할 수 없었던 어머니의 죽음은 몇 달에 걸친 병간호를 통해 받아들였고 강제로 주어진 작위와 재산은 드래곤 슬레이어 소드란 벗을 통해 견딜 수 있게 되었다.

일평생 그렇게 행복하고 쉬운 인생을 살 수 있을 거라 생각한 적은 없다. 언젠가 생에 한 번쯤은 저항할 수 없는 운명이 다가오리라 짐작했다. 각오하고 있었으나 그것이 왜 하필 지금 이 순간인 걸까? 운명이 때와 장소를 가리지 않는다는 걸 알고 있으면서 하필 지금이라 생각하게 되는 건 어째서일까?

제리코는 저항할 수 없는 운명을 직시했다. 몸부림쳐도 벗어날 수 없다면 최소한 행위의 결과를 책임져야 했다. 그게 희생을 밟고 삶을 이어가는 생물의 긍지니까.

제리코의 손이 검대를 끌렀다. 사시나무 떨듯 떨렸지만 헛손질 한 번하지 않고 검대가 몸에서 떨어졌다.

제리코는 검을 붙잡고 입술을 붙여 속삭였다.

"무능한 주인이라 미안해."

-네가 선택한 게 아니야. 내가 가는 거야. 알겠어?

드슬이는 마지막까지 제리코에게 책임을 지우지 않기 위해 노력했지만 제리코가 스스로의 손으로 드슬이를 건네는 건 마지막까지 손에 들린 무게를 잊지 않기 위해서였다.

"대자연에게 맹세하세요! 마물들을 치우고 아무도 해치지 않고 하프 산맥으로 돌아가겠다고!"

"맹세는 남발하는 게 아니에요. 대신 약속하죠. 순순히 검을 넘기면 깔끔히 정리하고 떠나겠습니다."

여태까지 제리코를 속인 자의 말이라 신뢰도가 낮았지만 인질이 잡힌 이상 제리코는 마자리스의 뜻대로 움직여야 했다.

제리코는 이를 악물고 검을 든 손을 내밀었다. 눈은 감지 않았다. 자신의 선택이니 마지막까지 두 눈 똑바로 뜨고 지켜봐야 했다. 손에서 떠나가는 검의 무게를 평생 망각하지 않아야 했다.

제리코가 인질을 선택해 무엇을 잃는지, 누가 제리코와 사람들 대신 희생하는지 지켜봐야 했다.

동시에 누구보다 강하면서 비겁한 수단을 사용하는 악당의 얼굴까지 똑똑히 눈에 담았다.

마자리스가 검을 가져가기 위해 손을 뻗었다. 온 신경을 그와 검에 집중한 제리코에겐 손이 천천히 다가오는 것처럼 느껴졌다. 끝까지 포기할 수 없어 미련이 남았다. 늦었지만 이제라도 마자리스를 공격하면 되지 않을까? 무엇이든 벨 수 있는 검이니 일격에 숨을 끊으면 되는데.

나는 왜 좀 더 열심히 노력하지 않았을까.

이 순간 제리코를 잠식한 건 뼈저린 후회였다. 제리코가 평소 검술을 갈고닦아 일격에 마자리스의 숨통을 끊을 자신이 있었다면 무력하게 가족을 팔아치우는 일도 없었을 것이다.

인생은 준비된 자의 것이다. 내내 한 귀로 듣고 흘려 넘긴 드슬이의 잔소리부터 진지하게 검을 다루라던 로젠의 조언이 제리코의 후회가 되었다.

-널 만나서 즐거웠어, 주인.

울지 않으려 했는데 드슬이의 마지막 말에 눈물이 터졌다. 제리코가 마지막으로 드슬이의 이름을 부르려는 순간 마자리스가 갑자기 몸을 돌렸다.

제리코는 어안이 벙벙해져 있는데 드슬이가 외쳤다.

-제리! 거리를 벌려!

제리코는 검을 수습하듯 품에 안고 무작정 뒤로 달렸다. 제리코가 거리를 벌리자마자 마자리스의 위로 불의 비가 내렸다.

불의 비는 수직 낙하하면서 폭발했다. 제리코는 뒤에서 밀려오는 열풍에 이를 악물고 달렸지만 폭발이 너무 강해 불길에 따라잡혔다.

마법의 범위에 휩쓸린 제리코의 위로 푸른 마력막이 생성되었다. 매서운 불길이 마력막 위로 쏟아졌지만 막은 깨지지 않았다.

검이 쓰는 마법은 어떤 공격이든 한 번 맞으면 방어막이 사라지기 때문에 드슬이가 쓴 마법이 아니었다. 실제로 드슬이는 마자리스의 공격으로 인해 아직까지도 정상이 아니라 방어 마법을 써서 제리코를 보호해 줄 수 없었다.

불의 비는 쉬지 않고 내렸다. 제리코의 앞을 가로막았던 기둥은 재가되어 풀썩 쓰러졌고 흙은 열기를 견디지 못하고 녹아내렸다. 숨을 쉬는순간 폐가 타버릴 초열지옥이 펼쳐졌다. 안전한 방어막 안의 공기까지후끈 달아올랐다.

무려 5분 동안 소나기처럼 마자리스 위로 쏟아지던 불의 비가 그쳤다. 제리코는 재와 먼지가 흩날리는 막 밖을 물끄러미 바라보며 입술을깨물었다.

"죽었을까?"

평범한 생물이 저 초열지옥에서 살아 있을 리 없다. 하지만 마자리스는 평범한 생물이 아니었다.

마자리스를 공격한 사람이 누구인지 모를 일이나 숨을 끊지 못했을경우 인질의 안전이 걱정되었다.

열기로 일렁이던 공기가 식고 부옇게 시야를 가리던 먼지와 재가 한쪽으로 쏠려갔다. 인위적인 공기의 흐름에 조금씩 시야가 넓어졌다.

불의 비가 쏟아진 가장자리는 대지가 타서 새까맸고 중앙부는 녹아내린 흙과 모래가 식어가며 붉게 반짝였다. 하지만 불의 비가 집중 공격된 정중앙부의 흙은 처음의 공격만 허용한 듯 약간 그을린 것을 제외하면 깔끔했다.

마력막 안에 선 마자리스도 마찬가지였다. 마자리스의 어깨엔 최초의 마법에 직격한 듯 상처가 있었으나 이후의 공격은 완벽하게 방어한 듯 그 외엔 그슬린 곳 하나 없이 멀쩡했다.

제리코는 난입한 마법사를 발견하고 신음했다.

"샌시……."

샌시는 멀쩡한 마자리스를 보고 당황하는 대신 다음 공격을 준비했다. 오히려 당황한 쪽은 마자리스였다.

마자리스는 샌시의 공격 대부분을 방어하는 데 성공했음에도 막지 못한 마법이 낸 어깨의 상처를 확인하고 눈을 가늘게 떴다.

"평범한 마법사가 아니었군."

"그러는 넌 뭐 하는 놈이냐. 왜 제리코를 노리지?"

샌시는 수인을 맺는 척하면서 시선은 마자리스에게 고정하고 제리코에게 손짓을 보냈다. 도망가라는 의미였다.

"아카데미를 습격한 마물은 네 짓이지? 넌 분명 피검사를 통과했을 텐데…… 어떻게 한 거지? 용의 명령을 받은 마물이냐?"

"나야말로 묻고 싶구나. 네 잔재주가 어째서 내게 통한 거지? 나는 분명 불완전한 존재이나 반절은 자격을 획득했는데."

마자리스의 말을 증명이라도 하듯 샌시의 코에서 붉은 피가 흘러나왔다.

샌시는 제대로 된 준비 없이 상위 공격 마법을 사용한 대가로 여겨졌지만 제리코가 보기엔 아니었다. 저 코피는 경고였다.

"경지에 올랐나? 네 존재는 흥미로우나 네겐 볼일이 없다. 내가 자비를 보일 때 떠나는 걸 추천한다."

"내가 보는 앞에서 제리코를 울려놓고 흥미 없다고 하면 봐줄 줄 알았냐?"

샌시는 손등으로 코피를 문질렀다. 피는 닦이지 않고 번져 그의 입가와 콧잔등을 물들였다.

샌시는 흐르는 코피는 아랑곳하지 않고 천천히 다음에 시전할 마법을 골랐다. 제리코가 핍박당하는 모습에 뼈 한 조각 남기지 않겠단 각오로 공격했는데 상대가 멀쩡했다. 쓰는 마법 자체는 기초적인 방어 마법인데 샌시의 공격을 버텼으니 그와 막상막하거나 더 뛰어난 마법사가 분명했다.

"날 건드리면 마녀가 가만히 있을 것 같아?"

"과연. 마탑주란 자가 '라가 말한 마법사였나. 그렇다면 넌 마법으로 날 해하지 못한다."

"한 대 맞아놓고 입은 살았네."

마자리스가 웃자 마물이 움직였다. 비싼 유리창이 깨지고 건물 외벽은 물론이고 기둥까지 금 가는 소리와 사람들의 비명이 삼중창처럼 울려 퍼졌다.

수국관 지하에서 탈출한 샌시는 마력이 집결되는 곳으로 이동하며 아카데미의 모든 건물이 비슷한 상태임을 파악했지만 눈썹 하나 까딱하지 않았다.

"동족이 걱정되지 않는 모양이지?"

"제리코만 무사하면 돼."

마자리스는 아예 방어 마법을 펼칠 생각이 사라진 듯 두 손을 늘어뜨렸다. 방심해 주면 감사한 일이다. 샌시는 마자리스가 반응할 새 없이 준비한 마법을 시전했다.

"샌시! 안 돼!"

불의 비는 공격 속도가 느렸다. 그래서 샌시가 선택한 마법은 전격 마법이었다. 샌시의 손에서 뻗어 나간 번개가 말 그대로 빛과 같은 속도로 마자리스의 몸에 직격했다.

마자리스의 몸이 경련하고 그의 입, 코, 귀와 같은 구멍에서 연기가 모락모락 올라왔다. 공격이 명중했음에도 샌시는 이를 갈았다. 어지간한 마법사도 새까맣게 태울 만큼 마력을 집어넣었는데 마자리스의 마법 방어력이 어찌나 높은지 원하는 결과가 나오지 않았다.

"샌시! 사람들이 인질로 잡혀 있어! 마자리스가 원하는 건 드슬이니까, 드슬이만 주면 물러난다고 했으니까 샌시도 물러나!"

선택해 버린 이상 제리코는 번복하지 않았다. 제리코는 샌시가 오기 전처럼 드슬이를 앞으로 내밀었다.

"가져가요! 그리고 사람들을 풀어줘!"

말을 번복한 이는 제리코가 아니라 마자리스였다. 마자리스는 제리코를 놀리듯 고개를 저었다.

"먼저 공격한 건 저자입니다. 또한 보지 않았으면 모를까 용살자의 후손을 남겨둘 순 없지요. 난 자진해 발밑으로 굴러온 가시를 무시하지 않습니다."

직접적으로 샌시를 처리하겠단 의사를 밝혔으니 제리코는 더 참지 않았다. 제리코가 굴복한 것은 어디까지나 인명을 위해서다. 사람들을 인질로 잡은 것도 모자라 눈앞에서 애인을 해치겠다 말하는 오만을 더는 두고 볼 수 없었다.

제리코는 검집에서 검을 뽑았다. 살의를 숨기고 호흡을 가다듬었다. 멀찍이 벌어진 마자리스와의 거리를 천천히 좁히자 샌시는 일부러 마자리스의 주의를 끌었다.

"용살자의 후손? 난 그런 거 모르는데."

그 말에 마자리스가 상냥하게 웃었다.

"모르는 척해봐야 사라진 네 왼쪽 귀가 증명하고 있지 않나."

샌시는 왼쪽 귓가로 손을 올려 귀가 있던 자리를 더듬었다. 뒤늦게 알아챈 상실과 고통이 샌시를 덮쳤다.

귀가 있어야 할 곳에 귀가 없었다. 세상에서 제일 잘 드는 칼로 도려낸 듯 텅 비었고 환부에 비하면 적은 양의 피가 흘렀다.

"네가 한 짓이냐?"

"네게 피와 기억을 물려준 이의 업보다."

"마녀 때문이라 이거지?"

잘되면 제 덕, 나쁜 건 모두 마녀 탓으로 돌리는 샌시의 말버릇이 튀어나왔다. 그가 어머니에게 품은 유감을 담아 큰 소리로 투덜거려 제리코의 발소리를 묻었다.

제리코는 샌시의 도움에 힘입어 드슬이를 휘둘렀다. 마자리스는 알면서 어울려 줬다는 듯 가볍게 상체를 돌려 제리코의 공격을 피했다.

처음 공격이 실패할 걸 염두에 뒀기 때문에 제리코는 연거푸 검을 휘둘렀다. 그간 몸을 혹사시키며 연습한 기초 검술의 검로가 물 흐르듯 자연스레 펼쳐졌지만 지나치게 정직한 게 문제였다.

마자리스는 제리코의 검이 갈 곳을 내다본 듯 움직였다. 드슬이의 검날은 마자리스의 옷 끝을 스치는 게 전부였다.

그런 제리코를 보조하기 위해 마법을 쓰려는 샌시에게 제리코가 외쳤다.

"샌시! 이 사람을 공격하면 안 돼! 네 몸이 사라질 거야!"

"알겠어."

입으론 알겠다고 말하면서 손은 착실하게 공격 주문 수인을 맺었다. 지정된 타깃을 따라 움직이는 유도형 마력탄 수백 발이 마자리스를 향해 쇄도했다.

마자리스는 마력탄을 피하지 않았다. 피부와 근육, 뼈를 뚫는 위력의 마력탄 수백 발이 마자리스의 몸을 꿰뚫었다. 마력탄은 마자리스의 몸을 뚫지 못하고 가벼운 경상을 입히는 데 그쳤다.

샌시는 떨떠름한 표정을 지었다. 마법이 제 위력을 내지 않는 건 예상한 범주였다 치고.

'방금 오른발 넷째 발가락이 없어졌어.'

샌시는 그제야 공격 마법을 포기하고 제리코를 보조할 마법을 선택했다.

신체가 사라지는 것이야 두렵지 않으나 몸의 어디가 사라지는지 규칙을 파악하지 못한 상태다. 자칫 손이라도 사라졌다간 마법을 쓸 수 없게 되니 신중해야 했다.

'아카데미 내부의 이동 마법은 불가능한 상태고 외부로의 탈출도 막혔어.'

외부의 지원을 기다리는 게 최선인데 경고가 울린 지 한참 지났는데 반응이 없는 걸로 봐선 아카데미를 뒤덮은 마물 때문에 진입하지 못하고 있는 게 분명하다.

'도망가야 하는데.'

인질로 잡힌 수백보다 제리코가 더 귀중했다. 샌시의 저울은 언제나 제리코를 향해 기울었다. 반대편에 무엇을 올리든 저울은 꿈쩍도 하지 않았다. 수천 명, 수만 명을 올려놔도 마찬가지다.

'마녀가 올 때까지 시간을 벌 수 있을까?'

저 마물(샌시는 마자리스를 마물로 정의 내렸다)은 샌시를 죽이겠다 선언했고 제리코는 갖고 놀고 있었다. 제리코는 검을 배운 지 반년이 되었음을 믿기 어려울 정도로 매섭게 드슬이를 휘둘렀으나 마자리스 앞에선 사자 앞 병아리처럼 무력했다.

상대하느니 피하는 게 상책이었으나 이동 마법이 막힌 상태에서 따돌릴 수 있을 것인가.

모든 건물의 입구는 식물형 마물에게 막혀 출입이 불가능했다. 샌시만 해도 온갖 공격 마법을 동원해 간신히 그 혼자 빠져나올 구멍을 만들어 제리코에게 달려왔다. 샌시가 낸 구멍은 금방 메워졌다. 마자리스가 입은 상처처럼.

세 차례에 걸친 공격 마법은 마자리스에게 피해를 주는 데 성공했으나 지금 제리코를 농락하고 있는 마자리스에게선 마법의 여파를 찾아볼 수 없었다. 어깨에 입은 화상은 말끔히 나았고 마력탄이 입힌 찰과상도 마찬가지다.

마법으로 큰 피해를 주지 못하니 공격 방법은 드래곤 슬레이어 소드가 유일한데 제리코의 필사적인 공격은 족족 막히고 있었다.

마자리스는 지도 대련을 하는 검술 선생처럼 제리코의 기합을 받아넘겼다.

"이렇게 단순한 공격은 통하지 않습니다. 내게 누구의 피가 흐르는지 알고 있을 텐데요?"

말 그대로 마자리스의 몸놀림은 에라프를 닮아 있었다.

드슬이가 에라프의 모습으로 현신해 맞붙어도 한 대 맞출 수 있을지 장담되지 않는데, 재능이 있다 한들 검의 초보인 제리코가 공격에 성공할 리 없었다.

"피엔 기억이 흐르고 기억은 곧 경험입니다. 포기하세요, 소공작. 다시 말하지만 소공작을 해칠 생각은 없습니다."

"가족에 애인도 죽이겠다면서 뚫린 입이라고!"

제리코는 존댓말을 포기했다. 인질을 잡은 상대를 존중해 줄 필요가 없었다. 마자리스는 진심으로 안타깝다는 듯 눈을 내리깔았다.

"그건 어쩔 수 없습니다. 자존감이 부족한 탓입니다. 불안 요소를 제거하지 않으면 견딜 수가 없거든요. 자신이 무엇인지 당당하게 주장할 수 있는 자들은 이해하지 못하겠지만요."

봐주기는 여기까지였다. 마자리스의 손이 제리코의 손목을 붙잡았다. 제리코가 힘으로 비틀어 빼내자 그는 의외란 표정을 지었지만 다시금 손목을 붙들고자 손을 휘저었다.

제리코를 해하려 한다기보다 붙잡으려는 의도가 강했다. 붙잡히면 그대로 드슬이를 내놓으라 겁박할 것 같아 제리코는 어쩔 수 없이 거리를 벌렸다.

샌시가 거리를 두려는 제리코를 위해 둘 사이에 흙벽을 만들었다.

마자리스는 자신을 둘러싼 흙벽을 유유자적 한 손으로 파괴했다. 샌시는 틈을 두지 않고 흙벽을 겹겹이 쌓았다. 쉬지 않고 수인을 맺는 샌시의 옆을 하얀 돌풍이 스치고 지나갔다.

하얀 돌풍은 벽을 부수고 나오는 마자리스에게 돌진했다.

상단 베기와 중단 베기는 속임수였다. 단검이 날카롭게 마자리스의 옆구리를 찔렀다. 뿌연 흙먼지 속에서 눈이 시릴 만큼 순결한 순백색이 모습을 드러냈다. 상대의 정체를 안 마자리스는 실소했다.

마그노 황자는 단검을 찔러 넣은 왼손의 감촉이 부족했다는 점에 주목했다. 힘을 빼지 않았으나 공격이 얕게 들어갔다.

단검은 마자리스의 옆구리에 깊이 박히지 않고 잔상처를 남기고 흘렀다. 마그노는 실망하지 않고 공격을 이어갔다.

제리코와 마찬가지로 마그노의 검로도 기본에 충실했다. 하지만 성실하고 고집적인 성미의 황자의 검은 수년의 수련을 증명하듯 보다 예민하고 날카롭게 상대를 쫓았다.

마자리스는 에라프의 경험을 토대로 한 몸놀림으로 마그노의 검을 피했으나 무기 하나 없는 맨몸으로 회피하는 데엔 한계가 있었다.

마자리스의 몸에 잔상처가 쌓였다. 상처는 금방 재생되었으나 마그노는 놀라지 않고 공격에 집중했다.

샌시는 그 틈에 제리코에게 달려갔다. 발가락이 하나 없어도 뛰는 덴 하등 지장을 받지 않았다.

"도망가자, 제리코."

인질에 마그노까지 두고 어딜 간단 말인가. 제리코가 반문하려는데 마그노가 외쳤다.

"도망가, 제리!"

"먼저 공격해 주다니 정말 고마운 일이야. 네겐 아무 유감이 없지만 그 여자에겐 유감이 많거든."

마자리스는 마그노의 검을 피하지 않고 오른손으로 받아내 움켜쥐었다. 마그노가 검을 빼내려 하자 제리코의 전적이 있기 때문인지 힘으로 버텼다. 마자리스가 처음으로 살의를 보였다.

"네가 죽으면 그 여자가 울까? 어떻게 생각해?"

예상치 못한 상대에서 예상치 못한 사람을 향한 증오를 감지했기 때문일까. 어머니 일에 대해선 늘 예민하게 구는 마그노의 몸이 굳었다. 왼손에 쥔 단검이 마자리스의 목에 닿았으나 피부 너머의 근육까지 파고들지 못함을 깨닫고 긴 선만 그리며 거두어졌다.

단검이 그린 선을 따라 붉은 피가 흐르고 피부의 가느다란 혈선은 언제 생겼냐는 듯 아물었다.

마자리스를 상대하는 내내 목격한 믿기 어려운 광경이었다. 범인이라면 전의를 상실할 만한 광경임에도 마그노는 적의와 살의를 잃지 않았다. 오히려 정체불명의 괴물이 어머니를 언급했다는 점에 주목했다.

마자리스는 검날을 놓고 비죽이 웃었다.

"그 피도 눈물도 없는 여자 말이야. 사람을 기만하는 그 여자. 진실한 사랑과 절절한 고백은 거부해 놓고 애비 모를 자식을 낳아 기른 그 여자 말이야. 듣자 하니 아들이랑 사이도 냉담한 듯하던데, 아들이 죽으면 울까? 아니면 세상에 사랑이 존재하지 않는다 말했던 때처럼 비웃을까?"

릴리에 공주를 모욕하는 말에 마그노의 눈에 불이 붙었다. 화르륵 타오르는 불길이 곧 살의가 되어 검이 휘둘러졌으나 이번엔 마자리스도 가만히 있지 않았다.

마그노와 비슷한 속도로 살의를 감지한 드슬이가 방어 마법을 썼다.

마자리스의 공격은 방어 마법에 막혔다. 마그노는 이성을 잃었음을 깨닫고 2차 공격을 피해 거리를 벌렸다.

-끄윽.

억지로 무리해 마법을 사용한 드슬이가 괴로워했다. 검 주위에서 검은 마력이 회오리쳤다.

제리코는 마자리스와 대치하려는 마그노를 잡아끌었다.

"여긴 왜 온 거야!"

"마물이 나타나 상대하고 있는데 백합관 쪽에서 소란이 일어나 바로 달려왔슙, 달려왔다."

수국관 지하에서 마물에게 출입구를 틀어 막힌 샌시와 달리 마그노는 야외에서 마물과 마주했다. 지면을 뚫고 등장한 마물은 지나가는 사람의 발목을 붙잡은 뒤 그물을 만들어 감쌌다. 그 외의 공격적인 행동이 없었기에 함께 갇힌 오딜론과 함께 구조대가 오길 기다리려 했다.

그러던 중 갑자기 불길이 치솟아 방향과 거리를 확인해 보니 백합관 쪽이라 제리코가 걱정돼 마물을 베어가며 찾아온 것이다.

"저자는 뭐지? 널 해하려는 용의 부하? 어째서 릴리에 공주님을 모욕하는 거지?"

전후 사정을 모른 채 제리코를 공격하고 있다는 이유로 마자리스를 공격한 자가 둘이다. 마자리스는 둘의 난입을 환영하는 의미에서 사건을 정리할 시간을 주기로 했다.

제리코는 마자리스의 정체와 목적에 대해 간략히 전달했다. 마자리스는 제리코의 설명에 단어를 정정해 주며 끼어들었다.

"협박이 아니라 설득. 강탈이 아니라 양도입니다."

자기에게 유리한 쪽으로 단어를 정정하는 모습이 아주 가증스러웠지만 제리코는 설명을 이어나갔다. 덤으로 샌시에겐 마자리스를 공격해선 안 되는 이유를 설명했다.

"샌시의 할머니가 저주를 받으셨는데 마법을 쓰면 신체 일부가 사라지는 저주래. 대대손손 전해지는 저주인데 열심히 노력하셔서 해주에 성공했대. 그런데 마탑주님이 용에게 해를 끼치지 않겠다는 맹세를 하셔서 저주가 작용하는 거야. 마법은 써도 괜찮지만 용에겐 피해를 주면 안 돼. 마자리스는 용이 아니지만 용 비슷한 거니까……."

"난 맹세를 통해 절반의 격을 획득했다. 그러니 저주가 작동할 확률은 절반이다."

마법으로 마자리스를 공격해 상처 입혔을 경우 2분의 1 확률로 신체 일부가 사라진다. 충격적인 진실을 들은 샌시가 심드렁하게 말했다.

"요는 마녀 때문이란 거네. 망할 마녀. 인생에 도움이 안 돼."

동시에 샌시는 마녀가 올 때까지 버티면 된다는 확신을 얻었다. 경보는 울린 지 오랜데 뭐 하고 있는지 모르겠으나 방어막이나 만들어 버티면 될 것이다. 샌시의 생각을 눈치챈 마자리스가 웃었다.

"재생 효과가 있는 식물에 여러 날에 걸쳐 피를 듬뿍 먹였으니 쉽게 뚫고 들어오지 못할 거다."

마자리스의 말에 호응하듯 마물이 건물을 죄고 아카데미를 감싼 그물이 더욱 촘촘해졌다.

"그럼 소공작, 순순히 드래곤 슬레이어 소드를 양도해 주시죠."

"샌시랑 마그노를 죽일 거면서 무슨 염치로!"

제리코는 치를 떨었다.

"샌시는 그렇다 쳐. 애꿎은 마그노는 어째서!"

"어쩔 수 없습니다. 원하든 원하지 않든 내 몸에 흐르는 피가 저이의 모친에게 깊은 원한을 품고 있거든요. 우스운 일이죠. 내가 인간이고 싶을 만큼 세상을 아름답게 보던 이가 그 여자만 엮이면 세상을 지옥으로 보았으니. 불쾌한 기억에 대한 화풀이면 어떻습니까. 먼저 공격한 건 저쪽이니 화풀이를 하는 건 내 자유입니다."

마자리스가 손을 들자 마물이 움직여 백합관 옥상에 있는 검을 던졌다. 마자리스는 검을 잡고 몇 번 휘둘렀다. 자세를 잡은 마자리스를 보고 드슬이와 제리코가 동시에 신음했다. 마자리스가 검을 든 자세가 드슬이와 똑같았다. 한마디로 에라프와 동일하다는 이야기였다.

마그노와 제리코는 발끈했으나 선불리 공격하지 못했다. 마물이 움직이는 걸 보고 인질이 잡혀 있음을 상기했기 때문이다.

인질에 가치를 두지 않는 샌시는 뭔가 짚이는 점이 있어 머리를 굴렸다. 생각을 정리할 시간이 있다면 좋겠지만 시간이 부족하니 일단 질렀다. 틀려도 상관없었다.

"법 위에 살면서 선제공격에 집중하네. 정당방위, 자력구제 좋아하나 봐?"

마자리스는 부러 감추지 않겠다는 듯 웃었다. 동시에 샌시는 확신했다. 건물의 출입구를 막고 행인을 가둔 마물의 움직임으로 추측하건대 마자리스가 조종하는 마물은 인간을 해칠 수 없었다.

"갇힌 사람들 걱정은 하지 않아도 돼. 저 마물이 조종하는 마물은 사람을 해칠 수 없어."

기둥은 사람을 가둘 뿐 샌시의 공격에 반격하지 않았다. 수국관을 빠져나오기 위해 화력이 강한 마법을 퍼붓는 바람에 수국관이 붕괴할 뻔한 것을 역으로 마물이 기둥을 붙들고 있어 건물이 무너지지 않았다. 빠져나올 땐 우연이라 생각했으나 마자리스와 대화하다 보니 그게 아님을 깨달았다.

"불필요한 살생을 꺼리는 이상한 마물이라 생각했는데 하지 않는 게 아니라 하지 못하는 거겠지. 제리코에게 드래곤 슬레이어 소드를 양도받는 거라 강조하는 것도 맹세가 그와 관련되었기 때문이고."

"위선자가 죽은 뒤 아들을 자처해 소유권을 획득할 생각이었는데 선수를 뺏기리라곤 예상하지 못했거든."

마자리스는 샌시의 추측이 모두 정답임을 밝혔다. 그래 봐야 바뀌는 게 없기 때문이다.

"무언가 착각하고 있나 본데 소공작이 죽어도 정상적으로 소유권을 이전받을 수 있어. 내가 소공작을 죽이지 않는 건 어디까지나……."

마자리스는 단어를 고르다 농담처럼 말했다.

"누나에 대한 예의라고 해두지."

제리코는 광룡이 죽기 며칠 전 태어났으며 마자리스는 광룡 사후 심장에서 태어났으니 엄격하게 따지자면 제리코가 누나였다.

오빠인 줄 알았던 사람이 사실은 남동생이라. 아버지의 아들이 오빠만 있는 게 아님을 알았으니 이걸 기뻐해야 할지 말아야 할지.

내내 굳은 얼굴이던 제리코는 뒤에서 들려오는 거친 숨소리에 화색이 되어 뒤를 돌아보았다.

백합관 방향에서 치솟은 불길을 보자마자 검술원에서 여기까지 쉬지 않고 달려온 로젠이 당당하게 맨 앞으로 나섰다.

"잡힌 사람들 걱정은 안 해도 된다는 거지?"

에라프의 아들이 아니면서 에라프를 닮은 붉은 머리가 앞에 서자 저도 모르게 안도가 되어, 그리고 안도한 자신이 마음에 들지 않아 샌시는 볼멘소리를 했다.

"늦었잖아. 그 검은 뭐야? 촌스러."

로젠은 장미가 가득한 검을 들고 있었다. 제리코가 이건 너무하다 싶어 후보에서 제한 설계도의 검이었다. 로젠은 분위기를 환기시킬 겸 하소연했다.

"어머니가 어디서 보고 딱 내 거라고 생각해서 샀대. 장미 칼을 든 장미의 기사 로즈로 살면 독립을 허락한다나. 정말 너무하시지?"

─주인공은 마지막에 등장한다더니.

로젠의 등장과 함께 분위기가 반전되었다. 내내 굳어 있던 제리코와 마그노의 얼굴이 풀렸고 샌시마저 한시름 던 표정을 지었다.

인질 걱정이 덜어졌고 소드 마스터의 문턱에 도달한 검사가 아군으로 참전했다. 로젠의 경지를 모르는 마그노도 로젠의 참전이 믿음직스러운지 눈빛을 달리했다.

존재하는 것만으로 전장의 상황을 바꾸며 분위기를 역전시키는 자를 영웅이라 부른다. 용사의 피는 잇지 않아도 그 뜻은 잇고자 하는 이에게 마자리스가 목소리를 키워 말했다.

"위선자를 동경하는 검사인가. 좋다, 덤벼라. 네가 동경하는 위선자의 검술로 상대해 주마."

로젠은 어깨를 으쓱이고 전의를 가다듬었다.

"쓸데없는 배려는 필요 없어. 우상을 동경하기만 해선 내가 우상이 될 수 없다는 걸 깨달았으니까."

화려무쌍한 장미 칼의 날 위로 맑고 푸른빛이 모여들었다. 검신 전체를 둘러싼 빛 밖으로 아지랑이가 일렁였다.

영웅의 일대기 첫 페이지를 장식할 모습에 제리코는 주인공 등장이란 드슬이의 말을 고스란히 납득했다.

자그맣게 피어오른 푸른빛이 로젠의 검을 감쌌다. 상황이 조금만 덜 긴박했더라면 검기가 빨간색이면 검과 더 어울렸을 거란 농담이 튀어나왔을 것이다.

붉은색 검기가 피어오른 건 마자리스의 검이었다. 그가 드슬이를 공격했을 때 눈에서 튀어 오른 붉은빛과 동일한 빛이 검을 감쌌다.

검기는 모든 것을 가른다고 알려졌다. 그렇다면 동일한 경지에 오른 소드 마스터가 검기를 맞댈 경우 어떤 일이 벌어질까?

역사가 종이에 기록되기 시작한 후 동시대에 소드 마스터가 둘 이상 출현한 적은 없었다. 그 때문에 검기 VS 검기는 무엇이든 뚫는 창과 무엇이든 막을 수 있는 방패 같은 것으로 여겨졌다.

로젠은 경사스럽게도 오늘 답을 알았다. 검기와 검기가 부딪치면 서로에게 막힌다.

마자리스가 쓰는 것이 진짜 검기인지는 모르겠으나 어쨌든 로젠의 검은 마자리스의 검을 가르지 못하고 막혔다.

마자리스와 로젠의 검이 부딪치자 날카로운 금속음이 아닌 기묘한 울림이 퍼졌다. 날카롭지 않은 소리였으나 호랑이의 포효처럼 생물의 말초신경을 자극했다.

그것이 쉬지 않고 이어졌다. 눈으로 따라잡기 힘든 속도이니 검이 언제 부딪쳤는지 가늠할 수 있게 하는 건 연속으로 들리는 소리가 전부였다.

로젠은 가문의 이름과 요정의 축복에 파묻히지 않은 제 재능을 뽐내기라도 하듯 검을 휘둘렀다. 사방에서 쏟아지는 검 때문에 그가 검을 수십 자루는 들고 휘두르는 듯 보였다.

하지만 그 공세는 모두 막혔다. 로젠보다 빈약한 근육과 체구임에도 마자리스는 별 어려움 없이 로젠의 검을 막았다.

"마물도 검을 배우는 건가?"

"틀렸어. 이건 네가 존경하는 용살자의 검이다. 넌 지금 용과 싸우기 직전의 용살자와 싸우고 있는 것이다."

"말했을 텐데! 배려는 필요 없다고!"

지이이이이잉.

검기끼리 부딪친 기이한 진동이 모두의 피부를 간지럽혔다. 제리코는 소름이 돋는 피부를 쓸어내렸다. 아까와는 다른 의미로 둘에게서 눈을 뗄 수 없었다. 그건 드슬이도 마찬가지였다.

기억 속에서 걸어 나온 듯 주인의 검술을 구사하는 마자리스를 보며 드슬이는 알 수 없는 울분을 느꼈다.

정체가 불분명한 것은 드슬이나 마자리스나 동일한데 마자리스는 드슬이가 원한 모든 걸 갖고 있었다. 검을 들 수 있는 손과 주인의 검술 지식까지.

심지어 용의 힘까지 가져놓고 완벽한 용이 되겠다는 이유로 자신을 파괴하려 드는 탐욕을 보라. 마자리스는 드슬이에게 증오의 대상이 되기 위해 태어난 존재 같았다.

끓어오르는 증오에 드슬이의 주위로 검은 마력이 몰려들었다. 응집되던 마력은 검기끼리 부딪치는 게 아닌 날카로운 금속성에 놀라 흩어졌다. 드슬이는 맑은 종소리를 듣고 각성한 이처럼 증오에서 깨어났다.

"방금 위험하지 않았어?"

로젠의 검에서 검기가 사라졌다. 지금은 다시 푸른빛을 발하고 있지만 언제 마력과 집중력이 고갈될지 몰랐다.

때맞춰 마자리스의 검기가 사라지지 않았다면 로젠의 장미 칼은 데뷔 날 두 동강이 났을 것이다.

"로젠에게만 맡길 게 아니라 우리도 도와야 하는데, 정신 놓고 있었네."

제리코가 분연히 합세를 결의했다. 그런 제리코를 마그노와 샌시가 막았다.

언뜻 보기엔 마자리스가 계속 뒤로 밀리는 듯하지만 마자리스는 별 어려움 없이 로젠의 검을 모두 막고 있었다.

마그노는 끼어들 기회를 놓치지 않기 위해 거리를 벌린 상태에서 만반의 준비를 갖췄으나 그 기회가 오지 않았다.

막상막하라 아군을 돕겠다고 끼어들었다간 자칫 틈을 보여 적을 도와주는 꼴이 되어버린다.

"데이지 소공작. 마법으로 도울 수 없겠습니까?"

"속도전과 난전은 마법사의 오랜 적입니다."

돕고 싶으나 끼어들 기회를 잡지 못하는 건 샌시도 마찬가지였다.

이러니저러니 해도 로젠은 이미 둘보다 한 단계, 어쩌면 여러 단계 위의 경지를 밟은 터라 하수인 둘이 끼어들 틈이 보이지 않았다.

한 명은 떠오르는 유망주요, 다른 하나는 단신으로 용을 잡은 이의 검술을 베낀 무언가다. 격이 다른 둘의 전투에 끼어들어 로젠의 집중력을 흐트러뜨리느니 차라리 장소를 이탈해 폐를 끼치지 않는 편이 나았다.

샌시와 마그노의 생각이 일치했다. 둘은 말 몇 번 섞지 않은 사이지만 위기의 순간을 앞두고 마음이 잘 통했다.

각자의 생존을 위해서라면 생각이 일치하지 않았을 것이다. 둘은 사고방식과 삶의 우선순위가 달랐으니까. 이번에 의사가 일치한 데엔 제리코의 공이 컸다. 둘의 우선순위 정점엔 빨간 머리 소녀가 활짝 웃고 있었다.

세상 무엇보다 제리코의 안전이 우선이다. 샌시와 마그노는 누가 먼저랄 것 없이 고개를 끄덕였다.

시선을 교환해 의견의 일치를 확인한 샌시가 쓸데없이 효과가 큰 마법을 날리기 위해 수인을 맺었다. 로젠을 상대하던 마자리스가 외쳤다.

"쓸데없는 짓이다!"

셋의 가운데 지면에서 새 마물이 솟구쳤다. 직접적인 공격은 하지 않지만 압도적인 질량이 물리적으로 셋을 압박했다.

뒤로 물러나 마물을 피한 제리코는 샌시에게 말했다.

"이러지 마, 샌시! 난 도망가지 않을 거야!"

"안 돼. 도망가야 해."

애절한 샌시의 눈빛에 제리코의 마음이 흔들렸다. 마그노는 아예 제리코의 손을 잡아끌고 뛰었다.

제리코가 얼결에 따라갔지만 진로에 마물이 솟구쳐 길이 막혔다. 어디로 도망가든 마찬가지였다.

"우리 둘 사이의 일에 제삼자를 끌어들여 놓고 도망치실 작정입니까, 소공작!"

"지금 네 상대는 나다!"

로젠이 마자리스의 코앞까지 검을 밀어붙였다. 지켜보는 이는 둘의 싸움을 호각지세로 생각했으나 직접 검을 맞댄 로젠은 알고 있었다. 로젠은 모든 신경을 마자리스에게 집중하고 있으나 마자리스는 그만큼 신경 쓰지 않는다. 얕보이고 있는 것이다.

"네가 강한 생물인 건 인정한다! 하지만 검으로 날 상대하겠다 말했으면서 날 얕보다니. 너는 제 입으로 한 말도 지키지 못하는 긍지 없는 자인가!"

"얕볼 수밖에 없지. 넌 곧 한계에 봉착한다."

마자리스가 더욱 맹렬한 기세로 불꽃처럼 일렁이는 로젠의 검기를 보고 평가했다.

검기는 이렇게 낭비하는 것이 아니다. 이래서야 마력과 체력의 낭비에 지나지 않는다.

처음부터 마자리스가 이길 수밖에 없는 싸움이었다. 용의 마력을 지닌 마자리스에 비해 로젠의 마력은 한계가 명확했다. 그냥 검만 뽑아도 상대해 줄 것을 처음부터 검기를 뽑고 달려들다니, 대전 상대를 제대로 파악하지 못한 로젠의 필패였다.

"넌 진다."

"아니! 난 지지 않아!"

"쓸데없는 근성론이라면 이따위 놀이는 그만두고 바로 입을 찢어주마."

"근성론이 아니라."

로젠이 마자리스의 검을 강하게 쳐냈다. 마자리스는 다음에 이어올 검로를 예상해 검을 옮겼지만 푸른빛은 그가 예상하지 않은 방향에서 날아왔다.

"사실이야."

-로젠의 기세가 변했어.

마자리스가 뒤로 밀려나는 것은 동일했다. 그런데 변한 것이 있었다.

여유가 가득했던 이전과 다르게 마자리스의 얼굴에 긴장이 서렸다.

로젠은 처음부터 지금까지 한결같이 진지한 눈빛으로 마자리스를 응시했다. 일주일간 굶었던 맹수 앞에 토끼를 보여줘도 이보다 집중하진 못할 것이다.

"아!"

제리코가 저도 모르게 감탄사를 뱉었다. 로젠의 검이 마자리스의 옆구리를 찢었다. 옷이 찢어지고 살갗이 긁혔다. 검기에 긁힌 상처는 아물지 않고 상처가 되어 남았다.

마자리스가 처음으로 로젠의 공격을 허용했다. 이전에 마그노의 공격을 몇 번 허용하긴 했지만 그땐 무기가 없었다. 검을 든 마자리스가 처음 허용한 공격이었다.

처음은 마지막이 되지 않았다. 첫 공격을 허용한 마자리스는 직후의 공격을 막는 데는 성공했으나 다섯 번에 한 번 꼴로 로젠의 검을 막지 못했다.

왼쪽을 파고 들어온다고 생각해 손을 내리면 반대쪽에서 치고 들어온다. 회피와 방어에 치중하던 흐름을 공격으로 전환하려 했으나 번번이 로젠의 검에 막혔다. 특히 마자리스가 노리고 한 공격은 예상이라도 한 듯 자연스럽게 막혔다.

지금 로젠은 하프 산맥에서보다 강했다. 제리코가 감탄했다.

"로젠 실력이 엄청 늘었어……."

ㅡ실력이 느는 게 아니야. 마력 운용 자체는 이전보다 나아졌지만 지금 로젠이 강해 보이는 건 마자리스가 주인의 검술을 쓰기 때문이야.

"로젠이 에라프 님보다 강하단 거야?"

ㅡ그건 아니야. 내가 하고 싶은 말은 주인은 죽었고 로젠은 살아 있다는 거지.

로젠은 자타 공인 용사 에라프의 팬이다. 그는 에라프를 동경해 검을 들기 시작했다. 그런 로젠이 에라프의 검술을 탐구하는 건 지극히 당연한 일이었다.

"어떻게 용살자의 검을 막는 거지?"

"네가 어떻게 그분의 검술을 쓰는지 모른다. 하지만 네가 쓸 줄 아는 검술이 에라프 님의 검밖에 없다는 건 알겠어. 그렇다면 난 네게 지지 않아! 그분이 내 우상이니까!"

직접 에라프의 검을 보진 못했으나 주위의 증언과 기록은 남아 있다. 남아 있는 기록물은 검술에 재능 있는 학생 에라프의 수준을 벗어나지 못했지만 로젠에겐 그 정도로 충분했다. 외려 그편이 더 도움되었다.

과거의 에라프를 보며 그가 발전하고 진보했을 길을 예상한다. 로젠은 누구보다 악착같이 에라프의 검술을 탐구했다.

샌시가 '그녀'에게 보이는 애정에 필적하는 노력이었다. 에라프의 습관, 체형, 체질, 그가 주로 하던 근육 운동, 집안에서 돌연변이라 부르던 특유의 괴력, 선호하는 검로, 반격에 대처하는 방법에 에라프의 성격까지 모두 탐구 대상이 되어 로젠에게 뜯기고 씹혔다.

에라프의 검은 로젠에게 있어 매일 먹는 빵이나 마찬가지였다. 본신의 실력이나 노력이 아닌 에라프의 기억과 경험에 의지하는 마자리스의 검로는 로젠의 예상을 벗어나지 못했다.

"검은 제대로 잡지만 그 손에 굳은살이 없지! 에라프 님처럼 움직이지만 몸엔 근육이 붙어 있지 않아! 내가 상상 속에서 에라프 님과 검을 겨룬 게 몇 번이라고 생각해?"

진짜 에라프였다면 로젠과의 접점을 통해 새로운 돌파구를 찾거나 평소와 다른 방식의 검술을 시도했을 것이다. 에라프를 찾을 게 아니라 누구라도 마찬가지였다.

하지만 마자리스는 태어나서 오늘 처음 검을 쥐었다. 로젠은 검을 부딪치며 그 사실을 확신했다. 상대는 용사의 검술을 구사하나 검에 무지하다. 그렇다면 로젠이 질 이유가 없었다.

용살자의 기억에 의존한 오만의 패배였다.

"이 틈이야! 이걸 베어버려!"

마자리스의 얼굴에서 여유가 사라지자 마그노와 샌시는 재차 도주를 감행했다.

끊임없이 도주를 꾀해 셋은 마물에게 빈틈없이 둘러싸인 상태였다. 질기고, 굵기가 소의 허리둘레만 한 마물을 베어 넘기려면 드슬이가 제격이었다.

"도망가게 둘까 보냐!"

"두게 해주지!"

로젠은 마자리스가 시선을 돌릴 짬을 주지 않도록 더 격렬하게 몰아붙였다.

내 일인데 도망쳐도 괜찮은 걸까란 의문이 제리코를 강타했으나 샌시와 마그노가 다그쳤다.

"빨리 도망가자!"

"뭐 해! 빨리 베어버려!"

오빠에 애인에 아는 오빠까지. 어쩜 한결같이 제리코를 위해주는지 눈물이 쏙 나올 지경이었다. 결국 제리코는 마물을 베어 소형 그물에서 빠져나왔다.

"비겁하게 도망가는 겁니까!"

마물은 끝이 없었다. 제리코의 앞을 새 기둥이 가로막았다. 이에 로젠이 당당히 대꾸했다.

"미성년자가 도망치는 건 당연한 일이다! 난 그걸 위해 단련했으니까!"

집중하고 있을 때도 공격을 허용했는데 집중이 흐트러졌으니 이번에 야말로 치명상이었다. 마자리스는 다급하게 몸을 뒤로 물렸지만 검의 궤적은 여전히 그를 향했다.

마자리스가 결국 왼손을 들어 검을 막았다. 검기는 매끄럽게 마자리스의 왼쪽 팔목을 절단했다.

절단된 왼손이 바닥을 굴렀다. 기이하게도 출혈이 적었으나 치명상이었다.

바닥에서 솟아오른 마물 때문에 넘어졌던 제리코는 도주를 재촉하는 샌시와 마그노 때문에 땅을 짚고 일어나 가장 가까운 마물의 벽 쪽으로 달렸다. 도망치는 동생들과 양을 쫓던 솜씨가 그대로 발휘된 속도였다.

마자리스는 제리코의 도주를 막으려 했지만 로젠은 그가 마물을 조종할 시간을 내주지 않았다.

왼쪽 손에 이어 오른쪽 손까지 날아가자 마자리스는 양팔이 잘린 채 로젠을 노려보았다. 로젠은 경계를 풀지 않고 마자리스를 주시했다.

"팔은 재생하지 못하는 건가?"

"어차피 썩어버린 팔, 쓸모없다고 생각했지."

'썩어?'

썩었다는 말에 로젠은 곁눈질로 지면을 뒹구는 마자리스의 두 손을 보았다. 썩었다고 하지만 두 손과 절단면은 멀쩡했다.

"재미있을 거라고 생각했는데 재미없네. 싸움은 역시 이기는 싸움이 재밌는 거겠지."

다섯 살 아이도 알 법한 진리를 혼잣말처럼 중얼거린 마자리스가 다시 제리코가 도망간 방향을 향해 고개를 돌렸다.

로젠의 검이 그의 목을 가로로 베었으나 검기는 마자리스가 아닌 중간에 솟구친 마물을 베었다.

"검으론 졌다. 인정해."

"네가 마물의 본색을 드러내도 결과는 바뀌지 않는다."

"아직 완벽한 용이 아닌데 용의 오만부터 습득한 결과가 이런 거로군. 일을 지나치게 쉽게 생각했어. 하긴, 용이 되는 게 쉬운 일이 아니지."

무수한 영웅담에서 로젠이 배운 게 있다. 악역의 말이 많아지는 건 악역이 죽기 직전이거나 숨겨둔 비기를 내놓을 때라는 것이다.

로젠이 바라는 건 설화 속 영웅이 아닌 현실의 영웅이다. 때문에 로젠은 마자리스의 말이 끝나길 기다리지 않고 거침없이 검을 휘둘렀다. 빨리 마자리스를 해치우지 않으면 체력과 마력 고갈로 자신이 먼저 쓰러질 것이 분명했다.

마자리스는 다가오는 푸른 궤적을 피하는 대신 순순히 받아들였다. 그의 피부가 끓는 물의 표면처럼 부글거리더니 아래로 쏟아졌다. 검은 허공을 휘젓는 대신 아래로 수직 낙하했으나 물리적 힘에 튕겨 나갔다.

하나의 생명체라고 믿기 힘들 만큼 육중한 질량을 지닌 생물이 고개를 들었다. 로젠의 검은 생물의 가죽과 근육에 막혔고 로젠은 밟히지 않기 위해 뒤로 피신했다.

"이게……"

로젠은 질린 표정으로 고개를 뒤로 젖혔다. 백합관 옥상보다 높은 곳에 위치한 괴물의 머리와 지면을 패게 한 무게만으로도 압도적인데, 괴물의 외양은 그림에서 본 용이란 생물을 똑 닮아 있었다.

로젠은 저도 모르게 항의했다.

"용이 아니라고 하지 않았어?"

"고작 외견에 현혹되어 용을 논하려 드나?"

용의 피가 식물에 떨어지면 식물형 마물이, 흙에 스며들면 진흙 마물이, 동물의 사체에 떨어지면 사체를 닮은 마물이 생성되게 마련이다. 용의 심장에서 탄생한 마물이 용을 닮은 건 지극히 당연한 대자연의 섭리였다.

마자리스는 위대한 대자연의 섭리를 모르는 우둔함을 이해하는 대신 날카로운 이빨이 가득한 입을 벌려 포효했다.

광룡의 폭주는 마물을 광기에 물들여 많은 희생자를 낳았다. 갑작스러운 폭주의 원인을 밝히기 위해 많은 학자와 마법사가 마물을 생포하고 해부해 각자의 방식으로 연구했다. 원인을 알면 비극을 끝낼 수 있을 것이란 믿음에 모두가 한마음 한뜻이 되어 마물 광폭화의 진상을 규명하기 위해 힘썼다.

용의 광증이 원인이었음을 알게 된 건 어느 학자의 발견도, 어느 마법사의 실험 성공 덕분도 아니다. 대륙에 발붙이고 사는 이라면 모두가 알 수 있게끔 용이 직접 움직였다.

마물의 폭주로 민심이 흉흉해진 어느 날. 용 한 마리가 하프 산맥 위로 날아올라 영문을 알 수 없는 저주를 퍼부었다.

인간에 대한 분노와 살의가 가득한 저주는 실제로 힘을 담은 저주는 아니었다. 다만 대륙에 존재하는 모든 인간에 대한 적의와 살의 가득한 저주에 모든 사람이 용이 이성을 잃고 미쳤음을 알게 되었다. 동시에 마물이 폭주한 원인이 미친 용임을 알았다.

저주로 분노를 토하던 용은 말뿐인 저주보다 무서운 진짜 분노를 토했다. 용이 입을 벌리자 도시 하나가 지도에서 사라졌다. 광룡은 한 번의 브레스로 만천하에 자신의 광기를 드러냈다.

사람들은 그 일이 너무 두려운 나머지 입에 담기조차 꺼렸다. 아무도 구전하지 않았으나 광룡이 남긴 공포는 영상 기록보다 생생하게 후세에 전승되었다.

광룡의 발작 이후 태어난 아이들은 자연스럽게 용이 감히 상상할 수 없는 무서운 일을 저질렀음을 깨달았다.

마자리스가 뿜은 불은 당시의 재앙에 비하면 산불 앞의 촛불처럼 미약했다. 그 촛불이 용의 기준이라 사람 하나는 너끈히 태워 죽일 수 있을 뿐이다.

재앙이라 불릴 화염이 로젠과 멀리 도망가던 제리코에게 쏟아졌다. 뒤에서 후끈한 열기가 밀려오는가 싶더니 마그노가 제리코를 감쌌다.

드래곤 슬레이어 소드에 내장된 방어 마법이 발동했다. 어떤 공격이든 막을 수 있지만 횟수는 한 번에 제한된다는 단점은 이런 경우에 최악의 약점으로 작용했다.

불길이 스쳤을 뿐인데 방어막이 사라졌다. 드슬이는 손대고 싶지 않았던 광룡의 마력까지 소모해 마법을 중첩하고 또 중첩했다. 불길이 그치기 전까진 절대 멈출 수 없었다. 멈추는 순간 에라프가 남긴 오누이가 화마에 사라진다. 재만 남기고 떠난 주인을 생각하면 어떻게든 버텨야 했다. 무슨 수를 써서라도.

"마그노! 내가!"

"숨 쉬지 마!"

제리코는 마탑의 로브를 입고 있었기 때문에 감싸는 사람은 마그노가 아닌 제리코 자신이 되어야 했다.

하지만 마그노는 그녀를 감싼 팔에서 힘을 풀지 않았다. 부친에게 물려받은 괴력은 성별의 특성상 마그노가 한 수 위였기에 제리코는 마그노의 품에서 벗어날 수 없었다.

방어막 내부는 한증막처럼 뜨거웠다. 마탑의 로브를 입었는데도 전신에 땀이 송골송골 맺혔다. 샌시가 시전했던 불의 비는 지금의 불에 비하면 소낙비처럼 시원하게 여겨질 정도였다.

제리코는 그나마 호흡이 가능하다 싶을 때 입안 가득 공기를 머금고 숨을 참았다. 입을 열지 못하니 비명은 속으로 파고들었고 쉴 새 없이 마법을 중첩하는 드슬이의 혼란스러운 감정과 생각 또한 날카로운 비명이 되어 제리코의 머릿속을 헤집었다.

마자리스가 불을 뿜은 시간은 길지 않았으나 당하는 입장에선 100년과 비슷한 1분이었다.

지옥 같았던 시간이 끝나고 열기가 잦아들자 제리코를 감싼 팔의 힘이 약해졌다. 제리코는 그제야 마그노의 품에서 벗어나 고개를 들 수 있었다.

푸하, 그녀와 마그노가 비슷하게 참고 있던 숨을 뱉었다. 열기와 산소 부족으로 머리가 어지러웠지만 이러고 있을 때가 아니었다.

제리코는 비틀비틀 몸을 일으키려다 바닥에 주저앉았다. 드슬이가 가장 먼저 그녀의 마력을 끌어 썼기 때문에 마력이 고갈되어 현기증과 두통이 엄습했다. 다리의 힘이 풀려 일어나기가 불가능했다.

제리코는 바닥을 기다시피 해 몸을 뒤로 돌렸다.

"샌시! 로젠!"

제리코는 드슬이의 방어 마법 덕분에 목숨을 건졌고 마그노도 덕을 보았다. 문제는 뒤처졌던 샌시와 마자리스와 정면에서 맞섰던 로젠이었다. 샌시는 방어 마법을 시전할 수 있었을까? 로젠은 피할 시간이 있었을까?

대답이 돌아오지 않았다. 방어막 밖은 여전히 숨쉬기 버거웠기 때문에 내부에서 둘의 생사를 확인해야 했다. 잘 보이지 않았지만.

고개를 돌린 제리코는 침음을 삼켰다. 녹았던 땅의 표면이 빠른 속도로 식어 굳어가는 와중 두 사람의 윤곽을 가늠하기 어려울 정도로 심한 증기가 피어올랐다.

유황 지대에 발을 들인 것처럼 한 치 앞도 보이지 않는데 검고 거대한 생명체는 홀로 우뚝 서 있었다. 한들한들 선을 일그러뜨리는 아지랑이가 생명체의 크기를 더욱 키웠다.

용의 형체를 취한 마자리스에게선 여전히 하프 산맥에서 만난 용의 존재감이 느껴지지 않았다. 대신 목도한 생물을 압도하는 크기와 파괴력이 제리코를 짓눌렀다.

오금이 저렸다. 그녀가 무엇을 상대로 검을 뽑았는지 이제야 확실히 느낄 수 있었다.

터무니없는 괴물의 심기를 거슬러 버린 건 아닐까. 괜히 얌전히 자던 사자의 코털을 뽑은 건 아닐까. 친구를 위해 죽는 건 두렵지 않으나 저 불길이 제도를 향하면 어쩌지?

때늦은 후회가 제리코를 잠식한 것도 잠시. 제리코는 괴물의 불길에서 자신을 감싼 마그노를 올려다보았다.

마그노 또한 제리코와 같은 것을 보고 느끼고 절망했을 텐데 그는 부들부들 떨리는 다리를 다잡고 제리코에게 손을 내밀었다.

"일어나, 제리."

도망도, 저항도 모두 일어나는 것에서부터 시작한다. 마그노가 무엇을 염두에 두고 말한 것인지 모르겠으나 그가 포기하지 않았다는 의지는 분명히 전해졌다.

인간의 이해를 바라지 않고 인간의 저항을 용납하지 않는 비정한 폭력에 겁먹은 이에게 내밀어진 손이 희고 눈부셨다.

'후회하긴 일러.'

마자리스는 아직 용이 아니다. 이토록 무섭고 강하고 거대하지만 용이 아니었다. 그리고 제리코는 마자리스보다 무서운 용에게 단신으로 덤빈 사람을 알고 있었다.

그는 혼자였고 제리코는 혼자가 아니다. 손을 잡고 일어날 가족이 있으며.

"제리코! 괜찮아?"

용에 필적하는 괴물의 불길에서 제 한 몸 너끈히 보호하는 애인이 있으며.

"끄아아아악! 감히, 감히!"

괴물이 불을 뿜자 주둥이 아래로 파고들어 검을 박아 넣는 아는 오빠에.

─…….

기절할 때까지 마법을 써서 자신과 오빠를 보호한 친구가 있었다.

제리코는 마그노의 손을 잡고 일어나 기절한 친구를 꽉 쥐었다. 단순히 셈만 해봐도 4 대 1이다. 누구는 1 대 1로 싸워 이겼는데 4 대 1이면서 도망가려 했다니. 몸에 흐르는 에라프의 피가 울 일이었다.

"도망가지 않을 거야."

미성년자라는 핑계로 도망가도 마자리스는 포기하지 않을 것이다. 제리코가 나서지 않으면 결국 다른 사람이 대신하게 된다.

인생 초년기에 찾아온 재앙치고 너무 규모가 크다 싶지만 어쩌겠는가. 삶은 이렇듯 예측 불가능한 일이 천지인데.

촌구석에서 돼지나 들고 시시덕거리던 촌뜨기가 사실은 용사의 딸이라 용을 벨 수 있는 검의 주인이 되고 제국의 황자와 배다른 남매에 마탑주의 금지옥엽과 교제하고 황금의 요정에게 축복을 받은 금세기 최고의 신랑감에게 고백받았다고 하면 누가 믿을까?

본인인 제리코도 믿기지 않을 정도니 용이 되고 싶어 하는 괴물과 대적한다는 뻥을 하나 추가해야 행운과 불행의 균형이 맞지 않을까?

"난 싸우겠어."

미성년자. 여성. 검의 초보. 학생. 이 자리에 서 있는 사람 중 누구보다 빨리 도망가야 할 사람이 싸우겠다고 하니 법적 성인 마그노와 법적 미성년자 샌시는 말문이 막혔다.

제리코의 안전을 위해 도주를 결정했던 두 남자의 의견이 여기서 갈라졌다. 마그노는 제리코의 의지에 결의를 표했다.

"난 언제든 네 편에 서겠어."

제리코는 마그노가 그랬던 것처럼 손을 내밀었다. 마그노는 사양 않고 제리코의 손을 잡았다. 둘은 사기를 북돋우기 위해 힘껏 손을 흔들었다. 제리코는 마력 고갈로 귀에선 이명이 일고 눈이 뽑힐 것처럼 두통이 심했다. 하지만 시간이 지나면 차차 나아질 걸 알기에 더욱 기합을 넣었다.

누구보다 제리코가 도망가길 원하는 샌시는 초조한 마음에 이동 마법을 시전했다가 소용없음을 깨닫고 이를 갈았다.

샌시는 일단 얼음 마법을 사용해 대지를 얼렸다. 드슬이의 보호 마법이 있었다지만 무려 마자리스의 브레스를 피하고 빈틈을 노려 턱을 공격한 로젠이 마음껏 도망치려면 밟으면 푹 꺼져 인체를 녹이는 용암 대지가 아닌 평범한 땅이 필요했다.

어설프게 굳은 지표면 위에 서리가 내려앉았다가 남은 지열에 녹아내렸다. 재와 흙, 자갈, 모래와 석영이 뒤섞인 진흙탕이 되었지만 용암 대지보단 백배 나았다. 실제로 몸을 회피할 장소가 마땅치 않았던 로젠에겐 큰 도움이 되었다.

"알아서 잘 싸우는데 제리코가 나서면……."

알아서 잘 싸우는 로젠의 등은 옷이 불에 타 훤히 드러난 상태였다. 거리가 있어 보이지 않지만 분명 화상을 입었을 것이다. 제리코는 오랜만에 샌시의 양심을 찾고 싶어졌다.

"날 걱정해 줘서 고마워, 샌시. 그렇지만 죽어도 좋으니까 지키고 싶은 게 있어. 사람으로서 포기해선 안 되는 게 있어."

"내겐 그게 너야, 제리코."

"알아."

그 말을 하는 샌시가 너무 사랑스러워서 제리코는 웃고 말았다. 샌시는 울컥하더니 서러움을 토로했다.

"이럴 때 널 말리지 않고 같이 싸우겠다고 말하는 게 멋있고 좋은 사람이란 거지. 나도 알아. 나도 아는데."

로젠이었다면 호방한 미소와 함께 같이 싸우겠다고 말하겠지. 당장 마그노 황자만 보아도 제리코의 결의에 자신의 의지를 더했다. 하지만 샌시는 그게 불가능했다. 샌시는 입술을 짓씹었다.

샌시와 제리코는 유형이 달랐다. 굳이 말하자면 제리코는 정도의 길을 걸었고 샌시는 사도의 길을 걸었다.

제리코는 밝은 빛이고, 샌시는 어둠이다. 제리코 주위엔 사람이 몰려들지만, 샌시 주위엔 떨어지는 콩고물을 주워 먹으려는 금붕어 같은 놈들만 모였다.

유년기의 불운과 바닥을 치는 부모운이 대자연을 감복시켰는지 제리코와 교제하는 복을 누리게 되었다. 그러나 제리코는 금방 샌시에게 정이 떨어질 것이다.

당연한 일이었다. 샌시가 생각해도 괴짜보단 평범한 사람이 좋으니까. 지금은 샌시의 성격이 특별하게 느껴질지 몰라도 익숙해지면 상대하기 귀찮고 쓸데없이 자아만 강한 괴짜 마법사임이 들통날 것이다. 그럼 제리코는 샌시에게 흥미를 잃고 떠나겠지. 둘이 사귈 때부터 예정된 미래였다.

지금 닥친 문제는 가족계획보다 더 진지하게 둘의 사이를 벌려놓을 것이다. 그걸 알고 있지만 샌시는 제리코를 싸우게 둘 수 없었다.

"난 제리코 너와 달라서."

"다르지 않아. 나도 샌시가 싸우는 건 반대니까. 마자리스에게 마법을 쓰면 어떻게 되는지 잊은 건 아니지?"

제리코는 샌시를 가리켰다.

"넌 머리부터 발끝까지 다 내 거야. 공동 소유라고. 멋대로 귀 하나날려먹은 거 갚으려면 평생 내 곁에 있어야 해. 세상에 전당포도 아니고 대자연에게 귀를 압류당하다니. 돌려받지도 못하잖아!"

침 한 번 못 바른 귀가 감쪽같이 사라졌다. 다시 생각하니 매우 분해서 제리코가 바닥을 콱콱 짓밟았다.

샌시는 발가락도 하나 날아갔다 말하면 더 화낼 것 같아 입을 꾹 다물었다.

"있잖아, 샌시. 난 그동안 샌시를 배려한다 배려한다 하면서 정작 나좋을 대로만 하고 어리광만 부렸어. 우리 둘에게 좋은 일이라는 핑계를 대고 나 하고 싶은 대로만 몰아갔어. 내 생각이 더 좋은 생각이니까, 더 멋있으니까, 더 평범하니까. 속으로 온갖 핑계를 댔지만 결국 다 핑계였어. 그러니까 떼쓰는 건 오늘로 끝낼게."

어쩌면 오늘이 마지막일지도 모른다. 그걸 알면서 제리코는 떼를 썼다. 제리코에게 죽어서라도 지키고 싶은 신념이 있듯 샌시가 무슨 일이 있더라도 제리코를 지키고 싶어 하는 마음을 왜 모를까. 알고 있는데 어쩔 수가 없었다.

'내가 밉겠지.'

사랑하기에 밉다는 마음을 제리코는 잘 알았다. 샌시가 이대로 제리코와 이별을 결심하더라도 겸허히 받아들일 용의가 있었다.

훗날 베개를 적시며 울겠지만. 우는 데서 그칠까. 구질구질하게 〈이만보〉와 연구동의 연구실을 기웃거리겠지만. 거기에서 그치지 않고 새벽 2시에 백합관을 빠져나가 연구실 문을 두드리며 '자니?'를 연발하겠지만.

제리코는 마지막으로 떼를 쓰겠다는 사람답게 어느 때보다 간절하게 샌시를 바라보았다.

본인은 자각하지 못한 상태였지만 거부할 수 없는 호소력과 그보다 더 거절하기 힘든 사랑을 담아 샌시를 응시했다.

제리코의 푸른 눈동자에 물기가 어리고 샌시는 과거 자신이 했던 말을 기억해 냈다.

"매일매일 떼써도 돼."

곱고 가느다란 손이 흐트러진 붉은 머리칼을 귀 뒤로 넘겼다. 제리코는 볼을 스치는 온기에 스르르 눈을 감았다.

"네가 진리고 법칙이야. 제리코 넌 네가 하고 싶은 대로 해. 내가 그렇게 해줄 테니까."

샌시는 고개를 숙여 제리코의 입술에 자신의 입술을 포갰다. 샌시 인생에서 가장 짧고 애절한 입맞춤이었다.

입술이 떨어지자 연인은 동시에 쓴웃음을 지었다. 둘 다 입에서 자글자글한 흙먼지가 씹히고 피 냄새가 철철 났기 때문이다.

제리코와 샌시는 싸우는 친구 뒤로하고 도망치기보다 질이 나쁜, 싸우는 친구 도와주지 않고 연애하기 업적을 달성했다. 덤으로 오빠 앞에서 꽁냥거리기까지 달성했다. 질 나쁜 업적이라 보상은 없었다.

샌시는 낭비한 시간을 보상하듯 빠른 속도로 수인을 맺었다. 제리코와 마그노의 몸 위로 다채로운 빛깔의 빛과 오오라가 넘실거렸다.

체력 회복. 속도 강화. 피로 회복. 근력 강화. 재생력 강화. 마법 방어력 강화. 물리 방어력 강화. 마력 재생력 강화. 샌시가 알고 있는 모든 보조 마법이 둘에게 쏟아졌다.

버프를 끝낸 샌시는 로브 주머니에서 마력 회복약을 꺼내 들이켰다. 샌시는 발끝으로 바닥을 몇 번 가볍게 차고 뭔가를 계산했다.

마법사는 전사 둘에게 원하는 바를 주문했다. 소통이 중요하기 때문에 마그노 황자에게도 반말을 쓰기로 했다.

"보시다시피 로젠은 한계야. 로젠을 후방으로 빼내줘. 가능하겠어?"

"응."

"노력해 보지."

"방어 마법과 물리 방어 강화 마법을 중첩했지만 저 덩치를 봐. 밟히거나 깔리면 끝이야. 드래곤 슬레이어 소드의 방어 마법은 밟힐 경우 더 쓸 수 없어. 방어막에 발바닥이 닿는 순간 막이 사라지니까."

"아냐. 인간 모습일 때보다 나은 것 같아. 지금은 때릴 데가 많으니까."

물질계에선 무겁고 클수록 우위를 차지한다. 대신 지금의 마자리스는 인간형일 때보다 움직임이 둔했다. 무엇이든 벨 수 있는 검을 지닌 제리코에겐 공격이 닿을 가능성이 높은 지금이 더 좋았다.

"나는 뒤에서 보조할 테니까. 위험하다 싶으면 바로 도망치고, 마녀가 올 때까지 버티기만 해."

마탑주의 도착이 예상보다 늦어 신뢰도가 마구마구 깎이고 있지만 샌시는 마지막까지 어머니를 믿어보기로 했다.

마탑주 얘기가 나오자 제리코는 마른침을 삼켰다.

마탑주가 오면 마자리스를 쓰러뜨릴 수 있다는 데엔 동의하지만 마탑주 또한 저주의 피해자였다. 대자연에게 맹세한 당사자이기 때문에 샌시보다 저주에 더 취약했다. 사라지는 신체 부위의 범위와 위치가 랜덤이라 목숨을 걸어야 한다. 마법 한 번에 머리가 사라질 수 있으니까.

문제는 마탑주만이 아니다. 제리코는 용살해 마법에 필요한 제물이 무엇인지 똑똑히 기억하고 있었다.

'릴리에 공주님.'

제물로서의 가치가 떨어졌다지만 제물 적임자 1위인 제리코가 이 소란 통에 있으니 제물로 쓸 수도 없을 테고, 밖에서 찾아보자면 결국 떠오르는 인물이 릴리에 공주였다.

만에 하나 마탑주가 샌시를 구하기 위해 릴리에 공주를 제물로 사용해 용살 마법을 시전하면 마그노는 공주와 얘기 한 번 제대로 못 해보고 상주가 된다.

버티기만 해선 안 된다. 제리코가 사랑하는 두 남자의 어머니들을 위해서라도 마자리스를 쓰러뜨려야 했다.

"드슬이로 목을 베면 죽일 수 있을까?"

"저건 제 입으로 용도 마물도 인간도 아니라고 했지. 지금은 용의 형태를 취하고 있지만 사실은 정해진 형태가 없을 가능성이 높아. 목은 안 돼."

"그럼?"

"심장을 베어야 해."

제리코는 몸을 떨었다. 저 거대한 괴물의 가슴을 갈라 흉골까지 파고들어 안에 있을 심장에 드슬이를 꽂아 넣으라니. 에라프가 한 일과 똑같았다.

"심장이 가슴이 아닌 다른 곳에 있을 가능성도 있어. 이해하기 쉽게 표현해 심장이지 사실은 핵에 가깝거든. 드슬이로 치면 마력 저장소."

어쨌든 제리코의 모든 재능이 개화해 대오 각성을 이뤄 마자리스의 목을 단칼에 베어내도 그곳에 심장이 없으면 마자리스는 죽지 않는단 얘기였다.

"심장이 있는 위치를 알 수 있을까?"

"마력 탐지 마법을 쓰면 되지만 저렇게 움직여선 불가능해. 드슬이를 꽂아 넣다 보면 심장 가까운 곳에서 흐르는 피에 반응할 거야. 그렇게 위치를 좁힐 수 있겠지."

샌시는 제리코의 의욕을 알아채고 다시 한번 강조했다.

"공격 욕심은 부리지 마. 마녀가 반드시 올 테니까 그때까지 버티기만 해. 로젠은 내가 어떻게든 체력 회복시킬 테니 딱 그때까지만 버텨."

"알겠어. 욕심부리지 않고 최대한 깔짝거리면서 시간만 끌게. 샌시도 공격 마법은 쓰지 마."

"마법으로 직접적인 타격을 가하지 않으면 되는 거잖아?"

"해를 끼치는 일 자체가 안 되는 거면 어떡해. 너무 위험하니까 시험할 생각은 꿈에도 하지 마."

샌시는 진중한 얼굴로 고개를 끄덕였다. 물론 머릿속으론 실험할 생각이 가득했다. 샌시는 마그노만 들을 수 있도록 작게 말했다.

'신호하면 다 함께 물러나.'

마그노는 눈을 깜빡여 대답을 대체했다.

"마탑은 뭘 하고 있나!"

루나 아카데미는 방대한 부지 때문에 제도의 외성벽 내에 위치하진 않았으나 엄연히 제도에 속해 있었다. 엄연히 제도의 마법 결계의 수호를 받았다.

　제도 한가운데는 아니나 제도 내에 대형 마물이 등장해 지역을 봉쇄한 초유의 사태에 황제는 진심으로 분노해 길길이 날뛰었다. 연상인 마탑주를 존중해 존대하던 것도 잊은 황제는 공수병 걸린 개처럼 거품을 물었다.

　대형 마물의 내부에 친자식처럼 아끼는 조카가 있으니 당연한 일이었다. 뿐인가. 위정자의 입장에서 냉정하게 보자면 조카보다 더 중요한 사람이 있었다.

　미베어 소공작이 마물에게 포위당했다. 결계를 속일 만큼 강력한 대형 마물이 이유 없이 아카데미를 감싸진 않았을 것이다. 용의 소행이 분명했다.

　"짐이 탑의 방종을 묵인한 것은 이런 사태에 탑이 해결책이 되리라 신뢰했기 때문이다! 그런데 지금 이게 뭔가! 미베어 소공작을 노린 흉수는 꼬리도 잡지 못했고 용의 짓이 분명한데 하프 산맥에 설치한 알람이 울리지 않았다는 답이나 앵무새처럼 반복해? 지금 당장 저 나무뿌리 같은 그물을 뚫고 학생들을 구출하란 말이야!"

　분노가 지나쳐 황제의 얼굴이 벌게졌다. 황제는 건강한 편이지만 지금은 누가 봐도 졸도하기 일보 직전이었다. 사방에서 고정하란 소리가 빗발쳤다. 당연하지만 황제는 고정할 수 없었다. 유일하게 황제를 말릴 수 있는 황후는 현장을 지휘하기 위해 황성을 나가 회의실에 없었다.

　"마가렛! 변명이라도 해봐! 도대체가!"

　눈에 뵈는 게 없는 황제는 마탑주의 이름을 불러가며 대답을 촉구했다. 사태가 벌어진 직후 황궁에 소환되어 묵묵히 황제의 일갈을 듣고 있던 마탑주가 처음으로 입을 열었다.

　"죄송합니다."

　황제의 흥분을 가라앉히기 위해 '고정하십시오'를 복창하던 사람들이 동시에 기함했다. 그녀가 마탑의 마스터직을 차지한 이후 처음 나온 사과였다. 제국의 역사서를 뒤져도 기록이 없을 전무후무한 일이었다. 마탑주의 사과는 어떤 의미에선 미친 용만큼 무서운 일이었다. 덕분에 황제는 미약하지만 흥분을 가라앉혔다.

"그래. 데이지 공작의 아들도 루나 아카데미에 있지."

혈연만으로 따지면 조카가 위험에 처한 황제보다 마탑주가 더 비극적이었다. 평소 그녀가 보인 기행이 대부분 어긋난 아들 사랑에서 비롯되었음을 알고 있다면 더더욱.

"일단 샌시는 살아 있습니다. 미베어 소공작도 무사할 것 같네요."

"그걸 어떻게 알지?"

"샌시는 미베어 소공작이 죽으니 자기가 죽을 성격이거든요."

상황이 이렇게 긴박하지만 않았어도 모두가 방긋 웃을 만한 대답이었다.

"크흠."

황제가 대신 화를 내는 바람에 내내 침묵하던 아리보 소공작이 헛기침했다. 미베어 소공작의 계부라는 신분으로 높으신 분들 회의에 낀 존이 따라서 헛기침했다.

"미베어 소공작의 생존을 확신하십니까, 데이지 공작?"

아리보 소공작은 헛기침으로 최선을 다한 존이 가장 궁금해하는 것을 물었다. 마탑주는 고개를 끄덕였다.

"가능성은 높아. 소공작이 살아 있으니까 샌시가 안 나오고 버티고 있는 거겠지."

"흐윽!"

높으신 분들 기세에 눌려 앓는 소리 한번 못 내던 존이 그제야 눈물을 보였다.

"데이지 소공작의 실력이라면 저 그물을 파괴해 빠져나오는 게 가능하다는 이야기입니까?"

"마법진을 그릴 재료와 시간만 있다면 탑에게 인정받은 마법사는 다가능할 거야."

"하면 당장 구조대를 보내라!"

"보냈어요. 마물이 재생하는 바람에 다 붙잡혔죠."

마물이 등장했단 경보가 울리자마자 마탑에서 대기 중이던 마법사들이 출동했으나 아카데미에 진입하지 못하고 마물에게 붙잡혔다.

마탑의 로브를 걸칠 자격은 없으나 마물을 상대하는 전투 마법사라 공격 마법에 특화된 자들이었는데 마물의 재생력이 공격력을 웃돌았다. 심지어 마력을 흡수해 더 강건해지고 있는 터라 마탑주는 공격을 금지한 상태였다.

"미베어 소공작을 노리는 용의 수작인가?"

마물이 루나 아카데미를 봉쇄했다는 소식을 듣자마자 황제가 떠올린 최악의 가정이었다. 마탑주는 앵무새처럼 같은 말을 반복했다.

"용은 하프 산맥을 나오지 않았습니다."

"용의 명령을 받은 마물일 수도 있잖아! 꼭 거기서 나오지 않아도 얼마든지 마물을 부릴 수 있어! 게다가 왜 일이 이렇게 될 때까지 알아채지 못했지? 결계가 그렇게 허술한 건가? 저, 저, 거대한 마물을 감지하지 못한다면 결계 유지에 쏟아붓는 예산이!"

핑크빛으로 돌아온 황제의 얼굴이 다시 검붉게 변했다. 마탑주는 이번엔 사과하지 않았다. 아까 했기 때문이다.

"용도 마물도 인간도 아닌 것이라 당황했습니다. 저런 건 처음이었거든요. 조금 지켜보자 했더니 인식에서 멀어지고 경고하고자 했더니 지난 다음에야 떠오르던데요."

불가사의한 존재는 마가렛의 기억에서 몇 번이나 흐려졌다. 그녀의 기억력을 생각해 보면 마법이나 다른 힘이 관여했을 것이다. 물론 황제는 이런 변명에 넘어가지 않았다.

"다른 사람 일 얘기하듯 말하지 말게! 데이지 공작 그대의 일이야! 당장 공격 마법으로 저 나무뿌리를 없애고!"

"그러면 갇힌 사람들이 휩쓸려요."

기둥은 나무처럼 지면에 가까울수록 두껍고 허공에 그물처럼 엮인 부분이 가늘었다. 공격 마법으로 구멍을 뚫어 침입한다면 허공을 뚫어야 하는데 그렇게 할 경우 공격 마법은 물론이고 마물의 잔해가 낙하해 붙잡힌 사람 위로 떨어진다.

마물 잡으려다 사람 잡는 격이었다. 낙하한 마물의 잔해에 미베어 소공작이 깔려 죽으면 세상에 그렇게 웃긴 희극이 없을 것이다.

"그럼 어쩌자는 건가! 병력을 투입해 저 마물을 베어 넘기는 수밖에 없다는 건가?"

"아뇨. 그렇게 하면 병사도 다 붙잡힐걸요. 연락용 골렘을 침투시켜 봤는데 그것도 다 막혔어요. 전언 마법과 이동 마법 모두 불통이고 솔직히 제가 나설 때라고 생각해요."

"그럼 나서!"

나서려고 했는데 황제가 소환했다. 마가렛도 양심이 있어 이 말은 하지 않았다. 입 밖에 꺼낸 순간 황제가 고혈압으로 죽고 1황자가 즉위할 게 눈에 선했다.

"화만 내선 아무것도 해결되지 않아요, 폐하. 진정~ 진정~"

황제의 목에 핏대가 솟았다. 모두 황제가 졸도할 걸 걱정했으나 놀랍게도 황제는 졸도하는 대신 흥분을 가라앉혔다.

마탑주가 과거에도 그에게 똑같은 말을 한 적이 있기 때문이다. 사랑하는 동생이 죽는다는 이야기에 황태자였던 황제는 길길이 날뛰었고 선황은 그를 독방에 가뒀다. 화만 내선 아무것도 해결되지 않았다.

"이번에도 제물이 필요한가?"

언제나 마음의 짐인 동생을 생각하니 들끓던 울화가 얼음처럼 식었다. 마물의 루나 아카데미 봉쇄 소식을 들은 이후 황제가 처음으로 이성을 되찾자 회의실의 모든 이가 안도했다.

제물이 무엇인지 이해하지 못하는 자가 절반, 제물이 무엇인지 알고 마냥 안도할 수 없는 자가 절반이었다.

마탑주가 황제의 질문에 대답하려는데 시종장이 문을 열고 들어와 황제에게 고했다.

"폐하, 릴리에 공주와 스타즈 남작이 입실을 청하고 있습니다."

"공주와 남작이?"

평소 릴리에 공주는 재무부의 일이 아니면 절대 간섭하지 않는다. 조카들이 태어나 순위가 많이 밀려났지만 한 손에 꼽히는 황위 계승권을 가진 황족으로서 선을 지키는 것이다.

그런 릴리에 공주가 입실을 요청한 이유는 누가 봐도 마그노 황자 때문이었다.

황제 부처에게 입양시킨 후 공적인 자리든 사적인 자리든 마그노의 어머니로서 행동하지 않으려던 그녀였으나 그 아들이 위험에 빠지자 어쩔 수 없이 찾아오게 된 것이다.

스타즈 남작의 경우 회의실에 자리한 면면에 비해 작위가 초라하긴 하나 본디 권세란 것이 오등작 순위에 딱 들어맞는 게 아니었다. 플라티나 스타즈의 권위와 로젠 스타즈의 친모라는 점에서 그녀 또한 입실 자격을 갖추고 있었다.

황제는 긴말하지 않고 두 여성의 입실을 허락했다.

릴리에 공주에 이어 플라티나가 입실하자 황제는 인사를 사양하고 의자부터 권했다. 그녀의 몸 상태를 고려하면 안정이 최우선이었다.

"감사합니다, 폐하."

"운이 나빴군, 남작. 남작의 장남이 무사히 막냇동생의 얼굴을 볼 수 있도록 하겠네."

임부와 사랑하는 동생이 들어오자 황제의 말씨는 확연하게 부드러워졌다.

"아뇨, 뭘요. 괜찮아요. 배부른 엄마에게 버럭버럭 소리 지르고 도망간 불효자식인데요. 괜히 개부터 구출하고 그러실 필요 없어요. 보나 마나 자기가 학생들 데리고 구출하겠다고 설치고 있을 텐데요."

플라티나는 과거 로젠이 실종되었을 때 학장에게 하던 것처럼 태연하게 말을 받았으나 몸이 무거워서 그런지 그때보단 여유가 부족했다.

그걸 알아차린 사람들이 대놓고 위로의 말을 건네자 플라티나가 질색하며 손사래 쳤다.

"로즈는 정말 괜찮아요! 다른 사람들이 걱정이죠! 우리 로즈는 에라프 님의 뒤를 잇는 장미의 기사 로즈의 첫 영웅담이 이렇게 화려하게 막을 올리게 되어 기뻐하고 있을걸요?"

플라티나의 붉은 머리 페티시의 원인을 아는 사람은 장사꾼의 허세에 고개를 끄덕였다. 여기서 더 위로해 봐야 그녀를 동정하게 되니 말을 삼가는 게 좋았다.

사람들의 관심은 릴리에 공주에게 쏠렸다.

"릴리에 공주도 너무 걱정하지 말거라. 황자는 짐이 반드시 무사하게 공주의 품에 돌려보내 주겠다."

릴리에 공주는 황제의 말에 감사 인사를 표하는 대신 입술을 달싹였다.

"그 때문에 온 것이 아닙니다, 폐하."

"하면?"

마그노 황자 때문에 회의실에 찾아왔다는 모두의 예상을 깨고 릴리에 공주는 다른 목적이 있음을 밝혔다. 릴리에 공주는 감정을 알 수 없는 무기질적이나 지독하게 아름다운 눈에 황제와 마탑주를 동시에 담고 물었다.

"제 차례입니까?"

제물에 대해 아는 자는 말문이 막히고 모르는 자는 선문답인가 싶어 의아해할 질문이었다. 황제는 버럭 소리를 지를 뻔하다가 플라티나의 존재를 깨닫고 목소리를 낮췄다.

"다시는 그런 일이 없을 것이다."

"희생자 없이 처리하기 위해서 제가."

"그럴 일 없대도!"

황제는 마탑주에게 자신과 동일한 대답을 하란 눈짓을 보냈다. 마탑주가 입을 여는데 시종이 다급하게 노크하고 허락도 받지 않고 입실했다.

"폐하! 큰일 났습니다! 루나 아카데미에!"

본래라면 회의실에 수정구를 설치해 루나 아카데미의 전경을 송출했겠지만 마물이 마력을 교란해 육안으론 내부 관측이 불가능했다. 그래서 곳곳에 감시자를 배치하고 내부의 변화를 관찰하고 있었는데 감시자 모두가 비명을 지르곤 루나 아카데미에 등장한 것의 정체를 알렸다.

"용이 나타났습니다!"

마법사 몇이 그럴 리 없다고 외치며 현실을 부정했다. 황제는 마탑주에게 이게 어떻게 된 일이냐 일갈하려 했지만 그 전에 동생부터 확인했다.

용이 등장했단 전령의 말을 들었지만 릴리에 공주의 표정은 변함없이 평온했다.

"제 차례네요."

덤덤한 얼굴로 자신의 죽음을 예고하는 동생의 태도에 황제의 얼굴이 일그러졌다. 꽤 오랜 기간 황제의 밤잠을 설치게 만든 악몽이 다시 기지개를 켜고 있었다.

인간형일 때의 마자리스를 압도하고 용의 형태로 변한 마자리스의 턱에 장미 칼을 꽂는 등 선전을 펼친 로젠이지만 체력의 한계가 명백했다.

검술원에서 백합관까지 뛰어오는 것도 숨이 찰 일인데 중간중간 방해하는 마물을 상대했다. 백합관에 도착하고선 줄곧 심장이 터질 듯 긴박한 전투가 이어졌으니 제아무리 로젠이라도 버텨낼 재간이 없었다.

로젠을 움직이는 건 근성과 의지였다. 마물이 폭주했을 때 마물을 상대하던 사람들은 이보다 더 오랫동안 격렬한 전투를 이어갔을 것이다. 그렇게 생각하니 떨어질 듯 저려오는 팔다리와 감각이 무뎌진 손가락을 움직일 수 있었다.

'젠장.'

욕할 기력이 있다면 움직여야 했다. 마음 같아선 용을 닮은 괴물을 베고 싶으나 로젠의 검은 괴물에게 더 통하지 않았다.

흉포한 브레스를 피해 턱에 장미 칼을 꽂아 넣는 순간 작게 피어오르던 푸른빛이 꺼졌다. 로젠의 검은 용의 형태를 취한 마자리스의 가죽을 뚫지 못했다. 베어도 그저 그일 뿐, 검날은 분명 가죽을 긋고 있는데 멀쩡했다.

검기가 아니면 용의 가죽을 뚫지 못하기에 드래곤 슬레이어 소드가 세계 최고의 명검이 된 것이다. 알고 있는데 로젠은 기회가 닿으면 손을 놀렸다. 포기하는 순간 전신의 힘이 빠질 것 같았다.

'에라프 님은 대체.'

불세출의 용사는 이 불합리한 생물을 어떻게 단신으로 쓰러뜨렸단 말인가. 에라프의 뒤를 바짝 좇는 데에서 그치지 않고 우상을 뛰어넘겠단 각오를 품었지만 우상은 여전히 닿지 못하는 곳에 서 있었다. 손을 뻗어도 닿지 않는 아득히 먼 곳에.

우상이나 우상의 딸이나 로젠 자신을 돌아봐 주지 않는 것이 참 부녀답다고 해야 할까.

흐릿해지는 정신과 시야를 다잡는데 왼쪽에선 하얀 것이, 오른쪽에선 빨간 것이 불쑥 치고 들어왔다. 동시에 지면이 흔들렸다. 지긋지긋한 기둥이 솟아오르는 건가 했는데 마자리스의 왼쪽 뒷발이 디딘 지면이 움푹 파이고 거대한 몸이 일순 균형을 잃어 비틀거렸다.

마그노는 이것이 샌시가 말한 신호임을 알아채고 로젠을 뒤로 밀쳤다. 탈진해 뒤로 쓰러지는 로젠을 흙골렘이 지탱했다.

그 짧은 순간 골렘 제작에 성공한 샌시는 스스로의 성취를 기뻐하는 한편 마자리스의 상태를 파악하는 데 집중했다.

"발을 거는 건 괜찮다 이거지······."

마법으로 용의 몸에 구멍을 내면 안 되지만 마법으로 용이 디디고 있는 지면에 구멍을 뚫어 넘어뜨리는 건 괜찮다. 왜냐하면 용이 넘어진 건 중심을 못 잡은 용의 잘못이기 때문이다.

샌시는 확신을 얻기 위해 빠른 속도로 땅파기 마법을 시전해 마자리스의 균형을 흔들었다.

브레스 때문에 바닥이 녹았다. 딱딱하게 굳어 마력 소모가 심할까 봐 걱정했는데 마자리스가 키운 마물이 아카데미 부지 전체를 뒤덮으며 지반이 허술해져 소모 마력이 적었다. 뜻밖의 행운이었다.

샌시는 정신 못 차리는 로젠의 입에 소금과 설탕을 털어 넣고 가장 급한 화상부터 치료했다. 하프 산맥의 일로 온갖 약을 들고 다니는 게 도움이 될 줄이야. 역시 사람은 준비성이 철저하고 볼 일이다.

'시험해 볼 건 더 남았지.'

주변 지형지물을 이용한 간접 공격을 제외해도 시험해 볼 만한 공격 수단이 남아 있었다.

'할머니가 마법으로 용을 살해하자 마법 시전 시 신체가 사라지는 저주가 걸렸다. 저주는 해주되었지만 마녀가 뻘짓하는 바람에 부활, 하지만 한 번 해주된 저주라 위력은 부족하다.'

샌시는 부족한 정보를 정리하면서도 손을 쉬지 않았다. 시선은 로젠을 살피는 한편 제리코와 마그노에게 향했다.

평범한 사람은 겁먹어 도망칠 상대를 두고 마그노와 제리코는 용맹하게 검을 휘둘렀다. 제리코의 공격은 마자리스의 가죽을 뚫었으나 마그노의 공격은 바위에 검을 휘두른 듯 모두 튕겨 나왔다. 마그노의 공격이 더 많이 적중하는 걸 감안하면 참으로 서글픈 일이었다.

'둘이 무기를 바꾸면 안 되나.'

마그노가 에라프의 아들임을 제리코에게 들어 알고 있는 샌시로선 꽤 답답했다. 잠깐 보았으나 마그노 황자의 검술 실력은 로젠에 필적했다. 체력과 마력을 회복한 로젠과 드래곤 슬레이어 소드를 무장한 마그노가 동시에 덤벼들면 중상을 입히고 운이 좋을 경우 퇴치에 성공할지도 모른다.

움직임이 둔해졌어도 마자리스는 덩치와 무게로 남매를 압도했다. 그는 발가락 하나로 마그노를 짓눌러 죽일 수 있었고 꼬리를 가볍게 휘둘러 제리코를 숲 바깥까지 날려 버릴 수 있었다. 칠흑같이 어두운 겉가죽은 표면이 거칠어 맨살을 긁으면 피부가 벗겨질 만큼 위협적이었다.

그런 것이 거대하게 자리해 시야를 꽉 채우고 있으니 검으로 용을 잡는 건 화살로 곰 잡는 거라던 샌시의 비유가 절실히 와닿는 순간이었다.

제리코는 전신의 털이 삐죽삐죽 솟았다. 개미가 기어오르는 듯 피부가 간지러웠다. 세상에서 제일 오만한 생물이 크고 푸른 눈에 제리코와 마그노를 담았다. 더 이상 봐주지 않겠다는 듯 살의를 표출했다. 괴물의 주둥이에서 검은 액체가 뚝뚝 떨어졌다. 침과 피가 섞인 액체가 고여 웅덩이를 이뤘다.

"목숨만은 살려주려고 했는데."

"내 친구, 애인, 가족, 스승님을 죽인다고 해놓고서 나만 살려주면 그게 무슨 소용이람?"

"지금의 부귀영화를 약속했건만."

"억울한 사람은 나거든요? 적반하장은 댁이라고!"

따박따박 대들고 있지만 제리코의 등골을 타고 식은땀이 흘렀다. 세상에서 제일 거대한 네발짐승이 발을 떼자 제리코와 마그노는 수십 발을 걸어 거리를 유지해야 했다.

크아앙!

마자리스는 거친 포효를 내지르고 마그노를 향해 앞발을 휘둘렀다. 마그노가 공격을 피하자 뒷다리로 몸을 지탱해 앞발을 번갈아 휘둘렀다.

제리코는 눈먼 발톱에 몸이 찢길세라 괴수의 뒤편으로 이동했다. 마자리스가 앞발을 내지를 때마다 매서운 돌풍이 일었다.

샌시는 기회를 놓치지 않았다. 몸을 지탱하던 뒷발이 구멍으로 빠지자 중심을 잃은 마자리스가 몸을 휘청였다.

거대한 생물은 휘청이는 것만으로도 위압적이었으나 제리코는 도망가는 대신 돌진했다. 구멍에 빠지지 않은 뒷다리를 베자 가는 실선이 그였다. 피가 고이고 상처는 아물지 않았다. 다만 너무 얕았다. 제리코는 본능적으로 긋기보다 도려내는 쪽이 더 큰 피해를 줄 수 있음을 깨달았다. 크기의 차이가 여실하니 도려내 봐야 사람이 쥐에게 물린 수준에 불과하다. 하지만 티끌을 모으면 태산이 되고 태산은 깎다 보면 티끌이 된다.

살점을 도려내고 더 깊이 검신을 파묻는데 마자리스가 제리코를 떨치기 위해 뒷다리를 흔들었다. 제리코는 살점에 파묻은 드슬이를 회수하고 밟히지 않기 위해 도망쳤다.

"쓸데없는 잔재주를."

지면 아래 숨어 있던 마물이 자라나 샌시가 만든 구멍을 메꿨다. 샌시는 구멍 파기를 계속 써먹을 수 없게 되자 혀를 찼다. 둘에게 정신이 팔린 마자리스의 허를 찌르는 건 좋으나 지속하다 보면 모든 지면을 마물이 대체해 마법이 통하지 않을 것이다.

"이쪽을 봐라, 괴물!"

마자리스가 멀리 떨어져 로젠을 치료하는 샌시를 보자 또 브레스를 날릴까 염려한 마그노가 마자리스를 도발했다. 그 또한 샌시가 내준 기회를 놓칠세라 바지런히 칼을 놀렸으나 마그노의 검은 마자리스의 가

죽을 뚫지 못했다.

'쯧.'

외려 검의 이가 빠질 기미를 보였다. 황족이 소지한 검답게 명검 반열에 들었고 주인인 마그노의 솜씨 또한 훌륭했지만 바위처럼 단단한 마자리스의 몸을 베고 있으니 검의 손상이 심했다. 추가로 무기를 가져올 곳도, 시간도 없으니 하나 있는 검을 아껴야 했다.

마그노는 마자리스의 앞발 공세를 아슬아슬하게 피했다. 샌시가 걸어준 보조 마법들이 도움이 되었다. 체력을 회복해 주지 않았다면 진즉에 지쳐 나가떨어졌거나 앞발을 피하지 못해 사지가 찢어졌을 것이다.

마그노는 냉정하게 현실을 직시했다. 서글프게도 자신은 생사를 건 이 전투에서 도움이 되지 못한다. 용이 아니지만 용의 힘을 가진 괴물은 겉가죽도 용처럼 단단해 평범한 공격은 먹히지 않았다.

로젠처럼 검기를 사용하거나 드래곤 슬레이어 소드처럼 특별한 검이 있어야 물리적 공격이 가능하다. 하다못해 샌시처럼 보조 마법으로 전투를 도울 수도 없었다. 제리코보다 검술 실력이 뛰어나다 한들 가죽을 뚫지 못하면 모두 소용없었다.

마그노는 곧 자신이 할 수 있는 일을 정리했다. 결국 이 싸움에서 그가 할 일은 제리코를 지키고 돕는 것이다. 방패가 필요하다면 방패가 되고 미끼가 필요하다면 미끼가 될 것. 그게 자신의 임무였다.

"반절의 격을 획득했다 자신하지만 결국 달리 말하면 반편이 괴물이란 얘기구나!"

자신이 주의를 끌고 제리코가 공격한다. 제 역할을 깨달은 마그노는 보란 듯이 마자리스를 도발했다.

마자리스는 마그노의 도발에 예민하게 반응했다. 오만한 성정으로 무시하고 흘려들으면 될 것을 곧장 반응해 마그노를 향해 몸을 틀었다.

마자리스의 뾰족한 이빨이 마그노가 있던 허공을 씹었다. 딱! 주위를 울리는 소리는 마그노가 피하지 못했을 때의 미래를 예견했다. 마그노의 도발은 성공적이었다.

마그노는 눈앞의 생물이 용이 되는 일에 집착하고 무엇도 되지 못하는 스스로에게 열등감을 품었다는 사실을 알아챘다. 성급히 내보인 오만은 부족한 자존심과 자존감을 채우기 위해서였는지도 모른다.

어떤 의미에선 자신과 닮았기에 마그노는 쓴웃음을 지었다. 괴물의 성격이 자신과 비슷하다면 약한 마음을 후벼 팔 자신이 있었다.

"제가 무엇인지 모르는 괴물 주제에 공주님을 모욕하다니! 괘씸한 놈!"

"건방지게 혀를 놀리는군."

"구멍 난 네 혀보단 낫지."

"네 몸은 내가 직접 으깨주마!"

마자리스는 삼류 악당 같은 대사를 뱉으며 지면을 후려쳤다. 종전보다 빨라진 속도에 마그노는 아슬아슬하게 몸을 피했다.

쾅! 쾅! 콰쾅!

빠르게 도망치는 바퀴벌레를 잡듯 마자리스의 발이 지면을 강타했다.

"으아아."

제리코는 기가 질려 저도 모르게 감탄했다. 그녀는 저 앞발질을 피해 다닐 자신이 없었다.

'내가 아니라 마그노가 드슬이를 쥐어야 했는데……'

몸을 아끼지 않는 승부욕과 몸소 기회를 만드는 행동력을 보건대 드래곤 슬레이어 소드는 제리코의 손이 아니라 마그노의 손에 쥐어졌을 때 더 빛을 발했을 것이다.

제리코는 흔들리는 지면 위에서 넘어지지 않기 위해 몸의 중심을 잡았다. 그러다 가만히 서서 중심을 잡을 때가 아님을 깨달았다. 제리코는 결국 전력 질주했다. 날아오는 꼬리에 얻어맞지 않으려면 이게 최선이었다.

제리코는 지면을 박찰 때마다 연신 후회했다. 드슬이가 마그노 황자의 손에 들려 있었어야 한다는 그런 후회 말이다.

사실 현실적으로 제리코보단 마그노의 공격이 더 치명적이었다. 검을 잡은 세월만 놓고 보아도 압도적이지 않은가. 검에 대한 애정과 집착 없이 지기 싫다는 승부욕과 릴리에 공주에 대한 존경심에서 검을 든 마그노지만 지닌 재능과 노력은 진짜였다. 마그노가 드래곤 슬레이어 소드를 손에 쥔다면 그의 검은 능히 살을 가르고 괴물의 뼈를 깎을 것이다.

그렇다고 마그노와 검을 바꿀 수도 없는 노릇이다.

현재 마그노는 극한의 집중력을 발휘해 마자리스의 공격을 피하고 있다. 제리코에게 공격할 기회를 주기 위해 일부러 그러는 것이니 마자리스의 겉가죽을 뚫을 수 있는 검을 주면 분명 반길 것이다.

그 검이 드래곤 슬레이어 소드만 아니라면.

마그노는 아직 릴리에 공주와 대화하지 못했다. 그 전에 드래곤 슬레이어 소드를 잡아 친부의 정체를 알아봐야 혼란만 가중될 뿐이다. 마그노의 인생은 물론이고 지금의 전투에 하등 도움되지 않을 가능성이 높았다. 외려 친부인 에라프에 대해 생각하느라 집중이 흐트러지면 흐트러졌지.

마그노는 릴리에 공주를 경외하는 것만큼 이름 모를 친부를 증오했다. 황자가 그렇게 증오하고 동시에 궁금해했던 친부의 정체가 용사 에라프이고 제리코와 자신이 사실 이복 남매였다는 사실을 알면 마그노는 어떤 반응을 보일까?

긍정적인 쪽이든 부정적인 쪽이든 큰 충격을 줄 것은 확실했다.

마그노 내면의 문제만이 아니다. 문제는 외부에도 있다. 만약 마그노가 드래곤 슬레이어 소드를 들고 괴물을 상대하는 모습을 목격한 사람이 있다면? 샌시와 로젠은 신의 있게 침묵을 지킬 것이지만 제삼자가 보게 된다면?

마그노는 무방비한 상태에서 또다시 구설에 휘말리게 된다. 설령 악의가 아닌 선의로 용사와 공주의 애틋한 로맨스를 추리하더라도 마그노에겐 공주의 과거사를 들추는 것 자체가 큰 스트레스였다.

과거 용사와 공주가 얼마나 애틋하고 절실한 사랑과 추억을 나눴든 간에 이미 지난 일이고 공주가 의도적으로 덮은 일이다.

모두 마그노가 태어나기 전에 벌어진 일이다. 누가 말해주지 않는 이상 본인은 모를 수밖에 없는 과거로 인해 마그노는 얼마나 두려움에 떨었는가.

'드슬아! 아직 기절 중이니?'

유일하게 이 일을 상담할 수 있는 드슬이는 아직도 의식불명 상태였다.

제리코는 이내 결단을 내렸다. 드래곤 슬레이어 소드를 마그노에게 넘기지 않고 자신이 살을 도려내고 뼈를 깎기로.

'기회는 잡아야지!'

마그노가 위험을 무릅쓰고 있듯 제리코도 이 한 몸 아낌없이 바치기로 했다. 제리코는 밟힐까 봐 접근하지 않았던 뒷발로 접근해 순간 검을 박았다. 드래곤 슬레이어 소드가 괴물의 발뒤꿈치에 깊숙이 박혔다.

제리코의 공격과 마자리스가 앞발을 후려친 건 동시에 벌어진 일이었다.

샌시는 기회다 싶었는지 마그노가 서 있던 자리의 지면을 파냈다. 마자리스는 뒷발에서 전해지는 날카로운 통증에 괴로워하는 바람에 앞발에 실은 힘을 빼지 못했다.

앞발이 구멍에 빠지자 균형을 잃은 상체가 앞으로 고꾸라졌다. 마그노는 육중한 몸체에 깔리지 않도록 몸을 뒤로 빼는 대신 스칠 듯 가까워진 괴물의 주둥이 끝을 살폈다. 상황은 급박하고 고민은 짧았다.

용을 닮은 괴물은 과연 겉가죽 안의 살도 검이 들지 않을까? 마그노는 있는 힘껏 마자리스의 잇몸에 검을 쑤셔 박았다. 잇몸은 일반적인 살점과 같아 조금 질기긴 해도 무난하게 검을 수용했다.

'주둥이를 타고 넘어가 눈을 공격할 수 있으면 좋겠는데.'

한다면 할 수 있겠지만 기예를 선보이기엔 허용된 시간이 너무 적었다.

마그노는 괴물의 몸에도 검이 드는 약한 부위가 있다는 데 만족하고 서둘러 검을 회수했다. 거리가 가까워져 더욱 위압적인 파란 눈이 형형하게 살의를 발했다.

처음으로 공격에 성공하자 당긴 실처럼 팽팽하던 긴장이 조금 느슨하게 풀렸다. 마그노는 발밑에 웅크리고 있던 마물의 움직임을 파악하지 못하고 발이 걸렸다. 조급하게 몸을 피하던 그는 마자리스가 그랬던 것처럼 균형을 잃고 바닥으로 넘어졌다. 마물이 몸집을 키워 마그노의 발을 조였다.

다급히 발을 빼는 마그노의 하얀 머리칼 위로 검은 점액질이 뚝뚝 떨어져 흘러내렸다. 주둥이에 피와 침을 머금은 마자리스가 마그노를 씹어 삼키기 위해 입을 벌렸다.

로젠의 치료와 둘의 보조를 동시에 진행하던 샌시는 다급하게 수인을 맺었다. 방어막이 마자리스의 뾰족한 이빨을 막았다. 이빨 공격을 한 번 막고 임무를 다한 방어막이 사라졌다.

'드슬아! 정신 차린 거야?'

마그노의 위기를 알아채고 드슬이가 마법을 쓴 것이다. 샌시의 마법은 그보다 한발 늦게 완성되어 마그노의 몸을 감쌌다. 마그노는 허공에서 이빨이 저지되자 다급히 몸을 피했다.

-죽…… 자…… 마…….

잠꼬대나 유언 같은 말을 남기고 드슬이는 다시 기절했다. 정신을 잃은 상태에서조차 주인의 아들을 지키기 위해 발악하는 태도에 제리코는 마음이 아팠다.

좋지 않은 드슬이의 상태를 반영하듯 검 주위로 검은 마력이 맴돌았다. 제리코는 드슬이가 광룡의 마력을 과하게 사용하는 것 같아 걱정되었다.

'뭔가 느낌이 달라.'

처음 제리코가 드슬이의 검은 마력을 보았을 때 깜짝 놀란 건 색이

어두웠기 때문이다.

딱히 흑은 나쁘고 백은 좋다는 것이 아니다. 검은색에도 종류가 다양하지만 드슬이가 지닌 마력은 어쩐지 좋지 않았다. 그러나 이후 색만 그렇지 주위에 악영향은 없다는 말에 안심했고 실제로도 시각적인 거부감을 제외하면 마력이 그렇게 나쁘게 느껴지지도 않았다.

하지만 지금 드슬이를 감싼 검은색 마력은 심히 흉측했다. 그 색 때문이 아니라 꾸물꾸물 느릿하게 움직이는 기류가 마자리스에게 집중하기 급급한 제리코의 신경을 건드렸다.

제리코는 미치고 싶지 않다던 검의 말이 자꾸 떠올랐다. 광기에 휩쓸리기 싫어 마력을 아끼던 검이 물 쓰듯 마력을 사용했다. 정신을 차리지 못하는 건 그와 관련 있을지도 모른다.

'무사해야 해, 드슬아!'

드슬이를 지키기 위해 싸우는데 드슬이가 무사하지 않다면 너무 슬픈 일이다.

제리코는 눈물 대신 흐르는 땀을 닦았다. 전신에 잔상처가 가득해 피부 전체가 화끈거렸다.

제리코는 턱 끝까지 차오른 숨을 몰아쉬고 터질 것 같은 심장을 채근했다. 더 움직일 수 있잖아! 터질 때까지 움직이란 말이야!

스스로를 몰아세우는 건 마그노도 마찬가지였다.

먼발치서 전투를 지켜보던 로젠이 더 참지 못하고 몸을 일으켰다.

"내가 가야······."

"아직 안 돼."

"둘이 위험해. 슬슬 한계야."

"누가 몰라?"

샌시는 짜증을 가득 담아 대답한 뒤 손아귀 힘이 풀린 로젠의 손을 지적했다.

"검이나 쥘 수 있게 되고 나서지 그래."

로젠은 사시나무 떨듯 떨리는 손을 감췄다. 샌시가 뭘 먹었는지 일어설 수 있게 된 건 좋은데 악력은 아직 돌아오지 않은 상태였다. 다행히 악력은 곧 괜찮아질 것이란 예감이 들었다. 다만 이 급박한 상황에서 그 때가 언제가 될지 알지 못한 채 지켜봐야만 한다는 것이 답답했다.

샌시의 이질적인 노란 눈이 매섭게 로젠을 응시했다.

"쓸데없이 힘 빼지 말고 저 괴물이나 살펴봐. 정보가 너무 부족해."

"보고 있어."

제리코가 발뒤꿈치를 도려내는 데 성공하자 마자리스가 쿵쿵 뛰어 사지를 흔들었다. 둘이 있는 곳까지 진동이 전해지고 모래와 자잘한 돌이 튀어 올랐다.

마자리스는 두 앞발과 주둥이로 마그노를 상대하고 꼬리로 제리코를 상대했는데, 꼬리의 움직임이 상당히 단조로워 제리코는 이리저리 꼬리를 피하며 드슬이를 찔러 넣었다.

"날개는 장식인가?"

마자리스는 전신을 덮을 수 있는 거대한 두 날개를 갖고 있다. 하지만 날개는 등에 접혀 어떤 상황에서도 펼쳐지지 않았다.

"날 필요가 없다고 여기는 거겠지."

"아직도 오만을 누린다 이건가……. 그래, 강자의 오만은 우리에겐 기회니까 나쁘진 않아."

날개를 쓰기 시작하면 아예 닿을 수 없게 된다. 로젠은 날개가 쓰이지 않는 경우만 상정했다.

날개를 제하니 다음으로 걸리는 것이 브레스였다.

"브레스는 쓰지 않는 걸까? 어떻게 생각해?"

"그건 나도 계속 의아하게 생각해."

마자리스가 정 넷을 죽이고 싶다면 거대한 날개를 펼쳐 훨훨 날아 브레스를 뿜으면 된다. 굳이 날 것도 없다. 선 채로 브레스를 뿜으면 얄미운 인간 넷은 재가 되어 사라질 테니까.

"드래곤 슬레이어 소드님의 방어 마법 때문에 효과가 없다고 판단한 걸까?"

"마력은 괜찮더라도 최고위 방어 마법을 그렇게 남발했으니 과부하가 걸렸을 거야. 생물이라면 뇌가 타버릴 수준이었으니 또 브레스를 쏜다면 이번엔 방어하지 못할 가능성이 높아. 하지만 적이 오해해 준다면 환영이네."

드래곤 슬레이어 소드에 대한 정보는 대부분 베일에 감춰져 있다. 마자리스가 그렇게 오해한다면 오해를 이용하는 편이 이득이었다.

그 외에도 여러 가능성이 있다. 브레스를 쓸 수 있는 횟수에 제한이 있거나 충전 시간이 필요하거나. 브레스를 뿜는 건 마자리스에게도 상당한 기력을 소모하는 일이라 꺼린다거나. 어쩌면 진짜 용이 아니라는 사실이 작용하는지도.

"네가 파는 함정에 족족 걸리는 것도 이상해. 물론 네가 그렇게 되게끔 땅을 파는 거겠지만 나 같으면 바로 땅이 파여도 피하고, 발이 빠졌더라도 저렇게 허둥대진 않을 거야."

로젠이 단조로운 수평 운동을 지속하는 꼬리를 지목했다.

"다리가 네 개에 꼬리까지 있으니 균형은 인간보다 쉽게 잡을 텐데 그러지 못하고 있어. 특히 저 꼬리 말이야…… 왜 저렇게 휘두르는 걸까?"

길고 육중한 꼬리는 그 자체로 성을 파괴할 수 있는 가공할 만한 무기다. 발톱이 달린 네 발만 못해도 사람을 죽이는 데엔 꼬리 하나면 충분했다. 그런데 마자리스는 그 좋은 꼬리를 규칙적으로 붕붕 휘두르는 것으로 끝냈다. 시계추도 아니고 하다못해 꼬리의 높이만 바꿔도 제리코가 피하는 게 어려워질 텐데 그런 변칙도 없었다.

"앞발과 주둥이도 마찬가지야."

공격이 단조로운 건 마그노를 상대하는 앞발과 주둥이도 마찬가지다. 날카로운 발톱과 이빨은 사람을 형체도 알아보지 못하게끔 갈기갈기 찢을 수 있는 괴물의 무기였지만 마그노가 못 피할 정도는 아니었다.

덩치가 커져 공격을 허용했을 때의 피해가 커졌지만 막상 그 공격이 맞지 않으면 소용없었다. 마자리스의 움직임은 인간형이었을 때가 더 기민했고 용의 형태를 취한 지금은 덩치를 이용한 공격은커녕 단조로운 공격만 이어가고 있었다.

"공격이 지나치게 단조로워. 네 다리의 움직임이 이상해. 꼭⋯⋯."

"짐작 가는 게 있으면 다 말해. 뭐라도 좋으니까."

"꼭 자기 몸에 익숙하지 않은 아기⋯⋯ 아니, 아기는 아니야. 그보단."

대가족의 맏이로서 동생들과 자주 놀아준 로젠은 마자리스가 보이는 괴상한 움직임에 아기부터 떠올렸다. 아기들은 자기 몸에 익숙하지 않고 힘쓰는 법도 몰라 종종 어른이 이해하기 힘든 이상한 동작을 하곤 했기 때문이다.

하지만 아기는 금방 가능성에서 지워졌다. 마자리스는 제 몸이 낯설다기보다 제 몸을 예민하게 통제하지 못하고 있었다.

"그게 그거 아니야?"

"아냐, 달라. 저건⋯⋯ 사지가 마비되어 머리와 몸뚱이의 감각만 살아 움직이고 있는, 그런 느낌이야."

"제리코의 공격에 반응하고 있는데?"

"느낌이 그렇다는 거지 그렇다고 확정하진 않았어. 어쨌든 팔을 휘두르는 건 가능하지만 손가락을 굽히는 건 어려운, 그런 느낌이 들어."

"인간형일 때 네가 양팔을 잘랐지. 그 영향일까?"

샌시는 로젠이 마자리스의 양팔을 절단한 얘기를 꺼냈다. 마자리스가 형태를 바꾸면서 잘렸던 앞발이 생겨났다.

급하게 앞발을 재생하면서 동작이 둔화된 것이라면 장기적으론 이쪽이 불리했다. 시간이 지나면서 마자리스가 새로 재생한 앞발에 적응할 테니까. 로젠은 고개를 저었다.

"그것 때문이라면 앞발 동작만 이상해야 하는데 뒷발과 꼬리도 이상하잖아."

마자리스의 뒷발은 제리코를 공격하는 데 쓰이지 않고 지면을 단단히 받치는 데 주력했다. 꼬리는 시계추처럼 좌우로 휘젓는 게 전부다.

"공격 하나하나는 모두 위력적이야. 맞는 순간 전투가 끝날 거야. 마그노 저하가 검기만 쓰실 수 있었더라면."

로젠이 아쉬운 마음에 마그노의 경지를 안타까워했다. 사람들이 잘 모르는 마그노의 숨은 실력을 알고 있던 그는 마그노에게 자신만큼의 열정과 절박함이 있었더라면 비슷한 경지에 도달했으리란 확신을 지니고 있었다.

"혀 찰 시간이 있으면 집중이나 해. 또 뭔가 짚이는 건 없어?"

"물론 있지. 저 괴물이 흘리는 피 말인데."

"응."

"너무 점성이 짙지 않아?"

붉지 않은 피의 색상에 대해선 마물, 혹은 정체불명의 괴물이라는 이유로 설명이 가능하지만 고름이라도 되는 것처럼 덩어리져 떨어지는 핏덩이는 뭔가 이상했다.

"게다가 내 코가 이상한 건지 모르겠지만 아까는 나지 않았는데 심한 악취가 나. 이거 저 괴물 몸에서 나는 거지?"

코가 떨어질 듯한 악취가 무겁게 깔렸다. 로젠은 악취의 근원을 마자리스가 흘리는 덩어리진 핏덩이로 보았다.

샌시는 깊게 숨을 들이마신 다음 알고 있는 악취와 지금 자신들을 괴롭히는 악취를 비교했다.

"썩는 냄새군."

"신체 밖으로 나온 피가 썩고 있다는 걸까?"

"썩은 피가 밖으로 나오는 걸 수도 있지."

"내가 왼팔을 자르는 데 성공했을 때 저 괴물은 썩어버린 팔이니 쓸모 없단 식으로 말했어."

거동 불가능한 중상자도 아닌데 살아 있는 생물이 제 몸이 썩는 것을 내버려 둘 리 없다. 스스로 용이 되겠다 자처하는 괴물이니 더더욱.

하지만 둘은 산 채로 썩어가다 죽어버린 어느 남자를 알고 있었다. 그 남자는 용과 생사를 넘은 사투를 벌인 끝에 용을 쓰러뜨리는 데 성공했으나 용의 저주에 걸려 업적에 어울리지 않는 여생을 보냈다.

둘이 알고 있는 저주 중에 산 채로 신체가 부패하는 악독한 저주는 용의 저주 하나밖에 없었다. 신체가 썩는 것이 저주 때문이라면 여전히 의문이 남는다. 용의 격을 반절 획득했다는 저 괴물은 어째서 저주를 받았는가?

샌시는 할머니의 저주가 마탑주와 자신에게 이어졌다던 제리코의 이야기를 떠올리고 가설을 세웠다.

"저 괴물은 자신의 몸에 에라프 님의 피가 흐른다고 했어. 만약 저주가 대를 이어 전해진다면 에라프 님과 같은 저주를 받았다는 얘기가 돼."

"그 얘기는 에라프 님과 동일한 시간 같은 고통을 겪었다는 건가."

로젠은 씁쓸한 표정을 지었다.

"끔찍한 얘기군."

비록 부당하게 제리코와 일행을 급습한 적일지언정 참으로 끔찍한 얘기였다. 심성 고운 로젠이 마자리스에게 동정을 표했다. 샌시는 제리코를 걱정했다.

"동정할 때가 아니야. 저 더러운 피를 제리코 위에 쏟아내고 있잖아. 피엔 혼이 흘러. 혹시 저주라도 옮으면 어떡하지?"

"그건 괜찮을 거야. 저 괴물은 상처에 비해 출혈이 적고 피가 나와도 대부분 저렇게 점액이 되어 흐르거든. 튀어서 상처에 들어갈 확률은 낮아."

"그나마 다행인가."

샌시는 생각을 정리해 말했다.

"저 괴물은 저주, 혹은 괴질, 또는 독에 걸려 신체가 말초부터 썩고 있다. 저주에 저항하기 위해선 용이 되어야 하고, 드래곤 슬레이어 소드를 파괴하는 걸 용이 되는 조건으로 대자연에 맹세했다. 이렇게 정리되네."

"어째서 드래곤 슬레이어 소드 님을 파괴하는 걸 조건으로 건 거지? 오만한 종족으로서 눈엣가시라 처리하려는 건가?"

"에라프 님이 죽인 광룡의 심장에서 태어났다고 했고 광룡의 기억을 전승받았다고 했으니 개인적 원한으로 봐도 되겠지. 부모를 죽인 원수는 이미 죽었거나 저주를 받았으니 대신 부모를 죽인 검을 파괴한다."

"거창하네."

로젠은 주먹을 쥐었다 폈다. 덜덜 떨리던 것이 가라앉고 손아귀에 힘이 돌아왔다. 그가 일어나자 이번엔 샌시도 말리지 않았다.

"장미의 기사 로즈의 데뷔전으로 괜찮은 무대지."

샌시가 심드렁한 표정으로 덧붙였다.

"잘해봐. 생긴 건 용이니까 만약 네가 죽이는 데 성공하면 용이었다고 증언해 줄게."

샌시는 위증을 약속해 전장에 복귀하는 검사를 응원했다. 로젠은 대답 대신 엄지를 치켜세웠다.

크우어어어엉.

거대한 소리가 육중한 괴물의 배 속에서부터 밀려 올라왔다. 제리코는 설마 브레스인가 싶어 긴장했다.

'드슬아! 드슬아!'

드래곤 슬레이어 소드는 여전히 주인의 부름에 대답하지 않았다. 검을 감싼 마력만 점점 더 으스스하고 기분 나쁘게 꿀렁였다.

만약 브레스라면 제리코는 물론이고 마그노에 로젠, 샌시까지 모두 저승길행이었다.

내부에서 시작된 소음으로 제리코를 긴장하게 만든 마자리스가 갑자기 머리를 휘저었다. 케헥케헥 하고 마른기침을 연달아 하더니 검은 액체를 뾰족뾰족한 이빨 사이로 주르륵 흘렸다.

마그노가 혹 독인가 싶어 액체에 닿지 않도록 몸을 피했다.

점액질이 바닥에 쏟아져 넓게 퍼지자 악취에 익숙해져 있던 코가 새삼 고통을 호소했다.

둘의 고통은 마자리스의 발작에 비하면 새 발의 피였다. 마자리스는 목에 생선 가시라도 걸린 양 연신 머리를 휘저었다.

제리코는 수차례 도려낸 뒷발에서 힘줄 같은 걸 발견했다. 진짜 힘줄인지 모르겠지만 일단 잘라보잔 생각에 그대로 끊었다.

고통스러워하던 마자리스가 반사적으로 뒷발을 차올렸고 제리코는 하늘로 붕 떠올랐다. 소에 받힌 듯 강한 충격에 정신이 혼미해졌다. 드슬이로 방어하고 마탑의 로브가 충격을 분산시켜 주지 않았다면 맞는 순간 뼈가 부러지고 내장이 상해 죽었을 것이다.

'아니면 지금 죽거나!'

추락하는 자에겐 날개가 없다.

"드슬아악!"

유일한 구명줄인 드슬이를 불렀건만 대답이 없었다. 어떻게든 낙법 자세를 취해 충격을 최소화하려는 제리코의 어깨에 단단한 것이 부딪쳤다. 제리코의 몸을 으깰 지면이 아니었다. 그녀와 함께 바닥을 굴러 충격을 완화할 동료였다.

"괜찮아?"

하늘로 쳐올려졌다가 낙하하고, 바닥을 수십 번 구르는 바람에 혼이 쏙 빠진 상태에서 로젠을 올려다보니 심장이 괜찮지 못했다. 많이 두근거렸다.

'인간적으로 이 상태에서 두근거리는 건 허용 범위지!'

샌시도 이해해 줄 것이다! 왜냐면 샌시도 로젠을 멋있다고 생각하고 있으니까! 멋있어서 짜증 난다고 했으니까!

"로젠 선배, 움직여도 괜찮으십니까?"

"괜찮아. 자다 일어난 것처럼 쌩쌩해."

로젠은 둘의 걱정을 불식시키기 위해 건치를 자랑하며 웃었다. 아닌 게 아니라 로젠의 눈동자가 초롱초롱 빛났다. 솔직히 조금 과하게 빛났다.

"샌시가 준 약이 효과가 좋아."

급박한 상황과 환자의 양해가 뒷날을 고려하지 않은 강제 각성으로 이어졌다.

"내가 주의를 끌게. 제리코에겐 부탁 좀 하자."

"응, 도망가라는 거 빼고 다 할게."

"가능하면 눈에 띄는 상처를 내주겠어? 상처를 도려내지 말고 가죽을 벗기는 선에서. 마그노 저하는 제리코를 곁에서 보조해 주세요."

"이유를 알려주면 더 효율적일 겁니다."

"그러니까…… 이 괴물 몸이 말짱하지 않은 것 같아서……. 썩고 있는지 확인해 보려고 합니다."

썩고 있는지 확인해 보겠다는 말에 마그노는 코를 찌르는 악취를 납득했다. 동시에 제리코의 가슴이 철렁였다.

'썩고 있다고?'

내심 그런 게 아닐까 짐작하고 있었으나 남의 입으로 들으니 마음이 심란했다. 광룡이 사망하면서 내린 저주는 에라프의 자손에게 이어진다. 마자리스는 에라프의 자손은 아니지만 피의 일부를 물려받았고 태어난 시점도 광룡이 사망한 이후였다. 죽는 순간까지 에라프를 괴롭히던 지독한 저주는 마자리스에게도 통용되었을 것이다.

제리코는 수런거리기 시작하는 마음을 진정시키기 위해 이를 악물었다. 마자리스가 용이 되기 위해 물러서지 않는 이유를 알 것 같았다. 무엇도 아니기에 인간과 마물을 선택할 수 있었던, 실제로 인간으로 사는 것도 나쁘지 않을 거라고 말했으면서 용을 고집하는 이유를.

용이 되어야만 용의 저주에 대항할 수 있기 때문이다. 용이 되지 못하면 마자리스는 에라프와 동일한 최후를 맞이해야 할 운명이니까.

용이 되고 아니고의 문제가 아니다. 사느냐 죽느냐의 문제다.

마자리스가 다른 조건을 걸었으면 모를까, 드래곤 슬레이어 소드의 목숨이 걸린 이상 이 싸움은 필연적이었다. 제리코만이 아니라 마자리스도 이 싸움에 목숨을 걸었던 것이다.

제리코의 마음인 심란한 것과 별개로 로젠은 최고의 컨디션을 자랑했다. 장미 칼 위로 다시 시퍼런 검기가 생성되자 검기보다 색이 진한 푸른 눈동자가 로젠에게 꽂혔다.

괴물과 검사는 이렇다 할 대화를 나누지 않고 바로 맞붙었다. 로젠이 평시의 도약력을 상회하는 높이로 뛰었다. 앞가슴을 가르려는 공격에 마자리스가 상체를 뒤로 젖혀 피했다. 앞발을 휘두르자 로젠은 역으로 발을 밟고 재차 몸통 쪽으로 접근했다. 마자리스의 몸이 정말 썩고 있다면 몸통에서 먼 네 다리를 상대하는 건 무의미한 짓이다.

마자리스의 가슴이 벽처럼 로젠의 앞을 가렸다. 로젠이 공격을 피하며 가슴을 베었다. 붉은 선혈이 로젠의 얼굴에 튀었다가 금방 그쳤다. 네 다리와 꼬리, 검은 점액질을 간간이 떨어뜨리는 턱과 확연히 다른 선혈이었다.

제리코와 마그노는 로젠의 부탁을 충실히 이행했다. 검이 닿는 부위의 겉가죽을 모두 뜯어내고 나니 마자리스의 기묘한 상태가 선연히 드러났다.

마자리스의 몸을 지탱하는 뒷다리는 겉가죽만 멀쩡하지 속은 상한 육포처럼 색이 이상했다. 제리코가 먼저 알아채지 못한 건 그녀가 얕고 넓은 상처보다 좁고 깊은 상처를 내는 데 집중한 탓이다.

검이 닿고 접근이 허용되는 범위에서 겉가죽을 저미니 튼튼한 겉과 다르게 잔뜩 곪은 내부가 보였다.

"로젠 선배의 말이 맞았군. 이 괴물은 몸이 썩고 있어."

썩은 고름과 진물, 부패하는 과정에서 질척하게 흐물거리는 살점은 제리코에게 에라프와 보낸 시간을 상기시켰다. 입맛이 썼다. 미친 용이 용사에게 남긴 저주는 자식이나 마찬가지인 마자리스를 괴롭혔다. 광룡은 자신이 남긴 저주가 자식이나 마찬가지인 동족을 괴롭힐 걸 알았을까?

'알고 모르는 게 중요한 게 아니구나.'

미친 용에게 이성과 도리는 남아 있지 않았을 것이다. '라'의 말대로 부당한 분노와 살의, 원한만 남아 자신을 살해한 용살자에 대한 증오만 가졌을 터.

"선배 말씀대로입니다!"

"괴물! 넌 썩고 있지?"

로젠이 마그노의 도발을 이어받아 마자리스를 조롱했다.

"인간 따위가 감히 날 괴물이라고!"

"인질을 잡고 제리코를 협박하고 말도 안 되는 거래를 제안한 건 네 상태가 정상이 아님을 참작해 봐주겠어! 그러니 지금부터라도 목숨을 건 전투의 예의를 갖춰라. 난 플라티나의 아들 로젠!"

설화 속 영웅처럼 멋진 자기소개에 제리코가 따라 외쳤다.

"난 요나의 딸 제리코!"

샌시는 목소리가 닿든 말든 상관없다는 듯 작게 중얼거렸다.

"마가렛의 아들 샌시."

마지막으로 마그노가 자신과 모두에게 각인시키려는 듯 비장하게 외쳤다.

"릴리에의 아들 마그노다!"

어머니를 어머니라 부르지 못하는 마그노가 스스로의 입으로 릴리에의 자식임을 자처했다.

제리코는 검을 흔들었다. 드슬이가 이 명장면을 보지 못하는 게 너무 아쉬웠다.

어지간한 삼류 악당이 아니고선, 아니지, 삼류 악당이라도 감탄할 호기였다. 먼저 인사한 로젠은 물론이고 샌시도 마자리스가 자기소개를 할 것이라 예상했다. 하지만 이게 웬걸.

시작부터 거짓을 일삼은 사기꾼이여서일까, 아니면 오만으로 자신을 지탱하는 정체 모를 괴물이어서일까. 마자리스는 모두의 인사에 답하기는커녕 전신을 떨며 검붉은 마력을 내뿜었다.

"나를…… 우롱하는 건가…… 대답할 이름 없는 나를!"

"마자리스는 네 이름이 아닌가!"

"그건 내 이름이 아니야! 눈을 뜨고 처음 본 대자연의 일부다! 오만하고 얄미운 인간! 드래곤 슬레이어 소드를 파괴해 이름을 얻으면 네 주검에게 가장 먼저 내 이름을 알려주마!"

로젠은 본의 아니게 완벽하게 마자리스를 도발했다. 도발을 중첩하기라도 하듯 자기소개가 끝나기 무섭게 마자리스의 발에 구덩이를 만든 샌시는 덤이다.

마자리스는 몸이 균형을 잃든 말든 맹렬한 공격을 쏟아부었다. 기울어진 몸과 근접하는 앞발은 가슴으로 향하는 발판이 되었다.

로젠은 누구도 따라 하지 못할 기예를 선보이며 마자리스의 가슴을 향해 장미 칼을 휘둘렀다.

부위에 따라 다른 피의 농도처럼 상처 또한 차이를 보였다. 상한 육포처럼 부실한 속을 드러낸 뒷다리와 다르게 로젠이 남긴 가슴의 상처는 보다 생생했다.

심장과 거리가 먼 곳에서부터 부패가 진행되었다면 심장은 몸통 쪽에 있는 게 확실하다. 로젠은 몸통을 집중 공략해야 한다는 확신을 갖고 베고, 베고, 또 베었다.

곡괭이 한 자루 들고 돌산에 길을 내는 것보다 허황된 일이었지만 뭐 어떤가. 이미 성공한 사람이 있는데.

살점을 파고들어 광룡의 심장까지 도달했던 우상에 비하면 로젠은 상황이 나았다. 동료가 있고, 괴물은 제 컨디션이 아니다. 심장에 도달하기 전 샌시가 기다리는 마탑주가 와서 사태를 해결할 수도 있지.

"넌 절대 용서하지 않겠다!"

마자리스가 몸을 털어 가슴에 달라붙은 로젠을 떨어뜨렸다. 로젠은 낮아진 높이에 절망하지 않고 마자리스에게 검을 세웠다. 공격 패턴이 단조로우니 참고 버티면 다시 가슴까지 올라갈 기회가 생길 것이다. 포기하지 않으면 반드시.

"괴물의 피에 독이 있을지 몰라! 피가 닿지 않도록 조심해!"

썩은 피이니 독성이 있을 수 있다. 로젠은 피가 지닌 독성에 대해 경고했다. 역설적이게도 그는 자신에게 쏟아지는 붉은 피는 피하지 않고 고스란히 맞았다. 뜨겁고 맑은 생명의 액체는 심장이 가까이에 있다는 증거니까.

설령 비참한 최후를 맞이하더라도 도망치지 않는다. 설령 에라프처럼 슬픈 최후를 맞이하더라도 물러서지 않는다.

'사랑하는 사람, 친구와 함께 싸울 수 있다니! 최고의 전장이다!'

대출혈 서비스로 적자 행보를 이어가는 장남을 플라티나가 보았다면 뒷목을 잡고 쓰러졌을 것이다. 하지만 모든 적자 장부를 기입한 상회가 그렇듯, 로젠은 적자를 볼 생각이 추호도 없었다.

황금의 요정이 보우하사 그의 인생은 언제나 흑자였기에.

'기다려라, 체리야!'

곧 태어날 동생의 얼굴을 보기 위해서라도 로젠은 죽음이 아닌 생존을 추구했다. 내 인생에 적자는 없다는 그의 얼굴이 황금처럼 빛났다.

"로젠, 진짜 대단하다."

원숭이처럼 폴짝폴짝 뛰어 마자리스를 상대하는 로젠의 기예에 제리코가 혀를 내둘렀다. 이 명장면을 죄다 놓치는 편애검이 안쓰러워 재차 깨워봤지만 드슬이는 여전히 답이 없었다.

조금씩 높아지는 해의 고도에 따라 정오에 가까운 햇살이 일행의 머리 위로 쏟아졌다. 새벽부터 지금까지 쉴 틈 없이 싸웠다는 이야기가 된다.

시간의 흐름에 경악한 제리코는 바싹 말라 이젠 억지로 삼킬 침도 나오지 않는 입안 때문에 헛기침을 했다.

"정말 대단하시군."

로젠의 활약에 마그노 또한 입을 벌려 감탄했다. 발을 헛디디는 순간 추락하고, 낙법을 쓴다 쳐도 떨어지는 높이가 만만하지 않은데 로젠은 평지에서처럼 빠르게 움직였다. 전광석화와 같은 몸놀림에 눈을 뗄 수 없었다.

로젠은 말 그대로 빛이 났다. 로젠을 구경할 게 아니라 도와서 함께 싸워야 하는 걸 알고 있는데 계속 시선이 위로 향했다.

마그노 황자는 릴리에 공주의 사생아로 태어날 때부터 주목받는 인생을 살았다. 피와 신분이 정해준 인생에 불만은 없었지만 거기에서 더 이목을 끌겠단 생각을 해본 적은 없다. 마그노는 언제나 죄인이었고 그늘에 웅크린 작은 아이였으니까.

그랬던 그가 그늘 밖으로 한발 내디뎠다. 세상은 눈부셨고 더 눈부신 사람이 있었다. 제리코가 맑은 5월의 햇살 같다면 로젠은 그보다 강렬하게 내리쬐는 8월의 태양이다.

그 빛과 열기가 부담되어 말라 죽는 생물과 그늘로 숨어드는 생물이 있겠지만 로젠이 눈부시다는 건 아무도 부정하지 못할 것이다.

어쩌면 마그노 또한 저렇게 빛났을지도 모른다. 자기 연민에 빠져 시간을 낭비하지 않았다면. 하다못해 이 검이라도 더 진지하게 대했더라면.

태양을 가린 로젠의 그림자가 사라지자 강한 햇살이 마그노의 눈을 직격했다. 태어나서 단 한 번도 태양을 정면에서 바라본 적 없는 그는, 자신의 몸이 빛에 얼마나 취약한지 몰랐다. 어릴 때부터 어른들의 말을 고분고분 따르는 얌전한 아이였던 탓에 양산과 모자를 상비하고 햇빛이 강할 땐 하늘을 보지 않았던 것이다.

마그노는 태어나서 처음 겪는 눈부심과 고통에 반사적으로 눈을 감았다. 정신이 아득해지고 강렬한 현기증이 밀려와 혼자 지진을 겪는 사람처럼 발을 헛디뎠다. 하필 그때 제리코가 다른 쪽 발의 힘줄을 발견해 끊은 게 불운이었다.

뒷다리 힘줄이 모두 잘린 마사리스가 길게 포효하며 뒤로 주저앉았다. 마그노의 머리 위로 눈부신 여름 햇살 대신 그림자가 드리워졌다.

"마그노! 피해!"

과연 드슬이는 마그노에게 닥친 위험을 이번에도 알아차릴까? 제리코는 행운을 바라는 대신 지면을 박차 마그노에게 달려가 그를 밀쳤다.

눈을 뜨지 못했으나 소리로 상황을 알아챈 마그노가 바깥을 향해 구르고 제리코는 멈추지 않고 계속 달려 그늘의 경계에서 벗어나 안도한 것도 잠시.

규칙적이고 무의미한 횡운동을 반복하던 꼬리가 궤적을 벗어나 제리코를 향했다. 제리코는 피할 겨를도 없이 꼬리에 맞았다. 직격하지 않은 덕분에 즉사는 면했지만 그녀의 몸은 바닥을 긁으며 질질 밀려났다.

손에 힘이 풀려 바닥에 떨어진 드래곤 슬레이어 소드가 주인의 위험을 인지했는지 웅웅 검신을 떨었다.

"제리코!"

"제리!"

샌시는 마법사로서 적과 일정 거리를 유지해야 한다는 기초적인 상식을 잊고 제리코에게 달려가려 했다.

하지만 바닥에서 솟아오른 마물이 그물이 되어 제리코를 가뒀다. 드래곤 슬레이어 소드가 없으니 제리코는 자력으로 빠져나올 수 없었다.

"크흐흐흐."

쓰러진 괴물이 몸을 일으키며 웃었다. 마자리스의 상태는 심각했다. 부패가 외부까지 급속도로 진행되어 가죽 곳곳이 썩어 썩은 내를 풍겼다.

주둥이에선 썩은 피가 고름과 함께 줄줄 흘렀으며 잇몸은 아예 썩어 이빨과 턱뼈가 고스란히 드러났다.

생기가 남아 있는 부분은 가슴의 상처와 눈이 전부였는데 그나마 왼쪽 눈엔 검이 박혀 있었다. 터진 안구에서 유리체가 흘렀다. 피가 함께 타고 흘러 피눈물처럼 보였다.

"제리코를 놔줘!"

"내가 왜 그래야 하지? 소공작을 죽이고 검을 파괴하면 나의 승리다. 나는 용이 되고 이름을 갖게 돼. 내게 이름이 생긴다!"

"비겁하고 비열한 괴물! 나와 정정당당히 싸우는 게 두려워 꼬리 말았구나!"

눈에 꽂은 장미 칼을 회수하지 못하는 바람에 로젠의 손이 텅 비어 있었다. 마그노는 로젠에게 자신의 검을 양보하려다가 말문이 막혀 입을 다물었다. 멀리서 볼 땐 마냥 눈부시게 빛나더니, 가까이서 본 로젠의 몰골은 마자리스 못지않게 처참했다.

전신을 뒤덮은 썩은 피에 가려 잘 보이지 않지만 손가락 몇 개는 반대 방향으로 꺾였고 손바닥은 살이 파여 흰 뼈가 드러났다. 당장 보이는 것만 이 정도니 자세히 살펴보면 부상은 더욱 늘어날 것이다.

"내겐 비겁한 겁쟁이의 피가 흐르니 내가 비겁한 건 당연한 일이다! 에라프! 그 위선자! 아는 사람들 앞에선 죽음을 각오한 영웅처럼 굴고 주위에 사람이 없을 땐 죽기 싫다고 질질 짠 겁쟁이! 책임지지 못할 걸 알면서 자신을 위로해 준 여자를 피임하지 않고 안은 사기꾼!"

마자리스는 이참에 울분을 풀겠다는 듯 썩은 피를 토하며 외쳤다.

"가족계획은 신중해야 한다고 거들먹거리며 피임을 철저히 했지만 실은 겉멋만 든 겁쟁이였을 뿐이지! 책임지기 싫어서! 자유로운 독신을 즐기고 싶어서! 그런 주제에 죽기 전 마지막으로 만난 여자를 안을 땐 피임을 하지 않았어! 자신이 살아 있었단 증거를 남기고 싶단 이유로! 이 얼마나 대단한 위선이냐! 진짜 사랑하는 여자를 위해 죽음을 택한 주제에 사랑하지 않는 여자에게서 위로와 삶의 증거를 얻으려 한 투정을!"

"에라프 님을 모욕하지 마라! 과정에서 갈등하고 방황했어도 에라프 님은 결국 광룡을!"

"그래! '레'를 쓰러뜨렸지! 멍청하게 끝까지 그 여자의 이름을 부르지 않았어! 그 위선자가 일찌감치 그 여자를 포기했다면 내가! 이딴 몸으로……! 이름 없는 괴물로 태어나진 않았을 것이다!"

마자리스가 뼈에 붙은 살점이 떨어져 나가기 시작한 앞발을 제리코 위로 들어 올렸다. 그대로 짓누르려는 것이다.

마그노가 달려가 마물을 베었지만 베는 속도보다 재생 속도가 빨라 혼자 힘으로 제리코를 구출하는 건 불가능해 보였다.

가장 밑상인 마그노가 발아래로 굴러 들어오니 마자리스가 배를 울리며 웃었다.

"이것으로 마지막이다!"

"이런 젠장."

다급해진 로젠이 단검이라도 꺼내 제리코 구출에 손을 보태려는데 샌시가 로젠을 붙잡고 엉뚱한 걸 요구했다.

"지금부터 내가 하는 말을 따라 해."

마자리스가 앞발을 치켜들었다. 한시가 급한 상황에서 샌시가 제리코의 목숨을 놓고 장난칠 리 없음을 알기에 로젠은 시키는 대로 했다.

로젠이 샌시를 따라 혀가 꼬이는 마법 주문을 읊자 마자리스의 눈에 꽂혀 있던 장미 칼이 뽑혀 로젠을 향해 쇄도했다. 검사에게 좀 더 유용한 마법이 무엇일지 고려한 후 개선되어 나온 신제품의 위력이었다.

"으아아악!"

검이 뽑히면서 상처가 벌어지고 안구가 완벽하게 터져 마자리스가 길게 울부짖었다. 제리코와 마그노를 단번에 짓누르려던 앞발은 허공을 내저었으나 곧 목표물을 잊지 않고 수직 낙하했다.

로젠은 장미 칼이 제 손으로 돌아온 것에 당황하기에 앞서 해야 할 일에 충실했다. 푸른 검기가 서린 장미 칼이 괴물의 앞발을 베었다.

깔끔하게 잘린 오른발이 허공에서 떨어져 지면에 안착하자마자 급속도로 썩었다.

삐걱거리는 몸을 억지로 움직인 로젠은 밀려오는 후폭풍에 피를 토했다.

"쿨럭! 커헉, 커헉."

피와 함께 살점도 토해낸 로젠은 약물과 보조 마법으로 반강제적으로 이끌었던 각성 상태가 끝났음을 알았다. 괴물의 팔을 벤 것이 그가 할 수 있는 마지막 일이었다. 더 몸을 움직였다간 신체에 장애가 생겨 평생 불구가 될지도 모른다.

그리고 그런 이유로 몸을 놀리는 건 성격이 허락하지 않았기에 로젠은 검에 몸을 지탱해 제리코와 마그노가 있는 방향으로 움직였다.

샌시는 제리코를 빼내기 위해 마그노와 상의했다. 강력한 공격 마법을 쓰자니 안에 있는 제리코가 걱정되기 때문에 방어 마법를 걸어주는 게 우선이었다.

전투에선 후방 지원을 맡았지만 준비가 부족한 환경에서 혼자 마법을 시전한 샌시도 정상은 아니었다. 샌시는 몇 번째인지 모르는 핏물을 삼키고 종이에 피로 마법진을 그렸다. 마력 고갈을 약물로 해소하길 반복하자 마력이 통제를 벗어나 수인을 통한 마법 시전이 더는 불가능했다.

"빨리……."

마자리스가 눈과 팔의 통증에서 벗어나 이성을 되찾기 전에 제리코를 빼내야 했다. 다급한 마음과 다르게 손은 선이 삐져 나가는 일 없이 아름다운 마법진을 그려 나갔으나 마법의 완성보다 마자리스의 이성이 돌아오는 쪽이 빨랐다.

새 그림자가 일행의 위에 드리워졌다. 샌시는 다급하게 제리코를 보호하려던 보호 마법의 범위를 넓히기 위해 마법진을 수정했다. 괴물의 힘에 중력까지 더해진 물리적 충격을 막을 수 있을지 모르겠지만 시도하지 않고 곤죽이 되는 것보단 나았으니까.

로젠과 샌시는 움직일 수 없고 제리코는 기절해 갇힌 상황. 마그노는 멀쩡히 움직일 수 있는 자신이 부끄러워 할 수 있는 걸 찾기 위해 치열하게 생각했다. 그리고 곧 답을 찾았다.

마그노는 홀로 떨어진 게 서러운 듯 검고 불길한 마력에 감싸인 드래곤 슬레이어 소드를 향해 내달렸다. 그가 무슨 짓을 하려는지 알아챈 로젠이 외쳤다.

"저하! 안, 쿨럭."

드래곤 슬레이어 소드. 용사 에라프가 광룡을 무찌를 때 사용한 검으로 이후 용을 벨 수 있는 특수한 능력과 자아를 얻은 에고 소드.

주인을 닮아 긍지 높은 검은 자신을 노리는 사람들의 아귀다툼과 사기극이 싫었던 나머지 주인의 피를 잇지 않은 사람이 검에 손댔을 시 몸에 불을 붙이기 시작했다.

드래곤 슬레이어 소드의 첫 희생자가 나왔을 때, 마그노는 주인이 죽지 않고 살아 있음에도 귀물을 욕심내는 탐욕스러운 자들에게 경멸을 아끼지 않았다. 이후 비슷한 욕심쟁이들이 속속들이 등장했기에 목격 증언은 더욱 다양해졌다. 그 불은 무슨 수를 써도 절대 꺼지지 않으며 검을 잡은 이가 죽을 때까지 타오른다고 했다. 도둑, 사기꾼, 거짓말쟁이에게 어울리는 형벌이었다.

사기꾼이 줄어들면서 새로운 희생자 소식은 전해지지 않았다. 에라프의 진짜 자식인 제리코가 등장하기까지 마그노는 드래곤 슬레이어 소드를 잊고 살았다. 검을 잡는 순간 불은 죽을 때까지 타오른다. 즉사하지 않고 죽을 때까지 태운다는 점이 중요했다.

마그노는 혼자 동떨어진 것이 불만인지 웅웅거리는 드래곤 슬레이어 소드를 잡기 위해 달렸다. 불이 붙으면 근육이 오그라들 것이다. 몸이 명령을 들을 수 없을 정도로 타기 전에 괴물의 심장에 용사의 검을 꽂는다.

괴물의 하나 남은 푸른 눈이 마그노에게 꽂혔다. 희생을 결심한 마그노를 비웃기라도 하듯 썩은 근육이 실룩였다. 해보려면 해보라는 듯 조롱하는 눈빛을 제 몸을 불태운 빛으로 찡그리게 해주리라.

누구보다 새하얀 손이 드래곤 슬레이어 소드의 손잡이를 쥐었다. 생각할 겨를 없이 마자리스를 향해 달리던 마그노는 각오한 격통이 없자 눈을 크게 떴다.

하지만 불이 붙지 않는다고 고민할 시간이 없었다. 그럴 시간이 있다면, 놀랄 시간이 있다면.

"어, 어째서!"

놀란 건 마자리스였다. 하나 남은 푸른 눈에 경악을 한껏 담은 마자리스가 팔로 셋을 뭉개는 것도 잊고 자신에게 달려오는 마그노를 보았다.

"말도 안 돼! 어째서 그 여자의 아들이!"

유년기와 청소년기, 어른이 된 지금에 이르기까지 내내 궁금해하던 질문의 답을 얻었다. 마그노는 어느 때보다 후련한 기분으로 로젠의 기예를 모방해 마자리스의 가슴으로 뛰어올랐다.

놀란 마자리스는 즉각 반응하지 못했고 마그노는 검과 함께 심장부까지 진입했다. 마그노는 평생 쌓아온 공포를 그러모아 검에 몰아넣은 다음 마자리스의 심장에 찔렸다.

거체가 쓰러지고 흙먼지가 부산하게 일어났다. 마그노는 검을 놓쳐 바닥으로 떨어지자마자 셋이 있는 방향을 살폈다. 다행히 마자리스가 다른 방향으로 쓰러져 셋은 무사했다.

괴물의 심장에 검을 박은 감각이 선명하게 손에 남았다. 마그노는 살 포시 주먹을 쥐었다. 속에서 무언가가 끓어올랐으나 바로 떨쳐내고 셋에게 달려갔다.

"다들 괜찮습니까?"

"이래서 실전 경험 없는 초보는."

로젠은 마그노를 보고 놀라거나 괴물을 쓰러뜨려 장하다는 말 대신 흙먼지 속에 묻힌 마자리스를 가리켰다.

용의 형태를 유지할 수 없었는지 인간형으로 돌아간 마자리스가 가슴에 드래곤 슬레이어 소드가 꽂힌 채 쓰러져 있었다.

가슴에 꽂힌 드래곤 슬레이어 소드는 마자리스가 거친 숨을 쉴 때마다 위아래로 움직였다.

"제대로 숨을 끊을 때까지 눈을 떼선 안 됩니다, 저하."

"놀라지 않으시네요, 선배."

"저하야말로 담담해 보이시는데요."

로젠이 힘겹게 어깨를 으쓱였다. 적잖이 놀란 게 사실이나 놀라는 티를 내면 마그노에게 상처를 줄 수 있단 생각에 참는 중이었다.

"샌시 선배도."

"놀랐는데요."

샌시는 하나도 놀라지 않은 표정으로 태연하게 거짓말했다. 그는 뻔 뻔하게 요구했다.

"얼른 숨통 끊어버리고 제리코를 구하죠."

"쿨럭, 아, 아니야. 내가 할게. 너무 놀라서 힘이 좀 돌아왔어."

로젠이 검기를 생성해 마물을 베어 작게 구멍을 내자 샌시가 기어 들어가 제리코를 구출했다. 내내 말이 없고 미동도 하지 않아 기절한 줄 알았더니 제리코는 눈을 똘망똘망 뜨고 있었다.

"제리코, 괜찮아? 지금 깨어난 거야?"

"계속 깨 있었어."

움직일 수 없고 말하면 옆구리가 너무 아파 큰 소리를 내지 못했지, 실은 내내 정신이 말똥말똥했다.

마자리스가 에라프 욕을 하고 있을 땐 작게 '에라프 님 욕하지 마!'라고 참견도 했다. 아무도 못 들어서 그렇지.

마그노의 활약은 고개를 돌려 모두 지켜봤다. 제리코는 마그노에게 아무 말도 하지 못했다. 아마 마그노는 드래곤 슬레이어 소드를 든 순간 오지랖 넓은 소녀의 과한 참견이 어디서 기인했는지 알았을 것이다.

속았다고 화를 낼까? 아니면 왜 빨리 알려주지 않았냐고 화를 낼까? 혈연에서 시작된 관심과 참견이라 진정한 우정이 아니었음에 상심할까?

그런 게 아니었다고, 사심은 꽤 섞여 있었지만 댁을 위한 마음은 진심이었다, 주절거리고 싶지만 제리코는 그러지 않았다. 할 말이 없으니 그냥 웃어버렸다.

마그노는 그에 귀한 미소로 화답했다. 제리코의 근심이 사르르 녹아버렸다.

"……어째서."

심장을 찔렸지만 마자리스는 살아 있었다. 이상한 일은 아니었다. 목뼈가 부러졌을 때도 살아 있었고 전신이 썩어가면서도 살아 있는 괴물 같은 생명력이었으니까.

마자리스는 손이 베이는 것도 무시하고 드래곤 슬레이어 소드의 검날을 붙잡았다.

"어째서 네가 이 검을 잡을 수 있는 거지……! 그럴 리가 없는데. 그 여자가…… 그 여자가 위선자의 아이를 낳았을 리 없어! 마법을 발동하지 않으면 원하는 것을 주겠다며 옷을 벗었는데! 고작 한 번이었는데! 조금 더 살겠다고 싫어하는 남자에게 몸을 판 여자도, 그런 여잘 포기하지 못한 에라프도 모두 비겁한 위선자인데!"

타고난 재능과 아낌없는 노력의 대가로 사내는 젊은 나이에 믿기 어려운 성취를 얻었다. 그는 소드 마스터가 되어 만천하에 이름을 떨쳤다. 사내는 스스로의 성취에 책임감을 갖고 사람들을 위해 힘을 쓰겠다고 결심했다.

황제가 사내에게 말했다.

"광룡을 죽일 방법이 있다. 그걸 위해 용의 몸에 검을 꽂을 사람이 필요해. 생은 장담하지 못한다."

"제가 가겠습니다."

사내가 떠나기 전날 밤. 누군가가 사내의 방문을 두드렸다. 문을 두드린 이는 얇은 가운만 걸친 공주였다. 평소 사내를 꺼리는 마음을 여실히 드러내던 여성의 방문에 사내는 깜짝 놀랐다.

"공주님, 무슨 일이십니까?"

"지금 죽고 싶진 않아요."

공주는 용을 죽이기 위한 마법의 제물로 정해진 터였다. 오래전부터 그렇게 정해져 있었다는 얘기에 사내는 깜짝 놀랐다. 공주는 창백하지만 아리따운 얼굴로 요청했다.

"제물의 의무를 버리겠다는 게 아니에요. 다만 사랑도 못 해보고 죽고 싶진 않아요. 그러니까 조금만 시간을 주세요. 사람을 사랑하고, 잊지 못할 추억을 남길 시간을. 그 대신."

공주가 가운을 벗었다. 공주는 얇은 가운 안에 아무것도 걸치지 않았다. 사내는 과거 연모하고 그만큼 증오했던 이의 나신에서 눈을 떼지 못했다.

"선배가 원하는 걸 줄게요."

공주는 죽으러 가는 사내에게 하룻밤의 꿈을 약속했다. 고작 하룻밤의 일이지만 공주가 자신을 사랑하지 않는 걸 알면서 몸을 탐한 스스로가 어리석어 사내는 광룡을 쓰러뜨리는 순간까지 그 결정을 후회한다.

"에라프는 죽을 때까지 공주와 잔 걸 후회했어! 일부러 시간을 끌며 하프 산맥에 가지 않다 공주가 아이를 낳았단 소식에 술을 퍼마셨지! 공주가 누구와 사랑을 나누었을지 생각하며 그녀에게 저주를 퍼부었어! 이제 죽을 때가 되었단 생각에 하프 산맥으로 갔지만 실의에 젖어 산맥에 오르는 대신 인근 마을만 돌며 허송세월했다! 요나를 만나지 않았다면 결국 임무를 팽개치고 벽지에 숨어 바닥을 기어 다녔을 터!"

마자리스가 이해되지 않는 현실을 부정하며 마그노를 증오에 찬 시선으로 노려보았다.

"어째서! 어째서 그 여자의 아들이 에라프의 씨인 거야! 에라프가 어떤 심정으로 '레'와 싸웠는데!"

릴리에 공주는 사랑하기 전에 죽기 싫다고 말했다. 사랑할 시간을 갖기 위해 에라프를 유혹했다. 에라프는 끝까지 자신을 사랑해 주지 않고 다른 사람과 사랑할 거라며 거래를 제안하는 그녀를 증오했다.

사랑 아닌 증오로 탐한 것이 죄스러워 에라프는 마지막까지 릴리에의 이름을 읊을 수 없었다.

넷과 마자리스가 맞붙은 것보다 치열한 전투가 사흘 밤낮으로 이어졌다. 에라프에겐 등을 지켜줄 동료나 친구 한 명 없었다.

쓰러지려는 몸을 검으로 지탱하고, 꺼져가는 의식을 너덜너덜한 혀를 물어 일깨우고, 말해 버리고 싶은 이름을 끔찍하게 사랑하고 증오하는 마음으로 억누른다.

에라프는 당시의 전투에서 살아남았기 때문에 흘린 피의 양이 많았음에도 마자리스에게 계승된 기억은 완전하지 않았다.

에라프를 불순물 취급한 마자리스는 전승받은 기억을 자세히 살피지 않았다. 하지만 어쩔 수 없이 떠오르는 선명한 기억이 있다.

릴리에 공주에 관한 기억이 그러했다.

마자리스가 물려받은 기억은 대부분 공주에 관한 것이었다. 어쩌면 마그노가 이번 전투에서 자신을 괴롭히던 모든 굴레를 벗어던진 것처럼 에라프도 광룡과 사투를 벌이며 릴리에 공주에 대한 집착과 갈망을 떨쳐냈는지도 모른다. 그래서 그때 흘린 피에 공주에 대한 애증과 집착이 가득했는지도.

어쨌든 에라프와 릴리에 공주의 악연에 대해 알고 있는 마자리스는 마그노가 에라프의 아들인데도 그 사실을 감춘 공주에 대한 증오를 불태웠다.

"아들까지 낳았으면서 숨기다니! 목숨을 구해준 상대에게 무릎 꿇고 빌며 은혜를 갚아도 모자랄 판에 결혼도 거절하고 아이까지 숨기다니! 그 여자는 마지막까지 에라프를 조롱할 셈이로구나!"

어머니에 대한 모욕이 연이어지자 마그노가 괴물의 입을 막기 위해 움직였다.

제리코는 샌시에게 붙잡혀 응급처치를 받았다. 진통제를 바싹 마른 입안에 털어 넣자 통증이 경감되어 그제야 목소리가 나왔다.

"에라프! 그자도 똑같아! 마지막까지 그 여자에 대한 미련을 못 버렸지! 농락당해 싸다!"

두 남녀를 모욕하는 마자리스를 중심으로 마력이 몰려들었다. 샌시는 자폭할 거란 생각에 마그노에게 그 전에 숨통을 끊을 것을 권유했다. 그리고 제리코는 마물에게 갇힌 후 하고 싶었지만 옆구리가 아파 하지 못했던 말을 힘껏 외쳤다.

"우리 아빠 욕하지 마!"

제리코의 일갈에 뭉치던 마력이 흩어졌다. 왜 갑자기 마음을 바꿨는지 모르겠으나 틈을 주지 말고 숨을 끊어버리자고 샌시가 말하려는데 마자리스가 큭큭 웃었다.

"자살하러 가는 길에 생존을 증명하고 싶어 일부러 피임하지 않고 여자를 안은 남자도 아빠라고 불러줍니까?"

"아빠니까."

"태어나게 해준 것 말고 에라프가 소공작에게 해준 게 뭐가 있다고."

"그래도 아빠잖아."

"이런 괴물을 만나게 해준 원흉인데도?"

"그 괴물은 날 누나라고 불렀지. 그러니 동생에 대한 예우로."

제리코는 안간힘을 써 마자리스를 향해 걸어갔다. 제리코의 내려다보는 시선과 마자리스의 올려다보는 시선이 닿았다. 마자리스가 고소했다.

"넌 내가 죽인다."

"……당신이라면 좋을지도."

제리코가 입술을 앙다물고 두 손으로 드래곤 슬레이어 소드를 쥐었다. 샌시가 바로 그녀를 만류했다.

"안 돼. 이 괴물은 반절이지만 용의 격을 취했다고 했어. 저주받으면."

"그래서 자꾸 마그노한테 숨통 끊으라고 했구나?"

제리코는 훤히 보이는 샌시의 속내에 쓴웃음을 지었다. 마자리스를 죽이면 저주받을지도 모른단 얘기에 세 남자가 한 여자를 말리고 나섰다.

"어…… 여기까지 몰아넣은 건 다 내 공인데, 괴물 살해자의 업적은 제리코가 채가는 거야? 그건 아니지."

"제리, 내게 맡겨라. 어머니를 모욕한 자를 내가 처단하게 해줘."

"제리코, 내가 할게. 마법 못 쓰는 건 괜찮아. 이걸로!"

샌시가 주머니에서 로젠이 선물한 단검을 꺼냈다.

"내가 세운 가설인데 마법적 피해를 입히면 저주가 발동하지만 물리적 피해를 입힐 경우 저주가 발동되지 않을 거야. 왜냐하면 할머니가 마법으로 용을 죽였고 마녀는 마법사로서 대자연에게 맹세했기 때문에."

샌시가 빠르게 입을 놀리며 보여주겠다는 듯 가까이 다가왔다. 제리코는 드래곤 슬레이어 소드를 잡은 손에 힘을 주었다.

"내 의무야! 다가오지 마!"

검은 이미 심장에 꽂혀 있다. 힘을 조금 주어 절단하면 숨이 끊어질 것이다.

드래곤 슬레이어 소드는 마자리스의 심장에 꽂힌 후 검은 마력을 내뿜지 않고 얌전했다. 혹시나 싶어 말을 걸었지만 여전히 대답하지 않았다.

"몸이 썩는 건 저주 때문이지?"

"그렇습니다."

"용이 되는 게 아니면 다른 방법이 없었던 거야?"

"'라'에게 물으니 그것 말곤 방도가 없다고 했어요."

"도대체 왜 드래곤 슬레이어 소드 파괴 같은 걸 조건으로 맹세한 거야. 그게 아니라면 내가 할 수 있는 건 뭐든, 뭐든 도와줬을 텐데."

"내가 정체불명의 괴물인 걸 그 검 탓으로 돌리고 싶었기 때문이죠."

다짐했는데 미련이 남았다. 언제나 말보다 행동이 앞섰는데 이번만큼은 행동하는 게 쉽지 않았다.

"유언은 없으니 빨리 죽이십시오. 그 여자 아들보단 누나에게 죽는 게 더 나으니. 용에 필적한 힘을 가진 무명 괴물을 쓰러뜨린 영웅이 되는 겁니다. 나는 소공작에게 많은 거짓을 말했지만 당신의 부귀영화와 장수를 바란다는 건 거짓이 아니에요."

'그게 유언이잖아.'

진통제를 먹었는데 명치를 맞은 것처럼 아팠다. 마자리스는 그녀에게 많은 거짓말을 했지만 그가 세상을 바라보는 시선만은 분명 진실이었을 것이다.

붉은 기운이 거둬진 푸른 눈동자는 얼마나 아름다운가. 저 눈이 보는 세상은 또 얼마나 아름답고 사랑스러울 것인가.

'아, 그렇구나.'

제리코는 마자리스가 릴리에 공주에게 내보이는 증오와 혐오의 이유를 깨달았다.

마자리스는 에라프를 좋아했던 모양이다. 하등한 종족이라 무시하면서도 그의 기억을 갖고, 기억 속 에라프의 시선이 보던 세상을 알았겠지.

릴리에 공주가 에라프를 싫어하니 싫어한다. 그녀가 에라프에게 보이는 감정이 부당하기에 화를 낸다.

누군가 존에게 오쟁이 진 남자라 말하면 제리코는 그 사람 멱살을 잡을 의향이 있다. 누군가 요나에게 정조 없는 여자라 말하면 제리코는 그 사람을 엎어 칠 자신이 있다. 누군가 에라프를 배알도 없는 호구 새끼라 말하면 제리코는 그 사람 입을 열어 혀를 잡아 뽑을 것이다.

마자리스도 에라프를 싫어하는 공주에게 화를 냈다. 그 또한 제리코가 찾던 아버지의 아들이니까.

제리코가 드래곤 슬레이어 소드를 뽑자 마자리스의 몸이 꿈틀거렸다. 검끝을 심장 정중앙에 놓자 창공을 담은 파란 하늘이 제리코를 비췄다.

"아…… 역시…… 죽기 싫네."

생물이라면 모두 동일하게 갖고 있는 생의 찬미가 마자리스의 유언이 될 터였다.

제리코가 힘주어 드래곤 슬레이어 소드를 내리꽂고 아버지의 아들의 마지막 모습을 눈에 담으려는 순간, 구역질 나는 광기 어린 마력이 검에서 뿜어져 나와 마자리스를 감쌌다.

–죽…… 지…… 마…….

검에서 나오는 마력은 위험했다. 제리코는 본능이 시키는 대로 검을 놓았다.

드래곤 슬레이어 소드는 중력에 이끌려 마자리스의 몸을 관통했다. 검에 꽂힌 마자리스의 몸이 꿈틀거리고 검에서 나오는 마력은 더욱 짙어졌다.

검은 기류가 기분 나쁘게 허공을 헤엄치더니 마자리스의 몸 안으로 흡수되어 사라졌다. 눈앞에서 벌어지는 기현상에 제리코가 당황해 어쩔 줄을 몰라 하는데 샌시가 그녀를 붙잡고 거리를 벌렸다.

"저게 무슨!"

─죽지 마, 듀, 죽지 마, 주인, 죽지 마, 제리! 죽지마죽지마죽지마죽지마죽지마날떠나지마날두고가지마날죽이지마살려줘죽고싶지않아죽지마죽지마죽지마죽지마죽지마!

광기를 포함한 검은 마력은 물론이고 주위의 마력까지 마자리스에게 몰렸다. 마력에 생기까지 갈취하자 마자리스에게 속해 있던 마물이 생기를 빼앗겨 바싹 말랐다.

─듀, 죽지 마. 내가 지켜줄게. 나는 용이니까 널 지켜줄게. 널 죽이려는 저 인간들에게서 내가 널 지켜줄게. 나의 요정, 내 작은 요정. 계속 같이 호수를 봐줄 거지? 그렇지? 약속했잖아!

"듀가 누구지?"

"아무래도 광룡이 사랑했다던 요정 이름 같은데."

─주인, 죽지 마. 왜 주인이 죽어야 해? 주인이 살린 사람들은 저렇게 멀쩡히 살아 있는데 왜 용을 쓰러뜨린 주인이 죽어야 하는 거야? 주인! 주인! 제발 죽지 마! 나를 잡고 휘둘러 줘! 나와 함께 모험을 떠나줘! 주인을 모욕하는 저 사기꾼들은 내가 불태울 테니까. 나와 함께, 계속 내 곁에 있어줘. 제발!

"드슬이가……."

제리코는 염려하던 결과에 몸을 떨었다. 광룡의 마력엔 광기가 물들어 있어 마력을 사용할 경우 드슬이의 이성이 잠식된다. 이성이 있고 감정이 있으니 미칠 수도 있을 거라던 드슬이의 말대로였다.

-제리, 날 버리지 마. 날 죽이지 마. 잘할게, 착한 검이 될게, 유능한 검이 될게, 그러니까 날 버리지 마! 내가 검이 아니라도 날 버리지 마! 죽지 마! 죽지 마! 널 위협하는 놈들은 내가 다 죽여 버릴 테니까! 오래 살겠다고 약속했잖아! 아이도 많이 낳아주겠다고 했잖아!

마자리스의 하나 남은 손이 검날을 잡더니 몸에 박힌 드래곤 슬레이어 소드를 뽑았다. 아니, 검을 뽑은 건 마자리스가 아닌 검의 의지였다.

드래곤 슬레이어 소드가 마물에게서 갈취한 생기가 마자리스의 상처입은 몸을 강제로 복구했다. 로젠에게 잘린 팔은 생기가 부족해서인지 재생하지 못하고 단면이 깔끔하게 아물었다.

마자리스의 찬란한 금발이 검게 물들고 용의 형태일 때도 푸른빛을 잃지 않던 파란 눈이 까만색으로 빛났다.

광기에 물든 마자리스, 아니, 드슬이가 제가 접수한 육신을 점검하더니 송곳니를 드러내고 웃었다.

"널 위협하는 놈은 다 죽여 버릴 테니까, 제발 죽지 마."

검이 말하는 '너'는 듀일까, 에라프일까, 제리코일까. 어느 쪽이든 둘은 이미 죽었고 제리코는 위험에서 벗어났으니 드슬이가 나설 필요는 없다.

존재하지 않는 위협으로부터 '너'를 지키겠다며 일방적인 약속을 건넨 검이 활짝 웃었다.

제리코가 다른 사람의 웃음에 웃음으로 화답할 수 없었던 건 이번이 처음이었다. 광기 어린 눈빛과 찢어진 듯 벌어진 입술에 전신에 소름이 돋았다.

"드슬아! 난 안전해! 여기 죽일 사람 하나도 없…… 으악!"

제리코가 드슬이를 진정시키기 위해 자신의 안전을 피력하며 다가가자 드슬이는 자기 몸을 휘둘렀다. 하마터면 다른 검도 아니고 드슬이에 베일 뻔한 제리코가 배신감에 치를 떨었다.

"드, 드슬아……."

혹시 마자리스가 휘두른 건 아닐까 하는 희망을 품었지만 가까이서 본 마자리스의 눈은 동공이 풀린 상태였다. 마자리스의 몸을 조종하는 건 손에 들린 드래곤 슬레이어 소드가 분명했다.

드래곤 슬레이어 소드가 검을 휘두르기 위한 기본자세를 취했다. 에라프의 기억을 토대로 자세를 잡았던 마자리스와 비슷하면서 어딘가 달랐다. 기존의 마자리스보다 더 노련했고 빈틈이 없었다. 둘 다 실전 경험이 부족한 건 마찬가지겠으나 드래곤 슬레이어 소드가 더 강해 보였다.

에라프의 광룡 토벌까지의 기억만 믿은 마자리스와 다르게 검은 광룡을 토벌한 이후 그때 얻은 깨달음으로 실력이 진보한 에라프를 알고 있기 때문이리라.

드래곤 슬레이어 소드가 자꾸 말을 걸어 신경을 거슬리게 하는 제리코에게 몸을 날렸다. 마자리스의 신체를 극한까지 몰아붙여 낸 속력에 제리코는 뒤로 자빠지듯 넘어져 검을 피했다.

"드슬아! 내 말이 안 들리니? 나 제리야!"

"제리코! 위험해!"

샌시가 나서서 제리코를 말리고 잡아당겼다. 마그노가 샌시를 도왔다.

로젠은 목숨을 걸고 무엇이든 베어버리는 드래곤 슬레이어 소드에 그의 검을 갖다 대었다. 그가 믿는 건 희미하게 꺼질 듯 말듯 빛을 유지하고 있는 검기가 유일했다.

몸이 검과 함께 두 동강 나거나 살거나. 천만다행히 뭐든지 베어버리는 드래곤 슬레이어 소드도 검기는 베지 못했다.

드래곤 슬레이어 소드는 자신의 몸이 막힌 것을 의아해하거나 놀라지 않고 연신 혼잣말을 중얼거렸다.

"나의 작은 요정, 어디로 갔니. 우리 같이 호수를 보기로 약속했잖아."

드래곤 슬레이어 소드가 무자비하게 검을 휘둘렀다. 로젠은 막고 피하기에 급급했다. 로젠의 전신이 비명을 질렀다. 근육이 찢어지고 뼈가 부서졌다. 핏줄이 터지고 상처가 늘었다. 치명상을 피하는 게 한계였다. 마자리스의 한쪽 팔이 재생되었다면 이미 죽은 목숨이었을 것이다.

"너는 호수에서 헤엄치고 싶다고 말했어. 그래서 영생을 포기하고 물질을 취했어. 바보 같으니. 그 호수는 산성이야. 그런 몸으로 호수에 들어가면 몸이 녹아버린단다."

'더는……!'

한계에 부딪힌 로젠의 무릎이 꺾였다. 다리에서 힘이 풀린 로젠이 쓰러지자 드래곤 슬레이어 소드는 일절 망설임 없이 자신의 몸으로 로젠의 목을 베려 했다.

제리코가 전력으로 달려들어 마자리스의 다리를 붙잡아 넘어뜨렸다.

"드슬아! 나야, 제리코야! 정신 좀 차려봐!"

넘어진 드래곤 슬레이어 소드는 로젠에서 제리코로 목표를 바꾼 듯 상체를 일으키고 검을 휘둘렀다.

제리코의 이마가 화끈해졌다. 검끝에 이마를 베인 제리코를 마그노가 빼내고 샌시가 흙골렘을 조종해 마자리스의 다리를 붙잡았다.

갑자기 무거워진 다리에 드래곤 슬레이어 소드는 느릿하게 반응했다. 흙골렘을 보지 않고 절단해 몸에서 떼어내는 과정에서 샌시는 드래곤 슬레이어 소드가 마자리스의 눈이 아닌 자신의 감각으로 몸을 조종하고 있음을 알았다.

'알아봐야 쓸데없지만.'

전설에나 등장하던 마검의 조종 방식을 알아내면 뭐 하나. 차라리 조종하는 육신의 감각에 의존하고 있다면 눈과 귀를 공격하고 교란해 도망치기라도 할 수 있지.

드래곤 슬레이어 소드에겐 눈과 귀가 없기 때문에 자잘한 속임수가 통하지 않았다. 뒤에서 공격해도 앞에서 공격하는 것과 똑같이 반응할 것이다.

"대자연이 허락한 순간까지 같이 있자고 약속했지. 호수에서 헤엄치지 않고 남은 생을 나와 같이 있겠다고 약속했잖아. 호수가 아무리 예뻐도 들어가지 않겠다고 했잖아."

로젠이 눈을 반쯤 감고 신음했다.

"나 이젠 한계."

누가 모르겠는가. 마자리스와 정면에서 제일 치열하게 싸운 사람이 로젠이었다. 크고 작은 부상이 수두룩했고 약물로 이끌어낸 강제 각성의 부작용으로 근성론도 운운하지 못할 상태였다. 그런 몸으로 검기를 쥐어 짜내 제리코를 지켜줬으니 기절하지 않는 게 놀라울 지경이었다.

"선배, 괜찮으십니까?"

로젠과 제리코의 몸을 부축하고 있던 마그노는 갑자기 전해지는 압력에 놀라 로젠을 보았다. 마그노와 제리코는 깜짝 놀랐다. 말로는 한계라더니 눈을 부릅뜨고 마자리스를 보는 게 아닌가.

"그리고 한계를 넘어선 사람을 영웅이라 부르지. 여긴 영웅인 내게 맡기고 너희는 도망가."

샌시가 기막혀했다.

"자살할 생각이냐?"

"냉철하게 내린 판단인데."

상대는 괴물의 몸을 조종하는 드래곤 슬레이어 소드 님이시다. 보통 검으론 공격을 막지 못하고 공격이 통하지 않으니 저걸 막을 수 있는 사람은 로젠 자신이 유일했다. 다른 사람이 끼어들어 봐야 로젠 대신 칼을 맞아주는 게 전부였다.

"그런데 왜 날 떠난 거야? 듀, 나의 작은 요정. 왜 나를 두고 죽어버렸어? 마지막 순간 호수에 몸을 녹여 계속 날 지켜봐 준다고 해놓고 어째서 내가 아닌 인간을 본 거야……"

마자리스의 눈은 그들을 향하고 있지 않고 다른 방향을 보고 있었지만 그렇다고 안심할 순 없었다.

드래곤 슬레이어 소드는 장애물이 없으면 전 방향을 모두 감지할 수 있으니까. 시각에 의존하지 않으니 이쪽을 보지 않아도 공격해 올 가능성이 충분하다.

샌시는 마른침을 삼키고 아직 포기하기엔 이른 이름을 일행에게 알렸다.

"골렘이 붙잡았던 다리 보여?"

"응."

"보여."

"미안, 눈이 가물가물해서 안 보……."

"들으면 눈이 번쩍 뜨일 테니 그냥 들어라. 드래곤 슬레이어 소드가 마력과 생기를 흡수해 괴물의 몸을 재생했지만 임시방편이었던 모양이야. 다리가 부패하고 있어."

아닌 게 아니라 로젠의 눈이 번쩍 뜨였다. 움직이는 시체에서 언데드를 떠올린 제리코가 질문했다.

"몸이 다 썩어도 계속 움직이는 거 아닐까? 언데드처럼."

"언데드와 마검의 몸 강탈은 작동 원리가 달라. 애초에 마력을 끌어모은 건 검에 내장된 마력이 소진되었다는 얘기고 마물에게서 강탈한 생기는 부패를 늦추는 데 쓰여서 더는 재생하지 못할 거야. 그러니까 시간만 끌면 알아서 썩어 무너질 거야."

비슷한 얘기를 마자리스와 싸우기 시작할 시점에도 들은 기억이 있었다. 샌시가 마탑주가 올 때까지만 버티면 된다고 호언장담했기 때문이다.

그러나 넷이서 고생하며 마자리스를 몰아붙이는 동안 마탑주는커녕 연락 한 번 오지 않았다.

제리코는 샌시를 탓할 의도가 아닌 순수한 의문으로 물었다.

"마탑주님은 도대체 언제 오시는 걸까?"

마탑주가 샌시에게 쏟는 애정을 알기에 제리코 또한 그녀가 일부러 사태를 관망하고 있으리라 생각하진 않는다. 하지만 오시면 참 좋겠는데, 그분만 오시면 많은 고난이 해결될 텐데 오지 않으시니 조금 답답했다.

샌시의 눈이 커지더니 볼이 미미하게 붉어졌다.

"이래서 마녀는 인생에 도움이 안 돼…… 앞으로 없는 셈 치자."

"근방의 마물은 모두 말라 죽었는데 외부에서의 진입은 아직 어려운 겁니까?"

"생기를 뺏긴 건 이 근방만 그런 것 같으니까. 하늘의 마물은 건재하잖아."

"폐하께서는 이 사태를 염려하고 계실 겁니다. 마탑주와 함께 사태를 극복하기 위해 필사적이시겠지요."

태어나서 처음으로 양부모를 걱정시키게 된 마그노가 넷 중 제일 진지했다.

"아빠 엄청 걱정하고 계시겠지……. 로젠도 가족들이 걱정 많이 하겠다. 또 나 때문에 휘말려서 너무 죄송해."

"어머니는 그닥 걱정하지 않으실 것 같은데……."

"무슨 소리야! 플라티나 님이 평소에 로젠을 얼마나 걱정하시는지 알아? 게다가 지금은 홑몸도 아니신데!"

어른은 아이를 위해 허세를 부린다. 그 허세가 배려임을 알아채는 순간 아이는 성장해 어른이 되는 것이고. 하지만 부모는 평생 부모고 자식은 평생 자식인지라 성장해 어른이 되었어도 부모의 허세를 알아차리지 못하는 자식이 세상엔 참 많았다.

넷 중 가장 어른스러운 로젠이 부모의 허세를 몰라주는 자식이란 사실이 아이러니했다.

"아니, 그런 게 아니고 우리 어머니는 날 믿으시니까."

"믿으셔도 무서운 거야! 로젠이 강하니까 다른 사람을 대신해서 죽을 것 같아서! 오늘 하루 종일 나랑 샌시, 마그노를 지켜주려고 도망가만 외쳤잖아! 로젠은 도망갈 생각을 아예 안 했잖아! 그게 남는 사람을 얼마나 서럽게 만드는 일인지 몰라?"

본인이 각오한 삶의 신념과 연관된 부분이기에 로젠은 단호하게 대답했다.

"내가 검을 배운 건 사람을 지키기 위해서니까."

그 부분은 제리코도 이해한다. 다만 로젠이 잊지 않았으면 하는 것이 있었다.

"플라티나 님이 로젠을 낳은 것도 로젠이 건강하게 오래오래 살라고 낳으신 거니까!"

제리코를 포함해 여기 있는 네 사람은 모두 타인을 구하기 위해 자신의 생명을 바칠 수 있는 이들이다. 플라티나의 표현을 빌리자면 모두 제리코의 영웅이었다.

세 영웅 중 로젠에게만 이 말을 하는 건 로젠이 제일 강하다는 이유로 짐을 독점하려 들기 때문이다.

큰 힘을 갖고 책임을 지겠다는 건 좋으나 짐을 너무 많이 실어 침몰하는 모습을 보고 싶진 않았다. 지금 이고 있는 짐이 가벼워도 살다 보면 언제 또 짐이 쌓일지 모르는 노릇이다. 그러니까 나눠 들 수 있는 건 나눠 들고, 주인이 명백한 짐이 있다면 대신 들어주지 않는 단호함이 필요했다.

"드슬이는 평소에도 광룡의 영향을 받아 미치지 않을까 두려워했어. 난 그럴 일 없을 거라고 웃어넘기기만 했지. 내가 좀 더 드슬이에게 믿음을 주었다면 이런 일은 없었을지도 몰라. 그러니까 이 일은 내게 맡겨줘."

"하지만 제리코 너는 무기도 없고."

"잠깐 빌려줘."

제리코는 로젠의 손에서 장미 칼을 가져갔다.

"로젠이 아빠의 검술을 잘 알듯이 나도 드슬이의 습관을 알아. 드슬이랑 매일 옥상에서 대련했거든. 지금 제일 몸이 멀쩡한 것도 나고 애초에 이건 우리 집안사거든."

제리코는 가출한 동생 머리채 잡아 데려오겠단 마음가짐으로 호흡을 가다듬었다.

"드슬이는 우리 아빠가 마음으로 낳은 자식이야! 내가 꼭 데려오겠어!"

"가정사라면 나도 참가할 자격이 있어."

가정사에 끼고 싶어서가 아니라 제리코를 혼자 보낼 수 없어 마그노가 참전 의사를 밝혔다. 제리코는 마그노를 배제하고 싶었으나 여기서 거부했다간 가족이 아니라고 말하는 것 같아 거부하지 못했다.

"나도 끼겠어."

"샌시는 안 돼."

샌시는 가정사에 끼고 싶고 제리코를 혼자 보낼 수 없어 참전하기로 했다가 반려되었다. 마력이 고갈되어 마법을 쓰지 못하는 마법사는 후방에나 가 있으란 현실적인 이유였다.

"그래, 인간……. 산맥을 넘으려는 인간들이 너를 죽였지, 나의 작은 요정. 너에게 허락된 날이 길지 않았는데 그 짧은 시간마저 모두 쓰지 못했지. 모두 인간 때문에! 인간 때문에!"

'요정이 자연사한 게 아니라 살해당했나?'

'라'는 요정의 힘이 크지 않아 오래 살진 못했을 것이라 말했다. 단순히 요정이 요절해 광룡이 미쳤다고 생각했는데 주어진 삶을 모두 누리지 못하고 살해당했다면 용이 미친 것도 납득이 되었다.

제리코는 괜한 억측을 머리에서 지웠다. 광룡은 미쳤으나 그 피를 받은 마자리스는 인간을 혐오하되 미치지는 않았다. 그러니 광룡이 생전에 지녔던 모든 광증은 드슬이에게 쏠렸음이 분명하다.

멀쩡히 살아 있는 눈앞의 제리코를 보지 못하고 제리코를 지키기 위해 사람을 죽이겠다고 나선다. 용의 기억이 진실과 얼마나 가까울지 의심스러웠다.

요정은 오래전에 죽었고 용은 미쳤다. 용의 광기에 전염된 마물이 날뛰었고 무수히 많은 사람이 죽고 고향을 잃었으며 이름 없는 영웅과 이름을 날린 영웅에 의해 지옥이 끝났다.

죽은 주제에 광기만 남아 소녀의 평화를 무너뜨리려 하다니. 언어도단이다!

"드슬아!"

"날 버리지 마!"

드래곤 슬레이어 소드는 대자연의 법칙 때문에 날붙이를 들지 못했다. 그래서 제리코와 대련할 땐 주로 검집이나 목검을 사용했다. 적당히 맞아야 맷집이 는다는 이유로 얼마나 언어맞았는지 모른다.

드슬이가 특히 때리기 좋아한 부위는 제리코의 머리였다. 첫수는 언제나 단단한 머리를 노렸다. 제리코가 자세를 낮추자 검이 얼굴이 있던 자리를 스치고 지나갔다.

아래로 피한 제리코를 노리고 검의 궤적이 꺾였으나 옆에서 마그노가 팔을 자르기 위해 치고 들어왔다.

"정신 차려, 이 미친 검아!"

"날 두고 가지 마!"

다음으로 많이 맞은 부위는 어깨다. 어깨 관절을 때려 손아귀 힘이 풀리도록 해놓고서 전투 중에 검을 놓치다니 주인의 딸로서 부끄럽지 않느냐가 제리코를 구박하는 단골 패턴이었다.

마그노가 다시금 팔과 다리를 노렸으나 아깝게 스치기만 했다. 검 끄트머리가 잘려 나가고 검신 전체에 금이 갔다. 재수 없으면 마자리스의 몸을 베지 못하고 검이 부러지게 생긴 것이다.

"제발 죽지 마!"

"멀쩡히 살아 있다고!"

제리코가 먼저 버리지 않는 한 언제까지나 제리코의 검이라더니 미쳐서 제 몸을 주인에게 들이미는 꼴 좀 보라지.

광룡은 요정을 잃고 미쳤다. 드래곤 슬레이어 소드는 태어난 후로 계속 죽어가는 주인을 지켜보았기 때문에 상실과 홀로 남는 것에 대한 원초적인 공포를 품고 있었다. 광증의 원인과 드슬이의 취약한 부분이 맞아떨어진다.

광룡의 마력을 남발해 이성이 잠식당한 상태에서 죽고 싶지 않다는 마자리스의 말이 씨가 되어 이성을 상실해 버린 것이 아닐까. 몸 곳곳이 부패한 마자리스의 모습은 죽어가던 에라프와 똑같았으니까.

아무리 그래도 그렇지 헌 주인 때문에 새 주인을 버려서야 쓰나. 제리코와 마그노는 두 손 중 하나를 잃을 각오로 동시에 달려들었다.

요행을 바라지 않고 노력과 실력에 의거한 정직한 결과를 원했으나 안타깝게도 운은 광검의 편을 들었다.

부패하던 발목이 무너지면서 제리코와 마그노의 검은 마자리스의 팔 대신 허공을 그었다. 넘어지는 와중 중심을 잡은 드래곤 슬레이어 소드의 묵빛 검날이 마그노의 복부를 관통했다.

"크윽!"

"마그노!"

마그노는 몸이 절반으로 갈라지는 걸 피하기 위해 재빠르게 뒷걸음질 쳤다. 상처가 벌어져도 좌우로 갈려 죽는 것보단 나았다.

천만다행히도 드래곤 슬레이어 소드는 팔을 휘두르는 대신 손목을 비틀어 상처를 키우기만 했다. 무엇이든 벨 수 있는 검이 아니고 평범한 검을 쥔 검술을 벗어나지 않은 것이다.

드래곤 슬레이어 소드에 익숙한 제리코였다면 냅다 반으로 갈라 버렸을 테니 광검이 주인보다 자신의 몸에 익숙하지 않은 게 다행이었다.

2 대 1일 때에도 공방이 아슬아슬했으니 1 대 1이 되자 바로 구멍이 뚫렸다.

"제리, 제발 날 버리지 마!"

"버린 적 없어!"

"제리, 제발 죽지 마!"

"네가 죽이고 있잖아!"

흑빛 검의 궤적이 제리코를 범위에 넣었다. 이젠 끝인가 싶어 눈을 감으려는 순간 아름다워야 할 궤적이 무너졌다. 마법을 쓰지 못하는 마법사가 스스로를 방패 삼아 제리코를 지킨 것이다.

제리코가 물 한 방울 묻히지 않을 거라 노래 부르고 다닌 고운 손이 손목에서 떨어져 바닥으로 추락했다.

샌시는 남은 오른손에 로젠에게 선물받은 단검을 쥐고 마자리스의 팔꿈치에 쑤셔 박았다.

"샌시! 안 돼! 드슬이가 조종해도 그건 마자리스의 몸이야!"

"마법 공격에 저주가 반응했지! 물리적으로 공격하면 어떻게 판정할지 내내 궁금했어!"

샌시가 단검을 비틀어 관절을 헤집었다. 사랑하는 그녀를 만들기 위해 인체라면 신물이 나도록 파헤친 그다. 근육과 신경이 어떻게 작용하는지는 의사보다 잘 알았다.

썩고 있는 근육과 신경을 마력으로 보강하고 있다면 그건 정말 샌시의 전문 분야였다. 그 마력이 인간의 형태를 취한 마자리스의 몸을 어떻게 움직이고 있는지 눈을 감고 그리라고 해도 마력의 흐름을 그릴 자신이 있었다.

그의 할머니가 받았다는 저주는 마법에만 해당되는지 샌시의 몸은 사라지지 않았다.

브레스 때문에 새까맣게 탄 지면 위를 구르는 왼손이 섬뜩할 정도로 선명했다. 샌시의 왼손을 눈 뜨고 볼 수 없어 제리코는 눈을 감았다.

눈꺼풀이 드리운 어둠 속에서 샌시의 흰 손이 아른거렸다. 제리코는 흰 손이 점이 되어 남기 전에 눈을 떴다. 예쁜 손의 잔상에 연연하기보다 더 예쁜 게 떨어지기 전에 샌시를 구해야 했다.

"정신 차리라고, 이 나쁜 검아!"

검술은 기본적으로 인체에 맞춰 창작되었다. 최소한의 움직임으로 최대의 효과를 보기 위해 인체의 급소를 노린다.

드슬이는 에라프의 검술을 구사했고 무엇이든 벨 수 있는 자기 자신의 이점을 무시했다.

그렇다면 목을 칠 시 반드시 방어하거나 역공하려 들 것이다. 팔꿈치보다 목이 급소니까.

장미 칼이 목으로 향하자 드래곤 슬레이어 소드는 샌시를 걷어차고 제리코에게 검을 휘둘렀다.

제리코는 제 몸을 세로로 벨 검은 검신을 두려워하지 않고 전진했다. 마자리스의 목에 장미 칼을 찔러 넣고 힘주어 가로로 가르자 머리의 무게를 이기지 못한 목이 기울었다.

'나 왜 안 죽었지?'

검이 지나치게 잘 들어 몸이 베인 걸 모르는 것일까?

제리코는 눈을 동그랗게 뜨고 반으로 갈라지지 않는 제 몸을 만졌다. 천천히 고개를 내리니 짧아진 묵빛 검신이 샌시의 하얀 왼손처럼 제리코의 눈에 날아와 박혔다.

"드슬아."

그 짧은 순간 드슬이가 제리코를 위해 검신을 줄인 것이다. 제리코는 치솟는 감정을 억누르지 못하고 토해냈다.

"이제 정신이 든 거야? 응? 드슬아?"

마력이 재차 검을 중심으로 밀집했다. 앞서 마력을 모았기에 주위 마력 농도가 낮아 헛수고였다.

목이 절단되어 아슬아슬하게 붙어 있는 상태건만 드래곤 슬레이어 소드를 쥔 손이 이리저리 움직였다. 눈은 여전히 동공이 풀려 있고 총기가 없었다.

-인간은다죽여버릴거야죽여버리면되니까죽이면날버리지못하니까죽이면돼죽지마제리듀주인죽지마…….

제리코를 위해 검신을 줄인 건 찰나의 기적에 불과했을까?

드래곤 슬레이어 소드는 여전히 제정신이 아니었다. 양은 줄었지만 여전히 광기 어린 마력 흐름에 감싸여 가까이 있는 제리코를 공격하려 들었다.

제리코는 과감하게 드래곤 슬레이어 소드에게 손을 뻗었다.

"제리코, 건들면 안 돼!"

"아빠의 검이라고 거들먹거릴 거면 아빠가 죽인 광룡에게 당하지 말라고!"

제리코는 마자리스의 손에서 드래곤 슬레이어 소드를 채간 뒤 지면에 내리꽂았다. 그런 뒤 드슬이가 제일 두려워할 만한 말을 외쳤다.

"너 이러면 아빠한테 이를 거야!"

기억을 거슬러 오르다 보면 도달하는 최초의 기억.

선혈이 뿜어져 나오는 거대한 심장의 박동이 멈춘 순간 드래곤 슬레이어 소드는 태어났다. 사방에서 쏟아지는 정보와 감각에 제정신을 차리지 못했고 정신을 차리고 보니 주인이 곁에 있었다.

에라프는 드슬이의 전부였다. 서서히 죽어가는 주인을 지켜보며 느낀 공허와 상실, 분노는 죽은 용의 광기처럼 드슬이를 매장했다.

기이할 정도로 집요하고 음습한 분노가 온전한 제 감정이 아님을 알아 외면했다. 드슬이는 이 분노와 상실이 누구의 감정인지 알고 있었다. 소중한 이를 잃은 슬픔, 상실감, 소중한 이가 부당한 죽음을 맞이했다는 분노. 모두 드슬이가 생을 자각한 장소, 거대한 심장의 주인이 마지막까지 품고 놓지 않은 감정이었다.

휩쓸리고 싶지 않았으나 결국 휩쓸려 버리고 말았다. 드슬이는 무력하게 분노에 의식을 맡겼다. 참고 버티기를 포기하니 모두 편해졌다.

분노와 광기의 강에 휩쓸린 드슬이는 요정이 인간 무리에게 살해당하는 장면을 몇 번이나 반복해서 보았다.

검고 혼탁한 급류 속에서 오직 그 순간의 분노만 선명했다.

드슬이는 요정에 에라프를 대입하고 함께 분노했다. 에라프를 죽게 만든 게 광룡인 것을 알고 있지만 이지가 흐릿한 상태에선 그런 것을 떠올리지 못했다.

'모두 인간 때문이야!'

'맞아, 인간 때문이야. 나쁜 인간들이 주인에게 거짓말을 해. 사기를 쳐서 나를 가지려고 해.'

'듀, 나의 작은 요정. 죽는 날까지 나와 같이 호수를 보기로 약속했잖아.'

'주인. 주인이 죽으면 나는 검으로서 기능할 수 없어. 아무도 날 잡고 휘두르지 못하잖아.'

드슬아! 정신 차려!

멀리서 누군가가 간절하게 외쳤다. 드슬이는 그 순간 붉은 머리 소녀의 존재를 떠올렸다.

'내겐 제리코가 있어. 제리가 날 들고 휘둘러 줄 거야.'

그러자 광기가 속삭였다.

'넌 검이 아니잖아.'

전염된 광기는 드슬이를 부정적인 사고로 내몰았다.

'맞아. 난 검이 아니었지. 수조 안에서 입만 뻐끔거리는 송사리랑 똑같은 존재였어. 녹슨 검보다 더 무력한 보잘것없는 존재.'

'저 여자는 널 버릴 거야.'

'저 여자는 널 두고 갈 거야.'

'넌 쓸모없으니까.'

'넌 가치 없으니까.'

'인간은 그래.'

'잇속에 눈이 멀어 듀를 죽였어.'

'네 주인도 똑같아.'

'인간이야.'

'보잘것없지.'

광룡의 기억만 보여주던 탁류가 에라프의 기억을 끄집어냈다. 광룡이 어떻게 에라프의 과거를 알고 있는지 의문을 표할 이성이 없는 드슬이는 보이는 모두가 진실인 듯 광기가 건네는 환상을 받아들였다.

광룡이 보여주는 에라프는 나약하고 비겁한 인간이었다. 하프 산맥에 오르기 싫어 시간을 끌고 위에서 명령이 내려오자 어쩔 수 없이 하프 산맥 인근 마을로 이동했다. 죽기 전에 마지막으로 즐긴다는 핑계를 대며 순진한 마을 소녀의 어설픈 유혹에 넘어갔다. 저만 좋으면 된다는 이유로 피임을 하지 않았다.

'저 인간은 그렇게 태어난 거야.'

'사실을 알면 널 더 싫어할 거야.'

'그러니까 죽여 버리자.'

'맞아맞아. 죽여 버리면 돼.'

'죽이면 널 버리지 못해.'

'버림받기 전에 먼저 죽여 버리자.'

'내가 듀를 삼킨 것처럼.'

'듀가 죽기 전에 내가 죽인 것처럼.'

'그럼 널 떠나지 않을 거야.'

정말 죽이면 되는 걸까? 제리코 한 명만 죽이는 것이 아니다. 대륙에 존재하는 모든 생물을 지워 버리면 아무도 자신을 버리지 못할 것이다. 남겨두고 떠나지도 않겠지. 드슬이가 모두 보내 버렸으니까.

'죽여.'

'죽여.'

'죽여.'

'죽여.'

드슬아!

멀리서 누군가가 절박하게 드래곤 슬레이어 소드를 불렀다. 무력하고 무능한 것을 애타게 찾았다.

제리코의 목소리에 반응해 꺼져가던 이성이 찰나지만 돌아왔다. 휘둘리는 팔을 막지 못하니 몸을 줄였다.

폭발할 것 같은 분노가 부당하다는 사실을 깨달았다. 소멸할 것 같은 슬픔이 제 것이면서 동시에 제 것이 아님을 깨달았다. 천지 분간 못 하고 날뛰는 살의가 더없이 허망한 것임을 깨달았다.

요정을 죽인 건 하프 산맥을 넘으려 하던 건방진 인간 무리도, 시간도 아니다. 요정이 궁금해하던 아름답기만 하던 산성 호수도 아니다. 하루하루 줄어드는 시간과 요정이 떠난 이후 홀로 남겨질 시간을 견디지 못한 용이 요정을 집어삼켰다.

용은 요정이 죽어 미친 게 아니었다. 사랑에 빠져 미친 것이다.

대자연에게 파괴를 허락받은 생물은 기나긴 생에 처음으로 찾아온 사랑조차 파멸로 끝마쳤다. 그 사실을 인정하기 싫어 기억을 조작하고 제게 쏟아야 할 분노를 외부로 표출했다. 참으로 오만하고 죄 많은 생물이 아닌가.

하지만 강력하여 저항할 수 없다. 간신히 되찾은 이성이 다시 탁류에 휩쓸리기 시작했다.

'미치기 싫어!'

누군가 도와주길 바라지만 이 급류에선 드슬이 혼자 빠져나가야 했다. 그걸 알고 있지만 어쩔 수 없이 누군가 도와주길 바라게 된다.

"아빠한테 이를 거야!"

소녀의 목소리가 이전보다 더 강하고 밝은 빛이 되어 드슬이에게 닿았다. 빛 속엔 주인을 닮은 새 주인이 있었다. 새 주인이 드슬이에게 무어라 화를 내고 울며 애걸하고 흉악한 얼굴로 협박했다.

'제리.'

서열을 정리한답시고 멋대로 부른 애칭을 가족이니 허락해 준다던 관대한 소녀. 체온을 나눌 온기조차 없는 무생물과 기꺼이 마음을 나눈 사랑이 넘치는 소녀.

그런 제리코의 얼굴이 에라프의 얼굴로 바뀌더니 급속도로 썩기 시작했다.

드슬이는 빛으로 향하지 못하고 멈췄다. 멈추면 광기에 휩쓸릴 걸 알고 있으나 도저히 썩어가는 에라프를 똑바로 볼 수 없었다.

괴로워하는 에라프에게 아무것도 해주지 못한 죄책감과 무력감이 밀려왔다. 끝없는 자기혐오가 자신만의 감정이 아님을 깨달은 건 새로운 기억이 보였기 때문이다.

에라프를 위선자라 비웃던 마자리스의 말대로 홧김에 릴리에 공주를 안은 에라프는 스스로를 끔찍이 혐오했다. 스스로를 위선자라 비웃고 그런 주제에 다른 사람을 구하기 위해 희생할 자격이 있는지 따졌다.

용병 생활을 하며 폭주한 마물과 그에 고통받는 사람들을 가까이에서 지켜보았다. 크리스와 우정을 나누고 그를 떠나보내면서 희생과 진짜 해야 할 일이 무엇인지 깨달았다. 아니, 깨달았다고 생각하고 영웅처럼 굴었을 뿐이다. 결국 현실은 사랑했던 여자를 사랑하지 않는데 안은 망나니에 불과하다.

에라프의 자조는 제 살을 깎아먹었다. 임무를 내팽개치지 못하는 건 그럴 용기가 없어서다.

릴리에 공주가 아이를 낳았단 소식에 에라프는 하프 산맥으로 향했다. 이제 죽어 편해질 수 있단 생각이 그의 머릿속을 차지했다.

사랑했기에 더 미운 여자를 저승 길동무 삼을 수 있어서 기뻤다. 스스로가 혐오스러워 술이 없으면 잠을 자지 못했다. 하프 산맥에 오르면 죽는다는 공포에 잠을 이루지 못했다.

죽기 싫어. 죽기 싫구나. 참으로 죽기 싫구나. 나는 아직 젊은데, 부유한데, 재능이 넘치는데 죽어야 하는구나. 다른 이를 위해 스스로 나섰건만 실로 죽기 싫구나. 크리스는 해냈는데 왜 나는 그러지 못하는 걸까. 크리스가 아니라 내가 죽었어야 했다. 크리스라면 더 잘해낼 수 있었을 거야. 크리스라면 이렇게 겁쟁이처럼 떨지 않았을 거야.

길가에 나자빠져 이대로 도망갈까 중얼거리는 에라프를 누군가 불렀다.

작고 가녀린 목소리의 주인은 소녀 같았지만 에라프는 짜증을 낼 것 같아 일부러 무시했다. 하지만 부르는 소리가 너무 끈질긴 탓에 억지 미소를 짓고 눈을 떴다.

'기사님, 어디 아파요?'

제리코의 말대로 제리코는 엄마를 닮지 않았다. 에라프가 그녀에게 한 첫마디인 '어머니를 닮았구나'를 립 서비스로 생각하니 오죽할까.

하지만 드슬이는 에라프 기억 속의 소녀를 보는 순간 그녀가 요나임을 알았다. 제리코의 동생인 캐리를 닮아서가 아니다. 길바닥에 쓰러진 낯선 남자를 끈질기게 부르는 오지랖이 닮아서도 아니다.

타인에 대한 선입견 없는 곧은 시선이 제리코와 똑같았다. 에라프가 반응하자 활짝 웃는 표정 또한 드슬이가 잘 아는 붉은 머리 소녀와 판박이였다.

'제 이름은 요나 지펜이에요. 묵을 곳을 찾고 있으시면 마을까지 안내해 드릴게요.'

요나를 사랑한 건 아니다. 다만 요나의 미소는 에라프가 잊고 있던 걸 떠올리게 했다.

에라프가 홍안의 소년이었던 시절, 상대가 나를 사랑해 주지 않아도 괜찮으니 행복하기만을 바랐던 순수한 한때를.

더는 릴리에를 사랑하지 않는다. 하지만 에라프는 대가를 바라지 않고 공주를 사랑하고 그녀의 행복을 바랐던 마음을 되새겼다.

다시 웃을 수 있게 해준 소녀와 과거 사랑했던 소녀를 위해서라면 이 목숨, 얼마든지 바칠 수 있었다.

그럼에도 무서워서.

혼자 죽으러 가는 길이 무서워 요나에게 짐을 씌웠다.

피임약이 있는데 먹지 않았다. 플라티나에겐 아빠 없는 아이가 불쌍하니까 아이 아빠가 필요하면 찾아오라고 해놓고 요나에겐 그런 말도 하지 않았다. 알량한 신분패 하나 주고 무슨 일이 있으면 찾아오라 말했을 뿐이다.

더는 릴리에를 사랑하지 않기에, 광룡을 상대하며 그녀를 향한 증오와 미련 또한 쏟아냈기에 에라프는 릴리에의 이름을 말할 수 없었다. 그에겐 그럴 자격이 없었다.

그리하여 광룡의 심장에 검을 박아 넣고 승리와 동시에 죽음을 확신한 용사는 마지막으로 떠올린 두 여자의 이름을 부를 염치가 없어 사랑하는 가족을 찾아 울었다.

'엄마, 아빠, 형, 형수, 슬레이, 실비아. 나 죽기 싫어. 너무 무서워.'

사람들이 말하는 에라프는 언제나 용맹했다. 드슬이에게만 풀어놓는 모험담 속 에라프는 언제나 누군가를 사랑하고 사랑받았다.

현실의 용사 에라프는 죽음 앞에서 겁쟁이가 되었고 사랑하지 않는 여자를 안는 비겁한 사내였다.

'왜 주인의 기억이 보이는 거지? 아, 마자리스의 피를 흡수해서.'

내내 의식을 잃은 상태였으나 용과 비슷한 것의 피를 흡수했단 사실이 어렴풋하게 떠올랐다.

드슬이는 광기의 흐름에서 벗어났지만 그렇다고 완전히 의식을 찾진 못했다. 선택하라는 듯이 빛과 광기의 탁류가 드슬이 앞에 들이밀어졌다.

광기를 택하면 미치겠지만 편해질 것이요, 빛을 선택하면 언젠가 다가올 이별과 죽음을 두려워하게 되리라.

물론 드슬이의 선택은 처음부터 정해져 있었다. 죽음에 대한 공포야말로 생존 욕구의 증명이고 증거이다. 동시에 신념을 위해 그 증거를 외면하고 이별과 죽음을 향해 한 발짝 내딛는 것이 생물의 의지이고 긍지가 아닐지. 육신 없이 혼만 있는 호문쿨루스 주제에 생물을 자처하는 게 우스울지 모르나 여기서 물러난다면 두 명의 주인과 함께한 시간이 허사가 된다.

─……제리.

"드슬아, 정신이 들어?"

검은 마력이 사라지고 이름이 불렸지만 속단하긴 이르기에 제리코가 질문했다.

자신을 걱정하는 제리코를 보자 미칠까 봐 두려웠던 마음과 그 속에서 본 에라프의 기억에 대한 감상이 복받쳐 올랐다.

─제리. 제리야.

"응, 드슬아. 이제 정신이 들어? 막 죽이고 싶고 그러는 거 아니지?"

─난 주인을 숭배하기 전에 주인을 이해해야 했어.

그랬다면 에라프는 죽음을 향한 느린 여로에서조차 허풍 떨지 않아도 되었을 텐데.

다짜고짜 이런 얘기를 하니 전후 사정을 모르는 제리코로선 얼마나 황당할까. 하지만 한번 그런 생각이 들자 한스러워 견딜 수가 없었다.

제리코는 얼떨떨한 와중에 습관처럼 웃었다.

"바보야, 자식이 숭배해 주는데 싫다는 부모가 어딨어. 최고의 효도지."

─그렇구나…….

그 말을 끝으로 드슬이가 침묵했다. 제리코는 드슬이가 죽은 줄 알고 놀라 검을 짤짤 흔들었다. 드슬이는 대답하지 않았지만 제리코는 드슬이가 죽지 않았음을 본능적으로 확신했다.

'마력을 많이 썼고 이상한 거에 시달렸으니까 피곤할 거야. 그러니까.'

그러니 이제 피 흘리는 애인과 오빠를 돌아볼 차례다. 로젠이 샌시의 손목을 지혈하고 있었지만 로젠 본인도 중상자이기 때문에 붕대를 감는 손이 헛돌았다. 심지어 마그노는 자리에 누워 제 손으로 복부 상처를 압박하고 있었다.

제리코는 다시 본래 길로 돌아온 드슬이를 등에 맨 검집에 꽂았다. 피곤한 몸은 검의 무게를 평소처럼 가볍게 받아들이지 못했지만 제리코는 이 무게가 기뻤다.

바닥을 뒹구는 샌시의 왼손을 챙기는데 눈물이 쏟아졌다. 제리코는 몸을 비틀거리면서 샌시에게 다가갔다.

피를 많이 쏟아 새파랗게 질린 얼굴을 하고선 상처를 싸매는 로젠을 구박하더니 제리코가 다가오자 시치미 뚝 떼는 게 아닌가.

"흐윽, 새, 샌시이."

제리코가 애교를 담아 이름을 늘여 부르자 샌시는 찌푸리고 있던 미간을 펴고 덤덤하게 말했다.

"이러니까 반지는 안 된다는 거야. 잃어버릴 수 있잖아. 귀걸이도 안 돼. 잃어버리거든."

"샌시이. 흐끅! 물 한 방울, 끅, 피 한 방울 안 묻히게 해주겠다고 내가 약속했는데에!"

물 한 방울 묻히지 않겠다 다짐한 애인은 제리코를 위해 손을 잃었다. 그냥 손이 아니다. 마법사가 손을 잃었다. 통증의 유무를 떠나 그 사실이 견디기 힘들 텐데 샌시는 내색하지 않았다. 충격을 감추기 위해 바싹 마른 입술을 달싹였다.

"목걸이가 좋아…… 목은 분리되면 끝이니까."

"응응, 샌시. 목걸이로 할게."

귀엽고 사랑스러운 반요정에게 프러포즈할 땐 반드시 선물로 목걸이를 준비할 것.

제리코는 마음 깊이 새겨놓고 지혈을 마무리했다. 샌시 다음엔 마그노 차례였다. 떨리는 손으로 복부를 압박하고 있던 마그노는 가까워지는 인기척에 상대의 안부를 물었다.

"드래, 쿨럭, 검은 이제 괜, 찮아?"

"응. 잠들었어. 말하지 마."

마그노는 복부를 관통당해 샌시보다 부상이 심각했다. 지혈하면 되는 샌시와 다르게 의료에 문외한인 제리코가 어떻게 건드릴 수 있는 것도 없었다.

제리코는 고심 끝에 직접 나서기로 했다. 드래곤 슬레이어 소드의 절삭력이 건재하니 가까운 백합관에 들러 하녀와 경비원을 구해 셋을 돌보게 한다. 그런 다음 구조대가 들어올 수 있도록 경계의 마물을 베면 되겠지.

'나 죽어.'

모두 끝났다고 생각하니 몸이 움직이지 않았다. 천근만근 무거운 몸을 어떻게든 일으키자 전신의 뼈가 우두둑 소리를 냈다.

이렇게 고생했는데 쉬게 해주지 않는 주인에게 함성 대신 통증으로 항의했는데 제리코는 눈물을 머금고 악덕 몸 주인이 되었다. 이대로 두면 넷이 나란히 객사하게 생겼으니 어쩔 수 없었다.

우둑, 우두둑.

몸속에서 나는 소리가 귓가는 물론이고 전신에 울렸다. 꼭 세상이 무너지는 소리 같아 쓴웃음을 짓는 것도 잠시. 제리코는 세상이 무너지는 듯한 기괴한 뒤틀림이 자신의 몸은 물론이고 몸 밖에서도 들린다는 사실을 알았다.

투둑, 우두두둑.

수상한 소리가 사방에서 들렸다. 제리코는 반사적으로 하늘을 올려다보았다. 마자리스가 조종하던 마물의 몸 곳곳에 균열이 생겨 무너졌다.

피가 부족한 머리는 마물이 알아서 죽어주면 좋은 게 아닌가 생각했지만 조금 더 생각해 보니 그게 아니었다.

"떨어진다!"

하나하나가 아름드리 삼나무 굵기를 자랑하는 마물이 부서져 하늘에서 떨어진다니. 조각에 맞으면 사망이요, 거대한 덩어리에 깔려도 사망이었다. 그림자를 보고 피하기엔 하늘에서 떨어지는 조각이 너무 많고 거대했다. 부상자를 챙겨 도망치기엔 시간과 체력 모두 부족했다.

샌시가 피로 마법진을 그리려다 허전한 왼손을 보고 쓴웃음을 지었다.

"제리코! 너라도 피해!"

현재 운신이 가능한 이는 제리코밖에 없다. 세 남자가 제리코에게 몸을 피할 것을 권했다. 평생 들을 '도망쳐' 소리를 오늘 하루에 다 듣는 듯했다.

도망친다 한들 위에서 떨어지는 마물 조각을 피할 수 있을까? 몸 상태가 정상이어도 불가능한 일이다.

'용에 필적하는 괴물을 잡아놓고 마물 사체에 깔려 죽는다니!'

제리코는 하다못해 죽을 땐 사랑하는 사람 곁에서 죽겠단 일념으로 샌시에게 달려가 그를 품에 안았다.

샌시는 제리코를 감싸기 위해 자세를 바꿨다. 제리코는 아래에서 위로 옮겨진 샌시의 턱에 입을 맞추고 사랑하는 노란 눈동자를 응시했다.

균열이 퍼지면서 마물이 붕괴했다.

하늘이 무너지는 듯했으나 제리코는 죽지 않았다. 샌시의 예쁜 눈, 예쁜 코, 예쁜 얼굴 모두 건재했다.

귀가 건재하지 않아 제리코의 심장이 찌르르 울렸다. 눈을 깜빡이는 사이 죽었나 싶어 제리코는 샌시에게 입을 맞췄다.

샌시가 순순히 입술을 열어 혀를 감싸고 제리코에게 격렬히 입을 맞췄다.

'오호라, 여기가 천국이로구나.'

살아서 이루진 못했으나 죽어서 이루리. 제리코는 내친김에 진도를 끝까지 뺄 요량으로 샌시의 목을 끌어안았다. 팔의 힘이 부족해 팔근육에 경련이 일었다.

'아니, 죽었는데 왜 체력은 죽기 직전이랑 똑같은 거야! 너무하네!'

심지어 입술을 덮은 재와 피, 흙 알갱이도 동일했다. 죽은 후 피 맛이 감도는 키스는 사막에서 만난 오아시스보다 감미로웠지만 말캉한 살점을 얽는 와중 자꾸 모래가 끼어드니 짜증이 치솟았다.

"샌시! 우리 입을 헹구고!"

다시 하자고 외치기 위해 고개를 뒤로 젖히니 금실을 수놓은 검은 로브가 살랑거렸다.

같이 죽은 마그노나 로젠이면 모를까 새 마법사의 등장에 제리코는 깜짝 놀랐다. 마물의 붕괴에 외부인이 말려들었나 추리하는데 어째 느낌이 묘했다.

"오늘 하는 건 말리고 싶네. 샌시가 죽을 거야."

하늘에서 떨어지는 마물을 마법으로 막은 마탑주가 힘든 기색 하나 없이 고개를 갸웃거렸다.

"복상사면 모를까, 그 전에 실혈사하겠어."

"마탑주님!"

기다리고 또 기다렸건만 오지 않던 마탑주가 마침내 왕림한 것이다! 너무 늦었다고 하기엔 시기가 절묘했다. 그녀가 없었다면 제리코는 진짜 저승에서 샌시와 생전 못다 한 한을 풀고 있었을 테니까.

마력과 피, 산소까지 모자란 샌시는 엄마가 왔단 말에 잠에서 깬 사람처럼 고개를 휙 들어 올렸다. 그는 그간의 한을 응집해 외쳤다.

"이…… 마녀!"

믿었는데 왜 이렇게 늦게 왔어! 엄마 미워! 제리코의 귀엔 그렇게 들렸다.

"너무 늦었잖아! 다 끝났는데 이제 와서 잘난 척하기야?"

"나 아니면 죽었을 놈이 마법사 아니랄까 봐 입만 살아선."

샌시는 항의하고 마가렛은 비꼰다. 1초만 늦었어도 죽었을 아들과 그런 아들을 구한 어머니가 나눌 대화론 적절하지 않았다.

마가렛은 샌시의 허전한 왼손을 보더니 인상을 찌푸렸다.

"귀랑 손은 어디로 갔어. 팔았니?"

"손은 여기 있어요!"

제리코는 잘 챙겨둔 샌시의 왼손을 들었다. 마가렛은 왼손을 살피더니 일단 챙겼다. 붙일 수 있는지는 병원에 가 전문가와 상담할 일이다. 마탑주도 나름 전문가적인 지식을 갖췄으나 비위생적인 환경에선 불가능했다.

"다른 사람은, 다들 무사합니까?"

로젠이 억지로 몸을 일으키다 쓰러졌다. 마탑주는 냉랭하게 대답했다.

"방어 마법을 쓰면서 대강 탐지했는데 사망자는 없어. 부상도 너희가 제일 심해."

마자리스가 인질을 해칠 수 없다더니 정말이었다. 샌시를 제외한 셋은 진심으로 안도했다.

"……"

마탑주는 잘린 아들의 손을 오랫동안 응시했다. 중환자가 둘이나 남았는데 떨어진 신체 부위에 연연하는 엄마를 가만히 놔둘 샌시가 아니었다.

"뭐 해? 빨리 이동 마법진이나 그려."

"손만 준 걸 보니 귀는 없단 얘기네."

'으아아아아.'

사실은 발가락도 하나 없다. 잠에서 깨고 나면 조금씩 사라지는 어머니를 됐던 마탑주 입장에선 과거의 트라우마가 재현된 것이니 충분히 머뭇거릴 사안이었다.

그 사실을 모르는 샌시가 마탑주를 재촉했다. 사실 샌시라면 알아도 재촉했을 것이다.

"빨리 쟤네나 치료해. 이동 마법부터 쓰든가."

"너는 어려서부터 성미가 급하더니 애인 생긴 뒤에도 여전하네. 아직 대기의 마력이 안정되지 않았어. 나라서 올 수 있었던 거야."

"더 빨리 올 수 있었잖아! 다 끝난 뒤에 와놓고서 큰소리는!"

"마법사는 전위에 서는 게 아니야! 내 가르침을 다 잊어먹어 그렇게 다치고서 큰소리치니! 너 오늘 아침밥은 먹었어? 안 먹었지? 안 먹었으니 머리가 안 돌아가 멍청하게 이런 일에 끼어들지."

치료가 급한 중환자는 안중에도 없다는 듯 마탑주가 꿀과자를 꺼내 샌시의 입에 쑤셔 박았다.

샌시는 입에 들어온 꿀과자를 뱉으려다 꿀과자의 효능을 떠올리고 묵묵히 씹었다. 제리코는 떨어지는 꿀과자 부스러기를 받아먹으려다 내장이 상한 것 같아서 참았다.

마물이 붕괴했으니 외부의 구조대가 곧 도착할 것이다. 마탑주의 말에 모두가 안심했다. 마탑주는 구조대가 올 때까지 버틸 수 있도록 모두에게 간단한 조치를 취했다.

나란히 드러누운 넷은 조용히 시선을 교환했다.

'이제 기절해도 되는 걸까?'

'아니야, 구조대가 올 때까지 기다리자.'

'너희 먼저 기절하도록 해. 상황 설명은 내가 할 테니.'

'들었지, 제리코? 자자.'

또 사고 후의 뒷수습을 로젠에게 맡길 순 없다. 제리코가 사건의 당사자로서 어떻게든 버텨보고자 눈을 부릅뜨는데 마탑주가 그녀의 의견을 물었다.

"그래서 저건 어쩔래?"

제리코는 마탑주가 말하는 저것이 뭔지 이해하지 못해 그녀의 손가락을 따라 고개를 돌렸다.

마탑주가 가리킨 방향엔 썩어가는 시체가 있었다. 제리코가 목을 벤 후 부패가 급속도로 진행되어 오랫동안 방치된 사체처럼 보였다.

"잘 묻어주고 싶어요."

마물도 인간도 용도 아니니 마탑에 맡기면 실험 재료가 될지도 모른다. 하지만 제리코는 그러고 싶지 않았다. 마자리스가 인질을 잡고 협박할 땐 세상에서 제일 미웠지만 그의 사정을 알고 나니 마냥 미워할 수 없었다.

샌시 말에 따르면 인질을 해칠 수도 없었다고 하지 않는가. 마탑주의 말대로라면 실제로 사망자도 없는 듯하고.

제리코의 가족을 해치고 죽이려 했지만 다른 한편으론 제리코의 가족을 위해 진심으로 화내준 또 한 명의 아버지의 아들이었다.

제리코가 누나이니 가능하면 가족묘에 자리를 내주고 싶었다. 이름이 없어 슬퍼했지만 제리코가 봤을 때 마자리스의 이름은 이미 마자리스였다. 그러니 비석엔 마자리스의 이름을 새기고 그가 되고 싶어 했던 용을 음각으로……

비석에 적을 글귀를 고민하는데 마탑주가 말했다.

"아직 살아 있거든."

저렇게까지 고통스러워하는데 아직 숨이 붙어 있다니. 제리코는 안쓰러운 마음에 몸을 일으켰다. 마자리스가 원하고 제리코가 결심했던 대로 숨통을 끊어 평화로이 안식에 들길 바랐다.

"그럼 제가 숨을……"

"그래서 하는 말이야. 저거 에라프가 받은 저주랑 동일한 저주에 걸린 거지? 에라프 땐 제대로 된 실험을 하지 못해서 알아낸 게 별로 없으니 저걸 가져가서 연구하고 싶어."

인류를 구원한 영웅이 아니니 에라프에게 시도하지 못한 실험을 하는 것도 가능하다. 이렇게 질 나쁜 저주가 또 등장하진 않겠지만 만약을 위해 기록을 남기고 싶었다.

"옮는 저주는 아니지?"

"안 옮아."

"그럼 됐어. 마녀 마음대로 해. 그런데 저렇게 썩어서 건질 게 있겠어?"

마자리스는 넷이 협동해서 잡았다. 그러니 승자의 권리인 패자의 처우 또한 넷이 결정해야 했다. 네 명 중 하나인 샌시가 허락했다.

마자리스가 곧 죽을 거라 생각한 마그노와 로젠도 동의했다. 마자리스가 죽는 건 기정사실이니 시신을 수습해 가족묘에 안치하고 싶었던 제리코는 눈을 데룩데룩 굴렸다.

이번 일로 피해가 크고 얻는 게 없으니 사체를 조사해 무언가 얻을 수 있다면 좋은 일이다. 머리는 그렇게 생각하는데 마음이 따라주지 않았다.

'3 대 1이라 불리하지만 나는 누나니까 유족이고 시체는 내 거잖아. 아니지, 그렇게 치면 마그노도 나랑 같은 권리를 지녔구나.'

혼란스러워하는 제리코를 두고 마탑주가 샌시의 질문에 대답했다.

"곧 죽을 것처럼 보이지만 앞으로 한 달은 살아 있을 것 같구나. 너무 짧지만 하루보다 낫잖니."

그 말에 제리코는 욕심을 부렸다.

"그럼 제가 지금 죽이겠어요! 시신도, 가능하면 제가 맡아서 묻어주고 싶어요. 절 누나라고 불렀으니까."

"너희가 잡았으니 너희 마음대로 해."

마탑주의 허락 아닌 허락이 떨어지기 전에 제리코는 바닥을 기어 몸을 일으켰다. 옆에 누워 있던 샌시가 왼손으로 제리코를 잡기 위해 휘저었다가 잡히는 게 없자 혀를 차고 몸을 굴려 오른손을 뻗었다.

"잠시만, 제리코. 저 괴물은 내버려 두면 죽잖아. 네가 위험을 자처할 필요가 없어."

"한 달이나 괴로워하게 둘 수 없어."

마탑주가 상처를 봐주면서 아낌없이 소독약을 부었다. 제리코의 코를 풋풋한 풀 냄새가 점령했다. 제리코는 숨을 깊게 들이마셨다. 그녀의 코를 풀 냄새가 점령한 듯하지만 조금 더 코를 혹사하면 썩은 과일을 으깨고 짓밟은 듯 지독하면서 달콤한 냄새가 났다.

그 악취는 꿀처럼 달콤한 꽃향기 속에 묻힌 에라프의 냄새와 똑같았다.

제 한 몸 가누지 못하면서 마자리스를 죽이기 위해 걷는 제리코를 방해하는 이는 아무도 없었다. 제리코는 구조대가 도착하기 전 마자리스를 죽이기 위해 식은땀을 줄줄 흘리며 걸었다.

마자리스의 몸은 부패가 빠르게 진행되어 몸 곳곳이 녹고 부글거렸다. 마자리스가 아직 살아 있다는 마탑주의 말을 의심한 건 아니나 이런 상태에서 죽지 못한 마자리스를 보니 눈에 눈물이 핑 돌았다.

마자리스가 에라프와 같은 저주에 걸렸다면 마력으로 저주를 늦추지 않을 경우 바로 사망한다.

그런데 이렇게까지 버티는 이유는 살고 싶어서일 것이다. 제리코 손에 죽고 싶다 말했으면서 조금이라도 더 오래 살고 싶어 하는 모순.

제리코는 마자리스의 모순을 이해했다. 제리코 또한 동일한 모순을 안고 있었다.

죽으면 고통이 끝날 걸 알지만 하루라도 더 오래 살아주길 바란다. 괴로워하는 걸 지켜보면서, 어쩌면 후에 원망하게 될 걸 예감하면서도 조금이라도 더 오래 곁에 있어주길 원한다. 마음껏 원망하면서 부당한 원망을 견디고 살아주길 빌었다.

죽음은 도처에 널려 있어 특별하지 않다. 끔찍하게 슬프고 고통스러운데 누구에게나 찾아온다.

사랑하는 사람, 미워하는 사람, 친한 사람, 모르는 사람, 존경하는 사람, 경멸하는 사람. 반가운 죽음, 반갑지 않은 죽음. 그 모든 죽음과 함께 사는 평등한 삶.

오늘 제리코의 삶에 또 하나의 죽음이 추가된다. 그렇게 길고 험난하지만 평범한 하루가 끝날 예정이었는데 세계가 울고 하루가 아직 끝나지 않았다고 강력하게 주장했다.

"꺄악!"

용이 하프 산맥을 벗어나면 알람이 울린다. 대륙에 사는 모든 생명체가 알 수 있는 떠들썩한 알람이라기에 오전에 들은 종소리가 더 커지는 것이라 생각했다. 속단이었다.

용의 외출은 모두가 알아야 한다. 하프 산맥에 설치된 알람은 생물의 체내 마력을 자극해 생존 본능을 건드린다. 생물이 지닌 본능을 건드리는 경보이니 말 그대로 모두가 알 수 있는 경보였다.

죽음의 공포에 직면한 제리코는 저도 모르게 손에 든 무기를 아래로 꽂았다.

마자리스와 눈인사도 나누지 못하고 죽여 버리는가 좌절한 것도 잠시였다. 제리코는 실수로 죽인 마자리스의 시체가 아닌 정면으로 시선을 옮겼다. 어쩔 수 없었다. 죽음의 공포에서 벗어난 모든 감각이 외면할 수 없는 존재의 등장을 감지했기 때문이다.

"잘 지냈는가."

제국의 수도인 제도보단 산골에 더 어울리는 중년 아낙이 인사했다. 갓 상경한 듯 촌스럽고 평범한 외양이지만 제리코는 한 번도 아낙을 잊은 적이 없다. 잊을 수 없었다.

하프 산맥에서 제도까지 순식간에 이동한 용 '라'였다. 이 난리를 봤으면서도 놀러 온 이웃집 아주머니처럼 태평했다.

"어, 어어……."

제리코의 무릎이 덜덜 떨리더니 바닥에 꽂혔다. 제리코는 아래에 쓰러져 있어야 할 마자리스가 사라졌다는 사실을 그제야 알았다.

마자리스는 제리코의 발치에서 '라'의 발치로 옮겨진 상태였다. 용을 마주해 마비된 이성 대신 본능이 빨리 도망치라 외치지만 제리코는 손가락 하나 까딱할 수 없었다.

"산 넘어 산이라더니."

힘들여 괴물을 쓰러뜨리자 이번엔 진짜 용이 등장하셨다. 용을 만난 적 없는 마그노도 본능적으로 상대의 정체를 알고 경계했다.

마탑주는 여유롭게 샌시의 코에서 흐르는 피를 닦아주곤 용에게 말을 걸었다.

"설마 동족 아닌 것을 구하러 왔나?"

"싸움에서 패배했으니 목숨을 취하는 것은 승자의 권리. 하나 태어날 때부터 지켜본 아이이기에 이렇게 끝나는 것이 싫구나."

"실로 오만해."

"위대한 대자연께서 허하셨기에."

용이 살짝 웃었다. 그러더니 제리코에게 다시 말했다.

"이 아이를 살려주지 않겠나? 대자연께서 이 아이에게 허락한 시간이 끝나가니 그 검 또한 내주었으면 한다."

터무니없는 폭거였다. 갑자기 들이닥친 마자리스가 귀여워 보일 정도로 터무니없었다.

마탑주가 마법사는 전열에 서지 않는다는 자신의 말을 깨고 제리코의 앞에 설 만큼 오만했다.

"내가 널 건드리지 못하리라 생각하고 등장했다면 오산이야. 맹세는 깨졌고 난 자유로워. 죽으면 죽는 거고 몸이 사라지면."

마탑주가 아들을 곁눈질하더니 활짝 웃었다. 그녀는 진심으로 기뻐했다.

"내 아들이 새로 하나 만들어줄 거야. 예쁘게."

내내 샌시의 연구를 부정하던 마탑주가 처음으로 그를 긍정했다.

예상치 못한 칭찬에 샌시는 당황했다. '누가 만들어준대?'라고 반사적으로 마탑주의 말을 부정하더니 낮은 목소리로 웅얼거렸다.

"아직 장기는 못 만들어."

"그럼 운에 맡겨야겠구나."

맹세를 깬 대가로 내장 일부를 가져갔으니 다음에도 내장이 사라질 확률이 높지만 마탑주는 깊게 고민하지 않았다. 에라프가 한 번 그녀의 목숨을 살렸으니 이번엔 자신이 용살자의 업을 짊어질 차례라고 생각했기 때문이다.

"마법진, 마력, 제물 모두 준비했어. 수인을 맺을 필요 없이 의지만으로 댁을 죽일 수 있는데."

마자리스를 쓰러뜨렸건만 용이 등장해 공든 탑이 무너질 위기에 처했다. 제리코의 머릿속에서 드슬이와 릴리에 공주가 저울 위로 올라가 외쳤다. 누굴 선택할 것이냐고.

심지어 릴리에 공주 측 저울엔 공주 혼자만 올라가지 않았다. 하얀 황자님이 어머니 곁에 딱 붙어 있었다.

혼란스럽다. 그저 혼란스러웠다. 결국 제리코는 저울질을 그만뒀다. 부당한 행패를 부리는 건 저쪽인데 제리코가 무엇을 잃을지 고민하는 건 너무 이상했다.

"잠깐만요! 저흰 마자리스와 싸워 이겼어요! 죽이진 않겠지만 드슬이까지 내달라는 건 너무하잖아요! 뭐든 대자연이 허락했다 말만 하고. 우리도 살아가는 걸 허락받았어요! 싫으면 싫다, 부당하면 부당하다 저항할 자유를 허락받았단 말이에요!"

제리코는 용을 향해 드래곤 슬레이어 소드를 겨눴다. 팔근육이 떨리고 악력이 부족해 검이 천근만근 무거웠지만 죽을힘에 태어날 힘까지 다해 버텼다.

"드슬이는 내 가족이에요. 드슬일 죽일 거면 날 먼저 죽여요!"

그 말에 동조하듯 제리코의 등 뒤에서 세 남자가 몸을 일으켰다. 마가렛은 완성된 마법을 쓰면 용을 죽일 수 있는데 군이 일어나 상처를 터뜨리는 바보들을 보고 한숨을 쉬었다.

"그럴 것 없이 내가."

"제물이 죽잖아요."

두 번이나 제물로 선택받은 아름다운 공주가 죽어버린다. 그녀를 지극히 경애하는 아들과 제대로 된 대화 한 번 나누지 못하고 죽어버린다. 승산 없는 싸움일지라도 누군가를 희생해 이기고 싶지 않았다.

제리코의 절박한 마음이 마탑주에게 닿았다. 마탑주는 고개를 갸웃거리고 태연한 목소리로 말했다.

"산 제물 아닌데? 우리 엄마가 용을 죽인 건 옛날옛날 얘기거든. 30년 전 마법 개량은 난항이었지. 자료는 없지, 시간은 부족하지, 빌어먹을 맹세 신경 쓰느라 머릿속이 복잡해서 안 돌아가지. 설마 지금까지 산 제물 쓰는 마법을 내버려 뒀겠니? 비슷한 조건의 제물이 또 나타나리란 법이 없는데? 난 같은 실수는 안 해. 또 미친 용이 등장하면 써먹으려고 20년 동안 개량했어. 제물은 금 1톤이야."

광룡이 있던 시절에야 시간에 쫓겨가며 기억을 뒤져 만든 마법이라 용을 죽이기 위해 공주님이 필요했지만 지금은 아니다. 용에게 사기당한 분노와 경지에 오른 마법사로서 동일한 비극을 막는다는 책임감을 더해 마탑주는 마법 개량에 힘썼다.

이번엔 운 좋게 적당한 제물이 있었지만 다음에도 적당한 제물이 있으리란 법은 없었으니까.

"내 전 재산에 스타즈 남작이 도와주고 황가에서도 보탰지. 거기에 마탑 비상금이랑 회의하느라 모인 사람들 비상금까지. 그래도 스타즈 남작이 없었으면 이렇게 빨리 못 모았을 거야."

제물로 바치기 위해선 순수한 금이 필요하기 때문에 플라티나가 회의에 참석하지 않았다면 꽤 오랜 시간이 필요했을 것이다.

마탑주도 용살 마법을 준비할 생각은 없었다. 한데 릴리에 공주가 제물이 되겠다 나섰고, 산 제물이 아닌 금 1톤이 필요하단 말을 하자 플라티나가 금을 모을 수 있는 시간을 제시하는 바람에 얼떨결에 마법진을 그렸다.

모두의 입이 떡 벌어졌다. 금 1톤이라니. 평생이 무어냐. 100대에 이어 황금을 모아도 완성할 수 있을까 의심이 가는 막대한 양이었다. 무엇보다 중요한 건 현물이 아닌 순수한 금으로 1톤을 모았다는 사실이다.

제리코와 남자 셋이 괴물을 상대하는 동안 플라티나는 황금 1톤을 모았다. 어떤 의미에선 플라티나가 해낸 일이 더 대단했다.

스타즈 가문의 장남 로젠은 짚이는 구석이 있었는지 자기도 모르게 비명을 질렀다.

"엄마아아악!"

1톤 중 플라티나의 사유재산이 차지하는 지분을 고려하면 목이 터져라 비명을 질러도 부족했다.

마그노는 다른 의미에서 창백하게 질렸다. 저도 모르게 시중에서 금 1톤이 증발할 경우 발생할 경제적 여파를 떠올려 버렸기 때문이다. 물론 이러한 고민은 살아남은 뒤 해도 충분했다.

금 1톤보다 한 사람의 생명이 소중한 소녀는 부들거리던 팔을 내릴 뻔하다가 정신 차리고 힘을 주었다. 마법을 쓰면 마탑주의 목숨이 위험한 건 주지의 사실이었다.

아무것도 하지 않고 물끄러미 인간들의 대화를 지켜보던 '라'가 입을 열었다.

"오해하고 있다."

'라'는 손가락을 뻗어 제리코를, 정확하겐 제리코가 들고 있는 드래곤 슬레이어 소드를 가리켰다.

"파괴하는 것은 검이지 혼이 아니다."

몸이 사라지는데 혼만 남으면 그게 죽는 거지 뭐가 다르냐고 반문하려는 찰나, '라'가 말을 이었다.

"검의 혼을 새 몸에 안착시켜 줄 테니 검을 주게나."

드래곤 슬레이어 소드를 가리켰던 손가락이 제리코를 지나 로젠에게 향했다. 정확하겐 로젠이 아닌 그의 장미 칼로.

"저 검은 어떤가. 소재가 비슷해 혼이 머물기 쉬울 것이다."

드슬이의 혼엔 타격이 없다고 용이 대자연을 들먹이며 장담했다. 제리코는 멍하니 정신을 놓고 있다가 눈에 빛이 돌아오자마자 검날을 두드렸다.

"잠시만요! 제가 정할 게 아니라 자기 일이니까 직접 정해야 해요! 드슬아! 드슬아! 정신 차려봐!"

용을 벨 수 있는 검을 잃게 되지만 드슬이가 죽지 않고 마자리스도 죽지 않는다니 오늘 들은 선택지 중에서 제일 제리코 마음에 드는 선택지였다.

제리코의 간절한 부름에 검신이 미세하게 떨렸다. 제리코는 감격해 외쳤다.

"드슬아! 깨어났니?"

-다…… 들었어…… 어.

드슬이는 용이 하프 산맥을 벗어나 알람이 울린 순간 잠에서 깨어났다. 마력이 부족해 대화에 참여하지 않았을 뿐 오가는 대화는 모두 들었다.

-새 몸은…… 반드시 검이어야 하나?

"혼이 안착할 수 있다면 어느 것이든 괜찮다. 하지만 검을 추천하네."

광룡은 사랑하는 요정을 집어삼켰고 요정의 피는 심장에 고였다. 드래곤 슬레이어 소드는 광룡의 피를 마시면서 심장에 고여 있던 요정의 피도 함께 흡수했다. 그 결과 대자연이 생물에게 삶을 허락한 후 최초로 검의 요정이 될 가능성을 지니게 된 것이다.

장미 칼이나 그 외의 다른 검을 새 육신으로 삼아 안착하면 100년 이내에 검의 요정이 될 수 있다는 용의 말에 제리코가 반색했다.

"대, 대단하다, 드슬아! 우리 드슬이가 사실은 예비 요정님이었구나!"

길다면 길고 짧다면 짧은 100년이란 기간. 누군가의 일생과 동일한 세월을 견디면 물질의 제약을 벗어나 요정이 될 수 있다. 과거 농담했던 것처럼 마음에 드는 인간을 찾아 축복을 내릴 수 있고 스스로의 무능에 절망하지 않아도 될 것이다.

모두의 관심이 드슬이에게 집중되었다. 드슬이는 오래 고민하지 않고 대답했다.

—골렘에 안착하고 싶다.

검의 요정이 될 수 있는 미래를 포기하겠단 얘기에 제리코의 눈이 커졌다. 용은 흥미롭다는 듯 한쪽 눈썹을 치켜세웠다.

"저 마법사가 만든 골렘을 말하는가?"

—어떻게 알고 있지?

"말했지 않나. 지켜보는 것을 좋아한다고. 그 골렘이라면 그대의 혼이 안주할 수 있겠지. 하지만 이상하군. 그대는 남겨지기 싫다고 하지 않았나. 어차피 남겨질 거라면 요정의 길을 택하는 편이 낫다."

—요정은 물질계에 간섭하기 어려우니까. 난 더 대단한 존재가 되고 싶은 게 아니야. 내 눈으로 보고, 내 손으로 만지고, 내 발로 길을 걷고 싶다. 실체를 얻어 직접 느낄 수 있다면 그걸로 만족한다.

세상에서 제일 잘 드는 검이 아닌 닭 잡는 칼이라도 직접 휘두를 수 있는 인간이 될 바랬다. 누군가의 허리춤에 매여 운반되지 않고 직접 두 발로 걸어 대륙을 방랑하는 것이야말로 드슬이가 그리던 진짜 소망이다.

—난 그 골렘이 좋아.

용은 더 권유하지 않았다.

-미안, 제리. 난 이제 네 검이 아니야. 쓸모없는 골렘보다 검이 더 좋겠지만 그래도 나는!

"상관없어."

제리코는 마지막으로 드래곤 슬레이어 소드의 검날을 부드럽게 어루만졌다.

"처음부터 검이 아니고 친구였는걸."

눈이 있다면 눈물을 흘리고 팔이 있었다면 와락 끌어안고 입이 있었다면 몇 번이고 이름을 불렀을 텐데 드슬이에겐 아직 눈도 팔도 입도 없었다.

용은 온화하게, 또한 한없이 오만하게 선언했다.

"그대 뜻대로 이루어질 것이다."

눈부신 빛, 휘황찬란한 마력의 폭주, 어딘가로 빨려 들어가는 마력의 흐름, 요란한 소리 같은 건 없었다. 하지만 용의 말이 끝나자마자 제리코는 확신했다. 그녀의 사랑하는 가족이 오랫동안 깃들었던 몸을 떠나 새 몸으로 이주했다.

골렘 안에 들어간 드슬이를 만날 때까지 버티고 싶었지만 이제는 한계였다. 한계라고 외치면서 몇 번을 더 버텼는지 모르겠다.

제리코는 천천히 눈을 감았다. 감기는 시야로 기울어지는 세계가 보였다. 풀 냄새 가득한 몸이 쓰러지는 그녀를 받치자 제리코는 안도하여 기절했다.

제리코는 사건 발생일로부터 일주일 뒤 눈을 떴다. 일주일을 내리 기절한 건 아니고 몇 번씩 깨어났다지만 제리코는 기억하지 못했다.

맏이가 깨어나길 기다리던 동생들이 울면서 그녀 품에 안겼다. 제리코는 한 손으로 한 명씩 머리를 쓰다듬어 주며 다른 손으론 침대를 더듬었다. 고작 1년 정도 품에 안고 잤을 뿐인데 검이 없으니 허전했다.

'드슬아?'

혹시나 싶어 마음속으로 말을 걸었지만 대답은 돌아오지 않았다. 혹시 골렘의 몸에 들어간 게 잘못된 건 아닌가, 용이 거짓말을 한 건 아닌가 가슴이 철렁한데 동생들이 우는 통에 양손을 다 써야 했다. 모두 끌어안으려면 팔이 네 개여도 부족했으니까.

존은 그런 딸의 얼굴을 쓰다듬었다. 굳은살이 가득하고 거칠거칠해 사포 같은 손에 볼을 비비니 존의 눈에서 눈물이 뚝뚝 떨어졌다.

"아버지."

존은 요나가 죽은 후 자식들 앞에선 울지 않았다. 아직 머리가 여물지 않은 아이들 앞에선 슬픈 내색도 하지 않으려고 노력했다. 그런 존이 사랑하는 아들딸이 모두 모인 장소에서 울었다. 덩달아 제리코의 눈에도 눈물이 핑 돌았다.

"아빠, 죄송해요."

설사 제리코가 잘못한 게 없더라도 죽었다 살아난 자식이 부모에게 꼭 해야 할 말이었다. 일 년 동안 두 번이나 죽을 뻔한 딸에게 존은 하고 싶은 말이 많았다.

무서운 괴물을 만나면 싸우지 말고 도망쳐라. 다른 사람이 도망칠 시간을 벌어주지 말고 같이 도망쳐라. 다칠 것 같으면 도망쳐라. 이상한 사람을 만나면 피해라. 다치지 마라, 아프지 마라, 나보다 먼저 죽지 마라, 행복해져라, 건강해라, 밥은 세끼 다 챙겨 먹고 아침엔 늦게 일어나도 좋으니 밤에는 일찍 자렴.

난 널 믿는다. 하지만.

"다시는 그러지 마라."

사랑하는 딸에게 아내 몫까지 해주고 싶은 잔소리와 당부가 한 문장으로 압축되었다.

"응!"

제리코가 힘차게 고개를 끄덕였다. 존은 안도하면서 복받치는 눈물을 참지 못하고 제리코를 끌어안았다.

제리코는 존의 가슴에 얼굴을 묻고 같이 울었다. 아버지의 품에 안기니 그제야 모든 일이 끝났다는 실감이 들었다.

어린 메이와 오리온이 제도 말씨가 밴 발음으로 '울지 마'라 위로하는데 누군가 문을 두드렸다.

제리코는 눈물 콧물 범벅이 된 얼굴을 들었다. 문이 열리고 제리코와 비슷한 체구의 검은 머리 소녀가 침실에 들어왔다. 검은 머리 소녀는 제리코가 있는 침대로 곧장 오는 대신 침실 중앙까지 걸어와 쭈뼛거렸다. 어설프게 손가락만 꼼지락거리고 다가오지 않았다.

제리코의 눈이 왕밤만 해졌다. 검은 머리 소녀는 제리코가 자신을 빤히 바라보자 조심스럽게 바닥에 들러붙은 발을 떼고 다가왔다. 소녀는 기껏 다가와 놓고선 제리코를 마주 보지도 못하고 불안한 듯 눈동자를 굴렸다.

제리코는 드슬이의 골렘 조종 연습을 도우며 몇 번이고 샌시가 제작한 골렘을 보았다. 마을 최고의 미소녀인 제리코를 본뜬 얼굴에 샌시가 욕심을 부려 완벽하게 설계된 육체.

몇 번이나 보아 익숙해야 할 텐데 지금의 골렘은 낯설었다. 이전의 골렘이 줄에 매달린 인형같이 생기가 부족했다면 지금의 골렘은 진짜 살아 있는 사람처럼 보였다.

그래서 제리코는 순간 상대가 진짜 인간인 아닌가 의심했다. 계속 미베어 소공작 주변에서 사건 사고가 빵빵 터지니 소설이나 연극에서 본 것처럼 대역이라고 닮은 사람을 데려온 게 아닐까. 그래서 내 앞에서 저리 어색하게 구는 게 아닌가.

"드슬아?"

혹시나 싶어 이름을 부르자 드슬이로 추정되는 소녀가 입꼬리를 올리고 어색하게 웃었다. 그것도 잠시, 웃는 소녀의 눈꼬리를 타고 눈물이 뚝뚝 떨어졌다.

"가, 갑자기 왜 울고 그래."

"깨어나서, 흐윽, 깨, 깨어나서 다행이다."

제리코는 저도 모르게 손을 뻗어 드슬이의 볼에 올렸다. 붕대 너머로 전해지는 체온과 그보다 뜨거운 눈물이 제리코의 손에 스며들었다.

제리코가 저도 모르게 온기에 감탄했다. 그리고 애정이 깃든 검은 눈동자에 비친 제 모습을 보고 웃었다. 존과 동생들에게 느꼈던 조건 없는 애정이 드슬이의 눈에도 가득 담겨 있었다. 그 마음이 몹시 고마웠다.

그대로 잡아당겨 끌어안자 손에 스며든 온기가 전신으로 퍼졌다. 마찬가지로 전신에 스며드는 애정과 온기를 느낀 드슬이가 제리코의 등에 팔을 둘렀다.

"이젠 차갑지 않지?"

제리코는 뭘 모르는 동생에게 한마디 했다.

"넌 언제나 따뜻했어."

쌍둥이처럼 닮은 소녀가 꼭 끌어안고 있는 걸 보니 언니가 새로 생긴 것 같아 메이가 둘 사이에 끼어들었다.

"나도 안을래!"

"나도!"

"나, 나도!"

"나도!"

메이를 시작으로 오리온이 끼어들고 에릭은 엉겁결에 말려들었다. 캐리는 혼자 빠지면 민망해 마지막으로 달라붙었다. 사이좋은 한슨 남매에 파묻힌 드슬이가 당황해 어쩔 줄을 몰라 하자 제리코는 깔깔 웃었다.

"엇차. 예쁜 내 새끼들."

마지막 한슨인 존이 고민 끝에 참가해 침실 안 모든 사람이 한 덩어리가 되었다. 드슬이의 볼이 뜨겁게 타오르고 제리코는 목청을 높여 웃었다.

"까르륵."

언제든 따라 웃고 싶어지는 맑은 소리였다.

용사의 후예를 노리는 용의 수하가 루나 아카데미를 습격하고 장미의 기사와 천재 마법사가 힘을 합쳐 마물을 무찔렀다.

마물이 패배하자 용이 직접 나섰다. 이에 용사의 후예가 드래곤 슬레이어 소드를 들고 장미의 기사, 천재 마법사와 함께 용과 싸웠다.

격렬한 사투 끝에 드래곤 슬레이어 소드가 부러졌고 용은 패배를 인정해 물러났다.

이게 사건이 끝난 후 황가에서 발표한 내용이다. 졸지에 용과 싸워 이긴 영웅이 되어버린 제리코가 황당해했지만 황제가 고개 숙여 사과하는 바람에 입술이 딱 달라붙었다.

사람들은 아직 과거의 상처를 잊지 못했다. 용이 하프 산맥을 나오고 마물이 안전해야 할 제도를 습격했으니 그에 걸맞은 영웅이 필요했다.

제리코에겐 다행히도 장미의 기사 로즈 님이 마물과 용을 무찌른 주역이 되겠다 자처했다.

명성을 쌓아 영웅이 되려는 게 아니다. 로젠은 스스로 이루지 못한 공명을 노리는 잡배가 아니었으니까. 제리코에게 쏠릴 이목을 걱정한 로젠이 제 의지로 전열에 선 것이다.

출중한 외모, 뛰어난 검술 실력, 성품을 겸비해 본래 제도의 유명 인사였던 로젠이기에 장미 칼을 든 장미의 기사 로즈에 사람들은 열광했다. 덕분에 제리코를 향한 관심이 분산되었다.

미베어 소공작에 대한 관심은 용을 벨 수 있는 검의 소실을 안타까워하는 데에서 그쳤다. 황가와 두 공작가, 스타즈 상단에서 적극적으로 로젠을 띄워준 결과였다.

그렇게 띄워진 로젠은 현재 무엇을 하고 있느냐면 소드 마스터가 아니었으면 소생 불능이었다는 판정을 받고 와병.

침대에 누웠으면 얌전히 쉴 것이지, 플라티나가 내놓은 금이 루나 아카데미 복구 비용 및 부상자 치료 비용으로 강제 기부되어 태어나서 처음으로 돈 벌 생각을 하고 있다고 한다.

함께 띄워진 샌시는 드래곤 슬레이어 소드에 절단된 왼손 부상이 아니라 마력 역류로 죽을 뻔했다가 간신히 기사회생.

절단면은 깔끔했으나 한여름 비위생적 공간에 방치된 왼손의 감각을 불신해 접합을 포기하고 골렘 의수를 제작하기로 결정했다. 덕분에 소식을 들은 제리코가 펑펑 운 건 덤이다.

모두의 합의에 의해 없는 사람이 된 마그노는 배에 바람구멍이 났으니 당연히 중상. 극진한 간호를 받으며 침대를 벗어나지 못했다.

하마터면 앞길 창창한 청년 셋이 하루아침에 명을 달리할 뻔했으니 제리코의 양심이 쿡쿡 쑤셨다.

염치 있는 인간 된 도리로 셋을 찾아가 용서와 감사 인사를 전하고 남의 집안일에 휘말려 자식을 먼저 보낼 뻔한 가족들에게 사죄해야 하는데 제리코 또한 중상이라 찾아갈 처지가 아니었다.

그리하여 제리코가 세 남자의 문병을 가게 된 건 사건 발생으로부터 두 달이 지난 뒤였다.

침대에서 해방된 제리코가 가장 먼저 찾아간 이는 샌시였다. 정신적 교류는 함께 사선을 넘어 충분히 나눴으니 이제 육체적 교류를 이행할 차례였다.

"으헝헝, 샌시이."

비극적이게도 치료용 마법진이 둘의 육체적 교류를 가로막았다.

샌시는 마법진 밖으로 나갈 수 없고 제리코는 마법진 안에 발을 들일 수 없었다. 희뿌연 막 안에 있는 샌시는 꼭 수조에 갇힌 인어 같았다. 막을 사이에 두고 연인은 애틋하게 시선을 교환했다.

"드슬이는 잘 있어? 내가 상태를 봐야 하는데."

드슬이는 새 몸에 적응하기 위해 1년 동안 외출과 마력이 간섭할 만한 장소를 피해 외출을 삼가기로 해 샌시 문병에 따라올 수 없었다.

제작자인 샌시는 제리코 다음으로 골렘의 상태가 궁금했기 때문에 아쉬움을 표했다.

"잘 있어. 무슨 일 있으면 바로 알려줄게. 그런데 샌시, 왼손 의수를 후안에게 맡긴다는 게 진짜야?"

놀랍게도 샌시는 새 손 제작을 〈이만보〉 회원에게 맡기기로 했다.

샌시라면 왼손을 못 쓰게 된 대신 마탑의 잔소리꾼들을 수족처럼 부리며 직접 의수를 제작하리라 예상한 사람들은 허를 찔린 표정을 지었다.

샌시가 자기 손을 남에게 맡긴다고?

병문안 와서 제안한 당사자인 후안도 믿지 못했다. 자기가 말 꺼내놓고 깜짝 놀라는 후안 때문에 샌시는 아주 섭섭해했다고 한다. 후안에게 들은 얘기라 약간의 미화가 더해졌겠지만 거짓은 아니었다.

샌시는 진지하게 눈을 빛냈다.

"왼손은 내가 가장 먼저 공개해서 회원들도 구성을 잘 알아. 특히 후안은 변태처럼 손에 집착했으니까 비슷하게 따라는 하겠지. 그것도 못 만들면 내 연구소 들어올 자격 없어. 다른 회원들이 도와줄 테니 잘 만들겠지."

세상에 믿을 놈 하나 없고 인생은 혼자 사는 거라던 고고한 마법사가 보인 변화가 제리코는 퍽 기뻤다. 예쁜 말을 하는 입술을 입술로 칭찬해주고 싶은데 마법진 때문에 그러지 못해 발만 동동 굴렀다.

연인은 진지하게 치료가 끝나면 할 일 목록을 작성했다. 사람은 크게 다치지 않았는데 건물들이 크게 다치는 바람에 아카데미가 휴교했기에 데이트할 시간은 넉넉했다.

서로를 느끼진 못해도 보는 것만으로도 행복한 연인은 해가 저물자

반강제적으로 헤어졌다.

제리코는 바로 돌아가지 않고 카모마를 찾아갔다. 마탑주에겐 사과했는데 카모마에겐 샌시를 끌어들인 사과를 하지 못했다. 더불어 감사 인사도 했다. 마물이 죽으면서 무너진 건물 조각에 맞아 부상자가 몇 나왔는데 백합관은 가장 많이 파괴되었는데도 카모마가 걸어준 마법 덕분에 하녀와 경비원이 다치지 않았기 때문이다. 백합관을 빠져나오기 위해 마물을 상대하느라 얻은 손목 염좌가 가장 큰 부상이었다.

제리코가 사과하고 감사를 표하는데 카모마는 손을 내저었다. 결과적으로 그가 건 마법은 미베어 소공작을 보호하지 못했고 샌시가 다친 건 샌시의 책임이지 제리코 탓이 아니라고 생각했다. 외려 카모마는 제리코에게 몰래 전하고 싶은 말이 있었다.

"샌시가 아버지가 되는 건 어떤 기분이냐 물어봤단다."

"어머나! 그래서 뭐라고 답하셨어요?"

"아주 행복하다고……."

자식에게 전 재산의 절반을 미리 증여한 아버지가 진심으로 행복해하며 볼을 붉혔다. 카모마는 샌시가 이제 자길 아버지로 받아들여 주는 것 같다면서 기뻐했는데 제리코가 보기엔 그게 아니었다.

'진지하게 생각하고 있구나.'

히힛. 제리코는 몸을 비비 꼬고 히죽 웃었다. 방금 헤어졌는데 또 보고 싶었다.

"할아버지가 되면 어떨 것 같으세요?"

"그럼 당연히 더 기쁘지!"

중후한 중년 신사가 생일 선물 받은 아이처럼 웃었다. 제리코는 그 생일 선물 빨리 줄 수 있으면 좋겠다고 생각하며 같이 웃었다.

스타즈 남작 저택은 부티가 줄줄 흘렀다. 제국보다 오랜 역사를 자랑하는 명문가를 자처하지만 저택에서 옛 물건은 보기 힘들었다. 새것과 비싼 것이 부 내 나게 공존했다. 미베어 소공작의 삶에 익숙해진 제리코가 은근히 기죽을 정도였다.

플라티나가 1톤에 달하는 금괴를 자진 납세하는 바람에 스타즈 가문엔 비상이 걸렸다. 상회가 아닌 가문이다. 공은 공이요, 사는 사이니 상단의 재산과 가문의 재산, 개인 자산은 엄격히 분리하는 게 스타즈 가문의 가훈이었다.

"나쁜 일에 쓰는 건 아니니까. 아하하하."

그리 웃는 로젠의 안색이 창백했다. 아파서가 아니라 플라티나가 로젠이 골머리 앓을 정도로 은닉 자산을 탈탈 털어서 그렇다.

"돈이 아까운 게 아니야. 앞으로 재무부에서 우릴 감시할 걸 생각하면…… 으으, 조상님들이 조금씩 모아온 금이…… 신용이!"

부정한 방식으로 축적한 돈은 아니지만 그렇게 많은 양의 금괴를 소유하고 있으면서 보고하지 않고 감췄던 게 문제다.

신용은 금보다 중요하다. 플라티나가 제물로 금이 필요하다는 말에 선뜻 금을 내놓아 1차 참작, 사후 복구 비용에 전액 기부해서 2차 참작되었기에 망정이지 아니었으면 탈탈 털렸을 것이다. 영혼까지 탈탈탈.

"나도 책임이 있으니까 도울게."

"아니야, 괜찮아. 한동안 상단에서 성과급으로 일하기로 했어. 금방 메꿀 수 있어. 은닉은 못 하겠지만."

정의를 사랑하는 장미의 기사님은 자산 은닉이 범죄라는 사실을 망각한 듯했다. 혹은 알아도 무시하고 있거나.

"플라티나 님이 모험 허락하셨는데 안 갈 거야?"

"막내가 태어났는데 이런 일이 터졌잖아. 일이 수습되고 안정될 때까지 참으려고. 동생들에게 맡겨두기엔 불안하고 또 내가 나서면 사람들도 안심할 테니까."

황금의 요정에게 축복을 받은 이가 업무에 뛰어들었으니 상회 사람들은 환호성을 질렀을 것이다. 로젠이 멋쩍은 듯 코를 만졌다.

"밤에 부스럭거리는 소리가 나서 몰래 눈을 떴는데 어머니가 울고 계시더라. 내 나이에 이런 말 하면 놀라겠지만 난 어머니가 우는 걸 그때 처음 봤어. 어머니는 항상 바쁘고 당당하고 어떤 역경이 찾아와도 다 웃으면서 극복하는 강한 분이라고 생각했는데 우시는 걸 보니 내가 그동안 좋은 아들이 아니었단 실감이 나더라."

눈물 젖은 플라티나의 얼굴을 본 순간 로젠은 확신했다. 세상에서 제일 무서운 건 밤에 마주친 귀신이나 살인마가 아니라 밤에 마주친 부모님의 우는 얼굴이다.

"체리가 조금 클 때까진 요정의 축복을 받은 값을 할 생각이야. 본격적으로 돈 벌 생각 하니 즐겁다."

드슬이가 들으면 섭섭해할 얘기지만 제리코는 기분이 좋았다. 처음 만났을 때의 로젠은 또래에 비해 뒤처지고 답보하고 있단 생각에 가끔씩 초조한 기색을 비쳤다.

그러나 오늘 만난 로젠은 더 이상 초조해하지 않는다. 초조해할 필요가 없다. 목검을 들고 각자 영웅 에라프와 로젠을 칭하며 괴물 토벌 놀이를 하는 아이들의 웃음소리가 그 증거다.

아버지가 같으며 세 남자 중 부상이 제일 가벼웠던 마그노의 문병이 마지막으로 미뤄진 데엔 깊은 사연이 있다.

마그노를 만나면 릴리에 공주도 보게 될 것이다. 제리코는 릴리에 공주와 대화하기 전에 모자가 먼저 충분한 대화를 나누길 바랐다. 그래서 일부러 마그노 황자의 순서를 마지막으로 빼냈다.

마그노는 반갑게 제리코를 맞이했다. 둘은 몸은 괜찮냐는 근황을 나누고 제리코가 마탑주에게 받은 꿀과자를 나눠 먹었다.

에라프와 릴리에 공주 화제는 일부러 피했다. 딱 하나 피하지 않은 게 있긴 했다.

"처음부터 알고 있었어?"

마그노가 에라프의 아들이라는 사실을 알고 접근했는가. 마그노가 어떻게 받아들이냐에 따라 제리코가 쌓은 탑이 우르르 무너질 사안이다.

거짓말을 해도 그가 알아차릴 방법이 전무하건만 제리코는 양심대로 대답했다.

"가능성이 있다는 건 알았지만 확신은 못 했어."

"그런가. 그럼 됐다."

마그노가 후련한 미소를 지었다. 제리코가 제 발 저려 입을 벌렸다.

"진짜 괜찮아? 화내도 되는데."

"속셈이 있어 접근한 건 처음부터 알고 있었다. 순수한 호의만 사람을 구할 수 있다는 건 거짓말이다. 안에 든 속셈이 어떻든 호의가 진짜라면 사람은 구원받는다."

마그노는 딱 잘라 말하고 이 이상 동일 주제 대화에 참여하지 않겠단 의사를 밝혔다.

제리코가 또 한 번 미안하단 얘기를 꺼내면 그녀가 질색하는 극진한 대접을 시작하겠단 얘기에 제리코는 허둥지둥 고개를 끄덕여 동의했다.

"샌시가 눈앞에 있는데 만질 수가 없어. 너무해."

마법진 때문에 샌시랑 만나도 손을 잡지 못한다고 하소연하자 마그노가 피식피식 웃었다.

"샌시 선배와 결혼할 건가?"

"미정!"

샌시가 가족계획에 확고한 답을 하기 전까지 결혼은 보류다. 의외로 단호한 제리코의 대답에 마그노가 놀랐다.

자신의 인생에 확신을 가지는 건 좋은 일이다. 마그노가 또 한 번 제리코에게 존경의 눈빛을 보냈다. 피 섞인 동생인 걸 알았지만 사람을 존경하는 데 나이와 혈연은 중요하지 않았다.

"여가 시간이 늘어나 어머니와 많은 이야기를 나눴다."

"이젠 어머니라고 부르는 거야?"

"두 분 폐하께 어머니를 어머니로 불러도 좋으냐 여쭤봤더니 혼쭐이 났지. 정말 죄송할 따름이다."

기절한 마그노가 깨어났을 때 릴리에 공주는 그의 곁을 지키고 있었다. 충혈된 흰자가 마그노의 눈처럼 붉었다.

마그노는 흐릿한 시야에 용기 내어 한 번도 묻지 못한 속내를 털어놓았다.

"절 사랑하세요?"

"널 사랑해. 세상 누구보다 사랑한다."

사람의 마음은 설탕이나 소금이 아니다. 그런 말 한마디에 물에 탄 듯 사르르 녹지 않는다. 설령 녹았다 해도 물은 맛이 변했고 마르면 결정이 드러나는 법.

마그노가 가장 원하고 듣고 싶었던 말이지만 묵은 앙금을 모두 녹이기엔 조금 부족한 듯했다.

하지만.

"마그노, 내 사랑하는 아들. 난 널 낳은 걸 후회하지 않아. 나의 기쁨, 나의 행복, 사랑하고 사랑하는 우리 아들."

진심과 함께 쏟아지는 눈물이 남아 있던 앙금까지 모두 녹였다. 그날의 고백 이후 마그노는 릴리에 공주를 어머니로 칭했다.

"정말 많은 대화를 나눴어. 그리고 내가 어머니의 사랑하는 아들임을 확신했다."

마그노가 자조와 만족이 섞인 오묘한 미소를 지었다. 제리코는 도대체 무슨 일이 있어야 둘이 한데 묶여 미소가 되는지 알 수 없었다.

"난 어머니를 닮은 어머니의 아들이다. 내가 얘기하는 건 여기까지."

이후는 본인에게 직접 들으라는 듯 마그노가 문을 열었다.

태양을 마주 보고 선 것도 아닌데 눈이 부셔서 제리코는 실눈을 떴다. 눈부시게 아름다운 공주님이 제리코를 기다리고 있었다.

마그노가 문을 닫았다. 제리코는 공주가 권하는 대로 의자에 앉았다.

릴리에 공주는 맞은편에 앉지 않고 손수 물을 끓여 차를 탔다. 공주가 가족과 극소수의 지인, 그 해에 상당한 업적을 쌓은 이에게만 선물하는 황가의 꽃차였다.

물속에서 활짝 펴 꽃잎을 하늘하늘 흔드는 꽃은 하얀 목련이었다.

제리코는 공주와 꽃 둘을 홀린 듯 응시하다가 찻물을 입에 머금었다. 사람 혼을 쏙 빼놓을 것처럼 아름다우면서 평범한 맛이 제리코의 정신을 일깨웠다.

"묻고 싶은 게 많을 거예요. 모두 대답해 주겠어요."

묻고 싶은 거야 많았다. 너무 많았다.

제리코가 기절했다 깨어난 이후 침대에 누워 할 게 뭐가 있겠나. 동생들과 놀아주는 거지.

특히 몸이 바뀌어 낯선 환경에 처한 동생하곤 쌍둥이 자매처럼 늘 붙어 다녔다. 드슬이는 제리코에게 광기에 휩쓸린 동안 본 기억들을 전달했다.

먼저 사랑한다 고백하고 거짓말이었노라 비웃는 릴리에. 며칠 후 동일한 고백과 거짓을 반복하는 릴리에. 부끄러우니 다른 사람 몰래 사귀자 하면서 거짓을 늘어놓는 릴리에. 친절을 거부하는 릴리에. 잊기 위해 다른 사람을 보니 또다시 거짓 고백으로 사람을 붙잡는 릴리에.

루나 아카데미에 재학하던 시절의 에라프는 릴리에 공주의 장난감이었다.

에라프는 아름다운 공주에게 첫눈에 반해 일절 망설임 없이 호감을 표했으나 공주는 그게 마음에 들지 않은 듯했다. 공주는 에라프를 농락했고, 조롱했고, 미워하면서 놓아주진 않았다. 참다못한 에라프가 분노해 따지자 백합 구근을 선물했다.

"꽃을 피우면 선배를 사랑해 줄게요."

릴리에 공주가 건넨 구근은 당장 쓰레기통에 버리는 게 현명한 상태였다. 이런 구근에서 꽃이 필 리 없었다.

에라프는 격분했고 그날 루나 아카데미를 자퇴했다. 공주와의 이야기를 타인에게 말할 수 없어 답답해하다 가출하고, 돌아온 후에야 릴리에가 요정의 축복을 받아 그녀가 능력을 쓴 식물은 쉽게 죽지 않는다는 사실을 알게 되었다. 하지만 릴리에의 의중은 여전히 오리무중이었다.

그것은 과연 고백이었는가? 혹은 또 다른 방식의 기만인가.

혼란에 빠진 에라프를 찾아와 유혹하는 릴리에. 피임약을 먹지 않아 곤란하다 돌려 거절하니 마시고 찾아왔다 말하는 릴리에.

네 아이를 낳을 생각은 없고 다른 사람을 만나 사랑하겠다는 의사가 전해져 에라프는 마른 구근에 감춰진 의도가 기만이라 정했다.

마자리스가 알고 있는 이야기는 여기까지다. 이후 광룡을 토벌한 후 에라프와 릴리에 공주 사이에 어떤 일이 있었는지는 모르는 일이다. 에라프는 공주와 본인을 용서했을까? 에라프는 마그노가 자신의 아이인 걸 알고 있었을까?

궁금한 게 너무 많은데 모두 제리코가 할 질문이 아니었다. 에라프는 죽었고 그의 이야기는 끝났다. 제리코는 살아 있고 앞으로 살아갈 사람을 위한 질문을 던졌다.

"왜 마그노 황자 저하를 멀리하셨어요?"

"다른 건 궁금하지 않은 건가요?"

"제가 공주님께 궁금한 건 딱 하나예요."

왜 아들인 마그노를 사랑하면서 그를 멀리했는가.

릴리에 공주는 씁쓸한 미소를 머금었다. 어려운 질문이었는지 바로 대답하지 않고 긴 시간 침묵했다.

제리코는 인내심을 갖고 기다렸다. 오늘의 그녀는 휴가라 시간 때문에 공주를 놓칠 염려도 없었다.

"나는 죄인이라 행복할 자격이 없으니까."

누가 모자 아니랄까 봐 마그노가 했던 말과 비슷했다. 제리코는 자조와 만족을 혼합하는 데 성공한 융화제에 눈살을 찌푸렸다.

"공주님이 죄인이라뇨."

릴리에는 눈을 감고 자신이 저지른 죄악을 회상했다. 자신에게 반했다는 이유로 부당한 대우와 놀림을 견디던 남자, 눈앞의 소녀와 똑같은 얼굴로 모두에게 웃어주던 어느 가엾은 남자에게 지은 죄를.

"나는 선배가 싫었어요. 만인에게 베푸는 친절도, 미소도 모두 꼴 보기 싫었어요. 사람들이 당연히 자길 사랑해 줄 거라 믿는 선의가 싫었어요. 나는, 태어나서 한 번도 길을 벗어나는 일 없이 착하게 살아온 나는 죽어야 하는데 선배는 내가 죽은 뒤에도 계속 사랑받을 게 싫었어요. 선배가 날 잊을 미래가 싫었어요. 안타깝게 헤어진 과거의 여자가 되는 게 싫었어요. 그래서 죄를 짓기로 했죠."

마음에 들지 않았던 건 진심인데 정신을 차리고 보니 사랑하고 있었다.

그게 더 마음에 들지 않아 밀어내면 에라프는 더 밝게 웃고 다가왔다.

자신이 죽으면 슬퍼해 줄 것을 안다. 세상에서 제일 슬픈 사랑을 한 것처럼 울어줄 것을 믿는다.

그리고 새 사랑을 찾겠지.

죽음을 앞둔 릴리에의 사랑은 절박했고 죽기 싫다는 억울한 마음은 엉뚱한 곳에서 분출되었다. 릴리에는 죽음에 대한 공포와 삶의 희망을 모조리 증오로 바꿔 에라프에게 쏟았다. 그녀는 에라프의 유일하고 영원한 '그녀'가 되고 싶었다.

공주에게 반했을 뿐인 에라프로선 실로 억울한 일이었을 것이다.

알고 있는데 릴리에는 만행을 그칠 수 없었다. 순간순간 증오를 뚫고 뛰쳐나오는 사랑 또한 막지 못했다.

에라프에게 릴리에는 실로 기괴 그 자체였을 것이다. 진지하게 고백하고 몇 시간이 지나지 않아 고백을 믿었냐 조소하는 여자.

평생 잊지 못하겠지. 동시에 평생 떠올리고 싶지 않겠지.

결국 에라프는 그녀를 떠났다. 자업자득인데도 릴리에는 엉엉 울었다. 에라프가 자신을 잊고 새 사람을 찾을 걸 상상하니 끔찍해서, 이번에 받아주면 진짜 고백할 생각이었는데 받아주지 않은 에라프가 야속해서, 그리 생각하는 자신이 미워서.

떠났던 에라프는 릴리에를 위해서가 아니라 만인을 위해 돌아왔다. 피임약을 먹었다 거짓말하고 에라프와 밤을 보냈다. 일부러 에라프가 아닌 다른 사람을 사랑하고 아이를 낳고 싶다고 거짓말해 에라프가 도망가길 기다렸건만 그는 도망가지 않았다. 그러나 릴리에의 이름을 말하지도 않았다.

늘 드리워졌던 죽음의 그림자에서 벗어났으니 이젠 진심을 고백해도 된다고 달콤한 꿈에 빠졌다. 수십 차례 고백하고 수십 차례 그를 속인 것도 잊었다. 솔직하게 말하고 사과하면 받아줄지 모른다는 착각도 잠시.

용을 죽이고 귀환한 에라프는 사랑하는 여자가 생겼다고 고백했다.

더 이상 릴리에를 사랑하지 않고 그동안 집착하고 원치 않는 감정을 건네려 해 미안하다고 사과했다.

"이렇게 추악한 사람이 어머니여서야 마그노에게 미안하고 선배에겐 면목 없는 일이죠. 그래서 폐하의 뜻대로 양자로 보냈어요. 난 그 아이를 키울 자격이 없으니까, 나는 그런 행복을 누릴 자격이 없으니까. 마그노도 분명, 진실을 알면 날 경멸할 줄 알았는데……."

릴리에 공주가 입술을 앙다물었다. 쓸쓸한 미소 끝에 아들에 대한 사랑이 묻어났다.

"그래도 내가 어머니라 기쁘다고 하네요. 나를 닮지 않아 착하고 정이 많게 자랐네요."

'릴리에 공주님 판박이인데요.'

에라프와 릴리에는 분명 서로를 사랑했다. 하지만 둘의 사랑은 한 번도 닿은 적이 없다.

에라프가 릴리에를 사랑할 때 그녀는 에라프의 사랑을 부정하며 제화를 풀었고, 릴리에가 에라프에게 속죄하려 했을 때 에라프는 그녀에 대한 모든 미련을 버렸다.

'드슬이는 아빠가 공주님에 대한 마음을 모두 털어버렸다고 말했지만 그건 아니야.'

에라프는 요나를 사랑하지 않았지만 릴리에에겐 요나를 사랑한다고 고백했다. 후에 마음이 바뀐 게 아니라면 릴리에 공주의 죄책감을 덜어주고 그녀를 자유롭게 해주기 위한 선의의 거짓말이었을 가능성이 크다.

에라프는 분명 광룡과의 싸움에서 공주에 대한 미련, 집착, 미움을 털어냈지만 그녀의 행복과 미소를 바라는 최초의 순정은 버리지 않았다. 에라프는 릴리에를 진심으로 사랑했다. 공주는 바라던 대로 에라프의 유일하고 영원한 '그녀'가 되었다.

"추한 이야기라 미안해요."

"추하지 않아요. 평범한 얘긴걸요."

등장인물이 용사에 공주님이라 신분이 고귀하다 뿐이지 죽음처럼 특별하고 평범한 사랑 이야기다. 사랑은 이루어지지 않았고 용사는 죽었지만 공주와 아이가 함께 웃으면 용사에겐 최고의 해피 엔딩이 되는 평범한 이야기였다.

"그러니까 너무 자책하지 마세요. 아빠도 바라지 않을 거예요. 제가 이번에 괴물이랑 싸우면서 느낀 건데 아빠는 릴리에 공주님이 행복해지시길 진심으로 바라셨어요. 저흰 넷인데도 죽을 만큼 힘들었는데 아빠는 혼자였잖아요. 저흰 서로의 이름을 부르며 버텼는데 아빠는 부를 동료도 없었잖아요. 저는요, 아빠를 처음 만났을 때⋯⋯ 아빠라고 불러 드리지 않은 게⋯⋯."

참으려고 했는데 눈이 불에 덴 듯 뜨거워지더니 결국 눈물이 터졌다. 제리코는 눈을 비벼 눈물을 닦았다. 계속 흘러나와서 소용없었다.

"그게 뭐 어렵다고, 아빠라고 안 부르고, 그게 너무! 너무! 후회되지만!"

어차피 돈을 노리고 찾아간 것, 뭐 어렵다고 아빠라 부르지 못했을까. 기왕 떠나는 길 곁을 지킨다면 조금 더 살가워도 좋았을 텐데. 제리코가 아빠 하고 아양 떨면 에라프는 분명 뼈만 남은 얼굴이라도 활짝 웃어주었을 텐데.

"정말 후회하지만 미안하다고 생각하진 않아요! 엄마도! 더 잘해 드리지 못해서, 더 좋은 딸이 못 되어서 후회되지만 미안하진 않아요! 그러니까 더 행복하게 살 거거든요!"

손수건을 찾기 위해 주머니를 뒤지는 제리코의 손보다 그녀의 얼굴을 향한 릴리에 공주의 손이 더 빨랐다. 릴리에 공주는 손수건으로 제리코의 얼굴을 닦아주며 고통스러운 미소를 지었다.

"그래요. 믿어주지 않아도 좋으니 마지막으로 한 번만 더 좋아한다고⋯⋯ 미안하다고⋯⋯."

공주의 뒷말을 눈물이 집어삼켰다. 제리코의 눈물을 받아내던 손수건이 본래 주인인 릴리에 공주의 눈물을 받았다.

공주는 소리 없이 울었다. 스스로를 죄인으로 여긴 릴리에 공주는 에라프가 용을 쓰러뜨리고 돌아온 후로 속 시원하게 운 적 없을 것이다. 그럴 자격이 없다고 여겼을 테니까.

그녀가 내내 참았던 눈물을 터뜨렸다는 사실을 알아챈 제리코는 조용히 응접실을 나왔다.

"울었니?"

문밖에선 마그노가 제리코를 기다리고 있었다. 제리코는 손수건에 콧물을 푼 뒤 방 안에서의 대화를 마음에 묻었다.

제리코는 콧물을 풀며 눈물을 날려 버리고 마그노에게 잔소리를 퍼부었다.

"세상에! 기다린 거야? 언제 끝날 줄 알고 서서 기다려!"

"침대에 누워만 있었더니 체력이 떨어진 듯해서 제자리 걷기를 하고 있었다. 서서 기다린 건 아니야."

"아~ 체력 떨어진 건 나도 그래. 그리고 매일 업고 다니던 검이 없어져서 그런가, 운동 부족이 느껴지는 거 있지."

든 자리는 몰라도 난 자리는 안다더니 검이 사라지니 등이 허전했다. 제리코는 의사가 허락하는 즉시 비슷한 무게의 검을 구해 매고 다니기로 결심했다.

마그노가 궁의 현관까지 제리코를 에스코트했다. 마그노는 황족만 알고 있는 극비 정보를 동생에게 공유했다.

"일이 정리되면 폐하의 호적에서 나와 어머니의 호적에 다시 들어가기로 했다. 어머니가 작위를 받아 황궁을 나가시면 같이 살기로 했어."

결혼하지 않았다는 이유로 일부러 작위를 거부하던 공주가 독립을 결정한 것이다. 거기에 마그노가 따라간다니 제리코는 어떤 반응을 보일지 고심했다. 일단 축하해 주면 될 것 같은데 다 큰 아들이 엄마 독립하는 데 따라간다고 하니 어째 미묘했다.

"어떻게 반응해야 돼? 축하해 줄까?"

"축하해 줘."

"꺄아, 오빠! 축하해! 돼지 한 마리 잡아서 한턱 쏴야지!"

돼지 얘기가 나온 김에 마그노가 덧붙였다.

"애완동물도 기를 생각이다."

"헉!"

"가능한 털이 덜 빠지는 동물로 알아보려 해. 어머니도 같이 고민해 주시기로 했다."

듣던 중 반가운 소리에 제리코가 두 손 모아 감탄했다. 마차까지 가는 길 내내 호들갑 떨며 제 일처럼 좋아해 주는 동생을 마그노는 온정 가득한 시선으로 바라보았다.

"날 둘러싼 많은 것이 바뀌고 후회할 일도 있을 거다. 하지만 아무것도 하지 않는 것보단 나아. 네게 배운 지혜다. 그렇게 조금씩 노력하다 보면 어머니와 아버지에게 부끄럽지 않은 아들이 될 수 있겠지."

"마그노는 이미 자랑스러운 아들인걸."

"너만큼은 아니다."

"내가 좀 자랑하고 싶어지는 자식이긴 하지만 마그노는 나랑 자랑하고 싶은 분야가 다르니까."

서로의 얼굴에 금칠을 해주며 주거니 받거니 하고 있자니 금방 현관에 도착했다.

마차 앞에 서서 작별 인사를 하기 위해 돌아서자 마그노는 제리코의 허리에 손을 얹고 번쩍 들어 올렸다.

제리코는 이전처럼 놀라지 않고 즐거운 비명을 질렀다.

"으하하!"

웃는 한편 마그노의 상처 생각이 머리를 스쳤다. 상처가 터지면 곤란하단 생각에 얼른 중심을 잡고 마차에 서자 하얀 황자님이 시선을 피하며 고개를 숙였다.

"늘 네 도움만 받은 주제에 과욕이 심하다 여길지 모르겠으나…….
제리, 가끔 널 동생으로 대해도 괜찮을까?"

그야 당연하다고 대답하려는데 드물게 모자나 양산을 쓰지 않은 마그노의 하얀 머리 위로 가을 석양이 내리쬐었다. 노을빛을 받아 붉게 물든 백발이 들리고 아래에 자리 잡은 얼굴이 드러나자 제리코는 눈을 동그랗게 떴다.

'이걸 몰랐네.'

붉은 머리 아래로 낯익은 얼굴이 보인다. 진귀한 백발과 붉은 눈, 모친의 빼어난 미모로 인해 여태 눈치채지 못했는데 마그노의 눈가는 에라프와 흡사했다. 샌시가 뼈의 비율이 비슷하다고 말한 그 부위였다.

알아차리고 나니 눈가만 떼어 박은 듯 똑같아서 스스로의 눈썰미에 자괴감이 들었지만 금세 기분을 털어냈다. 마그노의 붉은 눈동자는 높은 확률로 보는 이의 혼을 쏙 빼놓기 때문에 세상을 흑백으로 보는 이가 아니라면 알아차리기 힘들 것이다.

"너무하네."

"역시 과욕이었다. 진심으로 사과하……."

"아버지의 아들이면서 고작 가끔이야? 이렇게 귀엽고 착하고 사랑스러운 동생이 가끔 필요한 거야?"

의도는 불순하고 과정은 순탄치 않았으나 결과는 창대하리라.

제리코는 마침내 찾은 아버지의 아들에게 활짝 웃으며 대답했다.

"언제든 환영이야, 오빠!"

에필로그

아버지의 아들도 찾았겠다, 목숨을 노리는 진범도 하프 산맥에서 행복하게 살고 있겠다, 자신에게 내려진 모든 임무를 성공리에 완수한 제리코에게 남은 일은 단 하나.

"연애!"

추리물의 상도덕을 어긴 진범이 사라졌으니 이젠 자유로이 데이트를 즐길 수 있게 되었다.

공부하라고 잔소리할 드슬이는 새로운 몸에 적응하느라 분주해 제리코를 따라다니며 잔소리하지 못했다. 아카데미는 보수 공사가 끝날 때까지 휴교니 정말 자유로운 연애가 가능했다.

한 가지 안타까운 점이 있다면 데이트에 필수 요소인 애인이 마법진에 갇혀 외출이 불가능하다는 것이다.

제리코는 매일매일 샌시를 방문해 치료가 끝나면 할 일을 추가했다.

샌시는 외로워하는 제리코를 위해, 그리고 제리코를 끌어안고 싶은 자신의 욕구를 달래기 위해 욕망을 창작으로 승화했다.

샌시가 직접 그린 초상화를 선물하고 마탑주에게 레시피를 물어봐 지도, 감독, 검수받은 꿀과자를 대접했다. 마탑주가 만든 것과 동일한 재료(사랑)가 듬뿍 들어 있어서 그런지 아주 꿀맛이었다.

12번째 초상화를 선물하면서 샌시가 투덜거렸다.

"마녀가 왜 내 초상화 목록에 자기 얼굴은 없냐고 항의했어."

"듣고 보니 그러네. 마탑주님 미인이시잖아."

"상식적으로 이상형의 외모를 구성하는 데 생물학적 모친을 참고하겠어?"

한다. 어머니나 아버지를 닮아 반했다는 얘기는 심심찮게 들려오는 단골 소재다. 제리코만 해도 좋아하는 남자 취향이 존을 닮아 다부진 남자였다. 결국 샌시에게 반해 이상형과 연애는 개별적이라는 사실을 알게 되었지만.

'그래도 좋아.'

제리코는 샌시의 사랑이 듬뿍 담긴 꿀과자를 씹으며 달달한 애정을 음미했다. 빨리 샌시가 완치되어 '하고 싶은 일' 목록에 있는 일들을 해치우고 싶단 생각이 간절했다.

애석하게도 샌시는 제리코처럼 한가한 백수가 아니었다. 애초에 루나 아카데미의 학사 일정은 샌시의 스케줄에 큰 영향을 미치지 못했다. 그러니 학교가 무너졌다고 해서 한가해지지 않는 것이다.

샌시야 가능한 많은 시간을 제리코에게 할애하려 했으나 허전한 왼손목이 그걸 허용하지 않았다. 마법을 쓰지 못하는 번거로움과 일상생활의 불편함은 괜찮은데 샌시가 빠져선 안 되는 일들이 그의 발목을 잡았다.

〈이만보〉 회원과 함께 차릴 연구소, 후안이 제작하는 골렘 의수의 관리 감독, 그 외 빗발치는 연구 관련 문의와 논문 작성.

하지만 이 모든 것을 제치고 샌시의 시간을 잡아먹는, 그 말곤 아무도 대체할 수 없는 일이 있었으니.

"지금부터 악력을 측정한다."

드슬이의 신체를 검사하고 관리하는 업무였다. 골렘 제작자가 샌시이니 당연하다면 당연한 일이었고 제리코 또한 샌시에게 부탁한 바 있었다. 이것이 샌시의 여유 시간을 빨아먹는 구멍이 될 거라곤 아무도 예상치 못했다.

혼자서 움직일 수 있는 새 몸을 얻은 드슬이는 내내 소망하기만 했던 꿈을 이루기로 했다. 다른 사람의 허리춤이나 등에 매달리지 않고 직접 모험을 떠나기로 한 것이다.

드슬이의 꿈을 알고 있는 제리코는 적극적인 지지와 아낌없는 응원을 보내기로 약속했고 샌시는 협조를 부탁받았다. 샌시 입장에선 드슬이를 면밀히 관찰하면서 기록을 남기고 싶으니 협조에 적극적이었다.

문제는 너무 적극적이었다는 것이다.

'너무 가까운 거 아냐?'

최근 들어 부쩍 친교가 두터워진 소녀와 청년이 사이에 놓인 검사 용지를 보기 위해 고개를 숙였다. 닿을 듯 말 듯 아슬아슬한 이마의 거리에 제리코의 마음이 조바심쳤다.

미베어 소공작의 불손한 시선을 눈치챘을까. 둘이 동시에 고개를 돌리다 이마가 부딪쳤다. 제리코는 그 접촉에 펄떡이는 심장을 진정시키기 바쁜데 둘은 그것도 모르고 환히 웃고 손을 흔들었다.

"곧 끝날 거야. 조금만 더 기다려 줘."

"제리! 얼른 끝낼게!"

제리코가 입술을 삐죽여도 둘은 그녀가 질투한다는 생각은 꿈에도 하지 않을 것이다. 샌시는 제리코를 목숨을 바칠 정도로 사랑하고 드슬이는 검에 재능이 없는 인간엔 흥미 없으니까. 그저 제리코가 소외감을 느껴 삐졌다고 생각하고 있을 것이다.

'데이트도 못 하고.'

샌시와 즐겁게 써 내려간 목록은 하나도 이루지 못했다. 샌시는 마법진에서 해방되자마자 여기저기 불려 다니기 바빴고, 제리코에게 내준 시간은 드슬이 검진에 소모했다.

드슬이 검진을 하는 동안 계속 같이 있는다 해도 샌시는 집중력이 좋아 일에 몰두하면 휴식을 취할 때를 빼곤 제리코를 보지 않는다. 처음 한두 번은 제리코가 간식을 내오거나 말참견을 해 시선을 차지했지만 자꾸 그래 봐야 일만 늦어진다는 사실을 깨닫고 나선 방해하지 않게 되었다.

"악력 조절이 능숙해졌군."

"열심히 연습했으니 당연한 얘기지."

애타는 제리코의 속도 모르고 드슬이와 샌시가 활짝 웃었다. 제리코는 쿠션을 쥐어뜯었다.

'잘 어울려!'

본래 제리코의 이상형이 샌시가 아니듯, 샌시의 그녀도 제리코가 아니다. 샌시의 이상형 공책엔 제리코의 특징이 나열되어 있었으나 사실 샌시는 이지적인 여성을 좋아한다. 제리코는 죽었다 깨나도 얻을 수 없는 매력이었다. 제리코의 기억 속 드슬이가 '공부하면 되거든!'이라고 잔소리를 퍼부었으나 목소리가 아련해 와닿지 않았다.

제리코와 샌시가 사귀기 전, 드슬이는 제리코에게 샌시 옆에 제리코를 닮은 여자가 있으면 기분이 어떨 것 같냐고 물은 적이 있다. 당시 제리코는 불쾌하다 대답했고, 실제로 질문이 현실이 되어 눈앞에 펼쳐진 지금 아주 불쾌했다.

'질투하면 안 되는데 질투하는 내가 바보 같아아아아!'

둘이 이성적 관심이 없다는 사실을 알고 샌시를 믿고 있는데 제리코의 독점욕이 불타올랐다. 제 입으로 독점욕이 강하다고 했지만 이렇게 강할 줄은 몰랐기에 본인도 적잖이 놀랐다.

'내가 이렇게 옹졸한 사람이었다니. 충격이야.'

제리코가 잘하는 긍정적인 관점으로 보자면 그만큼 샌시를 사랑한다는 말이 되지만 한평생 질투란 걸 모르고 살아온 제리코는 최근의 자신이 한심해 미칠 지경이었다.

제리코는 샌시가 구워준 꿀과자를 씹으며 삐뚤어지려는 마음을 다잡았다.

샌시는 하나밖에 없는 손으로 과자를 구워줄 정도로 제리코를 사랑한다. 그 마음을 알면서 같이 있는 게 어울린다고 질투를 하다니 너무 한심했다.

'그치만, 그치만, 그치만. 차라리 드슬이가 지금보다 더 예뻤으면 이런 생각 안 했을 거야. 그런데 내 얼굴이잖아!'

도발적이고 치명적인 빨간 머리 대신 흑단같이 짙고 매끄러운 흑발의 미소녀다. 심지어 샌시가 유년기부터 꿈꿨던 골렘에 호문쿨루스 조합이었다.

제리코는 갈 곳 없는 질투를 담아 쿠션을 질겅질겅 씹었다.

"다 끝났어, 제리!"

이가 얼얼하도록 쿠션을 씹은 덕분에 폴짝 뛰어오는 드슬이를 웃으면서 안아줄 수 있었다.

제리코는 웃는 얼굴을 유지하느라 그냥 눈을 감아버렸고, 그 바람에 살짝 뚱해진 샌시의 얼굴을 보지 못했다.

그날 저녁 드슬이와 함께 목욕하면서 제리코는 넌지시 운을 뗐다.

"그런데 드슬아."

"응?"

"넌 그 얼굴로 만족해?"

"내 얼굴이 왜?"

드슬이는 욕실에 있는 거울에 자신의 얼굴을 비쳤다. 물에 젖은 미소녀가 비쳤다. 살짝 입꼬리를 올리자 약간 비웃는 듯한 표정이 되어서 드슬이는 제리코처럼 웃을 수 있도록 입꼬리의 각도를 바꿨다.

"내 얼굴이 네 얼굴인 건 알지?"

"아니……. 넌 샌시에게 부탁하면 바꿀 수 있잖아. 더 예뻐질 수 있는데 아까워서."

"난 네 얼굴이 마음에 들어. 주인을 닮았고 너만의 매력이 있잖아."

드슬이가 고개를 숙이고 얼굴을 붉혔다.

"샌시한테 네가 최고이듯이 나한테도 네가 최고야. 내 눈에 제일 예쁜 얼굴이 좋다는데…… 불만 있어?"

"까아아, 드슬아!"

제리코는 새된 비명을 지르며 드슬이를 끌어안았다. 드슬이는 몇 번 튕기더니 얌전히 안겼다.

"나도 우리 드슬이가 최고야!"

이 일로 제리코의 경우 없는 질투는 막을 내리는 듯했다. 샌시가 작고 하얀 꽃이 조롱조롱 매달린 화분을 들고 와 드슬이에게 건네기 전까진.

딸랑딸랑 종처럼 생긴 꽃이 좌우로 흔들리며 종이 울리는 듯한 환청을 불러왔다.

"네 거다."

샌시는 드슬이를 보자마자 은방울꽃 화분을 넘겼다. 샌시의 예쁜 손에서 드슬이의 손으로 화분이 이동했다.

샌시야 화분을 더 들고 싶지 않아 은방울꽃을 써먹을 대상인 드슬이에게 떠넘긴 것이지만 지켜보는 제리코의 마음은 심란했다.

"샌시, 그거 하프 산맥에서 가져온 그거 맞지?"

"응."

"그거 독이 있다고 하지 않았어? 왜 드슬이에게……."

"이 골렘의 유통기한은 70년이야."

몸과 마음을 바칠 이상형의 몸이었으니 인간의 수명과 비슷하게 설계했다. 하지만 드슬이는 인간이 아니고 샌시가 몸과 마음을 바칠 상대도 아니다.

샌시는 간단하게 드슬이에게 몇 년을 살고 싶은지 물었고 드슬이는 가능한 오래 살고 싶다고 답했다. 은방울꽃은 그걸 위한 재료였다.

"이 꽃은 광룡의 피에서 피었으니 마력이 동일해서 흡수 효율이 좋을 거야. 오늘 그 작업을 하려고 가져왔어."

드슬이는 몇 달이 지났지만 약간 시들시들할 뿐 지지 않은 은방울꽃을 이러저리 돌려 보았다.

"200년은 더 살 수 있다는 게 진짜야?"

"몸 관리를 잘한다면."

"관리 잘한다의 기준이 마법사는 아니지? 모험가로 살면 얼마나 사는데?"

"……100년으로 하자."

"반절이나 줄어들다니……."

본래는 제대로 된 실험실에서 은방울꽃을 주재료로 다른 약초를 배합해 약을 제조해야 한다. 하지만 물약에 든 마력은 순식간에 흩어지기 때문에 제조한 즉시 마셔야 효과를 발휘했다. 그래서 샌시는 마탑으로 드슬이를 부르지 않고 미베어 공작가로 은방울꽃을 가져왔다.

약을 만들기 위해 미베어 공작가 한편에 마련한 실험실로 가는 샌시와 드슬이를 보며 제리코는 손수건을 물어뜯었다.

"꽃은 많이 받았는데!"

제리코는 손수건을 질경질경 씹으며 외쳤다.

"많이많이 받았는데 왜 질투하게 되는 걸까! 왜!"

가문의 비상금을 복구하기 위해 불철주야 돈벌이에 나선 장미의 기사 로즈는 제리코의 불평을 모두 들은 뒤 턱을 쓰다듬었다.

"샌시를 정말 사랑하는구나. 보기 좋아."

"내가 이렇게 질투심 많은 사람이었다니! 정말 실망이야. 로젠은 애인이 이성과 사이좋을 때 어떻게 했어?"

그 말에 최장 연애 기간 3개월을 자랑하는 로젠 스타즈가 시선을 회피했다. 그는 항상 질투하기보다 질투당하는 입장이었다. 사실 제리코가 말하는 질투도 공감하려고 노력했으나 공감해 주기 힘들었다.

"그으…… 너도 알다시피 샌시한테 드래곤 슬레이어 소드 님은 사람이 아니니까 안심해."

"샌시야 믿어! 믿는데 보고 있으면 기분이 묘해져."

'내가 한창 방황하고 있을 때 결혼해서 애 낳은 친구 보며 느낀 감정과 비슷할까.'

친구의 고민에 함께 고민해 주고 진지하게 답해주고 싶었으나 안타깝게도 로젠은 시간이 부족했다.

플라티나는 신이 나서 로젠에게 자기 업무를 떠넘겼고 상회의 간부는 새 사업 계획은 없냐고 매일 물어온다. 그런 상태에서 동생들 얼굴을 보고 몸이 녹슬지 않도록 검술 수련도 해야 하니 로젠의 몸은 열 개라도 부족했다.

오랜만에 만났지만 오래 대화하지 못하고 만남이 파했다.

로젠의 연애가 언제나 짧게 끝났지만 연애는 기간 못지않게 질도 중요하다고 여기고 찾아왔던 제리코는 원하던 조언을 듣지 못하자 풀이 죽었다.

'아직 포기하긴 일러.'

제리코에겐 한 명의 조언자가 남아 있었다. 연애 한 번 못 해봤지만 제리코에게 위험천만한 대사를 마구마구 날려주신 오라버니가!

마그노 황자는 애견 도감을 펼쳐놓고 궁을 나가면 키울 애완견의 종류를 진지하게 고민하고 있었다.

황자가 제리코의 의견을 묻기에 제리코는 양과 닭을 잘 치는 잡종이 최고라고 답했다.

"강아지로 정한 거야?"

"까마귀나 돼지가 어떨까 말했는데 어머니가 첫 애완동물이니 사육 자료가 많고 다른 사람에게 조언받기 쉬운 개가 낫다 하셔서."

제리코도 릴리에 공주의 의견에 동의했다. 까마귀야 그렇다 쳐도 돼지를 키우는 마그노라니. 어울리지 않았다.

'아냐, 의외로 잘 어울릴지도 몰라.'

제리코는 돼지를 번쩍 들고 환히 웃는 마그노의 모습을 상상했다가 생각 외로 잘 어울려서 히죽히죽 웃었다.

제리코는 마그노에게 최근 그녀를 괴롭히는 질투에 대해 털어놓았다. 마그노는 진중한 얼굴로 제리코의 이야기를 경청한 후 말했다.

"네 마음이 괴롭다면 둘에게 솔직하게 털어놓는 게 좋다고 생각한다."

"나도 알아. 아는데 둘 다 날 정말 좋아하잖아. 둘은 진짜 아무 사이도 아닌데 내가 혼자 이런 생각 한다는 걸 알면 실망할 거야. 내가 부끄러운 건 괜찮은데 둘이 상처받을까 봐 그게 무서워."

"하지만 제리."

붉은 호수가 제리코를 담았다. 제리코는 자신을 그대로 비추는 거울에 사로잡혀 눈길을 떼지 못했다.

마그노는 존경하는 동생에게 배운 바를 그대로 돌려줬다.

"자신의 마음을 숨기지 않고 솔직하게 말해야 한다고 내게 알려준 사람이 너야."

아이는 어른을 비추는 거울이고 친구는 사람을 비추는 거울이다. 오빠이면서 벗인 마그노는 가감 없이 제리코에게 받은 가르침을 반사했다.

"네 마음이 깊어 이렇게 망설이는 것이다. 둘이 널 생각하는 마음은 이보다 못하진 않겠고."

말보다 행동이 빠르고 선의의 거짓말이 아니라면 언제나 솔직한 것이 제리코가 생각하는 본인의 장점이다. 질투에 눈이 멀어 자신의 장점을 잊고 있던 것 같아 반성했다.

"알겠어. 솔직하게 털어놓을게."

"이렇게 개인적인 이야기를 내게 먼저 상의해 줘서 고맙다."

마그노가 큰 착각을 하고 있기에 제리코는 활짝 웃으며 대답했다.

"응! 마그노 오빠부터 찾아오길 잘했어!"

이것은 오빠를 사랑하는 동생의 선의의 거짓말. 그러니 제리코의 미소는 한 치의 흐트러짐 없이 결백했다.

'오늘 샌시가 오면 솔직하게 말해야지.'

샌시와 드슬이가 너무 잘 어울려서 보고 있기 괴로웠다는 고백을 들으면 둘은 어떤 반응을 보일까?

제리코는 둘을 상처 주지 않기 위해서 어떤 식으로 고백하는 게 좋을지 궁리했다.

하지만 샌시가 전령을 보내 오늘 미베어 공작저를 방문하지 못한다고 알렸다. 샌시가 약속을 취소한 건 처음 있는 일이라 제리코는 눈만 깜빡였다. 샌시는 약속을 일방적으로 취소한 주제에 전령을 보내는 걸 사죄하며 선물을 보냈다.

포장지를 뜯지 않았지만 익숙한 풀 냄새가 제리코의 후각을 자극했다. 냄새를 맡은 드슬이가 눈에 쌍심지를 켰다.

"설마 소독약을 선물이라고 보낸 건 아니지? 만약에 소독약이면!"

"소독약이면?"

"걷어찼다가 일주일 뒤에 다시 만나줘."

샌시가 제리코를 위해 목숨을 건 이후 드슬이는 많이 유해졌다.

제리코는 키득키득 웃고서 선물 포장을 풀었다. 냄새는 소독약과 비슷한데 포장을 다 풀고 나니 조금 더 산뜻한 향이 맴돌았다.

제리코는 샌시가 동봉한 카드를 읽었다. 제리코가 소독약의 풀 냄새를 선호하는 듯해 소독약의 주원료인 약초를 베이스로 한 향수 개발을 의뢰했고, 제리코에게 보낸 것이 시제품이란 설명이 적혀 있었다.

제리코는 카드를 읽자마자 향수를 뿌렸다. 눈을 감으니 샌시 품에 안긴 듯 달콤하고 쌉싸름하면서 풋풋했다.

"꺄아아아, 샌시 웬일이니, 웬일이니."

드슬이는 호들갑 떠는 제리코를 한심한 듯 보다가 코를 킁킁거리고 소감을 밝혔다.

"폐가 소독되는 기분이야."

"넌 폐 없잖아."

"느낌이 그렇다는 거잖아."

제리코가 무심코 내뱉는 한마디 한마디 모두 시집의 글귀인 양 곱게 간직해 주는 샌시 덕분에 제리코의 입이 찢어졌다. 이렇게 자신을 사랑해 주는 연인을 두고서 질투나 하다니. 제리코는 혀를 차며 침대에 향수를 뿌렸다. 제리코는 침대에 누워 사지를 퍼덕였다.

"샌시랑 같이 자는 기분이야!"

"그래. 아마 진짜 잘 때는 지금보다 냄새가 독할 거야. 내가 봤을 때 걔는 너랑 자는 날 소독약에 전신을 담그고 올 것 같거든."

더러운 손으로 제리코에게 닿을 수 없어 정갈한 마음을 유지하며 목욕재계한 후 소독약으로 전신을 소독하고 침대에 들어올 게 분명하다.

목욕을 마친 샌시가 연두색 머리카락에서 물을 뚝뚝 떨어뜨리며 침대로 들어오면 진한 풀 내음이 번지면서.

"끼아아아아아아!"

제리코는 샌시 대신 베개를 끌어안고 침대 위를 굴렀다. 드슬이는 혀

를 끌끌 찼다. 발랑 까진 것이 순진한 남자 친구 만나 잘들 놀아서 보는
재미가 쏠쏠했다.

제리코는 다음 날 샌시를 만나자마자 진한 입맞춤을 퍼부어야겠다고
생각했다.

하지만 다음 날 샌시는 미베어 공작가에 오지 않았다. 일주일에 사흘
샌시를 보는 데 익숙해져 있던 제리코는 내일 오려는가 생각했다. 샌시
가 바쁜 걸 알고 있으니 마탑을 찾아가진 않았다.

하지만 다음 날도, 그다음 날도 샌시는 오지 않았다. 마탑에 찾아가
니 거기에도 샌시는 없었다. 카모마는 땅이 꺼져라 한숨을 푹푹 쉬었다.

"급히 가볼 곳이 있다고 했다. 몸도 많이 약해진 녀석이 도대체 어딜
가서 아직도 안 오는 건지……."

카모마의 말대로다. 샌시는 마법진에서 해방된 지 얼마 되지 않았고
왼손은 아직 제작 단계라 종이 위에 정교한 마법진을 그리지 않으면 마
법을 쓰지 못하는 몸이었다.

제대로 된 호위도 없이 최소한의 인원만 데리고 대체 어딜 간 것인지
오리무중이었다. 제도를 나간 건 확실한데 샌시는 평생 제도에서 나고
자라 제도 밖엔 지인이 없었다.

마탑에서 허탕 친 후 후안을 찾아갔지만 후안은 샌시가 제도를 나갔
다는 사실 자체를 모르고 있었다. 제리코는 마탑주에게 샌시의 행방을
물어볼까 했으나 샌시가 아주 싫어하리란 생각에 그만두었다.

'일희일비가 너무 심해.'

작은 일에 기뻐할 땐 마냥 좋았다. 작은 일에 슬퍼하기 시작하니 한도
끝도 없었다. 제리코는 낯선 감정에 당황하는 한편 계속 슬퍼해도 좋으
니 샌시가 보고 싶었다.

'아~ 샌시 보고 싶다.'

마법진에 갇힌 동안 카모마와 마탑주가 하루 5끼를 챙겨 먹이는 바람

에 살이 붙은 허리를 꾹꾹 누르고 싶었다.

자세에 신경 쓰지 않으면 앞으로 구부러지는 뒷목을 쓰다듬고 싶었다. 사라진 귀를 보면 가슴이 찢어질 것 같으니 반대편 귀에 숨결을 불어 넣고 달아오르는 볼에 입 맞추고 싶었다.

왼손 손가락 다섯 개를 대자연에게 강탈당한 걸 아쉬워하며 오른 손가락 마디마디 입을 맞추고 보드라운 손바닥을 핥고 앞니로 긁는 데까지 상상하는데 마차가 멈추고 마부가 집에 도착했다고 말했다.

제리코는 주정뱅이처럼 풀려 있던 얼굴 근육에 기합을 불어넣고 마차에서 내렸다.

"다녀왔습니다!"

"제리! 기다리고 있었어!"

언제나 그랬듯 한달음에 드슬이가 달려왔다. 제리코는 혼자서 집 보느라 심심했을 동생을 두 팔 벌려 끌어안으려 했다. 드슬이는 틈새로 빠져나온 다음 제리코의 손을 잡고 응접실로 이끌었다.

"샌시가 왔는데 너랑 길 엇갈릴까 봐 잡아뒀어. 잘했지?"

"어머나."

제리코는 손으로 입을 가리고 눈빛을 쏘아 보냈다. 형체는 바뀌었어도 드슬이의 의리는 여전했다. 의리 하면 드슬이, 드슬이 하면 의리라는 절대적 명제는 강산이 변해도 영원하리라.

응접실로 가는 길에 드슬이는 자신이 본 샌시의 분위기가 평소와 달랐다고 말했다.

"분위기가 심상찮던데."

"어떤 의미로?"

"큰 꿈을 이루려는 의지가 느껴졌어."

제리코의 심장이 거세게 박동했다. 큰북이 울리는 소리가 귓가에서 떠나지 않았다.

제리코는 얼굴을 가리고 전신을 비비 꼬았다. 먼 길 다녀온 사람이 큰 꿈을 품고 애인을 찾아오다니. 생각나는 건 딱 하나였다.

"나 오늘 청혼받는 거구나!"

제리코는 목걸이를 빼내 드슬이에게 넘겼다. 샌시가 누차 목걸이의 우수성을 설파했으니 청혼할 때 반드시 목걸이를 지참할 게 분명했다.

"꺄아, 다 스포일러 당한 줄 알았더니 이런 일이 다 있네!"

샌시에게 청혼받는다면 야경이 잘 보이는 높은 건물이나 경관이 좋은 장소일 것이라고 예상했다. 이렇게 허를 찔러오면 뜻밖이었던 만큼 더 기뻤다.

응접실에 들어가려는 제리코에게 드슬이가 부탁했다.

"나도 들어가서 지켜보면 안 될까?"

"그건……."

청혼하는 장면을 지켜보고 싶다니 드슬이가 아니라 다른 사람이 말했다면 악취미 소릴 들었을 것이다. 하지만 말을 꺼낸 이가 드슬이이기에 제리코는 고민했다.

"나는 괜찮은데 샌시가 기분 나빠하지 않을까?"

"걘 날 무생물로 여기니까 괜찮아."

"우리 샌시는 수조 안에서 사는 송사리도 존엄한 생물로 여겼는걸."

"난 예외."

샌시가 제리코를 위해 목숨을 바쳤기 때문에 드슬이가 샌시를 좋게 보기 시작했다면 샌시는 드슬이를 이전보다 더 경계하기 시작했다.

광룡의 광기에 휩싸여 마자리스의 몸을 강탈해 제리코를 공격했으니 당연한 일이다. 이젠 괜찮다고 하지만 샌시는 의심이 많고 검사 기관에서 인증한 검사지가 아니면 의심을 풀지 않는다.

드슬이는 사정상 검사를 받지 못하니 샌시가 죽을 때까지 의심받아야 했다. 제리코와 데이트하기 위해 빼낸 시간을 드슬이 검사에 할애하는 것도 빨리 드슬이를 멀리 보내기 위해서다.

제리코는 그런 사실을 모르고 둘을 보며 쿠션을 물어뜯었고 둘은 제리코가 질투한다고는 꿈에도 생각하지 못하고서 빨리 검사를 끝낼 생각 만만이었다.

"알겠어."

제리코는 고심 끝에 허락했다. 애초에 드슬이는 드슬이고 검에 있을 때나 골렘에 있을 때나 변하지 않았다. 샌시와 사귀기 전부터 쭈욱 지켜봐 왔으니 청혼에 결혼식까지 지켜보면 나름의 좋은 추억이 될 것이다.

"샌시, 나 들어갈게."

제리코는 조심스럽게 문을 열고 응접실로 들어갔다. 푹신한 소파와 의자가 있는데 어디에도 앉지 않고 초조하게 제리코를 기다리던 샌시가 무릎 꿇었다. 샌시의 손엔 보석 상자가 아닌 화분이 들려 있었다.

연한 녹색의 국화가 소담하게 핀 화분이었다. 샌시는 화분을 바닥에 내려놓고 하나뿐인 손으로 꺾었다. 그렇게 꺾은 국화를 손에 쥐어 제리코에게 내밀었다.

"국화가 좋다고 해서 농장을 찾았는데 마땅한 곳이 없었어! 그래서 적당한 농장을 사 국화를 심었거든! 이, 이게 첫 국화야. 아직 제대로 뿌리 내리지 못해 네게 선물할 만큼 예쁜 꽃은 몇 송이 없었지만 다음 해엔 국화가 만발할 거야. 그땐 더 많이 꺾어 줄게."

턱없이 부족한 설명임에도 제리코의 머릿속엔 샌시가 구입한 농장과 만발한 국화 화원이 펼쳐졌다.

샌시가 그녀에게 선물한 건 국화꽃 몇 송이가 아니다. 앞으로도 제리코에게 이와 같은 감동을 전해줄 미래에 대한 확신이었다.

"세상에, 샌시……."

감격해 목이 메어 말이 잘 나오지 않았다. 제리코의 목이 꽉 잠기고 눈에선 기쁨의 눈물이 흐를 준비를 마쳤다.

제리코는 떨리는 손으로 샌시가 바친 국화를 받았다. 길가에 핀 국화를 꺾어 주면 그게 최고의 선물이라 말한 자신을 위해 화분째로 가져와 눈앞에서 꺾어 주는 남자가 세상에 둘은 없을 것이다.

"세상에, 샌시! 나는!"

"그러니까 제리코!"

샌시가 어떤 요청을 하든 제리코의 대답은 무조건 '네!'였다. 지금이라면 보증도 설 수 있었다. 제리코의 가슴이 기대로 부풀고 뒤에 선 드슬이가 박수 칠 기회만 노리는데 마침내 샌시가 외쳤다.

"부디 네 애칭을 허락해 줘!"

"그래!"

드슬이는 박수 치기 위해 앞으로 내민 손을 허리춤으로 물렸다.

'전에도 이런 일이 있었던 것 같은데.'

그땐 고백이라 여겼는데 아니었고 지금은 청혼인 줄 알았더니 아니었다.

전자는 샌시가 충분히 착각할 만한 분위기를 조성했지만 이번의 착각은 드슬이가 원흉이었다. 드슬이는 몰래 문을 열고 응접실을 나갔다.

'미안하다, 제리!'

드슬이는 자괴감에 휩싸여 자신의 방으로 도주했다. 제리코가 착각에 빠진 걸 부끄럽게 여기고 화를 내거나 투정 부릴 것이라 생각했기 때문이다.

그러나 드슬이의 생각과 다르게 제리코는 화내지도 투정 부리지도 않았다.

"어머나~"

제리코는 세상에서 제일 행복한 사람이 되어 활짝 웃었다. 허락도 받았겠다, 제리코도 웃고 있겠다, 샌시는 수줍게 사랑하는 그녀의 애칭을 말했다.

"허락해 주는 거야, 제리?"

"그럼! 물론이지! 세상에, 샌시. 난 지금 세상에서 제일 행복해."

제리코는 춤추듯 제자리에서 한 바퀴 돌고 샌시의 손등에 키스했다. 그녀가 고개를 들자 먹잇감을 발견한 사냥꾼의 눈빛이 번뜩였다.

"세상에 이렇게 낭만적인 청혼사를 받다니. 나 너무 행복해. 기절할 것 같아."

"청혼?"

"그럼 청혼이고말고. 내가 제리라는 애칭을 가족에게만 허락하는 건 샌시도 잘 알고 있잖아. 내 애칭을 부르고 싶다니, 가족이 되겠다는 얘기잖아."

샌시의 계획에 따르면 청혼은 3년 뒤의 이야기였다. 이런 응접실이 아니라 야경이 보이는 멋진 장소에서, 금방 시들고 말 꽃이 아니라 영원히 빛날 다이아몬드 목걸이를 악단의 연주에 맞춰 선물하는 게 그가 계획한 청혼이었다.

하지만 제리코는 방금 샌시가 한 말을 청혼으로 받아들였다. 여기서 청혼이 아니었다고 말한다면 사랑하는 이에게 평생 잊지 못할 수치를 안겨주게 된다.

방긋 웃고 있는 붉은 머리 소녀야말로 샌시의 법이며 평생 파헤쳐도 닿지 못할 세계의 진리이니 어찌 감히 그 말씀에 토를 달겠는가. 샌시는 눈물을 머금고 말했다.

"아이는 다섯이 좋겠어."

"꺄아아아아아아!"

용사의 딸은 행복의 비명을 지르며 샌시를 안아 올려 빙글빙글 돌았다.

"샌시, 진짜 사랑해!"

"나도 사랑해, 제리!"

비명을 듣고 달려온 식구들은 청혼 얘기에 기뻐하며 드슬이가 하지 못한 갈채를 쏟았다.

샌시가 제도의 야경이 내려다보이는 스타즈 백화점 최상층 식당에서 다이아몬드 목걸이를 내미는 제리코에게 정식으로 청혼받는 건 그로부터 1년 뒤의 이야기다.

후일담

제리코의 얼굴에서 싱글벙글 미소가 떠나지 않았다. 체력이 부족한 샌시를 위해 결혼식장을 온갖 꽃으로 장식했지만 제리코보다 눈부신 꽃은 없었다.

제리코는 영원한 사랑을 맹세하고 샌시의 목에 목걸이를 걸었다. 이어, 골렘 의수에 반지를 끼웠다. 예물 교환은 목걸이 하나로 충분하지만 의수를 완성한 후안의 노력과 골렘 의지 홍보를 위해 반지 교환도 추가했다.

예쁘고 반듯한 골렘 손가락에 반지를 끼웠으니 이젠 샌시의 차례였다. 제리코가 왼손을 내밀자 샌시가 덜덜 떨며 반지를 집었다. 손이 하도 떨려 반지는 손가락 끝을 몇 번 스치다가 간신히 구멍에 손가락을 끼우는 데 성공했다.

맹세와 예물 교환이 끝났다. 이제 남은 의식은 하나뿐이었다.

제리코는 숨을 고르고 샌시를 응시했다. 눈가가 붉어진 샌시가 일순 얼굴을 일그러뜨렸다.

"이게 정말 꿈이 아니라면."

"꿈이 아니야."

샌시는 울 것 같은 표정을 지었다. 그는 더 말하지 않고 눈을 감고 서서히 고개를 기울였다. 제리코도 눈을 감고 샌시에게 한 발짝 다가갔다. 둘의 입술이 맞닿자 박수가 쏟아졌다. 우레와 같은 박수 세례는 어느 순간 환호성으로 바뀌었다. 제리코는 눈을 감았다가 우아하고 그윽한 꽃향기에 놀라 눈을 떴다. 결혼식 내내 맡았던 꽃이 아닌 다른 꽃의 향기였다.

하늘에서 하얗고 작은, 방울을 닮은 꽃송이가 쏟아졌다. 헤아릴 수 없이 많은 꽃송이가 함박눈처럼 흩날렸다. 꿈에 나올 듯 아름다운 광경이었으나 이 꽃은 치명적인 독을 품었다.

제리코와 샌시가 긴장하고 사람들에게 외치려는 순간 둘의 머릿속으로 음성이 파고들었다.

ㅡ개량종이라 독은 없습니다. 결혼 축하합니다.

귀가 아니라 머릿속으로 직접 파고드는 소리를 들은 건 오늘 결혼하는 새신부, 새신랑만이 아니었다. 요즘 한창 제도 근교에서 이름을 날리기 사작한 장미의 기사 로젠 스타즈에 하프 산맥 문턱을 밟았다가 결혼식 소식에 제도로 돌아온 드슬이, 제도에 소형 애완 돼지 붐을 일으킨 마그노 황자까지 모두 들었다.

소리를 듣지 못한 사람은 모두 웃으며 아름다운 꽃비를 즐겼다. 소리를 들은 이들은 약간 당황했지만 소란을 피우진 않았다.

로젠은 주위를 경계하다 쓴웃음을 지었다. 기분이 썩 괜찮은 눈치였다. 드슬이는 오만상을 찌푸렸다가 한숨을 내쉬곤 꽃비를 맞는 신부의 아름다운 모습을 감상했다. 마그노는 목련처럼 희지만 작고 앙증맞은 꽃이 마음에 드는지 두 손을 모아 하늘에서 내리는 꽃을 받아 릴리에 공주에게 건넸다.

그리고 샌시는.

"독이 없다니 그걸 어떻게 믿, 으읍!"

늘 그랬듯 신중하게 대처하려 했다. 제리코는 사랑하는 남편에게 키스해 입을 막았다. 혀가 오가는 진한 키스에 샌시가 정신을 차리지 못하고 몽롱한 표정을 지었다. 하객들이 그 모습을 보고 웃음을 터뜨렸다.

제리코는 부드럽게 자신을 스치고 지나가는 꽃과 그 온기를 기억했다. 그녀는 있는 힘껏 손을 흔들었다.

"모두 와주셔서 감사해요! 우리 행복하게 잘 살겠습니다! 꼭이요!"

늘 행복할 순 없겠지만 지금 이 순간만큼은 세상 누구보다 행복하다. 제리코는 활짝 웃었다.

〈완결〉

작가 후기

안녕하세요, 안경원숭이입니다.

〈내 아버지의 아들을 찾아서〉를 구매해 주셔서 감사합니다.

여러모로 부족한 글이지만 재밌게 읽어주셨다면 그게 제 가장 큰 기쁨이고 행복입니다.

독자님들 모두 늘 건강하시고 행복하시길 빌겠습니다.

감사합니다.